追尋文學的肯定性

Explore
Chinese
Modern
Literature's Value

陳曉明

著

序「秀威文哲叢書」

　　自秦漢以來，與世界接觸最緊密、聯繫最頻繁的中國學術非當下莫屬，這是全球化與現代性語境下的必然選擇，也是學術史界的共識。一批優秀的中國學人不斷在世界學界發出自己的聲音，促進了世界學術的發展與變革。就這些從理論話語、實證研究與歷史典籍出發的學術成果而言，一方面反映了當代中國學人對於先前中國學術思想與方法的繼承與發展，既是對「五四」以來學術傳統的精神賡續，也是對傳統中國學術的批判吸收；另一方面則反映了當代中國學人借鑒、參與世界學術建設的努力。因此，我們既要正視海外學術給當代中國學界的壓力，也必須認可其為當代中國學人所賦予的靈感。

　　這裡所說的「當代中國學人」，既包括居住於中國大陸的學者，也包括臺灣、香港的學人，更包括客居海外的華裔學者。他們的共同性在於：從未放棄對中國問題的關注，並致力於提升華人（或漢語）學術研究的層次。他們既有開闊的西學視野，亦有扎實的國學基礎。這種承前啟後的時代共性，為當代中國學術的發展提供了堅實的動力。

　　「秀威文哲叢書」反映了一批最優秀的當代中國學人在文化、哲學層面的重要思考與艱辛探索，反映了大變革時期當代中國學人的歷史責任感與文化選擇。其中既有前輩學者的皓首之作，也有學界新人的新銳之筆。作為主編，我熱情地向世界各地關心中國學術尤其是中國人文與社會科學發展的人士推薦這些著述。儘管這套書的出版只是一個初步的嘗試，但我相信，它必然會成為展示當代中國學術的一個不可或缺的視窗。

韓晗
2013年秋於中國科學院

雖然如今都已經是可望而不可即，
但是，我怎麼可能將它們擯除心扉？

——博爾赫斯《阿德羅格》

目次 │ CONTENTS

下編：解讀作家

自 序

過去讀到博爾赫斯的詩《准最後審判》，其中有這樣的詩句：

「我在內心深處為自己開脫吹噓：／我證實了這個世界；講出世界的希奇。／別人隨波逐流的時候，我作驚人之語，／面對平淡的篇章，我發出熾烈的聲音……」

我驚異於詩人兼小說家的博爾赫斯有這樣的自信，同時又有這樣的自省精神。說起來，博爾赫斯寫作這首詩時，也才26歲。此詩最早見於他1925年出版的《面前的月亮》詩集，手頭沒有更多的材料可證明此詩寫作更早的時間，姑且認為就是26歲之前吧。今天想來，卻是別有一番滋味在心頭。我編選這本批評文集時，已然過了51歲，也就是說，博爾赫斯寫作這首詩時的年紀只有我現在一半大。26歲的博爾赫斯何以面對或進行「准最後審判」，不得而知，全面分析這首詩也非本文的任務。但這首詩確實令人驚異，全然沒有「少年不識愁滋味，為賦新詞強說愁」的稚氣，而是有一種清新明朗的格調，樂天知命的達觀。中國有句老話說，看一個人，7歲看老。這是有點誇張了。看一個人，26歲，看到62歲總是可以的。1960年，大約也是在62歲時，博爾赫斯寫下了《棋》這首詩。其中有這樣的詩句：

「棋手嚴肅地躲在自己的角落，／不慌不忙地潛心於佈陣擺子。／棋盤上面，兩種顏色不共戴天，／緊張地一直廝殺到曙色見赤」。

很顯然，62歲的博爾赫斯更多滄桑感了，他會看到棋手與棋、棋手背後看不見的上帝之手的關係：「上帝操縱棋手，棋手擺佈棋子。／上帝背後，又有哪位神祇設下／塵埃、時光、夢境和苦痛的羈絆？」對命運無常的看法，還是佔據了62歲的老博爾赫斯的觀念。

要說博爾赫斯命運多麼坎坷也不盡然，要說多麼幸運也談不上。相對於他的文學成就來，他早年獲得的肯定和榮譽都顯得微不足道。在他的生命中，還是有一些嚴重的挫折。比如，在1946年被庇隆政府驅趕去

當市場禽兔稽查員之類。但阿根廷的作家們還是有點骨氣，敢於與庇隆做對，1950年，博爾赫斯被推選為阿根廷作家協會主席。庇隆政府倒臺後，1955年，博爾赫斯被任命為國家圖書館館長。[1] 博爾赫斯60多歲寫下的詩集《詩人》中不乏對生命的思考，想想他坐擁國家圖書館的「琳琅滿目」的圖書時，雙眼已經完全失明。自從中年以後，失明的威脅可能就時常環繞著他。60多歲的博爾赫斯，寫下《棋》、《沙漏》、《鏡子》這樣的詩，那真是和自己博弈，和黑暗博弈，和命運博弈。誰說那裡面沒有生命的痛楚？那裡有無邊的黑暗。《詩人》最後一句說道：

> 「我們對這些事情都能理解，但卻無法知道他在墮入永久黑暗時的感受」。

想不出我編本文集與博爾赫斯有什麼聯繫，僅僅是他的那首《准最後審判》的詩引起我的感歎。因為那樣的表述，也是我賴以自慰的詞句。只不過，博爾赫斯是少年達觀，而我不過是「知天命」之無奈，只是博氏的詩句，才讓我保持對自己的職業生涯的些許安慰。

做理論批評可能比不上寫詩和寫小說，大都可以少年成名，或少年老成。我最早正式發表文章是在讀碩士期間的1985年，那一年我26歲。第一篇文章的題目是《中國傳統思維模式向何處去？》，不想這篇文章卻是產生不大不小的影響，原發於《福建論壇》（1985年第3期）頭條，後來被《新華文摘》1985年第9期全文轉載，且持續引起多方關注。因為考慮到本文集的主題體例，這篇討論傳統文化的文章沒有收入。如此來看的話，我也是在26歲開始職業生涯，那時有的是青春激情，更重要的是那個時代有著充沛的信念，這就是思想的變革可以引起社會向著理想的方向行進。那時的志業有一種崇高感，八十年代的思想解放撲面而來，置身在那樣的氛圍中，如博爾赫斯的《羅盤》所說：

> 「所有的名字後面都有不可名的東西；／從這枚閃亮、輕盈的藍色指針裡，／我今天感到了它的吸力」。

---

[1] 有關博爾赫斯的傳記資料，可參見《博爾赫斯全集‧小說卷》，王永年、陳泉譯，浙江文藝出版社，1999年。有關博氏生平資料可參見林一安寫的序言，參見該書第4-5頁。

那個時代，我們感到世界都在改變，我們可以洞穿事物的真相，在現實的表像下，正是隱藏著無窮的爆發力。我們身處的那樣的時代思想變革，當然不會是博爾赫斯敘述的那麼精巧、輕盈的指南針式的那種世界的微妙關係，而是暴風驟雨般的時代大潮。然而，對於我個人來說，始終有一種更為僻靜的思想空間在召喚我，與當下的現實無關，身處某種「別處」，只是有一種不可名狀的富有磁性的內在之力在召喚著我。我總是相信有一種非共識的個人敏感性，可以穿越當下，它們持續地構成個人思想的本體論。就如藍色指針，頑強地指向它的極限。

上世紀八十年代後期的中國思想變化多端卻不了了之，在文學界，有現代主義、新潮或「後新潮」，即後來成為先鋒派的文學潮流。九十年代初這一流向卻突然偃旗息鼓，思想文化選擇了另一種軌跡，文學當然也要隨之變更。九十年代以後，文學不再是社會變革的引導力量，只是為了跟上時代的變化而努力調整自己。這對於我們的志業信念，當然也是一次考驗。從此，雖然我還屬於青年，但不再有那種對志業的昂揚信心。九十年代幾乎在所有的當代思想研究的書籍中，都被描寫成一種文化潰敗渙散的時期。我們個人當然也可以感受到文化的價值和社會功能已經嚴重凋零，但也正是這種凋零，使得我們可以更真實地回到個體經驗中。因而，解體、渙散、凋零……一類的描述，只是表示整體感的消失，卻並不意味著當代文化和文學真的就多麼糟糕。透過表像，還是可以看到內裡所有的新的可能性。

對於我來說，對於這樣的變化並沒有過度悲觀。因為我一向樂意於擺弄那「輕盈的藍色指針」，可以與世若即若離。這並不是說我的理論言說和批評文字，大體都是自言自語，而是在我的寫作中，有一種試圖不被流行術語和行話同化的東西，在語言、藝術感覺和對新的文學現象的領悟上，我只受制於那枚「藍色指針」——它只存在於別處——我相信，那是由新的知識、思考以及面對新的文學創作經驗而產生的瞬間碰撞形成的致思方式。在這樣的時刻，我會重新回到志業的欣喜中。對於我來說，當下的現實如何可能永遠只是我們觀照的一個對象，與其去抨擊現實的不合理或合法性危機，不如尋求新的知識和理論去接近它，去闡釋它，去發現它的未來面向。這就是我的理論思考、批評解讀所持有的知識立場和態度。

有時候我喜歡歸結某種文學潮流，也不放棄追逐一種更大的慣性，但我總是要找出那種線索——它能引導我們走出現實的迷宮。現實本質上是一座迷宮，因為我們並不知道入口和出口。但個人心中要有一本地形圖，我想，從我的批評文字還是不難看出，不管我如何討論當代文學

的紛繁複雜，我還是有比較明晰的走勢圖。否則，所有的理性思考和具體的作品理解，都不能讓我心安理得。本批評文集，可以看出我對八九十年代中國文學變革的理解，雖然只是文學論文，但我力圖在文學批評中揭示出思想背景，在文本的解讀中，呈現出歷史的內涵。

這本文集收錄有我二十多年來的文章，近十年的文章佔據大多數。大體分為「理論的尋覓」、「批評的見證」、「解讀作家」三部分。當然盡可能反映我做理論與批評的志業生涯的歷程，同時也要考慮到所選文章避免與我近些年出版的著作有重複。我希望面對讀者，可以奉獻一本相對成體例，有內在連續性主題的文集。我的學理路數，是從理論到批評。我本人也主張理論的批評化，這與我個人的志業選擇是相關的。我原來學文學理論出身，痛感到中國的理論只能在西方理論的根基上才能走出自己的道路，但這談何容易。如無對西方理論深入而扎實的研習，要做出有中國品質的理論，那是一句空話和大話，那只能是無知者無畏。西方的理論到了九十年代也面臨再創造的困境，在解構主義之後，哪裡還有理論的體系和原創的思想呢？我個人認為，只有回到文學創作，回到文學文本的闡釋，才有可能激發出理論的靈感，才能開出新的理論面向。因此，我後來的主要精力是投入在做當代文學批評和文學史研究之中。但我的做法，依然是帶著理論的問題介入，批評終歸是要在兩個層面上回答問題，其一是作家的個性化的創作對其作為寫作主體意味著什麼？其二是作家的這一創作行為（或文本行為）在整個文學傳統中，在中國當代文學的演化中，佔據了什麼樣的位置，給出了什麼樣的意義？對於我來說，理論的創新性只能從當下的新的文學行動中產生，這當然也是前此的理論成果與當下創作碰撞產生出的結果。沒有對前此的全部理論成果的瞭解，如果動輒談什麼理論創造，那顯然是不自量力且貽笑大方的。

最後當然還是要回到對文學理論與批評這項志業的理解上。我應該承認二十一世紀的這些年，我的專業的理想並不能心安理得。令我困擾不安的是，這個時代的志業理念何以被功利如此全面的瓦解？當然，功利背後真正起作用的是權力，崇尚權力，膜拜權力，權力交換，無法抵禦的權力誘惑無處不在，無所不能的權力無時不在運作，這都是被稱之為學者、思想者自覺的行動。如此時代的理論與批評，還能有多大作為？薩特當年追問：何為寫作？寫作何為？今天的回答可能更加蒼白和茫然……

於是我只能用博爾赫斯26歲時的詩句來安慰自己，我只有那枚藍色指針，尊貴的讀者朋友，你願意和我一起擺弄嗎？

「我感到了美的震撼：我孤獨的月亮原諒了我，／誰又敢將我譴責？」（博爾赫斯《准最後審判》）

2010/8/10於北京萬柳莊

上編：理論的尋覓

我們無不在秘密祭壇上流血，無不為祭奠古老的
偶像而燃燒過，並且還在燃燒⋯⋯

——尼采《查拉圖斯特拉如是說》

1、拆除深度模式
——當代理論與創作的轉型

　　沒有人會否認二十世紀的各種學說都陷入了偏激的爭執和相互的敵對仇視之中，各種學說和理論都是因為各執一隅才占下一席之地；而人們更容易憑印象認為，二十世紀的理論與創作彼此輕蔑也互不干涉。然而，在諸多貌似尖銳的對立和表面的冷漠掩蓋之下，事實上可以歸結出「二十世紀的精神流向」在作怪，這一「精神流向」的基本進向，可以簡要描述為從「建立深度模式」到「拆除深度模式」。這一「進向」到底表示了二十世紀理論與創作的出路還是末路？這種挑戰性的、懷疑的和批判的理論和創作能夠持續多久？失落和失重的當代中國的理論和創作能從這裡找到精神的歸宿嗎？真理的幻景一旦消逝，思想的荒漠便一覽無遺，這並不令人沮喪；恰恰相反，這是真正令人振奮的時刻。

一、落入象徵的深淵：墮落與反叛

　　用「象徵主義」來概括現代藝術運動的特徵，並不是膽大妄為的冒險嘗試。艾德蒙・威爾遜在《阿克瑟爾的城堡》中，不只是把它們作為一種藝術方法來討論，而且作為一種態度，一種意識形態，作為整個一系列現代作家所採取的一種生活方式。「象徵主義」作為一種藝術流派，它在藝術史上只不過佔據了十九世紀下半期到二十世紀初期的歷史階段，但是，「象徵主義」確定的藝術方式和生活方式，事實上是整個二十世紀上半期的創作和理論的世界「觀」；現代主義藝術運動說到底就是在尋找一個現代的精神象徵；現代的文藝理論和批評就是在文學藝術作品中努力挖掘這個「精神象徵」——由此它們都走進了一個不可測定的深層的精神結構。

　　象徵主義詩派一直在追尋一個神秘的內心世界或優美的夢境，給現代苦難心靈的超度提供一個理想的棲息地。後期象徵派詩人如葉芝、里爾克、瓦雷裡，他們的「發展」主要體現在對「精神象徵」的世界挖掘得更加深邃，因為加進了關於時間和空間、關於人類命運和死亡的思考。

　　事實上，現代藝術運動一直就是在尋求現代精神最富有表現力的象徵圖式。卡夫卡是一個現代神話的創造者。作為表現主義最傑出的作家，卡夫卡看到和創造了形象和象徵的世界，使我們每個人想到日常事

物的輪廓、隱蔽的夢想、哲學或宗教的觀念，以及超越它們的願望。未來主義的反文化態度並沒有淹沒他們採取象徵的藝術方式去尋求精神的內在隱秘。超現實主義建立在對於一向被忽略的某種聯想形式的超現實的信仰上，建築在對於夢幻的無限力量的信仰上和對於為思想而思想的作用的信仰上。

現代藝術運動追求的這種「精神象徵」的深層模式，隱藏在現代的藝術信念裡，隱藏在現代大師的心靈裡，以致於壓縮在現代最抽象的視覺形象裡。印象主義以後的繪畫藝術運動奉行了抽象原則，然而，那些抽象的線條、色彩、結構恰恰就是現代精神苦難的象徵物。畢卡索的《格爾尼卡》作為視覺藝術的偉大抗議書，它的抽象圖式是現代人苦難處境的象徵形象。

現代藝術運動並不是像人們的習慣認為的那樣，是在玩弄一些線條、色彩、結構的技法。在現代藝術大師的心裡總是困擾著人類面臨的重大的問題，尋求解決的途徑是他們創造視覺形象的緊迫任務。只有當那些結構符號成為「象徵」的時候，現代藝術才能誕生。然而現代藝術家敏銳意識到現代工業文明給人類生活帶來的危機，覺察到現代人精神異化喪失自我的普遍性，真實地看到在商品化社會中人性的實際墮落，於是，他們以一種對抗社會公眾的生活行為去尋求全新的藝術感覺，擺脫現實，在藝術的神秘王國裡找到精神無限自由的領地──藝術不只是形式和風格的革命的產物，更重要的，藝術是超越現實、超越苦難、超越墮落的永恆性國度。因而現代藝術一再致力於探究「神秘的內心世界」、「飄忽不定的夢境」、「循環輪迴的命運」、「永恆的磨難」以及死亡等等有關人類生存的重大問題。創造一個超越性的「彼岸世界」，這就是現代藝術創造「精神象徵」的深度模式的隱秘動機。

現代的文學理論（乃至相關的思想類型）懷著同樣的動機去建立獨立自主的理論模式，而這一模式主要是致力於發掘隱藏在藝術作品內部的深層結構。新批評派的興起得力於第一次世界大戰後英語文學成為高等學府的一門學科，而英國文學是騎在戰時民族主義的背上走向興盛的；「新批評」給人們指引了一條路徑，這條路徑當然是通向文學內部深處，在裡面可以找到廣闊自由、複雜微妙的天地。「新批評」熱衷於通過「細讀」去發掘「隱喻」的複合意義，這種「釋義」方法至少有兩層意義：其一，發掘出作品內部隱含的深層意義；其二，這種「發掘」本身構成了超越現實的手段，而發掘出的「深層結構」無疑是自由的去處。「新批評」偶爾也從藝術作品的客體世界裡挖一個洞窺視現實的「真理」，但是，目的在於忘懷現實、超越現實。

　　結構主義與符號學無疑使文學理論與批評更加精密、更加科學化了。結構主義大師都是一些莫測高深的大學教授，似乎與世隔絕。然而，結構主義切合時代的心理和思維方式，肯定有現實依據。這個依據之一便是人們對存在主義感到失望和厭倦，要尋求某種明確清晰的世界圖景和穩定的信仰作為生存的寄託。世界內部隱蔽的神秘結構才是個人生存的支配力量，在「五月風暴」之後，結構主義再度崛起，恰恰表明了「結構」實則是現代人超越現實的一個無比透徹的精神棲息的空間。當然，在文學理論方面，結構主義是「新批評」的合理發展，它既保持新批評的形式主義傾向，把文學視為美學實體而非社會實踐的做法，同時又創造出某種更為系統和「科學的」模式。結構主義批評是分析性的而不是評價性的，它有意冒犯常識，對故事「明顯」的意思視而不見，而著力去挖掘故事中某些「深層的」結構，「結構」統合了「主題」的各項關係，它就是敘述的「內容」。藝術文本的「深層結構」通常包含在隱喻、轉喻、象徵構成的關係項裡。洛特曼在《藝術文本的結構》裡，對文本作了多項關係、多重層次的分析。他作出結論說，藝術文本是「體系的體系」，是所能想像的最複雜的話語形式，它把若干體系吸收在一起，其中每一體系都帶有自身的張力、平行、重複和對應的素質，每一體系都不斷地修正所有其他諸體系。敘述學導源於列維-斯特勞斯對神話母題模式的分析。格雷馬斯、托多羅夫、熱拉爾·熱奈特，以及羅朗·巴特等人各自都建立了敘述模式。這些模式一方面拋棄了藝術作品作為具體世界的存在；另一方面取消了人作為藝術客體評價的主體地位。這些模式最後獲得了重新替代我們的歷史，構造我們的現實世界的功能。

　　與結構主義「純客觀」的態度不同，現象學文學理論把作品文本歸結為作者意識的純粹體現，文本文體方面和語義方面的一切是作為複雜的整體之有機部分來掌握的，在這個整體中，統一的本質就是作者的頭腦。現象學批評所關心的是這個頭腦的「深層結構」，這種「深層結構」可以反復在主題和意象的模式中出現。現象學對文本的「內在」理解顯然是假定性的，藝術文本構成的客體世界只是被先驗地設定為作者純粹意識的「意向性還原」的產物，而這一客體在實際的解讀中卻是自主地存在的。杜弗海納明確認為，藝術作為審美對象具有不可測定的深度存在，藝術客體的深度性來自「主體化」的深度性，而在解讀中，解讀者投身於被表現的世界，他的深度與藝術客體的深度達到了完滿統一。羅曼·茵加登對藝術作品的多層次理解是迄今為止文學理論和批評對藝術作品作過的最精當的分析。茵加登把藝術作品劃分為聲音層次、

意義層次、再現的客體、形而上的層次。這些層次逐層深入，顯示了藝術作品作為一個整體的有機化過程。

現代文學理論和批評在「新批評」那裡就建立了一種態度，通過確定藝術作品的「自主性」進而確定理論的「自主性」，這樣，文學就徹底地畫下了一道新的地平線，一個自由而清淨的聖地就可以供幾代知識份子養身避難。薩特就一再到藝術作品的深度性中去尋求超越的可能性，他認為我們沿著凡‧高畫的小道可以走向無限，走向世界的另一頭，走向深刻的終結，這個終結支持著田野和大地的生存。總之，現代藝術和現代理論都在構造一個「深度模式」。作為精神世界無限伸展的象徵，在這裡蘊含著現代精神的苦難和抗爭的意志，破壞與創建的激情。這裡面有偏激，有革命，然而，更主要的是，它消除了現代世界的盲目性，在現代人實際的墮落和絕望的境況中，提供了一個無邊自由的超越性的幻象。

二、走出結構，走向平面：沒有底盤的遊戲

現代歷史一向被人們看成是充滿著災難、暴力、殺戮、欺騙、色情、強權政治、經濟混亂——總之，是人類飽受磨難而又激動不安的歷史。因此，人們指望能夠揭示人類精神病的根源，揭示人類意識深度的隱秘結構，而所有的理論和批評都去人類精神深處尋求解釋。二次大戰以後，世界歷史進入了歇息時期，戰後的經濟恢復又帶來了和平的景象。儘管這期間有過冷戰、古巴革命、巴拿馬爭端、非洲獨立、法國「五月風暴」等等事件，但這些事件不過是這個經濟突飛猛進的歷史時期偶爾穿插的一些短劇而已。在這個時代，人人都擠入或者正準備擠入中產階級，人們在躊躇滿志之餘對於任何事情都可以表現出一種大度的寬容，這種「寬容」有幸成為醫治藝術心靈創傷的良藥。現代藝術不必再像一條受傷的狼一樣與社會搏鬥，它被公眾愛憐的手撫摸了幾下就變成一隻溫順謙恭的老山羊——當代的藝術也會玩弄一些狡點的技巧，但它不過是給這個和諧富足的社會逗趣取樂而已。瑪律庫塞在後工業社會的任何地方都看不到希望，他只是把社會革命的可能性寄託在新的感性經驗的解放基礎上，因此寄託在那些反抗的藝術家和激進的批評家身上。事實上，當代藝術已經排除了任何信仰或信念，解除了藝術中蘊含的「深度精神模式」，它不想也無須為拯救人類的苦難忍辱負重，它不想也無須充當當代人的精神嚮導，引導人類超度到神秘而純淨的「彼岸世界」。它只想在「平面」上自由自在地玩弄遊戲——智力的或情趣的遊戲。

當代西方藝術就其先鋒而言，我們可以把它稱之為「後現代主義藝術」。這就是在六七十年代興起的流行藝術，我們可以在理論上稱它為「平面化」的藝術：①它是無信仰或信念的因而拆除掉深度精神模式的藝術；②它因此拋棄傳統慣用的象徵和隱喻等藝術方式；③它不具有超越生活的意向，它與生活原則同格，處於同一平面上。理查頓·漢密爾頓列舉他稱之為「流行藝術」（後現代藝術）的特點如下：

> 普及的、短暫的、易忘的、低廉的、大量生產的、為年輕人的、浮華的、性感的、欺騙性的、有魅力的、大企業式的。

後現代藝術已經遠離了現代主義向內心探索的藝術準則。儘管也有人例如羅斯科在深紅色的背景中來構造長方形確定的含蓄的空間，但羅斯科追求的效果是通過對感官造成直接性的壓力來創造奇跡，事實上並沒有深層精神蘊涵和意義。後現代主義藝術整個說來是反「深層意義」的。彼埃羅·曼佐尼用粗劣的材料來製作「白色平面」，他要把他的「平面」從一切意義和象徵主義中解放出來。當代藝術在尋求戰略意義的同時，把藝術與生活揉成一團，因而「藝術戰略」並沒有和生活發生任何實際衝突，不過是在生活的平面上再畫一個圓圈，藝術就在這個圓圈裡做些新奇古怪的遊戲。[1]

在文學領域，戰後實驗小說把好鬥、破碎、冷酷、無意義等主題引向極端。與現代主義對西方文明的「衰敗」跡象表示悲觀憂慮不同，實驗小說把混亂和變異作為生活的主要部分接受下來，著重探索個人心靈與生活的不同適應性，尋求一種能改變主角狀況和生活過程的觀察角度或行為方式。在這樣的意義上，實驗小說畫下了後現代主義的界線。實驗小說不去追蹤人類整體性的合適，不去探求深遠的永恆性的隱秘存在。敘述角度成為人物與生活的自由組合過程，敘述方式不過提供了生活的各種可能性而已。現代主義的小說儘管經常也運用生活斷片的組合，但是它的內部實際上隱含了一個統一構成的深度，因而它是可分析的、可解釋的。而後現代主義的作品是不可分析的，是閱讀性的，因為它沒有一個內在的深度性構成。例如，喬依斯的《芬尼根守靈夜》與品欽的《萬有引力之虹》，它們都是百科全書式的作品，都有宏偉的生活圖景。但是《尤利西斯》有一種內在的「深度構成」，各種生活場景，夢幻意識流程，都隱含了一種特殊的意蘊，而這一內在「意蘊」是被預

---

[1] 有關論述可參見赫伯特·裡德：《現代繪畫簡史》，人民美術出版社，1979年。

先植入進去的，《芬尼根守靈夜》中兩個最基本的原則是：第一，歷史本身不斷地重複；第二，部分總是暗示著整體。文明根據一個預先註定的輪迴方式發展和衰落，同樣的人物、事件和結構隨著輪子轉動時以不同的面目再次出現。而品欽則向這種內在的含義和思想的價值提出挑戰，把感情的充足狀態看做是敘述的災難，小說的中心從對經驗的擴展轉向對經驗的控制。斯羅士洛普在地圖上標明的他和那些偶然結識的女人睡覺的地方恰好是U—2火箭落下的地方，性和死亡二者之間又有什麼關係呢？這裡提出的問題是不可解釋的，也不必解釋。斯羅士洛普堅持說：「炮彈和狗不一樣，它們不戴項圈，沒有記憶，沒有條件作用」。不管品欽在這裡譴責了什麼，在這部描寫性欲和政治進攻的驚險小說裡，一切都是不可思議的然而卻又是簡單明瞭的。火箭的速度超過聲速，它飛來時的聲響只有當爆炸後才增大起來。但當你還不知道什麼東西打著你時，你已經死去了。這並沒有什麼宿命的意義，不過是生活的一種任意形式。對於約翰·巴思來說，生活的無意義或個性的分裂可以像輪盤賭一樣充滿可能性。巴思把對「自我本質」的反思，把現代主義關於我們是誰、是幹什麼的探索變成了純粹的娛樂。巴思醉心於對整個形式化邏輯過程的極端戲弄，對組合生活、排列生活、給生活確定意義的那種心靈力量的極端戲弄。生活像是支離破碎的插曲，是漂浮著的歌劇，你可以在岸邊觀看它，但是只能看到在那個特定地點跟前演出的那一段，其餘部分一點也看不到。因為生活殘缺不全難以捉摸，不會引起任何扣人心弦、前後一致的感情——對於巴思來說，現代世界是一種在碎片中保持得更好的遊戲。

艾倫·金斯堡給戰後整整一代青年提供了替代的感覺方式、表達方式和生活方式：我看到被瘋狂毀壞了的我們這代人的思想，是赤裸裸的精彩絕倫，是饑餓的歇斯底里。金斯堡蓄著東方式的大鬍子，充當被新意識麻醉了的呼喚世界末日的預言家，是一個吸毒與超驗沉思完美混雜的猥褻的丑角，善於鞭撻的天才，是一個廣泛的描寫性行為的狂歡詩人。到了六十年代末以後，金斯堡的贊成愈來愈多於憤怒。這是一種普遍現象，藝術的戰略意義被完全轉換成語言的遊樂，激烈的社會情緒為卓越的想像力勾勒的漫畫所消解，詩的散文化和敘述化表明了藝術作品內部再也不可能有某種和諧的統一構成。藝術的語言成了一盤散沙，它所有的形狀、圖案和光澤都是天然的，任意的。這意味著人們在藝術上的思想、態度和感覺的革命，還是一種返璞歸真？或者它是一種墮落，一種退化？

期待當代的理論作出解答幾乎是不可能的。當代理論幾乎從來不理會藝術創作領域發生的任何變動和趨向。然而，當代理論不約而同也在

進行一場排除「深度模式」的工作。德里達為抵制傳統形而上學尋求存在之隱秘含義的傾向（尤其是針對海德格爾苦苦思考「存在」的歸宿問題），提出了另一種思想方法。用他的譬喻來說，就是「無底的棋盤」，這是除其本身以外並無含義的遊戲，並沒有支持它、通過它來說話的深層蘊藉以支撐的根基。德里達把文本的領域看做是遊戲的領域，即是說，是一種有限整體的圍牆中無限替換的領域。因而，在無底的棋盤上進行的遊戲是一種不可能完結的遊戲。

德里達的「消解」哲學就是要消除西方形而上學的整個「存在-神學」的、「言語中心主義」的和「聲音中心主義」的傳統。結構主義把符號看作能複歸的意義的根源，把符號抬到絕對存在的高度，這是受傳統形而上學假定存在有一個中心的觀念支配所致。作為本體神學論的消毒劑，作為目的論或末世學思想的消毒劑，德里達堅持認為，從保存言語中心主義和聲音中心主義的遺產中的符號的觀念中，我們已預見到聲音中心主義把作為存在的意義的歷史規定，與依賴這一普遍形式的一切次要規定性混淆起來，言語中心主義於是便贊成作為存在的整體的存在的規定。德里達主張的基本前提是：語詞在解讀中實際上沒有一個最終的、超驗的中心或本義。在德里達看來，只有區分或「拖延」才是存在的，而「存在」是不可能的，它總是被迅速變化的「存在」所取代，因為存在依賴於活生生的現在與外界的根本聯繫，依賴於向一般的外界開放，向不是「它」自己的領域開放。德里達把符號看成是「區分」（differ）和「延擱」（deliver)的奇怪的雙重運動，那麼，語詞的意指作用實際上成為語言的差異性的無盡的替代活動。因此，播散（Dissemination）是一切文字固有的能力，這種能力不表示意義，只是不斷地、必然地瓦解文本，揭露文本的零亂、鬆散、重複，並且播散不止於一篇文本之內，它是文本的「文本間性」，每篇文本都宣告了自身的瓦解。這樣，德里達的分解觀點看來，文本陷入了出場與不出場的差異體系的替代遊戲中。遊戲是對出場的打亂；意義之間的指涉關係，其實是銘刻在一個差異的體系中的運動，只有痕跡可以標示出意指的關聯，而補充與替代使得這些意義並不能建立成完整的合乎邏輯的體系。

羅朗・巴特用「能指天地」來描述語詞的差異性替代關係。「能指天地」意味著由符號內在分裂的本質所決定的那種能指任意而自由地互相指涉的無限可能性。巴特說，一則文本如同一張音樂總譜的能指播散圖。從有限可見的一些能指出發，根據這種差異性的替代關係向無盡的能指海洋一層層播散。因此，分解主義批評家在批評實踐中把「差異」作為一種行為在認識內部發生作用。巴巴拉・詹森在《批評的差異》裡

所採取的批評過程是如此來展開的：通過用不能充分辨認和消除的其他差異來辨別和消除差異。他的出發點常常是一種二元差異，這種差異接著表明是由更難確定的差異作用所產生的一種幻想。本體之間的差異（散文與詩，男人與女人，文學與理論，有罪與無辜）表明，其基礎是對本體之內差異的一種壓制，即壓制某個本體異於自身的方式。但是詹森強調指出，文本異於自身的方式決不是簡單的方式：它有某種嚴格的、矛盾的邏輯，而這種邏輯的結果在一定程度上可以理解。

因此對某種二元對立的「分解」並不是消除一切價值或差異，它企圖追求那些已經在一種二元對立的幻想中產生作用的、微妙的、有力的差異效果。

分解理論或分解批評排除了任何存在的實在性，消除了深層意義統一構成的任何可能性。存在的神學中心的解體，宣告了語言構造世界和諧秩序的幻想的徹底破滅，語言變成了一個在差異中自我確立的過程。總之，文本的意指活動就是語詞在差異性的替代中玩弄出場與不出場的遊戲──這就是沒有底盤的遊戲。

當然，後結構主義（或分解主義批評）並不一定就是當代文學理論和批評的主流，但是，以德里達為首的分解批評以及美國的耶魯學派，其代表人物布魯姆、哈特曼、德曼和米勒，無疑是我們這個時代最激進而又最敏銳的批評家。後現代主義的藝術運動與分解主義盛行是否存在直接的關係，這是無關緊要的，事實是，他們不約而同地進行著本世紀最輕鬆而又最可怕的一項工程──「拆除深度模式」，他們把我們從文明的重壓下解救出來，解除我們身上的精神鎖鏈。然而，他們把我們指向一個沒有著落的輕飄飄的空中，我們除了在那裡遊戲，除了懷疑和空虛還能幹什麼呢？M・波爾曼在《一切堅固的東西都在空氣中融化：現代性的經驗》中指出，後結構主義從六十年代以來給一代避難者提供了對於在七十年代時還控制著我們中間許多人的消極的無依無靠感的世界一種歷史辯解；沒有任何一點試圖抵抗現代生活的壓迫和不公正，甚至我們對自由的夢想也只是給我們的鎖鏈增加更多的鏈環。

三、浮躁的超越：無根的創作與理論

西方整整一個世紀的創作與理論突然展現在中國面前，這個光怪陸離的世界使急於尋求出路的文壇興奮不已而又躁動不安。我們是在短短幾年裡瀏覽了西方半個多世紀的文化成果，各種觀念和學說都涉及了一下，卻並沒有全盤消化，這就使得搞創作和理論的人們，非但不會沮喪

反倒膽大妄為。因為人們知道，在各種流派和思潮之間是可以互相否定詆毀的，一種思想取代另一種思想就意味著「進步」。尤其是當一個在時間序列裡不斷演進的藝術發展過程，轉變為一個混雜的空間平面，那麼，人們很容易看到思想進步過程所映視出的各種學說的弱點——每一在後的理論總是批判、壓制在前的學說，由此獲得取而代之的權力。這樣，當代中國的創作和理論，只能是匆匆忙忙地瀏覽這個過程，選擇最合適的和最時髦的作為己用，而不可能認真地一步一個腳印地前進。這就不可避免地促使當代的創作和理論在急切地選擇中陷入不可自製的浮躁之中。基於這樣一種思維導向，當代中國文壇很容易就投入「拆除深度模式」的工程中去。新時期十年的創作與批評（理論）的價值功能，主要在於建造一個當代中國人的精神深度模式，「反思」的精神意向將文學壓縮進一個富有凝聚力的精神內核。由「傷痕文學」始作俑者對「文化大革命」「反思」，引導了一代中國人的批判思維熱情；隨之「改革文學」對現實反思，再次給文學輸進了現實主義的活力，同時文學也獲得了一種「超」現實的理想信仰；然而災難深重的現實的靈光圈很快就褪盡，現實被歷史「反思」之後才又重放光芒。歷史反思在「尋根派」那裡，凝聚為一種莫測高深而又奇妙無比的文化「蘊涵」，尋根派的作品確實把意識到的「歷史深度」與藝術表現手段技法盡可能達到完美的統一。

　　事實上，當代中國人的精神狀態極不穩定，這種不穩定受到多方面因素的影響：政治作為中國人的靈魂統帥，經常發生大幅度的搖擺，不穩定的政治信念使中國人的精神不可能有一個堅實深厚的根底；物質生活的粗陋，使中國人的精神注意力多半為物質欲念所佔領，不會沉浸到某種精神狀態的內化深度中去。來自文化方面的衝擊使人們的精神無所適從：一方面，傳統文化與現代化的世界潮流根本不適應，受到嚴峻的挑戰；另一方面，新型的各種文化現象湧進中國，極大地刺激著中國人產生各種各樣的念頭，這些「念頭」顯然不會釀就具有深度蘊涵的新型文化。這種精神狀態採取的藝術表現形式更有可能是暫時的、瞬間的、感覺的、零碎的、分散的。人們只關切時下暫時性的存在，對於永恆的精神象徵，對於內心的隱秘與幽暗，對於生與死的掙扎，不會傾注足夠的熱情。因此，毫不奇怪，當代文學很容易受到後現代主義文化的誘惑（這當然是指當代文學最敏感的部分，它代表當代文學的傾向和變更的可能性），拋棄深度，走向平面。

　　「朦朧詩後」儘管在當代文壇上並未佔據主導地位，但是，它無疑體現了當代文化中最敏感、最激進、最富有創造熱情的文化類型，並且

它最鮮明地表達了當代文學不可擺脫的矛盾和困境。「朦朧詩後」一直是在藝術觀念與藝術的表現方式，藝術的追求與藝術作品的實際內容構成的悖論中尋求出路。也就是說，「朦朧詩後」在藝術觀念上尋求「深度模式」，但是在藝術的表達方式上卻去拆除「深度模式」，他們的藝術追求傾向於「平面化」，但是藝術作品的實際內容卻難以擺脫「深度」的桎梏。例如在藝術觀念上他們普遍沉浸在生命體驗的狂熱中，沉浸於「內在分裂」的精神漂流裡，為無可解脫的與生俱來的「孤獨」所困擾，因「絕望」而「無處可逃」是他們的命定歸宿……這些命題（或主題）都是屬於現代主義思考的範疇，是尋求精神信仰的精神內化的表達。而在表達方式上，他們普遍在追逐反意象、逃離象徵的行為主義，以悲酸的詼諧或扮一個鬼臉直面人生。南京的「他們」和四川的「莽漢主義」試圖拋棄語言的所有的裝飾和累贅，去還原人和世界的最質樸和單純的面目。四川的「非非主義」總令人容易想起半個世紀前巴黎的「達達主義」。它們二者之間除了起名有某種相似之處，沒有任何藝術觀念和表達方式上的瓜葛。達達派對社會、對公道盡情發洩他們的不滿，說下流話，玩紙娃娃；而「非非主義」則在嚴峻地思考宇宙的「生命泛化」，乃至前文化的「原邏輯」命題。「漢詩」則一反當代青年文化思潮，充當傳統文化的復古派。他們不僅把古人的思維現代化了，還把當代人的觀念古代化了。「漢詩」整體主義企圖復活中國古代的文化幽靈，再次重構中國文化的深層意識，但是他們的表達方式卻又更接近後現代主義。沒有理由要求當代文學要循著西方的模式演進，然後才說當代文學有出息，前程遠大；更沒有道理說當代文學只有固守傳統現實主義才是正道，才能健康發展。當代文學已經不得不在開放的勢態中以自己的混亂的矛盾情態去表達它的創造熱情。在世界性的文化潮流面前，當然還有多樣化的民族特性，但是經濟上的超級大國，也逐漸演變為文化上的超級大國，在這樣的意義上，落後國家不得不籠罩著大國的文化霸權的陰影（拉美的「魔幻現實主義」固然是以民族性的古老文化取勝，但是它是流傳到歐美，受到西語世界的肯定才風行起來）。當代中國的文化也難逃這樣的劫數。西學東漸已經整整一個世紀了，可以說，二十世紀的中國文化是被西方文化拖著走的，它的矛盾和困境是在試圖與西方文化保持同步，同時又帶著自身的種種不協調的因素和無可克服的特性造成的。特別是到了八十年代，中國文化已經為西方文化培養了一定的創造熱情和敏感性，這樣，思想自覺的急切就理直氣壯地帶有生造的魯莽。「走中國自己的路」這句話，經常就是學西方不到家、品質不可靠的冠冕堂皇的託詞。當代文學的創造熱情事實上是在西方文

化刺激下作出的敏感性反應，即使是文化「尋根」也是在世界範圍內的文化認同與拉美「魔幻」現實主義的啟迪下作出的選擇，更不用說當代的實驗小說或「朦朧詩後」與西方現代主義結下的不解之緣。當代文學受到的直接影響來自現代主義，但是它沒有堅實的精神和足夠的勇氣去建立現代主義的深度精神域，因此，當代文學的敏感性與懷疑既定規範的致思導向，不自覺就滑到了後現代主義的「平面」上。當代文學採取的後現代主義「拆除深度模式」的藝術行為方式，實在是藝術觀念與實踐相錯位僥幸得到的副產品。這樣，當代文學不會切實地建造一個精神的深度域，但又在追求「平面化」的實際行為中，時時籠罩著這個不可企及的「深度」的陰影。當代的實驗性文學（先鋒文學），作為當代文化的敏感性的表達，在相當長的時期內，很可能一直在觀念的「深度」與藝術表達方式的「平面」相錯位的夾縫中求生。

　　當代的文學理論和批評有可能是自覺地去步後結構主義（或分解理論）的後塵。理論的演進總是替代性的，一種學說過時，表明時代觀念的終結，理論的圓圈只能一次性畫下，不可能被第二個人以同樣的筆劃再畫一次。在後的理論總是殘酷地排擠先前的學說，正如先前的學說總是一直壓制剛剛滋長的新觀念一樣。因而在結構主義風行的時代，新批評就難以有一席之地；當分解主義成為最時興的學問時，還有誰死抱住僵硬的「結構」不放的話，無疑要被看成是智力的低能兒。理論的想像力僅僅憑著它的新奇就足以征服它的追隨者。一種學說不會因為不完備、不完善而被淘汰，但是肯定要因為「陳詞濫調」而被拋棄（否則這種文化就陷入惰性之中）。當代的文學理論和批評顯然不可能，也沒有必要停留在某一個流派上面。但是，在各個流派的綜合統一基礎上兼收並蓄也難以自成一格，因為西方現代理論是在各執一端、互相爭辯、矯枉過正的對抗中「進步」發展的。這樣，當前依然時髦的「分解理論」不僅給在浮躁的選擇中不斷跨越的理論和批評提供了暫時棲息的一份寶地，同時也足夠滿足當代理論在智力上的虛榮心。當代中國的文學理論本來就沒有自己的根基，它在氣象森嚴、體大思精的西方現代理論面前，再去另闢蹊徑，只能是徒勞無益的嘗試。因此，分解理論以它無規範體系的破壞性方式，確立理論在「智力遊戲」的角逐中完成自身的功能，這給渴望攀上理論的險峰而又沒有足夠體力的當代文學理論指引了一個神遊的仙境，當代理論只要具備一定的智力水準就能到此一遊，暢神而還！當代文學理論和批評惟有在「浮躁」的跨越中才能保持住敏感性和創造性。「浮躁」是當代理論和批評面對西方整整一個世紀的成果而造成的。而要保持理論思維水準的同步不可避免的心理導向，在

這樣的意義上，「浮躁」不過是理論的敏感性過於急迫的表現形式而已。

因此，當代中國的文學（創作、理論和批評）不得不走出「深度」，走向平面，它很可能出現以下的狀況：

(1) 暫時的平面：本體論或精神域解體。當代創作擺脫了永恆的精神信念，對人類精神的深邃隱秘不再作徒勞無益的探索，總之它不再充當時代精神或歷史原型的象徵體，藝術就是人類感性生命暫時棲息的一個平面，作品就是「作品的」平面，不負載任何超越性的「精神」進向。藝術的精神域解體導致理論和批評的「本體論」面臨崩潰。因為「本體論」的前提條件是，藝術作品是一個整體，有一個堅固的統一中心。現在，藝術的精神核心取消了，同時藝術作品被看成是語言差異系統無限替代的過程，一個獨立的文本被無數眾多的文本侵蝕然後被淹沒。這樣，當代理論正在時興的「本體論」（並且還要耗去理論創造熱情），將要被「解構遊戲」摧毀。任何理論系統和模式的建立，都違背「解構」原則。理論體系向著實踐行為轉化，理論的力量僅只表現在智力想像上。

(2) 及物世界消失：敘述的或分解的智力遊戲。現實主義的作品與實際生活相對應；現代主義作品依然有一個及物對象，不過作了「象徵化」的形式處理，它的對象就是人的精神深度。後現代主義的文本是不及物的，文本就是語言差異性替代出場和遊戲，是敘述方式構造敘述圈套的遊戲，文本不是被「解釋」的，而只是被「閱讀」的，閱讀與寫作交合在一起，共同完成智力遊戲。而理論與批評專注於文本內在的差異性力量的對比分解，找到瓦解文本最活躍的各種因素，分解理論（批評）最大可能性地揭露文本的重重矛盾，從而獲得智力上的滿足。這樣，理論和批評向創作文本還原。批評構成了二度寫作，而文本向生活還原，文本就其功能來說，是實際生活的偶然過程，閱讀和批評都是一次生活行為，而不是擺脫生活的超越性的意念。

(3) 懷疑和批判的循環：解除價值系統。傳統的藝術因為具有精神價值而享有永恆性，批評和理論的功能在於發掘作品的價值，作出價值評判是理論的根本任務。現在，「分解」或「解構」是懷疑的和批判的，並且這種觀念一直貫穿在行為方法中，敘述只在敘述方式的構成，而不在敘述對象的意義，批評也不是去闡釋文本的意義，評判蘊含的價值，只是尋找導致文本意義

解體的差異因素或力量。價值系統因為缺乏統一的精神信仰和信念也無法確立統一的尺度，並且沒有永恆性的觀念價值的存在也失去了實際意義。價值因此只是暫時存在的，而且解構力量互相否定對方的「價值」。

(4) 整體破裂：理論的解放或死亡。「內在深度」使統一構成結合為整體，整體觀念是理論構造的根基。然而「分解理論」正是對形而上學傳統的「整體」和「中心」發難，它本身的理論構成也是反對整體和結構中心的。德里達的觀點迄今為止沒有被人正確解釋過，這與他的理論構造不成系統大有關係。對於中國文學理論來說，從僵硬強固的整體模式中走出來，或許是件幸事。理論一旦進入智力遊戲，事實上就打破了和諧的統一性。理論由此向著批評的實踐轉化。打破整體尋求解放的理論實際上自我消解了，理論走向平面也就是走向墓地，然而，理論因此獲得徹底更新也有可能。「分解」理論更像是一種過渡性的理論，當代中國的文學理論在這裡鍛煉一下智力想像以求有力量進行新的自我建設未嘗不可。

二十世紀的文學走出深度之後，也不會一勞永逸地在「平面」上遊戲。「平面」不過是飽受磨難的文學（藝術）暫時的棲息地，當世紀末的悲哀再度襲來時，我們也不要指望文學會在這塊「平面」上表演什麼驚人的技藝。歷史何去何從非杞人所能憂慮，一種理論和學說引導時代的思想潮流，既是偶然的，也是為諸多的力量制約的。在告別二十世紀的時候，這塊「平面」會成為一片新的大陸嗎？我們耐心等待吧，現在則要在這塊「平面」上祈禱。

本文原載《文藝研究》，1989年第2期

2、歧途中的選擇
——現代審美進向

從圖騰時代到現代文明，人類歷經千辛，忍辱負重，走向生命的完滿與終結。在這樣一個偉大的歷程裡，人類在多大程度上仰仗於文學藝術的力量，難以斷言。但人們越來越清楚地意識到，文學藝術從它產生的那一時刻起，對於人類就不是可有可無的東西。石器時代已經過去四百代了，人們的經驗和觀念發生了很大變化。每一道歷史的裂痕都在文學藝術上留下特殊的印記。然而，人類的敏感性在某些重大的、根本的轉變面前，往往感到茫然無措。儘管如此，人們依然看到，現代的文學藝術早已越過傳統的警戒線，以非常不同的審美進向「誤入」歧途。於是，一部分人感到迷惘、沮喪；另一部分人則在振奮中激動不已。不管如何，現代藝術作為強大的「文化流」席捲了人們的生活，因而，也只有將其放大到世界歷史的文化格局裡，才有可能體察到現代藝術精神的實質。

一、超功能選擇：文學取代宗教

傳統古典藝術的首要特質是「審美的」。在古典時代，「審美的」一詞的意義是指對感性生命的取悅方式。在古希臘，戲劇是雅典人意識到自身作為一個「民族」而與野蠻人區別的惟一手段，戲劇活生生地重演了有關群居生活的傳統和歷史，它與雅典人直接經驗的環境相互滲透。在更為廣泛的意義上，戲劇依然是一種娛樂形式，在酒神狂歡節上演就足以說明問題。在中世紀，世俗生活隱退了，宗教淹沒了一切精神形式。宗教藝術無疑具有震撼人心的力量，只要想一想站在羅馬風教堂的祭壇前的那種有如站在人類心靈悲劇的幽暗裡的感覺就可以體驗到。宗教藝術本質上是超感覺、超娛樂的，那是純粹的宗教精神的外化。在羅馬風教堂的那些矮壯的外形、粗大的圓柱和斬釘截鐵般的正牆裡，閃爍著某種不加修飾的光輝，它體現出享有無可爭議的權力的某一社會集團所代表的嚴峻、粗野、毫不含糊的優雅——正如厄利·弗爾所說的：這是僵化的天主教及其不可動搖的教義的確切形象。無一生命可以幸免，惟有靈魂才有權生存，但必須永遠不邁出這教義控制著的石築的死圓圈。羅馬把聖·保羅的思想澆注在它的教堂裡了。而哥特式和巴羅克

式的那種淩空而起的氣勢，不過是宗教精神不斷昇華，渴望光和空間的象徵形式而已。總之，在這裡，藝術不是以娛樂的形式而存在，它完全為宗教精神所折服，成為宗教精神的容器，它的風格，說到底，是藝術化了的宗教特質。

當然，藝術是人類精神的特殊的「現身情態」，是時代心靈的自我表達；近代藝術無疑有著相當豐富的思想和歷史深度——但這都是從整體上來看，特別是從後世來看得出的結論。近代藝術的目的，一直限定在滿足感官的審美娛樂上。莎士比亞成為一個「文藝復興的思想家」，首先得力於伏爾泰，而後歸功於後世的學者。莎士比亞當時在英國風行的主要原因是他的劇作讓人捧腹大笑，有助於消化系統的健康。經過法國的啟蒙運動和德國的狂飆突進運動，文學藝術的思想性大大加強，但它主要是嘗試充當教化和傳播新知識的手段。巴爾扎克聲稱他在真理與良知的照耀下寫作，而他初出茅廬時的寫作方法，是看幾頁司各特的作品，然後寫幾行，他需要從英國同行那裡獲得讓公眾愉悅的最佳配方。古典文學（藝術）無疑是有「思想性」的，只是這種「思想性」尚未上升為時代信仰的創造物。它是裝在「愉悅的」形式容器裡悄悄散發出來的香精，人們不知不覺嗅到後，頭腦就確實清醒得多了，那就是對時代的大小事件以及自己的人生處境，有了比較明晰的看法（和想法）。

到了維多利亞時代，藝術的這種「審美性」終於發展到極端。1851年倫敦大博覽會令人賞心悅目，這是工業革命成果的第一次檢驗，也是中產階級成為社會的主導力量的標誌（儘管博覽會的主持者是維多利亞女王的丈夫阿爾貝特親王）。在這個時代，一本正經的中產階級在財富和社會權益方面迅速增長，成功的商人成為各種藝術製作的贊助人和保護人。他們為藝術慷慨解囊的直接結果，就是使藝術成為在它面前可以舒適而心滿意足地吃飯或品茶的東西。而藝術家們購置高大而豪華的房屋，過起令人豔羨的奢侈生活。在英國，不少藝術家甚至被封為爵士，這顯然是藝術「審美化」帶來的最炫目的成功，當然也是古典藝術的最後一次顯靈。

到了十九世紀末，「上帝死了」，天國的大門關閉了它的最後一道光輝，人們相信世界已經到了盡頭，整個社會的常規秩序被擾亂，人類的精神完全失去了平靜和平衡，落入了沒有信仰和希望的苦難深淵。赫・喬・威爾斯認為，近代以來，基督教就在走下坡路，宗教改革使很大一部分人意識到人類靠自己註定要變成自由的。在基督教世界裡不時有懷疑的人，十八世紀的吉本和伏爾泰就公開反對基督教。而到了十九世紀中葉，懷疑主義情緒彌漫於整個基督教世界，而達爾文的進化

論則是對基督教更為致命的衝擊。1859年達爾文的《通過自然選擇的物種起源》出版，1871年他又完成《人類的由來》一書的綱要，人類的起源與發展與其他一切生物同屬於自然進化現象。達爾文的自然進化論，迅速轉化為社會進化論，到了十九世紀末葉，所有受過教育的群眾都或多或少接受了進化論觀念。威爾斯說：「十九世紀結束時，有權勢的人們相信他們是依靠生存競爭的力量而居上的，在生存競爭裡強者和狡詐的人勝過弱者和說真話的人。他們還進一步相信必須強壯、有力、無情、『實際』、自利，因為上帝已經死去了，或者似乎本來就是死的——這完全超出了新知識所認為正當的本意」。[2]威爾斯認為達爾文的進化論的普及導致基督教的上帝信仰動搖，由此世界歷史的思想觀念深刻改變，人們普遍喪失了穩定的世界觀。但是尼采早就看到基督教必然衰敗的命運，這樣的命運來自信仰世界中的人們的自覺背叛。尼采說：「『上帝死了』，基督教的上帝不可信了，此乃最近發生的最大事件。這事件開始將其最初的陰影投射在歐洲的大地上，至少，那些以懷疑的目光密切注視這齣戲的少數人認為，一個太陽殞落了，一種古老而深切的信任喪失了，我們這個古老的世紀必將日漸黯淡、可疑、怪異、『更加衰老』」。[3]尼采深感到「上帝死了」對於現代世界中的人們將意味著什麼。現代人用什麼來引領未來的信仰呢？尼采說道：「上帝死了！永遠死了！是咱們把他殺死的！我們，最殘忍的兇手，如何自慰呢？那個至今擁有整個世界的至聖至強者竟在我們的刀下流血！誰能揩掉我們身上的血跡？用什麼水可以清洗我們自身？我們必須發明什麼樣的贖罪慶典和神聖遊戲呢？這偉大的業跡對於我們是否過於偉大？」[4]上帝滅亡的觀念動搖了西方信仰的根基，把社會結成一體的穩定信念和共通的認知方式再也沒有存在的根基。

在宗教的廢墟上，人類找不到精神的歸宿，沒有自我本質的深化，沒有存在的永恆，世界沒有核心，也沒有邊際。用道德淪喪來概括二十世紀初期的現實狀況是遠遠不夠的。按照榮格的看法，宗教是整個民族的最內在的「自我」，它是民族存在的精神根據、指南和證明。在T·S·艾略特看來，任何社會意識形態，如果不能和宗教的這種非理

---

[2] 威爾斯《世界史綱》（下卷），吳文藻、謝冰心、費孝通等譯，廣西師範大學出版社，2001年，第842-843頁。本文原來參照吳文藻等的商務印書館的內部版。現在為查詢方便，引文參照新出版的版本。

[3] 這段引文為編選文集時修訂，為便於查詢，使用了現在方便的中譯本。引文參照尼采《快樂的知識》，黃明嘉譯，中央編譯出版社，2005年，第187頁。

[4] 這段引文在編選文集時參照現在的中文譯本修改過。引文參見尼采《快樂的知識》，黃明嘉譯，中央編譯出版社，2005年，第94頁。

性的恐懼及需要融為一體，都不能永久存在。宗教提供了一種社會「凝合劑」，它能調整自己的教義適應各階層人，也能用以絕對虔誠為特徵的說教來投合普通大眾的需要。宗教宣揚逆來順受、自我犧牲和內心反省，因而也是一種「調和力量」。一種內在的「聚合力」和外向的「調和力」喪失，終於使社會處於危機之中，人在精神上的微妙平衡因此受到嚴重的干擾。在二十世紀20年代，理查茲就提出，既然宗教已不再能發揮作用以恢復這一平衡，那麼詩歌就應取而代之，完成這一任務。他堅持認為文學是一種可以用來重整社會秩序的自覺意識形態：詩歌「能夠拯救我們，詩歌完全有可能成為消弭混亂的工具」。他是在第一次世界大戰那些社會動亂、經濟衰退、政治不穩定的年代提出這一主張的[5]。

　　宗教倒了，就這樣，現代文學（藝術）從自我生命取悅的形式裡擺脫出來，在現代歷史的歧途中，它超越審美功能選擇了新的精神進向，代替宗教成為社會最強大的文化類型，嘗試充當起社會信仰的嚮導。儘管它更經常處於不成熟的迷惘之中，然而，它畢竟在尋找中重新確立現代人的精神支撐點。尼采寄望於酒神狄俄尼索斯精神可以審美的自由為人類找到新的出路。而現代主義藝術行動起來，把宗教擱到一邊，或者替代宗教，迅速佔據了人類精神生活的主要部分，並且有效地調節整個社會（時代的）的精神結構，維繫社會心理的平衡。現代文學（藝術）的主要功績（功能），在於把人類從喪失信仰的邊緣拯救出來而作出種種努力。不管現代藝術家採取多麼極端的（乃至對抗或破壞的）方式、玩世不恭的態度，在整體意義上，在客觀效應上，他們無疑是現代人類精神的救世主。在科林伍德看來，藝術是社會的藥劑，醫治最嚴重的精神疾病——意識的墮落。而赫伯特・裡德強調指出：必須認為現代藝術運動是為消除精神墮落而作出的巨大努力。儘管說現時代的藝術家經常是激烈的（偏激的）或具有破壞性的，輕率的和急躁的，但是他們意識到一個面對我們整個文明的信仰問題。哲學和政治學，科學和政治，所有一切最後都取決於我們觀察和理解歷史事件的明確程度，而現代藝術充當形成感情與感覺的明確觀念的主要手段。確實，現代藝術的偉大領導者所做的努力就是為現代人提供一個巨大的存在視象——它構成未來的任何可能的文明的基礎。[6]

---

[5]　有關論述可參見特裡・伊格爾頓《文學理論導論》，英文版，1983年。
[6]　有關論述可參見赫伯特・里德《現代繪畫簡史》，上海美術出版社，1979年，第154-155頁。

二、選擇中的分化：純藝術、亞藝術與邊緣藝術

　　現代藝術誤入歧途不過是我們站在不同的「審美進向」的視點觀察的結果。傳統的古典藝術有同一導向的審美進向，無所謂「歧途」。正是由於現代藝術的審美進向的多方位分化，歷史與現實的脫節，因而找不到核心的觀念。在任何視角看來，現代藝術既不合乎傳統的規則，又沒有統一的現代範型。事實上，這種分化的根源，在於人類精神生活在不同層次上尋找相應的外化進向。基爾凱郭爾把人類精神生活劃分為三個階段（層次）：①審美階段，人類直接迎合感官需要的東西，尚未理解領悟到永恆的深邃意義，只是獲取暫時的快樂和自由；②道德階段，注重內在的、心靈上的追求，完全獻身於自信為正確的事業；③宗教階段，只有成為真正信仰宗教的人，才能成為一個完全的人。在這裡，以痛苦為核心，在痛苦中完全體驗到自我的本質，領悟到存在的最高境界。基爾凱郭爾面臨下面的兩難推理：或者從美學觀點來看享有存在，或者把自己變成一種精神體驗。這樣似乎過於絕對了，卡夫卡就不同意基爾凱郭爾的這個觀點（儘管卡夫卡表示「他像一個朋友一樣給我勇氣」）。他認為基爾凱郭爾把已經連接成一體的東西劃分開來，這種兩難推理只能存在於基爾凱郭爾的頭腦裡，卡夫卡以為人們實際上只有通過一種不傲慢的精神體驗，才能達到對存在的美的享受。但是卡夫卡只是說出了另一種可能性，在對存在的最高境界透徹領悟上來反觀存在的美，而在生命存在的基本階段中，存在著某種斷裂層。傳統的古典藝術，儘管帶有道德和宗教意味，但從整體和主導方面來看，限定在「審美」層次上，宗教陷落，道德淪喪，因此，人類的精神生活層次就全部在文學藝術的功能圈裡進行。這樣，一部分藝術完全限定在「審美層次」，另一部分則超越審美層次，發揮道德的、宗教的功能（只能是在功能上的同一，而不是意識構造的同一）。由於「審美性」直接與生命存在結合，因而具有強大的生活覆蓋面，它透進生活的環境中，構成活生生的生活過程。從現代的「藝術性」意義上來看，把它稱為「亞藝術」反倒更為合適。而嘗試維繫現代精神結構，探索現代人的靈魂存在的那種作品，遠離了俗世的感官需求而上升到更高的境界，它本身就構成了現代藝術偉大而堅定的目的，因而，它才是純粹的藝術（純藝術）。

　　純藝術主要是給思想和精神的能動性提供範本，因此人類感性的滿足就只能依賴於俗文藝。俗文藝無視思想性，它是感性的、生理的娛樂

方式。人類精神的全面發展，它的豐富性和深度性並不矛盾。「深度性」對純藝術提出愈來愈高的要求，也就把純藝術無止境地推到思想的空域，在那裡，人類精神領會到自身的無窮與永恆。而它的豐富性（感性的豐富性），卻到俗文藝中去尋找最直接、最粗糙、最切近生命本能的感性力量（刺激？），在這裡找到生命力（精神與肉體、思想和物質、理性和感性）的平衡。俗文藝作為一個強大的「文化層流」，它是現代工業社會（後工業社會）的必然產物，它或許夾雜著某種與傳統格格不入的東西，但是事實上，俗文藝以感性觀照方式，緩解了現代社會的那種壓抑感、緊張的秩序、非理性化的傾向，它恰當地平衡了現代人心理失重的痛楚，它是現代人沉重的生命力的輕鬆轉移方式。俗文藝沒有個性，沒有精神，沒有目的，我們可以指責它為不負責任的東西，但它的存在就是目的，就是責任。無論如何，俗文藝是現代的「文化流」，任何對它的蔑視和忽視都是不明智的。

　　當然，這有一定的界限。當俗文藝淹沒了純藝術，佔據了時代精神生活的全部空域時，那是時代的不幸，那無疑是一個碌碌無為、淺薄無聊的時代，民族的心靈、精神喪失了它的深度進向。因此，俗文藝的必要性，它存在的合理性，就在於（也只能在於）它與純藝術相對應，各自佔據人類精神生活的不同層面（維度），在人類的精神與肉體、感性與理性之間維繫平衡。因而，我們在對藝術作「審美評價」時，二者尺度是不同的。沒有必要去苛求俗文藝有沒有「思想性」、「責任感」，它可以寫得很美，令人感官愉快，但經不起思想的穿透。而現代純藝術是現代思想觀念的存在方式，是與存在世界對話的高級文化形式，它和人類精神的高層次對應。我們有什麼理由，又有什麼必要要求它也「賞心悅目」，並且「很好懂」呢？（塞尚、畢卡索、蒙德里安的作品被認為是「賞心悅目的」是後來的事，直到現在，喬伊絲、赫胥黎的作品還被認為「晦澀難懂」。）現代藝術的目的（整體的目的）是拯救現代人的精神，它是治療社會的藥劑，它所做的努力就是把現代人從現實的境況中導引出來，走向未來的文明。因而純藝術也就是純精神。現代藝術所做的任何形式上的探討，本質上都不在於形式本身有何審美意義，而在於這種形式作為現代精神的導向，作為文化的象徵性容器，它構成了我們存在生命中最生動的現實。正如羅傑・加洛蒂談到畢卡索在形式色彩上的變化時所說：「從藍色到玫瑰色，從立體派到古典主義作品，從《格爾尼卡》到《生之快樂》，從感受的世界到構想的世界，他的作品是人心的舒張收縮，就如一部二十世紀的自傳，既是一種見證，又是一

種挑戰。一種控訴和對一種信念的肯定」。[7]

現代藝術的調節機能導致了「邊緣藝術」的產生。「邊緣藝術群體」由處於祖國各個角落的民間青年文學社團構成。他們的情況千差萬別，也缺乏橫向聯繫，但有他們共同的特質和傾向。「邊緣藝術」游離於嚴肅藝術和俗藝術之外，它既不自命不凡去拯救人類，也不願隨波逐流去適應公眾的感官需要。它之作為「邊緣」而存在，一方面就其藝術傾向和藝術追求而言，它與佔據社會主導地位的藝術相對抗，它是正統藝術的「異己分子」；另一方面，就這些藝術製作者來看，他們在觀念上，在思想意識上，乃至在行為模式上也與社會的積極「參與者」不同，他們或者沒有機會，或者不願意「參與」，頗有些與現實「格格不入」的樣子，他們的藝術觀念和藝術作品對時下的社會構成一種衝擊力量，一種抗議形式。在藝術上，他們走得很遠，因為他們本來就沒有目的，他們在現實生活中不能實現自由本質，他們大都聰明而有才華，敏感而強悍，藝術在本質上對於他們來說是過於纖弱了，可那有什麼辦法（又有什麼關係）呢？於是：「回憶起某個日子不知陰晴／我從樓梯摔下，傷心哭泣／一個少年的悲哀是摔下樓梯／我玩味著疼痛、流血、摔倒的全部過程」[8]。這是平淡無奇的事件，為什麼不允許我們做個平淡的人呢？生活的延續性，難道不就是由這些瑣碎的事件構成的嗎？生命像條閃閃發光的鏈條，那最光亮的一環，未必就是什麼了不起的業績，這完全基於我的選擇，因為，我才是我生命的主體、創造者。問題的關鍵在於，藝術對於他們已經不是「第二生活」，而是「第一生活」，是神聖的自我解救的宗教，藝術製作是一種極其放任自流的形式掩蓋下的鄭重其事的信仰儀式。而他們實際的現實日常生活，都隱退到藝術製作的背後去了，沒有藝術，對於他們來說，存在失去了根基，生命失去了熱力，生活走向窒息的空白。（就他們經常省吃儉用，鐵青著臉，印發大量「宣言」、「詩集」、「內部交流資料」這一點來看，就略見一斑了。）總之，正是由於現代精神的多元分化，促使藝術在不同的層次上選擇了自己的審美進向，他們各自從不同的角度上找到現代人精神的支撐點，從而維繫現代精神的某種平衡。即使像「邊緣藝術」那樣極端的偏激的藝術表達方式，它對現存社會也起了不可估量的作用。且不說他們中完全有可能產生傑出的藝術家，（當年的畢卡索、康定斯基、卡夫卡等等，不就是這樣的「邊緣藝術家」嗎？）更重要的是：「邊緣

---

[7]　羅傑‧加洛蒂：《無邊的現實主義》，上海文藝出版社，1986年，第？頁。
[8]　丁當《回憶》，參見《非非》，周倫佑等編。

藝術」緩解了某種激烈的社會情緒。儘管這些青年處於社會的邊緣，然而他們在藝術世界裡找到了新的地平線，這個世界一直向前推展綿延而去，他們在那裡獲得了無邊自由的空間。

三、逆反維度的審美進向

　　現代精神從來沒有停歇過顫動不安，它始終是在失重的境況中尋找支撐點。現代藝術為恢復這個平衡所做的努力，並不嘗試著去找到新的和諧結構，而是致力於去喚起一種現代的「覺醒意識」。這種「覺醒意識」在與傳統觀念的逆反維度裡紮根，因為現代藝術具有強大超前意識，它總是在尋找未來文明的基礎。因此，一方面，它突破傳統的文化格局；另一方面，它打破現實的平衡狀態。「反向」並不僅僅是一種運動（行為）方式，更重要的是，它表達一種信念，一種衝擊的力量，它是現代人「尋找」的獨特方式，而現代人的「尋找」只能在對抗的方式中進行。因而，逆反的「審美進向」是現代精神自我覺醒的特殊表達：

　　1、反審美。「審美的」一詞表明審美對象提供一個與公眾的審美趣味、感官性能和諧統一的範本。那麼「反審美」就意味著：其一，與公眾審美趣味相對抗；其二，它沒有給感官性能提供一個愉悅形式；其三，它實際上給審美公眾造成一種痛感；事實上，現代藝術從不給感官提供恰當的滿足（至少在作為一個新形式被創造出來時是這樣），它對公眾的「審美趣味」更經常的是一種反抗和破壞。現代藝術家不是去取悅公眾，更經常的是去激怒公眾。對於畢卡索來說，「一幅畫就是一次破壞的結果」。在他那個時代，畢卡索的作品除了少數幾個朋友的支持外，從來沒有被正確理解過。在一首題獻給畢卡索的詩裡，安德列・薩爾蒙指明了這個從藍色時期到粉色時期，從火刑到復活的過程：

> 　　藍色時期。/把教堂門廊當成故鄉的殘廢者、流浪漢；/沒有乳汁的母親們；百年的烏鴉。
> 　　所有的痛苦和所有的祈禱⋯⋯
> 　　粉色時期。/所有的鏡子、所有的泉源、所有的玻璃、所有的裸體。/你記得嗎，帕布洛？⋯⋯
> 　　在生活的邊界上，/在藝術的邊緣，/在生活的邊緣。/火刑，/復活。[9]

---

[9] 　轉引自羅傑・加洛蒂《無邊的現實主義》，吳岳添譯，上海文藝出版社，1986年

　　就這些東西，在當時無疑不可能成為公眾的審美對象。畢卡索很容易被誤解為是在玩弄一些變形的技巧和奇異的色彩以及構造一些特殊的幾何圖形，而對公眾的審美習性造成了一種強大的危機感。然而正是一種對人類的不可動搖的信念始終引導著他，他的一件作品，勾畫了當代苦難的變遷，更為重要的是人類希望的增長。真正的現代藝術，是人類傳統觀念深刻變化的綜合表徵。「反審美」意向，始終是一種對現代責任感的覺醒，因為，要切進現代世界的內部，肯定要把人類從慵懶的感官適應中解救出來。

　　「反審美」意向不僅僅是一種形式和方式，它的深刻性植根於藝術家的苦難意識。現代藝術的那種高度的責任感表現在對當代人存在狀況的關切，在艱難沉重的世界裡，它使我們看到了自己。因此，苦難意識的深化，使現代藝術家很少去描寫那些令人輕鬆愉悅的事物，而是直接找到現實世界人口處，展示出人類存在狀況的無比艱巨性。作為現代最有思想的一個作家，卡夫卡給自己提出的任務，是使我們認識到──種總的世界觀，一種在這個世界上生活而又不融合於其中的方式！藝術是把目前的現實變成神話，變成尚未存在的東西的「密碼」。羅傑‧加洛蒂分析說，像一切神話的偉大創造者一樣，卡夫卡看到和創造了形象與象徵的世界──超驗性的實際感受，覺察並暗示事物之間的聯繫，把經歷、夢想、虛構，甚至巫術合併成一個看不見的整體，而且在感覺的重複印象或重疊之中，使我們每個人想到日常萬物的輪廓、隱蔽的夢想、哲學或宗教的觀念，以及超越它們的願望。這裡不涉及對「另一世界」的宗教式的懷念，而是要賦予我們一種對它的無限性的尖銳意識。和一切真正的現代藝術家一樣，卡夫卡是這種無限性的見證人。確實的，卡夫卡的敏感性和他的思想、他的整個內心世界是猶太人的宗教感情，是通過對基爾凱郭爾的著作，特別是對《聖經》的經常閱讀而形成的，信仰世界──超越的需要所經歷的最悲劇性的和最個人的形式──對他產生無限的吸引力。卡夫卡揭示出人類存在的悲劇性處境，企圖找到存在世界的邊界，意識到實際經驗在神話裡的投影只能更加荒誕，他的難題是發現個人在整體之中的扞入點，在一種「人類失敗的總和」之後，在「新世界」裡紮根的主題。因此，他努力用信仰來解救人類自身，通過人類中不可摧毀的東西來團結人類，真正經歷著孤獨和無依無靠的時刻。「不可摧毀性是統一的。每個個人不可摧毀，同時它又是所有人共有的：由此產生人類之間絕無僅有的，牢不可破的聯繫」[10]。然而，這

---

[10] 羅傑‧加洛蒂：《無邊的現實主義》，吳岳添譯，上海文藝出版社，1986年

種聯繫的道路沒有盡頭，人對自我的地位意識也沒有邊界，因此，像卡夫卡這樣偉大的作家，他喚醒的是一種最內在的，因而也是最強有力的苦難意識。

2、反文化。近代工業主義推動了物質財富的發展，並且把人推到歷史的中心，個體力量增強了，同時，個體面對整個社會和歷史的現實機制，個體的強大能動性必然受到更強硬的阻礙。特別是工業主義使物質世界無止境地膨脹，因而，一種對個體存在自由的可能性的思索與對工業主義的恐懼、厭倦結合起來，造成了反文化的社會思潮。盧梭是第一個對文明社會持不信任態度的人，他嚮往純粹狀態的自由人，也就是前文化狀態的人。在他看來，思考的狀態是違反自然的狀態，而沉思的人彷彿是變了質的動物。在他之後，浪漫主義文學對自然的歌頌和對中古農業社會的懷念，初露反文化的端倪。「恢復的浪漫主義」對現代工業文明投去不屑的眼光而陷入對中世紀宗法社會的溫情脈脈的嚮往。當然，這裡的「反文化」只是對現代工業主義的懷疑，但是近代的這種傳統，在心靈上，在氣質上，卻與現代藝術精神溝通起來，大約是在這一點上，現代歷史與近代歷史才找到某種延續的「傳統」。令人驚訝的是，現代藝術家幾乎都對現代文化持不信任態度，他們比近代的恢復主義走得更遠，或者走到前文化，或者乾脆徹底否定文化存在的必要性。1891年，高更放棄了法國現代文明的富裕生活，離家出走，遠涉重洋，到太平洋的塔希提島尋求歸宿，直到1903年死在多明尼加島上，其間只回法國呆了兩年。反文化已經不僅僅是藝術觀念問題，而是整個生活的態度和實際行為的過程。他用極大的熱情表現了他所曾嚮往的具有原始美的、未開發的熱帶大自然，表現了遠離文明喧擾的、簡單純樸的土著人的生活，他沉浸於人類蠻荒時代的蒙昧未開、原始野性的思想風格。他的《我們從哪裡來？我們是誰？我們往哪裡去？》無疑是一部偉大的「反文化」的現代啟示錄。

中國當代文學中的「文學尋根」，並不僅僅是一種藝術風格在表現題材上的探求，更重要的是陷入現代世界文化旋渦中的中國文化的困惑以及尋求出路的表現，企圖從古老的文化傳統（根）那裡找到理解現實的途徑。儘管實際的結果也許是一種徒勞的嘗試，但這種行為的過程就是一種心理依據，它在觀念上（儘管是一種想像性的觀念）獲得了現代文明的一個視角。在「邊緣藝術」群體那裡，反文化的態度顯得更為激烈些。「非非派」主張「前文化」，而「前文化」是前於文化而一直存在、永遠存在非文化的和無法文化的思維領域，而這個思維領域與宇宙同在。「前文化」在它最初的跡象裡已經包含了文化的全體，「文化」

不過是「前文化」的「充分結果」。前文化思維的重大價值就在於它能完成並推出發現宇宙造化藍圖的隱含。儘管諸如「非非派」之類的文學社團的理論主張有許多含混之處，但有一點是可以覺察到的，那就是要尋求一種原初的文化性狀，一種與現代文明不一樣的另類文化體，或者說剖開現代文化，找到最原始的（乃至超原始的）、最強有力的、最純粹的「文化核」。很難說他們的作品在多大程度上實踐或實驗了他們的主張，但這種主張已經獲得了相當廣泛的贊同，它已是一個潛在的、然而不容忽視的強有力的心理進向。

3、反自我。浪漫主義崇尚自我，企圖在自我與自然的統一中，確定人類精神存在的永恆價值，實質上，不過是在強大的工業主義面前對自我所作的無可奈何的想像性的誇張而已。中國當代審美意識也一度大倡自我表現，這當然有它的歷史和現實的理由。現代藝術已經深刻意識到「自我」的虛無化；在大千世界面前自我的渺小和可憐，自我被拋入存在世界，正是在不可測定的深度進向中，自我消逝了，因為它和永恆性、無限性結合在一起，與始源和終極相溝通。事實上，在卡夫卡那裡，「自我」就成為一個陳舊的名詞。卡夫卡已經意識到一種存在的無窮性和無限性，而自我沒有本質、沒有結構，只有存在才是絕對，穿透自我導向存在的深度，由此感悟到生命的虛無性和永恆性（或許這就是生命的偉大價值）。確實的，在佛洛德那裡，自我包含了一切，自我構成了自己的世界。在他看來，小說「以自我為中心」，自我乃「每一場白日夢和每一篇故事的主角」，這個心理深處的奧秘──「自我中心」構成了文學作品主角的典型特徵。然而，真正把佛洛德的觀念推向現代意識的高度，是對「自我」的超越，也就是找到「自我」的深度進向，進入存在世界的空地。卡繆的《西希斐斯神話》企圖確定在這個信仰幻滅的世界中人類的處境，他揭示出現代人成了一個無法召回的流放者，因為他被剝奪了對於失去的家鄉的記憶，而同時也缺乏對未來世界的希望。薩特的「他人就是地獄」是對人存在的極其殘酷的描述，只要意識到這一點，人存在的價值和希望就全部落空了，選擇自我的自由本質在終極意義上是徒勞無益的。當代中國部分詩人，嘗試著將人融入巨大的歷史和現實相對立的現象之流中，存在的幻象事實上淹沒了一切，世界沒有邊界，自我何以有本質呢？而在一些非常簡陋的、無選擇的偶然表象里，自我早已消逝得無影無蹤，或者說，自我虛無化了──這就是所謂的「自我寂滅」。從表現自我到自我寂滅，這是一個艱難的精神行程，從現實的意義來看，它未免消極，而就審美意識的深化而言，這是一種不可避免的進向，它標明了現代人對存在的極端性領悟。

4、反語言。對於語言藝術作品來說，語言是其存在的實體。藝術表達或表現，無非就是藝術語言的某種特殊排列組合。藝術實體世界的存在樣態，完全是藝術語言的直接關係。在象徵派那裡，詩的世界是一個雙重客體——通過特定製作的表像體系指謂另一個暗含的存在世界，因而具有了某種神秘性的深度。然而，藝術語言的所有實驗，在現代，從來就不是一個純粹的藝術技巧和表達方式的問題。語言實驗，說到底，都是企圖找到某種新的（藝術）世界秩序和體制，這尤其表現在一些失落了根的處於防衛狀態的現代藝術家那裡，他們多半是從現實放逐到文學這一塊領地，強大的物質主義無情地摧毀了他們的生活理想和感情特徵，因此，通過「語言實驗」，已經破碎了的世界有可能恢復它豐富多彩的原形，重新歸還給我們。然而，以往的那種優美的、典雅的、精緻的藝術語言構造的世界過於人為化了，它承載了過多的文化意向。因此，「反語言」實質就是反文化的語言，它是一種語言的自動主義，語言作為世界的表像自在自為地呈現。「象徵」和「意象」（以及隱喻、轉喻等）顯然是過於主觀化的東西，它是某種非獨立實體的「異在」，它有礙於世界自己創造自己的原則。只有偶發的、自律的線條、色彩、詞素，才是這個世界的最為純淨的面目——精神才找到了真正的歸宿。於是，「非非派」主張「前文化語言」，它既不代表「別的什麼」，也不表達「別的什麼」——它作為本體，不負載「別的什麼」，而僅僅表現著它自己，它們是「無語義的語言」。「前文化語言」作為宇宙自身的表現，它總是向我們人類宣喻著：這個宇宙又在做什麼，這個宇宙又在想什麼！——它是宇宙對人類的「呢喃」。儘管這有些不可思議，或者說在實踐上難以兌現，但「邊緣藝術」的反語言傾向確實存在，這與他們反文化的意向是並行不悖的。他們把語言當做是存在世界給人的聖諭，只是世界沉默著，人永遠無法真正領會最高的聖諭。

總之，這樣一種逆反的審美進向，已經日益成為現代文化不協調的一段旋律，它是現代精神尋求出路的冒險努力——以一種極端的方式企圖去震撼現代人的覺醒意識。這裡面有許多的偏頗、狂熱，乃至謬誤，然而，現代精神已經陷入這樣混亂的境地（即使在中國這古老的永恆和諧的文化裡也躁動著激動不安的文化意識），或許人類還會重新改裝普洛克魯斯特的床讓現代巨人睡得更規矩一點吧？

四、走出歧途，走向現代精神極地

中國歷來沒有與民族的精神心靈結合一致並且滲透到俗世生活中去

的宗教。文學藝術從來就是一個超現實實際存在的觀念形式——某種寄寓信念、確立人格本質的對象物——存在的第二進向。因此，這樣一種傳統，在現代，藝術家演化為一種救世的學說是順理成章的事。只是突然分化出來的俗藝術，反倒使人的感性、感情乃至理性無法承受，這樣兩種跨度的藝術如此不協和地企圖維繫現代精神的和諧，已經不只是悲壯的事了。

不管怎麼說，現代藝術已經匯合成「超越的文化統合體」，它早已不滿足於為審美觀照提供某種範本，它試圖充當現代的教義喚起一種新的世界觀和信仰體系。現代藝術由於對現代工業主義文化體系的不滿，而走上某種「反文化」的道路，只能解釋為現代藝術意識到自身是一個強大的文化流層，它要把握、駕馭、引導現代文化的進程，因為，它本身就是現代文化的「統合形貌」。現代文化的各種要素，它的內在結構，它的各種導向，無不在現代藝術中直接表達出來。現代藝術所具有的那種強大的歷史敏感性，涵蓋了巨大的歷史跨度，它傾向於建立未來文明的基礎，因而，它具有某種「超越性」，它是現代文化的前導。因此，現代藝術又很容易被人看做是現代文化中最不穩定的因素。現代藝術製造一種氣氛，似乎人們總是生活在一個擴展著的社會裡，生活在一個不斷超越舊形式並且擺脫舊形式的世界裡。然而，我們應當看到，本世紀所經歷的思想動盪和價值革命是前所未有的。正如麥克尼爾·狄克遜所說：「人們一生的50年之中，一切舊的觀念，先前的科學方面的信念、宗教信仰、政治信仰都改變了。人們甚至可以說，連地球運行的傾斜軌道也發生了變化」。[11]基督教誕生於一種失敗的氣氛中，它主要是尋求安慰。現代藝術從不尋求安慰（除了急劇的變化使人們陷入短暫的迷惑中之外），它寧願生活在精神上的反抗、改造、同化和調整之中。現代人意識到他們的世界正在瓦解，他們的問題無法解決。在現代藝術家看來，這是自由的氣息，是對創新調和支持新綜合的挑戰。戰鬥是艱難的，但目標是明確的。總是有那麼一些人只看見文化的崩潰，但建設我們這個世界的是那些反抗者。1929年艾略特告誡世人：「世界正在作一試驗，要建立有文明而無基督教的一種精神。這場試驗將來必然失敗，但是我們必須非常耐心地等待它的崩潰，目前則應該為這段試驗時間贖罪」。[12]艾略特是在說這一段話的前一年正式加入英國天主教的，他難以忍受基督教的陷落。但是，更多的人忍受過來了——在現代文學

---

[11] 麥克尼·狄克遜：《人的處境》，紐約，1962年。
[12] 參見《艾略特散文詩集》。

藝術中找到新的教義和信仰。也許這是暫時的現象（歧途中的選擇），
然而，人類歷史不是因為走過了許多的「歧途」，才走向未來的文明嗎？

本文原載中國社會科學院文學研究所編內部刊物
《文學研究參考》1988年第11期

3、當下的道路
——理論、批評與創作的困境[13]

　　當代理論、批評與創作正處於深刻的變革之中，過去的根基依然強大，新的變革衝動卻難以遏止，未來的方向並未明瞭，這使新舊的衝突尤為劇烈，然而卻並非短兵相接，只是各自以錯位的方式各行其是。變革求新的衝動其實是稚拙的，因為其合法性無從證實，這些變革的欲求如同走著夜路的人的歌唱，雖則嘹亮，底氣並不充足。但在自我的歌唱中，獲得了自信，獲得了趕路的膽量。實際上，短短數年西方理論思潮有限的湧進，就已經使得一部分人看到未來的路徑，但要向著這樣的路徑走去，卻要越過相當厚重的當下屏障。本文試圖對這些屏障或道路上的阻礙做些清理，有些是歷史遺留的，有些是求新本身的迷惘，這都需要自我反思。本文顯然不只是批判性，更重要的是探詢一條屬於自己的道路。

一、理解的艱難

　　再也沒有任何時代在思想的混亂方面能與我們這個時代相比：傳統與現代、西方與中國、政治與文學、觀念與方法……等等，都處於變動、交錯與混淆之中。這讓我們對那些習慣的成見依然具有強大的支配力量感到不滿，但是新的尋找卻總是被忽略和壓制。這使表面整齊的格局實際上陷入無序的狀態，因為變革的方向並不明朗。

　　混亂終究是要發生分化的。值得慶幸的是，這個分化正在形成。一部分人固守住傳統的堡壘，對現代思想不屑一顧；另一部分人已匆忙上陣，迎接他們的當然是前面的崎嶇道路和背後射來的冷槍。這些探求者

---

[13] 本章為原來發表的幾篇文章重新編輯在一起而成。為保留原來的狀態，除了極個別字句做了訂正，未做更多修改，以此反映八十年代後期的思想理論變革的某種狀況。《理解的艱難》、《理論的贖罪》、《文學的「巴比倫塔」已經倒塌》分別發表於中國社會科學院文學研究所編的內部刊物《文學研究參考》（1988年第3、7、9期）。《文學的「巴比倫塔」已經倒塌》一文系1988年春天擬與汪暉合寫的一篇長文的提綱計畫。20多年前，我們在西八間房同學，討論過文學轉型問題，擬寫一篇長文，但種種原因，未能成文。當年討論的問題就擬成短文在內部刊物發表，後來刊登於《文學自由談》（1989年第2期）。不想20多年過去了，該文談論的當代文學及理論的那些根本性轉折，盡在言中。是故收錄在此，以為那個時期留下記錄。在此謹向汪暉兄表示謝意。

中無疑有不少人是懷著僥幸的心理，夢想到思想的不毛之地去淘金。但是他們絕大多數是真誠的，準備冒點風險，良知在心中，真理就在前面。然而，探索是艱難的，因為理解是艱難的。在我們這個思想混亂的時代有一個思想原則卻是驚人的明確：人們不願意理解任何「難理解」的東西。所謂「難理解」，就是需要費點心思，需要有相應的思想和知識的準備，需要特別的寬容才能理解。然而，在我們這個講究實惠的時代，文化的實利主義顯然要影響學者們的謀生之道。誰願意把理論的眼光放到一公里以外的地方去呢？這是我們這個時代的思想病，是我們理論的悲哀：「看得懂」與「看不懂」成了衡量理論價值的基本尺碼，我們愛好思維的簡單明晰遠勝過對思想的複雜深邃的追求。應該承認，在「看得懂」的東西裡充斥著大量的平庸膚淺之作，這些東西所受到的禮遇與它本身的價值是極不相稱的，而這些東西輕而易舉就排擠了「看不懂」的東西。這多少有點不夠體面。對平庸膚淺的容忍恰好是思想惰性的避難所，難道我們不是太習慣了平庸的東西而害怕艱澀的思想嗎？難道不是因為膚淺使我們的思想養尊處優，我們才把接受深邃的理論思辯看成是思想的苦役嗎？

當然，「看不懂」的東西是個界限模糊的指稱，這裡面良莠雜陳。有些很可能只是堆砌一些生造的新名詞、新術語，就像食古不化的冬烘學究和有些「食西不化」的青年人一樣，生搬硬套，以此掩蓋思想的蒼白與理論的空洞。但是，「看不懂」的東西也有可能是開闢一個創造性的思維視角，尋求獨特的理論架構，有著需要深切領會的理論深度的東西。對一時看不懂的東西盡可能寬容一些，就是讓那些生造的新名詞、新術語衝擊一下又有什麼必要驚慌呢？如果那些東西真是濫竽充數，它肯定會自行消亡，理論的發展有其自身的選擇能力，思想的考驗也是歷史的考驗。令人奇怪的是，我們從來不會嫌陳詞濫調太多，卻會對幾個新名詞、新術語如此恐慌。我們在保持語言的純潔性的同時捍衛了語言的貧乏。理論界樂於稱道的名言是「舊瓶裝新酒」，這是恰當地利用了人們思想的惰性來維護思想惰性。這種看法乃是建立在很值得懷疑的「語言是思想的物質外殼」這一觀點上，而後又經過進一步的簡化──既然是外殼，那當然可以分離，這個外殼同樣可以包裹另一種東西。我們的語言──這是人類存在的神聖證明──就這樣成了思想的包裝紙。語言的界限就是邏輯的界限，一種語言只能表達與之相應的思想，維特根斯坦的見解值得深思。通俗的語言只能使思想通俗化、普通化，而深奧的思想也只能通過艱深的語言來表達。嚴格地說來，不存在什麼「通俗的語言」與「深奧晦澀的語言」的區別。這裡的「語言」準確地說是

「話語」。那些被稱為「看不懂」的深奧古怪的論文裡的話語通常都是符合普通語法邏輯結構的，穿插於其中的一些新名詞、新術語也並不特別費解。說到底，語言的障礙，就是邏輯的障礙，思想層次的障礙，思維方法的障礙，世界觀的障礙。隨著人們的思想方法和世界觀的改變，那些曾經被稱為「晦澀難懂」而受到唾棄的東西，人們也終能心領神會，並且回味無窮。

現代思想史進步的事實表明，往往是那些「看不懂」的著作充當了思想進步的槓桿。現代思想為排斥那些「看不懂」的東西而一再付出代價。胡塞爾的現象學有誰弄懂過呢？直到1963年保爾・裡科爾還尖刻地說：「現象學的歷史大部分是胡塞爾『胡說八道』的歷史」。可是，整個現代哲學的進程，難道不是在胡塞爾的陰影底下行進嗎？至於海德格爾，他的思想從來沒有被人清楚地解釋過，作為一個現代思想家，他印證了基爾凱郭爾關於「偉大的個人孤獨」的設想。薩特的《存在與虛無》問世時受到的冷落，一半歸於與時代思想不適應，另一半歸於它的「艱澀難懂」。在第二次世界大戰期間《存在與虛無》突然暢銷一時，但它不是充當法國學者案頭必備之書，而是成為法國婦女廚房必備之物——所有的秤砣都被拿去造兵器了，《存在與虛無》以它一公斤的重量及時填補了這項空白。這堪稱是思想史上的一大悲劇。好在過了若干年之後，《存在與虛無》風行戰後的法國以致於整個歐洲大陸。不久，有人甚至大言不慚地說，《存在與虛無》乃是海德格爾《存在與時間》的法文通俗寫本。這就是人們對「看不懂」的東西所持的態度。《存在與虛無》在中國第一版就印了3.7萬冊，並且銷售一空，與其說是這本書的學術價值打動了求知者的購買心理，不如說是因為它的名氣。

理解是艱難的，特別是在現代。古典時代的學術是有秩序的理智生活。那時，人們在柏拉圖學園或某個研究院漫步，完全可以體驗到准貴族的那種怡然自得、明朗澄靜的心理。歌德曾經表示，萊辛的《拉奧孔》把他那代人的思想攝引到一個無限自由寬廣的田野。古典時代的那種光明透徹的思想境界在現代取而代之的是混亂不堪的觀念撞擊。現代世界一直處於激動不安的思想選擇之中，現代的思想「進步」，不妨看成是一連串的思想掠奪。這裡已經沒有秩序井然的線索，只有各種觀念的堆積。非理性主義、相對論、多元論、虛無主義、懷疑主義、精神分析學、解構主義……已經糾纏住現代人的頭腦。這到底是現代精神崩潰的預兆，還是現代思想深化的表徵，一時還難於做出結論。但有一點是肯定的，現代思想方法再也不去尋求某種確定無疑的邏輯結構，某種獨斷論的思維原則，某種信仰式的理論主張。對於現代人來說，真理只在

前頭，並且永遠只在前頭，或許根本就不存在，只有對真理的探求，而這種探求又往往是精神的反抗與思想的破壞。永恆與絕對已經是很久以前的事了，僅僅作為溫馨的回憶保存下來。當然，當代不會再有尼采那樣的預言家，發出「上帝死了」的令人毛骨悚然的聲音。現代理論建設是一場無聲無息的革命，用庫恩的話來說：「革命是世界觀的轉變」。

現代理論在尋找一種新的理解世界的途徑。或許，世界沉默著，世界永遠不會改變自己，只是人們的世界「觀」改變了，劃下一道地平線，新的世界從這裡升起——而傳統的眼光不會看見，至少不可能看清這個世界的形態。人們只能在同一的世界「觀」下才能共用這個世界，在同一的思想層次上，運用同一的思維方法才能相互理解。因此，人們在排斥「看不懂」的東西時，乃是在下意識地捍衛自己的世界「觀」。如果能適當檢驗一下自己的思維視角和思維方法，或許會對「看不懂」的東西更寬容些，理解就不會這樣艱難了。

理解活動理應是一項高級的「智力遊戲」。智力遊戲也是智力競賽。那些有思想深度，有獨特的理論視角的文本，對理解力是一種挑戰。挑戰與應戰真正揭示了理解的本質，真正體現了理解力的價值。理解需要熱情，需要智慧，需要意志。我要進入文本，而文本抗拒著，理解就是戰勝自我、戰勝他我的一場不流血的智力戰鬥。薩特對理解的看法顯得有些溫情脈脈，閱讀（他主要是指文學作品的閱讀，不妨引申為對理論著作和論文的閱讀）是作者與讀者之間的一個慷慨大度的契約，每個人相信他的對方，每個人依靠他的對方。這個信任本身也就是慷慨大度。沒有任何力量可以使得作者相信讀者會利用了他的信任，也沒有任何力量可以使得讀者相信作者已經利用了他的信任。他們雙方都可以自由地做出抉擇。「於是建立了一種辯證的交往關係，當我們閱讀時，我提出要求：如果我的要求得到滿足，我繼續往下念，這引起我對作者提出了更高的要求，那就是說要求作者對我提出更高的要求。反過來也如此，作者對我的要求是要把我的要求提到最高的程度。就這樣，我的自由通過自身的展示也展示了別人的自由」。[14]薩特在1949年說這些話的時候，顯然是忘記了當年法國公眾對他並不怎麼「慷慨大度」的態度。但是，薩特在這裡確實描繪了理想的理解關係，閱讀（理解）是對自我的自由本質的選擇，是我的自由本質的昇華。這種「昇華」無疑是通過我對文本的能動的展開活動來獲得的，而任何對我的現有經驗和思

---

[14] 參見薩特：《為何寫作》，參見伍蠡甫主編《現代西方文論選》，上海譯文出版社，1983年，第205-206頁。

維水準的消極適應，都應該看成是對我的自由本質的污辱和褻瀆。

如果我們適當考慮德里達的看法，解讀是對文本意義結構（或意義中心）的摧毀，解讀實質是能指詞的播散活動，這樣，如果我們認可語言符號總是區分（differ）和拖延（desr）的奇怪的雙重運動，我們能夠理解什麼和理解了什麼是值得懷疑的。我們理解的是什麼呢？是一則文本的意義，還是隱藏在文本裡的作者的意圖？或者就是理解我自己的理解？作者的意圖是不可還原的，因而第一，我們為什麼要把作者的意圖弄個水落石出呢？文本在每一次解讀中，能指詞都在玩弄自我出場的遊戲，同一則文本，在每一次解讀中總是表達出不盡相同的意義；那麼，第二，我們為什麼要專注於把它的意義弄得準確無誤呢？可是，第三，我的理解又如何與他人的理解溝通，既然本質上無法同一，為什麼要強求溝通呢？理解只不過是我的「在世」的存在方式，能夠開啟我的思想的存在空間，能夠向我展示出思維的不同進向，能夠讓我在這樣的片刻感悟到人類心智的博大深邃──就給予了我的理解以充足的意義。事實上，所有的理解從來都是（也只能是）誤解，迄今為止，我們理解過什麼呢？我們理解過孔夫子嗎？我們理解過柏拉圖嗎？更不用說胡塞爾、海德格爾和卡夫卡、喬依斯這樣的現代思想家和作家了。後結構主義的思想一直是通過對德里達的種種曲解尋找出路。人們所有理解了的東西都是由「誤解」偷偷塞過來的（如德曼所言：誤讀中的洞見），人與人可以互相理解，因為人可以誤解他人，而人不可能理解自己。因為人無法誤解自己，所有的自我理解都是自我欺騙，全部理解就是全部寬恕！

我們這個民族一直沒有創建博大精深的理論，而滿足於「要言不煩」的簡樸思維，在東方神秘主義掩蓋下的更經常是理論的蒼白和思想的匱乏。如果我們的文化僅僅靠歷史悠久引以為驕傲的話，湯因比關於中國文化成為世界精神的最後歸宿的希望很有可能化為泡影。每一民族、每一種文化都是因為擁有自己的文化巨人、偉大的思想家而躋身於世界文化之林。提起德國，人們會說那是產生過康德、歌德、黑格爾、馬克思、胡塞爾、海德格爾的民族。每一種文化都是在那些偉大而深邃的思想裡突然閃現出它的生命光輝。當代中國的理論水準、思維水準處於什麼樣的層次上，這是任何有理論良知的學人都應該為之慚愧的事情。這是一個思想混亂而沒有思想的時代。盧梭說，思考的狀態是違反自然的狀態，而沉思的人彷彿是變了質的動物。那麼，沒有思想的時代則是標準的生物學時代。伏爾泰說讀了盧梭的書只有一個慾望，那就是用四隻腳走路。盧梭要是知道，他曾經尊敬的中國文明，現在幾乎可以滿足他的理想，他應該感到高興還是難過呢？西學東漸已經持續一個多

世紀了，我們至今還是在「中學為體」或是「西學為體」之間徘徊。我們的思維素質脆弱到承受不了任何「看不懂」的東西，還能指望承擔起理論建設乃至振興中國文化的重任麼？德國這個民族是很值得深思的，正如勃蘭兌斯所說，德國人的心靈像任何坑道一樣深邃而黑暗，一樣獨特，一樣富於貴重金屬和垃圾。這個民族寫出了多少迄今為止還令人捉摸不透而又震撼過全人類思想的東西呀！只要我們想一想，人類精神的睿智經常是在那些「讀不懂」的東西裡面閃光的話，理解的艱難又算得什麼呢？筆者決非試圖在這裡斗膽助長一種玄奧艱澀的文風，只是希望我們民族的思維以及我們的理論態度從簡陋的狀態中擺脫出來，對一時「看不懂」的理論文章、著作盡可能寬容一些。我相信，理解的寬容肯定會為理解的艱難鋪設一條通往理論深度的途徑。

當然，真正要寫出「看不懂」而又有劃時代的創新和理論深度的東西，確實是對一代理論家（尤其包括主持報刊出版工作的理論家）的嚴峻挑戰。我們經常是因為怯懦，因為缺乏理論的勇氣而容忍了平庸的思想和陳詞濫調四處暢銷。這裡任何怯懦都無濟於事，這裡需要意志乃至偏執狂的精神，需要義無反顧地付出代價——這是當代理論為歷史做的贖罪活動！

二、理論的贖罪

二十世紀的思想很容易被理解為一大堆混亂不堪而又激動人心的觀念堆積。一種思想總是為另一種思想所代替，一種觀念總是為另一種觀念所否定。現代思想的演進也許可以說是在胡塞爾的陰影底下各奔前程，這裡面沒有秩序井然的進步，毋寧說只有各種理論的疊加和對抗。現代思想從不尋求安慰，永遠也找不到適意的棲息地。它寧可生活在精神上的反抗、衝突、改造和另闢蹊徑之中。這在一些人看來，世界正在瓦解，文化就要崩潰。而另一些人卻看到，這是自由的氣息，是對創制新調和新綜合的挑戰——因為建設我們這個世界的是那些反抗者。

在這樣的思想背景下，現代西方文學理論當然不可能是渾然的統一體，也不可能存在協調的進步。人們可以說，現代文學理論是一種富於活力、深奧微妙、影響深遠、前途遠大、貢獻甚多的理論；人們也不得不說現代理論大都陷入辯護、解釋的紛爭之中而不能自拔。當然，各種理論之間的衝突、對抗是否如人們所設想和所希望的那樣尖銳、那樣你死我活是很值得懷疑的。但是現代精神的那種反抗和創造的意志，頑強支持各種理論去尋求到自己的生存方式。每一種觀點都因排它而獲得其

獨特性，它們各自只有使自己的理論和方法獨樹一幟而與其他理論和方法區別開來，才有理由、有資格生存下去。

現代文學理論僅僅是因為「文本研究」的宗旨而統合在一起。如果武斷一點地說的話，它們是作為「文本理論」與傳統理論區分開來而確定現代理論範型的。自俄國形式主義和新批評派奠定文本觀念以來，文本理論歷經了半個多世紀的流變，僅就對文本的態度而言，各派理論早已大相徑庭。新批評派一邊堅持文本的自主存在，另一邊又偷偷開了窗戶窺視現實的「真理」；結構主義完全從語言內在機制的共時結構過程來看待文學作品；符號學開始把重點移到了「交流」上，解讀者受到一定的重視；而在現象學那裡，「意向性」的概念，使文本的自主性和解讀意識的關係曖昧不清；闡釋學顯然使文本的獨立自足性名存實亡。闡釋學談論文本的意義，更像是在說「理解」的意義；而德里達的分解理論與其說專注於文本存在的語言事實，不如說是在語言事實裡瓦解了文本。這裡面也許存在文本的「開放勢態」，甚至還有理論在時間延續性裡的「進步」，可是，在後的理論一定比先前的理論「進步」麼？毫無疑問，德里達的分解理論要比新批評的見解玄奧得多，在分解理論成為學者們的知識水準標誌的時候，「新批評」可能就是古舊的陳詞濫調；而還有誰死抱住「結構」不放的話，則要冒著成為淺薄無知之徒的危險。

在對一種理論的選擇上，人們經常是以充滿情感的時尚態度代替了科學的、歷史的、實事求是的態度。一些理論遭到極其粗暴的冷落，另一些理論則因為合於時尚而備受青睞。而理論對時尚遷就的直接後果，就是使理論的建造和選擇不得不經常走向孤僻的單一；對一種理論的選擇就意味著對所有其他理論的冷落。然而，令人吃驚的是，理論的所謂「進步」與「突破」的動因，又確實是經常來自這種偏狹的、極端的、非歷史的態度。理論在粗暴而任性的選擇裡自行其是，這對那種誠懇勤勉、兼收並蓄的學風確實是一種冷酷的嘲弄。

現在，西方將近一個世紀的理論成果突然湧現在當代中國文學理論的面前，混亂不堪而又蔚為壯觀，人們心有餘悸卻又經不住誘惑。我們一直是作為二十世紀思想潮流的冷眼旁觀者才保住理論上的自負與尊嚴的。現在，這股潮流迎面湧來，我們頓時手足無措，無從抉擇。而痛苦之處正在於無從抉擇卻又不得不做出抉擇。這已經不是一個理論態度問題，而是一個實踐的問題。

可是，我們的理論能做出什麼抉擇，能選擇什麼呢？過去，我們把西方現代理論看成是所羅門的瓶子，一旦打開就會放出一個再也控制不

住的妖孽。現在卻又指望它是阿裡阿德斯的線團，導引我們走出瀕臨倒塌的迷宮，找到出路。

我們在短短的幾年時間裡，瀏覽了西方將近一個世紀的理論成果。我們不僅知道「新批評」，也知道結構主義和現象學，甚至也聽說過後結構主義的分解理論——這是到目前為止，西方還很時髦的理論。一種觀點剛剛被介紹就立刻為另一種更新奇的見解代替了，搞得眼花繚亂卻又並沒有什麼特別深刻的記憶。思想的蜻蜓只滿足於在理論的水面上點到為止，而後就扶搖直上，既無目標，又無底氣，就這樣在「現代意識」的空間裡搖搖晃晃。不過，當代中國文學理論也很難設想會有比這更好的境遇：第一，它不可能採取一種偏狹的、極端的態度去選擇一種理論而排斥其他理論。西方現代文學理論不管其內部存在怎樣的矛盾紛爭，當它們全盤置於我們面前時，肯定會顯示出它們內在的某種聯繫，至少存在一種對抗性的、批判性的聯繫。我們不可能越過「新批評」去選擇結構主義或現象學文論，也不能停留在「新批評」的水準上而對其後的理論發展置若罔聞。第二，西方理論作為一個歷時性演進的理論，現在作為一個共時態的理論平面讓我們選擇還是調和？各種理論之間說到底是不可調和的，然而又不得不去調和它們。西方的文本研究，已經搞得極其精密，甚至有些繁瑣，要在各種獨樹一幟的理論範型和名目繁多的理論範疇之外，再提出新的範型和範疇，不會是輕而易舉的事情。在這裡，獨闢蹊徑經常是調和的結果。「創造」如果不籠罩著現成理論的陰影，就要帶著「生造」的魯莽。

不管如何，當代中國文學理論不得不冒著草率與混亂的風險去與西方文學理論保持同步。這一大段的歷史空間，只能匆匆忙忙地填補。當代理論並不是與傳統理論決裂就能創造自己的現實。用庫恩的話來說：「革命是世界觀的轉變」。當代理論要創建新的範型，新的範疇，它壓根兒就沒有自己的歷史，也沒有現實，它要為此付出沉重的代價。當代理論只有捧著這個所羅門的瓶子或是捏著這個阿裡阿德斯的線團去贖罪。

贖罪之一：當代理論要為尋找新的邏輯起點，建立文學本體觀做出艱辛的努力。現行的現實主義文藝理論把「反映論」作為理論基礎，文學被看成是現實生活的反映形態。所有對文學的理論闡釋，都有必要到現實生活中尋找依據。西方現代文學理論把這種邏輯起點移到作品文本內部，文學作品是語言的構造物，文本的語言事實存在就構成了文學作品的本體存在。顯然，這是兩種完全不同的文學觀念。這種觀念的轉變，只能是理論範型的替代。這並不是理論視野的開拓，而是理論視角的轉換，思維方式的改變，思想層次的躍進。這當然是一個艱難的轉換

過程，並且是在沒有足夠的思想準備的情勢下的世界「觀」的轉變。這是割斷歷史做出的痛苦的選擇。

文學本體論首先為新批評派的蘭色姆所宣導。但在蘭色姆那裡，「本體論」意思很曖昧。他常將「本體的」與「實質的」、「根本的」相提並用。在「新批評」那裡，「本體的」通常用來表示作品本身，作品本身就構成了文學性的東西，就是它存在的全部理由和價值。

但在事實上，「新批評」並沒有在批評實踐中徹底堅持這種「本體論」。他們經常認為詩必須與現實有嚴肅的關係，必須與生活相通，應該具備人性的和精神上的完善。這當然與「新批評」當年試圖逃避現實，反抗工業主義浪潮而在文學裡尋求一個精神自由的國度的理論發生的背景有關。他們無法忘懷現實，只好在「本體論」裡來窺視現實。現象學把作品當做「意向性」的客體，也就是作為意識對象的存在物。因此，杜弗海納區別審美對象和藝術作品時認為，必須在藝術作品上面增加審美知覺，才能出現審美對象。在他看來，藝術包含的意義既不是非存在性的，也不是超經驗性的，它是審美要素固有的東西，是審美要素真正的結構。這種植根於「意向性」中的本體也很難說有多大的自主性。至於結構主義，「本體論」僅僅是一種自明的真理，它一經宣佈就無須加以說明，因為他們只關心文本的內部結構。總之，「本體論」作為西方文本理論的基本立足地存在種種令人吃驚的含混。這就使得「本體論」不僅作為一種文學觀念在確立時與現行理論存在轉變上的斷裂，而且對這種新型的文學觀念的闡發容易陷入這樣或那樣的理論參照而引起的歧解。當代理論很難繞過「反映論」和「本體論」去找到另外的路子。在目前很長一段時間內，當代理論惟有到半個世紀前的「本體論」的祭壇上奉獻其僅有的理論熱情。

贖罪之二：當代理論要在西方文本研究的各種理論範型和範疇中找到自己的出路。這無疑是艱難的旅程。西方文本研究歷經了半個多世紀的演進，不能說臻於精密完美，但也確實是龐大細緻、豐富精當。從基本觀念到細小的語言語法問題，從理論的邏輯構架乃至思維方式方法，都有涉獵。這裡與其說是一種理論見解的辯護與論爭，不如說是理論的智力和想像力的競賽。文本研究產生出德里達這樣極端的見解與奇特的思想是一點也不奇怪的。它如果不是文本理論智力競賽走到窮途末路負隅頑抗所做的鋌而走險的嘗試，就是二十世紀理論想像力進發出的最後一道光輝。不管我們是否有希望在文本的國度裡找到一方寶地建造我們的理論殿堂，目前卻不得不在這片巨大的理論陰影底下去開墾我們思想的不毛之地。

　　贖罪之三：當代理論當然必須設法擺脫這片陰影，那麼它只有努力去尋找西方文本研究忽略了的，或者不願、甚至不敢涉獵的地域，在那裡或許能開掘出理論的新大陸（那裡也有可能是一片沼澤地）。但是，這需要勇氣，需要屢敗屢戰的探索精神，需要付出更為艱辛的努力。

　　西方文本研究也並非就沒有不足之處，缺乏深厚廣博的人文精神是其普遍的弱點。「新批評」派在本世紀初是為逃避現實而遁入文學文本的。他們不時還要尋找現實世界的「真理」，但那顯然只是一種美好願望，並且那些「真理」通常都是老生常談。至於結構主義，從人類學移植而來的方法論何以缺乏人文精神頗為令人大惑不解，那也只能歸咎於結構主義方法論本身。列維-斯特努斯考察的是純粹的原始文化的內在構成關係，舉凡圖騰、神話、親屬關係、禮儀、風習等等，只是提供結構性能的排列組合的材料。至於原始圖騰、神話隱藏的人類精神的意義，他並不感興趣。加之結構主義對經驗科學、唯理論嗤之以鼻，探討結構主義的人都是一些莫測高深的大學教授。他們深居簡出，也不大關心現實時事（結構主義的馬克思主義者或許例外），更何況他們確實相信人類事物本質上就是一些結構：「要是沒有結構，世界成什麼樣子！」──這就是他們的世界觀。現象學會產生出海德格爾、薩特這樣二十世紀的思想家，足以說明它蘊含的人文精神。胡塞爾是有感於歐洲哲學的危機來構造他的現象學的方法論的。但是現象學移植到美學和文學理論中確實只剩下「方法論」，純粹的現象學的方法論（當然不一定是純粹現象學的，因為胡塞爾就未必同意茵伽登對現象學的理解）。現象學還原作為一種精神活動，努力把超經驗和超現象方面的經驗，特別是經驗現實或存在的本體特徵放在「括弧」內，這樣，現象學就專注於意識到的現象本身──在文學研究上，也就是文學作品的本身構成上。薩特作為杜弗海納在高等師範的學兄，他的《存在與虛無》給杜弗海納的影響如此微弱，是令人奇怪的。對於茵伽登來說，始終沒有把充分化的客體放到存在世界的深度背景上來考察，這不能不說是一種缺憾。

　　二十世紀的文學藝術為現代文本研究提供了理想的範本，但是二十世紀的文學藝術做的所有努力就是要在藝術文本中壓縮進現代的精神結構，二十世紀的文本是現代靈魂的語言情態。可是，現代文本研究從來不理會現代文學藝術的抱負和決心，只滿足於語詞句法機制的捕捉、結構的肢解，或者現象的和符號的描述。當然，這並不是說現代理論表現出的那麼高的智慧和那麼大的創造熱情就是告訴人們文學藝術作品是些語言符號的構成物，內部存在某種樣式的結構等等這樣明顯的道理（我們剛剛說過，這是豐富精深的理論）。但是，現代理論對於人類存在的

精神狀態沒有給予足夠的關切，這不能不說是一大疏忽，不能不說也是一種歷史罪過！那麼，在文本的構成研究中注入深厚的人文精神——這是一場艱難的試驗和不自量力的冒險——實際上是為現代文本研究的重大過失贖罪！

然而，這場試驗很有可能是徒勞無益的嘗試。我們並不指望有人會為這種並不悲壯的「贖罪」掉一滴眼淚。當然，這不是一個認真的時代（認真顯得迂腐而又愚蠢）。不過，理論界和批評界在「好玩」的行話掩蓋下的，也有可能是一種無可奈何的心態。因此，我們對創建理論的艱難以及理論本身能為人們理解依然存有僥幸的心理。還是那句老話，地上本沒有路，走下去便有路了。

三、文學的「巴比倫塔」已經倒塌

《聖經・創世紀》第11章上說：古巴比倫城的人想造一座通天塔，高達天庭，上帝以其狂妄而責懲之，使建塔者各操不同語言，彼此無法瞭解，此塔遂無法完成。如果把「巴比倫塔」看做文學的統一範型的象徵體的話，那麼，可以設想當代中國文學的「巴比倫塔」正在（或已經）倒塌。

（1）現實虛脫：統一世界「觀」解體

當代文壇在五光十色、品種齊全的刊物掩蓋下的，不如說是一種虛脫的寂寞。搞文學的人們，其實已經找不到「共同語言」能夠交流，因此也不願意交流。所謂「創作群體」，這完全是出於搞批評的人的善良願望；所謂「批評群體」更像是搞創作的漢子們假想的敵手或某種無形的壓力和不足掛齒的陰影；至於「理論群體」，漢子們壓根兒就沒有想到過；而搞批評的一聽說「搞理論」這個詞兒，就覺得好笑，就要擠眉弄眼。在他們看來，這是一些冬烘學究的烏合之眾，他們更適合到大學講壇上去散發講義。而在「搞理論」的眼裡，「搞批評」的通常是「流行歌手」的同義語，只有他們自己才是正宗的「美聲唱法」，那些「流行小調」，是些什麼玩藝兒呀！

各種群體其實並不存在。「群體」一詞在文學行當裡，經常是為了施展攻訐魔法的需要，劃定一個圓圈，當做緊箍咒祭將起來。文學職業語言（創作的、批評的和理論的），已經沒有任何內聚力，因為沒有隱含統一的世界「觀」。按照洪堡的看法，語言是一種世界「觀」。也就是說，語言導引了人與世界的原初統一，確定了人們特定的看待世界的

起點和角度，語言的規則約定了人們描述世界的特定方法及其可能性。顯然，這樣的「語言」是「大語言」——隱含了世界「觀」的語言（而不是指人們在日常生活環境裡交流的具體「言辭」或寫作作品時的個別「話語」單位）。這種「大語言」溝通了人與人之間、人與世界之間的關係。文學共同體是因為擁有這種「大語言」（世界「觀」）才建立起來的，文學的職業語言也才可能有內聚力。在五六十年代，「現實」是作為文學的天國召喚文學的信徒們的，文學是在窮盡「現實」的本質的時候，才達到了自身的終極和完滿。文學從來沒有像這樣與生活休戚相關，融為一體。生活中任何事件、事物都可以轉化為文學，而文學也可以直接產生實際的生活行為，沒有人懷疑現實主義文學就是生活本身。「現實主義」是作為當代文學的統一范型，作為文學的「巴比倫塔」高高聳立在中國文壇上。人們只有在它的高大陰影的籠罩下，才會覺得心安理得，才會覺得光明澄淨，才會覺得成為一個親密和諧的群體。當然，新時期十年文學也是這樣走過來的。如果說，「傷痕文學」和「反思文學」是對現實作歷史的觀照，那麼，「改革文學」就是對現實作未來的嚮往，而「尋根文學」則是對歷史作現實的審視。「現實」經過這樣的審視和折騰，早已虛脫不堪，更何況「現實」本身就分崩離析（中國的「現實」是什麼？誰說得清呢！），現實已經不是共同建造理想的陸地，而更像是提供給思想自由翱翔的虛擬的精神空間。「現實」在當代文學中，已經是不可能更為空洞的詞了。

當年浪漫派就用「永恆」來改裝現實，以求獲得超越「現實」的力量。華茲華斯是第一個使柏拉圖的「永恆」觀念獲得詩意蘊含的浪漫派詩人，拜倫和濟慈特別是雪萊使「永恆」更加生動，也更加捉摸不定。現實的空間形態轉化為時間形式，「永恆性」是現實存在的觀念形態與自我意識的心靈歷程的結合。在當代文學中，「永恆」的觀念作為超越現實的價值取向，也一度令人神往過。例如「尋根」的文學作品裡，就有某種尋找文化永恆歸宿的思想意向。楊煉要爭奪歷史空間——「用自己的血，給歷史簽名，裝飾廢墟和儀式」。很快地，「永恆」觀念的閃光，也就隨著對歷史熱情的消退熄滅了，更為時髦的觀念是「瞬間」。「瞬間」既不像「現實」那麼費勁，也沒有「永恆」的那種悲壯、沉重。因為「瞬間」僅僅憑感覺就行，並且「藝術感覺」才是貨真價實的藝術素質或氣質，是學不到的招數。「瞬間」的特徵就是「不是什麼」，或「什麼都不是」，只要你有藝術感覺就能捕捉到，或者你捕捉到「瞬間」就證明你有藝術感覺。可是，這裡出現悖論：瞬間就是「不是什麼」，根據什麼來判定你捕捉到「瞬間」了呢？我的瞬間肯定不是

你的「瞬間」，你我之間怎麼能互證呢？於是乎，在「瞬間」只求「好玩」就行。這樣，「好玩」的瞬間給創作提供了一塊玩耍小魔術的自由地盤；批評因此顯得更加遊刃有餘，揮灑自如；而理論卻被弄得暈頭轉向，叫苦不迭，因為理論背著一麻袋書畢竟不可能玩得輕巧靈便。

「瞬間」是現實的徹底虛化，瞬間使現實什麼都不是。「現實」原來一直是創作的立足之地，它使批評有據可依（創作對還是錯，是否合乎現實，一目了然）。理論也有確實的準確的觀念。總之，創作、批評和理論，在文學的統一規範裡，共同分享「現實」的果實，它們有著關於「現實」的共同語言。可是現在，「現實」的實在性不存在了，統一的世界「觀」宣告解體，創作、批評或是理論各自都有自己理解的對象、理解的方式，它們也就不可能有統一的結果。每個人都無須有一個絕對的範本去談論「什麼」，正如創作、批評和理論都紛紛倒向自身，各自形成壁壘森嚴的封閉圓圈一樣，每個人（搞創作的、批評的或是理論的）也在「好玩」的瞬間，自圓其說，自言自語。時下在創作界一度令人羨慕的是敢於玩「敘述怪圈」，據說這是高智力遊戲，有如玩魔方。當然，現代小說注重怎麼敘述，而不管敘述什麼，中國小說由「玩魔方」而趕上世界潮流或許是件幸事，但實際效果如何，尚不得而知，但眼前的結果卻是出來了：大家都在忙於「怎麼說」，而至於「說什麼」，誰也不知道，不是無暇顧及，而是不屑於計較，其實是不可能知道，因為實際上「什麼也沒說」。

創作或批評當然有可能是對存在自由的選擇，薩特當年就說：「如果我們的創作衝動出自我們內心深處，那麼，我們在自己的作品中除了我們自己以外，就再也找不到任何別的東西了。用以評判作品的法則，是我們自己構想出來的。我們在作品中認出來的，正是我們自己的歷史，自己的愛和自己的歡樂」。[15]事實上，當代文學的「好玩」並沒有這種存在意識，「好玩」除了自娛之外，不負其他責任，也不承擔什麼義務，所以「好玩」才如此輕鬆瀟灑，至於「歷史」、「愛」和「歡樂」，早已被謀生之道湮沒了。

現實的虛化，文學失去了統一的準則，於是，「尋根派」可以和「偽現代派」並駕齊驅。「尋根派」或許看到文化源遠流長，遠山野情、拉邊套、老井、高粱酒……中國終於有那麼一條「根」可以和人家的宇航飛機、潘興導彈、試管嬰兒一比高下，人們為此應該感到振奮（文學的）還是感到沮喪（現實的）？而在「偽現代派」看來，文化正

---

[15] 薩特：《為何寫作》，伍蠡甫主編《西方現代文藝理論》，第192-193頁。

在崩潰，生活的秩序已經解體，焦慮、惶恐、無望、掙扎！總之人們陷入一片混亂之中。可是，中國現實是這樣嗎？有那麼多的人（並且是有名氣的人）對此表示懷疑。人們爭執說，中國沒有進入現代化，不可能有現代派，那不過是故弄玄虛而已；另一些人則看到，這是生活的某種趨向，一種潛在危機。劉索拉寫出《你別無選擇》，徐星寫了《無主題變奏》，確實讓不少人激動得熱淚盈眶，「中國終於也有了自己的現代派！」──人們感到欣慰。但是不久以後，劉索拉的作品就並不那麼激動人心了，《藍天綠海》給人的感覺，好像是嚼過的柿子，這應該怪劉索拉，還是怪讀者自己，或是怪「現實」呢？顯然，「藍色幽默」一類的作品，它在文學上的反動意義要大於在現實中的革命意義。試圖拿中國的現實來給文學立法是困難的，是「偽現代派」不諳中國世事，還是「偽現代派」這個術語很合文學的時宜？一時還難以斷言。「現實」是無關緊要的，重要的是自我感覺。既然人們的感覺如此難以溝通，也就唯有我的感覺才是唯一確實可靠的「現實」。

其實，「現實」本來就是人們虛擬的某種觀念。現實確實存在過，可是現實什麼都不是，一旦現實「是」什麼，那麼現實就觀念化了。因此，「現實」隱含的本質規律，「現實」表現的統一的世界「觀」，當然是人們信奉的某種觀念形態。與其說是因為「現實」虛脫，導致統一的世界「觀」解體，不如說是人們的世界「觀」視點轉移了，致使「現實」虛脫。正是在當代各種文化衝撞、人們的觀念選擇陷入不可抉擇的困境時，思想的參照系錯亂無序，「共同語言」被瓦解，因而統一的範型維持不下去了。

（2）文化衝撞：思想參照系錯亂

當代中國文化是各種觀念的堆積物，任何思想都可以在這裡找到一席之地而又站不住腳。一種觀念很快就為另一種更新奇的思想所代替，一種經驗剛剛滋長不久就遭到過時的厄運，從一種思想到另一種思想的「進步」缺乏內在的邏輯力量。這並不是說當代文化顯得特別開明或開放。事實上，當代文化沒有根底，也就不會有結果。西方將近一個世紀的思想潮流突然湧進中國大陸這塊思想的不毛之地，人們激動不安也無所適從。二十世紀的西方思潮本身就是充滿反抗與破壞、充滿偏見與爭執的混合體。顯然，當代文化要從這裡歸結出某種思想規範肯定是徒勞無益的試驗，好在當代文化壓根兒就沒有起過這樣的念頭。當代文化完全是以一種急功近利的態度來對待外來文化，在「兼收並蓄」的幌子掩蓋下的其實是「各取所需」。這樣，「各取」的差別，加上「所需」的

變異，外來的思想文化成果混雜進自我的感覺和經驗，思想的創造力除了在這裡設置理解的障礙外，不要指望會起到更有效的作用。

當代中國人的價值取向並沒有準則，這當然與當代文化構成的混雜大有關係。在當代的思想領域，大約可以劃出基本對立的兩大文化系統：其一，海外第三次儒學復興思潮與中國傳統文化契合形成的「改良復興文化」；其二，借助西方現代文化思潮形成的對傳統文化批判的「西化文化」。這樣兩個系統的文化不可避免形成截然不同的價值取向。但是，在文學創作方面，價值取向並不是那麼明確，兩種價值觀，既分裂，也經常混雜。

當代創作受到的外來文化的衝擊，也有相應兩個系統，歐美現代派文學和拉美「魔幻」現實主義。前者產生了「偽現代派」，後者與「尋根派」肯定有血親關係。「魔幻」現實主義的思想背景，導源於世界範圍內的「非歐觀念」的文化反思。在現代化的進程中，人們重新審視各民族的歷史，打破歐洲文化中心論的觀念，特別是對一些古老的文化傾注巨大的熱情。「魔幻」現實主義的文化背景恰好溝通了第三次儒學復興的文化背景，不管「尋根」文學是否真的是為了尋找藝術表現的出路而誤入文化的「歧路」，實際卻是存在這樣一個文化參照系。在「尋根」文學那裡，對農村生活浸含的傳統人倫文化，是持批判的態度還是沉湎於觀賞玩味之中，是很難說的，更為經常的是陷入了對村野風土的溫情脈脈的眷戀。賈平凹顯然是給他的那些村野少婦加進了過多的東方美德，他們總是野味十足而嫵媚多情。這與莫言給他的「紅高粱家族」注射了大劑量的雄性激素恰好平分秋色，中國農民的身上一直是保持著生命的激情啊！張承志騎著他的「黑駿馬」從草原跑到都市，他在草原望著城市，他在城市卻又想著草原，這就是他們的心態！「尋根」文學終於挖出了一口「井」（《老井》），撂倒了一片紅高粱（《紅高粱》），當然成績顯著。《老井》和《紅高粱》改編成電影終於走上國際電影節的領獎臺，這無疑是中國人的驕傲。至於這是由於藝術上的成功還是出於文化方面的考慮，則顯然是有煞風景的問題。但是，「尋根」文學並沒有什麼明確的價值觀念，也沒有什麼統一的思想出發點，以致於作家們最後只好怪罪是批評家多事，巧立名目把他們扯到一塊。

而在另一方面，在文壇的邊緣地帶，「偽現代派」與「尋根派」幾乎生活在不同的時代、不同的國度裡。與「尋根派」的「土氣」相比，他們則是「洋裡洋氣」了。他們看到文化正在瓦解，生活就要斷裂，於是焦慮無望，沒有來由，沒有歸宿，尋求偶然性，表現壓抑和自我偏斜……顯然，在那些懷抱崇高的責任感的人物看來，這是無病呻吟，是

為賦新詞強說愁。可是他們堅持認為,這是創制生活的新調,是未來文明的基礎,是真正的「現代意識」。「尋根」看到時間凝固了,歷史都凝固在現實中閃閃發光;而「偽現代派」看到的(感覺到的)只是瞬間,一種光禿禿的存在,一種分裂,一種無底的虛空。這樣兩種完全不同的價值取向在當代文壇並駕齊驅,他們各自依照不同的文化參照系,相互之間,誰也不理睬誰;他們從來就沒有交鋒過,不可能交鋒,也沒有必要交鋒;他們似乎生活在不同的時代和國度裡。然而,最傳統的也就是最「現代」的——終於難分高下。於是它們共同被稱之為「85新潮」。

事實上,「偽現代派」從來就沒有組成一個「派」,我們在這裡稱「他們」,只是為了行文的方便。「他們」都有自己的感覺,自己的空間,自己偏狹的然而又是模糊的價值選擇。如果我們冒昧地把劉索拉、徐星、陳村歸入「偽現代派」的話(這裡只好一再沿用這個扎眼的詞了),不僅他們的觀念不大可能統合在一起,而且各自的價值構成也不清晰。也許「現代派」本來就沒有什麼抽象的觀念,他們唯有對存在的瞬間感悟,只是看待他們的人有某種確定的觀念,因此,他們的「觀念」不是被強加的,就是被扭曲了,但是,結果總歸是一種混雜的觀念。

當代的批評和理論對於各種觀念彙集而成的現代思潮,能夠做出什麼選擇呢?思想的歷程是一種累積的進步,它不可能被「跨越」。可是,我們是在短短的幾年時間內,瀏覽了西方半個多世紀的理論成果。各種學說都接觸了一下,卻沒有什麼特別深刻的印象。這就使得人們不可能停留在某一種理論面前尋根究底,但是理論進步的歷程只能一步一個腳印,這是當代批評與理論不可擺脫的艱難歷程。浮躁的選擇不可避免地導致批評與理論的浮躁。於是,當代批評和理論很有可能出現這種局面:第一,理論在總體構造上陷於不協調的混雜,各種觀點和見解攪和在一起,理論總體構成不可避免地出現內在矛盾。例如結構主義如何與後結構主義融合起來?現象學能注入存在主義思想嗎?第二,兼收並蓄一旦為各取所需代替,那麼,每個人選取了一種理論參照系,相互之間將無法對話,有的人聲稱搞「結構主義」,有的人則在搞「闡釋學」,各執一隅。常常看的是同一個東西,看到的卻大異其趣。第三,一部分人將要鋌而走險,試圖去尋找「自己的」路,也就是把現成的理論成果加以通盤改造,確定新的理論起點。這就更有可能躍進「自言自語」的孤寂境地。這種冒險的試驗,除了遭到冷落外,在短期內不會有更好的結果。

　　可見，當代批評和理論很難建立一個在較大的範圍內溝通起來的思想參照系。這樣，人們再也不要指望有「共同語言」了，每個人都能在文壇上找到自己的立足之地，「精心」構造自己的東西，越「精心」也就越孤獨，孤獨也就自負，自負也就冷漠……終至於形成惡性循環，人們各說各的，各「玩」各的，這就是自負時代的冷漠，冷漠時代的自負。只是「巴比倫塔」已經倒塌，大家也就心安理得鬥著膽子「玩」下去。

（3）無神論者的悲哀：絕對信念的失落

　　「現實」是分裂的、破碎的、悖論式的，昔日理論家們尊為「絕對理念」的「現實」失去了僅僅由於「不現實」才獲得的「尊神」地位；「觀念」是分裂的、破碎的、悖論式的，昔日批評家竭力尋找和依託的統一規範忽而如飄忽流雲，消失於無端之際；「自我」是分裂的、破碎的、悖論式的，浪漫的詩人終於發現他們滿懷覺醒和喜悅的歌喉裡浸透了一種惶然迷惘的酸辛……上個世紀中葉，施蒂納拒絕一切絕對信念而產生了他的「唯一者」；任何在我之上的更高本質，不論它是神或是人，都削弱我的唯一性的感覺，而且只有在我的唯一性這種意識的太陽之前它才會暗淡下去，我把「無」作為自己的基礎從而替代上帝成為「生死無常的創造者」。然而，只有當人們經歷了巨大的歷史磨難之後，才會發現「絕對信念的失落」或「上帝之死」恰恰導致了個體（無神論者）的悲哀：在這個擺脫了上帝及精神偶像的世界裡，人現在是孤立無主了。誰也不會比尼采更想讓人相信這樣的自由是不容易得來的，在這一點上他是和浪漫主義有區別的。這種無限的解放使他與這樣一些人站到了一起，關於他們，他自己曾說過，他們在為新的不幸和新的幸福受苦。但是，首先，只有不幸在呼叫：「唉！讓我發瘋吧……除非我高踞於一切律條之上，否則我將是被天主棄絕的人當中最不幸的人了」。[16]

　　當人們不再相信「現實」、「觀念」、「個體」或「自我」的絕對統一性時，「無神論者」的時代開始了，人必須對註定為生活而受苦的一切負責。他尋找歸宿而註定無家可歸，他渴望有序而終於無序，對統一性的探尋只能歸結為不統一。這就是「絕對信念失落」後的殘酷的真實狀態。

---

[16] 加繆：《尼采和虛無主義》，轉引自加繆：《反抗者》，呂永真譯，上海譯文出版社，2010年。

如魯迅所思：

我夢見自己正和墓碣對立，讀著上面的刻辭。那墓碣似是沙石所制，剝落很多，又有苔蘚叢生，僅存有限的文句——

……於浩歌狂熱之際中寒；於天上看見深淵。於一切眼中看見無所有；於無所希望中得救……

——真正的「無神論者」遠離一切臆造的「熱點」，拒斥一切遼遠的觀念，在種種真實的聲音（理想主義，虛無主義……）中聽出了不真實……但恰恰是這種惶然迷惘使他洞悉了自我及其環繞自我的現實的真實狀況。於是，在熱鬧的寂寞中，「巴比倫塔」倒下了，卻使我們在無所希望中獲得拯救。

無所適從的靈魂由於無需依託而鬆了一口氣，然而無所依託卻又更加恐慌和寂寞。思想之「重」，是因為有了明確的目標和堅固的信念，而思想之「輕」，瀟灑自如卻又極不踏實。現在，文壇上沒有神像，沒有牌位，沒有信條，誰都可以坐上太師椅扮幾下鬼臉。「神們」（宗教的和非宗教的）確實讓人們厭倦了，可是「無神」人們又如何心安理得呢？自從宗教衰落以後，人類的精神就一直恍惚不定，尼采一再痛心地說，我們要為「上帝死去」舉行盛大的慶典來洗滌我們的罪行。中國當代也正面臨著舊有的價值與信仰變革的時期，舊的還試圖頑強支配現實卻也力不從心；而新的要崛起卻生長困難。我們期盼文學的「巴比倫塔」倒掉，但我們是否有能耐開拓一條通往未來的道路呢？這需要漫長的等待、努力和行進。

4、常規與變異
——當前小說形勢與流變

　　從八十年代的輝煌失落中匆忙走進九十年代的當代中國小說，很快就發現自己置身於一個更加困難的歷史境遇：它必須在尋常中討生活。我知道還有不少人在非常用心地寫作，甚至想創造一點奇跡。然而，小說已不再能花樣翻新，人們的感覺也徹底鈍化，當代小說的常規化趨向已經無法阻遏。經歷過一連串，並且是最後一次自以為是的先鋒性敘事革命之後，當代小說早已疲憊不堪。探索者奪取的那些戰利品，遠沒有他們丟盔棄甲的姿態更加引人注目，當然，這並不妨礙人們偷偷摸摸地分享那些勝利果實。小說的常規化趨勢，既是一次疲憊的厭倦，也是一次消化與適應的休整。然而，值得警惕的問題在於：當代小說很可能從此就喪失了擺脫常規性的創新衝動，也沒有任何（實際是看不到）變革的遠大目標——當代小說在觀念和方法上已經沒有任何障礙需要克服，更沒有什麼高地需要攻克。如果這次常規化是一次一勞永逸的休憩的話，那對於小說反倒是一次真正的末日審判，而那些小打小鬧的變異，不過是理屈詞窮的辯解而已。

　　1991年至今，幾處擂臺賽熱熱鬧鬧開打。擂臺賽「把解散了的我們作了一次集合」（王安憶語）——這是一次期待已久的集合，也是一次假想的聚集，它徒具搏擊的形式而沒有搏擊的實際內容。公正而言，擂臺賽上還是有些好作品；然而，如此雄壯的氣勢卻並無驚人之舉，而更多尋常之作，這不能不說有些令人失望。勉為其難的招式有一種獻身的英勇，卻全無挑戰的氣概。擂臺賽不過是當代中國文學富有象徵性的場面：它象徵著一次為了告別的聚會，告別八十年代那些曾經視為藝術生命的尖銳探索。

一、新寫實：退出原生態或解構歷史神話

　　「新寫實主義」這面曖昧的旗幟，與其說象徵著一次有組織的進軍，不如說意味著一次混亂的逃亡。從經典現實主義的眼光來看，「新寫實」不過是掛羊頭賣狗肉，類似修正主義的行徑，徒然製造一系列混亂；而在追求文學探索創新的人們看來，這又是一次堂而皇之的撤退和自作聰明的受降。不管怎麼說，「新寫實主義」走調和、折中的道路有

它的歷史原因。看上去它是一種新的文學理論或新的創作道路，實際上僅僅是一種文學的生存途徑。因此，也就不難理解「新寫實主義」那些基本理論始終含混不清，難以左右逢源。

如果說「新寫實」小說一度注重表現日常性的生活，而被批評家概括為回到生活的「原生態」的話，那麼，自1991年以來，「新寫實主義」其實已經發生微妙的變化，它已經不滿足於表現所謂的「日常性」或「原生態」，而是去尋求更複雜和更縱深的歷史意蘊。不管有意識還是無意識，有跡象表明這種動向。相對於「常規化」的歷史趨勢來說，「新寫實」反倒不願囿於「常規性」，至少它在常規中尋求變異，因此，走出「原生態」而傾向於解構歷史神話，則是「新寫實」小說值得關注的動向。

事實上，也許「原生態」一直就未必是「新寫實」小說的根本的或主要的特徵，那種日常瑣碎的生活表像，其實掩蓋著遠為深厚的歷史無意識內容。例如，數年前就引起重視的方方的《風景》（1987），被推為「新寫實」的開山之作，批評家認定這部作品是以其「原生態」令人耳目一新。實際上，這部作品的更為有意義之處，在於改寫了五六十年代的經典歷史故事，或者說改寫了既定觀念確認的神話譜系。五六十年代的經典故事是「金光大道」、「豔陽天」，而《風景》重新講述了那個時代的生活。池莉的《你是一條河》（《小說界》1991年第3期）與《風景》有異曲同工之妙。池莉明顯更注重發掘歷史背景，刻畫貧困生活周圍的政治運動。當然小說的顯著特色依然是對日常生活的直面描寫，只不過這裡的「日常生活」置放到歷史過程，置放在經典話語講述的歷史神話譜系中才能全部被理解，它是一種「反神話」的故事。這就是「新寫實」真正具有歷史意識的地方。

顯然，更明確解構「神話譜系」的作品當推李曉近期的幾篇小說，例如《相會在K市》、《叔叔阿姨大舅和我》等等。「革命歷史故事」擺脫了原來的經典模式，而專注於考究那些似是而非的細節，那些結果總是掩蓋了可疑的偶然性。重要的不是去考證清楚那些真相，重要的是考證本身導致了對整個歷史存在的質疑。八十年代初期，方之的《奸細》為一個「奸細」平反（這合乎那個時期的願望）。「奸細」原來是「革命者」。方之令人信服地補充革命史的神話，使這個「神話譜系」更加完整或完美。而《相會在K市》則恰恰相反，劉東澄清了革命者的身份，然而，卻使整個「歷史故事」（經典模式）變得不真實。

劉震雲的作品一直也是「原生態」理論的主要佐證之一；然而，實際上，我以為劉震雲的特殊意義在於他始終關注「權力」是如何支配著

人們的日常生活和歷史實踐。「權力意識」構成劉震雲敘事的軸心，並且是他全部反諷效果的基礎。早在《新兵連》這篇小說裡，劉震雲就在審視人們是如何自覺認同權力，並且在權力的支配下如何失重的。《官人》直接表現為權力困擾著的官場生活，人們企圖掌握更大的權力，不過是更徹底地為權力網路所支配而已。至於《一地雞毛》在寫出日常生活的困窘時，細緻展示了權力如何支配人們的家庭生活。在個人與家庭之間，在家庭與社會之間，乃至在家庭成員（其實就是夫妻）之間，權力變成無所不在的神奇力量。

1991年劉震雲發表長篇《故鄉天下黃花》，無疑是「新寫實主義」的扛鼎之作。這部小說當然可以從不同方面去讀解，然而在我看來，它重新講述了「階級鬥爭」的故事，其顯著特色和獨特的歷史意識在於解構了「階級鬥爭」的經典模式。在這裡，以階級鬥爭為綱領的情節劇模式，為權力運作產生的反諷效果所替代。不管是地主、土匪、村長、農民，還是工作組員，或是後來的大隊幹部，他們的本質都一樣——崇拜權力並且為權力所驅使。爭奪村長，家族私仇，土改翻身，乃至「文革」造反，貫穿於歷史運行始終的根本動力，支配每一個人的行動法則，都可以看成是「權力」在起作用。權力無處不在消解了（或者替換了）歷史辯證法，抹去了人們的階級本質和階級關係，顛倒了善惡道德觀。每個人被拋入歷史的權力實踐網路中，他所能做的僅僅是自我嘲弄，自我否定。追逐權力的那些強權人物，最終都為更強大的權力機制所愚弄或吞噬。與其說這就是歷史的辯證法，不如說是「權力宿命論」。對「權力」有著如此徹底的認識，確實令人吃驚。我不知道由此表明劉震雲真正意識到了「歷史深度」，抓住了「歷史辯證法」，還是已經走火入魔。不過有一點是可以肯定的，對「權力」的意識，使劉震雲的寫作，也使「新寫實主義」擺脫庸俗化的威脅而具有某種歷史高度。維持這個高度需要走鋼絲的技巧，這就是劉震雲的特殊本領，也許也是「新寫實主義」隱瞞了很久的美學法則。

「新寫實主義」以其含糊其辭的理論網羅八面來客，而蘇童加盟「新寫實主義」是壯大其聲勢，還是把它搞得面目全非？我說過「新寫實主義」是一面曖昧的旗幟，蘇童的加盟也無非是一種更加曖昧的選擇，《米》被作為「新寫實主義」的重頭作品推出，也就不足為奇。這部長篇小說顯然比蘇童過去任何一部小說都更注重故事性，除了偶爾流露的那種敘事風格還可見蘇童當年作為「先鋒派」的氣質格調外，《米》確實是一部地道的寫實小說。這部小說講述江南1930年代的故事，看上去很像時下流行的幫會傳奇，這裡面每個人都是壞人而且慘遭

不幸。欺詐、誘惑、陰謀、暗算、兇殺和復仇等等，構成了這部傳奇的主要內容。這部長篇當然有它出色之處，個人化經驗被表現得很充分。主角五龍，這個從鄉村到都市的流浪無產者，他身上的全部「革命性」，都體現在對小店主的仇恨和掠奪上，「革命」變成了貪婪的慾望。這部小說有意誇大五龍的兇狠，他的那種無法遏止的佔有欲迅速演變為兇猛的復仇。他的仇恨一半來自個人的現實遭遇，另一半來自鄉村對都市的天然仇視。在他敵視小店主以及城市惡霸的瞬間，鄉村的記憶就如夢一樣綿延而至。這使得鄉村的憂傷記憶充當了久遠的歷史背景，甚至使那些兇猛的動作具有一種特殊的情調。這顯然是蘇童慣用的手法，它使蘇童在表現兇猛的場面時，依然不失優雅之氣。蘇童寫作這部小說，大概是想完成一次對兇猛粗野風格的嘗試。其實，綺雲和織雲兩個女性形象卻依然寫得很好（特別是綺雲），這是蘇童的拿手絕活。那種感傷憂鬱，任性而多情，顏紅而命薄，無可挽回的失敗感，寫得如歌如訴。女人的心性與命運是無法讀解的生存之謎，它們在蘇童的敘事中，總是散發著濃郁的末世情調而感人至深。

1992年，蘇童再次推出長篇小說《我的帝王生涯》（《花城》第2期）。與其說是蘇童的寫作速度令我欽佩，不如說這部小說從敘述到故事都更令我奇怪。已經皈依「新寫實主義」，並且向著傳統現實主義明遞秋波的蘇童，何以會在1992年發表這種小說？我說的是以這種敘述方式敘述的這種故事。不管從哪方面而言，蘇童突然遠離現在的自己，而重溫1987至1988年之間的舊夢。這篇以第一人稱敘述的故事，在前兩年顯然是標準的「先鋒派」小說，它強調主觀化的視點，精心錘煉的修辭性很強的語言句式，追尋被敘述人的感覺狀態和心理變化的層次推移。就其故事而言，遠離現實而任意虛構化。這個虛構的歷史故事，就其敘述而言，已經不可能有語言和敘事方法方面的挑戰性。正如我前面已經談論過的那樣，這些東西終被普遍認同，對於蘇童如此聰明的人來說，他當然不會作這種無謂的犧牲。充其量這是一次舊夢重溫。也許蘇童覺得過早、過於匆忙放棄了語言遊戲的快感，意猶未盡，或不曾在這方面淋漓盡致地發揮，於是來一次完成宿願的補償。就其故事而言，有歷史文化材料卻並沒有文化記憶（個人的或集體的）。這個關於古代變國衰亡的故事顯得虛無縹緲。它不具有話語講述年代的古舊歷史的悲劇底蘊，也未必有話語講述年代的隱喻意義。它顯得精巧卻不深厚，有才氣而缺乏力度。實際上，如果主角端白不是帝王，而是其他什麼類型的人物，小說可能會更出色些。關於帝王的生活已經模式化，被街頭書攤的各種野史奇聞弄得毫無神秘可言，因而，帝王的故事在這裡顯然妨礙了

去表現（蘇童擅長表現的）命運戲弄、災難與宿命，以及歷史反諷之類的主題和美學效果。蘇童近期的出色之作當推《紅粉》，然而《紅粉》無論精神還是風格，都是標準的「現實主義」。

1991年，「新寫實」小說的出色之作遠不止我提及的這些。池莉的《熱也好、冷也好，活著就是好》就令人叫絕，其他如方方、儲福金、範小青、葉兆言、遲子建都有精彩之作，這裡難以贅述。1991年，「新寫實主義」偃旗息鼓，草草收兵，多少有些令人遺憾。儘管它製造了一些混亂，儘管它連自己最基本的主張和最根本的原則也從來沒有澄清——儘管如此，「新寫實主義」無可爭議地作為當代小說史上一個重要話題存留在一段特殊歷史時期的醒目之處。

二、先鋒派：衝刺者與遲到者

1991年對於中國當代小說來說決不是值得慶幸的年頭。這一年「新寫實主義」半途而廢；曾經銳氣十足的先鋒派也潰不成軍。他們那勉為其難的衝刺看上去更像茫然無措的逃跑；那些姍姍來遲的「後起之秀」卻發現自己是擠上了一輛已經停開的公共汽車。「先鋒派」從來都是藝術進步的犧牲品，那些最後的殉難者不會再有激動人心的悲劇效果，而僅僅只有自殺者的淒涼和悲哀。正因為如此，如果人們完全忽略這種悲涼的歷史景觀則有負起碼的職業道德和藝術良心。就是在「先鋒派」群體內部，北村也被視為「真正的先鋒派」。這與其說是嘉獎，不如說是略帶敬佩的揶揄。而對於沉迷於語言之夢和只傾聽「宇宙聲音」的北村來說，他顯然不理會外面的態度，一如既往徜徉於語言（敘述）的迷宮，這是北村的天性和職業高度統一的結果。

1991年北村發表《聒噪者說》（《收穫》1991年第1期），這是繼《逃亡者說》、《劫持者說》、《歸鄉者說》、《披甲者說》之後，北村放出的又一顆人造語言衛星。它在敘述、思想、夢境、文化之根、隱喻、象徵、神性等等混合而成的莫名其妙而又奇妙無比的天國行走。這篇小說像北村以往的小說一樣（有過之而無不及），在不堪卒讀的痛苦中，又能使人體驗到思想的閃光和精巧的敘述。要搞清楚這篇小說在講述「什麼」（故事）是困難的，因為北村力圖表述得那些觀念，諸如真理／謊言，真相／假像，神性／世俗，文化／蒙昧，言語／緘默，文明／自然，等等，實際吞沒了他講述的這個類似謀殺偵探的故事。小說的敘述有如夢境，撲朔迷離，錯綜複雜，在那些故事發展的關節點上卻總是節外生枝，或從頭開始，或誤入歧途。也許北村對我們的文化、語言

和生活真相有著特殊的洞察力，但是他力圖用小說的敘事的操作方法來演示他的洞察，肯定是吃力不討好的。小說不是思想的外衣，也不是語言構造的迷宮或狄斯奈樂園。身心交瘁的當代小說已經精疲力竭，北村也已經耗盡了形式的想像力。然而，北村並未手軟。

1991年底，北村發表《迷緣》，正如小說裡寫的那樣：「霍童充滿了預期的神秘氛圍」。這篇小說同樣如此，追蹤慕容的失蹤之謎，探究「香草時期」的秘密，四處漂泊的雜耍戲班，災難與逃亡，夢境與幻覺，兩個時空的拼貼和滲透，等等，使這篇小說神秘兮兮，鬼氣四溢，有「聊齋」之風，而無「紅樓」神韻。北村試圖去尋找「文化母本」，然而，「文化母本」並不是一些外在化的文化符碼，它是深摯的「文化記憶」，並且是與「個人記憶」水乳交融的。北村的語言感覺甚好，而且想像力奇特，然而這種優勢卻成為北村的枷鎖，他不能容忍任何平常粗淺的句子，不願講述尋常有趣的故事。北村的衝刺過去一度讓我興奮，而現在卻令我憂慮。也許再過30年，人們才又會對北村這類小說興趣盎然。

呂新一直未被劃歸到「先鋒派」的名下，這是他的不幸還是僥幸？顯然，呂新近幾年的小說不折不扣具有很強的實驗性，稱之為「後新潮」或「先鋒派」名實相符。呂新的敘事帶有很強的體驗意味，它不依賴於形式結構或語言風格，而是內心湧溢而出的幻想之物，那些虛幻的情境經常顯得異常清晰真切。1991年初，呂新發表《葵花》。在「精彩中篇擂臺賽」上，呂新這篇小說幾乎被高明的和不高明的裁判們冷落，理由似乎很簡單：「不好讀」。這倒使我大為驚奇。這篇小說寫得行雲流水，清新明淨，也是呂新迄今為止寫得最好讀的一篇作品。這篇小說的意義不在於它講述的故事，更重要的在於寫出一種生活情境和山鄉特有的情調。人物感覺體驗自己的存在狀況，這不是那種內省式的心理描寫，而是在一種感覺狀態中融合記憶和經驗凝聚而成的情境：「那時候山區裡還沒有電，她是在許多年以後望見山區裡栽起的電杆後，才猛然回憶起當年的那些炊煙的──」時間流向與經驗的聚合使得那些狀態具有層次感，敘事由那些細緻透明的情境構成，這種情境與貧困粗糙的山鄉生活如此不協調，卻融為一體，產生一種無法言喻的韻致。特別是在如此封閉落後的世界裡，滋長出的浪漫情思，對文化的嚮往，對閱讀的迷戀，對女人的慾望，奇怪地糅合在一起。這就是山區粗糙的外表下掩蓋的精緻而透明的內心生活，它們像精巧的剪紙畫貼在山區笨拙的門窗上。這種「山區浪漫主義」正是呂新獨樹一幟的地方。

然而，呂新卻筆鋒一轉，在1991年底沉迷於更玄虛的《發現》。

該小說與北村的《迷緣》刊載在同一期刊物（《花城》1991年第6期）上。看得出來，兩篇小說異曲同工，語言和感覺以及想像力都達到了爐火純青的地步。然而《發現》僅僅顯示了技巧的圓熟，而無任何實質性的「發現」。同時在講述幾個故事，或者故弄玄虛疊加幾篇似是而非的「小說」或「書」，這種做法在1987年或1988年還會令人暗暗稱奇，而在1991年，卻像是在重演一個節目，雖然精彩，卻不會激動人心。形式實驗如果不再具有挑戰性，那麼，過於繁複的形式就像是花拳繡腿，沒有實際作用，相反，它使那些故事也變得無足輕重。

當形式實驗不再能給予革命性的美學承諾時，探索性的寫作就陷入作繭自縛的尷尬境地，它在形式和故事兩方面都不討好，都付出代價。特別有一點令人悲哀的情形是，那些曾經富有挑戰性的形式一旦被熟知，卻未必能被認同時，閱讀那種形式不再新穎卻要花樣翻新的作品，人們就只能體驗到重複的累贅而無變異的快感。因此，先鋒性的形式被熟知是一回事，要被廣泛認同則是另一回事。這牽涉到另一個問題：先鋒性小說的常規化，不能只是保持原來水準的藝術樣式，而只能是一定程度的退化。那些一度富有挑戰性的先鋒性形式技巧，不得不壓制或縫合在常規性敘事的內部而少留痕跡。

因此，不難理解余華的《夏季颱風》和潘軍的《流動的沙灘》幾乎沒有引起任何注意。余華依然執著於描寫幻覺，潘軍則在精心製作鬆散的文體。顯而易見，這兩篇小說筆法圓熟，語言精到，他們的職業技藝無疑是高水準的；然而這兩篇小說更像是精心彈奏的練習曲，沒有激情和特別的想像力。1991年《鐘山》第3期刊出「新人小輯」，其中羅望子的《白鼻子黑管的風車》頗有特色。這篇小說的範本一眼就可看出來自「尋找聖杯」那類原型故事。它的特色在於把都市之夢與鄉村的自然情懷統合為一體，引進敘事遊戲，虛假的浪漫情調彌漫於故弄玄虛的敘述之間，卻也是對似是而非的生存境遇所作的恰如其分的書寫，其中透示出一種明淨而憂鬱的意味似乎也別具風格。儘管這篇小說觸及到的主題和思想並不新穎，但卻又不失清純之氣，其奧妙在於田園風光的自然情調不失俊秀，而小說敘事並未走火入魔，沒有那些過分橫生的歧義結構，敘事顯得舒暢從容，反諷與優雅相混也興味盎然。事實表明，形式探索只能適可而止，恰到好處，其重心還是要落在寫出一種生活情境。對於注重主觀感覺體驗和語言風格的小說來說，生活情境是小說敘事的基礎結構，否則，小說敘事就變成一團亂麻。即使最有耐心的職業批評家也不會熱衷於長久清理這些東西，更何況一般讀者呢？

事實上，小說走向虛構並不可怕，「回到生活」並不意味著小說就

一定要講述身邊瑣事。問題在於，純粹語言敘述層面上的虛構是行不通的，至少不能長久通行，而在虛構中發掘日常性，也就是說純粹的虛構與純樸的日常性相結合，則有可能打開一個小說的新天地。在這一意義上，紮西達娃的《野貓走過漫漫歲月》（《花城》，1991年第3期）提示了一個成功的例子。紮西達娃過去的小說，例如《西藏，隱秘的歲月》，主要以西藏生活的神秘性為故事的底蘊，所講述的那些神奇的故事與西藏現實生活相去未遠，這是敘事給定的前提。而《野貓走過漫漫歲月》則顯示出紮西達娃的新的變化，他顯然有意把西藏故事虛構化，虛構特徵被敘述明顯強調，而那些日常性生活被任意填入這個虛構化的空間之中。生活的神奇性不再像紮西達娃過去所強調的那樣，乃是西藏的宗教生活所決定，並且在敘事中是自明的、自在地發展的。現在，紮西達娃尤其強調他的講述，生活的神奇就是這些日常性生活，就是為現代化全盤入侵滲透的日常的西藏生活。這種日常性生活恰恰是被虛構化之後才顯示出它的神奇效果。敘述的遊戲特徵與生活的遊戲特徵完全重合，它們共同展現了為現代化侵入的生活的虛假性，或者說是為虛假的現代化滲透的真實的生活。

很顯然，不僅紮西達娃的敘述具有後現代性，而且這種生活本身也具有後現代特徵。工業文明、現代商品文化以及電子產品對那些落後地區的全面滲透，人們突然置身在一個沒有歷史座標的場所。例如電視機與佛龕擱在一起，那些袖珍電子計算器、好萊塢女明星的畫片、錄有大活佛講經的TDK磁帶、可口可樂易開罐，甚至還有豐田汽車、「夜光杯」酒吧，還有一系列萍水相逢或見異思遷的現代愛情……這些東西都堆放在那個神秘而落後，通常被認為文明程度較低的西藏。紮西達娃放任自由的敘述帶有很強的虛構性，而他展示的生活情境卻又異常真切。帶有遊戲性的敘述和生活現實卻又給出非常嚴肅而發人深省的問題：我們的生活已經為「現代化」所滲透，不是「虛假的」現代化，就是現代化生活的虛假性。這種置身於「不真實」的情境中的感覺，卻給出了現代（或後現代）時代生活的真實體驗。當然，不難看出紮西達娃受到瑪律克斯和博爾赫斯的影響。但是，值得稱道的是，正如瑪律克斯、博爾赫斯當年抓住西方工業文明對南美地區的經濟、政治和文化入侵而造成的「後殖民地文化」特徵，紮西達娃敏銳感受到現代工業文明和漢文化對西藏地緣文化的滲透造成的「後宗教文化」（一種特殊的「後現代性」），他寫出了歷史重疊的各種錯位現象。

虛構性與日常性相結合使當代小說具有了生動的「後現代性」。前幾年先鋒小說以其激進的語言句式、敘述結構的實驗，表達那種自我嚴

重分離錯位，歷史或故事突然中斷，以及對幻覺、暴力和逃亡等等主題的極端表達，而具有「後現代主義」特徵。從某種意義上來說，這種「後現代性」局限於觀念層面，它們遠離當代現實生活，沒有抓住生活本身的特徵。虛構小說沒有理由一定要在語言和敘述層面上耗費想像力，更有希望的出路在於回到日常性情境，去發掘生活本身的後現代性，在這裡，後現代性的敘述與生活的後現代性是完全重合的。1992年《鐘山》第2期發表葉曙明的《死島》，在我看來這是一篇非常精彩的小說。在這裡，常規小說和後現代實驗小說的界線已經非常模糊。一方面是純粹的虛構；另一方面是純粹的日常性生活。事實上，《死島》不過是葉曙明近年來的風格技巧臻於圓熟的一個表現。葉曙明這些年來一直在寫作這類小說。早在1987年，葉曙明寫了《環食‧空城》，敘事的虛構性重心還落在敘述行為（或敘述語言）；1990年的《阿龍史詩》（《鐘山》第4期）卻可看到虛構性與日常性重合而製造的反諷意味。《死島》則可見作者筆力傾注於從純粹的虛構中去發掘日常性生活的反諷效果。這裡的虛構與傳統寫實主義乃至與「新寫實主義」有著明顯的區別。後者的「虛構」被隱瞞了，故事是自在地呈現出來的，「虛構」被作為一種「複述」行為給予故事以真實性；而《死島》這類小說的虛構性則是自明的，誇張的描寫，遊戲性式的敘述，不在乎講述的可信性，而僅僅在於反諷效果。在這個誇誇其談的敘述和虛構性的故事中出現的那些具體場景，卻可現出當今社會的人情世態和種種行徑。葉曙明的敘述始終游刃於認真／遊戲，嚴肅／騙局，理智／瘋癲，文化／商業，神話／現實……等等二元對立的中間地帶，從而揭示了當代生活在動機與效果、名目（能指）與實際（所指）、手段與目的、原因與結果等等方面嚴重脫節或錯位的後現代性。當代生活已經變得如此虛假，人們奉行的遊戲精神既是它的結果，也是它循環往復的動力。

三、潮流之外：王朔及其他

　　王朔的寫作一直遠離文壇「主潮」或「派」而自成一格。作為一個職業寫手，他始終逍遙於文學的「法規」之外。然而他並不寂寞。在人們慨歎文學走向窮途末路時，王朔在商品經濟的大潮中隨波逐流而獨領風騷。幾年以來，關於王朔的爭論若有若無，它們主要由誇大其詞的先鋒派批評、驚恐不安的敵視指責，以及鬼鬼祟祟的流言蜚語構成。總之，不管從哪方面來說，王朔都是一個令人尷尬的話題。1991年以來，王朔發表的作品一如既往數量驚人，而華藝出版社推出《王朔全集》，

終於把王朔打扮成一個徹頭徹尾的暢銷小說家。在那些對王朔寄予「厚望」的批評家看來，王朔身上的挑戰意義已經大打折扣，剩下的不過是些職業寫手的圓熟老練和插科打諢的油嘴滑舌。然而，1991年至1992年之間，由王朔（執筆之一）編劇的《編輯部的故事》風靡中國大陸，引起多方面的興趣和熱情。

把王朔視為具有挑戰意義的先鋒派曾經是一次急功近利的誤讀。在八十年代後期「文化失範」的歲月裡，王朔的人物輕而易舉就被視為「反英雄」的英雄角色。進入九十年代，王朔小說的「反社會」色彩明顯減弱，這主要是因為他的人物奉行的行為準則在當今社會俯拾皆是，被普遍認同。也許現在人們才能更清楚、也更恰當地看到，王朔從來沒有反對什麼（「反主流」、「反社會」）；事實上，王朔一直不過表達了當今中國正在興起或正在形成的「民間社會」的生活及其價值準則。眾所周知的原因，中國的民間社會一度消亡，僅只剩下一些簡單的生活習慣。進入八十年代，改革開放給中國的平民百姓打開了一個在經濟上自由活動的空間。相對自由的經濟活動不可避免產生與之適應的價值準則和文化立場，人們稱之為「文化失範」的那種社會實踐方式，其實是「民間社會」成長起來，不再奉行政治權威或文化精英認可的價值標準。顯然，王朔抓住了從傳統向現代化變動的歷史進程中，中國民間社會的各種情狀，特別是第一次以公開的方式亮出它的語言（話語）。

迄今為止，我們稱之為「文學」的那種東西，它總是在文人（或稱之為「知識份子」）的傳統序列中來寫作，總是承襲了特定的知識份子的意識形態及其美學規範。顯然，王朔遠離這種傳統和既定的規範秩序，他的寫作主要奉行當今中國正在形成的「民間社會」的價值形態，這種價值形態不僅僅反映在他那些作品所包含的文化認同上，也表現在其美學效果上。

不管是《編輯部的故事》，還是王朔的那些小說，其藝術功用主要建立在那些超越「情節劇」的對話上面。就其文化立場而言，這些對話表達了「非中心化」的價值取向，它嘲諷、調侃任何正統觀念，然而並不試圖成為另一種中心；就其美學效果而言，它始終持一種並不認真的遊戲態度，給予觀眾或讀者以純粹語言的快感。在當今中國正在形成的消費社會裡，已經沒有「完整的故事」可講；在另一方面，完整的故事難以擺脫既定的文化秩序，像《渴望》那樣，它試圖嘲弄知識份子文化，但是，它所有的觀念，包括講述故事的方式，都來自對既定的知識份子文化的抄襲。現在，王朔僅僅熱衷於講述那些「廢話」，這些毫無意義的「廢話」因為只有快感，只有娛樂性和消費性，因而它不會、也

不可能被既定的文化秩序和語言秩序重新結構化，或被「中心化」。因而，王朔不僅是去表現（或者說不僅僅是表現）當今中國的「民間社會」，更重要的在於，它本身就是當今「民間社會」的一個部分，一個奇怪的、蠱惑人心的部分。

我們一直在討論的「文學」主要是指「純文學」，這個概念有別於「俗文學」，僅僅在於它還保留有最後一點藝術理想。顯然，把王朔完全歸到「俗文學」中去是不公平的，他介於「純文學」與「俗文學」之間。王朔的騎牆姿態對「俗文學」當然不起任何作用，然而對於「純文學」卻是一種威脅、誘惑或嘲弄。當王朔在某些場合不失時機地亮出「讀者」這張王牌時，所有的理論、批評和藝術追求都變得窘迫不安，甚至連「為人民服務」、「堅持為工農兵的方向」也弄得面目全非。與其說「純文學」面對王朔的挑戰手足無措，不如說它在商品化社會（或消費社會）面前無所適從。因此，文學走向常規化，在很大程度上是走向大眾化，至少是放低姿態靠近讀者。有一則文學公理說：一個時代有什麼樣的讀者，就有什麼樣的文學。八十年代的中國文學的先鋒部分一直與這條公理相悖：它開始是創造讀者，而後拒絕讀者。現在它（即九十年代的「純文學」）卻試圖去證明這條公理。我不知道中國小說因此將前途無量，還是要經歷又一次全面的下降運動？

四、「我」的故事：我們時代的心理自傳

1991年，如果不是因為余華在年底拋出《呼喊與細雨》，那麼先鋒派已經名存實亡；然而，也正因為余華這次幾乎使先鋒小說起死回生的衝刺，不僅暴露了先鋒派的，也暴露了當代小說在創新道路上的最後危機。

這部長篇小說刊載在《收穫》該年第6期上。顯然是與長篇小說的藝術樣式有關，過去被余華壓制在幻覺、語感和敘述視點之下的故事，浮出了敘述地表。然而，更重要的在於，這部小說表達了余華「回到真實的生活中去」的願望。這個以第一人稱「我」來講述的故事，現在還無從考證是不是余華童年生活的真實記錄。可能這並不重要。即使有虛構成分，這部小說依然是一部真摯的心理自傳。顯然，這部自傳體小說講述的童年至少年的故事，與五六十年代至七十年代的「經典的」（為意識形態權威話語所確認的）少年兒童故事相去甚遠。正如池莉的《你是一條河》、方方的《風景》改寫（或補寫）了那個時代的經典故事一樣，余華的這個故事同樣如此。

　　余華一向擅長描寫苦難兮兮的生活，他對「殘酷」一類的情感具有異乎尋常的心理承受力，使得他在表達「苦難生活」的時候有如回歸溫馨之鄉。「苦難」這種說法對於余華是根本不存在的，因為它就是生活的本來意義。然而，余華並沒有停留在羅列那些貧困愚昧的生活事相上，而是著力去刻畫孤立無援的兒童生活的絕望感。追憶童年生活採用的第一人稱視角，給「內心獨白」打開過去／現在重疊的雙重時空。一個游離於家庭生活的兒童（少年），向人們呈示出他敏感而孤獨的內心世界。強烈地渴望同情的心理與被無情驅逐的現實構成的衝突，使「我」這個弱小的兒童陷入一系列徒勞無益的絕望掙扎之中。而「呼喊」則是生活含義的全部概括或特殊象喻：「再也沒有比孤獨的無依無靠的呼喊聲更讓人戰慄了，在雨中空曠的黑夜裡」。然而，孤獨之子的內心獨白卻像是無聲的「呼喊」，具有更加令人震驚的力量。

　　我把這部長篇小說稱之為「心理自傳」，不僅僅在於它寫出了童年經歷的內心感受，少年時代的敏感與怪癖，而且在於其敘事的內心獨白方式展示了非常複雜的心理經驗，給予了非常個人化的體驗、沉思、懺悔和祈禱。這部心理自傳孤苦辛酸卻也有歡欣快樂，細雨濛濛卻也偶有陽光閃爍；它所展示的內心經驗令人驚歎，它在敘述方面的技巧，精細而洗練的語言風格，敘述人與被敘述人（例如主人公）的視點和內心感受結合得天衣無縫等等，都令人稱奇。然而，個人的心理經驗和語言經驗發揮到如此極端的地步又如何呢？一方面，對於文學現狀來說，它並不是一次革命性的突破，所有的藝術手法和風格特徵余華早都表現過，充其量這是一次比較全面的總結；另一方面，對於小說的未來前途來說，余華本人及其他探索者也不可能再往前走。個人的內省經驗雖然獨特，但是狹隘，它畢竟缺乏一定的歷史穿透力。作為一次最全面地反抗既定的語言秩序和文化秩序的寫作，《呼喊與細雨》並沒有得到普遍認可。試圖去改變這個時代（的歷史趨勢）是不可能的，為這個時代的審美趣味拋棄則是輕而易舉的事。

　　不僅僅是講述個人的心理自傳，而且是講述我們這個時代的心理自傳，也就是說，把個人的心理體驗引入到歷史的實際生活中去，在這個變動的現實對話中給出「我」的故事的開放形態。在這一意義上，王安憶近期的數篇小說，例如《叔叔的故事》（《收穫》1990年第6期）、《歌星日本來》（《小說家》1991年第2期）、《烏托邦詩篇》（《鐘山》1991年第4期），提供了有益的經驗。在這裡我難以一一詳細評析這幾篇作品，但是卻不難看出其敘事方面的顯著特徵：個人記憶與時代記憶的重合。這些再次強調「我」的視點和感受的小說，重新發掘了

「個人記憶」。對於王安憶來說，「個人記憶」並不是沉迷於內心幻想，或某些形而上觀念領域的個人經驗，而是活生生的歷史故事。敘述人「我」的記憶特徵打上了鮮明的歷史烙印，那就是「知青記憶」。恰恰是對「知青記憶」的重新審視，王安憶重新寫作了知青故事，或者說解構了八十年代的理想主義。

也許這是一次系統性的解構。《叔叔的故事》對「叔叔」那輩人的理想主義提出質疑。歷經生活的磨難，叔叔那輩人的精神世界裡依然存貯著「古典浪漫主義」的光芒。而在「我們」這輩人看來，那種理想卻更多顯示出悲涼、疲憊和虛幻。《歌星日本來》則把知青時代的生活記憶置放在當今商品化現實中。

這個看上去是表現了藝術與商業相衝突的故事，實則是重新審視了「知青」一代人的理想。那些作為敘事背景而存在的「知青記憶」雖然幾乎被現在的故事所淹沒，但是它卻倔強地存在，它所散發的濃重的歷史感傷主義氣息，綿延而至，貫穿了兩個時代。儘管王安憶對知青記憶懷有深摯的情感，然而卻也不得不給予它以絕望的基調。王安憶在講述「我」的故事的時候，在裡面始終湧動著那個時代的願望和夢想。因而，那種失敗主義的感傷情調從王安憶的親身經歷中透示出來，卻是把個人記憶與歷史記憶融合一體。「我」的故事向著「我們」，向著「他們」，向著變動的歷史過程開放。

因此，王安憶不僅僅與歷史對話（與「我的」，「我們的」歷史對話），而且與步入現代化的中國現實，乃至與更為廣闊的後工業文明時代對話。而這一點，正是迄今為止的先鋒小說以及新寫實小說所欠缺的。它們或者講述遠離現實和現代文明的歷史故事，或者講述身邊的現在瑣事。王安憶這幾篇小說都不同程度、不同側面給出了「現在的故事」，正是在現代文明具體的、真切的背景上，王安憶不管講述「叔叔」的故事，還是「我的」或「知青」的故事，都顯示出一種歷史廣度。東西方文明的碰撞，傳統與現代化的衝突，個人記憶與歷史記憶的疊合，我的故事與他們的故事的交叉……所有這些使王安憶的小說展示了或者說拼合了一個多元化的生活塊面，因而也使王安憶的敘述具有那種富有張力的立體性。這種「立體性」不僅僅給出自由變換的多方位的敘述觀點，給出不同歷史斷面的生活情境，給出不同時期的感受和體驗；而且它把描寫與敘事融為一體，把抒情與議論相混合，悠長的句式拖曳著悠長的懷舊情調，拖曳著失敗主義悠長的歷史感傷……總之，王安憶講述的故事不僅具有歷史感，她的講述本身也具有現實感。這種敘述，及時而恰當地把九十年代上半期中國文學的

抒情性與現實性相結合，給那個茫然的歷史時期提示了一種主體在場的情境。

不難推斷，講述「我」的故事，寫作個人的心理自傳，可能成為九十年代小說的一個重要流向。但是如何通過「我」寫出變動的歷史秩序（文化的、政治的或精神的秩序），仍然是一個藝術難題，特別是給出與這個變動的歷史秩序相適應的敘述形式，也不走向方法論的和語言風格實驗的玄奧境地——恰如其分的敘事形式仍然是一個高水準的考驗。

五、結語：文學的歷史境遇及其美學承諾

試圖在一篇文章中概括一個時期的小說趨向肯定不會全面，甚至要描述它的一個側面都只能草率從事。好在人們深知，歷史是無法杜撰的，歷史也不怕杜撰。地上本沒有路，走的人多了，也就成了路——這句名言，同樣適合於看做文學的歷史生存法則。

我所談論的常規與變異的矛盾，也許從來就是藝術史變遷的運動規則。然而，我在這裡要強調的是，在我們這個時代，它具有特殊的歷史含義。當中國當代小說已經耗盡了它的創新能力之後，它面臨常規性的壓力，因而常規與變異的對立，就不是一個發展的動力，而是文學最後戴上的桎梏。從某種意義上說，當代小說承受常規化的壓力，不啻是去進行一次漫漫無期的歷史贖罪。常規化時代沒有激動人心的景觀，卻有著無聲無息的掙扎。只要看看莫言寫下《懷抱鮮花的女人》（《人民文學》1991年第7-8期合刊）這樣風格迥異的作品卻毫無反應，楊爭光寫作《老旦是一棵樹》（《收穫》1992年第2期），那個「復仇」經過再次重複卻使精彩的作品減色不少；至於孫甘露，最近發表《音叉、沙漏和節拍器》這樣的小說，標題尚可聞見孫甘露當年的氣息，其他則要於平淡處見真功夫。確實，當代小說其實面臨更嚴峻的考驗，對於年輕一輩作家來說尤其如此，他們不得不避長揚短。小說的好壞高低，並不僅僅依靠藝術技法方面的智力與才華，在很大程度上終究要重新依賴對生活、歷史，對人情世故的洞察力。語言的烏托邦不再是一個逃避現實的世外桃源；回到「真實的」生活中去，不管是講述現實的、歷史的，還是「我的」故事，都需要全面綜合的藝術能力。因而，常規化趨勢，是一次暫時的綜合，也是一次長久的考驗。在我看來，「好小說」可能是筆法高妙而不留痕跡，既有深摯的個人內心生活，又有與變動的社會現實，特別是與現代工業文明對話的情境；「好小說」總是能給出一種「境遇意識」，個人的、集體的、一種文化的歷史境遇。在當今時代，

作為文學寫作者，作為一個自詡的，或為人不屑的人文知識份子，難道還不能深刻領悟到自身所面臨的「境遇」嗎？我樂於看到當代小說面對這個「境遇」所作的「艱難的敘述」──不是執著於克服語言異化的障礙而顯示出的那種艱難，而是在高妙筆法行雲流水般舒暢而至的話語中透示出的艱難的歷史境遇。文學在這個境遇中步履艱難，因為它行走在「真實的歷史」之內。這是令人欣喜、恐慌、快樂、絕望和震驚的時刻。

　　當然，我在這裡以這種方式談論藝術難題，其前提是：在當今時代，依然有一部分人懷有真實的藝術理想。否則人們不僅可以採取放任自流、隨遇而安或胡作非為的態度，而且可以放棄文學這種職業。所有的藝術難題，僅僅對於認真對待它的人才成立，這意味著在我們這個時代，藝術追求（或藝術理想）乃是一種道義上的承諾。對於處在歷史困厄的文明中的主體來說──對於我們這個時代的文化守靈人來說，文學寫作在其職業道德的意義上不得不恪守最後的美學承諾──這是虔誠者的選擇。

初稿於1991/12

改畢於1992/6

本文原載《文藝研究》1992年第6期

5、反激進
——當代知識份子的歷史境遇

　　每一時代的知識份子都面臨他們的歷史使命，並且他們都以不同的方式對待、處理、完成各自的歷史任務。然而，沒有任何時代的文化象當今中國這樣面目全非。在表像與內涵之間、動機與效果之間、在目的與結果之間……都發生多重變異。當今的中國知識份子總是被多重歷史力量所支配，他們不得不處在一種移位的狀態中。當然，當今的「中國知識份子」是個非常曖昧而含混的指稱，在考察歷史的那些最新變動和最內在的含義時，我們只能去考察那些具有歷史敏感性的人們。我無意於誇大這樣一批知識份子的「歷史能動性」——也許這正是他們要回避的動作，我不過認為理解這一群落的立場和姿態，乃是理解當今複雜的文化情勢的一個有意味的切入點。正如陳平原所說的那樣：「由於特殊思想背景造成的學者落寞的神色徘徊的身影以及一代學術的困惑與失落，同樣也值得研究。這種研究，不乏思想史意義」。[17]顯然，這句話也適合於當代思想史的研究。因此，當我把視線投向同代人的時候，發現在二十世紀最後十年，有這樣一批知識份子著手全盤反省本世紀中國知識份子的文化立場和學術態度，由此抽繹出反激進主義的命題（思想綱領）——它並不僅僅只具有學理的意義，同時也有更廣泛的文化象徵意義。讀解這一行為或事件，或許可以重現這個時代複雜而意味深長的歷史情境。

一、反激進的歷史起源與動機

　　當前反激進主義話題的提出可能應當追溯到1988年9月，余英時先生在香港中文大學以「中國近代思想史中的激進與保守」為題的長篇講演[18]。余英時先生認為，中國百餘年來走了一段思想不斷激進化的道路，過分微弱的政治保守主義和文化保守評論幾乎沒有發生制衡作用，現代以來的中國為此付出了極大的代價。余先生基於他的「新儒學」立場，這是他一貫思想的延伸，在這裡不作評介。隨後1991年7月，在

---

[17] 《學人》創刊號。第5頁，第3頁，第10-11頁。

[18] 原文筆者未見到，余英時先生在《再論中國現代思想中的激進與保守》一文中提到此事。參見《二十一世紀》1992年4月號。

美國紐約召開題為「中國重要轉型期知識份子的角色和貢獻」的學術會議。與會者為海外漢學大家。會議的中心議題就有「近代中國知識份子的烏托邦理想與不斷激烈化的過程……以及這一思想趨向所埋下的自我毀滅的種子」[19]。1992年，《二十一世紀》發表姜義華先生與余英時先生的商榷文章引發討論。不管觀點結論如何，足可見這個話題引起的廣泛興趣。也許刊物為表明中性的立場，贊同與反對的意見都給予同等的重視。如果把視野轉向國內學壇，不必去瀏覽官辦雜誌，只須注意幾份同仁刊物，以及各種同仁式的小型討論會，不難發現一股強烈的反激進主義的傾向。引人注目的《東方》雜誌，創刊號發表陳來的重頭文章《二十世紀文化運動中的激進主義》，他認為「從『五四』到『文革』、『文化熱』的過程，文化的激進主義始終在其中扮演了重要角色。整個二十世紀中國文化運動是受激進主義所主導的」。對文化激進主義加以反省，「是走向二十一世紀的起點」[20]。何以在九十年代初期，人們對反激進主義持有濃烈的興趣呢？

八十年代以一個巨大的歷史事件的破碎而宣告終結，它令人震驚而發人深省，在相當長的時期，這個歷史事件構成大部分中國學人思考的出發點。那些純學理式的構想，多少都隱含與這個歷史情結「潛對話」的心態，至少在最初的兩年難以擺脫這個特殊的歷史語境。由反省具體的歷史事件，而導向反省八十年代的思潮學風，進而重新審視近現代以來的文化傳統。這種反省顯然具有歷史批判和學理探求的雙重意義。現代以來的中國歷史進程中存在一股強烈的激進主義潮流，它左右著歷史進程並總是在轉折關頭把歷史推向災難的境地——這樣一種歷史共識很快轉化成學理上的默契，於是清理八十年代的「浮躁」、「空疏」學風，建立九十年代新的學術規範，正成為一代學人的精神信念。

《學人》——一個富有象徵意義的刊名——創刊號推出一組具有宣言性質的"重建學術規範"的筆談。陳平原說道：「如果說八十年代是學術史上充滿激情和想像的變革時代，『跑野馬』或者『學風空疏』都可以諒解；那麼，九十年代或許更需要自我約束的學術規範，借助於一系列沒多少詩意的程式化操作，努力將前此產生的『思想火花』轉化為學術成果」。[21]錢文忠則把學術史研究看成一代人的新的歷史責任：「我們這一代人必須在廿世紀行將結束，廿一世紀即將來臨之際，當仁不讓，斷然肩負起學術史研究的重任。我們之所以心甘情願地給原本已是

---

[19] 參見《中國論壇》總第372期的專題報導。
[20] 《東方》創刊號，第38頁。
[21] 《學人》創刊號，第3頁。

疲勞瘦弱的雙肩壓上這麼一副重擔，我想歸根結底首先是因為我們從一度曾陷入迷茫的內心深處感受到了學術史研究不可回避的重要性」。[22]靳大成的文章題目「對歷史的重新闡釋與激進主義反傳統的學術神話」──足以表明他的立場定位。因而，學術史與思想史的爭辯就不僅僅只是一個學理的問題，在特殊的歷史時期它具有了文化的象徵意義。在思想史領域叱吒風雲，入世過深，這正是現代以來的中國知識份子謬誤所在，終至於八十年代重蹈覆轍。一方面是屈於現實條件，在權威意識形態的壓力之下，無路可逃；另一方面卻又在對歷史作學理式的反省中，找到了逃亡的理由。前者顯然被隱蔽於後者的底層，被純學理話語縫合而不留痕跡。對於曾經懷有啟蒙理想的一代學人來說，退居學齋不過是無奈的選擇，然而，在學理的探討中，這個被動局面改變成主動的抉擇。現在，潰敗的人們在學術史這個清靜的去處找到新的地平線，恐懼、沮喪與無奈都被大徹大悟的冷靜姿態遮蔽了。人們重新聚集起來，顯得沉著而成熟。建立九十年代新的學術規範，確立一代知識份子的純學者化立場，遠離意識形態中心，既無風險，又劃清界線。因此，反激進主義在學理的意義上是退居學術史的理論前提；在人生態度抉擇方面則是固守書齋的思想防護罩。這代人設想自己要在社會的潮流之外去尋找安身立命的根基，從某種意義上來說，這個虛擬的敘事被當成現實，逃避和拒絕被混為一談，因而具有了悲壯感。丹尼爾‧貝爾在描述五十年代一群英國最激進的左翼青年知識份子（他們合寫了一部轟動一時的書《判決》）時說：他們「在尋求一個『事業』的過程中，存在著一種深刻的、絕望的、近乎悲哀的憤怒」。[23]這種說法某種意義上也適用於恪守學術化立場而傾向於保守性價值的九十年代的中國學人。

二、反激進的歷史含義與現實期待

反激進主義並不是什麼新話題，激進與保守之間的對立，一直構成人類文化轉換、調節的內在張力。在這裡不用追溯西方的文化傳統，中國五四時期就有過激烈的交鋒。所謂中西文化論爭，這種說法就是激進與保守之爭。重新去描述這場爭論已無必要，但是重新評價這場爭論時，至少要考慮到不能脫離時代的歷史任務來評價那些偏激的主張。激

---

[22] 《學人》創刊號，第10-11頁。

[23] 丹尼爾‧貝爾《意識形態的終結》，英文版，「後記」，葛蘭科，1960年，第404頁。中文版可參見丹尼爾‧貝爾《意識形態的終結》，2001年，江蘇人民出版社，張國清譯，第464頁。為便於現在查詢，譯文按新譯本做了改動。

進總是相對當時的歷史情勢，陳獨秀固然主張：「既然想改用立憲共和制度，就應該尊重民權、法治、平等的精神；什麼大權政治，什麼天神，什麼聖王，都應該拋棄」。但陳獨秀這些主張是基於他對當時中國現狀的判斷：「我們中國，已經被歷代悖謬的學說敗壞得不成樣子了」。[24]不能說陳獨秀的說法過於偏激，在一個被歷代的悖謬敗壞得不成樣子的時代，陳獨秀反傳統的態度相形之下也未見得多麼偏激。陳獨秀對文化採取「政治功利主義」的態度，乃是時代使然。除非我們認定那個時代的政治理想純屬謬誤，否則我們難以指斥陳獨秀對文化注入政治理想後患無窮。

任何時代的知識份子都有政治理想，只不過在不同的歷史時期人們認同一種取向而貶抑另一種立場而已。況且我們不能要求任何時代只有一種知識份子，只有固守書齋才是知識份子的上策。現代以來的中國知識份子不斷被捲入社會變革的潮流這也很難說是誤入歧途。在不同的時代知識份子必然以不同的方式生存於歷史之中，不是知識份子選擇了歷史，而是歷史選擇了知識份子。「知識份子無法拒絕革命」這不僅要置放到現當代中國的歷史情境中去理解，而且要當作近現代歷史賦予知識份子的本質規定來理解。設想一個對強盛的西方不作回應的現代中國是不現實的，那麼在現代化的基礎上來構想中國的出路，也就不得不是中國知識份子的人文理想。急切渴求現代化與保守派的強大阻力不無關係，正如汪榮祖先生所言：「強大的社會保守勢力似乎很有效地牽制（不止制衡）了激進的思想趨向，而激進思想之挫折似乎使其愈趨於激進。若然，則近代中國思想趨向之激進，恰與社會勢力之保守成正比」。[25]對中國現代化的關懷終至於傾向革命，為現代性困擾的知識份子固然有所偏頗，保守派推波助瀾也難辭其咎。直至八十年代的「整體性反傳統主義」也可作如是觀。

設想八十年代的文化思潮為「激進主義」主宰是不合乎歷史實際的。八十年代的所謂「反傳統」，「全盤西化」極端提倡者只是少數人，而認同者也極為有限，即使是青年學生也未見得應者雲集。引起廣泛的反響是一回事，普遍贊同又是另一回事。事實上，八十年代主張「反傳統」者，遇到的阻力十分強大。官方意識形態對此持絕對壓制態度；所謂「左派」對此斷然反對；所謂「右派」也未見得贊同。如果說八十年代存在一個主流思潮的話，那也是「補天派」和「漸進派」獲得

[24] 陳獨秀《今日中國之政治問題》，原載《新青年》第5卷第1號，1918年7月。
[25] 汪榮祖《激進與保守贅言》，載《二十一世紀》1992年第6期。

最廣泛的支持。至於說八十年代的「文化激進主義」在整個文化熱中占主導地位，則是只見《河殤》，不見其他現象。其他姑且不論，只要想想伴隨著「反傳統」的呼聲，迅速舉辦的各種關於傳統文化的講習班，毳毳將至的國學大師，海外「新儒學」大家，令莘莘學子畢恭畢敬，就不難推斷激進之十分有限。事實上，八十年代對國學以及對新儒學的興趣至少與西學平分秋色。作為一代思想大家，李澤厚轉向國學，不僅表明國學及其傳統價值在八十年代的現代性思考中佔據重要位置，而且具有文化示範的意義。李澤厚本身的價值取向如何無關緊要，他那啟示錄式的姿態指認了一個知識譜系的存在，為當時的青年學子提供了回歸傳統本位的一個方向，為後來（九十年代）重建學術規範埋下伏筆。

這些顯而易見的歷史事實與歷史前提被有意隱瞞了，人們在講述激進主義的歷史時，採取了倒敘的手法。就某一個非常複雜的歷史事件作為推論的起點，以此來推導八十年代、文革、現代乃至近代的「思潮」線索。歷史本身的複雜性，偶然性，多元力量衝突相互作用的關係等等均被抹去。激進主義變成一個無所不包的神話，它從現代以來的中國歷史背景上浮現出來，囊括了所有的政治災難和文化惡果。這個神話的歷史真實性已無關緊要，重要的是激進主義構成了一個二元對立模式的一個方面，從反激進主義自然推導出尊崇保守主義的價值立場。五四時期的保守派長期以來受到官方意識形態的貶抑，他們的形象被嚴重歪曲。重新還歷史以本來面目，當今學人的工作無疑很有意義。但是在認同保守派的同時，又導引出對「現代性」的反省批判——它是反激進主義這一批判性命題的自然延伸，保守派被指認為立足於中國傳統本位文化的至聖先師。對現代性的批判性反省，乃是保持學術化立場的價值限定，並且是皈依傳統本位的邏輯起點。顯然，這不僅是價值取向和學術立場的轉變，同時也是知識譜系的轉換。知識譜系在價值意義上具有無限的擴展能力，講述這種話語，也就在不斷強調這種話語的價值，促使它的意義增殖。顯然，保守派強調中國傳統本位，質疑「現代化」（西化），現在受到特別重視。事實上，對「現代化」的質疑本來就是西方傳統中的一股重要思潮，而五四時期的保守派在很大程度上受到這股勢力的影響。辜鴻銘之於阿諾德、克雷爾以及一些十九世紀浪漫派詩人，後者經常是辜氏論據的來源。梁啟超對西方文明的批評，對現代化的質疑，與一次大戰西方知識界的悲觀論調不無關聯。梁漱溟早年熱衷於邊沁式的功利主義，某種意義上還是全盤西化派。當然轉變後的梁漱溟是另一回事，但梁熟知西方文化，而且對西方給予泰戈爾的禮遇津津樂

道[26]，這也是事實。張君勱確認西方世界陷入危機，得益於艾柯、柏格森，特別是斯賓格勒的《西方的沒落》的影響。張君勱早年對西化及現代化的懷疑，呼籲中國人停止模仿西方，理由主要是因為西方人已經開始對他們的文明產生懷疑，張君勱對科學及現代化的抨擊，這與他稱道柏格森哲學如出一轍。

五四時期的保守派並非書齋裡的聖賢，恰恰相反，他們同樣是一些社會理想的熱烈鼓吹者。他們推崇中國傳統文化，不僅要給中國現實找到生存的依據和發展的精神導向，而且，要給世界文明引路。梁漱溟的主張眾所周知，並且身體力行，他甚至設想在鄉村重建的基礎上創造一個嶄新的中國。張君勱則熱衷於提倡地方自治，對集權和官僚制度猛烈抨擊。即便後期的梁啟超也孜孜不忘將中國文化融於未來的世界文化，這些「保守派」對現實的投入並不亞於「激進派」。「保守派」過分強調中國傳統文化的絕對價值，並且要用東方（中國）文化融合或統攝世界文明似乎也有激進之嫌。保守派乃是一個龐大而駁雜的陣容，它也是一個巨大的背景和一個廣博的知識譜系，因而保守派也是一個偉大的象徵，它意指著回到中國傳統本位的思想資源庫，並且懷疑與批判「現代性」——這就是反激進主義終於醞釀成熟的九十年代的學理規範與文化目標。

事實上，皈依傳統文化資源，反省現代性，不過是在學術的水準上再次人為地製造中／西對立。強調學術話語的東方（中國）他性，在完成本位文化的權威代言人的同時，也獲取了與西方平等對話的資格和權力。因此，回到本土文化資源實際隱含了雙重的西方背景：其一，現實地與西方對話的背景；其二，無可擺脫的西方思想資源和西方視點。正如五四前後的保守派沒有真正超越西方文化資源一樣，當今學人也不可能做「純粹中國的」學問。時下引為美談的是陳寅恪、張君勱諸大師，深諳西學卻並不為其左右。張君勱如前所述，早年何嘗回避過西學，後來也未見得完全脫開干係。至於陳寅恪，也受到過蘭克（Ranke）實證主義的影響，對白璧德（Babbit）的新人文主義也十分讚賞。只不過大師技高一籌，不著一字而盡得風流。在當今國際間的對話和交流（尤其對於這些學人而言）如此頻繁，恪守本土文化資源恐怕更難做到。且不說當今學人大都受到西學的薰陶，就時下最熱門的話題「反省現代性」而言，未嘗不是受到目前西學的影響。這一話題與其說是五四本土話題的延續，不如說是對當今潮流的應答。八十年代後期及九十年代，

---

[26]　參見梁漱溟《東西方文化哲學》，上海，1922年，第186-187頁。

西方大學牆院內時興的「P・C運動」[27]，種族與第三世界文化問題備受重視。賽依德（Edward・W・Said）的《東方主義》（1978）與《文化與帝國主義》（1993）風靡一時，立足於第三世界本位文化反省「現代性」，這是當今西方學者樂於採取的視角。這個趨勢顯然極大地鼓舞和慫惠第三世界的知識份子回歸本土文化。七十年代以降，美國知識界被稱之為「批評的黃金時代」，美國成為一個巨大的思想加工廠，第三世界的文化資源源源不斷地輸送到美國，被這個巨大的加工廠吞噬，吐故納新，而造就成最新的西方理論。這是在反西方文化霸權中產生出來的又一種新的更具有迷惑力的西方文化霸權。

當然，更直接的對話語境乃是國際漢學圈。海外漢學家為在西方文化霸權的縫隙中佔據一席之地，自然要強調中國文化的優越性，強調中國傳統文化的淵遠流長與博大精深。反激進主義，恪守學術化立場，回歸中國本土文化資源，這就與國際漢學研究達成共識。一個宏偉的東亞的經濟圈作為這個共識的背景，東方（中國）文化的復興，並且引導二十一世紀的世界文明，就成為一個無法拒絕的夢想。

於是這一切都變得十分清楚：反激進主義，恪守學術化立場，推崇保守派價值，回歸中國傳統文化資源，反省現代性……這是一個順理成章的邏輯推論，也是合乎歷史變化的實踐移位。它終至於成為一個完整而封閉的敘事，這個敘事把年青一代學人由一個歷史的失意者，轉述成一個文化的覺醒者。它不僅在實踐的意義上斷然拒絕了八十年代，而且在文化品格的水準上重鑄了九十年代的新形象。因為有了特殊的歷史事件為背景，它作為「走向成熟的新一代知識份子」的含義也就被放大了。在九十年代的特殊語境中，它不得不被打上醒目的社會標記。歷史之手重新把他們書寫為這個時代的文化英雄。事實上，學人們的立場也是雙重的，這不僅是說保持中性化的立場本身就是一種新的姿態，它必然派生出另一種意識形態意義；而且學人們也經常流露出以學術史為重建知識份子人文理想的領地的期待。學術史的研究中隱含著思想史的態度，這種態度指向文化重建的歷史重任。

不管學人們是否願意，這樣一種立場、學術風範和價值取向，具有了「文化示範」的意義，它以「真正的知識份子」的形象呈示於二十世紀末的中國思想舞臺上而發人深省。我們的文化背景過於複雜，在意識形態趨於弱化的年代也是意識形態重新活躍的時期，人們難逃歷史之網

---

[27] 「P・C」即「Politics Correct」，重點是美國大學知識份子在反對種族歧視方面做出高姿態，以及關注女權運動、環境問題等等。

的再次編碼。退居於書齋的這個群落終至於被推到歷史的前列，恪守「學者化」的姿態，更像是這個時代的先知、諭世者和新的啟蒙者。

三、反激進的現實困境與知識份子立場

　　歷史總是驚人地相似，現代以來的中國歷史總是被塗抹上令人尷尬的西方色彩，甚至連我們所認定的非常具有中國本土特徵的個人化選擇，也不幸在西方那裡找到類似的原本。1968年法國「五月風暴」的失敗宣告了一個激進時代的結束，左派知識份子的政治承諾化為泡影，大部分知識份子退到了專門的學術領域，對那些玄妙的語言遊戲傾注熱情，心安理得地恪守非政治化傾向。現在，皈依書齋的知識份子可以使「顯然是政治的東西失去政治意義，使沒有政治意義的東西帶上政治意義」；或者它可以假定有各種奧狄浦斯式的父親，拋掉意識形態立場，「就像擺脫了政治的人將屁股轉向他的政治之父一樣」。[28]當然，中國知識份子不可能如此隨心所欲，但是，卻可以看到在意識形態衰退的年代，知識份子普遍轉向學術化立場的趨勢。學術總是這樣一個場所——正如克利斯蒂娃在論述羅朗・巴特的文學反抗意義時所說的那樣：在那些遭受思想異化和歷史困厄的文明中的主體看來，在這裡這種異化和困厄時時都被人們以特殊的方式加以反抗。[29]

　　在非常的歷史時期選擇的一種姿態，卻不得不循著歷史慣性推演下去。七十年代以後的西方知識份子退出意識形態領域，一勞永逸去玩弄語言、結構之類的遊戲，歡呼「大師死亡」時代的來臨，正是創造性退化的最好託辭。然而，中國的難題並沒有解決。八十年代留下的不僅是一些回憶，而且還有一大堆問題。這一代學人不可能回避這些問題，事實上，正是這些問題使他們處在兩難的境地：恪守學術化立場，既是逃避問題的策略，也是處理問題的方式。這個退卻的姿態，在歷史的推論實踐中，轉換成能動性的創造，一代學人完成了自我「鏡像化」的意識形態再生產。他們著眼於「未來文化建設」的情懷，再次把自己指認為九十年代的文化啟蒙者——這種無法以明確、直接的方式自我指認啟蒙者的主體位置，並且暫時不能取得社會化的合法性地位的啟蒙——不妨稱之為「後啟蒙」。這是九十年代相當一部分中國知識份子扮演的歷史

---

[28] 原文參見羅朗・巴特《文本的快樂》，第109頁。有關引文及論述參見伊・庫茲韋爾《結構主義時代》，尹大貽譯，上海譯文出版社，1988年，第188頁。

[29] 克利斯蒂娃《人怎麼對文學說話》，參見《符號學原理》，李幼蒸譯，三聯書店，1988年，第212頁。

角色。他們或者以勉為其難的聲調自言自語吶喊；或者以「非啟蒙」和「反啟蒙」的姿態去完成新的啟蒙任務。

然而九十年代初完成的歷史定格——這個非常獨特、非常精英化的定格卻又不幸被普遍興起的大眾文化狂歡節塗抹上令人難堪的色彩。九十年代國學全面興起，從上到下，從「左」到「右」都有「弘揚傳統」的宏偉計畫，甚至於1992年的黃金旅遊年都被定位在弘揚傳統的主題上。九十年代是個保守性價值普遍盛行的時代，它恰如其分地構成了「穩定壓倒一切」這句口號的厚實的社會心理基礎。人們認同保守的和傳統的價值要比冒激進的風險容易得多。[30]在九十年代中國文化充分商業化和殖民化的時期，皈依傳統被粗暴地漫畫化了。甚至那些投合公眾口味的暢銷讀物，也再三借用「弘揚」之名。1993年，那些擁有最廣大公眾的「嚴肅文學」讀物（例如《廢都》、《白鹿原》），浸透了「傳統」「古典」的味道。現在，傳統甚至成了娛樂工業實施文化控制的法寶，只要塞進「傳統」，立即上通下和。公眾的狂歡節經常是後工業文明的物質手段加上富有傳統意味的精神填充物。一方面是傳統在默默死去；另一方面是傳統在轟轟烈烈地弘揚。這就是傳統在工業文明（和後工業文明）中的命運。當然，把這樣一種文化現狀歸結為一代學人對傳統及其保守性價值強調的後果是荒謬的；但是，面對這樣的文化現狀，我們這些著眼於「未來文化建設」的學子們，應當有所警惕；採取這種「後啟蒙」策略，應該要有更加寬廣的反思性。

現在，「回歸中國本土文化資源」已經具有了超級的意義。1993年，亨廷頓（Samuel P. Huntington）發表《文明的衝突？》一文，在漢文化圈引起巨大反響。他認為：「文化將是截然分隔人類和引起衝突的主要根源。在世界事務中，民族國家仍會舉足輕重，但全球政治的主要衝突將發生在不同文化的族群之間。文明的衝突將左右全球政治，文明之間的斷層線將成為未來的戰鬥線」。亨氏的結論是：在可見的將來，衝突的焦點將發生在西方與幾個伊斯蘭、儒家國家之間。[31]亨廷頓的說法令人恐慌，更令人興奮。它對於漢文化圈認同儒家傳統，無疑是一次巨大的慰惠。事實上，亨氏並不瞭解當今中國，也不瞭解中國傳統在現代工業化時代的實際命運。他只看到中國傳統文化的巨大的能指群，而沒有看到它的空洞而混亂的所指。在大眾的層面上，所謂的「傳統」多半已被現代化侵蝕；在所謂的精英層面，強調傳統總是隱含著與西方急

---

[30] 休·塞西爾《保守主義》中文版，商務印書館，1986年，第3頁。
[31] 亨廷頓《文明的衝突》，載《二十一世紀》，1993年10月號。

切對話的心態。後殖民文化的特性也許恰恰就在過分強調文化本位時產生。只有把一個對立的西方設想為一個傾聽者，只有渴求西方的認同，才會過分強調文化的「民族他性」。我們只要看看張藝謀、陳凱歌作為「東方（中國）文化」的代言人（訴求者）所獲得的成功，就不難理解這一點。現代以來的東方（中國）文化他性的鼓吹者，大多是受到西方的暗示和鼓勵。與其說當今中國有一個與西方對話的本土文化，不如說有一個被西方拖著跑的後殖民文化。真正回到中國本位，也不是一味強調中國文化的民族他性，回到純粹的傳統文化，而是放眼世界，既保持中國文化的根本價值（真正的本位立場），又能以開放的姿態與世界對話。

　　總之，從反激進主義，到恪守學術化立場、尋求保守性價值，再到回歸本土文化資源，這是一個完整的邏輯行程。解開這個邏輯行程的各個環節，反觀那些矛盾，警覺問題的虛假性解決，可能更有利於我們擺脫危機，更真實回到歷史之中。我知道我的讀解是一種苛求，所有這些非難，都不過是因為歷史將要把這一代學人指認為當今中國「真正的知識份子」，否則，我的讀解將毫無必要。六十年代，美國新保守主義者艾恩・蘭德（Ayn Rand）在抨擊美國文化現狀時說道：「我們目前在文化上處於崩潰的狀況之所以得以存在和延續下去，並不是由於那樣的知識份子，而是由於我們沒有任何知識份子。今天，那些以知識份子姿態出現的大多數人是一些被嚇呆了的傻瓜……」[32]這句話在某種程度上也適宜於描述當今中國的文化狀況。所不同的是，那些以知識份子姿態出現的大多數人，還是一些被蠅頭小利弄昏了頭的利欲之徒。但是，我們要看到，在當今時代，畢竟有這麼一些做著認真扎實的學術工作的知識份子，在謀求九十年代的中國文化出路，這無疑是建構中國當代文化的新的開端。儘管這裡面存在某些似是而非的問題，存在無法解決的悖論，它終究在這個困難重重的時期，留下特殊的歷史印記。

本文原載《東方》1994年第1期

---

[32] 艾恩・蘭德《關於新知識份子》，紐約，1961年。中文譯文參見《當代美國哲學論著選譯》，商務印書館，1991年，第188頁。

6、真實的迷失
──從現實主義到後現代主義

　　社會主義現實主義在中國已經歷經了半個世紀的變遷，如果以毛澤東的《在延安文藝座談會上的講話》發表為界，中國的社會主義現實主義迄今為止也有五十多年的歷史。半個多世紀過去了，當今世界上沒有任何一個國家像中國這樣在短時期內發生如此深刻而巨大的變化，這個古老的國度在文化上經歷的多種多樣的革命也是前所未有的。僅僅從社會主義現實主義這一文學範疇來看，它所表現出的變化也是令人驚異的。本文力圖揭示出半個多世紀中社會主義現實主義走過的歷史行程。當然，這篇短文不可能描述出它的歷史全景圖，那是一部著作的工作。我力圖發掘出被稱之為社會主義現實主義的這種文學觀念是如何在對它的最基本的理論命題，例如，真實性的遮蔽和強調時，走到了它的反面。也就是說我試圖去發掘那些社會主義現實主義自我變革的因素，這些因素使中國的社會主義現實主義面對不同的歷史前提而走向更新的方面，以致於使它在八十年代發展出與現實主義很不相同的現代主義（和後現代主義）的這種文學思潮，在這裡，我尤為強調的是：中國社會主義現實主義的內部變動因素固然是受了西方文化的廣泛影響，但更為重要的在於中國作家面對自身的歷史前提所作出的反應，

一、真實性的缺席：客觀的優先性和對主體的置換

　　「真實性」是現實主義文學最重要的美學範疇，現實主義文學之所以有如此頑強的生命力，在於它在人們的意識中形成的根深蒂固的觀念：它能「真實地」乃至於逼真地反映人類的生活。而現實主義被納入社會主義的範疇，或者說被社會主義定義，它是不言而喻地反映社會主義時代的歷史真實，「反映出革命的本質方面」（列寧語）。然而，這裡的「革命的本質」是被事先約定的，革命文藝家符合這個約定變得至關重要。在早期的馬克思主義經典作家那裡，「真實性」是一切文學藝術的首要品格，並且是置放在「典型環境中的典型人物」的諸多複雜範疇中討論；它們的可靠性要返回到歷史情勢中去再檢驗。馬克思、恩格斯和列寧都強調過作家的主體世界觀的複雜性和多重性，從來不否認作家的主觀能動性對反映歷史本質真實方面的積極作用。

　　毛澤東的文藝思想可以說是中國社會主義現實主義的主要依據，而毛澤東的文藝思想的早期闡發主要在中國革命趨於成功的年代，特殊的歷史背景使中國早期的社會主義現實主義在那個年代稱之為「革命文藝」──尤為強調作家的主觀世界觀的改造，把知識份子、作家的立場轉移到工農大眾方面來，與黨的精神保持高度的一致，這種強調是至關重要的，它預示以後的中國長期的社會主義文藝實踐並不注重「真實性」這一現實主義文學的最根本的美學原則，而是強調對作家的世界觀的改造，「真實性」這個問題在中國早期的革命現實主義文藝實踐中是奇怪地缺席的；它僅僅是作為黨的各項精神和任務的附屬品。

　　在中國革命趨於成功的年代，毛澤東考慮到文藝在革命中的地位和作用問題。這是毛澤東文藝思想的出發點，由此也決定了中國社會主義階段文藝實踐的性質和功能。對於毛澤東來說，革命的需要是文藝存在的前提，而為革命服務則是文藝的首要功能。因此，作家的立場變得極為重要，「革命」、「黨」在毛澤東的文藝思想中，以及在中國的社會主義文藝理論中，它有一個必要的代名詞──人民。因此，作家投身於人民群眾的火熱生活改造自身的世界觀，這就是革命文藝（當然也是後來的社會主義文藝）創作的出發點。毛澤東也強調客觀生活的第一性，強調深入生活的絕對必要性，因為只有這樣，作家的立場才能轉到工農大眾這方面來，才能反映人民群眾的鬥爭生活。客觀和優先性與對主觀世界觀的改造是一脈相承的，這裡的客觀現實已經為黨的精神所規定。毛澤東的《講話》幾乎不討論「真實性」問題，但是他已經天才性地論述到「源於生活，高於生活」的社會主義現實主義文學的典型化方法。「源於生活」同時接受世界觀的改造，其結果才能「高於生活」，與黨的精神高度保持一致。因而，不難理解，在中國長期的社會主義文藝實踐中，現實主義的首要法則「真實性」並不重要，「真實性」只有在質疑作家的革命立場和對黨的忠誠時，才會作為一個口實──一個把政治問題改裝成文學問題的理論口實。中國的馬克思主義理論家們相信並且強調，作家、藝術家只有徹底放棄個人的主觀立場，完全站到黨的立場，完全按照黨的精神寫作，才能寫出反映社會主義時代本質規律的作品。在某種意義上來說，「傳聲筒」式的作品才是最真實地反映了「歷史本質規律」和人民群眾願望的作品。由此也就不難理解胡風提出「主觀戰鬥精神」而遭致滅頂之災。胡風的文藝思想儘管錯綜複雜，但他企圖對社會主義現實主義作出更為深入的探討。在很大程度上，是出自他試圖拓展作家的主觀世界觀的意義。胡風尤為關注現實主義的核心和根本究竟是主觀決定客觀還是客觀決定主觀？創作方法與世界觀是什麼關

係？胡風堅持認為，創作方法與世界觀沒有關聯，兩者可以分裂並立，作家只要掌握現實主義的創作方法就行了，如果要求作家具有工人階級的立場和共產主義世界觀，那就是用馬克思主義代替現實主義，「那就會堵死了藝術實踐，取消了藝術本身」。胡風的悲劇在於，他試圖在藝術的範圍內來理解「社會主義現實主義」並且試圖給予作家以主體性的位置。胡風認為「主觀戰鬥精神」是文藝創作的源泉，現實主義的根本就是「主觀戰鬥精神」，他心目中的社會主義現實主義就是「作家獻身的意志，仁愛的胸懷」，正因為此，現實文學才能達到高度的真實，「作家的對現實人生的真知灼見，不存一絲一毫自欺欺人的虛偽」。很顯然，胡風把作家的主體意識看成是現實主義的根本所在，只有作家的「自我鬥爭」才是藝術創造的源泉，也才是真實地反映現時代人民群眾生活的根本保證。

對於馬克思主義理論家來說，胡風顯然是大逆不道。當時的正統理論權威林默涵和何其芳以毛澤東的《講話》依據，對胡風展開猛烈的抨擊。按照毛澤東的文藝思想，生活是第一性的，社會主義現實主義就是客觀地反映黨領導的人民群眾的鬥爭生活，「客觀地」才能真實，而「客觀地」當然要把作家的個人的主觀意識壓制到零度狀態，這才是社會主義現實主義的出發點。在胡風看來，作家的「主觀戰鬥精神」使作家可以發現「到處有生活」，主觀是決定性的，因而，胡風提出「反題材差別」論。這裡看上去不過是枝節的理論，問題其實觸及到社會主義現實主義的根本基石，觸及到黨的文藝思想的核心內容。中國的社會主義現實主義文藝實踐，指明作家只能表現人民群眾的生活，而人民群眾的生活，當然是黨所領導的按照黨的精神而存在的那種生活，文學藝術表現的對象，其實規定了作家的根本立場。因而，題材不僅是有差別的，而且是至關重要的。說到底，社會主義現實主義作為一種創作方法，它只適應黨的需要，它只能在黨規定的範圍內去反映「人民群眾」的生活，也就是為黨的精神所全面貫穿的生活現實。

從這裡可以看出，中國建國以後的社會主義現實主義，它的本質規定就是通過對人民群眾生活的重要強調，從而確定客觀現實的優先性，貶抑作家的主體性，完成對作家世界觀的改造，以此把作家置放在當前的方針、政策的嚴格規範下。一直到五十年代中期，在毛澤東的「百花齊放，百家爭鳴」方針的鼓勵下，文學界對現實主義的討論才涉及到「真實性」問題。1956年9月號（人民文學，發表署名「何直」（秦兆陽）的長篇論文《現實主義——廣闊的道路》。在該文中，何直公開反對即把文學藝術當作某種概念的傳聲筒：「應該考慮到它首先必須是文

學藝術的，真實的，然後它才是文學藝術，才能更好地起到文學這一武器的作用」。儘管這裡還是在工具論（武器）的前提下來談論現實主義文學，但已經試圖在「文學藝術」的範圍內，在藝術表現的「真實性」的水準上來認識現實主義。他強調說，這種思想性、傾向性、藝術性和真實性的集中體現，就是「典型環境中的典型性格」。在這裡，藝術描寫的真實性第一次在關於社會主義現實主義的理論解釋中被強調。

從總體上來看，中國五十年代強調的社會主義現實主義理論，重點在於作家的世界觀與黨的精神的一致性，只有在這個綱領之下，再談現實主義美學問題。例如，典型環境中的典型人物，藝術描寫的真實性等。然而事實上，作家的主體能動性被貶抑之後，客觀的優先性其實就是當前的形勢和任務，它規定了典型環境的典型性格。梁斌在談到他在《紅旗譜》中如何塑造朱老忠的典型形象時明確表示他就是按照黨的精神，把人物塑造得更加理想，更加完美。這實際就是社會主義現實主義的「典型環境中的典型性格」的真實含義。《紅旗譜》正式出版於1958年（中國青年出版社）和1959年（人民文學出版社），它講述了中國農民如何走上革命道路，在中國共產黨的領導下翻身求解放。五十年代末期，中國正處在大躍進的高潮，黨的需要理想化的人物證明自身，並且給人民以精神鼓舞，克服面前嚴峻的困難，甚至於出生入死，終究迎來革命的勝利。這是一個在歷史與現實的基礎上構造的雙重神話，它創造一個完美的革命歷史神話，它為革命的現實存在提供了歷史的合法性，它同時為革命的現實任務提供了合理性，為這個狂熱的年代，人民再次跟隨黨不屈不撓戰鬥提示精神鏡像。

當然，任何文學寫作都是在構造一種超出現實實際的神話，但是，沒有任何神話像中國五六十年代的革命現實主義講述的神話這樣具有壓倒現實的絕對力量。社會主義現實主義從來不認為這是人們的思想意識反映的神話，它只要符合當前的形勢和任務就具有客觀的真實性，因此，典型化的原則高度而集中地反映現實，必然發展出革命的現實主義和革命的浪漫主義相結合的創作方法。藝術的和美學的法則，其實質就是當前的形勢和任務法則的充分體現。直到文化大革命，發展出以「三突出」手法創作的「革命樣板戲」，則足以看到革命的浪漫主義精神對創作方法的絕對支配。

二、面對歷史真實與人的崛起：現實主義向現代主義的傾斜

在被稱之為「新時期」的歷史階段，中國的社會主義現實主義文學

發生深刻的變化，這種變化首先體現在作家必須面對歷史真實。當然，「歷史真實」在任何歷史階段都是一個存疑的問題。這裡不過是說，粉碎「四人幫」之後，中國作家的寫作至少是在個人記憶的基礎上展開敘事，「反文革」的歷史敘事無疑是在黨的「思想解放運動」的總體綱領之下展開的，但它總是包含著作家個人的經驗，並且這種個人經驗越來越趨向於知識份子的思想意識——這種思想意識以「人道主義」、「人性論」為新的歷史起點，以「文學是人學」和「創作自由」為實踐軸心，它必然與權威意識形態產生分離。就這一意義而言，經典現實主義是在面對歷史（現實）真實的情勢下，發生自我顛覆的危機。

七十年代末的「傷痕文學」表現老幹部和知識份子在「四人幫」的極左路線壓迫下，遭受的種種磨難，以及對人造成的精神和心理毒害。劉心武的《班主任》反映了極左路線對年輕一代的精神摧殘，叢維熙的《大牆下的紅玉蘭》，則表現老幹部對黨的忠誠。這些作品無疑可以感覺到強烈的意識形態色彩，但小說敘事開始暴露一些社會問題，揭露一些陰暗面，這裡面可以看到作家面對歷史真實的那種態度，在整個「反文革」的歷史敘事中，作家的個人經驗起到了支配作用，一代中國知識份子借助黨的「思想解放運動」開始表達個人的歷史願望，開始面對歷史真實，也正因為此，在整個「新時期」，人文知識份子的歷史願望與權威意識形態分歧越來越大，終至於釀就八十年代後期的三元分離的文化情勢：即官方、知識份子、普通民眾各自有一套立場、語碼和價值取向。他們當然也有重疊，也有溝通，但各自有著很不相同的文化邊界。

「新時期」被稱之為「現實主義復蘇」，「復蘇」這一說法除了在五十年代的「干預生活」的那些作品可以找到對應點，它很難從五六十年代的社會主義現實主義那裡找到它的歷史源頭。八十年代中國的現實主義與其說是五六十年代的社會主義現實主義的發展，不如說是一次反叛，它有著它的歷史起點和精神目標，這就是說，文學寫作不再是嚴格地控制在黨的精神的範圍內，而是開始面對歷史真實，並且寫作主體有了他的獨立位置。真實性、主體性這是文學現實主義一對相依為命的範疇。在所有的文學寫作中，真實性必然是與主體的能動性相關的，只有主體對個人的真實經驗的發掘，對歷史的透徹理解，才能表現歷史真實。因而，真實地反映一代中國知識份子在文革中的內心體驗，不可避免出現了「意識流」小說。王蒙在這個時期發表的作品，如《夜的眼》（1979）、《布禮》（1980）、《蝴蝶》（1980）、《春之聲》（1980）等小說，把反省歷史的主題在人物的心理意識內在化方面加以深化，率先把歷史敘事和個人的內省意識結合起來。「意識流」手

法的運用，當然接受了西方的影響，但是在很大程度上是小說寫作回到個人經驗、回到歷史真實中去的結果，王蒙的小說不僅僅因此躍進到（在當時看來）一個很高的藝術層次，更重要的是他開啟了對寫作主體和歷史真實的重視。也就是說，這裡的藝術真實不再是完全依照權威意識形態來評判，而是由寫作主體來定位。它與這個時期思想界關於「人性論」、「人道主義」、「異化」等理論問題的討論遙相呼應，給「文學是人學」這個「新時期」文學的最高綱領提示了最新的現實內容，給「大寫的人」的主題注入了現代性的意義。

事實上，「朦朧詩」群體的崛起，給予社會主義現實主義極大的衝擊，正如我在前面一再強調的社會主義現實主義對作家個體主觀性的貶抑，而詩尤為強調個人的內心情感。整個「朦朧詩」群，例如北島、舒婷、顧城、江河等人，早在《今天》的時候，他們就力圖擺脫權威意識形態的嚴格控制，而找到個人的內心情感。他們的藝術源頭與中國本土的社會主義革命文藝相去甚遠，而與西方十九世紀的浪漫派有更多關聯。當然，他們的表達願望是對那個壓抑時代的朦朧反抗，事先打開了中國詩人和作家的主觀世界。它迅速影響到七、八十年代初的中國人的感覺方式，他們對自身內心世界的審視。「人」的命題由批判極左路線推導出來，並且因此給予「人」以從歷史到現實轉化的合理性。現在，被抹去特殊的、具體的、心理學特徵的「人」，被確認了它的現實起源（歷史起源被改變成現實本質），它急需進一步創造「人」的現實本質，不僅僅是想像性地創造，更重要的是「現實性」地創造。給這個「人」注入個人化的情感內容則是現實的必然要求，張潔以她的女性敏感寫下《愛，是不能忘記的》（1979），如此以個人情感為軸心的敘事，已經偏離經典現實主義的規範，它關於個人愛的權力，試圖返回到人的內心深處去的審美意向，對人的真實情感生活的追尋，都預示著文學寫作主體的自我意識正在覺醒。

在某種意義上，「知青文學」是對「傷痕文學」進一步做寫作主體身份的定位，並對新時期文學進行題材重新劃分。在八十年代初期，一代知青作家趨於成熟，他們與五十年代出名而在新時期重返文壇的作家有所不同。反文革的敘事僅僅作為背景或某種時間容器，他們更多的是去表現個人的情感記憶，對青春年華的眷戀，對黑土地的深情，甚至對鄉村自然景色的偏愛，這一切都使「知青經歷」在敘事中並不顯得那麼沉重苦痛，那些憂傷更多了一層透明的誠懇和溫馨的浪漫。在很大程度上，知青小說的語言修辭學功能（也就是文學的敘事功能），壓倒了它的歷史學和政治學的反思功能。知青文學是新時期的一個被放逐的神

話，正如他們當年被放逐一樣，作為一些個人經歷的重溫，歷史之手把
它們改寫成一個群落的集體實踐，而實際上，那些個人的情感記憶已經
偏離思想解放運動的歷史軌跡，它們試圖意指著超出歷史之外的個人化
的內心生活。

反文革的歷史敘事在現實主義的譜系內完成了「大寫的人」的神話，
在八十年代中期，它承受著文學創新的藝術壓力和實現現代化的社會壓
力。一個關於「現代化」的設想在文學敘事上統合了藝術的和社會的雙
重壓力，文學的現代派（或現代主義）不過是「現代化」在文學方面的
合理延伸（儘管它們其實並不是一回事），一個走向現代化的中國需要
現代性的文學，並且只有「現代的」的藝術形式規範才足以表現現代人。
在這樣的歷史前提之下，強調主體意識的文學敘事尤為關注個人的存在
狀態。儘管中國的現代派文學看上去僅僅是在形式的意義上對西方的借
鑒，而實際上則是面對現實而尋求擺脫經典現實主義的途徑。新時期的
反文革敘事雖然一直延續十七年的文學觀念和方法，當人們把眼光從歷
史轉向現實時，如何表現這個時代的真實則有必要確立新的藝術法則。

實際上，敏感的作家在創作實踐中就一直嘗試形式革命，例如前面
提到的「意識流」顯然是最初的革命成果。現代派的高潮直到八十年
代中期才到來，劉索拉的《你別無選擇》（1985）、徐星的《無主題變
奏》（1985）被認為標誌著中國真正的「現代派」橫空出世。《你別無
選擇》描寫一群大學生對個性的狂熱表現。這篇小說抓住了當時青年急
於認同自我的社會心理，表現出個性自覺的激烈的叛逆性。小說的敘事
落拓不羈，揮灑自如，語言富有節奏和韻律感。特別是對那種無聊感和
荒誕感的處理，顯示了某種黑色幽默的意味。所有這些在當時都令人耳
目一新，對於急切渴望「現代派」的文壇來說，劉索拉理所當然被指認
為真正的「現代派」。

中國的「現代化」依然步履艱難，文學的現代主義也淺嘗輒止，不
了了之。然而，不管如何，「新時期」標榜的「現實主義復蘇」為綱領
的文學神話，在「意識流」小說那裡，就已初露裂痕，在這裡則是出現
難以修復的破損。一個過早夭折的「現代主義」雖然未必釀就徹底的文
學革命，但加速經典現實主義神話的解體則是綽綽有餘。我們稱之為社
會主義現實主義的那種文學規範，在八十年代中期就已經面臨危機，在
此之後的中國文學，作為一種創作方法的社會主義現實主義，不再具有
絕對的支配力量，經歷過八十年代中期的「現代派」和「尋根文學」，
特別是莫言的語言放縱和馬原的虛構法則（敘事圈套），以及殘雪的女
性獨白和怪戾的女性感覺，中國的經典現實主義文學規範在這裡露出了

它無法彌合的裂痕，當代中國文學必然要經歷一次敘事和語言學的革命轉型。

三、語言烏托邦與個人的表達慾望：走向文學本體和多元化

八十年代後期，中國當代文學的意識形態發生多元分化，知識份子奉行和鼓吹的價值立場為商品拜物教所衝垮，知識份子已經無力扮演創造社會中心化價值體系的角色，整個社會的價值規範處於調整和變動之中。如果說「新時期」前期文學中的那個被設想的主體（大寫的人）面對他們歷經的歷史真實，試圖用知識份子的話語改寫經典現實主義的文學規範，那麼，八十年代後期，更年青一輩的寫作者，他們沒有真實的歷史記憶，也沒有真正現實位置。他們乾脆以極端的語言實驗去表達個人化的虛構經驗，去製作個人化文體和風格化的敘事。「真實性」對於他們來說，不再是客觀真理，不再是還原現實的法則，僅僅是個人的感覺和內心體驗。他們樂於在語言的平面和幻想的空間舞蹈。應該說他們深刻體驗並且經受著經典現實主義解體的危機，同時也構成了這場危機最尖銳的部分。

1987年被認為是當代中國文學跌入低谷的時間標誌，這個標誌隱含了太多的歷史內容，因此它更有可能是當代文學另一個歷史階段的開始。其顯著特徵在於，繼馬原之後，更年青的一批作者步入文壇。他們是蘇童、余華、格非、孫甘露、葉兆言、北村、潘軍等人。這裡面可以看到「現代派」的線索，也不難發現後現代主義的跡象。他們的作品強調個人化的感覺方式和語言風格，故事情節淡化而趨於荒誕性，「反小說」的敘述尤為注重語言句法，它們標誌著遠離意識中心的形式主義傾向趨於形成。蘇童的《一九三四年的逃亡》，以激越的抒情意味和強烈的敘述節奏書寫殘敗的歷史之夢，那些在敘事中突然橫斜旁逸的描寫性組織，構成敘事的真正閃光鏈環。蘇童的敘事標誌新一代寫作者鮮明的話語意識。蘇童的《罌粟之家》重寫土改及血緣與階級構成的曖昧關係，小說敘事因散發出的歷史憂鬱之情而有「後悲劇」意味；明朗曉暢卻不失深邃詭秘之氣，這是蘇童的獨到之處。余華在這一年走進一個由怪誕、罪孽、陰謀、死亡、刑罰和暴力交織而成的沒有時間也沒有地點的世界。《河邊的錯誤》、《現實一種》，對暴力進行空前絕後的描寫。《世事如煙》、《難逃劫數》，是余華這一時期的傑作，這些沒有時間、地點的故事，交織於幻覺和怪誕的感覺之間，這裡面充斥著陰謀、暴力和猝死等各種拙劣行徑。這是對生活的極端冷酷的書寫，那些

倒霉和絕望的角色為本能驅使，他們僅僅只是敘述語言的原材料。人們生活在危險中而全然不知，這使余華感到震驚，而這也正是余華令人震驚之處。

格非在1988年寫下的《褐色鳥群》無疑是當代小說中最玄奧的作品之一。關於時間的形而上思考與故事那些重複追失的環節相互關聯，而對女性的誘惑與有關女性的記憶同時被敘述得美妙而動人。格非同時期還有《青黃》。《大年》等小說都顯得相當別致。1988年因為有了孫甘露的《請女人猜謎》，「先鋒派」的形式探索才顯得名符其實。在這篇小說中，孫甘露同時在寫另一篇題名為《眺望時間》消逝的作品，這是雙重文本的寫作，就像音樂作品中的雙重動機一樣，結果後者侵吞了前者，小說敘事隨時改變角色的身份，時間與空間的界線變樣相對。男女似是而非的情愛與遺忘，那些虛度瞬間流露出的心煩意亂，足可見出社會主義現實主義宣導的典型環境中的典型人物已經被改變為一些似是而非的「角色」和「符號」。

這些寫作者只是純粹的個人記憶，他們是精神上真正「無父」的一代，這些沒有歷史也沒有現實的孩子們，他們試圖藝術地表現他們的「內心真實」，他們只能作為絕對的自語者退回到語言的烏托邦和虛幻的歷史空間。他們刻意運用的敘事策略無疑損毀了傳統現實主義的敘事模式。這類小說與社會主義現實主義慣常提倡的價值觀念和藝術方法相去甚遠，它們的存在本身足以表明經典現實主義的權威破損的狀況。

同樣在八十年代末期，「新寫實」這種曖昧的理論試圖在經典現實主義與先鋒性的探索之間找到一條平穩的中間道路。看上去與經典現實主義相去未遠的「新寫實主義」，其實是對社會主義現實主義進行最後一次挑戰，它專注於描寫「小人物」的日常瑣事（例如池莉的《煩惱人生》、《太陽出世》），以所謂「原生態」的方法反抗典型化原則（方方的《風景》、《落日》），對生活的細微末節，津津樂道（劉震雲的《一地雞毛》等等），而李銳一直以他對「刻骨的真實」的追求，致力於寫出中國本土的那種堅硬存在的生活，他的《厚土》系列就已經寫出一種簡潔粗糙的生活樣態，這些場景式的生活展示了西北農村貧瘠土地上的尤為乾澀的情景，那種不露聲色的帶有距離感的敘述，盡可能將敘事轉變為物性的自我呈現，生活流終致於轉化為物質流（表像流）。在這裡經典現實主義的那種「歷史本質規律的真實」，已經為絕對的個人化的生活境遇，為語言敘事無限切進純粹的生活樣態所替代。

當然是王朔率先抓住「城市痞子」這個族類的生存方式，由此來構造八九十年代最富有挑戰性而又具有消費價值的文學話語。王朔的那些

都市痞子，與社會的主流文化背道而馳，他們樂於在邊緣狀態隨意遊走。這些人攜帶著個人的原始需求步入社會，他們的行為準則，他們的自我的形成，以及反抗性衝動的自由發揮，都形成了純個人的經驗。這些人在社會中沒有確定的位置，他們既懷著不能進入的嫉恨，又帶著逃避的蔑視，因而他們被註定是「邊緣人」。他們對那些一度令人熱血沸騰的神聖格言和標榜時髦的流行術語冷嘲熱諷，指桑罵槐。他們表明著另一種生活方式和新的生存狀態，對於依然生活於制度體系內的中國人來說，他們是一種誘惑和奇跡，而且還是一種邪惡和威脅。王朔經常對社會主義經典格言的嘲弄，隨遇而安、及時行樂的「痞子」式的人物姿態，給予正統權威以有力的解構，王朔與其說創作了一種文學作品，不如說用文學製造了一種生活，在固守經典現實主義立場的人們看來，王朔大逆不道而欺世盜名，對於另一些渴望生活於制度體系之外的群體來說，王朔表達了這個時代最真實的生活狀態。

　　九十年代的中國文學呈現多元化的格局，文學寫作不再定位在意識形態的熱點層面上，個人化的立場支配著文學生產。文學在這個時代經受商品化浪潮的衝擊，市場經濟規律不可阻擋地向文化（和文學）生產領域延伸，形式主義探索若有若無，「純文學」普遍謀求走向市場之道，努力填平與大眾文化之間的鴻溝。這顯然影響到文學創作的動機，它的美學風格和敘事法則。

　　進入九十年代，又有年輕的一批作者在崛起──他們被稱之為「晚生代」──這個群體主要有何頓、述平、張旻、朱文、畢飛宇、韓東、東西、刁斗、邱華棟等等，對表像的書寫和表像式的書寫構成了他們寫作的基本法則，僅只是在這一點意義上，他們勉強保持了先鋒派的姿勢。那些「偉大的意義」、那些歷史記憶和民族寓言式的「巨型語言」與他們無關，只有那些表像是他們存在的世界。對表像的迷戀，一種自在飄流的表像，使九十年代的小說如釋重負，毫無顧忌，真正回到了現實生活的本真狀態。這些人對文學史「剩餘的意義」，對當代現實「剩餘的意義」一概棄之不顧，對於他們來說，「藝術描寫的真實性」就在於抓住當代生活的外部形體，在同一個平面上與當代生活同流合污，真正以隨波逐流的方式逃脫經典現實主義文學由來已久的（反映歷史本質規律）的規訓。那些赤裸的生活慾望使那些粗痞的日常現實變得生氣勃勃，捕捉住當今為商業主義粗暴洗禮過的生活外形狀態，就足以令人快樂，也令人驚歎不已。

　　這些小說表現了一些真正解放的生活「原形」──原始的外形狀態。那些男女憑著本能生活，只為自己生活，沒有信條，不需要任何規

則，他們生活得很快活，瀟灑走一回，過把癮就死，在九十年代中國徹底商業歷史背景映襯下，顯得尤為真實。「晚生代」們把這種混亂不堪而又生氣勃勃的生活性狀不加雕飾地呈示出來，它們是一些不加深究的表像之流。那些赤裸裸的慾望，那些尋歡作樂或偷雞摸狗的情形，那些解放的慾望四處氾濫，很顯然，這些場面構成九十年代小說敘事的閱讀焦點。純粹觀賞式的閱讀期待，也促進了小說敘事對觀賞場面的強調，他們算是參透了這個時代新的寫做法則。只要製作一些具有觀賞價值的慾望化的表像，就足以支撐起小說敘事，而且作為一個意外的收穫，這些慾望化的表像又恰好真實地概括了這個時代的生活面貌。這種敘事方式、生活態度和文化立場已經構成九十年代中國文學難以遏止的趨向，它反映出當代敘事文學正在越過界線，填平鴻溝，走向與大眾同歌共舞的狂歡時代。解放的快感與無聊的虛空，幾乎在當代文化中相輔而行，我們不知道它會把我們帶到哪裡，現在則不得不在這樣的文學情境中體驗中國的現實生活。

　　總之，中國的社會主義現實主義歷經了半個多世紀的演變，作為試圖創建中國社會主義文學的理論綱領，它表達了急切地、也是真實的歷史願望。然而，作為一種創作方法，它始終不能確立它的最基本的美學範疇——「真實性」，它恰恰是在作家面對歷史真實，面對個人感受的直接現實時面臨解體的危機。在這裡，我所勾勒的不同時期中國作家尋求的「藝術描寫的真實性」的狀況，也許可以說明這樣一個理論問題：社會主義現實主義是一個過分理想化和概念化的東西，它不能面對歷史和現實存在的真實，一旦它面對真實的現實，它就必然損壞它自身。社會主義現實主義作為一種創作方法面臨的危機，不過是當代中國的文學觀念和美學規範都處於深刻的裂變和轉型過程中。對於中國作家來說，這並不表明問題的解決，恰恰相反，它預示著一系列新的（也許是更嚴重的）問題剛剛開始。

本文原載《湖南文學》1995年第7-8期合刊

7、向內轉的美學向度
——當代中篇小說的藝術流變

　　文革後的中國文學一直被描述為「新時期」文學，這種描述體系在八十年代後期面臨挑戰，因為它無法解釋更新的文學實踐。一批敏感的理論家將其稱之為「後新時期」。不管這種說法是否可以完全準確概括這一時期的文學現象，但它鮮明地揭示了歷史的分野，它本身是對文學創新和變革的呼籲。八十年代後期以來的中國當代文學，確實顯得異彩紛呈也混亂不堪。各種說法標新立異，各種探索花樣翻新。人們在慨歎當代文學的活力的同時，也對轉瞬即逝的現象感到惋惜和疑惑。這種狀況延續到九十年代後期則是愈演愈烈。以致於人們不得不用泥沙俱下、良莠不齊加以描述。人們一個顯著的憂慮就是當代文學再也難有經典了，當代文學的萎縮和疲軟，並不只是因為失去了宏大意識形態背景，也不只是因為傳媒的大肆擴張，更重要的在於，當代文學為自身表面的繁榮所製造的泡沫景觀所淹沒。人們看不清當代文學的真相，看不到本質，看不到它的靈魂。這一切，因為人們無法把握它所沉澱下來的內在品質，說到底，也就是無法看清它的經典化標識。實際上，撥開那些外在浮華和虛假，還是可以看到當代文學的一些堅韌的藝術追求。與時下流行的觀點相反（這種觀點認為當代文學每況愈下，到了九十年代後期則更是看不到像樣的作品），我認為八十年代以後至今的中國文學有一個生動發展的歷史，其藝術性或文學品質得到更堅實的提升。也許是因為我們身在其中，我們難以認可近距離的作品具有優秀品質。我們總是習慣接受時間距離產生的美感，那些古典作品，甚至現代時期的作品的經典性是毋庸置疑的，而當代的作品則很難獲得較高的藝術評價。如果僅僅從文學的藝術品質而言，從漢語言小說寫作的思想高度、精神力度和藝術強度而言，當代不少作品並不比現代時期的作品遜色。

　　「經典性」這個概念要加上當代的時間定語，這確實是一項困難的工作。「經典化」是一項歷史性的自在自為的工作，經歷過時間的磨洗，藝術作品才可能成為經典。然而，「歷史的自在自為」只是我們的時間距離所看到的結果，只要我們深入到文學史實際中去看，「經典化」也是一項人為的工作。沒有那些出版家、文學研究者和媒體的那些「偶然」行為，那些經典作品也就失去了在歷史上存在的最初契機。正因為當代中國文學面臨「經典化」危機，「拯救」當代經典儘管說

是一項艱難且遭致非議的工作，但其意義重大，這樣的風險還是值得一冒。

當然，冒風險並不是以魯莽之舉做無謂的犧牲，而是依靠對當代文學史內在變化的深入理解，依靠對漢語文學寫作的藝術本質的辨析，依靠對當代審美趣味變化趨勢的把握，依靠對這些作品在當代文學史中所佔據的地位以及所表達的藝術創新價值……；總之通過這幾方面來讀解當代一些中篇小說代表作，以此勾勒出當代文學藝術承繼與變革的流向。

一、回到文學本體的小說敘事

新時期中國文學一直存在二股並行的創作衝動，其一是面對歷史和社會現實的意識形態敘事，其二是對文學史本身的形式創新敘事。前者稟承現實主義傳統，後者則偏向於現代主義思潮。當代中國文學中的現代主義思潮並非來自對西方現代主義的簡單模仿，其根本動力來自於文學內在的創新衝動，某種意義上還是現實主義深化的結果。但不斷從現實主義「深化」過程中分裂出來的創新意識，不斷向著現代主義傾斜，當年輕一代作家與現實主義傳統沒有直接的血緣關係時，他們的創新意識就直接來自現代主義的啟示。因此，不管當代中國是否有過真正的「現代派」，但現實主義／現代主義之間構成的衝突，決定了當代中國文學在藝術創新方面的基本結構。

現代主義以「意識流」探索為始，足以見出它的實踐意義先於它的觀念意義。王蒙在八十年代初進行的「意識流」實驗（如《春之聲》、《蝴蝶》、《夜的眼》等），不僅在思想的意義上，把「反文革」的歷史敘事推到新的深度，同時更重要的在於，它率先表達了在純粹文學的層面上所需要的藝術創新。如何把西方現代主義文學創立的經驗融入中國當代既定的文學規範，這是八十年代中國文學創新的具體目標，並且也是它持續不斷尋求藝術形式變革的內在動力。實現「四個現代化」這個最高的歷史願望在文學上的反映，就是文學的「現代化」課題，它構成了文學創新的直接動力。現代化與文學的現代主義的混淆，既是八十年代意識形態整合實踐的直接結果，也反映了現代主義初起時不可避免的觀念性含混。當代中國文學的創新要求總是為多元力量決定：意識形態總體情勢，文學本身既定的現實主義傳統，以及作家個體的藝術敏感性。新時期的文學創新要求來自意識形態推論實踐，由此也就不難理解，八十年代的文學現代主義思潮總是與「大寫的人」的主題密不可分，它明顯夾雜著「人性論」、「人道主義」、「主體性」的內涵。八

十年代中期風行一時的現代派，如劉索拉的《你別無選擇》、徐星的《無主題變奏》等等，這些典型的現代派，同時具有表現「自我」、「個性」一類浪漫主義主題的強烈願望。同樣，「尋根文學」也被描述為「新潮」和「探索」，並且經常被理解為「現代派」。尋根文學與其說是自覺的文化尋根，不如說是勉強的文學創新。這個知青文學群體，突然轉化為「尋根」群體，因為有了「文化」作為遮掩，其現實主義面目迅速隱匿，而與瑪律克斯、博爾赫斯的魔幻現實主義有某些關聯被闡釋成現代主義。事實上，文學創新已經構成八十年代中期文學共同體的根本動機，而向現代主義切近則是文學創新的基本出發點。

1988年，王蒙發表《文學失去轟動效應之後》一文，作為一個極富歷史敏感性的作家，王蒙的經典性表述不僅僅表達了文學的意識形態實踐功能弱化，同時也表達了文學不得不在形式創新方面尋求新的出發點。事實上，早在1986年馬原就寫下一系列作品，在1987年，馬原的影響變得不可忽視。同時期莫言的敘事被廣泛理解為文學敘事語言的最新探索。與馬原對生活的神秘性和易變性的表現並未引起人們的深究一樣，莫言作為「尋根」（或反尋根）的最後一位作家的歷史功能，同樣無人顧及。人們關注的是文學向內轉率先獲得的藝術表現形式，馬原的「敘事圈套」就足以使他成為當代小說敘事形式變革的開山祖師，而莫言對敘事視點、語言和感覺則使他的小說敘事具有無可爭議的藝術地位。這也就不難理解，馬原和莫言迅速被後來的先鋒派改變成承前啟後的過渡性人物。在馬原和莫言之後，則是形式主義色彩更為濃重的先鋒派群體。

莫言的藝術特徵主要由他那些具有鮮明的時代特色的作品來表徵實際上，莫言的小說藝術是多樣化的，且有著非常內在於文學史潛移默化的作品。《金髮嬰兒》是莫言早期的作品，最初發表於1985年。很顯然，這是一篇並不經常被人提起的小說，莫言的這個名字一直與「紅高粱」聯繫在一起，到底是因為小說真的讓人們念念不忘，還是張藝謀的電影（以及鞏莉和姜文的形象）使人印象深刻？我想後者的可能性更大些。實際上，在莫言早期的作品中，《金髮嬰兒》是相當見功夫的一個中篇。這篇小說講述一個軍隊的政工幹部最終動手掐死了妻子通姦所生的金髮嬰兒的故事。這一離奇的悲劇性結果顯然是長期軍營生活中經受性壓抑而發生心理變態所致。這個叫孫天球的連指導員一直是母親、妻子和鄉親的驕傲，他在部隊裡顯得保守而不開化。對於戰士們喜愛的一尊女性塑像，他卻百般禁止，但最後也禁不住誘惑喜歡上了這尊塑像。這篇小說並不是關於一個壓抑的心理如何轉化的故事。而是深入去揭示

被壓抑的人性所具有的破壞能量。小說以兩條線索展開，另一條是妻子紫荊的故事，長期守活寡的紫荊孝敬年老眼瞎的婆婆，幾乎做到無微不至。但年青的女性生命最終沒有抵禦住另一個年輕的男性生命的誘惑，黃毛不知不覺進入到紫荊的生活中，這是通過典型的中國鄉土的勞動互助中建立起的情愛關係，他們的情愛從人性的角度是無可非議的，但從道德的和法律的觀點來看，卻是不合法的，黃毛最終難逃法律的懲罰。值得注意的是，告發紫荊通姦的是她的瞎眼婆婆。無論兒媳對她多好，但兒媳通姦這個事實還是無法讓她接受，人性與倫理的矛盾只能以悲劇的形式加以表現。這個悲劇本來到這裡可以告一段落，但莫言還是把它推向了極致，孫天球掐死了那個無辜的嬰兒，他也變成了罪犯。這五個人中，有四個人都有過錯或罪過，黃毛和紫荊通姦，瞎眼婆婆是個告密者，孫天球是個受害者，也是個殺人犯，而嬰兒是無辜的，因為這個無辜者，這個悲劇推向了極端。莫言在這裡著重於表現人性與倫理衝突的悲劇，每個人都有理由，都有他的行為正當性，但結果卻是悲劇性的。很顯然，莫言在1985年寫下這種作品，還是對新時期關於人性論、人性解放的時代呼喚進行應對，在那時並不覺得特別，因為揭示人性的壓抑是那個時期的重要主題，但是莫言的這篇小說卻可以兩條線索，自然而自如地推進小說的敘事，顯示出他非同尋常的駕馭故事的能力。始終輕鬆略帶幽默的敘述，卻一步步向著悲劇進發，人們幾乎懷著歡樂走向絕境，而生活在它不斷的敞開中，突然間崩潰。生活的脆弱，人性的局限，無法逃脫的宿命，這一切都在生活徹底破碎的那一時刻令人觸目驚心。這篇小說不管是結構的設置，還是敘述語言，或者是對人性的深刻揭示，都顯示出莫言非同凡響的藝術表現力度。

馬原一直在主流文學之外，這使他最具有顛覆主流模式的可能性，顯然，他是最早呼應文學向內轉的變革潮流的人。儘管馬原的意義不再具有意識形態普遍化的實踐功能，但是，他反抗意識形態普遍化的敘事方法被視為當代文學歷史轉型的重要標誌，則又構造了一個回到文學自身的神話，在文學有限性的範圍內，它標誌著「新時期」的終結，「後新時期」的來臨。

支持馬原寫作的動機已經不是去創作「大寫的人」或完整的故事，而主要是「敘述圈套」。對於馬原來說，寫作就是虛構故事，而不是複製歷史。馬原《虛構》發表於1986年，這篇小說有意混淆真實與虛構的界線，小說篇名叫「虛構」，而小說中卻又出現「我就是那個叫做馬原的漢人」。到底是真實的還是虛構的？毫無疑問，馬原要顛覆的就是傳統現實主義小說以真實的名義進行虛構。馬原卻是以虛構的名義展

開他的真實敘述，當然，馬原最終沒有落入自己設計的圈套中，他還是把那個真實故事一筆勾銷了。這篇小說描述一個麻瘋病人居住的叫瑪曲村的地方，那個叫馬原的漢人偶然闖入瑪曲村，他目睹了被隔離的麻風病人的生活，這裡面同樣有歡樂、痛苦、妒忌、仇視，甚至還有性愛。馬原的小說刻意寫作異域風情，他通常是寫作西藏的神秘文化風習，這回他乾脆潛入與世隔絕的瑪曲村，那種怪異的體驗，那種在陌生境地的生存狀態，以及在這種狀態可以延伸出來的自我意識，這是馬原持續探索的意義。那個溫馨的瑪曲村之夜進行的那次玩命的交媾，就足以體驗到純粹的「自我」經驗。但對於八十年代中期的馬原來說，生活的隱秘性還是讓位給了他熱衷的敘述圈套，他真正著力表現的是他不斷呈現他的故事的那種方式。

　　洪峰一直被當作馬原的第一個也是最成功的追隨者，但是人們忽略了洪峰的特殊意義。1986年，洪峰發表《奔喪》，傳統小說中的悲劇性事件在這裡被洪峰加以反諷性的運用。「父親」的悲劇性意義的喪失和他的權威性的恐懼力量的解除，這是令人絕望的。在奔喪的路途中，兒子回憶起父親的形象不再顯示出敬愛之情，而是像回憶一個並不熟悉的長輩一樣。父親的形象不再高大，也不完美。他是一個偷安者，正如他是一個偷性者一樣。而親情在這裡也遭遇到最大限度的質疑，父親之死，已經沒有真實的悲痛，人們的情感都被眼前的利益所支配。當然，只有姐姐，她還試圖承擔起某種責任。《奔喪》的「瀆神」意義表明「大寫的人」無可挽回地頹然倒地，它慫恿著叛逆的孩子們無所顧忌地越過任何理想的障礙。在八十年代後期，對現代派的感悟所體驗到的那種叛逆性，成為年輕一代作家急於表達的情緒。洪峰同時期比較出色的作品還有《瀚海》（1987）和《極地之側》（1987），前者帶有「尋根」的流風餘韻，後者顯示了對馬原的某些超越，它們與《奔喪》比起來藝術上顯得更加成熟，但是卻不具備《奔喪》的那種改變觀念的力量。

　　八十年代後期，文學已經很難從意識形態推論實踐中直接獲取思想資源，文學也不再有能力給社會提供共同的想像關係。一方面，思想解放運動已經告一段落；另一方面，以經濟建設為中心的政治策略足以維繫民眾的歷史願望。文學被懸置於政治／經濟的邊界。文學不得不退回到它自身。八十年代下半期，文學界就在討論文學「向內轉」的問題，所謂回到文學本體（或文體），不過是新時期以來就一直困擾文學界的形式創新命題的明確化。當意識形態推論實踐不足以支配和支撐文學敘事時，形式主義實驗就充當了文學轉型的暫時橋樑。它雖然未必就預示

著中國文學未來的道路，但確實是使中國文學可以在純文學的向度有所作為。由此不難理解，八十年代後期先鋒文學的出現實則是文學別無選擇的僥幸選擇。1987年《人民文學》和《收穫》相繼發表了一批小說，這些小說在尋求個人的風格化表述方面，在小說敘述語言和感覺的超現實表達方面，在小說的敘述結構和對人物的符號化處理方面，都顯示了當代中國小說敘事前所未有的嶄新經驗。這些當時被稱之為「新潮小說」（我把它們稱之為「後新潮小說」）。先鋒小說把當代文學一直在現代主義維度上尋求的藝術創新推到極端，在處理語言和存在世界的複雜關係方面，在對生活的不完整性的表現方面，在對非歷史化的人類生活過程的探究方面，在對小說敘事結構的非中心化的把握方面，以及在對人物進行角色化和符號化的表現方面，中國先鋒小說顯示了它特有的後現代主義傾向。當然，由於先鋒小說的形式實驗一直在「新時期」語境中進行，它不可避免在某種程度上還保留有現代主義的文學觀念與小說表現方法。

蘇童無疑是為數不多的天生的小說家，之所以說他是天生的小說家，是因為他對小說的感覺渾然天成，純淨如水。蘇童最有名的小說要數《妻妾成群》，最好的小說應該是《罌粟之家》，最能見出他特點的小說就是《舒農或南方的故事》。《罌粟之家》寫的土改，在所有描寫土改的作品中，蘇童的書寫獨樹一幟，它將慾望的結構嵌入階級結構之中，使二者糾纏不清，它把革命的必然性與歷史頹敗的宿命論混淆在一起，給出一種獨特的歷史命運和美學情境。

當然，蘇童站在舊時代覆滅的立場來看土改，土改的發生乃是一種宿命式的降臨，它的到來，是歷史末世學的到來。在小說的敘事中，雖然我們可以說作為中篇小說不可能去詳盡描寫階級壓迫和階級剝削，但在小說中幾乎沒有多少筆墨去表現直接的階級壓迫。劉老俠對陳茂幾乎談不上是階級壓迫，陳茂與翠花通姦本身就是對階級壓迫的一種顛覆。它顯然不是階級反抗的一種方式，而是階級錯位的一種形式。因而土改的到來一直在一種宿命感中被註定，土改不過加速了本來就要滅亡的地主階級的死亡而已。在蘇童的書寫中，土改實際上寄生於慾望的錯位結構中。蘇童對土改的敘述彌漫著強烈的反諷情緒，它把土改的場面描寫和階級衝突重新植入慾望的結構中。農民階級對地主階級的仇恨遠沒有大到足以推翻一個階級的力量。就個人來說，農民的不滿也很容易被改良主義所抹平。沉草把土地租給農民，只收一半的租子，農民就給沉草下跪。農民的革命並沒有多少自主性，盧方啟發陳茂革命，陳茂始終搞不清楚土地改革的實質，對於他來說，他當上農會主席，手中有槍意味

著他有權力，而這種權力被他簡單地等同於性權力。他還是以他的慣性回到原來翻牆的那種生存方式，他終於把劉素子幹了，這是他的階級報復還是他由來已久的慾望夢想？土改鬥爭的本質也被慾望戲謔化了。這是在末日發生的革命，這樣的歷史暴力如期而至，就像不速之客，本來地主階級已經頹敗，已經走向滅亡，這樣的歷史變故就顯得是趁火打劫，這樣的暴力就顯得更加殘酷。地主階級陷入這樣的境地就幾乎是加速死亡。沉草坐在罌粟面上，大把吞吃罌粟，他已經接近瘋狂，那是絕望的瘋狂。1950年，土改工作組長盧方奉命鎮壓地主劉老俠的兒子劉沉草，盧方就在盛滿罌粟的大缸裡擊斃了這個他昔日的同窗好友。槍擊激起了罌粟猛烈散發的氣味，那是經久不息的歷史氣息。小說的結尾如是寫道：「直到如今，盧方還會在自己身上聞見罌粟的氣味，怎麼洗也洗不掉」。這句話意味深長，這樣的氣息何以會沾染在盧方這個共產黨人身上？那是地主階級覆滅的陰魂不散？還是這樣的歷史如此長遠，以致於它的（最後一個地主）死亡也依然幽靈般附體於其他的身體上？或者，更具體些，更人性化些，盧方作為沉草的同學，親手把他打死，那樣的場面和情景令他永生難忘，甚至不寒而慄？不管怎麼說，這是一種歷史性的死亡，是死亡的歷史化，當然也就是幽靈化。小說敘述純淨透明，有一種頹靡之氣，但那種語言卻有一種明朗清俊的意味。

　　不管從哪方面來說，余華都是一個不可多得的作家，這就在於他的語言和感覺，他對生存狀態的捕捉都是他人不可企及的。現在余華已經名滿天下，他的寫作卻顯得更平易近人。我不知道這是否真的如余華所說，他幾乎是突然間找到了一條舒暢的道路。就我個人而言，我更喜歡八十年代後期的余華。那時的余華寫作顯得異常認真且費力。據說他長時間只寫上幾行，我想那種文字真是絞盡腦汁後凝聚而成的高品質的東西，他在那個時期寫下的作品當是無人可以比肩。《現實一種》就顯得令人驚異不已，這篇小說寫的是小孩之間的無知釀就的悲慘事件。余華主要是在審視人處在一處困境中所有的精神狀態，一旦生活中出現某個標誌性的事件，那麼它就決定了生活發展的方向。余華著手寫作兩個小孩之間的那種相互感受，以致於在蒙昧狀態下發生的暴力。然而，成年人認知世界和事物的方式與小孩差別並不大，這就是我們生活的危險之處，人們大多數情形下是處在盲目的境地，所有的反抗都是使生活走向絕境。余華通過把人的智力水準壓抑在水平線下，從而使人對對象世界／事物發生一種奇怪的認知方式，這個世界在這個時刻發生了一點偏離，我們平常未曾看到的事物的另一側面紛紛呈現出來，這往往構成了我們存在的最個人化的也是最內在的本質。余華就這樣把個人的存在推

到一種超現實狀態，他要揭示的就是那種心理的真實，那種與個人的體驗、命運以及生活的破碎的瞬間相關的那種境地。

格非的小說語言可以說是最純淨的，他的小說意識清楚而深刻。有很長一段時間，我一直堅持認為格非是最好的小說家之一，什麼叫做純粹的小說，看看格非在一個時期內寫下的那類小說，就可以明白這種說法並不是理論的自覺。能把小說與詩、與哲學、與一種存在的當下之思融為一體，這就是達到一種境界的小說了。

格非開始引人注目的小說當推《迷舟》，這個戰爭毀壞愛情的傳統故事是以古典味十足的抒情風格講述的，那張簡陋的戰略草圖一點也不損害優美明淨的描寫和濃郁的感傷情調。然而，整個故事的關鍵性部位卻出現一個「空缺」，一個優美的古典故事卻陷進解釋的怪圈。這個「空缺」在1987年底出現輕而易舉就使格非那古典味十足的寫作套上「先鋒派」的項圈，儘管這個「空缺」不過是從博爾赫斯那裡借用來的，然而格非用得圓熟到家。《褐色鳥群》（《鐘山》1988年第5期）無疑是當代小說中最玄奧的作品。格非把關於形而上的時間、實在、幻想、現實、永恆、重現……等等的哲學本體論的思考，與重複性的敘述結構結合在一起。「存在還是不存在？」這個本源性的問題隨著敘事的進展無邊無際蔓延開來，所有的存在都立即為另一種存在所代替，在回憶與歷史之間，在幻想與現實之間，沒有一個絕對權威的存在，存在僅僅意識著不存在。這篇小說使人想起埃舍爾的繪畫、哥德爾的數學以及解構主義哲學那類極其抽象又極其具體的玄妙的東西，它表明當代小說在「現代派」這條軸線上已經擺脫了淺薄狹隘的功利主義。雖然這篇小說明顯受到博爾赫斯的影響（例如關於「棋」與「鏡子」的隱喻），但是漢語的表現力及其關於生存論的思考，也可以置放在現實中來理解，因而這篇小說讀起來有些晦澀費解，但決無做作之感。作為漢語言小說在智力上所達到高度和難度，《褐色鳥群》功不可沒。

迄今為止，孫甘露寥寥幾篇小說在當代文學史上卻留下不可磨滅的痕跡，八十年代末期，孫甘露的小說無疑是高難度的作品，令批評家束手無策，令大多數讀者望而生畏。但孫甘露的存在是不可忽視的，如果他的敘事文體被看作小說的話，那麼，當代小說已經沒有什麼界線不可以逾越。孫甘露在1987年發表的《信使之函》與1988年發表的《請女人猜謎》，1993年發表的長篇小說《呼吸》，就是在九十年代行將結束的時候，這些小說也依然是最離奇的小說。

《請女人猜謎》則顯示出更複雜的敘述方法，在當代中國小說敘事中，可能是這篇小說第一次使用雙重文本展開敘事，也就是說，在「請

女人猜謎」這個標題下，小說敘事在表現另一部作品，這類似埃舍爾的繪畫和哥德爾的數學。兩篇小說互相糾纏，互相消解，又互相重建。其藝術效果是奇妙的，文本不再是一個封閉的表現世界或象徵世界，變成一種可寫性，不斷自我生成的開放體系。雙重文本的敘事策略在把敘述人轉變為敘事中心的一個角色的同時，把敘述人虛構化了，敘述人不再是小說情節的陳述主體，他成為被敘述人，他在雙重文本裡出入的行為取消了他的確定不移的敘述視角。在這裡，敘述人與其說是在敘事，不如說是在追尋變幻不定的話語之流，敘述與話語之間構成的悖論關係正是話語任意運轉的內在動力。這篇小說到底在說什麼？一個騎摩托車摔傷的男人和一個女護士的愛情糾葛？或是回憶半殖民時期，男人與女人的生活片斷？小說沒有可供歸納的情節，也沒有明晰的人物，人物的身份處在不斷的變異之中。

《請女人猜謎》一開始就聲稱「我」在敘述一個真實的故事，然而敘事卻大量製造明顯的虛構性，這並不僅僅在於故事中隨意出現的中斷、短路以及離奇的關節，更主要的在於敘事話語本身的存在方式被虛構。敘述無視話語與實在世界的透明性聯繫，話語的慾望在這裡隨時溢出文本的習慣邊界，大量的比喻結構的使用、有意在細枝末節誇誇其談、毫無必要的引述或交代，而大量的跳躍、省略和隱瞞使話語的隨意性和任意性更加突出。因此在敘述感覺中所有「我」的真實體驗、感情、感悟、推論的話語都被敘述虛構化了。

從文本的存在情態來看，敘述與話語在時間與空間兩個維度裡展開活動，但是孫甘露的敘述力圖顛倒這種關係，它把敘述的線性時間全部打亂，敘述不斷從故事破裂層重新開始，敘述原有的起源被消解，故事總是在錯位的時間關節轉換。在這裡單個句式或語段的時間流向被植入雙重文本的敘述轉換活動，儘管話語自身不再展開為空間的完整表像，但是話語的伸展獲得一個空曠的背景。在《請女人猜謎》裡，敘述力圖轉變為《眺望失去的時光》（小說中的人物聲稱在寫作的一部小說）的話語，敘述成為對文本的背叛；而《眺望失去的時光》的話語一旦產生卻又填補了《請女人猜謎》的敘述遺留下的話語空缺。結果，對《請女人猜謎》的寫作變成對《眺望失去的時光》的敘述，而《眺望失去的時光》實際就是《請女人猜謎》的文本。

因此，敘事話語的遊戲正是在場的破裂，敘述不再去追蹤同一的中心和實在世界的絕對真理，敘事話語追蹤的存在的可能意蘊放置到話語遊戲的可能性基礎上。事實上，在這樣的敘述中，不僅僅是話語中的語詞進入在場／不在的遊戲，而且角色象符號一樣分裂了，在雙重文本的

活動中，人物完全可以看成是符號的能指與所指的分離產生的二元存在，是在場與不在的追蹤與逃避的雙重遊戲，互為文本的變幻也正是能指與所指在時間上延擱出場的空間變異。因此，毫不奇怪，實驗小說中的角色總是神經質地相信幻覺勝過相信真實。

在這裡，既然敘述把「主體」破裂為多重行為者，分裂為「話語」和「故事」內意義保持和喪失的諸多可能性的位置，那麼敘述就不是依照原來的動機推進情節，而是以自我異化的方式展開。它們可以從不確定的敘述人稱，任意添加形容詞和各種補充結構的動因開始，各自以不同的方式陳述自己。它的法則是非法的，自我悖謬的，同形異義的，它總是破壞同一性和原初性。正如克利斯蒂娃所說的那樣：在這裡，小說敘事不過是使現實的不可能性獲得一種象徵形式，以敘述起到的轉換作用隱喻式地表達他們的生活感受。由此構成了八十年代之交，這代嶄露頭角的先鋒派作家在過渡時期的集體無意識。

總而言之，先鋒文學一直在文學史的對話語境中展開探索，它既與西方現代主義構成一種借鑒關係，同時更重要的是與當代中國既定的經典現實主義文學傳統構成對話關係。當文學不再能從意識形態推論實踐中獲取內在動力，它只能以形式主義實驗來尋求從社會領域退卻的途徑。先鋒派文學回避了意識形態話語，但其藝術創新方面的探索無疑使當代文學的格局發生某些根本變化。八十年代中後期以來，經典現實主義文學規範就面臨合法性危機，一方面，現實主義賴以存在的一套文化權力制度依然強有力地支配和控制整個社會的文化生產；另一方面，經典現實主義面對大量湧進的西方文化思潮，面對藝術創新的挑戰和當代現實生活的變動，無法作出積極的應戰。經典現實主義難以提出一整套的表像體系和表意策略突破舊有的文學規範，因此，先鋒小說所作的那些看上去與現行的文化秩序相脫節的形式實驗，實則是一次卓有成效的挑戰和革命。

當代中國文學在八十年代後期開始歷史轉型，我堅持認為這種轉型發生在1987年至1988年，持續到九十年代。這種轉型是政治／文化／經濟多邊作用的結果，而不僅僅是某個歷史事件起到突發性的槓桿作用。不理解這一點，就不理解當代中國文學所發生的那些變化本身具有的文化邏輯。不管是用「新時期後期」還是「後新時期」來描述它，都是基於文學歷史本身的變化和起關聯作用的語境來給予定位。儘管當代歷史語境是如此複雜，包含過多的變異和重疊，但我們還是可以從中找到最主要的歷史前提，找到創生的文化與主導文化衝突的基本關係。這些關係並不是突然出現的，也不是一成不變的，但在理解當代中國文化的創

生力量時，不找到那些對話的階段性語境，就不能給出它的準確位置。先鋒小說在八十年代之交特殊的歷史語境中應運而生，這並不表明它是投機取巧或「合謀」的產物，恰恰相反，它的崛起表現了當代中國文學少有的對文學說話的純粹姿態，它那過分的形式主義實驗，既是一次無奈，也是一次空前的自覺。毋庸置疑，先鋒小說把中國小說敘事推到相當的高度、複雜度和難度。

二、回到常規與本真的現實

當然，先鋒派只是標明了當代文學創新發展的積極動向，文學的存在在很大程度上，還是依賴常規化的寫作。在九十年代初期被理論界推為「新寫實主義」的作品，其實並未脫離傳統常規小說多遙遠。這是理論在這樣特殊的年代所做的中庸化處理。實際上，拋開先鋒性或探索性，我們同樣可以看到當代小說在藝術表現方面的深化。正是在常規化的敘事中，當代小說開始建構與現實的本真關係。

作為一個作家，王朔對當代文化的影響空前絕後，沒有人像他那樣深刻影響了當代青年人的價值觀和語言方式，也沒有人像他這樣有效地緩解了壓抑時代的精神緊張和緊張時代的精神壓抑。前者是指他在八十年代後期的作用，後者是指他在九十年代初特殊時期的功效。在這一意義上，王朔是一個破壞者，又是一個開創者。

王朔的小說確實沒有什麼深邃的思想和形而上的理趣，它在敘事方法方面也無多少特別之處，它的主題既不明確也不完整，從傳統的觀點來看甚至不突出。但是王朔的小說有非常自然而人性化的感覺，這種感覺在八十年代末至九十年代足以構成某種思想衝擊力——王朔作品的思想不是意義模式統合的結果，而恰恰是無可確定和不必要統一的生活塊狀撞擊產生的思想意向。王朔嘲弄了生活現行的價值范型，代表王朔小說特色的那些精彩對話大都是政治術語和經典格言的轉喻式引用，特別是「文革」語言的反諷運用。王朔撕去了政治的和道德的神聖面紗，把它們降低為插科打諢的原材料，給當代無處皈依的心理情緒提示了褻瀆的滿足。

王朔在《頑主》裡完全剔除生活原有的本質規定，而抓住生活原始層面的荒誕性，把生活的尖銳衝突，把失去平衡的城市心態改變為認同當下現實情境的喜劇風格。「三T公司」作為一個輻射面，全面映照生活的滑稽可笑和生動有趣。「三替」的宗旨本身表明了一種新型的生存態度，它揭示生活的虛假性的非確定性。痛苦憂難在這裡變得可以被

「替代」，生活並沒有什麼不可承受的苦難，生活變得不那麼沉重，原來改變生活如此輕易。「三替」嘲弄了生活的所有虛假性的同時，當然也嘲弄了自我。自我或個人並非依靠信仰或理想支撐，自我被捲入一連串荒唐而無意義的生活事件自在漂流。他們沒有什麼遠大的抱負信念，也不怨天尤人，他們面對生活自得其樂。他們也有不滿，也有憤恨，但是經常以「自嘲」的方式認了。仇視和氣惱現在為自嘲所取代，因為生活失去本質與原則，沒有什麼值得認真對待和血戰到底的東西，馬青的機會主義正是對無本質的當下生活的認同方式。

王朔憑著直感，借助荒誕性為敘述起點，他在把人物推向生活還原的路途上，認同了生活的不完整性存在。王朔的人物沒有經歷過先驗觀念的洗禮，他們不是有意識用一種世界觀去反抗另一種世界觀，他們實在是因為對世界觀毫無覺察而進入另一種世界的視界，存在的超越性意義失落了，王朔沒有運用任何誇大的手法就解除了生活本質觀念。對於王朔來說，這一切都不是笨重的思想意識，不過是王朔對於這個動盪裂變時代的直接體驗和最原初的認識而已。「不完整性」成為生活的本來面目，因此，個人無須負載政治、道德文化與哲學等確認的本質要義，生活變成光禿禿的存在事實。王朔的生活態度就這樣把生活壓制到無本質的虛空形態中去，在原始的真實裡，人憑著偶發的衝動去行動，一切預計的本質的形而上意義都不存在。由此對既定的價值體系進行祛魅。

在當今中國作家中，劉恒是無可爭議的頂級實力派作家，他的作品都是硬碰硬的，也就是說在藝術上經得住敲打，經得住時間的考驗。較早的成名作《狗日的糧食》，後來的長篇《逍遙頌》、《蒼河白日夢》、《黑的雪》都顯示出劉恒對歷史和人性的深刻揭示，顯示出他在小說的結構和語言方面所具有的功力。《伏羲伏羲》是劉恒影響最大的作品，這可能得益於張藝謀據小說改編的電影《菊豆》產生的效果。作為一篇小說，它無疑也顯示了劉恒在藝術上達到的境地。無論是對人性的挖掘，還是對一種心理的刻畫，或是對故事的富有層次感的推進，都可以看出劉恒游龍走絲的筆致，精細而有力道。很顯然，這是一個侄兒與嬸嬸亂倫的故事。劉恒顯然不只是展示亂倫的奇觀性，而是給這個主題注入了特殊的文化意義。劉恒審視了作為生殖的性與作為精神的人格的分裂狀況，由此揭示了男性文化的萎縮，這也是劉恒對八十年代後期興起的性文化的反應。王菊豆備受折磨卻倔強不屈，而這裡面出現的男性，不管是老輩的楊金山，還是後輩的楊天青，前者是一個虐待女人的性無能的男性，後者則是一個精神上怯懦的人。男性的生命力如同他們的生殖力，已經出現了嚴重的問題，這是劉恒對那個時期中國傳統文化

的診斷。其正確性如何值得商榷，這正是急迫進入現代化的中國人，對自身反思的一種形式。那個時期的人們渴望從根子上清除不利於現代化的東西，而找到更強健的進入現代化的國民精神。在某種意義上，劉恒的批判性與莫言對野性的生命強力的呼喚異曲而同工。當然，從文學的角度看，這篇小說對人性的那種刻畫入木三分，把一種生活推到極端狀態，讓他們在生活壓力的極限處來顯示生存的韌性，把人對生活苦難的承受表現得如歌如訴，把一種絕望之美表現得楚楚動人，這就是劉恒，他在美妙的情境中來呈現生活最絕望的時刻。很多年之後，劉恒寫作了《貧嘴張大民的幸福生活》，相比較而言，那只是市民的廉價撫慰而已。

很長時期以來，賈平凹是作為「純文學」最後一位大師而進入廣大讀者的閱讀視野的，如果這種「純文學」嚴格限定在賈平凹及其同仁所理解的「美文」範圍，這種說法並無誇大之嫌。賈平凹的作品自成一格，清雅、俊秀、質樸、凝練，漢語言的表意功能在他筆下，確實是達到爐火純青的地步。他不需要鋪排，始終能保持一種簡略之美卻意韻橫生。賈平凹在九十年代初因為《廢都》而名聲再度大噪，也因為這部小說而遭致無數非議。《廢都》的問題顯然不會是出在它的小說藝術性上，它寫性也不算過分到哪裡去，實在是因為賈平凹聲勢太大，《廢都》一時間成為最重要的文化現象，它本身成為文化再生產符號化中心。早在「尋根」時代，賈平凹就已嶄露頭角，以他的「商州」地域文化，以那些「山野風情」而引人注目，名噪一時。他的《商州初錄》、《商州又錄》、《商州再錄》，以實錄筆法，尋常道來，游龍走絲，下地成形，倒是別具一格。那時的文壇，為「本土文化」所困，都竭盡全力，去尋民族的生存之根。賈平凹隱居西北，卻得地利之便。查錄十八本商州地方誌，發現商州歷史悠久，商州地界的尋常瑣事，自然浸含文化的原汁原味。賈平凹一開始就抓住那些「地緣文化」出奇致勝，他的小說一出手，就令人驚異不已。

事實上，賈平凹一直就是寫情的高手，他的那些文化系列小說實質就是「性情」加上地方風習，那些「山野風情」無不落實在一個「情」字上。八十年代中期，借助「文學是人學」的思想解放旗號，在「寫人」的總體綱目下來「寫情」則是合理合法的，並且有向極左路線壓制人性的保守勢力挑戰的革命意義，它是思想解放運動的最後衝刺。賈平凹當然深諳歷史玄機，在文化尋根的鼓舞下，他努力去發掘那種文化狀態中的人們的心靈美德，高尚情操；同時細緻刻畫那些偏離道德規範的野情私戀。

　　這種模式貫穿於賈平凹的寫作中，這正是他的小說富有閱讀魅力所在。《五魁》是賈平凹《逛山》系列小說之一，充分顯示出他在這方面寫作的特色。五魁16歲就因為身體強壯被選為職業的「背新娘」的背夫。試想一下，這種職業何其美妙，與其說五魁是迫不得已，不如說他沉迷於其中。賈平凹總是把他的人物迅速推到性誘惑的前線，一切幻想都有肉體的接觸作為依據，這種接觸既是真實的又是虛幻的，女人和肉體就貼在背夫的背上，還有什麼比這種體驗更具體更實際呢？正是這種模稜兩可拓展出一片廣大的區域，在合法性與非法性重合的危險區域，賈平凹的五魁開始了（當然是無法抑止的）性焦慮和性幻想。遭土匪搶劫卻為能與新娘相擁為伴而感到慶幸，捏一雙女人的小腳「渾身的血管就汩汩跳」。挺身而出救出新娘，理由是新娘是「白虎星」（這又是性話語），乃至於土匪唐景也是一次亂倫的結果。性的話語支撐著故事的源頭和各個關節，在後來的歲月裡，五魁在柳家大院扛活，為的是能體味少奶奶的音容笑貌。與對女性溫情脈脈的幻想相平行的虐待女人的敘事也在展開，它映襯了五魁性幻想的美好和精神之高潔。終於五魁救出女人，在山野同居。然而，面對著性誘惑道德感卻又油然而生，一個血性男子居然對活生生的心愛的女人退避三舍。在道德上成全這個性焦慮者是必要的，這是性的話語更加詳盡更加怪戾地向前推進的必要條件。果不其然，這個菩薩一般的女人卻壓制不住如火的性慾，偷偷在幹著與狗交媾的勾當，這個不可思議的場景當然擊碎了五魁的道德感，女人也以身殉情（還是殉德？）。所有的道德評判在這裡具有最大的敘事功能，由於人物反復自律的道德準則，給更加露骨的性話語提示了無所顧忌表達的自由空間。

　　與那些處於性焦灼中的男性主角相適應，賈平凹設計了一種雙重女性。一面是美妙的理想化的女性形象；另一面是現實的邪惡的女性，他們慾望橫流，輕佻，應驗了古語「女人是禍水」的說法。這些女人的兩面性當然也就是賈平凹刻意為之的「山野風情」的兩面性；它既具有溫馨美麗而傷感的浪漫情調——它其實與十九世紀西方浪漫派追尋的田園風光和鄉村情調相去未遠；同時又有非常具體詳盡的性幻想和性行為描寫——它又切合了這個時代關於人性、人性的欲求，以及自然中人性的存在狀態的文學幻想，這就完成了美、道德與性三位一體的融合。那些「山野風情」在多大程度上具有「返樸歸相真」的意義雖然值得懷疑，但在文學敘事上，卻提供了充分的文化風習代碼，性與文化的怪異傳說，與地方誌聯繫在一起，這種文學敘事當然也就別有風情了。正是由於那些神奇怪異的地域文化特徵以及賈平凹獨有的「淡泊」、「空寂」

風格，給那些情愛的故事，那些關於慾望焦慮的敘事蒙上了典雅而古樸的外衣。

鐵凝多年來的寫作不溫不火，她不是風口浪尖上的人物，但卻是文學最有韌性的堅持者。鐵凝最早以《哦，香雪》、《沒有紐扣的紅襯衫》成名，那時她的作品就以強烈的生活氣息和對女性心理的細緻表現而引人注目。《永遠有多遠》，可以看出鐵凝在藝術上追求的那種自然和純淨。這種小說沒有深厚龐大的思想主題，而是對生命本身的體味，對生命變化的細微過程的揭示，對一種心境的描寫。也許其中蘊含的思想哲理，一個仁義的女子，卻想著做著西單小六那樣具有魅惑男人的妖精似的女人的心理，這才真正是小說所特有——那種無法言喻的關於生命和生活的意外的思索。小說帶有濃重的懷舊的情調，寫作過去少兒時代的生活記憶，這一切的展示顯得自然而真摯，像散文一樣呈現出的生活往事，真是逝水年華，它顯示了生活本身的那種親切感。夢想與失去，到達與錯過，都隨著生活的流逝成為記憶，這種文字真正令人驚異，真正能深入到人的內心。以致於這篇中篇小說一經發表不久，就引起影視界的關注，據說創下中篇小說影視改編權的天價。

王安憶總是在不知不覺中成為時代弄潮兒，仔細看過去，王安憶總是抓住時代的某種跳躍的脈搏來展開新的寫作階段。不管是知青文學，還是尋根文學，甚至是對人性反思的思想氛圍，王安憶都有她的作品給予回應。《叔叔的故事》最早發表於1990年的《收穫》（第6期），那個時期正是文學處在最迷茫的時期，也是知識份子開始重新思考過去的歷史，並檢討自己與時代關聯的時期。王安憶寫下了這篇小說，很顯然，王安憶在思考歷史的同時，也反省了自己的個人經驗。在一次由作家推選個人最喜歡的自己作品的活動中，王安憶推薦了這篇小說。足可見王安憶對這篇小說的看重。在推薦理由中，她寫下這樣的話：「《叔叔的故事》重新地包含了我的經驗，它容納了我許久以來最最飽滿的情感與思想，它使我發現，我重新又回到了我的個人的經驗世界裡，這個經驗世界是比以前更深層的，所以，其中有一些疼痛」。確實，《叔叔的故事》顯示出王安憶相當新穎的敘事風格，那種強烈的個人與歷史對話的慾望，反思性的評價與歷史描述相糅合，這一切都以修飾性很強的悠長句式表現出來。這種敘事風格來自王安憶試圖探索個人記憶與時代記憶更深切的結合。這些突然強調「我」的視點和感受的小說，重新表達了對歷史審視和這代人重新尋求自己道路的嘗試。

池莉在九十年代初期聲名鵲起，借助新寫實主義這種曖昧的旗號，池莉溫和舒暢的小說一度顯示出鮮明的挑戰氣息，這一定讓後來的人們

百思不得其解。這一切都緣於九十年代特殊的文學史前提。在經典現實主義依然如故的文化秩序背景下，所有的創新被置放到它的對立面，任何創新都不得不看成是一次背叛，那些細微的變化也成為對經典現實主義的超越。因此，也就不難理解，新寫實主義作為一次調和的產物，卻同樣被認為具有挑戰意義。池莉們所表徵的新寫實主義，因為標謗回到市民的日常生活，躲避崇高的精神烏托邦而顯示出它們的獨特意義。回到生活事實的「新寫實」小說，把目光投向普通人的生活。實際上，新寫實的這一訴求也是承繼了新時期的人道主義精神，「新時期」之初關注人的命運從中發掘出「人性」的閃光（例如劉心武《如意》等），它與整個思想解放運動強調「人」的生存價值，宣導「人道主義」的歷史意識相關，「普通人」的形象中其實寄寓著知識份子的人文理想。而在這裡，凡人瑣事就是生活的一個塊面，作家並沒有在這些普通的生活上強加某種歷史法則。「新時期」那個「大寫的人」，現在萎縮成「小寫的人」，他們過著自己的生活。1987年，池莉的《煩惱人生》以平實的手法，描寫普通工人平淡無奇的日常生活。池莉隨後的作品《不談愛情》（1989年），雖然故事、寫法與《煩惱人生》相去未遠，但是這篇小說的篇名卻是別具象徵意義，它不僅僅表示家庭瑣事和社會網路將愛情全部淹沒，而且坦率地表示了這個時代理想化價值為更加務實的人生態度所替代。外科大夫莊建非出於現實生活的考慮而與花樓街的市民女子吉玲結婚，那個有著共同語言、共同愛好的同事王珞卻在這場婚姻的角逐中落敗，連莊建非這樣的婚姻選擇都變得如此世俗，精神超越性的烏托邦訴求已經退出生活的中心。婚後莊建非經歷了一系列的生活困窘，這是小市民的世俗性與知識份子的價值準則的對抗，結果以市民的勝利告終。在這裡，池莉顯然沒有批判小市民，她的熱辣辣的筆調，反倒嘲弄了知識份子自以為是的那些精神格調。莊建非出於現實利益的考慮，全面向市民的習俗妥協。「愛情主題」一直是「新時期」思想解放運動的核心主題，伴隨著「人的解放」的命題被強調，新的愛情觀一直在創造我們這個時代嶄新的或理想化的價值觀和超越性的感覺方式。只要把十幾年前張潔的《愛是不能忘記的》與《不談愛情》置放在一起，人們無疑會對生活發生的巨大變化驚懼不已。「不談愛情」既是一種拒絕，也是一種宣告：我們這個時代已經沒有精神超度的可能性。一個沒有愛情（不談愛情）的時代，還有精神幻想嗎？那滋生著的超越意向已經被合併入它的無所不在的日常現實中，它註定要失去支配生活的征服力量。池莉在當代小說家獲得巨大的成功，儘管這一直令那些標謗純文學格調的人們頗有微辭，但仔細看看池莉的小說，就她的平民價值訴求

而言，她能獲得大多數讀者的認同，她始終保持明晰流暢的敘事風格，輕鬆自如處理故事節奏和結構，恰到好處的情愛關係，描寫和敘事結合得生動有序，這些都使池莉成為讀者最喜愛的作家。從文學史的角度，藝術創新始終是其內在發展的動力，而文學得以存在，也在很大程度上依賴常規寫作所達到的完善和完美，而池莉在這一點做得尤為出色，她的成功也不無道理。

三、新型的個人化經驗

進入九十年代，先鋒小說的敘事語言和敘事方法在潛移默化中被廣泛接受。然而，這一切並不表明先鋒派完成的敘事革命就取得永久有效的勝利。事實上，先鋒派的實驗突然而短暫，在九十年代隨後幾年，先鋒派迅速放低了形式主義實驗。除了格非和北村在九十年代初還保持敘述結構和語言方面的探索，先鋒派在形式方面已經難以有令人震驚的效果。一方面，先鋒派的藝術經驗不再顯得那麼奇異；另一方面藝術的生存策略使得先鋒們傾向於向傳統現實主義靠攏。故事和人物又重新在先鋒小說中復活。當他們試圖從形式實驗的高地撤退時，他們要直接面對歷史和現實時，先鋒們並沒有找到新的起點。那些放棄藝術創新嘗試的作品，大多數只是簡單回到現實主義傳統，或是依靠陳舊的思想觀念來支撐再現性的敘事。

因此，並不奇怪，先鋒派不再能給文學創新提示新的可能性。因此毫不奇怪，九十年代又有一批年青的作家步入文壇。這些人年齡不一，藝術準備也大相徑庭。對他們的命名是困難的，「新狀態」、「晚生代」、「新生代」、「六十年代出身群落」、「女性主義」、「新生存主義」等等都無法概括這一龐雜的群落。但有一點是共同的，那就是他們直接面對當代生活，面對他們置身於其中的現代社會。在「尋根」群體及馬原和莫言的背後，先鋒派以其遠離現實的形式主義實驗在純粹藝術的層面上標新立異；而現在，就在先鋒派的側面，這一龐雜的群落，僅僅以對當代現實社會的直接書寫就吸引了人們的全部目光。在這裡，我不得不用「晚生代」來描述九十年代出現的新的文學群落。何頓、畢飛宇、朱文、韓東，他們關注對「現在」的書寫，特別是對中國處在現代化的歷史進程中表現出的非歷史化特徵進行直接表現。他們樂於使用表像拼貼式的敘事，傾向於表現個人的現在體驗和轉瞬即逝的存在感受，並且熱衷於創造非歷史化的奇觀性。所有這些，使得他們的敘事具有某種「現在主義」特徵，表示了九十年代與八十年代迥然不同的文學流向。

　　在「晚生代」的作家群中，何頓、述平、朱文、邱華棟、張旻、畢飛宇、羅望子、西颺、刁斗等人在九十年代初期都寫下不少作品，對變動的當代中國現實給予鮮明的表現。限於篇幅，這裡只選取了有限的幾篇作品。韓東一直與朱文齊名，他們的小說態度相近卻風格各異。朱文能抓住當代毫無詩意的日常性生活隨意進行敲打，那些毫無詩意的當代生活場景，總是滲透進一種質素，一些莫名其妙的怪戾的不安定因素潛藏於其中，它們總是要越出敘事的邊界。那種感覺和生活變異的要素成為他敘事的持續動力。顯然，韓東一直在以反歷史的方式重新書寫當代生活。韓東的敘述有一種虐待歷史的快感，把那段厚重的歷史加以漫畫化的處理，改變成一些戲謔的表像材料，卻也有強烈的反諷效果和解構力量。例如，《在碼頭》是韓東近年的作品，這篇小說寫一群類似無業遊民的人們，在碼頭由相互戲弄引發的鬥毆，小說善於營造一種特殊的情境，把人推到尷尬的處境，由此看人們對困境的處置是如何弄巧成拙。生活總是由這些細微的差別引發失控的後果，朝著絕望的極限發展。小說敘事始終洋溢著勃勃生機，行為與心理不斷錯位推向荒誕的境地，由此產生持續不斷的黑色幽默。

　　北村在八十年代末期登上文壇，作為一個先鋒派，北村無疑徹底而激進，北村一度過於偏執狂地去追蹤那些形而上的理念，並且把語言探索推到極端。在他看來，語言與世界相遇顯然存在一個漫長的過程，他樂於觀看那些放慢的動作在精確的語義序列中的推移過程，而仿夢的敘述視點（結構）為語言的迷失設置無限的歧途。九十年代過去數年，北村突然轉向宗教崇拜，並且身體力行。皈依宗教的北村也放棄了極端的語言實驗，也不再沉迷於那些玄虛的形而上觀念，宗教信仰似乎暫時解決了思想深度問題。北村也開始轉向關注當代的現實生活。看得出來，他的敘事已經十分平實，流暢，注重故事性和人物本身的存在方式。當然，北村依然是北村，他對生活的偏執理解，依然以另一種方式貫穿於故事的各個角落，並且，他試圖用宗教信仰去重新闡釋生活的真諦。九十年代北村發表了一系列這類小說，如：《傷逝》、《孔成的生活》、《瑪卓的愛情》、《孫權的故事》等。《周漁的火車》是他這個時期為數不多的宗教色彩不算明顯的作品，對世俗愛情生活比較單純的表現，這在北村就是一個巨大的讓步。這篇小說的敘事像他這一時期的小說一樣，從理想與現實兩極展開敘事，從中透示出他所理解到的當代生活面臨的巨大危機。對理想化的幻想之戀的描寫，可以看到那種純粹的情感生活，在這一層面北村的敘述依然隱約可見滲透著一些理想化的意味。《周漁的火車》是北村1999年初發表的小說，原名《周漁的喊叫》。因

為孫周導演，鞏莉主演電影而改名《周漁的火車》，在隨後出版的小說集中，也改為這個名字。這篇小說講述一個叫陳清的男子與兩個女子周漁和李蘭的情愛故事。周漁分居兩地的丈夫陳清每週兩次坐火車到省城看她，數年如一日，然而，在一味遷就、盲從周漁的過程中，他喪失了自我，對自己的愛情感到了迷茫，這時另一個女人李蘭出現了，陳清陷入了與李蘭更加世俗樸實的愛情生活。這個表面上看似俗套的三角關係或是關於愛情的欺騙行為，放在北村這裡，他顯然是要探究更玄奧的生活真諦問題。陳清為了愛情乘火車不停地來回奔跑多年，這個形式本來具有無限的象徵意義，但它的意義並不貫徹始終。再絕對的形式都不能真實表達內涵。愛情的形式和本質根本是無法統一的。人們看到的只是愛情的外表形式，通過形式把握內容肯定是一個誤讀。這個早已是矯情的主題，在北村的敘述中，卻有著需要重新認真對待的深刻性。到底愛情的純粹性與真實性的界線在何處，理想的與世俗的，什麼是生活的真實意義呢？北村堂吉訶德式的追問，在這個時代似乎依然有某種針對性。

進入九十年代後期，一部分作家重新強調社會責任感，那種現實主義精神在中國高速發展捲入全球化的語境中具有了非同尋常的意義。這裡收入的熊正良的小說《誰在為我們祝福》，可以看成是這種文學態度的代表。熊正良屬於五十年代出生的作家，也許是處在江西的緣故，他一直未得到足夠的重視。實際上，不貼近潮流和派別的熊正良是一位實力派作家，不管是他對小說的認真態度，還是他的敘事功夫，都是值得稱道的。這篇小說最早發表於《人民文學》2000年第2期，小說講述一個下崗母親歷經艱難偏執地四處尋找做妓女的女兒的故事。這個家庭似乎是徹底崩潰了，無情無義的父親，下崗並且有點偏執狂的母親，做妓女的大姐，做廣告模特兒的二姐，再就是無所作為的作為弟弟的「我」。

小說的主人公徐梅確實陷入苦難的境地，她的苦難與悲慘與其說在於女兒出去做妓女，不如說在她尋找當妓女的女兒的過程中。在這裡，做妓女的大姐並不痛苦，很顯然，母親的痛苦與女兒的痛苦不能重合。大姐做妓女是個人的選擇，並不是生活或歷史的強加。社會性的批判並不能揭示歷史／現實的本質。母親尋找姐姐更像是性格使然，彷彿是自做自受式的自虐。小說實際上也並未在社會批判性上深化下去，而是在對人物性格和心理的刻畫上，在一種情境的描寫上下足了功夫。把個性的偏執加以誇大，推到極端，這就是這類小說表現苦難的奧秘所在。所有那些看上去是源自客觀社會性的苦難，實際都是人物的性格的極端片面性造成的後果。這些看上去與傳統現實主義如出一轍的小說，其實大

相徑庭。傳統現實主義在預設的前提下對社會現實的本質性理解，以及對人物性格的典型化處理方式，都與這類小說很不相同。這類小說並沒有對現實社會確定無疑的本質性的理解，藝術表現並不服從事先設定好的本質規律，而是對現實的反映與對人物性格的刻畫服從於藝術表現。這些看上去完整寫實的故事，與現實生活的日常經驗具有可識別的一致性，但仔細分析則不難發現，這些作品的人物性格心理、故事情節構成，都顯得誇張怪異，都包含著強烈的荒誕感。正是把藝術表現發揮到極致，因而才把人的生存困境推到極端，才把人物性格擰到極端，才把人物的心理狀態推到極端。不只是熊正良，像鬼子、荊歌、東西、韓東等等，無不是在這幾方面用足力氣，才使小說敘事變得有棱有角，變得神奇荒誕，從而產生震驚的效果。這一批作家作為當今最有實力的作家，他們的敘事總是以獨特的方式展現文學語言的表現力，文學敘述的力量決定了文本多種因素綜合統一的機制。說到底，非歷史化的文學觀念，決定了其敘事法則更具有後當代性的傳奇特徵，以及更偏向於藝術表現力的文本特徵，而不是思想內涵和現實實在性的意指關係。

不管人們現在怎麼漠視東西的存在，東西終究會成為當下最優秀的小說家。他的語言才華，他非同凡響對生活情境的怪異和荒誕化的處理，始終持續製造反諷效果，這些都使東西的小說保持相當高的藝術品質。也許東西並沒有明確的歷史化企圖，在他的一系列引人注目的作品中，如《耳光響亮》、《沒有語言的生活》、《痛苦比賽》、《不要問我》等等，可以看出梳理歷史化的企圖。顯然東西並不強行追究歷史的本質或實在性，某些不可逾越的生存障礙總是在他的小說敘事中起到關鍵性的轉折作用，這使他的那些具有歷史化特徵的小說敘事總是在個人的命運變故方面發生斷裂。

《不要問我》最早發表於《收穫》2000年第5期，可以看成是近年來最出色的小說之一。小說講述一個叫做衛國的大學物理系副教授的遭遇。這個28歲就評上副教授的青年才俊遭遇一連串的倒霉，起因只是因為喝醉酒站在女生宿舍門前喊了一個女學生的名字。作為一個教師，居然大庭廣眾之下抱住一個女學生，叫道要跟她睡覺。這足以讓他從學校滾蛋。長期蘊藏的青春期的慾望騷動，不像傳統小說中描寫的那樣，以一個動人的愛情故事展開，而是以如此怪誕荒唐的形式突然呈現。關於慾望困擾或表達並不是這篇小說的主題，這篇小說確實有某種更深刻而複雜的形而上思想貫穿始終。這篇小說也許可以看成是通過對歷史延續性突然斷裂的描寫，去寫出這個時代生活本質迷失的根本問題。由於歷史與現實的分離，個人無法確認自我，人突然失去了身份，也失去了真

實生存的權力。人只剩下身體，不斷地被直接的慾望所支配。小說中出現一個令人驚異的細節，衛國帶著父親的皮箱南下尋求生活的著落，但在火車上，他的皮箱丟失了，那裡面有他的身份證明、學歷證明。一個象徵父輩歷史的皮箱的丟失，這使他的歷史與現實全部陷入可疑的境地，他突然間剩下一個身體，一個如此真實的身體，卻不能得到社會的承認。沒有人承認他的學歷，沒有人認可他的能力。對於個人是真實的東西，對於社會卻可能是荒謬的。東西不斷地在小說的敘事中尋找對於個人與社會、歷史與現實始終斷裂和錯位的那些環節。在這種情境中，東西的那種反諷和黑色幽默的筆調可以沉著犀利地表現出來。總之，東西始終陶醉於對這種變形的荒誕情境的表現。在東西的敘事中，人物歷經的種種苦難，不過是使人物性格變形，使人的生存境遇變得荒誕的一個過程，「苦難」情境散發的不是什麼是悲劇意味，更多的是提供黑色幽默的機制，制造反諷的快樂。

當代中國的女性作家群以他們獨特的話語表達方式沖進個人生活的深處而令人驚異，陳染、林白、徐小斌、張梅、虹影、徐坤、海男……等等，各自以其特有的方式書寫著這個時代生活最隱秘的角落。應該承認他們的寫作是具有挑戰性的，寫出了這批女性作家面對生活的方式和表現生活的特殊視角。九十年代出現的女性寫作頑強地把敘事動機確立在女性的立場上，這些人不再面對宏偉的歷史敘事，也不太關注文學史的語境，他們關注女性自身的問題，用女性的直覺去表達他們的生存感受。在創造獨特的女性自我意識經驗方面，在把女性作為一個有性別特徵的社會群體和文學群體方面，這些女性作家的寫作毋庸置疑有開創性的意義。

在這裡，因篇幅的限制，比較富有鮮明的女性特徵的寫作作家，只選擇了林白和海男。在當今的女作家中，林白也許是最直接插入女性意識深處的人。

《瓶中之水》在九十年代初發表於《鐘山》，在當時顯然頗有衝擊力。這種故事在那時明顯離經叛道，其令人驚異之處，可能在於它們隱含著「同性戀」意味。這篇小說講述兩個女孩之間友情發展為同性戀的故事，來自小城鎮背景的女孩與城市女孩之間橫亙著一條生活的鴻溝，顯然，這道鴻溝並不是不可逾越的。林白的出色之處在於，她通過這一鴻溝去揭示更深層的同性戀心理。真正的生理的同性戀與觀念的同性戀的區別；深植於身體之內的女性的自我意識與時尚的觀念存在的區分。林白在那個時候對人性，對女性的身體與自我意識的表達能達到如此層次，也確實令人驚異。林白著眼的那些微妙的女性關係因為附加這樣一

個係數而具有驚心動魄的效果，令人望而卻步或想入非非。林白的敘述細緻而流利，女性相互吸引、逃離的那些環節委婉有致。女性的世界如此曖昧，而慾望不可抗拒，這使得他們之間的關係美妙卻危機四伏。林白的女性以從未有過的絕對姿態呈現於我們文化的祭壇之上，他們具有蠱惑人心的力量和引人入勝的效果。

她把女性的經驗推到極端，從來沒有人（至少是很少有人）把女性的隱秘的世界揭示得如此徹底，如此複雜微妙，如此不可思議。我無法推斷這裡面融合了作者多少個人的真實體驗，但有一點是不難發現的，作者給予這些女人以精湛的理解和真摯的同情，甚至不惜融入自己的形象。這種坦率和徹底在某種意義上構成婦女寫作的首要特徵，在講述女性的絕對自我的故事時，女性作家往往把眼光率先投向自己的內心，正是對自我的反覆讀解和透徹審視，才拓展到那個更為寬泛的女性的「自我」。不無誇大地說，林白的小說以它特殊的光譜，折射出那些文明的死角。

多年來，海男一直用詩的方式寫作小說，用小說方式寫作詩，把詩情與小說結合得如此自然，如此輕而易舉，海男不愧是當代最奇特的小說家之一。顯然，海男並不只是玩弄形式或語言的高手，她一直以她的方式去探究被主流文學掩蓋的那些生存世界的形而上境地，那些日常語言始終不能企及的精神死角。海男過去的小說大部分都因為過強的語言實驗特徵而給閱讀造成某些障礙，中篇小說《浪漫》卻有著非常清晰的故事和人物。這篇小說講一個雕塑家與一個時裝設計師的愛情故事，他們的愛情持續了十多年的時間之久，在時間的磨損中，他們的情感也走到盡頭。海男顯然不是在重複一個老套的始亂終棄的故事，她也不是重複探究愛情的真實性到底有什麼意義。而是試圖去寫出，人是如何給自己設定了存在的局限性。雕塑家追求浪漫，設計師追求婚姻，他們的生活因此發生錯位，他們的結果也只有彼此錯過。人們對生活的誤解，起因就在於對自我的誤解，對自己生活原則的誤解。自己奉為金科玉律的那些信條，可能就是自我的枷鎖。海男提出了人如何認識自身存在的局限性問題。在薩特那裡，存在先於本質，而人是有自我意識的存在物，通過積極的選擇，人可以獲得自我本質。然而，海男顯然懷疑了這一點。在很多情況下，人的存在就是一種界線，而自我意識則是盲目的，那些明確的信念很可能使生活處在可悲的絕境。可是，人們能夠堅持的是什麼呢？海男的背後似乎是以實在真實的生活為支撐，但在何種情況下，我們可以信任自己的感受和體驗呢？海男小說依然那麼華麗，那些描寫和抒情顯得別致而有驚人之美。這篇小說的敘事的展開也很可以看

出海男的節制力，在時間的流逝中，生活的帷幕徐徐拉開，又款款合上。海男的小說並不想解決生活難題，她只是探究那些難題，留給人的是那些情景，那些動人而傷感的瞬間。

總之，當代中國漢語言小說經歷過八九十年代的形式主義變革，經歷過更富有韌性的對變動的當代生活的表現，漢語言小說進入到一個更生動、更豐富的藝術層次。儘管在對人性的深刻性，對生活的多樣性，或者是對語言藝術的更深廣的開掘上，還存在這樣或那樣的不足，但這一切都表明年輕一代正走向成熟，漢語言小說依然還有潛力。作為一個選集，本書只是當代中篇小說的一個剪影，它難免挂一漏萬，還有相當的好作品，甚至更好的作品，限於篇幅和選編者的水準，未能入選，這是令人遺憾的。為了回避與其他眾多選本的重複，本書也不得不割愛有些非常優秀的作品。從總體上來說，它反映了我個人的喜好，我比較偏愛那些富有藝術探索精神的作品，我以為「經典」這一概念雖然包含了歷史時間的檢驗，但自從文學史研究成為一項最重要的經典化工作，那些具有創新精神的作品，能在文學史的變革中起到重要作用的作品，才可能在文學史上佔據一席之地，也才可能被經典化。當然，我力求把當代小說多個側面反映出來，讀者當不難發現我所設想的幾大塊，它們各自以不同的精神氣質和藝術風貌，反映著當代文學豐富性的多元性。我個人還有一個自私的打算，也就是希望這個選本，可以作為我給大學生講課用的參考書。我想，現在的大學文學課程越來越不注重作品文本，如果可以和學生們共同探討這些文學作品，培養學生的文學感受力和文本分析能力，將是大學中文系應盡責職。不管怎麼說，這個選本盡可能反映出當代中篇小說所達到的藝術水準。有不當之處，只有請廣大讀者諒解，並在今後的工作中通過其他形式予以彌補或糾正。

本文為《中篇經典》序言，雲南人民出版社，2003/8

8、現代性與後現代的纏繞及其出路

　　「現代性」不知不覺就成為現當代文學研究的關鍵字，更為微妙的在於，所有本來可以用「後現代」的地方，都神不知鬼不覺地換上了「現代性」。這一切確實有點蹊蹺，後現代原本與「現代性」你死我活，而且一度讓「現代性」變得疑難重重，現在怎麼就淪落為被「現代性」掃地出門呢？後現代何以就甘拜下風，被洗心革面呢？

　　實際上，現今人們談論的「現代性」比當年的「後現代」更混亂，更不確定。甚至到底是要肯定它還是要懷疑它都不清晰，現代性就變成一面理論的旗幟———一面沒有確切含義和方向的旗幟，這也令人奇怪。後現代在中國一開始就備受質疑和責難，人們幾乎來不及思考就憑本能迎頭痛擊。但誰想到，要不了多久，它就變成常識，就可以從人們的直接經驗和現在廣泛接受的知識中得到印證。這多少使人們有些尷尬。「現代性」如期而至，人們幾乎是在一夜之間心領神會，接受了這個同樣是外來的詞彙，但這回沒有人責問「舶來品」之類的問題。甚至都不必瞭解一下這個概念的來龍去脈，它的基本含義。這回好像真是中國人自己的事情，真是回到中國的歷史中去。如此貼切，如此順理成章，也讓人們難怪傑姆遜去年8月在上海的一場講演，令中國一代學人摸不著頭腦而奮起反擊。這位當年中國的後現代祖師爺，怎麼又變成「現代性」的鼓吹者呢？戰鬥正未有窮期，不想一開始就陷入深度誤會。在這裡，現代性與後現代，中國與西方，後殖民敘述與民族本位，差異的文化政治學與文學的審美問題……等等，正像一團亂麻一樣裹在一起，儘管它們之間從來就沒有被認真清理過，但也從來沒有像今天一樣裹得這麼緊這麼亂，這正說明清理的緊迫性和必要性。在今天，理論的天平向現代性徹底傾斜的時候，我們也不得不追問，「後現代」真的就失去了理論潛能嗎？拋棄了後現代的能指，人們的話語就能和後現代脫開干係嗎？傑姆遜不無揶諭而又尖銳地指出：「這次古老的現代性在當代語言裡痼疾復發，真正患的其實是一場後現代病」。[33]傑姆遜真是一語中

---

[33] 參見傑姆遜2002年7月訪問上海華東師範大學時所作的《後現代的幽靈》講演稿。有關該講演的中文譯文未能見到，《文匯報》「學林版」刊登過部分內容，現在的中文譯文採用張旭東根據傑姆遜的原講稿翻譯的文本。該文本可見人民大學中文系的文化研究網站www.culsdudies.com.據張旭東所言，傑姆遜的講稿

的，仔細辨析不難發現，當今的現代性言說，骨子裡卻是後現代的貨色，不管是後殖民、身份認同、全球化；還是差異政治、多元文化、消費社會，其實質都是後現代的行話、術語、概念和態度在起作用。這顯然又是一個耐人尋味的問題，何以後現代要被改換成現代性？現代性與後現代是如何被混淆在一起的？這種混淆會帶來什麼樣的理論後果？很顯然，這種狀況應該加以清理，應該借此提出更明晰且更富有建設性的理論方案。

一、後現代的薄命

後現代在中國的引介可以追溯到八十年代中期，那時後現代的概念並不清晰，也不常見，而且經常與「後期現代派」這類含混的概念混用。八十年代後期，關於先鋒派文學的「後現代性」剛剛構成中國文學自身的問題，但這一論說立即遭到強烈懷疑。懷疑的依據主要是中國社會尚未進入「現代」，何以有後現代之說？立論主要在於從經濟發展水準和社會學角度來推斷後現代在中國的可能性。此種質疑顯然站不住腳，後現代在中國並不只是經濟的直接產物，更重要的在於它是經濟、文化、政治多邊作用的產物，在人們的心理經驗、感覺方式、觀念和立場諸方面產生後現代的特徵。隨著九十年代中國經濟的高速發展，城市化、電子電信和互聯網等高科技產業大力推進，人們已經無法從經濟發展水準來質疑後現代在中國的可能。而且，隨著大量的圖書翻譯出版，後現代知識生產十分強勁，後現代迅速就變成直接經驗和理論思想的常識。後現代的本土敘事奇怪地停滯不前，這可能與後現代在中國的敘事一開始就被推到存在的合法性的困難境地有關。後現代敘事要花費主要精力去證明中國的後現代具有真實性。一旦後現代知識成為普及性的常識，這項論證也就完結。本來這是進一步深化中國後現代性的本土化敘事的極好契機，但後現代的論說者卻都停頓了下來。實際上，這項停頓只是表面的，因為後現代被改頭換面，被「新左」（新左派）、「新自」（新自由主義），被後殖民理論，被文化研究，被現代性論說所替代。這種替代在拓寬後現代論域的同時，也消解了中國當下的後現代。

後現代在當代中國一直就被妖魔化，人們根據對後現代的一知半解，不知何故，就將後現代塑造為「什麼都可以」的語言遊戲——這是

由作者在當時尚未問世的新作《現代性的神話》的「導言」和「結論」兩部分組成。該書由英國倫敦新左派出版社於2002年底出版。

對當代中國後現代最經典的定位。這一定位一半來自「新自」（新自由主義），另一半來自「新左」（新左派）。可見兩方面陣營都不滿意後現代。汪暉雖然不是後現代最激烈的批判者，但像汪暉這樣眼界廣闊的研究者，對中國後現代的評析也很難做到公正客觀。也就足見流行的誤解和偏見有多深。在他那篇影響卓著的《當代中國的思想狀況與後現代問題》一文中，汪暉雖然聲稱他無法對中國的後現代主義進行全面分析，但他還是作了相當深入的診斷。在不少層面上，汪暉的概括是有道理的，是切中問題的實質的。他把中國的後現代看成是受西方的後現代影響的產物，同時看成是中國現代化思潮的補充。他認為後現代論說沒有對中國的現代文化與西方現代文化的關係進行細緻分析，它們解構的歷史對象與啟蒙思潮如出一轍，但後現代嘲弄了啟蒙主義的主體性概念，把它看成是置身於消費社會中的不合時宜的思潮。[34]在這裡，值得提出來的是，汪暉忽略了後現代主義對主流意識形態的美學規範的解構，而這一解構是與前八十年代中期此後在九十年代上半期影響甚大的「人文精神」的啟蒙思潮本質上不同的。在處理主體性的問題上，後現代主義確實是讚揚了邊緣化非主體性意識，而這一點恰恰是對與主流意識形態或明或暗同質化的那種主體性意識截然分離的。後現代的群體並不一致，有主觀意識很強的解中心化的後現代批評；也有客觀上起到解中心化的作用的後現代論說。不管如何，後現代在八十年代末期及九十年代初期在文學界和思想界出現，並且有效地形成了一股話語的力量，它對主流意識形態的權威話語產生強有力的衝擊，為創建一個相對多元化的話語格局起到積極的推動作用，這些歷史的能動性一面，汪暉避而不談，顯然是有失偏頗的。

後現代話語的出現以及由此引領形成的論爭局面，實際上是九十年代初舊有的權威話語秩序解體的產物，當代思想界第一次自主性地在文化場域內為為重新爭鬥和分配話語權而展開演練。在九十年代初，一部分青年學人聲稱回到學術史，而反思八十年代重思想史的學風，特別是受到西學影響而表現出的「浮躁的」學術態度。沉入書齋而反思激進主義，回歸保守主義立場。這當然也是一種姿態，一種在特殊的意識形態氛圍中試圖保持知識份子獨立性的姿態。但這也使九十年代初的思想界客觀上處於單調貧乏的狀況。後現代話語打破了這種歷史僵局，它一方面揭示了當代文學中富有活力的現象；另一方面也給話語的重新的建構

---

[34] 汪暉：《當代中國的思想狀況和現代性問題》，參見《知識份子立場》，第一卷，李世濤主編，時代文藝出版社，第107-110頁。

提示了歷史導引。在主流權威話語秩序之外，知識份子因此開始重新開闢話語空間。正是經歷了八九十年代之交的歷史變故，舊有的意識形態話語才耗盡了它最後一點真實的歷史品質。隨後的歷史歲月，它只需要製作符號化的能指，它自身，以及它周邊其他的話語並不關心它的實際所指。龐大的能指符號群不斷地無限地再生產，這就是中國在二十世紀末期獨有的文化景觀。但在它的龐大體系之外，創生的富有活力的話語開始生長，儘管一開始是以混亂的、無序的、自相衝突拚殺的方式展開歷史實踐，但中國的思想文化場域，第一次開始不是圍繞主流意識形態中心而展開話語敘事，而是以學術性話語的自相論爭攻訐開始創建自主性的思想基地。在此之前的所有的思想理論話語，都是以直接對話的形式，以「獲得承認」的主體意願展開與主流意識形態對話，而後現代則不同，這是另一種話語。正如羅朗·巴特所說的那樣：「最大的問題是去勝過『所指』、勝過法律、勝過父親、勝過被壓制者，我不說駁倒，而是說勝過」。[35]正是因為這種「勝過」，後現代在當代話語中紮下根來。

然而，後現代之根並沒有長出茂盛的枝葉，人們偷盜了後現代的思想成果，再對光禿禿的樹林大加攻訐。實際的情形是，人們吸吮了後現代的那些觀念和知識，不知不覺也在進行思想和觀念的轉換，但卻依然對後現代進行另類化處置。後現代在當代中國的新型話語建構中的積極作用並未獲得普遍的理解，更多的情況下，後現代被描述為「什麼都可以」的遊戲態度，或者解構一切價值準則，反對任何思想目標的破壞者形象。當代知識和觀念的推進，無論如何也離不開後現代清理出的一塊基礎，但當代話語場域的權力分配體制，使人們不願意在後現代的論域之下推進，而是另起爐灶。這種情況也不過是美國和歐洲的翻版。後殖民理論與新左派的崛起，既是後現代的順理成章的推演，也是冠冕堂皇的改頭換面。在中國，這種情形則顯示出「多元性的混亂」。

由於後殖民理論的介入，後現代出現了明顯的左翼轉向。後殖民理論在美國就打上了鮮明的左派標記。賽義德、斯皮瓦克、霍米·巴巴等人，無不是「全球化浪潮中的知識左派」。後殖民理論的身份訴求移植到中國顯然出了嚴重的錯位。這些來自第三世界或有第三世界文化背景

---

[35] 羅朗·巴特：《符號學原理》，三聯書店，1988年。巴特這裡所說的「所指」之類，可以理解為權威性的秩序，當代中國的權威性話語當然不可能處於「被壓制」的狀況，巴特是描述在他們所面對的語境中，權威性的話語因為真理性和歷史依據的喪失，在特定的對話語境中也可能處於劣勢。這就有點如同威廉斯把文化劃分為三大塊：主導文化、剩餘的文化、崛起的文化。當主導文化失去某種歷史的合理性時，它就可能轉化為剩餘文化。在這種話語情境中，剩餘文化就可能處於實際的邊緣化狀況。

的知識份子，在發達資本主義的世界裡，強烈要求獲得民族身份的認同，這是反資本主義文化霸權的策略需要。它繼承的依然是馬克思主義的批判資本主義的傳統，以及美國大學校園反主流政治的傳統。它與他們生活於其中的資本主義權力軸心構成直接反抗和衝突。但後殖民在中國也強調中國的民族性，強調中國的文化身份，其訴求則是全球化中的文化權力形勢，並且明確的或潛在的對抗語境是反對美國帝國主義。處在西方文化語境中的後殖民知識份子，他們強調的身份訴求顯然有兩點依託，其一是其個人生存處境的離散化狀態，他們離開了祖國，作為少數族群而生活於西方資本主義世界，他們的個人認同危機是存在的；其二，這些第三世界，如印度、巴勒斯坦等，確實有著被帝國主義殖民化的歷史和現實（前者如語言，後者則是地緣政治的壓迫），就他們的民族－國家來說，存在嚴重的民族身份認同危機。後殖民在中國的敘述顯然缺乏這兩方面的依託，過分強調民族文化身份在全球化文化權力形勢中的地位，這更像是將國家意識形態轉化為國際政治格局中的戰略爭奪，雖然它們看上去也有強烈的「全球化浪潮中的知識左派」們的反思精神。[36]

後現代的知識譜系也因此開始具有了完整性，後現代主義幾乎是突然變成了「後學」。沒有人區別二者內在本質的不同，後現代論述在八十年代末期至九十年代初期的中國文學界興起，恰恰是採用了局部戰略，它只具有戰術的意義。後現代及後結構主義是作為一種工具箱起作用，面對的是中國當下的問題。但轉化為後學，它所包含的知識譜系當然更完整，舉凡後現代、後結構主義、女權主義、後殖民理論等等，都顯示出它在理論上的完整性。正是這一完整性，使它的意義更具有標準化的特徵——它與美國的左派理論敘述有著更緊密直接的聯繫，但這又使中國的後現代論述失去了原有的反對當下意識形態霸權的主導意義。很顯然，海外學人開始廣泛介入中國學界也推動了中國的後學迅速發展。海外學人幾乎無一例外地「左傾」，強烈的反美情緒，使得所謂的「後學」增加了濃厚的意識形態色彩。

後現代論述就這樣發生了轉向，打上了「新左」的烙印。實際上，正牌的「新左」從來就沒有贊同過後現代，始終不渝地抨擊後現代，這倒與「新自由主義」如出一轍。但人們並不管這些，特別是「新自」陣

[36] 後殖民理論在中國最早引介且產生廣泛影響的，可能是張寬在九十年代初期在《讀書》發表的介紹賽義德的《文化與帝國主義》的文章，隨後賽義德的「東方主義」在中國不脛而走，這使原來傑姆遜的第三世界理論所隱含的反對資本主義文化霸權的意義浮出地表。

營，從來不顧及二者的區別，對後現代論述「一視同仁」，結果是二者共用了各自的惡名，卻再也看不到後現代的本來面目。

後現代的歷史與現實就這樣被遮蔽掩蓋了，彷彿後現代論述與後殖民敘事沒有任何轉折，再到現代性言說，這些變化都顯得順理成章。「新左派」的崛起，後殖民理論作為其精神底蘊功不可沒。在全球化語境中，強調中國的民族身份，反對帝國主義的霸權，一時間成為中國知識份子的首要任務，這確實讓人百思不得其解。如果說1996年間的「中國可以說不」，還是只是一班文化掮客所作鬧劇的話，隨後的新左陣營祭起反美的大旗，則不得不意味著當代中國思想界已經形成一種潮流。這股潮流概括了一大批極其出色的知識份子，在年輕一代的大學生研究生中很有市場，其形勢越來越壯大。這真是對八十年代思想界追求西方的自由民主理念的極大反諷。

帶有新左傾向的後殖民論述與西方的學術主流貼得更近，其主題指向兩個方面：其一是批判資本主義（包括全球化、自由市場、跨國的文化滲透等）；其二是指向現代性的歷史，關於現代性的形成、起源、現代性的多樣性方案等等，這些構成反西方中心主義的論題，並且隱含著「承認的政治」的模糊願望。後現代拐彎抹角轉向了現代性，並且向著那些歷史死角進發，除了挖出帝國主義的陳芝爛麻還有什麼更多的「寶藏」呢？但現代性論說如今已成聲勢，人氣鼎盛，點鐵成金也不在話下。不過，後現代是被作為「陳芝爛麻」拋棄了，不就是一個能指嗎？問題是，人們已經不再關心當下的問題，不再看看當代文化不管是詭秘還是生動的面目。

應該重新提一提後現代，這沒有什麼好羞愧的。據說德里達已經被輕易超越了，連德里達都不得不說，他是落後了，他變成保守派了[37]。這就是城頭變幻大王旗。難道還不應該強調一下後現代的當代性嗎？後現代不應該被後殖民以及現代性的論域簡單遮蔽，而應是在更富有建設性的層面上，對這些知識展開重構。這就要重新發掘後現代論述回到當下中國的問題來，既具有當下的批判性，也具有當下的啟示性。後現代理應是一種具有思想活力的論述，它增強人們對當下事物的感受力，對當下新型文化和審美經驗的領會。

現代性論說的厚重的歷史感，遮蔽了思想的鮮明與犀利。就這一現象，敏銳的傑姆遜也看到形勢不妙。2002年，在北京《讀書》的一次講

---

[37] 德里達聲稱自己不是後現代主義者，除非是找不到別的詞或要用以批判，他不用「後現代」術語。

座上，傑姆遜的主題是「回歸『當前事件哲學』」，他提出「當下本體論」的問題[38]。當然，傑姆遜基於他的左派立場，他回歸當前是針對當前國際範圍內的共產主義運動低谷狀態而言，左派馬克思主義要回應當前的全球化和新的壓迫制度。傑姆遜對現代性論述的時興顯然不以為然，在他看來，發明現代性的概念是不值得的。何以如此，重要的原因之一就是現代性概念並不能直接應對當下的問題。但他的當下本體論也不甚了了。他提到福利和教育問題，這顯然只是一個現實實踐的問題。「當下的本體論」的理論內涵在這裡沒有說明。傑姆遜當然還是要保持他的左派立場，對資本主義全球化現實進行猛烈的抨擊，為國際共產運動的重新復興提供理論依據。回到當下，當然不能去重複那些意識形態的老路，過強的意識形態傾向性，無助於看清當下問題的實質。意識形態立場實際上是把結論當作出發點，所有的論述都有現成的答案，最終都繞回到起點上。而我們現在需要運用後現代知識和方法的目的在於，捕捉那些從未有過的新的思想品質、新的感覺方式和存在的態度。它既直接面對當下的困境，也試圖發掘當下存在的希冀。這種思想、知識和感覺應該是真實而富有質感，智慧而有快樂，犀利而仁慈。

二、美學上的困擾與願望

建構這種新的當下的後現代知識，並不是要再次顛覆當今已經時興起來的現代性論述，恰恰不是，再說也沒有誰有如此能耐。但力所能及的事則是有必要做一些，這就是適當擺正後現代與現代性的關係。後現代理應是一種更富有包容性的知識範型，它可以而且應該具有更強的兼容性。儘管說庫恩的《科學革命的結構》曾提出，一種知識對另一種知識，只能是革命式的替代，這是你死我活的革命。但在這裡，並不是用後現代性再次去代替現代性——後現代對現代性的革命已經完成，正如我們已經指出的那樣，當今的現代性論述本質上是後現代的方法和立場。在這裡，我們要強調的是，明確它所具有的後現代性。這就是把現代性論述在文學研究的論域納入後現代論域，使二者得到同步的拓展。當然，所有的問題——對於我們這些依然對文學抱殘守缺的人來說，都應回到當下的文學實踐，以後現代知識重新建構文學的審美趣味、審美感受力與它的挑戰性。這才能使當前的現代性／後現代論述具有活的生命力。

---

[38] 傑姆遜：《回歸「當前事件哲學」》，參見《讀書》，2002年第12期，第16頁。

實際上，我們可以看到，當代作家一直在現代性的美學規範圈子裡尋求突圍的路徑，只是現在的突圍，不是像早年具有意識形態訴求的那種突圍懷著強烈的時代情緒，而是內在的「膠著」狀況。當代作家們，特別是青年作家們，藝術上已經趨於成熟，現代性的那套規則，得心應手。熟悉的認知方式和美學手法實際上並不能令他們滿足，但要尋找新的突破則找不到方向。當年的先鋒派們，蘇童、余華、格非、孫甘露、北村、潘軍等人，放棄了形式主義實驗，在回到常規小說方面，確實顯示出他們的藝術才能，對生活的洞察與對人性的穿透不可謂不深刻。但這只是簡單從形式主義的高地撤退，在藝術上只是退回到原來的規範之下，並沒有看到能夠鮮明表現這個時代特徵的那種方式。也就是說，不只是觀念上有著對這個時代的新的認知，而且在藝術表現方法上，也有強有力的這代人新的方法和風格。「晚生代」這批作家，以他們對現實的直接表現，在一段時期令人耳目一新。「晚生代」的作品已經看不出多少先鋒派的痕跡，也不再顯露出對表現形式創新的興趣。「晚生代」一度也因為他們的敘事過於直接和直白，而給人以藝術上缺乏力量的感覺。但是近幾年「晚生代」的作品在藝術上明顯成熟得多，尤其是對當代生活的底層人生活的艱難處境的表現，顯示出他們的思想和藝術力度。但很顯然，他們的表現依靠的明顯還是現代性美學規範，也就是在完整性的故事中表現人物性格的完滿性和充分性。儘管他們也走了奇崛險怪的路數，例如，把生活狀態和人物性格都推到極端，尋找到生活斷裂的那種極限狀態。但整體上看，藝術上的變異幅度並不大，也不顯露出明顯的衝擊力。但是，可以感覺到，他們一直在尋找一種東西，一種與這個時代更相適應的感覺方式，這種方式從總體來說，就是重新塑造後現代的藝術認知方式和表現方式。

再看看更年輕一代的女性作家和另類作家。女性作家更傾向於寫作當代時尚生活，那種個人化的情感和趣味，具有某種小資情調或中產階級味道。從現代性的歷史變化來看，這種情感無疑對缺失的早期現代性的個人主義具有重新修復和補充的意義，但在當下現實來看，還是少了一些更尖銳和挑戰性的東西。當然，也有少部分的女作家（例如林白《萬物花開》、《婦女閒聊錄》；虹影《饑餓的女兒》等），他們的寫作向晚生代的那種風格靠攏，具有更多現代性的特徵。少部分另類傾向的青年作家，他們的作品頗有挑戰性，表達對當下社會反叛與拒絕的態度。像東西、韓東、艾偉、石康、狗子、李師江、巴橋等人的作品，在語言表達、價值認同和生活態度方面，顯示出一種邊緣性的特點。他們是反城市的城市「新人類」。但那種略顯頹廢和反叛的態度，也與現代

性的先鋒派態度不無承繼關係。例如，十九世紀的巴黎的為藝術而藝術的那種波西米亞式的反叛者的姿態。這兩種情況本來最有可能產生後現代的觀念與方法，實際上並沒有，只是出現了某種過渡性徵兆，似乎差那麼一點破殼而出的力量。

所有的這些，都表明當下中國的寫作更深地回到文學本身的歷史中，回到現代以來的中國文學本身發展的那種歷史中。突然間介入的強大的歷史異化的力量，以及外在的強大的意識形態力量逐漸減弱了，取而代之的是文學與社會、與圖書市場、與當代的閱讀趣味在進行互動。這種自發的歷史回歸，確實與中國當下的現代性實踐不謀而合，它似乎補充了中國現代性缺失的那些環節，也重現了那些缺失的情景，但卻缺乏更強勁的向前突破的那種衝擊力。

現在，人們一直在談論當代中國文學的貧乏與浮誇，人們寄望於來自道德的力量和某種深度精神。在我看來，這恰恰是一種誤導。當代文學的建構與當代精神價值建構可能存在深刻差異，不能把社會的價值建構簡單搬到文學上。而當代文學缺乏的是四兩撥千斤的那種美學力量。這要巧妙地把後現代的思想方法與現代性的歷史感重新嫁接。實際上，當年的先鋒派文學已經迅速被人遺忘，如果我們重新撿起那段歷史，從當下的後現代與現代性的重新嫁接的眼光去看，會意外地看到，有不少作品，在那個時候，是隱含著相當複雜的重寫中國現代性的「美學願望」的。我之所以說是「美學願望」，那是通過藝術的方法對中國現代性的價值理念進行深入的探究。不管從哪方面來說，《罌粟之家》真正顯示了蘇童的思想深度和他的美學處理方法。不管蘇童有意還是無意，這篇小說實際上是對革命歷史經典敘事的一次重寫。在《暴風驟雨》、《太陽照在桑乾河上》、《紅旗譜》等革命歷史小說的序列中，《罌粟之家》顯得似是而非。這些小說都是對某一段歷史變革的書寫，但書寫的方式和給予的意義卻大相徑庭。在《罌》的敘事中，階級與血緣建立的衝突模式，通過雙重顛倒來完成。陳茂這個鄉村無產者的革命性被階級本質決定了，但蘇童顯然是有意在重寫階級本質這一關鍵性的主題。在鄉土中國進入現代性革命的進程中，強行的階級鬥爭打破了傳統中國宗法制社會的秩序，結果並沒有培育出一個先進的革命階級。無法調和的階級矛盾，使傳統的家庭倫理必然在錯位的階級衝突中崩潰。沉草最終打死了陳茂，他拒絕承認與陳茂存在血緣關係。並不是說他要維護傳統宗法制社會的秩序，但也許更重要的是，沉草這個在城裡受過西式教育的現代人，他所懷有的現代性夢想與鄉土中國發生的現代性革命發生巨大衝突，他的悲劇性命運正是現代性在中國發生歧義的後果。

在蘇童的觀念裡，到底是血緣關係、階級關係還是人倫關係起決定作用？曖昧的血緣關係絲毫沒有動搖明確的正義的人倫關係。就這一意義而言，蘇童試圖超脫經典的革命敘事模式。沉草這個「現代中國人」內心的價值選擇是清晰的，家庭、倫理、正義、善與美……等等，現代性範疇，並沒有被中國式的現代性革命所顛覆，沉草不過是中國現代性斷裂的殉難者而已。愛欲與革命以怪異的形式混淆，它們共同意指鄉土中國在現代性轉型中的歷史境遇。很顯然，在蘇童的敘事中，愛欲是其敘事的主要主題，而革命則是敘事轉折的因素。革命導致命運的突變，導致人物關係的重新結構處理，對於蘇童的敘述來說，它們如同河流的偶然轉向一樣自然。把命運的突變，把敘事中的那些具有強大變異功能的因素，如此輕鬆自如地處理，散發淡淡的歷史憂鬱之情而遠離悲劇，故事明白曉暢卻不失深邃詭秘之氣，這就是蘇童作為一個出色小說家的非同凡響之處。從根本的意義上來說，《罌粟之家》不是一部典型的現代性傳奇（也許是反現代性的傳奇），而只是鄉土中國走到它歷史末路顯現的困境——蘇童小說的獨到之處正在於此——這是他反覆書寫的主題，在這樣的困境中，他以清峻優雅的後現代筆調抒寫著鄉土中國在現代性絕境中的挽歌。

如果說蘇童的故事已經是「陳芝爛麻」，那麼看看最近的作品，也會讓人覺得促使後現代的思想視野介入現代性空間的意義。最近，《小說選刊》（2003年上半年號）登載魏薇《拐彎的夏天》，小說講述文革後一個少年與一個少婦的情愛故事。文革後這段沉重而充滿變異的歷史，在年輕一代的小說家筆下，已經改變為更單純的人與人之間的身體的和精神的聯繫方式。魏薇有意去除了歷史的宏大性，那些深重的民族劫難以及劫後重生的經典敘事。在任何時候，都有個人的歷史存在，都有身體、慾望，生活的選擇，錯誤、衝動，等等存在，在沒有被反覆銘寫的歷史的背景下，魏薇的敘述依靠什麼力量推動呢？就是兩個人的心理與身體的碰撞，同樣造成了一個叫做生活史的東西。這些個人是如何試圖擺脫歷史，然而，卻無法擺脫那個叫做宿命的東西。1980年的夏天，火車把那個少年帶向一個陌生的方向，他也許換乘一班車，一直乘下去，從此變成另外一個人……這個敏感、孤獨的私生子，遇上那個美麗神秘的女騙子，他們在這樣的歷史時刻相遇。小說不再去書寫外部世界，而是以第一人稱不斷地回到自我的內心，在反思性的敘述中，去觸摸命運的那些關節點，撫摸所有的細節。這是一部寫得相當舒暢的小說，敘述人的視點自由機敏地推動敘事。現在的小說要寫得有力量，不再是依靠對外部世界的刻畫，更多的情況下是回到敘述本身，回到那些

心理分析、反思、氛圍的創造以及修辭和情境描寫。更具體地說，當代小說敘述中，「實」已經不是一個問題，或者說不是一個難題，而如何「虛」起來則是一個最大的挑戰。而這個「虛」起來，我以為就是當代作家在尋找的後現代的感覺方式和表達方式。像張煒、韓少功這樣的老道作家，其實都在尋找一種超越故事實在的那種敘述力量，在「實打實」的客觀化歷史中，找到虛化的方法。更不用說更年輕的那些作家，力圖找到富有表現力的方法，同時又有力量。最近幾年的漢語小說正在發生顯著變化，那就是當年先鋒派創造的那些語言經驗和敘述方法，又在起作用。只不過在復活的故事和人物性格的描寫中被恰當發揮，需要更靈巧的穿透歷史又能回到個人的命運和心理中去的那種力量。

三、理論建構的可能性

這些狀況表明，在當今文學場域正在尋求新的變異，更主動自覺地尋求重新處在當代感覺前沿的那種藝術敏感性。也許，我們面臨的是更為複雜的歷史／文化建構，這就是，在後現代的語境中重建現代性的那些基礎，在現代性的基礎上建構後現代的未來。既不必用後現代性全盤顛覆現代性，也不必用現代性論說壓制後現代性話語。在當今中國，把二者結合起來考慮問題，可能更具有思想的包容性。簡單地說，現代性的那些基本價值理念可以作為思想的出發點；而後現代的思想視野可以看到更複雜多樣的差異狀況。

如果說在後現代話語初起階段，人們還並不能梳理清楚二者之間的關係；或者說為了給新的理論話語創建一個嶄新的形象，而誇大了二者之間的對立和裂痕，那麼，全部理論發展至今，就沒有理由還在二者之間製造人為的衝突。在我看來，**後現代並不是對現代性簡單的拋棄和顛覆，而應是在更加多元的和從容的境況中，對現代性的修正、拓展和精細化**。後現代理應是更豐富、更多元、更富有變化活力的現代性。傑姆遜在強調他的「當下本體論」時，他顯然是試圖超越現代性和後現代這種理論話語，但說來說去，他並不可能真正超出多少。他所設想的是在經典馬克思主義的基礎上建造面對這個時代當下實踐的新型理論，其實質也只能是對後現代性理論作出某些改變而已。「當下性」可以說敏感地在某種程度上抓住了後現代對現代性的修正要點：這就是「當下性」的實踐問題。雖然說這未必是傑姆遜的本意，但「當下性」確實是留住現代性在後現代歷史境遇中的有效方式。例如，對於中國這樣的高速發展的國家來說，在這樣的時空堆積了不同時期的歷史沉積物，有必要在

當代活的歷史實踐中來理解和重建現代性，這本身就構成後現代的思考的出發點。

現代性與後現代相互包容的想法，齊格蒙特‧鮑曼有不少精闢的見解。鮑曼這個道地的左派社會學家，奇怪地對現代性懷抱強烈的眷戀。正如有俄蘇背景的以賽亞‧柏林信奉明顯偏右的多元主義一樣，鮑曼這個有著東歐背景的左派，也敢於對現代性的基本理念持肯定態度。不消說，寫過《現代性與大屠殺》的鮑曼對現代性有激烈的批判，對後現代同樣持反思態度。但他是少數能夠冷靜處理這兩個難題並將它們聯繫在一起考慮未來方案的人。鮑曼曾經指出，「後現代的來臨」這個命題試圖把握的那種含混但卻是真實的憂慮，暗示了情緒、知識份子的思潮、自我理解等的變化。這個變化對於一般意義上的智力勞動的策略，尤其是對於社會學和社會哲學的策略具有深遠的意義。鮑曼告誡說：「只有從保護好後現代時期現代性的希望和雄心的願望出發，才可能開展起來。上述的希望和雄心指的是有可能以理性為導向來改善人類狀況的可能性；這種改善歸根到底是以人類解放的程度來衡量的。不論是好還是壞，現代性所論及的都是提高人類自治的程度，但這種自治不是那種因缺乏團結而導致孤獨無助狀態的自治；是關於如何提高人類團結程度，不是那種因沒有自治而導致壓迫的團結」。[39]對於鮑曼來說，懷著這樣的雄心抱負去推動那種歷史狀況是值得加以實現的理想情懷。一個拒絕放棄自己的現代的責任的策略之所以會變成一個後現代的策略，就在於它直截了當地承認它的理論前提不過是一些假說。「從一個真正『後現代』的風格上說，這樣一個策略指向的是價值，而不是法則；是假說，而不是基礎；是目的，而不是『根基』（groundings）」。[40]

鮑曼把後現代與現代性的長期對立的關係，加以富有活力的調整，雖然他的著眼點主要是建構一門後現代性的社會學[41]。在鮑曼的頭腦中，關於前東歐的社會政治情景肯定還記憶猶新，他不能放棄現代性的那些啟蒙理想；同時作為一個當代社會最敏銳的觀察者，他看到當代社

---

[39] 鮑曼：《是否有一門後現代的社會學》，參見史蒂文‧塞德曼編：《後現代轉向》，中文版，吳世雄等譯，遼寧教育出版社，2001年，第269-270頁。譯文略有改動。

[40] 鮑曼：《是否有一門後現代的社會學》，參見史蒂文‧塞德曼編：《後現代轉向》，中文版，吳世雄等譯，遼寧教育出版社，2001年，第270頁。譯文略有改動。

[41] 鮑曼特別解釋他的設想是建構一種具有後現代性（postmodernity）的社會學，而不是一種後現代社會學。前者可能指的是著眼於後現代社會現實的策略性的後現代社會學研究；後者則是理論層面上的後現代社會學研究。

會巨大的變化，不強調後現代的立場和觀念無疑不能準確把握當代社會。鮑曼看到，現代性的知識處理民族－國家的系統，而後現代的知識則著眼於個人。也就是說，現代性知識旨在實現國家和社會的權力的理性化；而後現代知識旨在實現個人行為的理性化。他說道：「後現代意味著新的狀態且要求對傳統的任務和策略進行反思和重新調整。然而，對於旨在於後現代的新條件下保持現代的希望和宏圖大志的這樣一個策略而言，誰在運用管理的知識以及為什麼樣的目的而運用這些知識的問題就變得至關緊要了」。[42]

鮑曼關於現代與後現代知識對社會和個人分別產生作用這一見解極具啟示性，這可以用於理解我們反覆無法繞出的關於多元文化或多元現代性的怪圈。這些怪圈裡，雖然強調多元性，看上去是一種後現代的態度，實際還是現代性的民族－國家的觀念在作祟，多元只是立足於某些民族傳統、國家主義或是社區集體，其本質還是現代性的權力鬥爭。後現代知識立足於個人，其差異性真正是個體的差異性，其多元，真正是建立在個體－主體利益之上的多元。在這個意義上的無限多元，也就消解了有限的民族－國家立場的多元，也就可以超越諸如民族主義、傳統主義和社區至上主義之類的政治訴求。當然，我們並不是說，在後現代時代，民族、傳統、國家社區就沒有真實意義，其認同都是虛假的；而是說，這些訴求經常是一些政治團體和階層的權力訴求，特別是在發展中國家尤為如此。鮑曼強調的現代性關懷作為後現代建構的基礎，正是解決好二者的矛盾。後現代所有的思想、知識和社會要求，都包含著現代性的那些基本價值，而反過來，後現代著眼於個體的差異性，是對現代性強大的普遍性的一種修正。這項修正不是在普遍價值認同本身，而是在普遍性過分推演的社會化建構中加以修正。

後現代的敘事本身顯然始終包含著同質化與異質化的矛盾。沒有同質化，就沒有對異質化的強烈需求；沒有異質化，也就沒有同質化存在的基礎。這並不是黑格爾辯證法的翻版，而是全球一體化的世界潮流湧現出的新現象。也許人們會把經濟一體化與文化特殊性區別開來，實際上，文化與經濟一樣，本身的內在結構都存在同質化與異質化的矛盾。而新的同質化與普遍性當然不只是現代性的簡單延續，實際上，它是現代向後現代轉化中完成的新的同質化或普遍性。同質化與普遍性並不是令人恐懼的或令人窒息的某種狀態，或者如少數民族主義者或傳統主義者所指認的那樣，那是西方化或美國化。真正的同質化或一體化，是

---

[42] 同上書，第272頁。

發生在單一的宗教或文化體系內（例如某些專制政體或宗教原教旨主義），在那裡，個體的差異性，性別的差異性，家庭與人倫的價值，都被置於某種強制的一體化規則之內。我們很難設想，要用這種數個一體化的東西，來建構所謂全球的「多元性」。這種「多元性」對誰是公平的呢？？誰是這種多元性中的贏家呢？答案應該是很清楚的。

在這樣的時代，真正要建構多元性，只能是在依然懷抱著現代性理想的後現代性基礎上，以人為本，以個體為要素建立起的多元文化，才真正是同質化與異質化始終保持著相互轉化活力的文化。後現代知識經歷過相當長時期的解構之後，以更富有包容性和啟示性的方式走向建設性的未來，這無疑是一條**更明智的出路**。

本文原載《遼寧大學學報（哲學社會科學版）》2004年第1期

9、文化研究
——後—後結構主義時代的來臨

一、前言：文化研究的當代趨勢

　　傳統的「文化研究」一直默默無聞地隸屬於人類學領域，然而現今時興的「文化研究」卻完全是另一回事。要回答現今的「文化研究」這門學科是什麼，並不是件容易的事。在勞倫斯・格羅斯伯格、卡裡・內爾遜和保拉・A・特萊契勒編輯的厚厚的論文集《文化研究》的前言裡，編者也表示了對給「文化研究」下定義的遲疑。在他們看來，試圖給出文化研究以一種單一的定義和敘事幾乎是不可能的事。他們甚至引述斯圖亞特・霍爾的話說：「文化研究從來就不是一回事」。[43]文化研究具有充分的開放性，沒有人可以控制它的發展。文化研究這個古舊的行當，幾乎是突然之間被注入了嶄新的內容，變得生機勃勃。現在已經沒有人會否認它成為大學的一門顯學。它不再局限於傳統人類學或歷史學指稱的那個冷僻的學術領域，而是廣泛包括文學、藝術批評、大眾文化、媒體研究、跨文化交流、女性主義、殖民主義歷史、晚期資本主義、全球化研究……等等，其包羅萬象的開放性主題，似乎正在宣告傳統的學科邊界正在消失。特別是因為研究主體多半出自大學英語文學系或比較文學系，直接表明傳統的文學批評學科正在經歷巨大變故。文學批評這個行業在變得五花八門和豐富廣博的同時，也不得不改變自己的傳統形象。它不再那麼局限於純粹的文學，對文學的讀解方式也發生了相當大的變化。即使人們在談論所謂的純文學時也不再那麼天真單純，其中隱含的動機和詭計，足以使這種冠冕堂皇的說法與當代政治學相去未遠。文學批評已經不可避免地向文化研究轉向，人們當然有理由樂觀地認為文學批評又一次煥發了生命力，然而，人們也應該有所疑慮文學批評這個行業存在的真實性。但不管如何，文化研究現在已經涵蓋了多門學科，成為一個難以抗拒的學術事業的聯合體。在傑姆遜看來：「它的崛起是出於對其他學科的不滿，針對的不僅是這些學科的

---

[43] *Cultural Studies*; Edited by Lawrence Grossberg, Cary Nelson, Paula Treichler; Routledge, 1992; page,3

內容，也是這些學科的局限性。正是在這個意義上，文化研究成了後學科」。[44]

「後學科」這種說法當然有些故弄玄虛，實際上，它也就是一門新興的跨學科或超級學科。從事文學批評的大學研究人員多數轉向文化研究這件事實正象傑姆遜所表述得那樣，表達了一種「願望」，儘管這種「願望」與知識份子的政治意圖相關，但無論如何也無法將其與文學批評這門學科在二十世紀下半葉的發展區別開來。正是在這一意義上，我寧可將「文化研究」放置到當代文學理論和批評歷經的歷史變動中去理解它的學術特徵和它的當代意義。

現今時興的文化研究大體上可以化分為兩大塊，其一是大眾文化研究，其二是新歷史主義。狹義的文化研究即是指大眾文化研究，而廣義的文化研究可以包括新歷史主義。大眾文化研究的新左派色彩較濃，大都有新馬克思主義的理論背景。因此也可見在這一領域，女權主義顯得十分活躍。因此大眾文化研究與新馬克思主義和女權主義有交叉重疊的關係。由於新歷史主義偏向於文學文本分析，強調歷史語境中形成的審美意蘊，因而新歷史主義經常被稱為文化詩學。例如，新歷史主義主將格林佈雷（Stephen Jay Greenblatt）就自稱其研究為文化詩學。另一方面，文化唯物論與新歷史主義也有相近之處，1985年，Johathan Dolimore與Alan Sinfield合編《政治的莎士比亞：文化唯物論新論》一書，該書就把美國新歷史主義與英國的文化唯物論視為理論的同盟軍。值得注意的是，近年來後殖民理論研究異軍突起，這個領域儘管偏向於英語文學批評，但其文化色彩較濃是毋庸置疑的。其方法論顯然是後結構主義的綜合運用。從總體上來看，儘管這些專業的研究對象不再限於文學，但它們的研究方法實質脫胎於文學批評。準確地說，它們的研究方法乃是新近文學理論與批評革新的結果，或者說它們本身就構成當前文學理論與批評新近最主要的成果。

就文化研究的知識構型而言，文化研究的理論來源可以直接上溯到後結構主義和當代新馬克思主義。後結構主義方面包括福科的知識考古學、知識系譜學；德里達的解構主義；鮑德里亞的文化模擬理論；後弗洛依德精神分析學，如拉康、德留茲、居塔里等等，這些學說共同構成文化研究的理論基礎。而當代新馬克思主義主要可以劃分為三大塊：其一是法蘭克福學派；其二是葛蘭西的文化霸權理論；其三是威廉斯代表

[44] Fredric Jameson, "On 'Cultural Studied'", "Social Text", No.34, 1993.中文譯文可參見《灕江》雜誌，1997年，第1期，謝少波譯。第111頁。

的英國文化唯物論。從總體上來說，正是把後結構主義與新馬克思主義調和在一起而使文化研究具有了「後－後結構主義」的特色。

就其方法論而言，可以看出後結構主義的一套理論已經走向全面綜合，也就是說後結構主義那些局部的、個別的理論觀念與方法，在文化研究中得到不拘一格的發揮，在廣泛概括和綜合的基礎上展開具體的理論實踐。例如，現在很難說是誰誰秉承了拉康，誰誰是福科理論的翻版，也很難說女權主義只是精神分析學與馬克思主義混合。當今女權主義顯然又融合了福科與德里達。就新歷史主義而言，顯然與福科結下不解之緣，而且與德里達也不無關係，甚至與文化唯物論也有異曲同工之妙。這些都表明現今的理論批評在綜合的基礎上正在構建一種包容性更大的超越單純派別的新理論話語。就文化研究的理論素質而言，正是在廣泛討論後結構主義那些基本命題的理論推論中，文化研究得以全面而完整地展開學術實踐，因此，也可以說，後結構主義理論不僅僅構成文化研究的理論前提，也可以看成是文化研究的有機的一部分，或者說，前者也就是它的經典部分。

因此用後－後結構主義來描述理論的前移運動，就不是誇大其詞的說法。事實上，早在1987年，理查‧強森（Richard Johnson）發表《究竟何謂文化研究》一文，在這篇文章中，他所指稱的文化研究主要是指當今的大眾文化研究與新歷史主義可作為相互參照。他認為文化研究與新歷史主義都可看成是「後－後結構主義」[45]的運動。布蘭林格（Patrick Brantlinger）1992年在臺灣大學文學院發表關於文化研究與新歷史主義的演講，題目就是《後－後結構主義或天真的想望？》。可見以後結構主義為參照來理解新近的理論批評發展趨勢已是不少理論研究者致力於關注的重點。按照特裡‧伊格爾頓的看法，所謂「後」的含意，並不代表原本的現象有所改變，只不過是情況加劇[46]。文化研究對後結構主義的超越，可以看成是把後結構主義的方法和觀念推到極致，在知識綜合性運用的基礎上在某些方面又加以修正，由此創造了文化研究更具包容性的知識景觀，對理論的發展前景作出積極的回應，並且對資本主義的歷史與現狀，對當代後現代社會，或全球化時代的生活現實作出直接的闡釋，這些都使文化研究具有非同凡響的吸引力。

---

[45] Richard Johnson "What is Cultural Studies Anyway?" Social Text 6.1, 1987, 38-39.
[46] Terry Eagleton, Ideology of Aesthetics, page 381, Oxford: Black well, 1990.

二、必要的前提：後結構主義與新歷史主義

正如前面已經指出的那樣，在我的討論中，「文化研究」這一術語是在廣義的意義上來使用的，因此我把新歷史主義看成它的一個重要組成部分。新歷史主義這個術語源自斯蒂芬・格林佈雷。1982年，格林佈雷在《文類》雜誌的一期專刊前言中打出「新歷史主義」的旗號，而流行開來。儘管格林佈雷更樂於用另一個術語「文化詩學」來描述方興未艾的古典文化研究工作，但新歷史主義這種說法似乎更能引起廣泛的興趣。把文化研究或新歷史主義與後結構主義放在一起來討論，並不是什麼特別生硬的做法。事實上，經常被描述為對後結構主義反動的新歷史主義，其實不過是後結構主義的嫡傳弟子。後結構主義的信條「文本之外無他物」（德里達語），並不是說文本與社會歷史是隔絕的，相反，社會歷史全部彙集在文本的內在組織結構中。只不過新歷史主義進一步強調那些美學問題與其他社會話語、行為和機構有複雜關係；而這種多重確定和不確定的關係反映了個人主體和集體實踐的意識結構。新歷史主義者都試圖成為離經叛道的人，只不過這一代學者不再有五六十年代激進主義的社會革命傾向，毋寧說他們是典型的學院派學者。他們的反動不過是試圖在經典文本中找出一系列非正統的解釋鏈，由此來重建迥然不同的歷史意識場。很顯然，新歷史主義的這種做法不過直接來自後結構主義或解構主義。正是過去近二十年來的後結構主義理論根本動搖了那些規定著傳統人文學科的意識觀點、道德法則和本體論原則，以及對意義和價值的產生和發展程式的詰難，從本質或直接的表意模式到歷史的、受語用限制並互相擦邊的表意模式的轉換，對完整性和同一性的全面質疑等等，給新歷史主義提供了現成的思想和方法論武器。

八十年代以來，解構主義經過耶魯四君子的推波助瀾，在美國迅速得到廣泛回應。顯然，美國的解構主義者把解構理論與新批評的遺產——形式主義分析相混合，保羅・德曼、J・希爾斯・米勒就是典型代表。他們努力去發掘文本中的美學要素，解構主義策略主要是用於發掘文本形式的內在組織。J・希爾斯・米勒對新歷史主義的做法就十分不滿，早在新歷史主義初露端倪時，米勒1986年在現代語言學會上的演講就對新歷史主義提出批評：「最近幾年，文學研究經歷了一個突然的、幾乎是全面的轉向，拋棄了以語言本身為對象的理論研究，而轉向歷史、文化、社會、政治、機構、階級和性別條件、社會語境、物質

基礎」。[47]他指的顯然是新歷史主義和文化唯物論。新歷史主義的主將路易・蒙特魯斯辯解道：米勒是把話語領域和社會領域對立起來，而文化研究則是強調二者的內在聯繫，相互依存。他認為，一方面，社會被理解為由話語關係構成的；另一方面，語言運用被理解為對話性的，是由社會物質基礎決定的。蒙特魯斯的辯解正是點出了新歷史主義與解構主義和後結構主義的理論聯繫。他否認新歷史主義與後結構主義理論（或解構理論）的綱領（「文本之外無他物」）有出入。他援引傑姆遜的觀點「歷史只有在文本形式中才可被感觸」。[48]事實上，新歷史主義把解構理論推廣到社會歷史領域，去發掘隱藏於其中的多重決定等級的建構力量。任何像米勒所說的「以評議本身為對象」的主張都已經並將永遠是處於歷史、文化、社會、政治、機構、階級和性別條件之中的一個位置所產生的語言為對象的。像格林佈雷所理解的那樣，文學和藝術的特性是社會歷史所確定，藝術作品與其他社會產品的區別不是文本的內在特質，而是藝術家、聽眾和讀者所創造並不斷修改的。新歷史主義的提問是：作品是誰寫的？誰在閱讀？各自以什麼動機和目的進入寫作和閱讀？這個過程為托尼・貝內特的「閱讀構成」理論描述為「試圖確定一些決定因素，它們通過作用於文本和讀者的關聯，以此溝通文本與語域，聯結這兩者並提供兩者建設性相互作用的途徑；語域不表現為一套獨立於話語之外的關係，而是一套互文性話語關係，既為文本產生讀者，也為讀者產生文本……文本、讀者和語域……是一套話語構成的關係中的可變因素。不同的閱讀構成……產生不同的文本，不同的讀者和不同的語域」。[49]從這裡不難看出，新歷史主義對美國解構主義的改造，不過是把對文本的形式主義分析，改變為對社會歷史的分析，在這裡，社會歷史成為一個文本，一個超級的、充滿歧義的後結構主義實驗性文本。格林佈雷對新歷史主義的另一個說法「文化詩學」下的定義是：「研究文化活動的集體創造，並探討這些活動之間的關係」；這種研究關注的是「集體信仰和經驗怎樣形成，怎樣從一種狀況傳向另一種，怎樣集中於可把握的美學形式，怎樣進入消費領域，以及通常被視為藝術形式的文化活動和其他相關的表現形式之間的界限是怎樣劃分

---

[47] J・希利斯・米勒，《主席演講，1986：理論的勝利，對閱讀的抵抗和物質基礎問題》，載《現代語言學會會刊》，第102卷，1987年，第283頁。

[48] 弗裡德里克・傑姆遜：《政治無意識：作為社會象徵行為的敘事》，康奈爾大學出版社，1981年，第82頁。

[49] 托尼・貝內特：《文本在歷史中：閱讀的決定因素及其文本》，載《後結構主義與歷史問題》，劍橋大學出版社，1977年，第74頁。中文譯文參考彭加明譯，路易・蒙特魯斯《論新歷史主義》，載《灘江》，1997年第1期，第135頁。

的」。[50]新歷史主義最實質的學術觀念和方法論不過是德里達和福科的綜合運用。

福科對整個文化研究的影響是如此深刻和全面，以致於某種意義上來說，福科的理論奠定了文化研究的理論基石。福科對文化研究的影響是多方面的，任何一部關於文化研究的著作或論文都在某種程度上打上福科的痕跡。這不管是在關於大眾文化研究的最具有挑戰性的一些觀點，還是關於少數族群和女權主義最激進的立場，都可以看到福科的幽靈在四處徘徊。當然，福科影響最直接而最有效的可能是對新歷史主義。作為一個反歷史的歷史學家，福科不僅動搖了傳統經典歷史學的基礎，而且開拓了歷史學的新領域。這個領域有著根本不同的主題和分析方法。新歷史主義對那些邊緣文化現象的研究，在很大程度上得之於福科的影響，例如，遊行、箚記、仕女手冊、醫療檔、宮廷習俗、教會信條、巫術及反巫術的有關材料等等，這些文化資源都是福科所熱衷的課題。就方法論而言，福科從來不避諱，他書寫歷史就是為了消滅歷史。福科提出「考古學」（archaeology）去代替歷史（history）。他的知識考古學對傳統歷史學的那些經典主題，例如：邊緣性、傳統、影響、原因、類比、類型學等等進行全面質疑。這個人對反常的意識形式和社會存在方式有著奇怪的熱情，並給予獨特的揭示。福科讚揚創造的無序性（disordering）、解構性和匿名性（unnaming）的精神。他對意識歷史中的「裂隙」、「非連續性」和「斷裂性」有著持續的興趣，他樂於去發掘意識歷史中的多種時代之間的差異（difference），而漠視類同（similarities）。福科的研究似乎有一種主題卻沒有一個可概括的情節。像他在最有影響力的著作《詞與物》中所作的那樣，他的研究主題就是人文科學中事物的秩序在詞語中的再現。如果它是關於某種事物的話，那它就是關於「再現」本身[51]。福科試圖通過否定所有歷史描述與解釋的傳統範疇，從而找到歷史意識本身的「臨界點」。

作為新歷史主義研究的始作俑者，格林佈雷明顯得益於福科的理論。其他姑且不論，他的最具影響的著作《文藝復興的自我確立》一書，可以看成是福科的「權力」理論（例如《紀律與懲罰》）的傑出發揮。格林佈雷把他的理論目標說成是一種努力來「獲得對權力的一種特

[50] Stephen Greenblatt, Shakespearean Negotiations: The Circulation of Social Energy in Renaissance England, Berkeley and Los Angeles: the Universityof California Press, 1988, Page, 1.

[51] 參見《解碼福科：地下筆記》，海頓・懷特，Hayden White, "Foucault Decoded: Notes from Underground", in Tropics of Discourse: Essays in Cultural Criticism, Baltimore and London: The Johns Hopkins University press, 1987. 中文譯文，可參見張京媛譯：《新歷史主義與文學批評》，北京大學出版社，1993年，第115頁。

別形式的人的表現──那個『我』──的結果的具體理解，這種權力既體現在特定的機構中──法院、教會、殖民政府、父權家庭──也融合在意義的意識形態結構、表達法的典型方式、反復出現的敘述模式中」。[52]。關於此，弗蘭克‧林特利查（Frank Lentrichia）以《福科的遺產：一種新歷史主義？》為題撰文指出：格林佈雷對權力的描述支持福科的權力理論，不僅保留了福科對權力的具體的機構化特點，它的可觸摸性的不斷強調，也保留了他陷入權力是捉摸不定、實際上不可界定的觀念之中的狀況。正如福科慣常所作的那樣，格林佈雷描述的權力同樣不是確定在一定的界限內──「而是從不知什麼地方跑出來擴散到所有地方，並吸收一切社會關係以至使社會集團之間所有的爭端與『衝突』都成為僅僅是政治紛爭的表現，成為一場建立在一種單一力量基礎之上的事先設計好的衝突劇，這種力量製造出『對立』來作為其虛假的政治效果之一。格林佈雷關於那個『我』的講述，同福科的一樣，將把它失陷於專制性的敘事體作品同當今世界成為噩夢般的地方這兩者之間的巧合戲劇化」。[53]。

事實上，新歷史主義者普遍接受福科的關於歷史學的觀念，他們堅持認為歷史學家們不可能客觀地描述過去，因為他們不可能知道它，從而在他們自己與環境之間造成距離，這些距離使得新歷史主義者有理由對歷史的客觀性、確定性和完整性置之不顧。新歷史主義者的興趣在於引進福科的斷裂與不連續性這些非正統的觀念，格林佈雷說道：「對客觀性以及對過去和現在的統一性敘述這些遭禁忌的傳統願望被自我的關切的公開傳播所代替；過去和現在之間所謂的不連續性（一個福科式原理）被描繪成一個連續的敘述，其起點和終點都是我自己」。[54]儘管新歷史主義的理論探索帶有很強的幻想成份，它在多大程度上是推翻了歷史決定論的統治觀念，還是重新肯定了以自我為中心的思想集權主義，依然值得討論，但它確實為當代文學批評創造了一種繁榮景象。

三、政治上正確：新的意識形態趨勢

在當代馬克思主義者傑姆遜看來，文化研究這個聯合體目前正集純學術與泛政治於一體，「文化研究是一種願望，探討這種願望也許最好從政治和社會角度入手，把它看作是一項促成『歷史大聯合』的事業，

---

[52] Stephen Greenblatt,Renaissance Self-Fashioning, Chicago: Univ.of Chicago Press, 1980, Page, 6.
[53] 注釋同上。
[54] 注釋同上。

而不是理論化地將它視為某種新學科的規劃圖。這項事業所包含的政治無疑屬於『學術』政治，即大學裡的政治，此外也指廣義上的智性生活或知識份子空間裡的政治」。[55]他不無尖刻地指出：「在這種時候，誰要是仍然把學術政治和知識份子的政治主張僅僅看成『學術』問題，就顯得不明智」；作為馬克思主義批評家，傑姆遜有理由對許多時興的事物表示不滿並給予激烈的批評，儘管傑姆遜的觀點可能有些偏激，但文化研究確實明顯具有學術政治化傾向。只不過這種政治不再是國家意識形態式的宏偉政治，它是學院裡的政治，或者說知識份子的政治。簡要地說，這種政治包含知識份子的話語權力實踐與知識份子信奉的一系列的政治立場和觀點。關於西方學院知識份子的話語權力實踐非本文力所能及，在這裡，我更傾向於討論那些流行的政治觀點是如何貫穿在當今的文化研究中，並且有力地構成了知識份子新的意識形態。

自從十九世紀以來，知識份子就與意識形態結下不解之緣。正如丹尼爾·貝爾所說：「十九世紀的各種意識形態通過對必然性的強調以及向它的信奉者灌輸熱情，已經完全可以和宗教相匹敵。由於這些意識形態把必然性和社會進步看作是同一的，因此它們也就和科學的積極價值聯繫在一起。但更為重要的是這些意識形態本身也是和那個企圖維護其社會地位的知識階層的興起聯繫在一起的」。[56]儘管本世紀以來，意識形態的生產和支配方式發生根本的變化，帝國主義霸權、專制政體、民族革命、文化認同等等，構成了現代以來的民族－國家意識形態的超級系統。就從第二次世界大戰以來，意識形態也從未在知識份子的圈子裡平息。五十年代末，麥卡錫主義聲名狼藉，「意識形態的終結」一時成為知識份子的熱門話題[57]，但六十年代的激進主義運動重新又使意識形態甚囂塵上。意識形態在不同的歷史時期具有不同的意義指向和功能，如果說十九世紀以來的啟蒙主義信念還是在思想文化的意義上構造

55 Fredric Jameson," On 'Cultural Studied'", "Social Text", No.34, 1993. 中文譯文可參見《瀞江》雜誌，1997年，第1期，謝少波譯。第111頁。
56 參見丹尼爾·貝爾：《西方意識形態的末路》，中文譯文可參見《當代美國哲學論著選譯》第四輯，商務印書館，1991年，第127頁。
57 有關意識形態終結的論述，可參見愛德華·希爾斯《意識形態終結了嗎？》，載《會晤》1955年第5期，第52-58頁；關於意識形態衰落的本質與根源的分析，參看赫伯特·廷斯坦的《瑞典民主制的穩定性和生命力》，載《政治季刊》1955年第2期，第140-151頁；或參見奧托·布倫涅爾的《意識形態的時代》，載《研究社會歷史的新方法》，哥廷根1956年，第194-210頁；關於意識形態的時代正在終結的預言，參看S.福伊爾的《超越意識形態》，載《心理分析與倫理學》，斯普臨菲爾德1955年，第126-130頁。丹尼爾·貝爾《意識形態的終結》，葛蘭科，1960年；拉爾夫·達倫多夫著《階級與階級衝突》斯坦福1959年。

知識份子的意識形態，那麼，在五十年代的冷戰時期產生的意識形態和六十年代的激進主義運動則表明知識份子的意識形態與社會實踐緊密相聯，這種意識形態當然也是思想文化的產物，但更主要的是強有力地支配著思想文化的再生產。六十年代激進主義運動隨著1968年的法國五月風暴的結束而弱化，知識份子普遍退回書齋，尋求純粹知識的構造，以替代激烈的社會運動。例如，像巴特這樣的一度追隨薩特的激進主義知識份子，開始轉向語言學的文本分析實驗，並且個人的美學趣味也轉向了紀德式的優雅與純淨。確實，七十年代以來是意識形態衰退的年代，然而，不管是「宏偉敘事」的解體，還是冷戰的意識形態的終結，或是「歷史的終結」[58]，都不過意味著舊有的意識形態體系陷入危機，而新的意識形態正趨於形成。

如果說八十年代後期以來的「文化研究」自覺醞造學術的意識形態，那顯然是誇大其詞的說法；「文化研究」表徵的政治性，之所以是一種學術的「政治」，在於這種「政治」乃是學術話語包含或折射的觀點、立場和態度。文化研究正是在承襲和發揮後結構主義的那些知識體系時，表達了學術話語的特殊政治意向。在這一意義上，後結構主義解構中心，反抗權威，強調邊緣性，強調少數族群的利益，這既是後結構主義習慣尋找的研究主題，也是它力圖表達的思想意向。文化研究承接了這些主題，並且推到更加徹底的地步。這些學術話語包含的政治態度，在其運作過程中不斷擴展和增殖。「政治上正確」在八十年代後期以來的歐美大學校園已經是一種普遍的共識，這些「政治上正確」的命題包括：對傳統資本主義價值觀提出挑戰、反種族歧視、環境保護運動、女權運動、強調少數族群（例如同性戀者）的權益等等。這些觀念已經不僅僅是維護一些處於弱勢的少數族群的權益，更重要的在於它已經變成大學的信條，在這些方面沒有人敢於越雷池半步。在當今時代的西方大學牆院內，誰要是對有色人種有所非議，對婦女有所不恭，或者對環境漠不關心，以及對同性戀者不給予必要的同情理解，那麼這個人會被視為在「政治上」犯下方向性的錯誤，至少會被看成是「政治上」的落伍者。這些原本基於新保守主義的寬容性的價值觀，現在多少已經有了激進的態勢[59]。

---

[58] 九十年代關於意識形態終結的論調，換了一種說法。1991年日本人福山的《歷史的終結》一書出版，引起諸多的爭議。但大多數學院知識份子贊同福山的論調。

[59] 例如，辛普森案就是反種族主義的一個驚人的成就，儘管其中緣由與美國的司法制度的漏洞不無關係，但這也表明反種族歧視的社會力量正在普遍高漲。試想，泰森銀鐺入獄，不過是女權主義的一個小小勝利，如果對方是一個白人婦女，可能泰森不至於遭受鐵窗之苦，這就是說種族問題可以放置在婦女問題之

　　文化研究的政治傾向最突出反映在女權主義和反種族歧視問題上。女權主義的政治性這已經是常識性的問題，經典女性主義理論始於十八世紀的自由主義女性主義（Liberal Feminism），社會性別差異論構成其理論基石。這種理論認為，男女不平等的因素不是兩性之間在生理上的差異造成的，而是兩性的社會性別差異的結果。很顯然，女權主義深受馬克思主義的影響，強調女性的社會屬性或階級屬性。代表人物有法國的西蒙・波伏娃（Simmone de Beauvoir）。女權主義文學批評在六七十年代的激進主義運動中開始風靡學術界，隨著解構主義的盛行，女權主義文學批評普遍把馬克思主義和解構主義相結合，形成一種戰鬥性十足的文風。這可以在保加利亞籍的法國女權主義者克利斯蒂娃的一系列寫作中看出。1970年，羅蘭・巴特撰寫一篇題為《陌生的外國女人》，熱情洋溢地向巴黎學界推舉克利斯蒂娃。在巴特看來，克利斯蒂娃的陌生話語根本瓦解了我們習慣的思想信念，這種表達方式完全置身於我們存在的空間之外，並且以無法抗拒的力量從我們的話語邊緣直接切入。雖然七十年代初還很難說克利斯蒂娃受到解構主義多深的影響，但致力於反索緒爾語言學的理論構想，使克利斯蒂娃的寫作一開始就天然具有解構主義的傾向，同時也表明女權主義與解構主義的天然聯繫。這種解構主義式的女權主義在八十年代風頭十足，然而，傳統的以及白人婦女推行的女性主義理論在晚近的文化研究中遇到強勁的挑戰，當年馬克思主義的經典階級論，現在被更明確而尖銳的種族理論所取代。反種族歧視的雙面刃：激烈抨擊帝國主義殖民主義歷史，以及反抗白人中心主義。這兩個方面足以把當代女權主義和種族理論混為一談，大有把白人女權主義驅逐出境之勢。1990年6月，在美國俄亥俄州阿克倫布（Akron, Ohio）召開的全美女性學聯合會（NWSA）第13次年會上，一批參加會議的有色人種女性主義者集體退離會場，以表示對聯合會總部種族歧視的抗議[60]。而這些人的真實意圖則是抨擊聯合會是一個由白人女性把持的、只為白人女性說話的團體；他們聲稱要建立一個真正能代表全體女性的，特別是第三世界女性的組織。這使女權主義的政治訴求變得空前激烈。很顯然，女權主義與反種族歧視立場的結合，使女權主義的政治性得到空前的加強，如果說傳統的女權主義者多半還是白人婦女的話，

　　上。而美國一個西班牙婦女割去丈夫的陽具卻能逍遙法外，這也足以說明婦女的地位在發達國家正在迅速提高，婦女的權益不能得到任何侵犯，而以身試法的男人卻必然身敗名裂。

[60] 聯合總部曾雇傭一名黑人女職員。此人後來解雇，理由是她工作不認真，處理不好同事關係，由此引發黑人女權主義者的抗議。參見柏棣《平等與差異：西方後現代主義女性主義理論》，載《西方女性主義研究評介》，三聯書店，1995年。

他們的矛頭所向主要是男權統治，而現在的有色人種的女權主義者，其政治批判對象則是指向與男權結合在一起的白人中心主義。對於他們來說，本土的男權統治並不是最可恨的，相當多的第三世界女權主義者令人驚異地為本土的男權壓迫制度辯護。他們極為不滿白人女權主義者認為的第三世界婦女受當地父權制的壓迫比西方發達國家婦女受本國父權制的壓迫程度更深的說法。第三世界女權主義者認為這是一種無知的偏見。他們反對用西方的男女平等觀念解釋第三世界的婦女地位，不少第三世界女權主義學者指出在殖民主義時期之前，第三世界國家中早就存在男女平等或男女互相尊重的思潮。有人指出：「殖民主義的統治，帝國主義的經濟侵略是以男尊女卑的父權制的意識形態為基礎的。殖民主義的統治和帝國主義的經濟侵略加劇了第三世界國家男女不平等、婦女受壓迫和剝削的狀況」。[61]

這些來自第三世界或者與第三世界有血緣聯繫的女權主義者，現在正在致力於奪取長期被白人女權主義者佔據的話語權力位置。在當今種族問題上升為首要問題的時期，這些第三世界的女權主義者以反帝國主義和反殖民主義的姿態展開新的理論攻勢，而白人女權主義不過是這一輪理論革命的必要犧牲品。這當然不是什麼學術機構內部的爭權奪利，更重要的是，女權主義理論在向後殖民理論暗遞秋波的同時，向前邁進了一大步，它使當代女權主義理論煥發出新的生機，儼然走在時代潮流的前面。這一切的始作俑者不是別人，正是白人女權主義者自己。現在黑人女權主義者在對白人女權主義的駁斥中，更加鮮明地闡發了第三世界的女權主義立場。過去女權主義用來對付男權統治的「姐妹情」的觀點現在受到質疑，來自第三世界的女權主義者查拉‧提‧墨罕提（Chandra T. Mchanty）毫不留情地指出：「除了姐妹情之外，仍然存在著種族主義、殖民主義和帝國主義」。[62]對於第三世界的女權主義者來說，父權制不過是宗主國的殖民主義、帝國主義的工具，更重要的是在於揭露殖民主義的罪惡。

現在，西方白人女權主義者難以抹去歷史陰影，帝國主義和殖民主義罪惡史使他們在「政治上正確」大打折扣。現在真理的天平顯然向第三世界的女權主義者方面傾斜，受西方價值觀影響的白人女權主義者被視為充滿偏見的有極大局限性的理論怪物，這些人充滿了西方資產階級的低級趣味和想當然的偏見，例如，他們對非洲國家和中東國家中

---

[61]　參見蘇紅軍《第三民辦婦女與女性主義政治》，同上書，第31頁。

[62]　參見：The Third World Women and Feminist Politics.《第三世界婦女與女權主義政治》，Indiana University Press，1991年，Page，92.

存在的婦女外陰和陰蒂切除術表現出特別的興趣——埃及女作家娜瓦爾·依·薩達維（Nawal el Saadaw）指責說，他們熱衷於去這些國家觀看這種手術，卻對跨國公司是如何剝削這些國家中的廉價勞動力漠不關心。更重要的是，白人女權主義的結論更加可疑，例如，弗蘭·霍斯肯（Fran Kosken）這個號稱研究非洲婦女切割術的權威，她認為父權制通過對性行為的控制來統治婦女，使他們依賴男人——這種說法受到懷疑。第三世界女權主義者指出，這些西方女權主義學者在這些研究中，歷來以優等文化自居，凌駕於其他國家婦女之上，實際上採用的是種族主義和新殖民主義的立場。現在這種懷疑已經上升為學術倫理的指責，美籍墨西哥女權主義學者阿爾瑪·加西亞（Alma Carcia）認為西方女權主義運動對少數種族婦女要麼採取討好的態度，要麼以權威自居，卻對他們很少提供幫助。

很顯然，「政治上正確」使有色人種的女權主義者變得理直氣壯，而「種族偏見」的概念正在以另一種形式擴大化。「種族」日益成為文化交流中的障礙，令人驚異的是，現在，這種障礙橫亙在白人女權主義者面前，這使他們在真理面前步履蹣跚，因為，白人女權主義的政治動機和理論的誠實性都受到懷疑，這使他們的理論的可信度大大降低。現在，更為致命的是，白人女權主義者的文化身份成為無法抹去的局限，不少第三世界女權主義者正是抓住這一要害從而對白人女權主義者研究第三世界婦女問題的「學術資格」表示懷疑。美籍華人學者周蕾（Rey Chow）指出：「西方女權主義者應該正視自身的歷史局限——西方婦女運動是在物質高度豐富，強調思想自由和個人充分發展的資本主義發達時期產生和發展的。這個社會的發達是建立在剝削和壓迫發展中國家的基礎上的。西方女權主義者要與第三世界國家婦女對話，應該首先認識和批評自身的殖民主義和帝國主義影響，以平等的態度對待第三世界婦女運動和理論。不要把自己的想法和利益強加在第三世界婦女身上」。[63]

這很有點像中國長期盛行的「血統論」，出身於發達資本主義國家，享受著資本主義的高度的物質文明和精神文明，白人女權主義者的首要工作是反省帝國主義霸權和殖民歷史（這與中國知識份子需要進行思想改造的論調如出一轍）。第三世界的女權主義者一直抱怨白人女權主義者存在著「優越感」，似乎他們天生就不可能因此也就永遠不可能

---

[63] 周蕾：《在其他國家中的暴力：把中國看作危機，奇觀和婦女》，參見：The Third World Women and Feminist Politics，Indiana University Press，1991年，Page，93.

理解第三世界的婦女問題。正如他們的皮膚無法變黑一樣。很顯然，白人女權主義在政治上的「正確性」受到懷疑，而這種懷疑根源於她的文化身份，特殊的文化決定了人們是否有可能、有資格去「正確」理解另一種文化。按照這種理論，這些來自第三世界的女權主義者，在發達資本主義國家充當第三世界婦女的代言人，他們的角色和資格同樣有可能受到懷疑。他們生長並受教育於發達資本主義國家，遠離本土文化，何以能理解本土的「受壓迫」「受剝削」的婦女呢？例如，斯皮瓦克自以為是印度受壓迫婦女的代言人，但印度本土的知識份子並不以為然。同樣的質疑還可以推論下去，就是在本土文化範圍內，那些受過高等教育的知識份子精英，又如何能理解「受壓迫」「受剝削」的婦女呢？斯皮瓦克曾經以《沉默的從屬階級能夠發言嗎？》為題撰文，但她的發言就能夠代表從屬階級嗎？

當種族問題被移植到女權主義的議事日程上時，也就意味著白人女權主義者佔據主導的時代已經結束。現在，在關於女權主義問題的討論會上，有色人種的女權主義的聲音已經遠遠蓋過白人女權主義，這些還顯得溫文爾雅的名媛淑女，現在只有在諸如「女同性戀」、愛滋、環保或青年亞文化群等問題上有些發言權，而在婦女與殖民主義歷史這一最熱門的論題上，節節敗退，只有洗耳恭聽那些代表第三世界「從屬階級」發言的女權主義者的責問和訓導。事實上，這種局面乃是當今西方主流文化的反映。這些反西方父權制文化的女權主義者們，不過是把西方當今的父權制的主流話語推到另一個高度。後結構主義理論在很大程度上承繼了尼采激烈抨擊西方理性主義的思想傳統，反邏各斯中心主義，解構歷史宏偉敘事，進一步對西方的文明持各種批判態度等等，也就是說，自現代以來的西方知識傳統其主流傾向就是批判西方文明自身，清理西方的知識傳統構成了西方知識份子的主導批判精神——這本身又不斷構成西方的知識傳統。顯然，後結構主義在這方面走得更遠，像福科和德里達，以及列奧塔和德留茲等人所做的工作，就是對西方現有的知識傳統進行徹底的清理。這項西方知識傳統內部的批判，隨著後殖民理論的興起，又具有了東方／西方的雙重視野。在西方的知識危機的裂痕中，可以扯出一部龐大的殖民主義和帝國主義霸權史，原來面對自身歷史的西方知識份子，現在突然發現他們要面對第三世界，面對一群曾經飽受壓迫和奴役的「他者」。所幸的是，最激進的第三世界女權主義者目前還只限於批駁白人女權主義者，而更強大的後殖民理論顯然還不能撼動西方知識傳統的主流勢力，這使作繭自縛的激進的西方理論家們還可以高枕無憂，目前只有白人女權主義者自食惡果。

四、後殖民理論：文化霸權與文化身份

　　後殖民理論與帝國主義論述密切相聯，最早的關於帝國主義論述的經典理論當推霍布森（J. A. Hobson）1902年出版的《帝國主義》一書。當然，馬克思主義經典作家對帝國主義問題作出過最為精闢的分析，1916年，列寧的《帝國主義，資本主義的最高階段》無疑是對帝國主義闡釋最為透徹的經典著作。這些早期的經典著作在一定程度上構成了現今時興的後殖民理論的思想前提，後殖民理論家大多數人信奉過或研究過馬克思主義理論。但後殖民理論更主要的是後結構主義理論的後裔，通過運用和發揮後結構主義理論，或者說通過把後結構主義理論推廣到殖民主義歷史研究領域，後殖民理論開拓了一片令人興奮的研究領域。

　　對殖民主義的批判不過是批判帝國主義理論的必然延續，只不過帝國主義這一概念更偏重於政治學與經濟學，而殖民主義批判偏向於文化理論。早在五十年代，弗朗茲・范農（Frantz Fanon）寫下《黑皮膚，白面具》，可以說是批判殖民主義文化的早期經典之作。范農從精神分析學的角度，重新審視殖民主義者對殖民地的文化態度和表意策略，反省殖民主義者是如何在文化上構造殖民地，從而更好地把握和控制殖民地。關於殖民者與殖民地之間的文化互動，特別是殖民者對殖民地人民的文化滲透這一主題的研究，可以看成是後殖民理論的基礎工作，這位出生在法屬安第利斯群島的馬丁尼克島的精神病醫生，終其短暫的一生都是為殖民地人民的解放鬥爭奮鬥，他甚至公開為武裝暴力辯護。對於他來說，沒有什麼事實比廣大黑人遭受白人統治、文化侵略和種族歧視卻啞口無言的心理創傷更令他震驚。范農揭示出殖民主義是一種藏在種族和文化優越性的花言巧語面具下、為資本主義經濟利益服務的滲透性壓迫結構。很顯然，范農的理論在於強調種族差異性，它堅決反對白人種族優越性這種觀念，他把黑人試圖學習白人，試圖成為白種人的文化想像看成嚴重的精神妄想症。由於被烙上黑人的印記，同時徒勞地力求使自己成為白人，黑人就形成了一種過度敏感的心理失常，「過分受到外來的限制」，從而，他作為一個人的基本特性被異化。范農對殖民地文化與白種人文化的同化持悲觀態度，同化的結果不過是使黑人更深地陷入想要「得到白人另眼相看」的妄想狂的精神分裂怪圈。這種精神分裂症尤為明顯地發生在城市上流社會的土著知識份子身上，這當然不僅僅是因為城市知識份子所接受的教育和文化，同時是由於物質利益與殖民地經濟持續密切關聯所決定。例如，鄉村農民較少受到這種妄想狂患

者心理的影響。范農後來在他進一步的研究著作中指出，鄉村農民的傳統習俗以及對被白人移民所佔有的土地毫不含糊的需要，為反抗種族主義提供了基礎。在范農的反殖民主義理論表述背後，是他持續不斷的革命要求，這種革命要求的矛頭當然對準殖民主義和帝國主義，但是，在多大程度上與西方啟蒙時代以來的文化相對立又值得推敲：「我突然在這個世界上發現我自己，並且認識到，我唯有一種權利：那就是向他人要求合乎人道的行為……我唯有一種義務：那就是不由於我自己的選擇而放棄我的自由」。范農受過系統的西方教育，他關於種族革命，關於人權的各種觀念，在很大程度上也是來自他所接受的西方理論。關於殖民地人民的解放鬥爭，關於現代民族－國家的種種觀念，這些都與西方現代以來的「現代性」文化結下不解之緣。「現代性」本身就是一種分裂的文化，一方面，他把世界歷史的進程進行總體的規劃，把人類納入到理性的範疇和科學的範疇；另一方面，整個「現代性」的設計和展開又是在帝國主義和殖民主義歷史實踐中來推行，這種「現代性」規劃進入第三世界必然會產生嚴重的分裂。現代性的宗主國試圖在殖民地的第三世界國家培育的那些觀念，正好用於推翻西方列強進行的歷史實踐。在這一意義上，范農為代表的殖民地知識份子同樣處在這種分裂之中，他們正是用「現代性」的觀念，去顛覆殖民主義宗主國的歷史實踐。

後殖民理論到七十年代發展到一個新的階段。其標誌就是1978年賽依德出版《東方主義》。自此以後，賽依德迅速成為美國知識界的超級明星，這位形式主義批評家同時是巴勒斯坦解放運動的積極支持者，他的文章不斷出現在《文化評論》、《社會文本》、《批評探索》、《Boundary2》和《拉裡頓河》這些激進的批評刊物上，他的立場完美體現了流亡文人和激進批評家的雙重色彩，他甚至聲稱：「我的目標就是建立巴勒斯坦國，然後對它進行攻擊」。不管賽依德多麼巧妙地放出煙幕彈，力圖保持他的理論平衡，但他的理論致力於反對西方（白人）帝國主義文化霸權是不爭的事實，而解構西方學術制度，瓦解那些既定的真理，這正是他的一系列著作和論文的中心思想。

賽依德的「東方主義」主要通過對「東方學」這一學科的形成、建制、思想方法和功能的研究，揭示出殖民時代以來，西方形成的一整套關於東方的知識話語和文化心理。「東方主義」自從發表以來就成為學術界討論的熱門問題，但「東方主義」的確切含義卻並不是那麼容易分辨。以致於賽依德自己要在1986年再寫一篇《東方論再思》澄清一些理論上的誤解，即便如此「東方主義」依然有不少疑點和難點。「東方主義」——Orientalism的字典含義是指「東方的特徵、風格和風俗」，按

《牛津英文詞典》的解釋，「東方主義」一詞首次在1769年被霍德斯沃特（Holdswort）評論荷馬史詩時使用。Orientalism此後成為研究東方各國的社會歷史、語言文學以及生活風習和文化特性的學科總稱。顯然，「Orientalism」的含義並不僅僅限於「東方學」或「東方論」，就《東方主義》一書來說，「東方主義」至少包含以下三方面的含義：其一，作為研究東方語言、文學和文化的特殊學科總稱的「東方主義」，其含義可以用「東方學」來表述；其二，指一種特殊的本體論的和認識論的思維方式，這種思維方式以東方與西方的二元對立為基礎，例如，在殖民主義時期，不少的西方作家、哲學家、政論家、經濟學家和行政官員等，都不同程度接受了東方與西方的基本區別的觀念，這些觀念成為關於東方的風格、習俗、思想方法和歷史命運的創作和研究的理論起點；其三，東方主義是一種西方統治和支配東方的特殊文體。如果從話語表達方式來檢驗東方主義，就可能發現，自啟蒙運動以來，歐洲文化有系統地從政治上、社會上、軍事上、意識形態上、科學上和想像力上來掌握和生產東方主義。也就是說東方主義作為一種知識霸權，以一種固定的文體表達方式促使所有關於東方的著作、思想和行動受到其限制。總而言之，西方所談論和理解的「東方」不過是其想像的產物，伴隨著西方對東方的武力征服，西方同時在文化上對「東方」進行重塑。

不難看出，賽依德是在巧妙運用福科的知識權力理論與德里達的解構策略，對東方學進行內在的梳理。東方學作為一門知識學科的創立與殖民主義歷史密切相關而言，甚至可以說是一項合謀的產物，這在賽依德看來是顯而易見的事實。東方學也必然不可避免表現了對「東方」的曲解和奇異化──這些都是事實。但賽依德在揭露東方學的政治無意識的同時，顯然也誇大了這一知識的創造與殖民主義實踐的共生關係。在這裡面隱含著這麼一個問題，就任何知識的構造生成來說，都與當時的歷史情勢相關，這在哲學上是一個普遍性的問題，例如福科對資產階級興起時的關於「瘋狂」、關於「性禁忌」等等話語的分析，都表明了一種知識的生成本來就與權力實踐相關。賽依德不過把這一普遍性的問題加以特殊的處理，並且將其置放在東方／西方的二元對立背景，置放到帝國主義／第三世界、殖民主義／殖民地的關係中來分析。在這樣一個特殊化的處理中，賽依德有效突現了「東方主義」這門學科創建和發展的「目的論」背景。也就是說「東方主義」這門學科全然是為帝國主義侵略壓迫東方（第三世界）創建的。儘管賽依德自己一再宣稱他反對東方／西方二元對立的思維方式，反對伊斯蘭極端的民族主義。但就其對西方知識傳統對「東方學」的尖銳而徹底的抨擊這一立場而言，很難說

他是站在中立的地位。賽依德在批評某些阿拉伯民族主義者時指出,將
有關東方論的爭論看作是在國主義的伎倆,旨在維護美國對阿拉伯世界
的控制。阿拉伯激進主義者也根本不買「東方論」批評者的賬,在他們
看來,東方主義的批評者其實根本就不是反帝國主義的,而是帝國主義
的秘密特工[64]。在阿拉伯民族主義者看來,抨擊帝國主義的最佳方式,
要麼就頑強堅持東方主義的立場,要麼就保持沉默。賽依德也不得不承
認,理論話語到了這個地步,「已經離開了現實世界,進入無邏輯且狂
亂的境地」。

　　但是,賽依德在抨擊那些「東方論」者的時候,他的邏輯也從來堅
韌無比,沒有迴旋的餘地。那些試圖駁斥賽依德的「東方論者」,被賽
依德無情地批駁為:「延伸其十九世紀的論調,涵蓋二十世紀末整個多
到不成比例的可能發生事物;它們全都源自於一個(就十九世紀的心態
而言)荒謬的情況:即一個東方人膽敢回應東方論述的鐵定論斷」。[65]
在賽依德看來,這些東方主義頑固的辯護者,完全沒有一點自我反省的
精神,就他們沒頭沒腦的反智識心態而言──按照賽依德的說法,本納
德‧路易士(Bernard Lewis)當是最典型的新一代「東方論者」。路易
士曾在他的著作中回應賽依德的觀點說,被賽依德定義為「東方論」的
那種知識體系,其實不過是西方一貫堅持的對其他社會的瞭解,是全然
由求知欲所啟發的,而且相較之下,回教徒既無能力也沒有興趣去獲取
關於歐洲的知識。賽依德則認為,路易士的觀點表現得好像是僅從學者
超脫政治的公正無私立場所發出的,然而他同時又成為反伊斯蘭、反阿
拉伯、錫安主義(Zionism)、與冷戰等狂熱運動所引據的權威;所有
這些運動都以高尚優雅的外表加以粉飾的狂熱心態,與路易士意圖維護
的「科學」或知識少有共通之處。

　　在賽依德看來,年輕一代的東方論學者同樣在充當意識形態的傳播
者。丹尼爾‧派普斯(Daniel Pipes)的著作《在神的道路上:伊斯蘭與
政治權力》(In the Path of God: Islam and Political Power;1983),受到賽
依德的猛烈抨擊。賽依德堅持認為,派普斯的著作所表達的觀點,完全
不是為了知識,而是為一個具侵略性且好干涉他人的國家──美國──
來服務的;其利益由他來幫忙界定。派普斯刻意描述回教徒的雜亂無
章、它的自卑情結、它的自我防衛心態等等。派普斯著作同樣驗證了東

---

[64] 參見賽依德:《東方論再思》「Orientalism Reconsidered」,轉引自Literature,
Pllitics, and Theory: Papers from the Essex Conference, 1976-1984. Eds. Francis Barker et al.
London: Methuen, 1986. 2100-2129.
[65] 同注釋22。

方論述慣常的片面立場和蠻橫態度，缺乏邏輯和論證。賽依德毫不客氣地指責：對派普斯而言，伊斯蘭是個變化多端且危險的事務，一個介入和干擾西方的政治運動，在其他各地挑起暴亂和狂熱的異類。「派普斯著作的核心部分不僅是其本身與裡根治下的美國有政治牽連的高度權宜性質，且在此恐怖主義與共產主義不知不覺地融入媒體塑造的回教槍手、狂熱信徒、與暴亂分子的形象中，而且還有這樣的主題：回教徒自己就是他們本身歷史最大的亂源」。[66]當然，賽依德的反駁不無道理，但也不難看出，賽依德旨在堅定維護伊斯蘭的立場時傳達出這樣的意思：即西方人，或帝國主義的後裔們，無權談論伊斯蘭，更沒有資格對伊斯蘭的事務指手劃腳，西方人被註定了是帶有偏見的，因而他們的任何理解都是對伊斯蘭的政治文化的有意歪曲和貶抑。跨文化之間不可避免的誤讀，無一例外都被賽依德置放到東方／西方等級對立之中，賽依德在解構這個等級的同時，其實也在強調乃至強化這個等級對立。

賽依德同樣猛烈抨擊了西方啟蒙時代以來的歷史觀和世界史的寫作。在他看來，由維科、黑格爾、馬克思、蘭克等人創立的唯歷史觀意味著：整合全人類的唯一人類歷史要不是以歐洲或西方的有利位置為發展極點，就是由此來觀察。沒有被歐洲觀察到，或是沒能被它記錄到的就此「失落」，直到此後某個時日，它才能夠被人類學、政治經濟學以及語言學等等新學科吸納進去。西方世界史的寫作，除了有能力處理歐洲之他者的非共時性經驗之外，還伴隨著一種相當一致的態度：回避歐洲帝國主義與這些分別建構、分別形成和發聲的知識之間的關連。賽依德表示，要在最深入基礎的層次上，對唯歷史觀的發展與帝國主義的實際作為之間的掛鉤做認識論方式的批判。賽依德的批判表明，世界史雖然在意識形態上是反帝國主義的，在其方法論的前提和做法上，鮮少或沒有注意到像東方論述或人種研究這些與帝國主義有牽連的文化活動，而它們在系譜傳承來看還是世界史本身的始祖。世界史的各理論，例如，關於「全球規模累積」，或是「資本主義世界國家」，或是「集權主義系譜」，都是依賴（1）同樣立場錯誤的認知角色與抱唯歷史觀的觀察者，他們在三代之前還是個東方論學者或殖民地的旅客；（2）他們也依賴一個具均質化和吸納性質的世界史觀框架，將非共時性的發展、歷史、文化和人民同化於其中；（3）他們阻礙並壓抑對其體制、文化、學科工具之潛在的認識論批判，這些工具將世界史相容並包的做法，一方面聯結到像東方論述這樣的局部知識；另一方面和「西方」對

---

[66] 注釋同上。

於非歐洲、邊緣世界持續不墜的霸權掛鉤。[67]

後殖民理論對西方文化批判的策略就是把它置放在一個知識霸權的位置，這個位置的背景就是西方的帝國主義（殖民主義）歷史。這樣，西方的任何與東方或第三世界發生關聯的知識體系，都被註定了是殖民主義論述，被註定了是對東方第三世界文化的歪曲與壓迫。在另一位後殖民理論主將印度裔學者斯皮瓦克（Gayatri C. Spivak）的論述中，西方文化在與東方發生關聯的部分，充塞著帝國主義文化霸權與蠻橫謬誤的邏輯。1988年，在美國伊利諾利州（Illinois）召開的「馬克思主義與文化解釋」為主題的學術會議上，斯皮瓦克提交了一篇題為《從屬階級能發言嗎？》（「Can the Subaltern Speak？」）的論文，該論文分析了殖民主義時期，英國殖民者關於印度寡婦自焚的論述。印度寡婦爬上死去丈夫的祭台，然後自我焚毀，這就是寡婦犧牲。斯皮瓦克分析說，梵文對寡婦的傳統譯文為Sati，早期的英國殖民主義者將其譯為Suttee。斯皮瓦克認為，這種翻譯本身就包含著殖民主義的觀念在裡面。在印度傳統文化裡，Sati的意思就是「好妻子」，而Suttee則是簡單指自焚的寡婦。關於Suttee的殖民主義敘事，把印度婦女的自焚描述為一種罪惡，並且與謀殺、殺嬰同歸為一類。殖民主義者廢除這項習俗，這樣殖民主義者則充當了拯救者——「白人將棕色女人自棕色男人手中拯救出來」。斯皮瓦克在批判殖民主義者時，稍為玩弄了一下語詞遊戲，她認為，印度寡婦自焚可以表述為是一種迷信，而不是殖民主義者所認為的「罪惡」。作為一種迷信，這項習俗植根於印度傳統文化。

早在皮瑞尼（Puranic）時代初期（約西元前四百年）起，波羅門人就已經就sati在聖地上的自殺是否具教條合宜性引起爭論，自殺行為當然毋庸置疑，爭論的焦點在於這種行為的種姓起源。波羅門從未懷疑過寡婦必須遵循獨身禁欲的法律，根據聖規的一般法令，寡婦必須回歸到停滯的前身。這種法律安排不對稱的主體地位有效地將女人定義為一位丈夫的客體；按照斯皮瓦克的觀點「它是為男性的合法、對稱主體地位的利益而運作」[68]。在印度古代的一些描寫sati的天賜獎賞的詩句、強調她在許多女性的競爭下，獨自成為一特殊佔有者的客體。這些詩句對女人在自毀儀式中的自由意志的深刻反諷也耐人尋味：「只要女人（身為人妻）不自焚殉夫，她將永不能超脫她的女性身體」。它的另一面的意義在於：只要寡婦此刻在丈夫的祭台前自毀，就可以殺死在生死輪迴

[67] 注釋同上。
[68] 參見斯皮瓦克：《從屬階級能發言嗎？》（「Can the Subaltern Speak？」）載 Marxism and the Interpretation of Culture, Urbana: University of Illinois P, 1988.

中的女性身體。這種自由意志的強調也設定了擁有女性身體的不幸。斯皮瓦克從她女權主義的立場去建立女性意識的反敘事，也就是女性存在、女性從善、成為好女人的慾望、女人的慾望等的反敘事。斯皮瓦克無疑也批駁了印度本土主義者的論點，在這些本土精英主義者看來：「事實上，女人願意死」。女人的自由意識在很大程度上受到男權主義的控制。斯皮瓦克一方面批判了本土主義者對女性主體的性別建構，但她在批判帝國主義的時候，顯然掩蓋了本土男權文化對女性的壓制性的建構。斯皮瓦克說，sati超越帶有性別特殊性的男性觀念，而進升為泛指人類以及靈魂的普遍性。在聖典中，sati是本質、宇宙靈魂。作為一個前置詞，它還是合適、快樂的意思。這種文化神秘的美學意義在斯皮瓦克批駁帝國主義殖民文化時，被過度誇大了。她把「自焚」解釋為「迷信」，而這種「迷信」是男權歷史建構的結果，而不是像帝國主義所認為的是一項「罪惡」。在斯皮瓦克看來，這非自殺的自殺可以讀成真理－知識和地點虔敬的擬象，「對於男性主體而言，自殺的快樂廢除了它的地位。對於女性主體而言，認可的自毀帶來了對其選擇行為的讚美。靠著性別主體的意識形態生產，這種死可以被女性主體瞭解為自己慾望的例外意符，超越寡婦行為的一般規條」。[69]

斯皮瓦克的結論是，本土主義或反種族中心主義對Sati神話的解釋表現出男性種姓權力的意味，而古典印度教中的女性主義也受到本土主義的污染，斯皮瓦克的結論是，「從屬階級不能發言」。儘管斯皮瓦克再三聲稱她「不是在宣導扼殺寡婦」，但她對帝國主義拯救寡婦自焚這一「社會使命」的尖銳揭露，明顯掩蓋了她對本土國族主義的批判。她的揭露是積極的、激進的，但她對待第三世界文化的態度卻是消極的。既然帝國主義不能真正理解第三世界文化，帝國主義世界做出的「社會使命」，都是對第三世界人民的誤解，那麼只有一種方式是對第三世界文化的尊重，那就是「存在的就是合理的」。只有保持從屬階級的歷史狀況，尊重歷史業已形成的傳統「迷信」，這才是對第三世界文化的尊重。事實上，在斯皮瓦克的後殖民論述中，她的主攻方向是帝國主義，資本主義對第三世界的任何文化輸入都被視為是帝國主義文化霸權壓迫行徑。問題的實質在於，斯皮瓦克拒不承認西方近代以來的「現代性」確立的文化價值，資本主義世界體系試圖向全球推廣自由、平等、民主等文化價值，這些都被斯皮瓦克看成是對第三世界文化的文化滲透，其目的不過是更有效地控制第三世界人民。事實上，口口聲聲反對本土主

---

[69] 同註解26

義的斯皮瓦克，離本土至上主義並不遙遠，顯然，她一直把第三世界的
文化身份與帝國主義文化霸權相對立。斯皮瓦克把印度接受的西方價值
觀念和民主制度，統統斥之為「帝國主義遺產」，帝國主義遺產對印度
本土文化構成破壞。她認為印度的穆斯林和基督教不是印度本土的，因
為它們不是起源於印度，印度的社會主義者和馬克思主義者不是真正的
印度人，因為社會主義和馬克思主義都起源於歐洲，印度不應該是一個
世俗主義的國家，因為世俗主義是西方的社會結構。斯皮瓦克以及印度
一些有影響的社會科學家說，議會民主制度不適合印度，印度應該發明
本土化的社會科學和本土化的政治形式。總之，民主、社會主義和憲
法，在斯皮瓦克看來，都不過是「帝國主義的遺產」[70]。

　　後殖民理論當然十分複雜，但在它的幾位傑出代表人物那裡，可以
看出它明顯是後結構主義或解構主義的混合產物。後殖民理論率先在英
語系和比較文學系流行，七十年代以來的英語文學教授中前衛分子普遍
受解構主義的影響，福科的話語權力理論和知識考古學，早就對西方資
產階級的價值觀念起源和知識霸權的形成，進行了透徹的解剖，而德里
達的解構主義核心任務就是拆解西方形而上學的基礎。儘管近年來人們
對解構主義的興趣有所減退，但這並不意味著解構主義就走向窮途末
路。人們樂於把新歷史主義的興起以及後殖民理論的走紅理解成是對解
構主義的替代，事實上，這不過是人們在理論綜合的水準上更加廣泛地
運用解構主義而已。解構主義已經深入到當代文學批評的骨髓中去，很
難設想當代英語世界的文學批評可以與解構理論劃清界線。新歷史主義
和後殖民理論顯然是福科和德里達的調和。這在賽依德、斯皮瓦克、哈
米巴巴等後殖民理論表述中可以很清楚看到這二者之間的內在聯繫。賽
依德的代表作《東方主義》和《文化帝國主義》很明顯是在運用解構主
義方法。至於斯皮瓦克這個印度裔美國學者，她的成功起點建立在翻譯
介紹德里達的《論文字學》等作品的基礎上，把解構主義與女權主義混
為一體，使斯皮瓦克的表述含混不清又銳利無比。至於近年走紅的哈米
巴巴，更是不折不扣的解構主義者。在他早些年（1983年）發表於《屏
幕》（Screen）上的文章《他者的問題》，開篇就引述德里達在《結
構、符號與遊戲》中的觀點為題辭，他對「固定性」（fixity）的追問展

[70] 斯皮瓦克的有關論述參見《在教育機器之外》（Outside in the Teaching
Machine），London，Routledge，1993.對斯皮瓦克的批評可參見Aijaz Ahmad的
《文學後殖民性的政治》（*The Politics of Literary Postcoloniality*），載《當代後殖
民理論》（*Contemporary Postcolonial Theory*），Edited by Padmini MongiA.London，
Page，279.

開論述，對現有的知識和話語權力構造的殖民主體進行解構，這些無疑是解構主義的具體實踐[71]。他最近的名躁一時的著作《文化的位置》（The Location of Culture），可以看出解構方法更加嫻熟運用的情形。總之，福科的理論無疑構成了後殖民理論的強大基礎，而解構主義則提供了銳利的方法，這使後殖民理論家在分析帝國主義文學文本和歷史文獻時遊刃有餘。從這裡也可以看出後殖民理論如何把帝國主義的知識巧妙挪用到和編織進反帝國主義的文化實踐。如果再進一步考慮，這種文化實踐主要在發達資本主義國家的大學校園裡興盛，這又使人們不得不意識到後殖民理論終究難逃帝國主義「文化遺產」的窠臼。

五、大眾文化：新的壓迫與解放

大眾文化或傳媒研究就其專業方法構成而言，是社會學、文學理論與藝術批評三者結合的產物。顯然，新近的文學理論方法是其主導方面。這個貌似社會學的研究領域，其實質則是新理論的前沿地帶。龐大而淵源流長的法蘭克福學派，福科、拉康、威廉姆斯、德里達、鮑德里亞得等人的學說則構成這個領域的理論基礎。

就其審美認識論的理論淵源而言，法蘭克福學派的學說構成了當代大眾文化研究最主要的理論基礎。本雅明對機械複製時代的文明的闡釋，霍克海默，阿多爾諾對資本主義擴張時期的「文化工業」的批判，都成為大眾文化研究方面的經典文本。就對發達資本主義時代的文化生產批判的理論前提來說，實際是承襲了馬克思主義經典作家對資本主義原始積累時期文化生產批判的理論立場。馬克思認為：「資本主義生產就同某些精神生產部門如藝術和詩歌相敵對」。[72]在法蘭克福學派大多數成員看來，例如在霍克海默和阿多爾諾看來，由資本主義大企業控制的文化工業，正在把個人塑造成集體類同的一分子。在那篇著名的攻擊大眾文化的論文《文化工業，欺瞞群眾的啟蒙精神》中，霍克海默和阿多爾諾寫道：「在文化工業中，個性之所以成為虛幻的，不僅是由於文化工業生產方式的標準化，個人只有當自己與普遍的社會完全一致時，他才能容忍個性處於虛幻的這種處境」。[73]信奉藝術的烏托邦或「藝術

---

[71] 參見《他者的問題》（The Other Question），該文最近收入《當代後殖民理論》一書，參見 "Contemporary Postcolonial Theory", Edited by Pandmini MongiA.London，1996。

[72] 《馬克思恩格斯全集》，第26卷，第296頁。

[73] 霍克海默、阿多爾諾：《啟蒙辯證法》，重慶出版社，1990年，145頁。

是幸福的承諾」這種理想，使得霍克海默和阿多爾諾堅持一種具有內在超越性的藝術觀念，阿多爾諾寫道：「根據內在批評，一部成功的作品決不是一種在假和諧中解決客觀矛盾的作品，而是表達了真正和諧觀念的作品，這是通過將純粹的不妥協的矛盾不定性地體現在作品的最內在的結構中完成的」。[74]持這種觀點，霍克海默和阿多爾諾理所當然對普及性的大眾文化持激烈批判態度。當然，法蘭克福學派在二次大戰戰亂期間，從歐洲來到美國，他們對獨裁制度有著天然的警惕與批判，在他們看來，美國社會的意識形態生產，也正面臨著資本主義意識形態機器的全面控制，文化獨裁主義正在侵蝕這個好稱多元民主的國家。因此，不難理解，對資本主義文化控制的批判，構成法蘭克福學派幾代學者的思想傾向。

在相當長的一段時期內，法蘭克福學派的批判理論成為大眾文化研究的理論出發點，學院知識份子普遍對資本主義文化生產展開猛烈抨擊。就從知識份子的普遍立場來說，這並沒有什麼奇怪的。批判資本主義現實這本來就是現代以來的知識份子的基本態度，很難設想西方的學院知識份子能夠理直氣壯地為現實辯護。從理論上講這是常識性的問題，既然現實已經很好，那還有什麼必要為之辯護呢？

法蘭克福學派出於意識形態批判立場，把批判指向定位於資本主義文化生產對大眾意識的控制方面，大眾被看成被動的客體，忽略了大眾對文化的積極反應。由於英國文化研究的崛起，文化批判理論開始關注大眾文化生產中隱含的能動力量。威廉姆斯和霍爾無疑是英國文化研究的首要代表人物，他們都來自普通勞動階級家庭，都有過做成人教育教師的經歷，這使他們注重民間社會對媒體的積極反應。他們不只是固執知識份子立場，抨擊資本主義文化控制，而是同時站在民間社會的立場，去發現民眾在對話時所具有的能動解碼實踐。他們的觀點，影響了年青一代的文化研究者進一步去發掘在現代媒體霸權結構中，文化接受主體的內在多重結構，以及能動實踐的可能性。威廉姆斯「文化唯物論」（Cultural Materialism）的觀點，不是把文化單純看成是現實反映的觀念形態的東西，而是看成構成和改變現實的主要方式，在構造物質世界的過程中起著能動的作用。因此，威廉姆斯認為，文化是一個「完整的過程」，是對某一特定生活方式的描述。他指出：「文化的意義和價值不僅在藝術和知識過程中得到表述，同樣也體現在機構和日常行為中。從這一定義出發，文化分析也就是對某一特定生活方式、某一特定

---

[74] 霍克海默、阿多爾諾：《啟蒙辯證法》，重慶出版社，1990年，145頁。

文化或隱或顯的意義和價值的澄清」。[75]威廉姆斯推動英國的文化研究
進入到日常生活領域，進入到生產機制和社會機制的內部實踐。在六七
十年代，威廉姆斯是少數為媒體辯護的知識份子，這主要基於他的平民
主義立場，以及他堅持認為工人階級依然保持的革命性意識相關。他根
據以往的歷史經驗，把人類對媒體的使用歸結為四種類型：其一、父權
主義，即國家以民族利益為藉口操縱媒體；其二、權威主義，即媒體被
用作為社會控制的工具；其三、商業主義，即媒體以積累財富為主要目
標；其四、民主模式，其中人民介入和雙向對話成為最重要的特徵。威
廉姆斯指出，如果現代社會以第四種方式來使用媒體，那麼，一個有創
造性的、民主的、富有活力的社會主義「共同文化」將會產生。事實表
明，威廉姆斯對媒體的期望過於理想化，不管是在資本主義國家還是社
會主義國家，「共同文化」都沒有如期實現。但威廉姆斯的設想使人們
開始去思考媒體可能提供一個新的交流空間。

　　六七十年代，法國的結構主義和後結構主義理論對英國的文化研究
有顯著的影響。英國伯明罕當代文化研究中心（CCCS）就是在廣泛吸
取結構主義和後結構主義理論，把文化研究推向當代媒體和大眾日常生
活領域。斯圖亞特・霍爾把阿爾都塞的意識形態理論和葛蘭西的霸權理
論相結合並加以進一步的發揮，他關注到意識形態編碼與大眾的解碼策
略的相互作用，揭示出當代媒體意識形態生產的複雜實踐。霍爾認為，
大眾媒體形成當代資本主義主要的意識形態體系，這一體系可以被發揮
為提供系統程式的交往系統，通過這一系統，主導知覺的生產也就被製
造出來了。更進一步地說，占主導地位的話語利用受其支配範圍的社會
解釋聚集而形成表現現實的符號，被公眾接受的符號因此顯示為自然的
系統而自覺發揮著意識形態功能。意識形態把個人與社會聯繫在一起，
也就保證了階級社會的再生產。霍爾分析了撒徹爾時代國家意識形態進
入民間社會，並獲得民間社會的贊同，通過把國家意識形態轉化為民間
社會的想像關係，撒徹爾政府有效地支配了整個社會的意識形態生產。
霍爾說，撒徹爾的天才之處在於，她能夠把多樣性的在文化上具有複雜
化的認同壓縮進強有力的霸權結構。霍爾的文化分析顯然是把後結構主
義的諸多理論糅合進阿爾都塞的意識形態理論，他強調國家意識形態的
偶然環節和不斷轉變的連接關係，這使他更清晰地揭示了政治、經濟鬥
爭中的意識形態策略的傳播和接受的具體過程。[76]

[75]　雷蒙・威廉姆斯：《漫長的革命》（*The Long Revolution*），第57頁，倫敦，1961年。
[76]　霍爾這方面的研究可參見Thatcherism anongst the theorists, Toad in the Garden,
in C. Nelson and L. Grossberg (eds), *Marxism and the Interpretation of Culture*, London,

作為新一代的左派理論家，霍爾的理論融會結構主義以來的各種學說，他對媒體的研究乃是在他持續不斷與後結構主義各種理論對話中展開的，批判、質疑，從而豐富了自己，這使霍爾的新馬克思主義具有強大的包容性。費斯克（Jone Fisk）在論及霍爾的思想時指出，雖然霍爾懷疑後現代主義，但在那些堅持馬克思主義批判理論傳統的人裡面，霍爾是最接近後現代狀況的人[77]。他對封閉系統的開放性處理適應後現代的流動性特徵。如果不過於固執後現代的非決定性觀點，霍爾強調結構始終在自行運作。他關於關聯（articulation）的理論明顯是與德里達拒絕意義的任何固定性（fixity）的觀點相共鳴。他堅持認為意義是被製造的，是被放置和以特定的方式使用的。霍爾否認現實具有實在本質，他堅持認為現實的表像系統與現實沒有區別。在這一點上，霍爾與後現代主義如出一轍，所謂的現實本質，不過就是後現代主義所描述的那些範疇和等級而已。由此也就不難理解，霍爾的觀點與另一個法國後現代理論家鮑得裡亞德（Baudrillard）的相通之處。他關於現實表像化（representations）的看法，類似於鮑得裡亞德的現實「模擬化」（simulation）的觀念。當然，霍爾的理論目標在於他的左派立場，對資本主義媒體霸權的「解政治化」（depoliticization）。

威廉姆斯和霍爾的文化研究深刻地影響了美國的大眾文化研究和媒體研究[78]，特別是他們關注民間社會對國家意識形態的反應方式，引起新一代的大眾文化研究者把注意力投向觀眾主體。費斯克（John Fisk）是八十年以來對媒體研究最有影響的人物，他接受了霍爾的編碼／解碼（encoding／decoding）理論，關注大眾群體社會對資本主義媒體霸權的解碼能動性。費斯克所有的理論都貫穿著一個宗旨，那就是他始終把具有資本主義特徵的文化生產的主導形式，與消費者積極的再創造意義相區別。在這一點，他與法蘭克福學派的理論明顯不同。在法蘭克福學派看來，資本主義文化生產意味著消費者愈來愈接近產品，但費斯克認為文化消費者完全有可能發揮他的主動性的解碼功能，促使文化產品轉化

Macmillan, 1988. 關於霍爾目前研究最詳盡和最新的資料可能是1996年出版的Stuart Hall——Critical Dialogues in Cultural Studies一書，該書由David Morley和Kuan-hsing Chen編輯，由Routledge出版，收集霍爾的主要代表作和主要研究文章。

[77] John Fisk, *Opening the Hollway* — some remaks on the fertility of Stuart Hall's contritbution to critical theory.參見Stuart Hall——Critical Dialogues in Cultural Studies一書，由David Morley和Kuan-hsing Chen編輯，Routledge，1996, London, Page 214.

[78] 關於威廉姆斯和霍爾對美國大眾文化研究的影響，可以參見Honno Hardt的「*British cultural studies and the return of the 'critical' in American Mass communication research: Accommodation or radical change?*」參見『*Stuart Hall——Critical Dialogues in Cultural Studies，*』ed. by David Morley and Kuan-hsing Chen, Routledge, 1996, London, Page 102-111.

為他所願意接受的形態。他在1989年出版的《理解大眾文化》一書中公開宣稱，「大眾文化不是文化工業生產的，而是人民創造的」[79]。費斯克甚至選取比較極端的例子，如麥當娜這種極有爭議的文化明星，他認為麥當娜在傳媒的不斷談論中，她的文化意義已經歷經了多個級別的轉換，從電影、電視、書籍和圖片等等第一級別的文化形象，到各種影視節目、報刊雜誌和種種評論，麥當娜的形象已經被大大拓展。費斯克特別提醒人們應注意到麥當娜的形象成為民眾日常生活的一部分這一事實。他認為麥當娜的形象是對傳統男權社會關於處女的典型形象的顛覆，在意識形態的意義上瓦解了經典的婦女象徵體系。麥當娜是一個開放性的寫作著的文本，它表明它並不僅僅是一個大眾化的符碼，文化工業對這個文化形象的推廣，事實上是使民眾再造了它的意義，促使它從男權定義的文化象徵秩序中解脫出來。費斯克的分析試圖表明，大眾文化可以製造積極的快樂——反抗文化集權的抵制的快樂。

費斯克把他的理論描述為「關於愉快的社會主義理論」。在他看來，愉快的形式來自對權力集團控制的嚴密的技術主義體系的反抗，公眾對大眾文化文本的閱讀包含了雙重愉快，其一是包含在反對權力集團的象徵生產中；其次包含在自我行為的實際生產過程中。費斯克認為現代官僚制度為少數權力集團所控制，民眾通過創造性地運用大眾文化，可以打破「議會民主」與民眾的日常生活的差距，參與到當代政治中去。大眾文化產品在其展開中就可以表達民眾對權力集團的批評。少數權力集團認定的客觀真理，正在被大眾文化實踐所瓦解。作者不再是作為上帝的聲音表達真理，在大眾文化生產實踐中，觀眾作為積極的創造者，日益創造這個時代新的感覺方式。大眾文化實踐使普通民眾抵制權力集團的文化專制，有能力參與到現代象徵性的（或者說符號化的）民主體系中去。

費斯克甚至對大眾讀物和流行小報也給予積極的評價。在他看來，高品味的出版物受占統治地位的權力集團所支配，它們創造這個時代的信仰主體，而流行小報則惠惠芸芸眾生發現各種批評的形式並製造懷疑主義式的快樂。費斯克說：「給予不信任的懷疑主義式的歡笑，從而表達他們不在其中的愉快。看穿了權勢者們的大眾愉快，指明了這就是從屬階級長期不能發展為主體的歷史性結果」。[80]費斯克重新理解並為大眾文化全力辯護的觀點，無疑打開了關於大眾文化研究的視野，引起

[79] John Fisk "*Understanding Popular Culture*", London, Unwin Hyman, 1989, Page 24.
[80] 『*Popularity and the policies of information*』, in P.Dahlgren and C. Sparks (eds.), *Journalism and Popular Culture*, London, Sage, 1992, Page48.

了強烈的反響，當然也包括激烈的批評。例如英國的尼克‧史蒂文生
（Nick Stevenson）就對費斯克的觀點提出多方質疑。史蒂文生認為，費
斯克並沒有對文化接受的象徵形式的制度化結構給予足夠的關注；他的
觀點排除了意識形態理論的可能性；他關於大眾出版的觀點沒有包含實
際內容的具體調查（實際的情形可能是大眾讀物充當了文化霸權集團的
同謀）；而且他對公共領域的分裂的政治重要性缺乏批評性的概念；史
蒂文生認為費斯克一直在把他對大眾文化的理解與公眾的閱讀混為一
談[81]。儘管費斯克招致不少批評，但不管如何，他關於大眾能動性抵制
權力控制和文化集權的看法，在大眾文化彌漫著激烈抨擊和消極悲觀的
雙重態度的文本空間，注入了新的活力。作為一次對後現代時代的文化
主體的重塑，他的觀點即使不是對現存事實的發現，至少也可以看成是
對一種可能性的期望。

馬歇爾‧麥克盧漢（Marchal Mclluhan）是最早提「地球村」概念的
社會學家之一[82]，在六十年代，麥克盧漢的開拓性研究在媒介研究領域
就影響卓著。從總體上來說，馬氏早期的觀點對消費社會還是持批判態
度，他認為當代文化僅僅提供了莫衷一是的幻想形式，同時提供製造大
眾群體，縮減高雅文學的社會基礎。可以看出麥氏前期的觀點與早期的
法蘭克福學派一脈相承，但另一方面也與威廉姆斯的觀點也有不少的相
之處。值得注意的是，麥氏後來的大量寫作卻與早期觀點大相徑庭，
他再也不把文化內涵作為他的首要觀點，而是把重點放在文化傳播的
技術性意義上。麥氏理解媒體（media）最重要的特徵不在於它的文化
內涵，而是把它看作社會交往的技術媒介（medium），麥氏說媒介就
是訊息（message）。按照他的觀點，去關注日報中的文章的意識形態
或符號結構，就肯定把握不住其中的要點。而那些現代化的技術手段，
有效地轉化和形成了新的時空關係（例如，電燈照明、交通、通訊等
等），重新結構公共生活和私人生活，重新建構社會關係和感覺方式。
他的現代技術論不再是一種批判性的異化理論，技術已經被他看作是人
類軀體和神經的有機擴展（例如，他把車輪看成是人類雙足的延伸，服
裝則是皮膚的擴展）。麥氏把傳統的人類交往形式向現代技術手段的轉
型看成是現代性的根本內容。不少對媒介技術化持批評態度的學者，都

[81] 史蒂文生的批評可參見《Understanding Media Cultures》（《理解媒體文化》），Sage, London, 1995, Page, 94-101.
[82] 1968年，麥克盧漢出版《地球村的戰爭與和平》「War and Peace in the Global Village」New York，Bantam Books. 1989年，他與B.R.Powers合作出版《地球村》一書，應看成是他的總結性著作。

把電子媒介看成是對傳統文化時空的消滅。但麥氏堅持認為，現代媒介創造了文化接受的新的時空（例如，現代人可以在公共汽車、火車上閱讀，在汽車的收音機裡接收新聞），全球化時代的公眾可以比口頭表達的社會更高程度享有同一的文化。地球村已經抹去了印刷製品時代文化的等級制度，並且在客觀上消除整體性和個人主義的文化，電子化並沒有因此而構成中心化，而是反中心化。

麥氏的觀點為一部分人所稱道，也引發不少的批評。威廉姆斯和霍爾對麥氏都有批評。麥氏過於強調媒介的技術性作用，他把一切文化成果都處理為技術程式（似乎是反文化唯物論其道而行之），他的理論忽略了大眾交往的象徵意義分析，也沒有深入分析統治社會關係的相關的社會組織體制、文化和意識形態。麥氏有些觀點是典型的後現代主義式的（法國的後現代主義），有些觀點又明顯是與後現代主義相左。後結構主義認為社會和技術關係與意義的生產相分離的觀點，受到麥克盧漢的修正。就大眾傳媒的研究來說，自威廉姆斯和霍爾到史蒂文生和麥克盧漢，可以看到兩個明顯的特徵，其一是法蘭克福的批判理論受到挑戰，傳媒不再僅僅被看成是消極的和壓制性的，同時也被看成是重建現代主體的公共空間；其二，對現代傳媒的研究最具開拓性和影響力的研究，在很大程度上是不斷與後結構主義理論對話的結果，不管是像威廉姆斯和霍爾這樣的領風騷的人物，還是各路後起之秀，都不可避免與後結構主義理論展開對話，某種意義上，傳媒研究在總體上乃是後結構主義理論進一步拓展的實踐。

鮑德里亞（Jean Baudrillard）在大眾文化研究方面的影響不可低估，他的理論不僅僅是文化研究的理論基礎，同時也構成文化研究最有份量的一部分。正象所有的法國大師牆裡開花牆外香一樣，八十年代鮑德里亞在美國走紅，他的著作幾乎全部被譯成英語，並被人們爭相談論。他關於文化符號學的闡釋，關於消費社會的觀點，以及關於晚期資本主義社會的文化分析，這些都成為大眾文化研究的經典闡述。鮑氏最初的理論論述可以看成是對人道主義和結構主義馬克思主義論戰的產物。六十年代，阿爾都塞的馬克思主義統治了法國的知識界，鮑氏開始也追隨阿爾都塞，但很快他就與阿爾都塞有了根本的分歧。這首先表現在關於社會主體的自我生產的看法上。阿爾都塞說，通過階級等級和意識形態過程而構成主體。但鮑氏認為，在後工業化來臨的時代，社會主體的構成已經發生根本的變化，意識形態機器主要是消費資本主義，現時代的社會主體不過是消費資本主義的產物。而資本主義消費社會則被鮑氏看成一種沒有現實實在性的符號體系。與鮑氏同時期的大眾文化研究者傾向

於認為，憑藉電視和廣告，個人存在轉化為現實主體；但鮑氏認為，與產品相關的符號話語與現實無關，主體被符號化，正如現實被符號化一樣。他的理論分析表明，物品在被消費前就變成資訊（signs），客體的意義通過信號系統進入符號（code）秩序才被建立。鮑氏的《象徵交換與死亡》等一系列著作，重新思考了文化、政治、經濟和消費結構的內在聯繫。

在大眾文化研究領域，鮑氏被人稱之為法國的麥克盧漢。這主要基於他的不少觀點與麥氏相對。例如，前面提到麥氏認為媒體可以給大眾提供更多的參與機會，公共空間可以消除權力的整合。但鮑氏卻堅持認為，主體化的有效形式在媒體混亂不堪的交往關係中消失殆盡，而符號科學則被社會的「液化」（liquefaction）取而代之[83]。他最有名的觀點是關於「模擬」（simulation）的論述。他認為自從文藝復興以來，人類的文化價值歷經了三種「模擬」的階段：其一、從文藝復興到工業革命時期，「仿造」（counterfeit）是文化秩序的主導形式；其二、在工業化時代，生產（production）是文化秩序的主導形式；其三、在當代符號繁衍擴展的時代，模擬（simulation）是文化秩序的主導形式。第一種文化秩序的模擬物（simulacrumy）建立在價值的自然法則基礎上；第二種文化秩序的模擬物建立在價值的市場法則基礎上；第三種文化秩序的模擬物建立在價值的結構法則基礎上。[84]鮑德里亞關於現實、超級現實與模擬的關係的見解頗有點驚世駭俗。他認為，超現實主義（hyperrealism）必須以顛倒方式來理解，今天，現實自身就是超現實，超級現實主義（superrealism）的秘密正在於日常現實可以成為超級現實，僅僅在於現實提升了藝術與想像的時刻。今日的日常生活，舉凡政治、社會和歷史、經濟等等，現實已經在模擬的方式上與超現實合併一體，以致於我們現在生活在現實的審美幻象之中。鮑德里亞說，「現實比虛構更陌生的老生常談不過表明生活審美化的超級現實主義的階段已經失控，再也沒有任何虛構能與生活本身相匹敵。現實已經完全進入現實自身的遊戲領域，根本的不滿，冷漠的控制論的階段，代替了熱烈的幻想階段。[85]鮑德里亞把後工業化社會的生活看成一個完全符號化的幻象，按傳統本質論或本體論哲學所設定的「現實」、「真實」、「本質」等等概念都受到根本的懷疑。人們生活於其中的現實已經為符號以及符號對符號的模仿所替代。日常生活現實就是一個模仿的過程，一個

[83] Jean Baudrillard: ‘ *Symbolic Exchange and Death*’, Sage, London, 1993, Page 50, 74.

[84] Jean Baudrillard: ‘ *Symbolic Exchange and Death*’, Sage, London, 1993, Page 50, 74.

[85] Jean Baudrillard: ‘ *Symbolic Exchange and Death*’, Sage, London, 1993, Page 50, 74.

審美化和虛構化的過程，它使藝術虛構相形見絀，並且它本身就是傑出的藝術虛構。當代生活就是一個符號化的過程，鮑德里亞認為物品（goods）只要被消費首先要成為符號，只有符號化的產品，例如為廣告所描繪，為媒體所推崇，成為一種時尚，為人們所理解，才能成為消費品。顯然，在鮑德里亞看來，語言符號構成了消費者的主體地位，語言構造了後現代消費的現實。語言不僅描繪現實，同時也創造了現實，而現實反倒成為語言的仿造物。鮑德里亞說，現實和符號都擠進象徵，如沒有弗洛依德主義就不會有「無意識」這一說，也正如馬克思象徵性地創造了無產階級。

　　從傳統的觀點來看，鮑德里亞幾乎是一個典型的唯心主義者，他居然不承認現實實在的存在，他把語言的存在看成是第一性的，而「現實」要麼根本就不存在，要麼不過是語言的模仿物。儘管鮑氏深入而獨到地考察了生產和消費、經濟和文化、物質和象徵的關係，但這一切都是置放在符號學的意義上加以闡釋的。正如史蒂文生所說的：後工業經濟固然在物質地生產客體的同時，也象徵地生產消費。但最重要的在於，晚期資本主義的生產依然沒有從根本上悖離人們的物質需要；消費社會的產品，不管被設計成千奇百樣，被推銷廣告強調到何種程度，也不可能喪失其基本的實用功能[86]。鮑氏過分強調了後工業化時代的生產的文化象徵意義，以致於完全不顧及到物質和實際的生活需求方面。雖然鮑氏不無偏頗，但我們依然應該看到，鮑氏在某種程度上也揭示了發達資本主義社會現實生活的某種特徵，在後現代社會視覺符號帝國急劇擴張的時代，日常生活形式已經發生顯著的變化，人們是如此深刻地為媒界所控制，不管是單向度的接受還是有機的抵抗，都無法拒絕符號對當代生活的絕對有效的支配。總之，鮑德里亞重寫了符號／現實的關係，以他特殊的理論視角梳理了當代生活世界的主體與客體的構成和交往形態，他的觀點雖不無極端，但無疑有他的精闢之處，因而他在當代歐美大眾文化研究產生廣泛的影響也是不可避免的。

六、結語：文化研究的意義與新的理論期待

　　文化研究不是什麼統一的流派，也不是一個明確的學科，它不過是正在形成的跨門類的課題，表現了當代人文學科和社會學科趨於綜合的

---

[86] 史蒂文生（Nich Stevenson）「*Understanding Media Cultures*」（《理解媒體文化》），Sage, London, 1995, Page, 153.

時代潮流。文化研究實際彙聚了哲學、社會學、人類學、精神分析學以及文學批評諸多門類的知識。就文化研究普遍注重文本分析方法而言，它更像是傳統文學批評學科的變種。傳統文學批評被無限制放大的同時，也被抹去它的學科界線。在文化研究的視域內，任何事物與現象都被看成文學文本（或者說可以當成文學文本細讀），同樣，文學文本也被當作文化文本加以象徵性地闡釋。儘管說文化研究顯示出知識的花樣翻新和方法論的開拓進取，但從總體上來看，它沒有超出後結構主義的範圍，而它把各種知識放置在後結構主義基礎上加以融合，與其說是對後結構主義的超越和替代，不如說是對後結構主義潛能的全面發揮。正是在這一意義上，本文認為文化研究標誌著一個「後－後結構主義」時代的來臨。

　　後結構主義在法國的六十年代後期嶄露頭角，那時人們不過把它看成是結構主義的一個有機部分。在伊迪斯・庫茲韋爾1980年出版的《結構主義時代》一書中，有三分之一的結構主義者，實際上已在著手「後結構主義」的事業。六十年代後期，法國的思想界發生不動聲色的變革。五十年代的存在主義的統一性意識形態解體後，結構主義的客觀性觀念暫時在法國思想界形成統一的思想氛圍。但1968年五月風暴的失敗，使左派知識界的意識形態迅速瓦解。後結構主義是在知識份子失敗的意識形態氛圍裡另闢精神飛地的。知識份子從激進的社會革命，退回書齋；同時也從意識形態的整體規劃，退回到語言的無限意指活動中去。然而，知識界的撤退並不意味著思想的倒退，相當多的知識份子開始思考西方的形而上學傳統。福科、德里達、德留茲、居塔里，以及稍後的布迪爾、鮑得裡亞和列奧塔等人，都以對他們直接的學術傳統——結構主義的批判，導向對西方形而上學傳統的批判為新的起點。在他們尖銳的理論批判實踐中，其實也蘊含著建立一種新的哲學基礎的努力。法國一部分知識份子的這種反結構主義和反省西方形而上學傳統的思想傾向，開始不過是被學術界視為一種比較獨特乖戾的大陸思想流派。在整個八十年代，後結構主義的影響已經不容思想界怠慢，各種思想理論，人文學科和社會科學的各個門類的知識體系，都不得不與之對話。後結構主義飽經風霜，沒有一個學派或一種知識，自從它問世以來就遭致到像後結構主義如此猛烈的攻擊和無休止的爭議。其結果卻使得後結構主義以不可阻擋的理論勢頭迅速蔓延，後結構主義在各種理論的爭議中而紮根於其內，這可能是當代思想所意想不到的後果。當人們自以為後結構主義日漸式微時，不久即將發現，當代思想在很大程度上已經把思想出發點定位在後結構主義的基本觀念上。某種程度上改頭換面，不

過是使後結構主義與其他門類的知識結合得更加廣泛和深入而已。文化研究的興起，當然與現代傳媒和現代高科技有關，但後結構主義在其中所起到的內在聚合作用，卻是不容低估的。不看到這一點，就不能準確理解當代思想潮流和知識霸權更新的歷史趨勢。

八十年代後期以來，世界歷史在政治領域發生了重大變化，冷戰結束以後，留給知識份子的，並不僅僅是對歷史的思考，同時也是現實的抉擇。學院知識份子習慣的學術政治化傾向，也遇到挑戰。九十年代初期，知識份子關於意識形態的看法有著相當大的分歧。一部分知識份子認為意識形態已經終結（例如福山），冷戰結束以後，世界歷史已經證明西方自啟蒙時代以來的「現代性」理想，以及自由民主觀念已經取得最後的勝利，世界歷史已經不再需要政治的意識形態去引導人們的思想。然而，另一些知識份子卻樂於去發現潛伏在和平格局表面下的危機。冷戰結束後的地緣政治與區域衝突，使一些知識份子有理由認為未來世界歷史不可能是風平浪靜。亨廷頓設想未來文明衝突可能在以中國為代表的東方儒家文明與西方基督教文明之間展開。亨廷頓的思路還未擺脫冷戰格局的陰影，只不過把前蘇聯換成趨於強盛的中國，把政治意識形態換成宗教（或種族）。一些知識份子過於樂觀，另一些又太悲觀。但有一點是共同的，人們已經很難用政治意識形態來構造新的世界秩序。

冷戰後的世界格局當然也深刻影響到知識份子陣營，現在已經不再可能用意識形態來展開學術話語的推論實踐。但「知識份子無法拒絕政治」（丹尼爾•貝爾語），五六十年代成長起來的知識份子的思想依然貫穿在學術體制領域，經歷過後結構主義的洗禮，在意識形態意義上反資本主義制度，已經轉變為思想文化意義上和歷史觀意義上反省西方形而上學傳統，反省西方啟蒙時代以來的歷史，反省歐洲中心主義或白人中心主義。五六十年代的左派激進主義運動，把學術變成政治，而後結構主義以來的潮流，則是把政治變成學術。準確地說，把政治問題學術化了。資本主義的啟蒙歷史、資本主義世界體系形成的歷史、帝國主義的霸權歷史等等，這些政治歷史，現在都變成最豐富的學術資源，給後結構主義式的理論闡釋提供了廣大而任意的想像空間。後結構主義從語言和文本分析的領域，直接進入帝國主義歷史檔案館，進入晚期資本主義現實，這使它獲得新的生機和機遇。在這一歷史機遇中，知識份子又獲得一種內聚力，不再被排除在社會之外，他們又重新面對歷史和現實說話。最重要的在於，一度迷惘和空洞的學術政治，再度獲得了切實的歷史依據和現實內容。冷戰後的政治格局，給以後結構主義為基礎的文

化研究提示了理想的背景。當然，也可以反過來說，文化研究正是冷戰後的政治格局的恰當表達。現在，「政治上正確」在大學校園內，並不需要直接參與，而僅只是一種學術態度，僅僅是對一種知識的運用，對一種學術方法的把握。學術必須具有政治性，但又不實際具有，這種象徵性的學術政治，不過是後結構主義理論話語的必要內容而已。文化研究力圖表達的大學政治，在中國知識份子看來，多少有些故做姿態，雖然是受後結構主義理論話語的慣性支配，但也像是在揮霍西方的學術自由。而那些後殖民知識份子在西方大學牆院內反帝國主義文化霸權，看上去像是標謗第三世界的立場，但實質不過是對西方學術話語的發揮或挪用，並未超出西方文化範圍。九十年代的中國一度滋長出反西方文化霸權的情緒，這與回歸中國傳統民族本位的思想意向不謀而合。後殖民理論確實提示了思考近代以來世界文化的新思路，但在用東方／西方二元對立去描述近代文化史時，卻要給予充分的警惕，對其歷史的虛構性要有足夠的認識。近代中國在文化上從未被殖民過，相反，「現代性焦慮」（或啟蒙的焦慮）反倒一直是擺脫本土文化集權主義的內在動力。

　　當然，大眾文化研究在重新思考後工業化社會主體的構成及其超越的可能性和途徑方面，對後結構主義理論進行了修正。後結構主義理論認為人（主體）已經在歷史和當代實踐中消失，後結構主義的反人道主義特徵，使它把人看成一種消極的符號，是被強制性的結構秩序所決定的任意的符號。人在社會實踐中不具有主體性的地位，正如人消彌於歷史的結構中一樣。重新關注人在後工業社會中的主體能動作用，關注人在接受後現代傳媒時具有的主體抵抗意識，這顯示了現今文化研究的建設性意義。經歷過法蘭克福學派對資本主義文化工業長期的批判之後，也需要重新思考晚期資本主義文化的多重性特徵。

　　文化研究對於二十世紀初的中國學界還屬於相當新鮮的領域。儘管在八十年代，學界有過「文化熱」，「反傳統」或「全盤西化」，但這是在改革開放思想解放運動引導下的思想論爭，帶有相當強的實用性。從學術的意義上來說，那時的「文化」，還是屬於比較傳統的大文化概念，關於跨文化研究，也主要是以西方傳統人類學為理論參照系。而現今的文化研究——正如本文前面所分析的那樣，乃是在後結構主義理論的基礎上形成的多門類知識彙聚，或者說是一種跨學科研究。按照歷史唯物主義的觀點，它是後工業社會文化狀況的反映；如果以後結構主義的眼光來看，與其說它描述和反映了，不如說它創造了關於晚期資本主義文化擴張的想像圖景。文化研究可以說對當今中國的文學理論和批評，對中國的文化現實的研究，無疑具有借鑒意義。

　　八十年代以來，中國的文學理論和批評無疑做出了不少有意義的探索，不管是關於經典現實主義理論的發展和完善，還是引進西方現代理論，應該說都有相當的成就。但就理論批評的基本構架而言，卻並沒有實質性的變化。就當前佔據主導地位的批評和理論來說，基本還是延續五十年代的理論模式，關於文學的本質、文學的反映論、文學的主題與形式等等理論範疇，沒有任何變動。至於文學批評方法，占主導地位的文學批評還是把文學當作單一的藝術文本來看，在與社會的連接關係方面，也是在反映論的意義上進行闡釋，對文學的把握從來沒有超出藝術感受的範疇。如何把文學看成一個開放性的文本，一種包含著複雜的社會、歷史象徵系統的符號體系，這是當代中國文學批評與理論很少關注的問題。以後結構主義的觀點來看，「文本之外無他物」，這並不是說在細讀的原則下，把文學文本看作一種字詞和句式的修辭物，而是通過對文本的細讀，去發掘其中隱含的社會歷史內容。事實上，當代中國文學越來越具有文化色彩，過去的意識形態特徵，現在為更多重的歷史實踐所制約。僅僅從意識形態或是美學的角度，不足以把握當代中國文學的豐富性和複雜性。不管從哪方面看，九十年代的中國文學是一個調和的產物，政治／文化／經濟的多元調和，使當代文學（包括創作與理論批評）更像是一種「亞文學」，一種類似霍米·巴巴說的「文化雜種」。九十年代文學被捲入當代文化潮流，它再也不可能像八十年代初期那樣，作為思想解放運動的先導，引導時代精神行進。它現在更像是捆綁在消費社會這架慾望化戰車上的俘虜，只是在它勉為其難的掙扎姿態中，還保留有傳統文學的流風餘韻。而另一些自以為佔據主導地位的文學，其實不過是分享剩餘意義的附屬品。相比較而言，前者還多少有些末路人的悲壯，而後者則徒具冠冕堂皇的外表。這種描述並不是有意貶抑當代文學，而是在中國特殊的歷史語境中，文學所具有的客觀存在方式，也由此決定了中國文學更具有複雜的隱喻和象徵的（文化）意義。在把它們看成美學文本的同時，更有必要從中讀出多重的文化象徵意蘊。這就是文化研究對於當代中國文學批評更新的借鑒意義。

　　當然，文化研究更具現實意義之處還在於，對當代中國方興未艾的大眾文化研究有直接的示範意義。作為一個第三世界的國家，中國無法與發達國家相提並論，但作為全球經濟發展勢頭最強勁的發展中國家，就其發達城市來說，與發達國家相去未遠。伴隨著經濟的高速發展，中國正在給疲憊的二十世紀末注入興奮劑。世界關於中國的想像，中國關於自身的想像正在迅速展開。中國在九十年代快速城市化和消費化，使得中國的城市也迅速進入文化幻象的時代。光怪陸離的寫字樓，大型現

代化商場，廣告，休閒讀物，週末版報紙，滾動式的電視節目，卡拉OK，點歌，體育競賽，時裝以及多媒體電腦的日益普及……等等，城市生活已經完全為符號和幻象所重新結構編碼。例如，中國的數個大城市的空間已經迅速審美幻想化了，過去不過是用於居住和工作的空間，完全按照實用的目的建立起來的空間，現在卻是為各種現代化的新型建築材料所重新編碼，特別是那些華麗的、魔幻般的建築材料的廣泛運用，中國一些大城市的發達地區正在構築一些超級的幻象空間。這些空間與那些低矮的平房、粗陋的閣樓、混亂的工棚等等相得益彰，使得相互間都失去了實在的真實性，如同電影的佈景和道具一樣似是而非。它們並不僅僅是在物理時空的意義上重建中國城市，而且以中國最新、亞洲最高、世界最大……等宏偉敘事，使這些空間打上奇特的關於中國，中國關於自身的二十一世紀的想像。這只是一個方面的事例而已。事實上，電視的普及和印刷物等傳媒的迅速擴張，使中國的大眾文化正在強有力地改變當今中國的現實狀況，改變著人們的感覺方式和思維方式。

這一切在學術界都還沒有引起足夠重視，關於大眾文化研究，在中國還處在相當低級的水準上，其觀念和方法不過是傳統文學批評的簡單翻版而已。九十年代中國的文化現實，給中國文化研究提出了新的課題，也提供了極好的機遇。關於當代中國大眾傳媒與新的文化公共空間建構問題，關於中國大眾文化的集權特徵與民眾的主體重建的衝突問題，關於大眾文化的寄生性與顛覆性的雙重性質，關於後現代時代文化霸權與個體能動性的關係等等，這些問題都給西方的文化研究，特別是大眾文化研究提示了新的挑戰。這些問題當會引起新一代文學、社會學、大眾傳播研究者的重視。新的知識的彙聚，跨學科研究視野的建立，都是勢在必行的趨勢。說到底，「後－後結構主義時代」不過是一種象徵性的說法，它表明一種思想理論的趨勢，表明在當代知識爆炸的情勢中，人們再也不可能偏執於某個單一的視角、某種狹隘的立場展開學術實踐。對於中國的文學批評與理論來說，更沒有必要拘泥於狹隘的學科限制，也不必過分執著於東方／西方的人為界線，不必糾纏於中國本位還是舶來品的空洞爭論，走出早已僵化的體系模式，面對中國轉型期劇烈變動的現實，開拓視野，必將會創建當代思想與文化的新局面。

本文原載《文化研究》創刊號，
天津社會科學出版社，2000年第1期

10、「恕道」在當代危機中的普適性與積極面向[87]

　　當今世界，危機頻仍，雖然第二次世界大戰已經結束半個多世紀，東西方冷戰看上去也已經煙消雲散，人類社會迎來少有的和平和發展的機遇，但危機依然四伏。恐怖主義活動頻繁，地緣政治及地區局部戰爭不斷，貿易摩擦時有發生，種族間的爭端持續升級，2008年爆發的金融風暴，先是在西方發達國家形成風暴中心，隨後危機迅速波及世界各地。在如此世界格局下，我們有必要從文化上探討化解當代危機的生存之道，把目光投向東方，從依然有活力，或者說重新激發活力的東方智慧中，獲取構建當代價值信念與文化溝通的深廣基礎。

　　當然，危機的發生是一種機制出了問題，這些機制首先是政治的、經濟的、社會的或者軍事的環節出現障礙，但深層卻是文化的底蘊有所欠缺，因此，化解當代社會的各種危機，文化無疑是一個必須考慮的維度。

一、當代新儒家的承擔與困難

　　今天我們有信心、有勇氣在這裡提出「東方智慧」這個概念，也是因為西方的價值觀和思維方式在二十世紀後半葉受到嚴峻挑戰的結果。進入現代以來，西方的價值觀和思維方式嚴重地壓制了東方的價值體系，幾乎是西方的文化、信仰與知識統治了世界。1958年，牟宗三、徐複觀、張君勱、唐君毅等四人在香港聯合發表《為中國文化敬告世界人士宣言》[88]，雖然口氣不卑不亢，但其直接前提卻是諸公因歷史變故，「四顧蒼茫，一無憑藉」的心境，中國文化的承繼者，前不著村，後不落店，又遭致西方人過分誤解中國文化，甚至大大貶斥中國文化。牟宗三等賢哲，要從根本上反擊，幾乎是憤然而起，不吐不快，寫下這篇告世界的宣言。在那種懇切的辭藻中，透示出的不只是清理誤解與偏見的學理證明，也是急切地要洗去屈辱的心情，同時還有要承擔重建世界精神價值的未來期望。《宣言》說，「如果中國文化不被瞭解，中國文化

---

[87] 本文為作者2009年11月在北京大學主辦的「2009北京論壇：文明的和諧與共同繁榮——危機的挑戰、反思與和諧發展」會議上的發言。

[88] 首次發表載香港民主評論及《再生》雜誌，1958年元旦號。

沒有將來，則這四分之一的人類之生命與精神，將得不到正當的寄託和安頓；此不僅將招來全人類在現實上的共同禍害，而且全人類之共同良心的負擔，將永遠無法解除」[89]。

半個世紀過去了，世界歷史已經發生了翻天覆地的變化，今天我們討論中國文化或東方智慧，已然不是牟宗三諸公當年那種蒼茫中的「憂患」，只是為求得西方世界公正的理解；如今是要從東方智慧中求得濟世之良方，有一種超脫於當今西方的危機之上的東方胸襟。這顯然是得益於亞洲，尤其中國近十多年來在經濟上取得的令世界矚目的成就所培養起來的自信心。此一自信心當然十分可貴，所謂東方，被壓抑了近一百多年。自進入現代以來，就是西方的價值理念在引領世界進步，工業化與現代社會的發展，全然是西方給定的歷史目標，東方只能極其困難地被挾持往這個歷史方向行進。上世紀初，德國歷史哲學家斯賓格勒（Oswald Spengler）那本影響卓著的《西方的沒落》（1918）的最後一句話說：有力量的領著命運走，沒有力量的被命運拖著走。張君勱早年就對斯賓格勒這本書深懷戒備，不想《西方的沒落》還是有著某種不容回避的思想力量。自現代以來，中國幾乎是被西方拖著走。只是中國革命改變了這一格局，中國的主權政體經歷過漫長的艱苦卓絕的奮鬥，終於使中國一步步強大起來，最近20年來的經濟上的成就，決定了中國作為世界大國的地位已經不可阻止。但是今天我們來思考東方／中國的文化與價值，並不是要站在西方文化之外（或者之上），去反觀西方的危機，特別是金融危機或是反恐危機。我們也不應該在東西方優劣論（或高下論），或三十年河東，三十年河西……這類觀念影響下來討論此一問題。如此，在新的東方／西方二元對立關聯式結構中來強調或建構一種東方智慧，我以為都容易走到另一個片面。

固然今天西方在諸多方面也出現了嚴重的問題，甚至危機；西方現代文明引領世界文明，甚至稱霸世界文明近兩個世紀，但這一切並不成為東方要取代西方文明的理由。我們現在身處於現代世界中，這個世界的基礎性社會結構、價值理念、知識體系已然為西方的現代性所奠定，要全盤性地推翻這種現代性，去除現代文明的既定之成果，幾無可能，這就必然使我們今天的東方／中國的價值或智慧的發掘，都要在此基礎上才能有現實意義，才能行得通，才可能有建設性意義。質疑不等於否定，覺「今是」未必要「昨非」。歷史走過的歷程，固然有諸多偏頗、

[89] 牟宗三等《為中國文化敬告世界人士宣言》參見《當代新儒家》，三聯書店，1989年，第3頁。

謬誤甚至災難，現代世界發展到今天，累積了很多問題直至危機，但也積累了成果和經驗，我們要承認今天世界歷史取得的成就，才可能去糾偏。正如中國文明歷經這一百多年的現代性的困境，我們也幾乎是在千難萬險中走來，這樣的歷史也是我們的必經之路，必由之路，由此，才會有今天對我們的文明面向未來之信心。

在《宣言》中，牟宗三等賢哲承認西方文明是繼承希臘之文化精神、希伯來精神及近代之實用技術精神三者之後的產物，承認此乃西方文化之好處，西方人之長處，但他們那時就提出，「西方人如真欲其對人之態度，與其自身之精神，再進一步」，或真欲與東方人、亞洲人及非洲人接觸以調整人類關係，謀取世界和平，以保西方文化本身之永遠存在於人間世界；「則我們認為西方人之精神理想，尚可再上升進一步……尚可有學習於東方之人生智慧，以完成其自身精神思想之升進者」。[90]牟宗三等先賢是在西方文明強勢，東方／中國文明受到偏見和貶抑之時，提出既要肯定西方文明，亦要重視東方／中國文明。此說當有見地，也頗為公允。他們提出東方文化有五點值得西方人學習。其一，「當下即是」之精神，與「一切放下」之襟抱；其二是與西方的「方以智」相對的「圓而神」的智慧；其三是一種溫潤而惻怛或悲憫之情；其四是如何使文化悠久的智慧；其五是天下一家的情懷。

張灝曾經著文《新儒家與當代中國的思想危機》分析了這篇《宣言》的意義，他認為，《宣言》裡宣導的認同中國傳統文化價值，是把儒家的「宗教道德象徵」作為新儒家的價值中心，以提供他們道德的取向和處理人類存在處境的途徑。[91]張灝亦非常有見地地指出，新儒家強調道德的覺悟是「主體性心靈」的作用。儒家思想自始即肯定道德覺悟並不是「客觀的理論的真理」的觀解性了悟，也不是上帝自外所頒的誡命。真實的道德覺悟只能來自「內在的道德良知」，也只能透過奉獻的道德實踐而更恢廓深弘。[92]

《宣言》在52年前提出的觀點，在今天看來就有前瞻性了，那就是文化的多元化問題與重建東方中國文化的價值問題。世界歷史發展到今天，西方的現代文明貶抑東方／中國文明實際上是建立在無知和偏差的基礎上。因此牟宗三等前賢提出西方也應該學習東方／中國文化，這是一種勇氣和自信。40年前的期望，在今天終於可以更加理直氣壯地說

---

[90] 同前，第41頁。
[91] 參見張灝《新儒家與當代中國的思想危機》，該文收入《當代新儒家》，林鎮國譯，參見該書第77頁。
[92] 同前，參見《當代新儒家》，第77-78頁。

出。今天則是亞洲／中國已然在現代文明發展的高度的階段，以自己的方式，給世界提供了更有活力、且更具歷史感和人文內涵品質的經驗。

二、當代危機期待的價值共識

但是我們由此也要看到兩個問題：其一，《宣言》的觀點過於偏向於「宗教道德象徵」，也就是試圖在「主體性心靈」的塑造方面來給予西方文明或西方人提示範型，既然西方人的思維偏向於求知客觀真理性，如此的主體內心自覺智慧，西方人如何能接受，如何可以東方智慧將其改造呢？其二，新儒家的一套倡議過於形而上，來自傳統典籍的理想性哲思，它就是在中國傳統及現代文化中能夠被理解和轉化為實踐的規範，也只是極少數文化精英或聖者能夠做到，要轉化為普通人的日常實踐談何容易。它充其量可以作為一種學術資源加以融會貫通，也只有少數的西方大哲學家有能力在其思想中吸收中國傳統思想資源，例如海德格爾，其他能轉化為內在價值及其思想資源的則鮮見矣。新儒家的出發點與提倡的價值系統無疑都是對的，因為過於高深全面，卻無法在西方文化實踐中紮下根，無法被西方的政治家、經濟家、企業家、更遑論一般普通民眾所理解接受。

在今天，我們要與西方文明一起來克服當代世界的危機，其實已經不是在一個二元對立的框架上來進行調和，而是在世界現代文明的框架體系中，共同面向未來的思想價值建設的架構中來運思。

這就需要我們今天要面對西方，準確地說，是世界的政治經濟與文化的危機時，不要把東方價值封閉化和本質化。

我們要尋找一種在今天可以與當代世界，當代人類的生活相融合的東方／中國的智慧，無疑是從傳統經典思想體系中去尋求，但這並不意味著我們只準確地注解傳統典籍就可奏效，這就需要啟動傳統價值。準確注解傳統典籍是大學教育和學術研究的事項，而在尋求化解現代文明的危機之道時，我們實際上是在尋求一種可能通俗化的普適價值。過去是西方的普適價值一直在引導二十世紀的世界文明，只是有感於西方的普適價值有其嚴重的片面性，它隱含著實際上也製造了眾多的災難，有可能把人類引入更深重的困境，由是才轉而尋求東方的智慧，來加以校正，促使其更加完善和有效。當年當代新儒家一直就尋求儒家思想價值的現代轉化，也是尋求與現代社會及現代學術知識體系的融合之道。在今天，我們討論此論題，更是具體針對「化解危機」而來，這就更要具有普適性和具體實踐性。我們顯然不能一股腦闡述東方／傳統知識體

系，只能在此基礎上尋求更為具體的、具有普適性和實踐性的價值象徵或概念範式。

在當今時代，既具有普適性，又具有實踐性，且又可以融合東西方思想價值的通用範式的概念，我以為「恕道」這一概念可作如是觀。

關於「恕道」的解釋已經是汗牛充棟，不管是學界還是民間，也少有人再懷疑「恕道」可作為孔子及儒家學說的精髓核心。但在解釋《論語》或孔子的儒家學說時，「仁」還是作為核心之核心的概念，恕道，還只是作為「仁」的具體展開環節來討論。儘管中國傳統典籍或是當代儒學，都給予了「仁」更多的具體的學理內涵闡釋，但「仁」本質上是儒學的最高理念，有點像西方哲學中的「正義」概念一樣，它幾乎是一種不可窮盡，也不可完全接近和抵達的價值理想。因為以「仁」為理想，故「恕」才可行其道。「恕」是「仁」的具體價值內涵和實踐展開活動。《論語‧裡仁篇》有言，孔子說：「吾道一以貫之」，曾子解釋說：「夫子之道忠恕而已矣」。《論語‧衛靈公篇》又有子貢問孔子：「有一言而可以終身行之者乎」，孔子答覆：「其恕乎」。孔子將「恕」字教導給子貢時，還有具體準確的解釋：「己所不欲，勿施於人」。這兩句話可理解為踐行恕道的基本方式。可見「忠恕之道」可以看成是孔子明確表達的他的倫理實踐價值，故可把「恕道」視為孔子的倫理實踐準則。

「己所不欲」，也就是以己度人，不把自己所不願的事加諸於他人。《中庸》有言：「忠恕違道不遠，施諸己而不願，亦勿施於人」。孔穎達疏曰：「恕，忖也，忖度其義於人。他人有一不善之事施之於己，己所不願，亦勿施於人，人亦不願故也」。《論語‧公冶長》篇有子貢有言：「我不欲人之加諸我也，吾亦欲無加諸人」。[93]

張灝在解釋牟宗三關於「仁」的現世道德轉化的理想取向時，認為這種理想有二項有待踐行的承擔。其一是人格的道德完善；道德生命的完美成就聖賢人格。另一項深刻的睿識就是，任何個人的道德修養不能是獨善其身的，這個睿識蘊含於「仁」的意義中。人際之間情感自然流露或交往，這是體悟「仁」的關鍵處。張灝解釋說：「在『仁』的這項性格之下，道德生命的實現乃決定於『己立立人，己達達人』的奉獻，這種對他人之『道德福祉』的奉獻，儒家即稱之為『恕』」。[94]徐複觀也有近似說法：「恕才是人我為一的橋樑，是仁的自覺的考驗」。[95]

[93] 參見徐醒民著《儒學簡說》。
[94] 張灝：《新儒家與當代中國的思想危機》，參見《當代新儒家》，第71頁。
[95] 參見《當代新儒家》，第71頁。

　　張灝解釋說，在儒家的哲學中，「恕」的承擔使吾人瞭解到「實有的外在領域」有別於「人心的內在領域」。當儒家的聖者瞭解到這二者的區分，便需要將這二領域聯結起來。那即是說，他不惟修養其內在的精神道德（內聖），還得積極地將自己關涉到外在世界上（外王）。[96]張灝認為，並不能把儒家的「宗教道德象徵」看成抽象的、理論的觀念系統，而是要看成是表現於行動中，具體化於生命裡。[97]

　　「仁」通過「恕」而有了具體的現實內容，轉化為具體的現實行動。但「恕」與「仁」的關係，在儒家或者當代新儒家的闡釋中，還是過分依賴於「仁」的抽象價值，也就是說，「恕」的更為主動自覺的現實面向闡發得不夠充分。事實上，在中國漫長的歷史中，不管是政治、還是經濟與文化實踐中，「恕」都沒有作為最有價值的行為規範得到強調和實踐運用。「仁」之所以不能貫徹到具體的政治、經濟與文化的實踐中，與「恕」並沒有積極主動展開自身的實踐有關。換句話說，「恕」作為一種獨立的價值信念和行動規範沒有真正建立起來。

　　在當今世界上，倒是天主教神學家孔漢思（Hans Kuhn）對「恕道」有了非常誠懇深刻的強調。1993年8月28日至9月4日，來自世界上一百二十多個各種宗教派別的6500多名代表在美國芝加哥召開了一次世界宗教議會大會，其主題就是探討全球性的倫理與宗教的關係，在會議期間發表了一份《走向全球倫理宣言》。這份宣言倒是與1958年由中國當代新儒家發表的那份《宣言》有異曲同工之妙。原本分歧與對抗森嚴的宗教派別，這次卻想攜起手來，共同應對人類的信仰危機和社會危機，這是宗教史上絕無僅有的事情。他們在尋求人類可以共同理解、共同依存、共建福祉的價值基礎。《宣言》說：「不同的宗教和倫理傳統對於何為有益，何為無益，何為對，何為錯，何為善，何為惡，常常提出彼此十分不同的根據。我們並不想掩蓋或忽視各種不同宗教之間的嚴重分歧。然而，這些分歧不應當阻礙我們公開宣佈這樣一些東西，這些東西是人們已經共同擁有並共同肯定的，而其中每一樣東西，都以我們自己的宗教或倫理根據為基礎」。

　　因此，《宣言》要尋求一種能讓人類達成共識的倫理價值：「我們所說的全球倫理，並不是指一種全球的意識形態，也不是指超越一切現存宗教的一種單一的統一的宗教，更不是指用一種宗教來支配所有別的宗教」，而只是指「對一些有約束性的價值觀、一些不可取消的標準

---

[96] 參見：《當代新儒家》，第71頁。
[97] 《當代新儒家》，第77頁。

和人格態度的一種基本共識」。那麼，什麼樣的價值準則可以擔當此任呢？他們認為：「數千年來，人類的許多宗教和倫理傳統都具有並一直維繫著這樣一條基本原則：『己所不欲，勿施於人。』或者換用肯定的措辭，即：『你希望人怎樣待你，你也要怎樣待人』」。這意味著「應該拋棄一切形式的自私自利，不論是個人的還是集體的，還是以等級思想、種族主義、民族主義或性別歧視等形式表現出來的自我中心主義」。[98]

孔漢思的觀點得到中國傳統哲學研究界高度關注，王慶節撰文深入地闡述了孔漢思的觀點與學說，十分贊同孔漢思的觀點。孔的觀點表明：「世界正處於這麼一個時期，它比以前任何一個時期都更多地由世界性政治、世界性技術、世界性經濟、世界性文明所塑造，它也需要一種世界性倫理。這意味著，關於一些有約束力的價值觀、不可改變的標準以及個人的態度，需要一種基本的共識」。並且，「若無一種倫理方面的基本共識，任何社會遲早都會受到混亂或專制的威脅。若無一種全球性的倫理，就不可能有更美好的全球性秩序」。主張全球倫理首先要在廣度上確立；其次，才是向深度的發展。廣度，並不滿足於宗教界範圍；深度，並不滿足於最低限度的基本共識。有鑑於此，他以為：「己所不欲，勿施於人」；以及由此引申而得的必然結論：每一個人都必須得到人道的待遇，體現了「所有人類偉大的倫理與宗教傳統的共性」——照孔漢思的話說，這兩條原則成為普世倫理中的道德金律。

孔漢思所著《世界倫理新探——為了世界政治和世界經濟的世界倫理》中，列舉了世界歷史上各主要宗教和文化傳統中關於道德金律的種種表述：

——孔子：「己所不欲，勿施於人」。（《論語·顏淵》，《論語·衛靈公》）。

——猶太教：「你不願施諸自己的，就不要施諸別人」。（《塔木德·安息日》）。

——基督教：「你們願意人怎樣待你們，你們也要怎樣待人」。（《馬太福音》，《路加福音》）。

——伊斯蘭教：「人若不為自己的兄弟渴望他為自己而渴望的東西，就不是真正的信徒」。（《穆斯林聖訓集》）。

---

[98] 有關論述可參見孔漢思（Hans Kuhn）著《世界倫理新探－為世界政治和世界經濟的世界倫理》，張慶熊主譯，香港：道風書社。有關這段論述的資料來源參考王慶節《普世倫理的可能性與儒家的恕道》，載《中國思想論壇網》，2008年9月5日。http://www.zhongguosixiang.com/viewthread.php?tid=9397。另參考龐忠甲：《孔子學說與「全球倫理」》，2006年8月11日；載http://www.confucius2000.com/admin/list.asp?id=2562

——印度耆那教：「不執著於塵世事物而到處漫遊，自己想受到怎樣的對待，就怎樣對待萬物」。（《蘇特拉克裡坦加》）。[99]

以上這些戒律，其實體現了對他人的倫理態度，其根本就在於對他人行使「恕道」。可見中國傳統儒學中的「恕道」具有深厚的普適性的倫理意義。

三、適應當代危機的「恕道」價值重建

當然，中國傳統儒學，或者當代新儒家，關於孔子「恕道」的解釋，都還過於限定於「仁」的內涵，且是以己為依據來諒別人。其基礎建立在主體的道德自覺和心靈神聖性上。主體被放在過於強大重要的地位，這顯然讓主體承擔了全部的道德風險，也就說是，所有這些恕道的行使，只有等待主體道德的完滿才能實現。如果引入列維納斯的「他者的倫理學」加以豐富充裕，則可以從以自我為根基，改變成真正從他人出發的恕道。這就是把列維納斯的「他者的倫理學」與德里達的寬恕的思想結合在一起來考慮，這可以使中國傳統儒學和當代新儒學的思想資源，得到更有效的拓展。

王慶節在論述普世道德金律時，對趙汀陽試圖引入列維納斯的「他者」的思想表示了疑慮。趙汀陽認為，道德金律中的「主體觀點」的核心在於以我（我們）為中心，把「與我異者」組織為、理解為、歸化為「與我同者」。因此，他主張引用法國哲學家列維納斯（Emmanuel Lévinas）的從「他人觀點」出發的倫理學來批評道德金律中的「主體觀點」。按照趙汀陽的想法，只有經過「他人觀點」的改造，道德金律才能真正成為「金律」，即作為「任何共同倫理的『元規則』」發揮作用。因此，趙汀陽建議將道德金律的儒家表述由「己所不欲，勿施於人」改為「人所不欲，勿施於人」。趙汀陽說，「雖然只是一字之差，但其中境界卻天上地下。在『由己及人』的模式中，可能眼界只有一個，即『我』的眼界，而『由人至人』的模式則包含有所有的可能眼界……」[100]

王慶節並不贊同趙汀陽的觀點，他認為以「他人觀點」為准的道德金律有風險。因為，不能保證他人在道義上都是正確的，他人的行為有可能是腐敗的和墮落的。

[99] 有關資料參見孔漢思（Hans Kuhn）著《世界倫理新探－為世界政治和世界經濟的世界倫理》，香港，漢語基督教敬明研究所，2001
[100] 參見王慶節《普世倫理的可能性與儒家的恕道》；或參見趙汀陽《我們和你們》，載於《哲學研究》，2000年第2期。

　　問題出在哪裡？列維納斯的「他者的倫理學」並不是要建立普世的最高的道德金律，只是提出在倫理範疇內如何理解和尊重他者的問題。如何把主體交付給他者，才可能理解他者。一旦要建立普適的最高的道德金律，以他者觀點為軸心顯然會出現無法規範，也無法建立標準的問題。實際上，列維納斯的他者的倫理學並非是普適性的，他也不是在普適性上來討論問題，他恰恰是要在對同一性的破解上提出存在者的問題，只有在他者的相異性的意義上，同一性才能被建立，這樣的同一性才是包含著自身相異性的同一性。[101]

　　對於列維納斯來說，也只有處於共同真理之前的他者，在這個徹底的他者的經驗中，質疑希臘以來的「形式邏輯」的根源，而這個根源也是現象學和存有論的根源。共同真理遮蔽了他者，使「形式邏輯」不思考他者，更為嚴重的是放棄了他者，因此也就把他者自閉在一種孤獨之中。這種孤獨只向自我呈現，它自己就是整體性，孤獨的整體。正是看到希臘傳統「形式邏輯」對他者的忽視和佔有，列維納斯這才試圖建立他者的倫理學。然而，德里達對乃師列維納斯如此謹慎的「他者」，既表示了高度的尊敬，也表示了懷疑。

　　列維納斯的他者是在倫理學的意義上來討論的，所以他的論述具有直接經驗的特徵，他者的顯著特徵就是慾望。德里達看到列維納斯的慾望的反黑格爾意味，在黑格爾那裡，慾望是被揚棄和同化的東西，而列維納斯的慾望則是將他者當成他者來尊重與認識。德里達指出，慾望在列維納斯那裡可能具有悖論性質，其實質是對慾望的放棄才出現的那種東西。因此，慾望的形而上學就是無限隔離的形而上學。慾望的滿足恰恰不是享受，慾望是一種他者化的運動，是他者與他者之間的眺望。所以德里達描述列維納斯的慾望，那是既開放又自由的東西。被欲求的無限可以支配慾望，但卻永不能以其顯現而滿足慾望。[102]

　　列維納斯這樣來解釋慾望，為的是給自我與他者留下隔離，慾望是不能驅動自我走向同一的，慾望只能尊重他者為他者，那麼自我只有與自我同一。這個自我同一的思想看上去與列維納斯的思想相矛盾，實際上，這個「自我」是一個最小值的「自我」，那是我的最小單位，它不能被一體化，也拒絕普遍化。只有把自我限定在這一意義上，才能與「他者」連接起來。通過「實存」，存在的主體擁有內涵性，實現個體化。這樣的自我具有內在於我的相異性或否定性，它是眾多的內在差異

---

[101] 參見拙著《德里達的底線》，北京大學出版社，2009年，第347頁。
[102] 德里達：《書寫與差異》，第156-157頁。

的同一。我在其自身的認同運動中打動自己。列維納斯把我的實存當作一個單純性的存在。在列維納斯的倫理學中,「自我」(或我的實存)並沒有主體的實際意義,他不過是他者的另一種說法,「我」始終是被當作從他者化的角度來論述的他者。因此,德里達指出,我的這個單純的內在意識如果沒有那種徹底的他者的突然侵入,就不可能給自己提供那種每一時刻之時間及其絕對相異性,同樣地,我如果不與他者相遇,也就不可能從自身產生出相異性。[103]

自我如何與他者發生關係,這是德里達與列維納斯爭論的焦點。德里達的提問是,絕對他者如何相遇呢?其潛在含義即是說,如果不能像胡塞爾那樣考慮他/我的構成,關注我的意向性與他者之間的關係,如何理解他者之間的交流呢?德里達認為,列維納斯設想的絕對他者的相遇,那既不是再現也不是限制,更不是與「同一」的概念關係。「我與他不允許某種關係概念淩駕於其上,也不允許被某種關係概念整合。那首先是因為概念(語言材料),總是已經被給予了他者,它無法在他者身上自我關閉同時也包含之」。這種絕對他者的相遇並不是活的現實的他者的相遇,德里達說:「它就是大寫的相遇本身,是外在於已向著那無法預料的他者的惟一出路和惟一歷險」。[104]因而這種相遇的概念領域是不存在的,無限他者是任何概念都束縛不了的,它也不能被放在任何一種依舊是同一的視域中加以思考。德里達試圖解構列維納斯在他者相異性基礎上建構起來的同一性,他不願意承認任何的同一性,即使列維納斯這樣的同一性,他也要視為給形而上學留下了後門。德里達走到這一步,也只能在他的解構哲學中才能給予同一性——或許也可以謹慎地表述為有限的普適性——留下可能,那就是如同正義一樣,只有正義具有同一性,但正義不可能是一個完成的事物,它只是一個能無限接近的事件,或者說,一個將要到來的事件。

如此看來,德里達的在自我與他者的關係中建立同一性,可以在我們的「恕道」倫理中來重新表述,那就是在自我的道德自覺中來建立對他人的無限理解,對他人的無限友愛與寬容,如此,這種理想也未嘗不可以在德里達的解構視域中重新建構,那就是這種普適倫理不是一個在場的邏各斯,不是一個可以被本質化的規範化的倫理條文戒律,而只是一種理想性,一種我們無限切近,無限期盼,人類共同努力去嚮往的將要到來的事件。

---

[103] 同上書,第159頁。
[104] 德里達:《書寫與差異》,第160頁。

這就是說，中國傳統儒家學說，道家學說，以及佛教的宗教思想，都有必要與西方現代的思想融合，才能在當今時代為世界上更為廣大的人群、族群所理解。實際上，列維納斯、德里達都有猶太教的背景，德里達早期批評猶太教和猶太複國主義，避而不談猶太思想資源，甚至懷疑猶太人過分地把猶太文化單一化和隔絕化。他晚年則在更為寬廣的視野裡汲取猶太傳統的文化資源。他後期談論的友愛、寬恕、禮物、死亡、沒有宗教的宗教性……等思想，都可以看成是在解構西方形而上學的同時，汲取了猶太教或者說東方希伯來文化的傳統資源。

如此看來，中國傳統資源要具有化解當代世界危機的能力，無疑要與當今世界傑出的思想成就融為一體。東方智慧不應該封閉於傳統的典籍中，原封不動地轉移到當代思想領域或是日常倫理實踐，這樣它不可能起到應有的作用。東方智慧，或者說中國傳統的思想資源，恰恰是在其開放性上，與世界交流、溝通、融合，這才可能具有當代活力，才可能建立起有未來面向的思想信念和倫理價值。

「恕道」這一思想信念和倫理價值正可能承擔這樣的作用。如孔漢思把它融入基督教的資源中，而德里達在討論「寬恕」時，雖然未曾涉及到中國儒家的「恕道」，但顯然，德里達這一在二十世紀後期引起廣泛興趣和爭議的思想家，極有可能與儒家的「恕道」建立起呼應。這些當代最傑出的不同思想、文化和宗教領域的人物都以不同的方式觸及到「恕道」這一傳統資源，並努力使之當代化，這就更使我們這些中華文化的後人，有責任把中國文化中最深厚的思想精髓提示給世界。雖然「恕道」未必是立竿見影的信仰觀念、道德戒律或倫理規範，但它是可以在最廣大的世界文明現有思想文化宗教前提下建立起來的價值規範共識，它對現代世界的思想建設和社會實踐，都具有拓展的能力。在政治方面，它可以開啟寬容容忍的和諧開明政治；在軍事方面，它可以和平發展，互不侵犯，多做溝通與體諒，避免衝突升級；在經濟方面，可以宣導以人為本的經濟管理方法，有敬畏的發展觀念；在文化方面，可以保持文化的差異性，真正建立一種多元文化平等交流的語境；在宗教方面，也可對不同的宗教信仰給予理解和寬容，不同的信仰之間也可以溝通理解；在種族方面，應有不同民族的平等生存權益，給予不同民族以真誠的理解，不同民族和諧發展才是世界走向大同和平的保證。

很顯然，在當代的文化語境中來討論「恕道」，可展開的論域十分廣大深遠；如要作為一個化解當代危機的智慧之道來討論，那無疑是一項艱巨而龐大的工作。但人類確實要有共同的責任和共同的承擔，「恕

道」之於今天的世界，有如一條引路，如果我們有共同的責任，人類就可以從這裡和平地走向更寬廣的道路。

原載《天津社會科學》2010年第3期

中編：批評的見證

郵筒醒來
信已改變含義
道路通向歷史以外

——北島《下一棵樹》

1、無望的超越
——從深度到文本策略

　　我們稱之為「新時期」的文學，到了1985年已經告一段落，這個輝煌的段落雖然沒有一個輝煌的終止，但多少有些像一駕呼嘯而去的馬車，到達目的時頹然倒地。一個時期的終結如此乾淨俐落，卻也使人萬般欣慰。

　　作為一個轉折標誌，1985年顯現出前後兩個時期的重大差異，尤其是把這種對比限定在「新潮」文學的範圍內，這種變異就更加突出[1]。我把前期「新潮」文學的精神意向看成是建立一個「尋找的神話」的深度模式，從尋找人到尋找大自然，再到尋找文化之根，這是一個富有象徵意義的演進過程。「馬原後」的新潮群體拋棄了「尋找的神話」，由敘述方式和語言操作的文本平面支撐起先鋒文學的范式。他們的行為與前期新潮文學建立深度模式的精神意向構成歷史的裂變——這就是這一「轉折」的基本的歷史含義。

一、尋找的神話

　　新時期文學以「朦朧詩」尋找人性、尋找自我意識開始構造「尋找的神話」，人性和人的情感生活被賦予一種憂鬱而悲壯的色彩。由《傷痕》和《班主任》引發的對「文革」的歷史反思，迅速就與「朦朧詩」尋找的「人」交合在一起。「尋找」的精神意向一開始就注入「歷史反思」的底蘊，並且一直追尋現實思想解放運動的光芒。顧城說：「黑夜給了我黑色的眼睛，我卻用它尋找光明」。「朦朧詩」群體其實是要重建和創造一種新的觀念和新的感覺方式，他們的精神氣質具有一種不斷伸越的力度，「自我」並不僅僅是在茫然失落裡慨歎黑夜的降臨，然後在燭光裡等待黎明，這個「我」具有信念、尊嚴和正義：「在沒有英雄的年代裡／我只想做一個人」。這個「人」是赤著腳在長滿荊棘的大地上奔走的殉難者，是要撕裂靈魂擺脫枷鎖的現代笛卡爾。就自覺理性來說，這個「人」具有啟蒙主義的意義；就否定和抗議的態度來說，這個

---

[1]　本文寫作於1988年下半年，後來發表於《福建文學》1990年第1期。故那時我稱「先鋒文學」為「後新潮」文學，把「85新潮文學」之後，稱之為「後新潮」時期，「新時期後期」。這篇文章第一句話就明確指出「新時期」的終結。

「人」站在現代主義的邊緣。在這種詩性語言裡湧現出來的現實，是無始無終的期待，是沒有當下的存在。

　　當張承志的《北方的河》帶著誇大的激情，帶著褪色的理想主義和虛張聲勢的英雄主義，把人推到大自然的面前時，這裡就隱含對人的「修正」意味。朦朧詩確立的情感的人、觀念的人缺乏一種生命強力，張承志深知理想主義和英雄主義的激情不足以鼓動「自我」和「個性」的全面發展，他引入了「大自然」背景，然而這一背景過於適合這個激動的年代，結果，背景成為前景，尋找大自然替代了尋找人的神話。儘管大自然依然是作為生命的隱喻，但是蒼白的人性如何能承受大自然的蠻力呢？純粹的自然生命力成為自我和個性的替代物，它攜帶著時代的渴望和文學的幻覺伸越而去。當代中國太需要強有力的「人」，以致於對生命自然本性的崇拜發展到對原始蒙昧的生存方式的讚歎，對人的生命狀態的審視進入到對生命起源的思考，這就使人的存在問題上升到民族的文化性狀構成問題。當然，「文化尋根」有著非常複雜的現實原因和文學本身發展變化的偶然原因，但是，作為一種歷史過程來看，當代文學的價值取向卻是沿循這種邏輯來完成它的命題推演的。當代文學提出「文學是人學」這一命題時，從來沒有打算現實地完成這一命題，人這一思考的起點總是在對它的思考過程中為現實迫切需要解答的問題所干擾和替代，尋找「人」在當代文學中一開始就是一個幌子，一個自我欺騙的幌子，它充其量只是思考歷史和現實的起點，「人」的問題不斷為其他問題所掩蓋和替代。因此，對「人」的自然生命的尋找結果推演出人生存的文化性狀問題，並且進一步轉化為文化的純粹價值問題是不奇怪的。似乎只有在這個時候，當代文學的致思趨向才可能在更大的範圍內統一起來，因為這一問題已經明朗化為為現實尋求一種精神信念問題。

　　「尋根」作家群作為知青群體的變種，把找尋逝水年華的深摯心理與對文化的抽象思考相結合，把有意識的寫作摻入到無意識的歷史選擇中去，於是文化性狀與生存情態糅合在一起，文化的地域色彩和抽象價值貫注到生命的鏈條裡而構成敘事的底蘊。因此，尋根文學的「深化」就是超越文化觀念和文化習俗的層面而進入到某種形而上的深層理念結構。文化觀念不過是假想的敘事意念，文化習俗也只構成敘事的原材料，「尋根」的意向使敘事越過「事件」的界限而具有內在超越性的深度。張煒的《古船》蘊含了歷史與人性雙向循環的觀念，支配隋趙兩個家族鬥爭的實際過程和結局的是超驗性的命運力量，「古船」的象徵意義使每個人的生存方式及其相互的衝突對抗都彌漫著永遠不可擺脫的悲

劇情調——全知全能的敘事人從這樣的深度意義來構造敘事的發展。至於阿城的「文化」，到後來更像是一種預期的觀念，它由一系列強扭的怪戾行為和老莊的典籍來支撐。「尋根」最終的結果卻只剩下文學表現風格和題材構成的美學價值這種副產品，這是它始料不及的。

「尋根」文學的那種「尋找自我」和「尋找過去」的隱秘心理一旦被迅速強化的歷史意識和文化精神所吞噬，對歷史和民族文化的理解不得不變成一連串的形而上的思考，然而這種深度存在並沒有溝通起民族的集體意識和歷史的伸越意識——當代文明根本就無力進入那樣的深度。這並不只是說「尋根」作家群缺乏應有的思想深度，根本的問題在於我們的文化其實從來就沒有那樣一種對超越性的精神深度的執著信念。

歷史在1986年傾斜，這只不過預示一個不同的歷史時期而已，一個文化失落和價值解體的文明情境，一個沒有超越性理念縶根的文化氛圍，正好為「後新潮」文學提示一個靠近後現代主義的現實情境。現在，終極性不存在了，生存的現實成為無法彌合的破裂碎片，並且「自我」也被瓦解到生活的碎片中去一起遊戲。「新生代」的詩歌徹底剔除了語言的象徵和隱喻的深層機制，在小說敘事方面，象徵和隱喻只是在自行消解或反諷的意義上才被使用，敘事不過是各種事件要素相互追蹤的圈套。值得注意的是，這種「敘事遊戲」成為「新潮」文學抵禦新的精神危機，重新組裝分裂的生活的根本方式。儘管「新潮」文學一直是在「外來影響」的巨大陰影底下艱難地寫作，但是，我依然毫不懷疑它是對文明的現實情境和文學走到窮途末路所做的極端性的雙重反應，至於它是找到出路還是加深了時代的危機，這正是需要深入的探討的問題。

二、敘述圈套與文本遊戲

馬原在1984年揣著他的《拉薩河的女神》詭秘地來到文壇，那時人們正要忙著「尋根」。直到人們被歷史的和文化的「深度」搞得筋疲力盡時，才發現馬原的「敘事魔方」是如此「好玩」。馬原把文學從沉思的深度模式中解救出來：對人類生存根由和對自我的思考，對歷史和文化的追尋，對人的本性及其各種隱秘心理的探索等等，現在都被馬原劃到他的「敘述圈套」之外。馬原在1985年以後的作品，例如《岡底斯的誘惑》、《虛構》、《大師》等，在敘述上圓熟老練，形成了馬原的敘述模式。關於馬原的作品，高明的和不高明的批評家已經說得太多，再說不是蠢話也是廢話，我只想就「拆解深度模式」這一意義來看馬原的敘述方式。

　　馬原用敘述人視點變換達到虛構與真實的位格轉換，獲得敘述與故事的二元分離，敘述掩蓋了故事，故事替代了深度模式。馬原的敘述是從生活終結處引申出的拋物虛線，不管他如何在真實和虛構之間設置障礙，所有的真實性和虛構性在馬原那裡都被作為「可能性」來運用，因此真實和虛構獲得同等地位。確定假定性的觀念表明一種新的世界「觀」：敘述不是對某個真實的過去的表現，你無須跨越「此在」的時空界限，敘述的時空就是你的生活時空的延續，各種事件呈示在你面前，你參與到本文假定的敘述中去，也使你開始假定規劃你的經驗。因此，敘述不是超越於你此在生活層面的另一層次，敘述就是你的生活層面同格的延續。敘述不再是「缺席」的，由於這種「假定性」反倒獲得了與讀者直接對話的地位。

　　馬原設計的敘述圈套把故事藏頭去尾，故事成為解讀的結果，敘述成為解讀的障礙，解讀必須克服一系列障礙才能進入「故事」，故事是幕後的秘密（在傳統小說裡故事與敘述是一致的，故事被置於前景，故事「包含」某種深度意義），一旦故事被全部抖落，一切也就完結了。即使是現代主義的小說，故事也掩蓋了一個深層的「思想域」，解讀故事最終要發掘這個「深度」，才能領悟到生存的終極性或本源問題。馬原的故事背後沒有那個「深度」，敘述方式就消耗瞭解讀的注意力，敘述完畢了，扭曲的故事突然間舒展，故事還原取代了故事內在意義的發掘。因此，每一次解讀馬原的作品都是一次被騙的遊戲，但是也只有在解讀完畢時才會發覺這是一個騙局。馬原從來不觸動你的靈魂，即使寫到死亡也不讓你感悟到人生如何如何，馬原對啟迪你的生存意識沒有任何興趣。馬原的經驗世界限於那個故事世界，他寫的那些事都很有刺激性、傳奇性，諸如天葬、打獵、謀殺、亂倫、麻風病、搶劫等等，馬原總是敘述得有聲有色，感覺奇妙，他的那套詭秘的敘述圈套決不會讓他的故事流於傳奇通俗小說，反而成為高智力的敘述遊戲。馬原寫的那些大事小事決不蘊含任何隱喻和象徵，如果馬原也用到隱喻和象徵的話，他不指向形而上的玄奧深度，實際的意指作用只與故事相關聯。馬原寫的西藏與紮西達娃的西藏是兩個世界，儘管他們寫的那些事都是奇奇怪怪、神秘兮兮的。紮西達娃使你覺得西藏隱藏了無窮的神秘，隱藏了生與死輪迴的無限伸越意向；而馬原的西藏雖然神秘，但這種神秘只是暫時的，它是敘述的副產品，而不是故事預期的先驗蘊涵。

　　洪峰曾經被當做馬原的第一個也是最成功的追隨者，這當然是洪峰起步時給人留下的印象，洪峰後來逃避馬原的陰影，這使他和馬原之間竟然產生了「歷時性」錯位：洪峰更像馬原之前的從深度到平面的

過渡，或者像馬原之後向深度的反復——但是這依然只是表面現象。
事實上，洪峰的「深度」是一個虛假的深度，他恰恰是在思考那些終
極性的存在的時候顛覆了深度意義，他在敘述意念裡試圖探索的「神
聖性」的終極，結果卻被他的敘述方式所否定。儘管洪峰再三聲稱他
在思考一些關於生與死之類的形而上的意義，他甚至不惜在作品中用題
記的方式來表白他的誠懇，然而，這一切都只是幌子，或許是洪峰善良
的天性渴求的補償。其實，洪峰一開始就摧毀了終極性的價值，他在成
名作《奔喪》裡，把莫言的那種「我爺爺」、「我奶奶」的「尋根」方
式加以後現代主義的改造。如果說在莫言那裡尋找生命之根還有某種崇
高的悲劇精神，那麼在洪峰這裡，「血親」僅存有的一點神聖性被徹底
嘲弄了，洪峰要穿越既定的價值屏障去尋求「絕對的真實」，他惟有把
這道屏障撕得粉碎。洪峰把加繆《局外人》設立的現代主義關於生活孤
獨和虛無的命題，變成後現代主義對生活虛假本質的徹底嘲弄，洪峰在
這裡開啟了當代中國的「瀆神主義」運動，它在價值觀念上拆解了「深
度模式」，並且是在生存本體論的意義上徹底消除任何對終極價值的幻
想。洪峰要追求的「內在的」意義總是被他的方式所消解，因此，洪峰
在《瀚海》裡探索生與死的絕對觀念時，卻毫不手軟地給他的「祖先」
注射了大劑量的性激素，最後，關於生命根源的思考，關於生命與自然
的原始對抗的秘密可以在弗洛依德那裡找到簡單明瞭的註解。他的《極
地之側》試圖用形而上的意念作為敘述的綱領和原動力，由此獲得對生
存的某種內在神秘底蘊的揭示，可是他卻用隨意性的敘述方法來給生活
編目，他一邊思考著生存的終極本源問題，另一邊又像馬原那樣東拉西
扯，他試圖通過混淆真實與虛構、可能與現實來切近生活的隱秘，然而
生活變成一大堆似是而非的案件，存在並沒有像預期的那樣在孤獨的盡
頭緘默不語，存在混亂不堪而毫無意義，文本的「內在意義」因為不必
要解釋而自行解除。

　　如果說馬原的故事被敘述結構壓抑住，故事替代了深度意義模式，
那麼蘇童的故事則是赤裸裸地袒露出來；馬原的故事不過是敘述的原材
料，而蘇童的敘述則全部消解到故事中去。然而，蘇童的故事並沒有統
一構成的敘述綱領，構成蘇童敘事機制的是「非理性情緒」。蘇童1987
年發表的《1934年的逃亡》看上去像個寫實主義的傳奇故事，而事實上
構成傳奇色彩的恰恰不是事件本身，而是敘述中不斷湧現的「詩性感
情」。蘇童熱衷於捕捉敘述中湧溢出來的非理性因素，把這些因素加以
詩性的催化，使之構成敘述中最有意味的情態，不論是陳寶年坐在竹床
上像個巫師一樣注視著蔣氏的眼睛，還是蔣氏在草叢裡像菊花般燃燒的

生育，或者是陳文治性變態的一系列怪誕舉止，都是如此。蘇童的故事像一道閃閃發光的鏈條伸越而去，構成那些鏗鏗發光的環節，形成那些「非理性情緒」，這是故事敞開的時刻，事件和情節默然退場，只有那些光環毫無根由、毫無邏輯、毫無目的地突現出來。它們構成了故事的階段性動機和最活躍的敘述動力，成為故事的「絕對價值」。毫無疑問，「非理性情緒」的擴散要瓦解深度意義的統一構成，當然，在這裡，故事的深層模式不是不能構成，而是沒有必要構成。蘇童後來在《罌粟之家》再次重複了一個家族的故事，他也依然能捕捉住那些「非理性情緒」，當沉草手提駁殼槍朝陳茂的褲襠裡打去，在這個過程中，他「聞見原野上永恆飄浮的罌粟氣味倏而濃郁倏而消失殆盡」。然而，隨著這些「非理性情緒」的弱化以及它們在多次重複中的理性化轉變，蘇童故事的那些瞬間不再那麼閃閃發光。應該指出的是，這種「非理性情緒」經常在「馬原後」的小說敘述中充當階段性的敘述動機，並且構成故事的閃光鏈環，它們有力地支撐起故事的轉折發展。

　　與蘇童把那些非理性的因素直接當做故事的鏈環不同，格非把非理性因素作為故事潛在的轉折來運用，它們控制住故事的局面，然而卻無須受到邏輯關聯的約束。格非總是出人意料地推出故事的局面，而那些偶然的疏忽、一時的衝動、突然的變故等等，充當了局面的所謂原因。顯然，轉折和局面的出現對於格非來說無須有原因或作出解釋，格非過於注重他的敘述的故事性，以致於他根本不考慮他的故事有什麼「意義」。格非1987年寫的《迷舟》雖然留下博爾赫斯或卡爾維諾的痕跡，但仍不失為精彩的小說。故事敘述的主線是蕭與杏的愛情糾葛，直到結局副線才突然顯現出來：不聲不響的警衛員奉師部的命令，只要蕭去榆關就把蕭打死；但是蕭去榆關是去看望杏，卻被當做是給敵方傳遞軍情而死於非命。副線主題突然壓倒主線的動機，敘述的轉折同時是主線與副線動機的交換。結局是潛在的敘述副線的突然顯示，竟然使得主線敘述充當了副線的解釋。於是格非把主線和副線的置換解釋替代了對故事的深度意義模式的解釋。顯然，格非在《褐色鳥群》裡，把《迷舟》裡潛在的對立因素發掘出來，發展為對立的互相消解的意群。每一個「現實」都為「回憶」所否決，而每一次的「回憶」又再度構成新的「現實」。多少年之前「我」追蹤「女人」到郊外，許多年之後，女人對「我」說她12歲以後就沒有進過城；「我」追蹤女人時曾把一個騎自行車的「人」刮倒在地死去；而女人的丈夫也曾經遇到一個騎自行車的人落水而死；許多年以前棋認識「我」，「我」不認識棋，許多年以後，「我」認識棋而棋卻不認識「我」，棋是一個最終的否定。作品在現實

與回憶之間構成了一個悖論式的「埃舍爾怪圈」，對立的意群經過否定又回到了對方。《褐色鳥群》當然不僅僅是因為它直接觸及到關於存在的不可重複性和不可解釋性而打破了追蹤意義統一構成的設想；更重要的是，它運用重複敘述而產生的消解功能摧毀了意義實際存在的任何可能性，所有的存在都立即為另一種存在所代替，存在僅僅意味著不存在——我不知道格非是否熟知德里達的思想，儘管這多少有些歪曲；《褐色鳥群》畢竟是當代文學中解構主義的第一個實踐範本。

余華由於對「怪異」的特殊敏感性，使他的敘述向純粹感覺還原。在余華的敘述視界裡，再也沒有像罪惡、醜陋、陰謀、暴力、色情、幻想更適合做「怪異」的原材料的東西了。我驚奇且欽佩余華對殘忍的承受力，余華對醜惡、暴力、死亡的特殊嗜好，使得他的故事當之無愧是當代最冷酷的敘述。余華1987年發表的《四月三日事件》，把幻想和實際攪成一團，敘述時間在精細的感覺中緩緩流過，一切是如此逼真又如此虛幻。一個無名無姓的「他」，在18歲生日的時刻，神經質地意識到「被拋棄」的恐懼，「他」的精神的漂流狀態真切地呈示為對生存環境扭曲的細微感覺，「他」迷醉般地用「幻覺」來審視實際的存在，毫無疑義，幻覺摧毀了實際。對於余華來說，幻覺比實際的存在更可靠、更真實。因此，他在《世事如煙》裡丟掉一切禁忌，徹底進入他的怪異世界。這裡只有罪惡、陰謀和死亡，它們被作為日常生活的必要的而又非常自然的內容。余華把生存推到死亡的邊界，然後仔細審視人在死亡線上如何掙扎，如何突然消失。顯然，「掙扎」對於余華來說不過是一連串毫無意義的怪誕之舉，而死亡既不悲壯，也不可怕，它不過是「突然消失」的特別方式。余華給所有瑣屑的生活行為都注入宿命的意向，「算命先生」作為罪惡、陰謀和死亡的根源，不過是生活神秘莫測而又充滿危險的象徵罷了。余華緊接著就寫了《難逃劫數》是理所當然的，他再次到死亡的邊緣去看人們的生活狀態，他那怪異的感覺依然發揮得很好。余華完全不顧及任何「可能性」和「不可能性」，敘述不過是追蹤怪異感覺的延伸線索，連接「怪異」的依然是「怪異」。余華的故事不是給解釋提供一個模式，而是給閱讀提示一種特殊的感覺。余華不會為我們的生活提供任何新的命題和有用的經驗，或者說他摧毀了我們對生存的某種熱情和期望；但是他提示的感覺經驗無疑為小說敘述進入個人化和主觀化的地域打開了最後的通道，當代小說因此可以毫無顧忌地以任何方式進入任何對象。

孫甘露的實驗文體即使不是走得最遠的，也是最靠近語言的實驗。馬原的敘述話語是為了構造敘述結構，而孫甘露的敘述就是敘述話語本

身；格非也嚮往夢境，追求虛幻性，但是格非的夢境是為了瓦解生存事實的可靠性，瓦解意義解析的任何可能性；孫甘露的夢境和虛幻的想像不過是給予語詞自律運行提供一個自由廣闊的空間。孫甘露的《訪問夢境》和《信使之函》通篇就是由語詞在差異體系裡自由播散掇集而成的議論文體，它把毫無節制的誇誇其談與東方智者的沉思默想相結合，把人類的日常行為與生存的形而上闡發混為一談，把摧毀語言規則的想像變為神秘莫測的哲理意趣。孫甘露的文本是一個放大了的敘述語式，而他的敘述語式當然也就是壓縮了的文本。孫甘露的每一句敘述語式都在進行「瞬間」的情態與「永恆」的感情的轉換循環，他把每一個具體的情態給予詩性描述之後再加上某種形而上的闡釋，而他的每一個關於永恆的頓悟都獲得一種詩性的瞬間情態。孫甘露像個遠古時代的術士端坐在時間與空間交合轉換的十字路口，然後不失時機把他的詞語拋撒出去。他的《請女人猜謎》增補了比較具體的人物和情節，然而，那些人如同幽靈和鬼魂在時空中任意穿梭往來。孫甘露解除了文本與實在世界的任何關聯，敘述僅只是一連串古怪的聯想的任意延伸。孫甘露把小說的敘事功能變為修辭風格，在最大限度拓展小說的觀念的同時也嚴重威脅到小說的原命題。

　　儘管睿智的人們從王蒙近期的小說，例如《來勁》、《一嚏千嬌》、《十字架上》和《球星》裡，可以讀出各種主題乃至影射的寓意，我在王蒙的一系列語言實驗裡，更多地看到詞與詞碰撞迸射出來的火花，而主題和意義包括所有的隱喻和象徵都被燒毀，惟有語言鍛造的鎖鏈，這條鎖鏈遲早要勒死文學的精靈。王蒙善於把抽象概念和流行隱喻、社會名流和童話人物雜亂無章地混合一體，毫無節制的語無倫次與後現代式的誇大其詞相結合，證明了王蒙在機智幽默和玩弄語言方面的驚人才能（像美國實驗小說家巴塞爾姆在六十年代那樣嘲弄譏諷和調皮搗蛋的才智至今還令人欽佩不已）。儘管我無法證實王蒙是否接受過巴塞爾姆的啟示，但是他們處理語言的方式無疑具有異曲同工之妙。巴塞爾姆在六十年代寫下的實驗小說有意丟棄主題，而在語言和諷刺的怪圈裡任意遊戲。他的敘述想入非非而東拉西扯，對本來可能成為重要主題的事件棄之不顧，卻在語詞的遊戲中自得其樂，我們已經無法按照傳統小說的規則進行讀解。王蒙的敘述雖然還殘留著某種生活主題和嘲諷現實的寓意，但是，王蒙敘述的驅動力已經轉向了修辭風格的探索，故事情節更像是語詞自由組合的粘合劑，主題和意義更有可能是嘲弄和幽默的階段性的副產品。王蒙給失去了轟動效應的當代文學尋找到一個可供自由遊戲的語言平面，當代的各種文化糟粕從語言的通道湧進文本，王

蒙試圖由此達到他對現實戀戀不忘的批判。然而，當代的文化糟粕以及王蒙的「批判」除了給語言的平面提供遊戲的原材料之外，不會有更多的「現實」意義。

三、超越或更新的可能性

總之，「後新潮」實驗小說解除了敘述的及物世界以及生活世界中的終極性價值，消解了故事中的先驗的和期待解釋的內在意義，敘述中的那些形而上的意念和感悟實際轉變為不可知的神秘，它們促使意義變得難以辨認和不可解析。當然，「後新潮」還有切近現實而沒有解除敘述的及物世界的另一股分支，他們是劉恒、葉兆言、葉曙明、王朔、北村、李銳、李曉等人。從總體上說，他們的敘事方式雖然不具有實驗的先鋒性，但是同樣不考慮生活世界的信仰和價值問題，同樣解除了預期的意識形態觀念和尋找的神話的深重精神建構。在反抗文明的象徵制度的主體中心化和消解價值體系的統一範型方面，寫實小說與實驗小說殊途而同歸。當然，「後新潮」小說並不是西方後現代主義實驗小說的直接翻版，就從它所接受的啟示或借鑒的痕跡而言，它更像是填補了拉美魔幻現實主義的後現代主義。約翰・巴思在1967年寫了《疲憊的文學》，13年之後，巴思又寫下《填補的文學》，後現代的先鋒派也不得不從卡爾維諾、瑪律克斯和博爾赫斯那裡索取改良的靈丹妙藥。「後新潮」小說卻占盡了時間差的便宜，僥幸地飲下了這杯西方後現代實驗大師夢想調製的「雞尾酒」。「後新潮」無疑借著這股酒力扮演著挑戰者的角色，一旦酒力消失，它將剩下什麼？它給我們的文明留下什麼？

當我提到「我們的文明」這個稱謂時，我感到從未有過的猶疑和虛弱。我們的文明能承受什麼呢？對於反抗和挑戰來說，文明沒有現實；可是對於不再擁有未來的文明來說，摧毀和破壞的意義何在呢？所有的超越因為擁有堅實的信念（即使是像西希弗斯式的信念）而否定現實流向未來，超越就是未來文明的基礎。現代主義整個說來是超越性的反抗的文化，而後現代主義消解了超越，把「不完整性」當做生活的本來的內容全部接受下來。美國戰後的實驗小說用實驗的多樣化來減輕暴力、屈辱和脆弱性情感的多樣分化，「不完整性」被當做切斷痛苦的開關，當做返回到生活原初狀態的純真裡去的一種方式。然而對於當代中國的實驗小說來說，所有拆解深度的實驗都意味著對文明的挑戰和對現實的超越。深度解除了，文學卻因此超越了文明和現實。

　　新潮文學「尋找的神話」構成當代文明的超越進向，但是這一進向並沒有在文明中真正楔下根來，當代文明無力承受那樣的「深度」——那是當代文明不能承受之「重」。後新潮走出這個深度模式，它似乎預示了文明新的現實：當代文明的先鋒文化由此走向了無深度精神和終極價值的自由「平面」。對於整個文明來說，對於我們生活的伸展來說，它提供了一種替代的感覺方式——這種「感覺方式」正是瑪律庫塞在後工業社會裡惟一看到的可能的社會革命的來源。這種顛覆性的行為，無疑是一種創造的勇氣，當然也是反抗的草率，它更有可能是對現實和未來雙重屈從的結果。可是，當代文明能承受這種拆除了深度模式的「輕」嗎？

　　這是否又是當代文明進行的一場虛假的實驗？當代文學的「先鋒性」儘管在絕對價值上為我們的文明尋找了一種替代苦難的感覺方式，但相對於我們如此虛弱而混雜的當代文化來說，那種激進的實驗很有可能變成一種致命的顛覆力量。後新潮文學創造的經驗對於實驗者來說是向本位文明挑戰的感覺方式，而對於處於這個文明中的絕大多數的芸芸眾生來說，他們（挑戰者）不僅是一些不可企及的先鋒，而且是人們急於忘記的殉道者。當代文明決不是因為過久地懷抱了那種超越性的人類信念，沉入到精神厚實的深處底蘊去領悟生存的終極價值才拋棄「深度」，當代文明中滋長的先鋒性實驗實際是無力承受那種深重的精神而逃遁到「平面」去的。因此，當代文明可能更迫切需要一種不屈的自我拯救的意志，需要一種重新凝聚起來的信念，需要那種忍辱負重的深邃精神。先鋒文學創造的經驗和感覺方式不適合當代文明的狀態——它是當代文明不能承受之輕。歷史無法跨越，它還要回到久遠的過去重新開始，當代文明還要在重複裡耗費精力、熱情、思想和希望，直到筋疲力盡，直到突然死去或突然新生。這是我們的劫數。

原載《福建文學》1990年第1期

2、詭秘的南方
——先鋒小說的「南方意象」讀解

一、南方，眾說紛紜的地方

南方，那是一片詭秘的土地，那是一個眾說紛紜的地方。

半壁江山，揚州舊夢，雕欄玉砌，朱顏盡改，俱往矣。南方留在我記憶中的，並不是秦嶺和長江劃下的那一道武斷的直線，而是那些在亞熱帶叢林裡蟄伏的山間小路，或是那古舊小鎮裡隨意蔓延的街道——那是一道沒有目的也沒有時間的空間曲線，你的行走同樣毫無目的，你既看不到五步開外的去處，你回頭也看不見身後已走過的路，它總是為不明的障礙物所遮蔽。因此你的行走沒有未來也沒有歷史，你永遠行走在虛構的現在，你不過是在空間任意移動的一個拙劣的黑點，你的腳印銘刻著歷史的死亡與未來的喪失——我是一個沒有歷史的人，這是南方留給我的惟一的精神烙印。

因此，我毫不驚詫南方這片土地上會出現這批詭秘的人精——他們被稱之為「先鋒小說群體」（這是一個非常含混的指稱，在我的視野中，我把這一概念審慎地限定在如下的範圍內，他們是：蘇童、格非、余華、葉兆言、北村、孫甘露、潘軍、呂新、葉曙明等人，除了呂新，他們都是南方人，主要出自江浙福建廣東等地）。我相信他們本人未必會贊同我的說法，我饋贈的既非桂冠也不是令人厭惡的緊箍咒，不過是描述一種歷史現象不得不借用的概念而已。在這裡，我不想糾纏到「地理環境決定論」的毫無頭緒的爭辯中去，或是去重複史達爾夫人和泰納先生的陳詞濫調，儘管人們總是習慣於在對他們不屑一顧的時候一再複述他們說出的那些簡單道理。去追究南方何以製造這些奇怪的說話的動物是得不償失的愚蠢之舉。類似的提問還可推及到拉美（美洲的南部）何以出現魔幻現實主義？法國（西歐的南部）何以出現「新小說」？美國的南方何以會出現威廉·福克納等等？德語地區的西南部何以會出現卡夫卡等——與其說中國的「先鋒小說」是在這些「南方」作家的陰影底下寫作，不如說他們都是「南方」那片茂密的叢林和灰藍色的街道的產物。可是「南方」這個詭秘的地方，這個眾說紛紜的地方，我能抓住什麼關鍵性的決定力量呢？更何況南方那明媚的陽光已經為憂鬱的陰影

所遮蔽；它那芬芳的溫馨氣息已散發著潮濕的黴氣；它的那一份多情的敏感已經為自行其是的孤獨所占取；它的純淨明朗只是偶爾才在焦灼的裂痕中閃現。南方已經變得虛幻而古怪——這就是當代一小撮南方的先鋒小說群體講述的詭秘的南方。我難道能用這些紛亂的意象去編織他們生長的搖籃嗎？那些雜亂而銳利的語言石塊充其量也只能堆積一個粗陋的祭壇，這裡就是摩羅斯，就在這裡舞蹈吧！燕子已經死了，還是聽聽他們講講南方的故事，看看那些從故事中浮現出的「南方的意象」——這些詭秘的意象如災星一樣照耀著南方，它們是變幻不定的精靈，攪得當代文學雞犬不寧，與其說他們製作了這些精靈，不如說他們就是精靈附體。這樣看來，我是歪打正著，「南方的意象」就是「南方」和他們詭秘相連的情結，從這裡人手，大約是可以「迎刃而解」了？但願如此。

二、河，南方的情調或隱私

南方的河以她無比俏麗的姿態給人以嫵媚多情的韻味，如果說北方的河兇猛狂暴具有男性的力量的話，那麼南方的河則是純粹的女性。關於河的傳說太多，以致於有可能形成一門「河文化」學科。南方已經使我的視線混亂不堪，我當然不能在這裡墜人關於南方的河的撲朔迷離的神話學或民俗學研究的迷宮。我的視野僅僅限定在當代先鋒小說講述的有關南方的河的故事，就已經使我困擾已極。那「一江春水」的傳說。那「隔江猶唱」的愁苦早已消逝，歷史的記憶淡漠如煙；現在我總是看到一條發黑的河水在緩緩流動，它那默默的姿態裡掩藏著奇怪的柔情，南方在它最後的歲月裡鴛夢重溫而興味索然。

在蘇童的諸多的關於南方的故事中，《舒農或者南方的生活》可能最具南方情調，它不僅直接描述了南方的生活場景和細節，而且觸及到南方生活的隱秘的癥結。這種隱秘性由於河的意象包含的象徵的和文化的蘊涵而得到確認。故事中浮現出的那條河，儘管敘述人再三聲稱反復提到這條河並無意義，不過是一種印象。不管敘述人是否有意識，河的意象在故事的講述中是作為南方文化的代碼而得到運用的，並用它與故事中人物的行動鏈有關，它是作為象徵代碼內在地決定行動代碼的運轉而起作用，因而行動代碼的意義最終歸結為象徵代碼的蘊涵。如果考慮到河的意象在蘇童關於南方的故事中經常呈現的話，那就更有理由把它看作典型的「南方意象」。

這篇小說頗見蘇童慣有的那種風格：自然而舒暢。然而，在那不經意的敘述中，真正起作用的是那個「窺視」的視點（即舒農的視點）。

「窺視」行為不僅直接推動故事情節的發展，而且使情節的發展不斷切近故事隱藏的秘密，而這個「秘密」與河的意象表達的文化及象徵的意義達到重合。因此，那個外在於故事的文化代碼，依靠敘事的推動縫合了整個行動鏈隱含的意義，那些看上去平淡無奇的南方生活，那些少年時代荒唐無稽的或沮喪憂傷的往事，真正具有了南方的悲劇意味。

舒農十四歲了還經常尿床，這並不是故事中真正的秘密，它不過是進入秘密的契機。因為尿床而與舒工分開睡，在那一夜他看見像壁虎一樣爬在漏水管上的父親，後來他又像貓一樣窺視到父親的秘密。上帝賦予舒農一雙貓一樣的眼睛，他當然還窺視到舒工與涵麗的隱私。敘述的高妙之處在於，窺視者並不僅僅是充當局外的看客角色而只起到功能的作用，舒農既是故事的見證人也是當事人，他也是主角。他在整個故事中的特殊作用在於：他在敘述中作為一個外在於行動鏈的窺視者而起到推動行動鏈的功能作用；而在故事的象徵層面上，他是作為整個故事和行動鏈的局外人，外在於行動代碼的角色而成為一個被故事排斥的主角。這個故事中出現的主要角色都被捲入有關於性的困擾中，老舒與丘玉美，舒工與涵麗，涵貞與老史。而老林與舒農的母親不過是以另一種方式（即被冷淡的方式）同樣在劫難逃。故事顯然有意正面回避了丘玉美與其丈夫的難言之處，也只是暗示老舒與涵麗之間的某種關係。敘事所做的有意無意的掩飾，其實掩蓋了一連串的悲劇（例如，涵麗與舒工很有可能是同父異母的姐弟），然而，敘述如此輕易地掩蓋了這一也許在《雷雨》裡會作為悲劇的核心事件。這倒是頗有意味的事。對於蘇童來說，這類事件發生在香椿樹街，準確地說發生在南方可能不值得大驚小怪。南方的生活已經被捲入了這個旋渦，或者說這就是南方生活的隱秘所在？

在這裡，行動代碼構成的行動鏈終於與象徵代碼——河的意象重合，行動代碼成為河的意象的確切所指，只要看看文中一再提到的那條橫貫南方城市的河流，它烏黑發臭不復清澄，岸邊密佈黑黝黝的房子、長滿青苔的石頭和藤狀植物，水面上漂浮著各種污穢物質（其中有一隻又一隻的避孕套）——這就是「南方的景色」。如果不把有關南方的河的描寫單純看作關於環境污染的報告的話（它是愛國衛生運動的一個有機部分），那麼「河」的象徵意義已經由行動代碼讀解出來了。當舒農目擊父親與丘玉美偷情的場面時：

> 房間裡湧出河水的濁重的氣息。舒農聞到了這種氣息，它讓人聯想起河上漂浮的那些髒物。河就在窗下流著，河與窗隔這麼近，所以窗裡的氣味把河水染上了，它們一樣對舒農構成了思維障礙。

毫無疑義，這是一條慾望的河流，是一條蠢蠢欲動的本能之流，它橫貫南方城市，它已經烏黑發臭，再無澄清之日，而我們的房子傍河建立，密佈河的兩岸。南方已經散發著一股淫邪之氣，人們只聽到河岸邊的歌唱，在這兒看到高掛桅燈的夜行船。它真正的隱秘卻被舒農，這個像貓一樣的孩子看到。「窺視」強化了詭秘性，那種像貓一樣的撲人感覺，夜間從慾望之源散發出的神秘的藍光，那種童稚的愚頑與莫名其妙的體驗。這一切都使舒農這個主角，其實是作為這道慾望河流的局外的窺視者而受到排斥，他始終被拋出這道慾望的行動鏈之外，舒農也只有作為一個窺視者才能看到隱秘的南方生活。那道慾望的河流已經深深滲透進南方，不如說它就是南方生活中詭秘的靈魂。作為窺視者的舒農變得越來越詭秘，這正是蘇童所需要的視點，因為詭秘的窺視，南方的生活不僅顯露出它的隱秘之處，而且變得「詭秘」。

小說的結尾處出現了兩個北方佬，他們站在石橋上看河上的風景，「青黑色的河水從他的視線裡流過，沒有聲音」。這是南方的某個節日，兩個北方佬看看南方的河，河上漂著一隻白色的小套子和一具被燒焦的小動物的屍首（可能是只貓？），至此，南方的河的意象所具有的象徵意義轉化為文化的意義。南方的特性被強調，對於北方佬來說，這是一個陌生的區域，他所不理解的並不僅僅是語言，而是超越於南方的意象之表像的內在的隱秘性（詭秘性）。如果聯繫蘇童在其他小說中一再描寫的河的意象就不難理解它所具有的象徵性（慾望）和文化意義（南方），例如河的意象經常與「古老的或並不古老的石拱橋」相聯繫。儘管在其他小說中河的具體所指有各種變體，它有時也只是單純作為自然景觀而加以描寫，但在絕大多數意境中，它具有通用的象徵的和文化的意義。總之，這就是南方的河，它懷著南方的秘密，懷著南方絕望的情欲，載著它那年深日久的苦難、歡樂、齷齪和夢想，流過詭秘的城市的深處，流向不可知的異域他鄉。

三、水或荒原裡的慾望之流

要對河的意象作南方文化的闡釋，我說過如果不是一門學科的任務至少也是一本論著的工作，回避主要矛盾而耍弄旁敲側擊的手法是本文的主要寫作風格。儘管我一向對掉書袋的學究行徑敬而遠之，在這裡我卻不得不借助洋書袋暫且渡過難關。

「河」的意象不妨進一步推論為「水」的意象，這樣，我就可以把南方的河與艾略特這個老牌的現代主義者的《荒原》中「水」的意象掛

上鉤。「水」的意象在「荒原」中佔據核心的位置這毋庸贅言，據艾略特自己解釋說，這首詩從題目到規劃和它所採用的象徵手法絕大部分得自《從祭儀到神話》這本書。書中提到故事說漁王衰老患病，原為肥沃的土地現在變成荒原。於是一位少年英雄格溫（或叫帕西法爾、或叫格萊赫德）歷經種種艱險，帶著一把利劍尋求聖杯，醫治漁王，使大地復蘇。在這裡聖杯代表女性、利劍代表男性，兩者都表示生殖力。「荒原」最根本的問題在於沒有水，關於祭祀水的神話在許多民族的典籍中都可讀到。變形的傳說大體是某個國家旱災嚴重，國王（或人民）派一位美少年去尋覓美少女，或是派一美少女去誘惑某個修身養性的英雄少年，於是大降甘露，舉國上下，豐收有望。關於「水」的神話傳說甚多，大多與生殖、豐收有關。例如關於印度恒河的傳說，文藝復興多有以海中的維娜斯為母題的畫，其中就包含關於「水」的古代神話。總之，「水」與生殖有關，具有文化史的隱義。

很顯然，《荒原》中「水」的意象即是象徵生殖情欲之流。腓尼基水手，福迪能王子、士麥拿商人都是淹沒於其中的人物（當然，詩中偶爾把「水」視為生命之源泉）。企圖概括《荒原》這部二十世紀的里程碑式的作品的主題是困難的，在艾略特看來，真正的生命之水的缺乏正是現代精神荒原的存在前提，而情欲之流氾濫成災，不能不說是二十世紀墮落的象徵。南方的先鋒小說群體關於「河」的意象的運用是否得自《荒原》中的「水」的象徵意義的啟迪很難斷言，與其說得自艾略特的影響，不如說得自原型的或集體無意識的原初表像的記憶——僅僅在這一點上，表達了文化的類同性或共通性。當代南方先鋒小說群有一個顯著的共同致思趨向，那就是關注家族頹敗的故事，並且把「頹敗」的歷史根源歸結於「性」的紊亂。例如蘇童的《妻妾成群》、《罌粟之家》，格非的《敵人》、《蚌殼》等等。在這裡，「性」既是頹敗的表徵，也是其根源。歷史觀的貧困當然有多方面的原因，然而這一致思趨向無意中卻使南方在它的最後的歷史歲月裡變得鬼祟而神奇。南方在它臃腫衰弱的軀體中蘊藏著年青時代的激情，模仿過去不僅消耗了最後殘存的一點熱情，也使南方顯出一種「後悲劇」時代的情調。

四、梅雨季節，難捱的日子與南方的感覺

如果說在蘇童的故事中，南方不過是不經意地在那舒緩流暢的敘述中透示出幾分詭秘的話；那麼，在余華關於南方的故事中，那些被語言感覺壓抑在智力水準之下的人物，不僅使南方變得詭秘，幾乎就是一個

怪異之鄉。對於余華來說，亙古如初的罪孽是人物行動的原動力，而喪失智力的人當然樂於把暴力作為他惟一的行動準則。作為一個語言特技師，余華當然不會對他的那些類似替身演員的人物所作的誇張冒險動作表示興趣，他的注意力集中在對那個喪失智力的人物所表達的語言反應方式，尤其是去表現一個動作完成之後的補充的感覺。因此，余華給這樣一種狀態配置了潮濕的陰雨和虛幻的陽光作為背景是一點都不奇怪的。儘管我很難把余華那些古怪的故事看成是刻意書寫南方風情的作品，但是，那些充滿陰謀的「細雨綿綿的早晨」；或是與暴力混雜在一起的「虛幻無比的陽光」；以及散發著鬼怪的發黴之氣的黑夜，這些幽靈般的東西總是在余華的故事中遊弋，它們是從南方那動盪不安的激情的故弄玄虛的詭秘中提煉出的晶化物質。余華的那些沒有明確時間和地點的故事，使人想起南方某個遺忘已久的角落，已死的歷史殘骸在這裡蛻變復活的場景。《世事如煙》中的算命先生，《難逃劫數》中的老中醫，這是一群老牌的牛鬼蛇神，他們總是在南方那些陰雨綿綿的日子裡興風作浪。當然，「陰雨綿綿」這一典型的南方意象，在余華的故事中並未形成核心的意指作用，它不過是敘述語境中偶然浮現的情境因素。但是「陰雨綿綿」以及與之有關的潮濕氣息是余華小說中惟一可以辨析的南方情調，它使那些關於人類原始衝動的罪孽，那些無處不在的陰謀，那種下意識釀就的暴力事件，這些人類生存的特殊情境與南方的地域特徵連接在一起。毫無疑問，這是一個被扭曲的南方，不只是被行動的暴力，而且是被語言的暴力扭曲的南方。

不管如何，余華以他特有的語言感覺力表達了南方最為詭秘的存在，儘管余華講述的故事本質上超越了南方的地區色彩，但是，作為南方的作家，余華的寫作打破了慣常關於南北作家風格情調的神話模式，那就是他對殘酷事件的承受力，他在語言蠶食怪異感覺的途中，不僅侵吞了所有的殘酷味道，而且全部洗劫了南方作家身上的屈辱，那就是南方作家陷入瑣屑的卿卿我我的悲歡離合之中，他們缺乏對苦難的承受力。現在，讀過余華小說的人不得不改變這種偏見，相反，可能會指責余華過於熱衷描寫暴力和玩弄陰謀詭計。南方的故事不僅變得詭秘，而且變得殘酷，這如果不是一件奇怪的事情，至少也是一種值得玩味的現象。

當然，很難說是否是那些陰雨綿綿的日子培育了余華對殘酷性的忍受力，也許在那種難捱的潮濕季節裡，余華怪異的感覺力像某種藤類植物一樣蔓延。不過蘇童又是如何佇立在那發黑的河水邊，他的想像有如蝙蝠一樣迅速掠過水面，難道說蘇童的那種純淨舒緩的格調也得自南方的明山淨水，落霞孤鶩麼？這種「地理環境決定論」顯得牽強附會且自

相矛盾。我說過我只對（也只能對）某種類同性的南方意象感興趣，它們在故事中，在非常個人化的經驗表白中浮現出來，它們是自在的南方的精靈，難道說它們還要象徵著其他的什麼東西麼？

我知道我的敘述非常困難，我不過是抓住夢境中的一些支離破碎的表像，而要把它們排列組合成一個完整的幾何圖形，並且作出令人信服的解釋，這顯然是徒勞無益的嘗試。如果看看格非的小說，我會再次發現「梅雨」這個意象被一再使用，特別是在《夜郎之行》這篇普遍為人們忽略的小說中，「梅雨」明顯是作為南方的自然標誌的代碼來運用的，而且作為某種特殊語境起到作用。在這篇東拉西扯的小說中，我再次感覺到格非把握南方雜亂無序生活的一種特殊方式。南方的生活就是在這種難捱的梅雨季節漸漸消逝，南方的生活如此不完整，總是被「梅雨」一再打斷割裂，它又總是以一種奇怪的節奏向前推移。「夜郎」這個傳說中的地方，不過是「南方」（或者南方的某個城鎮）的代稱。那時象徵著文化的歷史標記，諸如古塔、鐘寺等等已經完全頹敗。如今的夜郎，是那些精力充沛，日復一日地忙於生意、經營、婚姻，永無休止的勞作和遊樂的人的居所。顯然，南方的文化代碼已經為新一代的生存者偷換了，夜郎現在只是一個新興的商業中心，文化在這裡變得一錢不值，那個考古學教授一夜之間變成一個拙劣的魚販子。這裡充滿暴力、情欲和欺騙，連純真的少女也在倒賣假銀元。《夜郎之行》講述的可能是一個南方文化變質的寓言故事。歷史上的那個盲目自大的夜郎已經不復存在，這裡已經變成一個粗俗無聊的地方。而「我」作為一個局外的遊人，染上了某種疾病，隨處走走，卻在尋找失去了的南方的精神價值——這顯然是隱蔽得很深的南方作家群普遍的期待。在這裡，無休止的梅雨，污染的河水和橢圓形的水溝，並不僅僅指稱南方特徵的自然環境，它可能具有某種文化的象徵意義。

在這裡我再次遇到了困難，格非的那種感傷憂鬱的氣息，是否也是在南方的梅雨季節裡滋長起來的呢？然而，格非在《迷舟》裡，特別是在《風琴》裡，不是也有一片明朗嬌媚的陽光麼？然而，陽光總是從「陰雨」或「梅雨」的縫隙間透出來，並且它顯然遠離敘事中。格非是南方群體中比較熱愛陽光的一個，但是《風琴》中透示的那片陽光迅速被《敵人》那塊遠為沉重的陰鬱壓制了，「陽光」對於南方群體來說似乎遠沒有「陰雨」或「梅雨」留下的印象那麼深刻有力。我不是說他們變得陰鬱沉重，而是說，在那些「陰雨綿綿」的日子裡或「梅雨季節」，他們在難捱的等待中充分磨礪了感覺力，在辨析水珠滴答的聲響中感應到某種超自然的神秘性。難捱的陰雨日子對陽光的渴望變成對陰

雨的敵視，這確實是醞釀各種陰謀詭計的好時光，更何況透過那個窺視窗戶，外面的世界在霏霏細雨中變得如此不真實，以致於想像力在越過難捱的界線迅速變態，它可能進入神奇的隱秘之處，可能陷入暴力的慾望滿足之間。南方人的那種精明算計已經和「南蠻子」的原始衝動奇妙地混合在一起，它除了使想像變得瘋狂和奇異之外，還能有什麼其他作為呢？異想天開進入那個虛構的世界，無止境地懷疑「現在」的真實，去辨析事物性狀改變的任何差異，在無望的梅雨季節裡開始重溫末世學的原理，懷舊、損毀歷史或者掠奪「現在」。「梅雨季節」如果沒有充分培養這種詭秘的心理，至少也磨礪了這種奇怪的感覺力和想像力。

五、南方與北方，生理差異和自戀情結

我這裡說「南方」如何如何，決沒有半點怠慢「北方」的意思，我知道並且相信北方的作家有足夠的自信心，這首先得自他們高大健壯的體格，這與南方作家的鬼鬼祟祟的矮短個頭形成鮮明的反差。據說某位北方作家在一所著名的高等院校的作家班的講壇上，在模仿完陝北老農民蹲著拉屎的優雅姿勢之後，發動了對南方作家的首次進攻，他伸出拳頭晃了晃說：南方作家的心臟只有這麼大（可能實際上還沒有），竟然還經常痛苦，供血不足可能是他痛苦的惟一原因。我提到這麼一個精彩的事例完全是為了表示讚賞和敬意，因為當代文壇像這樣生動風趣的現場批評尚不多見，常規戰爭使用的武器大都是冷槍暗箭，對手總是在猝不及防中無聲無息倒下。我不是一個惟恐天下太平的人，但卻希望靜中有動，我無意於寄望「南北戰爭」會使當代文壇在疲軟之後重振雄風。即使在這方面有所作為也只能指望北方作家，因為北方的作家對自己的生理條件有足夠的信心，而建立在生理基礎上的優越感才具有不可推毀的力量。

儘管北方作家曾經對南方作家的身材投去不屑的一瞥（那完全是出於憐惜），但我相信北方作家並沒有認為思想的深度、小說寫作的力度與身體規模成正比。不過我要指出的是，這種在故事中（而不是或很少在生活中）表現出的對自我生理條件的優越感，顯示出了南北作家在角色的形象塑造（自我認同）和敘事風格方面的重大差異。

北方作家筆下的男主角總是高大強健、富有男子漢氣質，對異性絕對有吸引力，儘管他們偶爾也沾染上「現代派」的焦慮、空虛的無聊氣息或頹廢色彩，但無論如何怨天尤人甚至自我嘲弄，那個「我」（或自我）不會喪失人格神的道義姿態，而且作為情場老手或床上運動健將永

遠保持不敗戰績。張承志當年的理想主義有如昨天的太陽燦爛死去，然而又以另一種方式在徐星、馬原、洪峰、王剛等人的故事中冉冉升起，那個由納克索斯①的自戀情結支撐起來的人格神——男子漢，正是北方作家永遠無法放棄的「自我」。因此，毫不奇怪，北方作家講述的愛情故事總是一個成功的故事（成功僅僅限定在「搞成了」或「得手」這一意義上）；相形之下，南方作家在以第一人稱敘事的愛情故事中，總是講述一個「搞不成」的故事。那些角色鬱鬱寡歡，自輕自賤，或者缺乏完整的熱情，或者沉湎在無邊的幻想之中，或者不斷地在語言暴力的邊界發生自我錯位，而「回憶」經常代替了行動，在無限期推延的行動的邊緣，自我被永久流放。例如在孫甘露的《請女人猜謎》中，「愛情」完全被一系列混亂不堪的幻想所替代，關於「愛情」的描寫，除了「我們在炎熱的日子裡氣喘吁吁的，像兩隻狗一樣相依為命」之外，沒有任何真正富有「實質性」的表現。而在格非的《褐色鳥群》裡，當棋胸前那兩個沉甸甸的暖水袋壓在我的背上，我卻挪開了（儘管我懷疑現實中的格非是否真有這麼規矩）。整個夜晚是在「回憶」或講述一個關於誘惑的故事中度過的。

雖然講述的那個故事也是有關「愛情」，然而這裡沒有任何「情愛」的色彩，更像是在表述一種關於性愛的誘惑與逃避誘惑的心理體驗。事實上，講述的行為本身就是進入「情愛」陷阱的一個延期行動，一個替代的行動，對性的恐懼壓倒了躍躍欲試的熱情，幻想和話語的慾望滿足代替了行動的滿足。如果再提到余華的《此文獻給少女楊柳》，那就更加令人沮喪，關於愛情的任何令人滿意的細節全部為一系列怪異的感覺和幻覺替代。我不知道在實際生活中北方作家是否屢屢得手，戰功顯赫；而南方作家如此無所作為，這實在太不幸了，我的南方的朋友！也許幻想是現實的替代或悖反，如果這樣的話，我則要對北方的朋友表示足夠的敬意。只有上帝才知道。

六、窗戶：最後窺視一下就結束

本文的寫作回避了許多主要矛盾，我知道無論如何不能把南方的「窗戶」有意遺忘，那將與我誠實的性格相悖太遠。「窗戶」在南方的故事中已經不是用以採集陽光或流通空氣，它的功能主要是用來「窺視」外部世界或他人的秘密。余華在《難逃劫數》裡曾經揭露過這種詭秘的行徑。那個與算命先生或江湖術士如出一轍的老中醫，他弘揚傳統文化的方式與之不同，他並沒有傾盡全心發掘祖國醫學的精華，而是每

天佇立於窗戶一隅（卷起窗簾一角往外窺視），幾十年的修煉已經有了爐火純青的結果，那就是窗簾的一角已經微微翹起……

如果說我對「窗戶」的輕描淡寫尚可原諒的話，那麼，我在談論南方如何如何時竟然把北村遺漏，這顯然是本文的一大缺憾。然而，事實上，北村是我近年來關注先鋒小說的一個主要焦點，1990年一個暮春的下午，我和余華、格非討論了北村的小說。在該年度初冬的一個陽光燦爛的正午，我在南京古城的一個頗有南方情調的酒家，再次和蘇童、王幹、費振鐘談到北村的小說。其中當然有不少分歧，最後達成比較一致的看法是，北村，我們時代最後一個貨真價實的先鋒派，他被深深包裹在他的詭秘的語言之內，以致於只能看到三步以內的公眾（包括拙劣的批評家）難以望其項背。當然，這個結論正在不斷修改之中。北村，這個孤獨的越位者，這個詭秘的逃亡者。由於他的現象比較特殊，我已另外專文論述。

我知道本文的寫作遇到不可逾越的障礙，儘管我在批評文章的寫作方法和風格方面作了一些冒險的嘗試，我意識到天堂之門早已向我關閉，我在談論一個不可能談論的問題，我的題目本身就拒絕談論，這是一個悖論：我不可能談論清楚「詭秘的南方」，如果清楚了，「南方」就不再詭秘了；如果說不清楚，怎麼知道「南方」是「詭秘的」呢？正如維特根斯坦所說，神秘的不是世界是怎樣，而是世界是這樣。

也許，要追逐南方詭秘的行蹤只有依賴真實生活的體驗，那就去南方走走吧。你的行走沒有歷史也沒有未來，永遠只有虛構的現在；一如我的寫作。

本文原載《福建文學》1991年第5期

3、反抗危機
——「新寫實」論

一、歷史前提：文化失范或文學的命運

　　「新時期」的中國文學一直試圖成為一種超越現實的幻想力量，它引導人們去奪取「思想解放運動」贏得的觀念勝利品。這種力量長期紮根在人們的精神幻想中，在改革開放初期，它是中國知識份子和民眾共同急需的生活內容，是提高他們生存熱情的根本需要。沒有人能夠否認，理論幻想（或烏托邦衝動）能夠起到改善生活的作用，文學總是合理而自然地為人們提供了感性實踐，它使思想昇華潛移默化，如期而至。「新時期」的文學不僅是現實的認識論構造的基礎，而且也是按照「思想解放」的利益改變現實，改造現實的基礎。

　　八十年代後期，「思想解放運動」終於告一段落，這不僅因為人們主觀上對意識形態實踐感到疲倦，更重要的在於社會歷史條件發生深刻變化。改革開放初見成效，現代化建設突飛猛進，市場經濟逐步形成。經濟領域的成功給人們帶來希望，也促使人們想方設法在「雙軌制」的中間地帶找到發財致富的廣闊途徑。一個與市場經濟相適應的「民間社會（civil society）」趨於形成，這個日益壯大的社會正在擺脫意識形態而自行其是，經濟實利主義實際已經成為當今社會價值準則和生活要義。這是生活變得簡明扼要的時代，這是人民豐衣足食無所用心的時代，這是庶民勝利的時代——理想主義或「終極價值」不過是這個時代必要的觀念祭品。消費社會正在無止境拓寬疆域，留給文學的要麼是「為藝術而藝術」的狹窄飛地，要麼是「走向市場」的模糊區域。

　　「意識形態就其性質而言要麼是全能的，要麼是無用的」（丹尼爾·貝爾語）。八十年代後期，人們明顯感覺到社會的「中心化」價值體系趨於失落，不僅是傳統秩序，而且是整個社會既定的文化秩序面臨「合法性危機」（哈貝馬斯語）。「新時期」文學曾經懷著那樣高的歷史熱情和社會期望，在意識形態推論的每一個環節都產生「轟動效應」，構造了八十年代完整的「想像關係」。「尋根文學」終於耗盡了文學的烏托邦衝動，而劃下「新時期」終結的界限。八十年代

後期——不妨稱之為「後新時期」，文學失去「轟動效應」而走向低谷。面對著社會的「中心化」價值體系趨於解體，文學再也無法講述理想化的故事，再也不可能充當歷史主體去構造現實神話。在這樣的歷史前提之下，年青一代作家步入文壇，他們生不逢時卻也恰逢其時。「新時期」神話終結了，他們再也不能製造「轟動效應」；然而，他們本來就與那個神話無關，「中心化」或理想化失落的文明情境，給他們提示了回到個人化的寫作本身，回到真實的生活中去的歷史機遇——這正是「新寫實主義」產生的歷史前提，當然也是理解「新寫實主義」的理論前提。當人們普遍指責「新寫實主義」缺乏「理想」，缺乏「深邃的文化哲學」時，切不可忘記了歷史唯物主義的基本原理：社會存在決定社會意識。當社會的中心化價值體系及其符號系統陷入危機時，當社會的「精英化」的人文觀念不再起規範作用時，我們又怎麼能要求我們時代的作家操持理想主義的盾牌或揮舞英雄主義的長矛去和風車搏鬥呢？「理想化」的失落正是「新寫實主義」的顯著特徵，如果要改變它的這一特徵，不就是要剝奪它的本質嗎？作為「文化失落」的產物，「新寫實」所確認的小說意識，那種並不富有「革命性」的寫做法則，不過是面對文化（文學）危機而尋求的新的適應方式而已。

當然，我們也沒有理由誇大說，「新寫實主義」回到生活的「原生態」是什麼了不起的藝術創造。所謂「回到」不過是在歷史逼迫之下別無選擇的結果。「新寫實主義」順應了歷史的變動，它的那些傳統（經典）現實主義相去無幾的寫做法則，僅僅因為整個歷史背景中的集體想像關係解體，而具有了特殊的意義。其「反抗性」意義，乃是歷史強加的結果。如果略去這一背景，「新寫實主義」將一無所有。這也就是為什麼，人們抽象而孤立地看待「新寫實主義」總是不得要領，看不出「新」在何處。某種意義上，當代文明（的解體情境）在文化上給予「新寫實主義」的，要遠遠大於「新寫實主義」在藝術上給予當代文明的貢獻。這種說法並不是要有意抹殺「新寫實」的創新意義和革命性的歷史地位，而是要強調，在理解「新寫實主義」的價值立場和寫做法則是，在揭示它的文化態度和美學風範時，有必要扣緊這個變動時代的文化情境作通盤考察。正是因為遠離社會的中心化價值體系；正是因為拒絕歷史強加的法則，並且拒絕作出非文學的承諾；「新寫實主義」確立了個人化的寫作立場，它的那些藝術法則因此具有了與傳統（經典）現實主義根本不同的意義。

二、集體想像的失落：回到生活事實

「藝術存在於互相聯繫的種種社會意義之中，但是從外部去記述這些意義是徒勞的，因為它們是由具有自身邏輯和嚴格標準的形式特徵來傳播的」。[2]「新時期」文學無疑在「尋根文學」這裡達到高峰，也在這裡劃定終結的歷史界碑。與其說「尋根文學」是一次藝術上的誤入歧途，不如說是文學的意識形態推論實踐的必然歸宿。把自我設想為歷史主體的「尋根派」，其實不過是「知青群體」的變種，文學隨時準備為時代構造必要的想像關係。「尋根文學」把集體想像推到歷史的頂端，卻並未如願以償，最後不得不以莫言在高粱地裡完成一次生命的狂歡儀式草率結束。當時代不再需要「集體想像」時，「尋根文學」的烏托邦衝動就變得尤為虛幻。在「尋根文學」終結的地方，「新寫實主義」開始了他的歷史起點：放棄烏托邦衝動，拒絕提供集體想像，回到生活事實。

在這一意義上，「新寫實主義」並不僅僅是「反尋根」，它從這裡悖離了「新時期」的路線，並且從根本上偏離了傳統（經典）現實主義的軌跡。傳統（經典）現實主義強調生活真實，然而更重要的在於強調「典型化」原則，強調反映社會生活的「本質規律」。實際上，「典型化」即是理想化，而「本質規律」是為權威話語事先約定的「絕對真理」。只有符合這一先在的「本質規律」才是真實的，才是客觀的才是典型的；否則，就是錯誤的。現實主義在其本質上是一種「同語反復」（巴特語），其中人們自認為是描述性成分的東西，實際上是該特定話語行為的獨斷性的表現，「現實性」（或生活事實）總是被特定的觀念、概念、術語給定了意義。傳統現實主義規範下的文學，一直在構造「集體想像」關係，構造理想化的存在形態，在「似真性」法則的保證下，這種「想像關係」與「現實」混合一體，並且成為現實的「本質關係」。當然，這並不是說，現實主義文學就是一種虛假的藝術，恰恰相反，它是那個時代（從觀念到存在）恰如其分的實踐方式。同樣，「新寫實主義」約簡「集體想像」的做法，確立回到生活事實中去的態度，也是這個時代不得不選擇的文學規範。

返回到個人化寫作的「新寫實」小說，不再有構造「本質規律」的烏托邦衝動，儘管說，放棄一種意識形態實踐將會落入另一種意識形態

---

[2] 英里斯·迪克斯坦：《伊甸園之門》方曉光譯，上海外語教育出版社1985年版，前言部分，第Ⅳ頁。

的圈套，然而，八十年代後期中心化價值體系解體的現實，卻也使年青一代作家無法建立，也無法認同任何一種明確的「集體想像」關係，因而，他們才會那樣無所顧忌回到生活事實中去。1987年，方方發表《風景》，就此拉開「新寫實主義」序幕[3]。這篇小說以一個夭折的死靈魂的眼光來敘述一個家庭極端貧困的生活。令人驚異的並不僅僅是作者講述出一種與經典文本相去甚遠的生活，重要的是如此冷靜不動聲色的敘事，把生活事實和盤托出的那種態度，而觀念性的昇華在這裡為全部事實消解。關於人性的道德評價，關於生存命運的理性思考，以及個人與家庭社會衝突等等，在這裡沒有現實主義文學慣有的那種強調和暗示。那些生活事實如此倔強地湧溢而出，它不企圖完成任何觀念性的上升，也不想給時代提供文化鏡像，它僅僅是一些純粹的生活事實，一種純粹的現實性存在。當代小說從一系列的「反省」，一系列的文化衝動，從龐大的「集體想像」關係中，跌落到如此簡陋的生活狀態中。《風景》的特殊意義，與其說寫出了當代生活的最粗陋狀態不如說把當代小說拉回到這個原始的起點。

回到生活事實的「新寫實」小說，把目光投向普通人的生活。「新時期」之初關注人的命運從中發掘出「人性」的閃光（例如劉心武《如意》等），它與整個思想解放運動強調「人」的生存價值，宣導「人道主義」的歷史意識相關，「普通人」的形象中其實寄寓著知識份子的人文理想。而在這裡，凡人瑣事就是生活的一個塊面，作家並沒有在這些普通的生活上強加某種歷史法則。「新時期」那個「大寫的人」，現在萎縮成「小寫的人」，他們過著自己的生活。1987年，池莉的《煩惱人生》以平實的手法，描寫普通工人平淡無奇的日常生活。小說敘事在那些煩瑣的生活小節之間糾纏不清，家庭糾紛，窘迫的居住環境，難弄的孩子，擁擠的交通，微薄的獎金，各種人際關係以及曖昧的感情等等。印家厚忙於扮演各種社會角色：丈夫、父親、工人、情人、回憶者——每一個環節他都無比吃力，無所作為。然而，這就是生活，這就是普通人必須過的日常生活。那個憂國憂民的思想主體，那個尋找民族的文化之根的歷史主體，現在卻跌進一大堆無生氣，毫無詩意的日常瑣事之中，現在僅僅是無所作為的丈夫，忙碌的父親，勉強的情人。《煩惱人生》平實的手筆寫出的平實生活卻有令人震驚的力量。我們這個時代的

---

[3] 「新寫實」的邊界被不斷拓寬，有的甚至追溯至王安憶的《小鮑莊》，筆者以為「新寫實」應有必要的時間標界和群體標記。另外，本文的使用「新寫實」與「新寫實主義」二種說法時，並不加以區別，前幾年國內有討論「現代派」與「現代主義」的區別，筆者以為沒有必要陷入這種似是而非的咬文嚼字的遊戲。

生活已經徹底喪失了烏托邦衝動，人們為日常生活所左右，為眼前的利害所支配。生活本身進入了一個散文化的時代，我們的文學如果不以蠻橫的想像力進入一個絕對的語言烏托邦，那就回到平實無奇的日常生活，親臨其境，去咀嚼那些無聊的快慰和別有滋味的苦澀。

池莉隨後的作品《不談愛情》（1989年），雖然故事、寫法與《煩惱人生》相去未遠，但是這篇小說的篇名卻是別具象徵意義，它不僅僅表示家庭瑣事和社會網路將愛情全部淹沒，而且坦率地表示了這個時代理想化價值的徹底失落。「愛情主題」一直是「新時期」思想解放運動的核心主題，伴隨著「人的解放」的命題被強調，新的愛情觀一直在創造我們這個時代嶄新的或理想化的價值觀和超越性的感覺方式。只要把十幾年前張潔的《愛是不能忘記的》與《不談愛情》置放在一起，人們無疑會對生活發生的巨大變化驚懼不已。「不談愛情」既是一種拒絕，也是一種宣告：我們這個時代已經沒有精神超度的可能性。一個沒有愛情（不談愛情）的時代，還有精神幻想嗎？那滋生著的超越意向已經被合併入它的無所不在的日常現實中，它註定要失去支配生活的征服力量。

關注普通人或「底層人」的故事，當然不新鮮，從現代以來的無產階級革命文藝就強調反映勞動人民的生活。然而，這種「反映」一直是在講述經典（權威）話語，或者是以知識份子群體充當敘述人，講述知識份子的歷史願望。所謂「勞動人民」的形象一直是主流意識形態確認的「集體想像」，它一直用以貶抑知識份子的形象，它是一種「階級的」精神的鏡像。「新寫實」小說對所謂「底層人」的關注，其實是在消解經典文本確認的精神鏡像，還「底層人」以本來面目。劉震雲的《塔鋪》（1987年）以尤為冷靜的筆觸，寫出了「底層人」的實在生活，一群來自農村的高考補習生，為了考上大學而在艱苦奮鬥。顯然，劉震雲並沒有著力去刻畫所謂「底層人」生活的艱辛，而是寫出了生活（和人生）的方方面面。「艱辛」與「不易」被推到背景，偶爾才在那些勾心鬥角的間隙，在那些想入非非的瞬間流露。不是去發掘生活的深層意蘊，細細咀嚼生活的複雜滋味；恰恰相反，劉震雲僅只滿足於給出一種生活狀態，一種「艱辛的尷尬」的狀態。在這裡，悲劇性情感因流總是為那些尷尬處境所消解，為無聊的快樂所沖散。在敘述人的敘述意識中沒有任何悲天憫人的企圖，他把自己置於一個等距離的觀看者，那些心態不點自破。「底層人」的心理為希望所慫惠，也為莫明的絕望所困擾，企圖擺脫一種命運總是為另一種命運所支配，然則他們也在「奮鬥」。這使他們進入了一種狀態，而這種狀態正是劉震雲感興趣

的所在。比較路遙的《人生》，就不難發現二者存在根本不同的文化立
場和寫作法則，這兩篇小說貌合而神離。高加林作為年青一代農民的代
表，試圖通過個人奮鬥來改變自身的命運，這部關於農民擺脫土地的主
題，又與愛情婚姻之類的倫理道德主題相混淆，然而，它都契合「新時
期」關於「人」的解放與道德觀的更新這類時代命題，它為歷史及時提
供了集體想像的模本。不管路遙作為寫作者個人如何憑著「藝術經驗」
來講述這個故事，他的「講述」只要被閱讀，立即就表達著那個時期知
識份子主體講述的話語（對歷史、對「人」的思考），它不可避免被意
識形態理論實踐所放大。而劉震雲的敘事已經沒有明確的集體想像「背
景」，個人化的寫作使劉震雲保持了一種超然的眼光，筆力所濟不過是
盡可能給出一種生活狀態或心態，直陳式敘事把生活的定義全部交付給
人物本身。生存的意義是有限的，因為它只限於自身的那些微不足道的
事實，那些恩恩怨怨，那些悲歡離合，那些沮喪和憧憬都不過是轉瞬即
逝的生活之流，它們並沒有永久駐步領會生存的要義。這就是生存的本
身，一種狀態中的生活或生活的一個狀態。在這裡，現實的東西和可能
東西之間的緊張衝突被自然化解，生活本身並沒有作出關於「幸福的承
諾」，生活的事實倔強而傲然地存在，那些由「父法」（歷史法則或權
威話語），由集體的烏托邦衝動統治的想像關係也就自行崩潰。

　　劉恒早在1985年就寫下《狗日的糧食》這種關注最低生活欲求的作
品，這表明劉恒一開始就避開意識形態中心，當主流意識形態的實踐功
能減弱之後，劉恒的寫作自然就具有了「開拓性」的意義——它打開了
一個遠離精神期待，而單純關注最低（或最基本）生存欲求的向度。劉
恒的《伏羲伏羲》（1988年）雖然還可看到「尋根」的流風餘韻，甚至
不難推斷還可能受到莫言的影響。但這僅僅是這篇小說的外在因素給人
以這種印象，實際上，這篇小說帶有明顯的「反尋根」傾向。劉恒未必
是一個明確的「新寫實派」，但卻是率先掙脫「尋根」的寫手。正如前
面提到的《狗日的糧食》，劉恒一開始就固執己見，把生存的基本欲求
置於寫作的中心而拒絕那些繁雜的深邃的文化（觀念）附加物，他正是
以與「尋根」不相干的態度表示了對「尋根」的逃避。儘管《伏羲伏
羲》被大多數人讀解為「性文化」的代表作，然而，在我看來，這篇小
說恰恰有一種擺脫文化的動機。這個關於「亂倫」的故事，更具體一些
可以看成它是在描寫「慾望」是如何滋生並支配著人們的全部生活事實
這樣的故事。

　　在那個垂死的歷史性的慾望（楊金山）的邊緣，這個年青的，活生
生的現實慾望正在不可遏止地生長。這個充滿真實生命渴求的慾望在降

臨的時刻就被推到一個危險的境地，慾望在壓制／誘惑之間，在合法性／合理性之間艱難行進。在楊金山無止境虐待年輕女人的背景敘事中，這個不合法的慾望逐漸有了合理性。這個慾望同時在優雅（充滿感傷和溫馨的描寫）與拙劣（道德禁忌的恐恟）之間徘徊，那個「窺視」的動作終於使這個慾望的表達找到了一個詭秘的、透徹的、拙劣的突破口，同時也使慾望的實現變得無法抗拒。

這篇小說寫出了人們企圖越過文明禁忌界線的那種艱難處境，那種不合法的愛欲倔強生長卻又終於破滅。生命交織著雄奇瑰麗和脆弱醜陋，它在希望與恐懼之間遊移，楊天青失敗的一生不過是道德史（或父權史）上的一個粗糙的祭品。人們也許可以從中讀出各種各樣的文化寓言或象徵意義——它可以很恰當地置放在「尋根」的流風餘韻的歷史序列之下。然而，我卻更多地看到劉恒摸索到一種新的敘事法則，他如此細緻的審視這個「亂倫」事件的各個邏輯環節，如此詳盡地敘述這個不合法的慾望增長和衰變的全過程，不能不說他對生命存在的基本欲求有著特殊的關注，那些純粹的環節和狀態無比真切地呈現出來，它以自身充分而絕對的實在性反抗被既定的文化秩序所俘獲，而那些基本的（原初的）生命欲求則是對龐大的制度化的寫做法則和閱讀法則的抗議和顛覆。

正是因為「文化整合」背景的變化——準確地說，是文化的整合作用正在喪失，那些即使在創作方法上與經典現實主義相比幾乎沒有多少區別的作品，它的美學意義也發生相應的位移。例如儲福金的小說，在敘事方面相當本色，平淡故事，平淡敘述。然而它不再有（關於人性之類）形而上昇華的思想衝力，具有深入到生活本真狀態中去的那種美學力量，其價值定位在對日常生活驚人的洞察力上。像劉毅然講述的那些軍旅故事（《回首往事》系列），可以看到一個意識形態活躍的生活領域，如何改變為一些日常瑣事，那些遠大的理想現在變成青春期想入非非的拙劣慾望，變成天真無邪的純樸情懷，變成個人生活的單純回憶。甚至莫言近年的作品也表現了驚人的變化。《父親在民夫連裡》（1990年）還可以看到莫言試圖改寫革命故事那種動機，但是故事的諧謔氣氛已經全然替代了「鏡像化」的文化實踐功能。而《懷抱鮮花的女人》（1991年）、《夢境與雜種》（1992年）這種虛構性強的作品，其敘事卻也充滿對日常生活及其體驗的洞察力，虛構性與日常性恰當結合而引人入勝。事實上，莫言的這些作品在藝術上更趨成熟，它未能引起應有的關注，並不僅僅是時尚趣味作梗，由此表明文學寫作在歷史實踐中發生的位移。

三、反抗虛構：刻骨的真實

　　當然，小說敘事歸根結底是「虛構性」的，所謂「反抗虛構」，不過是指：其一，不是在意識形態推論實踐的水準上講述歷史（現實）神話；其二，不再提供超越性的文化鏡像或文化遠景；其三，拒絕遠離生活經驗形態的敘事。回到生活事實中的「新寫實」小說當然要反抗虛構，它要寫出生活的本來面目——所謂生活的「原生態」。確實，「原生態」這種說法容易招致懷疑，進入作家創作視野的生活，怎麼會是「原生態」的呢？任何敘事都是有選擇，講策略的。至於「還原」這種說法則使人想起「現象學」的術語。在胡塞爾的現象學中，「意向性還原」乃是一種絕對主觀化的認知方式[4]。當然，語言的意義都是約定俗成的，概念和術語未嘗不可這樣。所謂「原生態」、「還原」在當今流行的批評中，大約是指「新寫實」小說追求一種不同於經典現實主義典型化原則處理的生活的原始真實性。顯然，八十年代後期出現的「紀實文學熱」影響了年青一代作家偏愛寫實手法；而「先鋒派」遠離現實在藝術探索的道路上鋌而走險，他們孤寂的背景已經昭然揭示了虛構化的困苦，二者在八十年代後期文學的低谷裡並駕齊驅，也互相引以為戒。「新寫實主義」不再受意識形態推論實踐絕對支配，就可能寫出一種「刻骨的真實」，它至少有以下幾個特點：

1、粗糙素樸的不明顯包含文化蘊涵的生存狀態；不含異質性的和特別富有想像力的生活之流。

2、簡明扼要的沒有多餘描寫成份的敘事，純粹的語言狀態與純粹的生活狀態達到統一。

3、壓制到零度狀態的敘述情感[5]，隱匿式的或缺度式的敘述。

4、不具有理想化的轉變力量，完全淡化了價值立場。

---

[4]　現象學「還原」所描述的是一種「純粹的內在之物」——一種絕對的，不提供任何超越的被給予性，一種絕對的，擺脫了任何超越的知覺，是關於「我的知覺的知覺」。參見胡塞爾《現象學的觀念》，上海譯文出版社，1986年第40-41頁。

[5]　王幹曾經使用「零度的情感」這種說法（《近期小說的後現代主義傾向》載《北京大學》，1989年第6期），顯然這一說法來自羅朗‧巴特《寫作的零度》一書。在巴特這裡「寫作的零度」表示拒絕意識形態，拒絕「文化承諾」的寫作，它指的是純粹虛構化的反現實主義敘事的那種構造語言烏托邦的「先鋒派」寫作。顯然，王幹改變了原意。

5、尤其注重寫出那些艱辛困苦的，或無所適從而尷尬的生活情境。前者刻畫出生活的某種絕對化的狀態；後者揭示生存的多元性特性，被客體力量支配的失重的生活。

受過「現代派」洗禮的李銳，在1988年（可能還更早些）就意識到要走出「現代派」的陰影，意識到「我們需要的是自己生命的真實紀錄者」；「需要用刻骨的誠實來面對自己，面對我們身處其間的雙重的幻滅」[6]。李銳一直致力於寫出中國本土的那種堅硬存在的生活，在那種極度貧困艱辛的生活中，發現類似海德格爾在梵古的「農鞋」敞開的口子裡看到的那種生存的詩性。1987年，李銳的《厚土》系列就已寫出一種簡潔的粗糙的生活樣態，這些場景式的生活斷片，展示了西北農村貧脊土地的尤為乾澀的情景。李銳「反敘述」的寫做法則追求一種客觀化的絕對真實效果，有意削減想像的作用和藝術衝動，人物的自我意識被壓制到最低限度，因而，整個生活具有一種物性化的力量。這裡只有物象、事件和行為，行走的人們也像物體一樣移動，他們的動機目的似乎也無關重要，要緊的僅僅是現時的這種客觀化存在。連那些情感記憶也變得物象化，李銳自我抑制式的寫作卻寫出了一種抑制狀態中的倔強生活。不露聲色的超距敘述，盡可能將敘事轉變為物性的自我呈現。這些生活的斷片之流，甚至只能感受、體驗，而難以概括，它們本身是反語言的存在。1987年左右，李銳在偏遠的山西試圖另闢蹊徑，試圖寫出「厚土」般的存在，寫出「刻骨的真實」，正是刻意剔除那些「內涵」或「積澱」一類的東西。這或許是一種「後山藥蛋」或「後鄉土」文學，它使「新寫實主義」具有回到真實的生活中去的那種倔強性。

顯然，西北作家對粗糙的生活有著特殊的敏感和表現力，新一代的西北軍有一種木刻般的筆法。相比較李銳凝煉冷峻，楊爭光顯得瘦硬奇倔。1987年，楊爭光發表《土聲》。也許黃土地練就了一種對生活的塊狀感覺方式，《土聲》的敘事就像乾結的土塊一樣，一塊一塊往下掰，乾脆而硬實。把視點壓制到「零度」的敘述也排斥了感情的介入，無我之境，以物觀物，不以物喜，不以己悲。這當然不是超然性的莊禪態度，與其說它告近中國古典美學，不如說深諳「現代派」要義。在某種意義上，「新寫實主義」得益於西方現代主義的東西，要遠遠大於傳統（經典）現實主義，他們的那種追求絕對客觀化的寫真態度，未必是在認同現實主義原則，而更有可能是在向「現代主義」（乃至後現代主

---

[6] 參見李銳《現代派：刻骨的真實而非一個正確的主義》載《文藝研究》1989年第1期。該文署期為1988年9月。我對「刻骨的真實」這一詞的偏愛，更多程度上受到該文的影響。

義）暗遞秋波。只不過年青一代的作家大都能入乎其內，出乎其外，抓住中國本土生活的真實狀態，以生活存在的堅實性化解了（乃至消除了）外來文化的蛛絲馬跡。

楊爭光的《老旦是一棵樹》（1992）再次顯示了楊爭光擅長刻畫日常生活中潛伏的扭曲狀態，貧困粗糙的生活總是被楊爭光磨礪得有棱有角，它看上支平淡無奇卻險象橫生，莫名其妙的仇恨和拙劣的陰謀把人物的命運推到無可救藥的粗糙地步。這種莫須有的仇恨支配了老旦的全部生活，它當然扭曲了老旦的心理。楊爭光的敘事注意去發掘那悖論，那些戲劇性的局面總是使生活、使人物處在一個被顛倒的位置，或者說處在一種錯位的狀況。老旦的仇恨尚未來得及發洩，趙鎮卻以一個恩人的姿態出現在老旦的面前。然而，這個偏執復仇的故事，總是使復仇的主體自我顛倒，動機與效果永遠無法統一。復仇的荒謬導致了整個行動鏈不斷異化，正是在動機與效果的來生錯位中，楊爭光寫出了一種盲目的生活，其中蘊含的荒誕快感，卻也趣味無窮。

貧困中滋生的愚頑偏執性格被楊爭光刻畫得淋漓盡致。顯然，基本的生存欲求難以滿足，乃是中國農民的心理向著蠻橫狹隘一路任性發展的根本動力。確實，楊爭光的敘事一直就有雙重態度：他對中國貧困農村生活的深刻洞察和尖銳的描寫無疑具有頑強的現實主義精神；而他從其中發掘喜劇效果和黑色幽默一類的反諷趣味卻又具有特殊的後現代性。也許楊爭光的寫作真正立足於中國當今的現實，他的雙重態度喻示著當今中國在思想意識方面和美學價值方面的分離，正是這種「分離」具有特殊的歷史深度。

李銳、楊爭光有著很好的小說意識，在他們的企圖返回絕對真實的敘事中，卻奇怪地在壓制敘述作用，從而創造了一種切入客觀世界中去的真實。然而西北異域文化的背景，和特別貧困的生活，卻也使那種「刻骨的真實」（或誠實）產生一種富有藝術性的「陌生化」效果，這種結果與敘事動機及其方法乃是相悖的。這種「真實性」屬於特殊的生活層面，在大多數情形下，它會被生活於現代文明中的，或生活在城市中的閱讀者視為「藝術性」的真實，而不是「生活性」的真實。相比較而言，方方的《落日》（1990年），在敘事方法方面完全承襲經典現實主義手法──在閱讀經驗中沒有任何藝術上的「陌生感」；這樣它所描寫的生活就佔據了全部的閱讀視野。方方沒有任何壓制敘述作用的企圖，當然也沒有強調敘述作用的預謀，這使得她的敘述和盤托出生活本相（所謂的原生態）。顯然，《落日》是以其描寫的生活本身獲得真實感，它在閱讀經驗中引起的是關於「生活的」（現實性的）驅想，而不

是關於「藝術上的」聯想。後者可以稱之為「寫得很真實」；而前者則是「寫的很真實」。《落日》與傳統（經典）現實主義的區別，僅僅表現在，它拒絕任何先驗性的觀念，拒絕意識形態的觀照及其理想化承諾。這部據說是取材於真實「案例」的小說，幾乎沒有回避現實矛盾（而經典現實主義顯然是要「回避」很多東西），它寫出了生活困苦，和被迫放棄的道德感。傳統的生活原則和道義原則在貧困的日常生活中已經全面瓦解，連最後一點「孝道」也都喪失了，足可見生活所面臨的根本危機。

顯然，物質生活的極端貧困僅只是人們喪失道義責任的一部分理由，丁如虎在極其擁擠的生存空間裡能盡到贍養老母的義務已經算是「聖人」了，祖孫三代五口人擠在一間小平房再加一間「披屋」裡，這裡很難產生更高的道德水準，況且丁如虎鰥居多年，還想找個續弦，這種生存困境輕而易舉就把他造就為一個同謀。如果說，在整個陰謀事件中，丁如虎是被迫的、無奈的，為他的整個最低限度的生活欲求所困擾。他不過僅僅以默許來充當一個配角；那麼，丁如龍則以他「見多識廣」的經歷和多年的工作經驗，積極主動地策劃了這次陰謀。惡劣的物質生存環境和兇險的社會生活體系，是扼殺善良品性和人倫道德的兩把鐵鉗，丁如虎和丁如龍不過象徵性的喻示著相畏相成的兩個方面。方方的敘事，看上去平實無奇，卻銳利無比，直接剖析生活最本原的那個層面，最本原的生存欲求與最低限度的道德承諾相衝突的狀況。在這裡，她沒有流於一般性的道德批判，也沒有關於「人性」的任何理性思考，而是全盤給出一種生活，一種不容置疑的刻骨真實的生活。也許，道義的力量就蘊含於刻骨的真實之中。

事實上，「新寫實主義」本身並沒有明確的藝術法規，個人化的技巧風格，當然造就了大相徑庭的「寫實性」。於是不僅有返回到「藝術上」去的「真實性」和返回到「生活中」去的真實，甚至像余華這樣絕對虛構化的作家，它的敘事也可能產生奇怪的真實——一種返回到個人化經驗深處去的真實，也正因為此，余華這個標準的「先鋒派」實驗小說家，竟然也經常被拉到「新寫實」麾下。與其說「先鋒派」與「新寫實」之間的壁壘並不森嚴，不如說它們之間本來就有交叉之處。儘管這種做法容易引起混亂，但是，余華的寫作一直在追求那種刻骨的絕對真實性——從理論上說，沒有理由不認為余華的寫作也是一種「新寫實」。余華有著非常特殊的「真實觀」，對於他來說，想像的、心理的真實遠遠要大於客觀存在的真實；而事實上，余華已經拆除了「想像界」和「實在界」的界線，在他的知覺範圍內，無法區分虛構與真實。

余華的虛構被他推到極端而自行消解，因而，在那些純粹的幻想瞬間，在那些玩味語詞感覺的臨界狀態中，卻總有一些極其銳利的真實感覺湧溢而出。他的《現實一種》、《河邊的錯誤》，尤其是後來的《呼喊與細雨》（1991年），無疑具有非同凡響的真實效果。這部長篇小說仍然保持余華慣常的敘事風格和語言經驗，特別是對語詞表現力的追求，也依然保留有余華偏愛的怪戾的幻覺經驗。但是，在這種虛構性的幻想性的敘事掩蓋之下的卻是極其真實的生活，對童年和少年的孤立無援的心理的刻畫，卻是淋漓盡致，在那種極端的生存狀態裡，生活露出了它的堅實的絕對本質。那些拙劣的行徑，愚蠢快樂，無助的內省意識以及總是被粉碎的願望，卻有一種回到生活深處去的真實力量。

有時候，刻意寫真與刻意虛構並無本質區別，特別是當這種「刻意」定位在語言（或敘事話語）層面上尤其如些。「刻意寫真」的敘事——絕對客觀化切入生活世界的敘事總是處在一種臨界狀態：處在藝術與生活的中間區域，或者說它總是具有返回到藝術想像力與返回到生活經驗中去的二重性。這種情形並不只限於前面已經提到的李銳和楊爭光早些時候的作品，就在張煒新近的長篇《九月寓言》（《收穫》1992年第3期）也不難體驗到。顯然，這部小說可以看到張煒藝術上的重大突破。曾經寫過《古船》那種具有深厚歷史意蘊的作品，張煒現在卻在追求一種返回到純粹的日常性生活中去的效果。張煒試圖刻畫一個絕對客觀化的世界，一種標準的「原生態」生活——這個詞如果在經驗上與張煒的創作無關的話，也並不能抹去它們在理論上的天然巧合。張煒刻意追求的那種藝術效果，也就是「新寫實派」批評家一再鼓吹的「原生態」理論。張煒在刻意給出非常原始、粗糙的生活樣態（當然也是一種語言樣態）時，那種絕對客觀化的東西，確實有一種令人驚異的真實感，同時也有一種無法抑制的虛構性——這樣雙重性的根源在於，所謂「原生態」式的敘事，實則是瓦解傳統（經典）現實主義的語言規範和經驗表像，在揭示出一直被掩蓋和壓制的狀態時，它給予了「陌生化」的生活經驗和語言經驗。「真實性」，甚至「刻骨的」真實性，說到底是一種經驗範疇，而不是客觀化的本質（它與我們既定的生活秩序、符號系統、日常經驗和閱讀習慣密切相關），因而「新寫實」主義的「刻意求真」也是一個開放性的經驗領域，它在不同的經驗範圍，不同的經驗水準上，給予不同的「真實」。

隨著「新寫實」的經驗被廣泛認同，隨著「先鋒派」向寫實退化，當代小說趨於形成「刻意寫實」與「刻意虛構」相混合的寫做法則。但是至少有兩點是肯定的：其一，這種趨勢不再虛構「歷史神話」，而是

虛構閱讀快感；其二，刻骨真實的筆法依然是虛構的基礎，它透過虛構洞察人情世故，給出生活的本真狀態。

說到底，反抗虛構而刻意求真不過也是一種敘事策略，而任何寫做法則最終都具有意識形態性質。正如「先鋒派」企圖用絕對的虛構來反抗既定的（經典的）符號秩序一樣，「新寫實主義」之刻意寫實也不過是要重新製作我們這個時代的符號系統，給出另一種經驗表像。在這一意義，「新寫實主義」試圖與經典現實主義迥然相異，而與「先鋒派」相去未遠。歷史總是在「寫實」中被重新虛構，這種「寫實觀念」作為歷史給予的法則，也反過來給予歷史以新的面目。敘述法則是在虛構文學的嚴酷考驗中演進的，但它同時既變成了現實的記號，也變成了現實的證據；——正如巴特所說的那樣：「它實際上代表了一種根本的意識形態的轉變：歷史敘述正在消亡；從今以後歷史的試金石與其說是現實，不如說是可理解性（intelligibility）」。[7]

四、拆解歷史：宿命論與傳奇化

在現實主義文學的寫作制度中，總是存在提高歷史意義的永久壓力。全部現實的合理性就存在於歷史的必然性之中，歷史是現實之父，經典現實主義通過強調歷史的意義而給予現實以革命本質。現在「新寫實主義」也盜用了這一手法，他們全面改寫歷史（神話），把歷史引入一個疑難重重或似是而非的領域。

歷史總是被不斷改寫，每個時代都依據掌握話語權力的集團的利益寫作「客觀的」歷史，以致於歷史的事實「這一概念在各個時代都是值得懷疑的」，尼采從來就不承認「事實」的優先權，在他看來根本不存在事實本身，事實要想存在，必須先引入意義，我們不會注意那些沒有意義的歷史事實。顯然，這種說法明顯悖離歷史唯物主義原則，歷史總是有一些基本事實，只不過人們總是根據不同的利益來描述和解釋這些事實。或者說，有時候人們看到這樣一些事實，而在另一些時候，人們看到另一些「歷史事實」。正是在「回到生活事實」這一總體綱目之下，「新寫實」小說也試圖抓住一些不同的「歷史事實」，不僅改寫了（或重寫了）經典文本和權威話語認定的歷史神話，而且試圖發掘不同的歷史法則。在這裡，「新寫實主義」堅定地區別於經典現實主義而具有某種特殊的歷史意識。

---

[7] 《符號學原理》，李幼蒸譯，三聯，1988年。

　　當然，這裡的「歷史」並不是指非常久遠的往昔，而是與現實緊密相聯的「過去」──作為現實的起源加以講述的那種歷史神話。與方方的《風景》相去未遠，池莉的《你是一條河》（1991年），重新講述了五六十年代（乃至七十年代）的故事。這個故事講述年輕守寡的婦女拉扯一大群孩子所經歷的艱辛困苦，他們不僅在貧困線上艱難掙扎，而且在政治運動中隨波逐流。那些在經典文本中被描繪成在陽光下茁壯成長的孩子們，在這裡或者像狗一樣縮卷在黑暗的屋角；或者因為偷竊40元錢被打得半死；或是輕易死去；或者隨便下嫁瞎子；或者發瘋。池莉在寫出生活的貧困惡劣時，也寫了人的倔強性──當然不是什麼遠大的理想支持辣辣在她倒霉的一生中充滿信心；而僅僅是求生的本能，一種活下去的簡單權力和願望。這個家庭的命運。貧困與政治乃是一枚硬幣的兩個背面，或是一條堅硬的繩索，它顯然輕而易舉就勒死了關於幸福生活的奢望。也許人們會指責池莉把那個年代的生活寫得過於灰暗；在另一方面，人們也許會為池莉辯解說，她不僅正視了歷史事實，改寫了虛假的歷史神話，更重要的在於，她為「改革開放」的現實尋求不容置疑的歷史依據，難道不是因為我們曾經有過那種生活，我們今天才如此信奉、擁護和珍惜「以經濟建設為中心」的偉大真理嗎？

　　「歷史」之所以不容置疑，乃是因為它由鐵的必然性邏輯支配決定。李曉近期的小說《相會在K市》（1991年），致力於發掘革命歷史故事中隱含的那些偶然性因素，從而使「革命歷史故事」變得不那麼完整。《相會在K市》似乎在澄清劉東的革命者身份，這使人想起方之的《內奸》，後者辨明「內奸」的革命者身份乃是敘事的根本目的，它使「革命史」變得更完整和完美；而《相會在K市》通過辨析劉東的「革命者」身份，卻使「革命歷史故事」變得疑難重重，那些偶然性的細微末節卻造就了一系列意想不到的後果，令人驚的不僅是革命者的冤屈，還有「歷史」所掩蓋的那些偶然環節──它們使「歷史」解構。

　　蘇童這位當年「先鋒派」打頭陣的人物，近年竟然也成為「新寫實」的幹將，這不僅因為「先鋒派」與「新寫實」的界線愈來愈模糊，而且在於蘇童在1989年底發表《妻妾成群》，顯然引起多方面的驚奇。人們不僅看到非常老道的傳統筆法，而且可以讀出十分新穎的敘事風格；而在另一些人看來，《妻妾成群》是近年來寫實小說的奇葩（王幹語）；當然也是「新寫實」的力作。而他的《米》，一方面發掘出人類生存在歷史中神秘不可知的決定因素──他給敘事配顯了一個深邃的歷史宿命論；另一方面，他放開手去講述這個幾乎是「復仇」的故事，這裡面充滿了驚險、陰謀、暗算、兇殺，具有引人入勝的傳奇色彩。把歷

史「宿命化」然後再進行「偉奇化」，不管從哪方面來說，這部小說都值得讀解，它不僅能滿足最玄奧的理論，而且可以令最粗鄙的閱讀如願以償。

近幾年以來，「新寫實」小說強化了向「歷史」領域進軍的勢頭，在一點上，與「先鋒派」殊途同歸。如果說，「先鋒派」進入歷史是一次退卻的話，那麼「新寫實」則可以看成是一次衝刺——拋掉那頂所謂「認同庸俗化生活」的綠帽子，而獲得某種厚實感。事實上，講述在史故事一開始就是「新寫實」的一個取材向度，只不過近年來這個向度備受青睞而已。葉兆言一直就以善於講述舊式生活故事著稱，他的《追日樓》（1987年）、《狀元鏡》（1990年）當推這方面的精彩之作，與範小青的《顧氏傳人》等描寫舊式生活的作品平分秋色而各有所長。葉兆言更多的表現舊式生活的文化韻味；而范小青則傾向於觀看舊式婦女的心性與命運。顯然，他們的敘事平實明晰，不刻意追求故事之外的效果。當然，葉兆言的某些小說頗有「先鋒性」，例如《棗樹的故事》（1988年）和近期的《換歌》（1992年），顯然帶有很強的形而上的歷史意味。

劉恒的《蒼河白日夢》（1993），以一位百歲老人回憶的口吻重述本世紀初的歷史。這個老人的個人經歷顯然就是一部中國現代史，一部現代史起源的民族性寓言。這個敘述人是一個回憶者，在敘事中則是一個旁觀者。這個在故事中綽號叫做「耳朵」的僕人，他以偷聽者和窺視者的雙重身份保證了敘事的真實性。同時作者為了加強現實感，以實錄的時間標記來劃分段落。現在時間侵入敘事本文，多少打破了故事的封閉結構，把歷史作為現在的「他性」，作為已死的過去來觀照。

主人公曹光漢，留洋回來逐磨著建火柴廠，以科學實業救國，乃是那個時期的時尚。曹家二少爺是作為一個典型的現代知識份子的形象加以書寫，在他的家人和周圍的群眾看來，這是一個不中用的傢伙。他顯然不能完成中國傳統社會賦予一個男人的任務，這個性無能的傢伙不僅在物種學的意義上阻斷了中國宗法制社會的發展，而且他異想天開地要從西方借來火種。不管劉恒有意還是無意，「火柴廠」具有象徵的意義，現代以來的中國知識份子正是試圖扮演魯迅所說的「普羅米修士」式的英雄，孜孜以求從西方盜來「火種」，照亮處於黑暗和蒙昧狀態中的群眾。作為物種學意義上的「人」，曹光漢喪失了生殖力，他表徵著這種文化的延續性所面臨的危機。那個充滿了勃勃生機的大路，及時填補了這個空缺，他與少奶奶偷情而傳下一個藍眼睛的兒子，結果大路和這個孩子都死於非命。這個瀕臨解體的宗法制度不會接受外來的生命能

量，就是那個超出物種學範疇的曹光漢也沒有好下場，他的失敗不過是中國現代性期待的早期落空的象喻。劉恒重新講述了一個「現代性」的神話，啟蒙主義理想在現代中國遭遇到的困境和失敗。劉恒對中國宗法制社會的垂死狀態一直有著驚人的洞察，因而他能把那種制度化的壓抑力量，與非常個人化的情欲動機巧妙結合，在那些極端的狀態中給出未世學的圖景。

李銳的《舊址》脫胎於他的中篇小說《傳說之死》，顯然，這是一部極有力度的作品，它對一個家族的衰敗歷史進行了令人震動的描寫。這是一部深重而尖銳的新民主主義革命的歷史，革命的內涵隱沒到故事的底層，若隱若現，但是它在歷史的變遷中，在人物的命運抉擇中，起著至關重要的作用。李氏家族率先面臨的壓力，來自洋買辦白端德和軍閥楊楚雄，李氏家族的掌門人李乃敬始終在夾縫中求生。在這個意義上，李氏家族乃是半封建半殖民地中國的寫照。革命終致於把李家推向滅亡之路，李家也有革命者，並且有大義滅親的後起之秀，李乃敬的天靈蓋最後被革命的子彈打飛，一個舊式家族也就在新中國的誕生之際徹底消亡。無可挽救的歷史命運和幾代人事與願違的選擇相對應，《舊址》冷靜地展示了一幅奇特的中國近現代的歷史圖景。

也許李銳懷有回到本土文化中去的願望，他試圖以本土化的眼光來重新理解中國現代歷史的命運和它的後果。這使得李銳不無懷念地表現了舊式人物的悲劇命運，也許這裡面真有他的家族史實，他對李乃敬的刻畫充滿了挽歌的意味，而對趙樸庵的愚忠居然也有肅然之意，當然對楊柳兩個女人之間的爭鬥，事與願違的後果和無法磨滅的仇恨，李銳的敘事環環相扣，在這裡發掘出中國婦女無可逃脫的自戕命運。李銳尤為巧妙地描述了投身於革命的青年知識份子的遭遇，李乃之在革命的變動歲月幾經波折，他如此傾心的革命，卻又給他以各種莫須有的懲戒。李銳的敘事十分凝煉，他尤為擅長於選擇那些奇崛的事件來構成故事的硬核，那些動機總是被不經意埋下，又被自然而然發掘。李銳的敘述給人以精細瘦硬的印象，看似平實卻透著冷峻的力度。

劉震雲的《故鄉天下黃花》（1991年）無可爭議是一部優秀作品。這部長篇並不僅僅是以它龐大的生活容量而達到某種歷史深度，而是以它抓住歷史的特殊軸心，完成對歷史的精彩刻畫。貫穿於故事始終的動機，就是爭奪「村長」，「權力」是支配歷史的辯證法。不管什麼時期（民國、抗戰、土改或文革），不管什麼人（地主、土匪、貧民還是幹部），權力永遠起支配作用。顯然劉震雲重新講述了「新民主主義」革命以來的歷史故事，他用「權力法則」，消解了「階級鬥爭」的經典模

式。與其說人們如此容易為「權力」所誘惑、所支配，不如說權力就植根於人們的本性之中。因而權力無所不在，無時不在，它深刻滲透在人們每時每刻的日常生活中。劉震雲善於抓住為權力支配的人們所處的失重狀態，人們期望謀求權力卻總是為權力所愚弄──這就是生存的辯證法。權力顛倒了一切，抹去了那些經典性的等級模式。權力使所有的人都變得愚蠢可笑，使歷史本身變得荒唐不經。由於劉震雲抓住了這道歷史軸心，他的敘事便極其自由地穿行於那些細微末節之間。讓人們在最簡單的日常性生活中露出可笑的嘴臉卻無瑣碎之感。那些無聊的快慰也具有某種耐人尋味的意蘊。總之，歷史在權力的更替轉換中延續輪迴，因而權力意識也就是歷史的「宿命論」和「末世學」。劉震雲確實開拓了理解歷史的特殊角度，抓住了片面的歷史辯證法，但也因此把「歷史」弄得面目全非。劉震雲巧妙的筆法卻能無傷「大雅」，可見功夫到家。

劉震雲的《故鄉相處流傳》（1993）顯然是一部令各種人群都吃驚的書。如果說《故鄉天下黃花》不過小試鋒芒，把現代以來的（舊民主主義革命以來的）中國歷史進行反諷性的改寫，那麼，這部長篇小說把幾千年的中國歷史打碎，通過人物的死而復生的手法，使歷史場面不斷重複出現，促使歷史在重複中自行解構。從曹操到隋唐五代，到有農民起義，直至大躍進等等，歷史輪番變化，而那已死的歷史人物改頭換面重新登場。歷史的絕對存在，它確實性和獨一無二性被徹底嘲弄，歷史本質上是由權力的運作構成，由英雄和群氓來推動權力的運作，個人的存在已經變得十分可疑，只有行使權力的人，追逐權力的和被權力支使的人。當然，劉震雲的敘事並不是僅只表明這些反叛性的觀念，那些具體的情境是劉震雲所感興趣的東西 每一滾人物都被扭曲、變形，他們被強制性地推到那些錯位的歷史情境，以誇張而荒謬的姿勢自我戲謔，乃至自取滅亡。劉震雲的敘事機智而幽默，那些東拉西扯而隨心所欲的表達，是對雜亂歷史的貼切模仿；那些亂糟糟的場面，處處洋溢著反諷的快樂。這是一次對歷史及其烏托邦神話的全面嘲弄，一次後現代主義式的拼貼遊戲，歷史在這個拼貼中變成了一種「後東方」式的文化奇觀。

向著「歷史」縱深地帶行進，「新寫實」小說雖然保持原來求實的敘事法則，卻也更多寄寓了對「歷史」的特殊理解，當然，這種「理解」完全是敘事本身呈現出來的。其總體特徵在於熱衷於表現「歷史」的神秘性和宿命論；特別是把隱秘的歷史宿命論與驚心動魄的傳奇故事相結合。顯然，與蘇童的《米》相去未遠，楊爭光的小說熱衷於描寫土匪和「復仇」一類的主題。楊爭光對「仇恨」有一種特殊的愛好（或觀

察力），他那冷峻的筆法尤為適於描寫「仇恨」莫名其妙的發生和迅速
膨脹的細緻過程。《棺材鋪》作為楊爭光應蘇童「打擂臺」之戰，極見
功力，楊爭光的冷峻瘦硬和蘇童的優雅從容相映成趣，難分高低。對於
楊爭光來說，生活、歷史、個人的命運，已經全部萎縮成「仇恨」，它
成為支配生活的絕對力量，楊爭光因為拒絕歷史感（或歷史觀）而毫無
顧慮寫作非理性的生活史。他的那些生活於粗陋貧困狀態中的人們已經
沒有任何絕望感，相反，他們充滿熱情盲目與命運搏鬥，他們在瘋狂自
虐中，在把自己推向絕境的路途中，體驗到生活的全部的快感──這使
人想起卡繆的西希弗斯推動石頭的那種姿態。

　　九十年代，中國文壇歷史傳奇全面復活，作為它的必要的副產品，
土匪也四處盛行，殺人如麻，火拼四起，暗算難防。稍加瀏覽幾家刊物
就不難發現這點，例如《當鋪》（季宇），《臥槽馬》（熊正良），
《嫵媚歸途》（廉聲），《民謠》（李曉），《十九間房》（蘇童）等
等，連池莉也在《預謀殺人》，也對「復仇」心馳神往。一度聚集在
「新寫實」旗幟下的作家，他們不再向平實的生活去發掘意蘊，而是走
向它的反面，他們更樂於在傳奇性中去構造驚心動魄的故事。新寫實群
的小說意識的這種變化是令人驚異的，它既是對當代潮流的趨同，也是
對自身歷史的回歸。因為傳統現實主義的小說就熱衷於傳奇性。當代小
說周梅森在《孤乘》中大開殺戒，而在《心獄》這篇描寫舊軍閥公館裡
女性命運的故事裡，再殺掉一個大少爺墊背，以此使一個幾乎類似《妻
妾成群》的故事，迅速轉變為探究那些偶然的疏忽如何改變了人的一生
命運的故事，甚至改變成重新解構歷史的思索。也許有人會懷疑說我所
列舉的這些作品在當今批量生產的小說市場上不過屈指可數，即使再加
上部分類似題材的作品也形不成主流。問題在於，當今引人注目的（被
認為最有才能的）那批作家他們不約而同在講述這類故事，這就形成某
種值得重視的動向。而且問題的嚴重性還表現在，這些作品恰恰寫得極
其出色。不管是敘事，還是人物性格心理的刻畫，或對生活情境的描
寫，對一種命運的透徹表現，都達到相當高的藝術境界。如果不是我們
時代最有才華的一批作家已經走火入魔，那麼就是文學本身發生故障；
當代小說這棵垂死的樹上，已經結不出豐碩的現實果實，卻頻頻開放血
腥氣四溢的奇花異葩。連「新寫實」都誤入歷史歧途──在這一意義
上，「新寫實主義」叫做「新歷史主義」──那麼誰還留戀現實？

　　在社會的「中心化」價值體系解體的時代，是一個類似列奧塔德
（Lyotard）所說的「後現代時代」──這個時代充滿「稗史」，堆滿各
種並列排比、反論和背理敘述。「新寫實」小說講述那些充滿偶然性和

各種意外事故的故事，刻畫那些劃明其妙增長的「仇恨」，以及通過一系列拙劣的暗算謀殺來毀壞歷史──所有這種敘事都是下意識去完成的；對於他們來說，僅僅關注那些引人入勝的生活狀態和故事本身的組織結構。正因為此，這種在無意識水準上完成的敘事，轉喻式地表達了他們的現實感受，他們不僅試圖擺脫歷史必然性邏輯的支配，而且下意識地表達了這個時代正在解體和正在喪失的歷史感。那些曖昧不清的歷史宿命論和把歷史傳奇化的做法，不過是找不到現實位置，找不到文化的時間流向座標而作出曖昧反應。

五、反悲劇：反諷及其價值標向

悲劇一直是現實主義的核心美學範疇，英雄人物的「悲劇命運」，一方面喚起人們對英難的情感認同；另一方面表達正義戰勝邪惡的偉大信念。「新時期」文學一度表現知識份子的悲劇命運，憑藉悲劇的內在化力量，推出「大寫的人」作為文學的最高綱領。隨著歷史主體和中心化價值體系的分解，「悲劇」失去了「永恆正義」的絕對價值標準，「大寫的人」改變成「小寫的人」。歷史前提發生變化，人們的精神狀態和價值標向也隨之改變，人們的美學趣味必然改變。作為這個時代文化危機的表徵，「新寫實主義」恰如其分表現了這個時代的美學趣味及其處理生活的方式。

這是一個折衷主義盛行的時代，人們隨機應變，見機行事，從而在「一體化」的裂縫之間遊刃有餘。折衷主義乃是總體文化的零度（A・王爾德語），消費社會已經抹去了各種文化的絕對價值，而流行時尚成為最高的美學趣味。儘管「新寫實派」基本上還屬於負隅頑抗的擁有藝術信念的藝術家群體，然而，他們在總體上不可能擺脫這個時代文化潮流的支配，事實上，他們的文化態度和價值立場是不謀而合的。出於對一個無法修補的世界作出努力的懷疑，「新寫實主義」在表現無所作為的平民化生活的同時，有意識地表現出反英雄特徵。面對當今生活的隨意性、多樣性和機會性，它為生活規定了那種懸而未決的態度，表現了對我們所置身的世界間的事物之意義和關係的一種根本易變性的寬容[8]。在這一意義上，「新寫實」小說經常表現出一種「後現代性」傾向。因此，並不奇怪，「新寫實主義」普遍遠離悲劇，而尋求用「反

---

[8] 這種描述參照了A・王爾德對後現代主義的分析。在我看來，「新寫實主義」在很大程度上表現了與「後現代主義」相通的美學趣味和價值立場。參見A・王爾德《一致贊成的視野：現代主義後現代主義與反諷想像》，巴爾的摩，1981年。

諷」（irony）手法——對某一事件的陳述或描繪，卻原來包含著與人的感知的表現的（或字面的）意思正好相反的含義——來刻畫人們所處的「類喜劇式」的生活狀態。它不僅拆解了那些虛假性的價值使它顯得尷尬；而且也使那些普通尋常的事物變得非同凡響而妙趣橫生；甚至使那些平淡無奇的小人物也擁有一些特殊魅力。

當然，「反諷」作為一種修辭手法在文學寫作的歷史中由來已久，在中國現代，魯迅就是卓越的「反諷」高手。不過「新寫實」小說普遍運用「反諷」手法在繼承魯迅的光榮傳統以及中國古典筆記小說的同時，更多的借鑒了西方「黑色幽默」一路的風格。「反諷」在「新寫實主義」這裡不僅僅是一種修辭手法，也不再具有強烈的批判性和理想化改造的意義，它已經是一項根本的美學法則，乃至處理生活的方法和文學的生存法則。顯然，劉震雲當推這方面的代表。正是在把「反諷」的觸角伸向整個生活的網路的同時，劉震雲揭示了日常瑣事中令人震驚的事實。通過把「權力」與「反諷」捆綁在一起，劉震雲多少解開了人類本性與制度化存在結合一體的秘密。那些習以為常的生活小事，那些憑著本能下意識作出的反應行為，因為它們與權力構成的曖昧關係而顯得滑稽可笑。《新兵連》之所以能把軍營生活寫得如此真實而親切，在很大程度上要歸結於劉震雲的反諷手法剔除了生活的虛假面具。年輕的兵們為了求「上進」，爭「骨幹」陷入窘境而妙趣橫生，退去「靈光圈」的兵們，露出各種尷尬面目卻顯得親切可愛。劉震雲或許受到過契訶夫的影響，他對勾心鬥角與卑躬屈膝相結合的官場生活有著特殊的洞察力。權力是一個巨大的網路，庸俗的官們同樣逃不脫權力運作的愚弄，崇尚權力總是事與願違，不過更全面深刻地為權力所控制。《一地雞毛》則在寫出日常生活的困窘，以及瑣碎的生活細節侵蝕個人的意志和熱情的同志，刻畫了主角是如何在世俗權力網路的運用中被任意擺佈的狀況。沒有任何權力的人們，總是生活在一個不斷「屈從」的狀況，然而一有機會就會自覺使用權力。因為把反諷與權力結合為一體，劉震雲的敘事輕鬆幽默卻具有特殊的力度。他的那些主角，不管是小人物還是掌握部分權力的「官人」，總是自覺把權力庸俗化，最精彩的反諷效果正是在他們自覺確認被權力歪典的社會角色時產生，劉震雲巧妙運用人物自己的語言給出人物的社會位置——這些位置被角色自己看成是天經地義的、合理的，甚至是理想化，然而，實際上，正是這些自以為是的「位置」把人物置放在一個失重的和尷尬的戲劇性邊緣。

很顯然，「反諷」手法在「新寫實」小說中，因人而異呈現出不同的類型和特徵。最常見的描寫性反諷可以在各種「新寫實」小說中看

到。李曉通過「重寫」歷史故事而嘲諷了嚴整神聖的「經典神話」，他那種解構式的反諷損毀了某些根深蒂固的觀念。而劉恒則善於在人物的那些關鍵性動作發出瞬間給予反諷性評價，使人物所處的尷尬境地更加暴露無遺（例如《伏羲伏羲》、《白渦》），他的《逍遙頌》則可以看成「反諷性敘事」的經典作品，在這裡，話語式反諷把每個人蠻橫地置放到失重的與自我本質極其不相符的狀態，話語慾望為了滿足反諷效果而無止境播散，話語製造的反諷快感成為敘事的內在動機。顯然，王朔走紅文壇與他的小說採用反諷性對話大有關係。儘管迄今為止人們還拿不定主意把王朔劃歸在「先鋒派」或是「新寫實」，還是「個體戶」之列，王朔因為有「老實本分」和「胡作非為」的二重性，因而他可以劃歸任何派別，也可以不屬於任何派別。顯然，王朔在他那些打情罵俏或坑蒙拐騙的故事裡，加入了嘲弄一切，也嘲弄自己的對話，而意趣橫生。尖刻、機敏、溫情和無賴都因為反諷穿針引線而結合得天衣無縫，這使王朔在煽情的時候，不至於給人以任何肉麻的感覺；而他在攻訐污蔑某些現象事物時，卻又機智靈活。王朔的「反諷」令人神往卻又叫人望而卻步，因為他不僅專門拆毀神聖性的偶象，而且撕破自己，這需要技巧和智慧，需要無畏和無恥。

對「反諷」手法的普遍運用，表明了一代青年作家駕馭生活和把握敘事的能力。在當今時代，文學一方面要探尋生活發生的種種變動，在日常性生活中發現某種詩性；另一方面，文學卻又必須去挖掘利用自身的素材所固有的可能性而製造「本文的快樂」。現在，人們已經不得不相信──正如卡爾維諾所說的那樣：「全部文學都被包裹在語言之中，文學本身只不過是一組數量有限的成分和功能的反復轉換變化而已」。[9]反諷在這個「反復轉換變化」過程中充當了最後的動力裝置。事實上，新一代小說（當然包括「新寫實」小說）的價值在很大程度上取決於閱讀快感，那些凡人瑣事，那些幾乎沒有什麼重要意義的故事，因為敘事的效果，特別是因為「反諷」性描寫的大量運用而變得生機勃勃，妙趣橫生。也正因為此，「新寫實」小說可以遠離意識形態中心，甚至無需多少深厚的思想，而是憑著它講述的故事和對故事的講述確定自身的存在價值。在這一意義上，「新寫實」小說與經典現實主義小說迥然不同；它是一種本性論意義上的文學，而不是意識形態實踐意義的文學。顯然，反諷給這個「本體論意義」奠定了牢固基礎。

9　參見卡爾維諾《敘述的神話》，轉引自《走向後現代主義》，王寧譯，北京大學，1992年第163頁。

　　「反諷」當然不僅僅創造了一種美學法則，它同時表達了一種文化態度和價值立場——「反諷」因而成為我們時代緩解文化危機的萬應良藥。作為「折衷主義」時代盛行的手法，「反諷」表示了一種「中性化」的價值立場，在這一意義上，它的另一說法就是「調侃」，一種淺嘗輒止的玩笑，適可而止的攻訐，輕鬆隨便的漫罵，並不認真的語言戰鬥，它使那些嚴肅神聖的原則性對立傾刻之間在語言的快感中化為烏有。反諷既恰當渲泄了人們的「批判性」，又維繫住了社會和諧統一的外表。它是社會穩定和快樂的佐料。顯然那些追求絕對意義的文化批判者，對此大為不滿。在霍克海默和阿多爾諾看來，文化工業創造的所謂「美」，就是通過幽默，通過對一切不能實現的東西的諷刺而獲得勝利的。「對沒有什麼東西可以引起人們歡笑的狀態進行嘲笑。往往是在恐懼消失時產生調節恐懼的歡笑……當卑賤者戰勝了可怕的有權勢的當局時，調節的歡笑是擺脫權勢的回聲，它意味著卑賤者戰勝了恐懼。歡笑也是不可擺脫的權勢的回聲」。[10]作為堅定的（自詡的）馬克思主義者，霍克海默和阿多爾諾奉行「知識份子最後的英雄主義」立場，對資本主義文化工業有著不可調和的批判精神。對於青年一代的中國作家來說，他們置身於一個「文化失范」的文明情境，舊有的偶像已經破滅，而新的準則遠未確立，他們無法固執己見，文化的嚴肅性和認真性也已喪失，他們除了借助萬能的「反諷」（或調侃），除了以廉價的歡笑來掩飾內心的恐懼和恐慌之外，還能捍衛什麼更高的正義呢？

六、走出危機：走向從容啓示的時代

　　試圖用一個流派來統合一批風格獨特的作家是非常困難的——大部分「新寫實」小說家會對這種做法不以為然，甚至憤憤不平。然而人們總是試圖理解歷史，總是要在那些個別現象之上強加歷史法則。說到底，「新寫實主義」不過是一種命名，不過是人們談論的一個話題，不過是對理論匱乏的一次勉強滿足。在八十年代後期中國文學落入低谷的歲月裡，「新寫實主義」這面旗幟似乎鼓起了重新聚集的勇氣。也許人們非常偶然走到一條歷史棧道，然而因此釀就的新型文學經驗則是不難看到的。在「新寫實」的名下，我們至少可以看到這樣一些變動。

---

[10]　M・霍克海默，T・W・阿多爾諾：《啟蒙辯證法》洪佩鬱等譯；重慶出版社，1990年，第131-132頁。

1、文學寫作不再依循意識形態推論實踐，寫作者不再有充當歷史主體的慾望。

2、那些凡人瑣事成為寫作的中心素材，文學回到單純的生活，因而對生活的洞察力顯得十分重要。另一方面，故事也朝著「傳奇性」方面發展，製造遠離烏托邦衝動的閱讀快感。

3、故事變得至關重要，並且故事的講述同樣重要，當代小說在這兩方面的高水準要求，使得小說敘事具有相當的難度。

4、小說敘事不再是專注於構造方法論活動或製造修辭效果，而是促使「故事」變得引人入勝。對小說敘事更高水準的要求表現在：不露痕跡而盡得風流，所謂語言包裹的生活。

5、當代小說傾向於描寫生活而不是評價生活，寫作是一種快樂，而不是一項教育事業；作家是語言的工藝匠，而不是靈魂工程師。

6、當代小說因此創造出中性化的價值取向，一種隨遇而安的態度。在文化危機時代尋找一種新的適應性，調和而不是激化生活矛盾的後機會主義哲學或新保守主義立場。

「新寫實主義」預示當代中國文學最顯著的變化，就是開始形成個人化的話語。正是因為集體想像的失落，因為文學寫作不再追逐意識形態實踐，F·傑姆遜所說的那種「第三世界話語」正在退化，所謂「民族的」、「社會化的」巨型寓言已經趨向於改變為個人化的寫作。文學的群體效應正在喪失，越來越具有個化特徵：個人化的經驗，個人化的講述，個人化的效果。文學寫作尋求啟示而不是教誨，擺脫八十年代後期文化危機的中國當代文學，有可能並且不得不走向一個從容啟示的時代。

正如《鐘山》在1989年亮出「新寫實」旗號並不表示「新寫實」才剛剛誕生一樣；1991年「新寫實」小說聯展偃旗息鼓，也並不意味著「新寫實」就此銷聲匿跡。作為一種群體效應，作為一個理論話題，「新寫實」可能已經告一段落；然而與「先鋒派」走向常規化一樣，「新寫實」創造的文學經驗也必須被廣泛認同和傳播。事實上，「常規化」也表明新的文學格局正趨於形成，「後新時期」（或者說九十年代）的文學形勢無疑是在最大可能的程度上吸取了「新寫實」的經驗而加以建構的。當然，作為文化危機時期的產物，作為適應這一危機而創造的文學經驗，在九十年代肯定要面臨新的挑戰，肯定要作出某些根本修正。新一輪的經濟浪潮不僅來勢兇猛，而且顯得後勁十足。社會主義市場經濟將替代過去的意識形態實踐，喪失了歷史重負的中國文學將變得更單純、也更單薄。文學因此真正被排除於歷史之外，不僅「民族性

的」、「社會化的」寓言意義全部喪失，而且文學根本就不具有社會化的實踐功能。個人化的經驗將成為文學寫作的全部根本，個人化的寫作因此可能處在「不能承受之輕」的狀態。

九十年代的文學寫作者將別無選擇，處在經濟一體化，乃至工業文明擠壓之下的人文知識份子將不得不把自己打碎的文化偶象重新拼貼起來。為了擺脫文化真正的失敗地位，文化（文學）的神聖性會被再度喚起（否則人們在文化上將沒有立足之地），「新寫實主義」曾經鄙視的理想主義將捲土重來。然而，不管如何，文化不再會有群體效應，理想主義之類的文化信念也不會是集體的烏托邦衝動，毋寧說僅僅是個人化的精神準則和職業道德。大部分的文學寫作者正躍躍欲試，向商業主義搖尾乞憐；而另一些人則以個人化的姿態奉行所謂「知識份子最後的英雄主義」立場，走向從容啟示的時代──某種意義上說，這也是歷史強加的法則。許多年前 J・克利斯蒂娃在一篇題為《人怎樣對文學說話》的著名論文裡寫道：「在那些遭受語言異化和歷史困厄的文明中的主體看來……文學正是這樣一個場所，在這裡這種異化和困厄時時都被人們以特殊方式加以反搞」。文學寫作者總是處在「困厄」的怪圈之中，只不過不同的歷史時期將以不同的（特殊的）方式進行反搞而已。人只能這樣對文學說話。

本文原載《文學評論》1993年第2期

4、神奇的他者
——中國當代電影敘事中的後政治學

　　1994年五月，法國國家電視臺採訪《活著》劇組人員，採訪臺上刻意擺著一張張藝謀的空椅子，這把空椅子是一個超級的能指，一個神奇的象徵符號——張藝謀的缺席意指著「政治」的在場，並且作為特殊的意指功能凝聚成電影敘事語境的「歷史潛文本」（Subtext）（Jameson, 1981,）[11]。事實上，「政治」一直在當代中國的電影敘事中起到決定性的構成作用，這並不僅僅是指那些經典的意識形態影片，如何由意識形態實踐決定它的敘事功能和敘事方式；更有意思的是，那些實際上脫離了中國本土的意識形態實踐的「新電影」敘事（「新電影」，或稱「藝術電影」、「探索片」、「第五代」、「第六代」電影等等），卻在以各種方式不斷地運用類型化的政治代碼，來完成典型的中國電影敘事。也就是說，政治在文化生產中的功能實際發生很大的變化——它變得更加隱蔽、複雜和豐富。就中國的電影生產而言，它無疑處於社會主義文化領導權（cultural hegemony）的直接控制之下，它有著非常「發達」和「活躍」的政治代碼，但這些政治代碼不再是簡明扼要的「時代精神的傳聲筒」。那些被定義為「藝術探索」和「走向世界」的電影，實際已與本土的主流意識形態實踐相剝離，那些政治代碼總是被加以類型化和符號化的處理。它們或者作為藝術表現的素材，或者作為一種文化身份的佐證，或者作為一種潛在背景被多重運用，構成了一種奇特的敘事狀況而具有意想不到的功能。在電影敘事中如此寄生於「政治」，運用「政治」素材，不妨稱之為電影敘事的「後政治學」。在這一意義上，一切似乎都是政治，一切又都不是政治。政治無處不在，但又無時不在顛倒自身。寄生與顛覆構成的奇妙關係，成為八九十年代中國新電影敘事的「後革命」動力。

　　九十年代，中國電影更大規模「走向世界」，這使那些被定義為中國「新電影」的生產製作和敘事更熱切面對著西方關於中國的文化想像。不管反抗還是認同，它都是一個無法逾越的存在。因此，所謂中國電影敘事的「後政治學」，也就不僅僅是在中國本土化的文化生產的多重錯位中興風作浪，同時也在全球化的關於中國的文化想像的語境裡左

---

[11]　Frideric Jameson, Political unconscious, 1981, cornell, page 81. 76.

右逢源。不管人們用「後現代性」或「後殖民性」去描述它，都難以把握它的豐富性、生動性和複雜性。本文試圖探討，那個「無所不在」的「政治」是如何在當代電影敘事中被神奇地利用，構成那些「革命性的」敘事和似是而非的象徵性行為（symbolic act）。

一、改寫與變形：政治的抽象化

中國的社會主義文化領導權在五六十年代達到鼎盛時期[12]，作家、藝術家的思想世界觀改造已經不容置疑站在黨的立場，有效創造和完善了一整套的「革命歷史神話體系」。文藝創作與黨的歷史實踐密切配合，成為團結人民、教育人民、打擊敵人的有力武器。縱觀那個時期的文藝作品，與黨所確認的「新民主主義革命」的歷史神話如出一轍，這是不爭的事實。就新中國最有代表的電影導演謝晉而言，他的影片：「無疑為權威歷史話語提供了生動而透明的歷史表像，使語言的規則化歷史圖景幻化為活動的、可觸摸的戲劇化歷史場景。反過來，權威歷史話語則為這些歷史表像在主導意識形態中提供了相應的位置」。（李奕明，1990）[13]。不管作家、藝術家如何強調創作的主觀能動性，他的創作意圖必然要有明確的政治內容，並且準確地在現實政治實踐中找到它意指的對應點。儘管在1949年以後相當長的歷史時期中，文藝界不斷展開各種意識形態的鬥爭，似乎表明文藝家有背離黨的政治路線的傾向，但事實上，少有作家和藝術家的政治訴求偏離權威意識形態。1976年以後，反文革的歷史敘事在「文學與政治的關係」論爭與「文學是人學」兩個出發點展開，但並未削弱作家和藝術家的政治訴求。反文革的歷史敘事本身就是「新時期」思想解放運動的一部分，它為那個時期的政治實踐提供一套必要的表像體系和情感依據。當時風行一時的那些影片無不是與思想解放運動密切相關，例如《天雲山傳奇》（1980）講述黨的十一屆三中全會後糾正錯案的政治故事，這個政治故事力圖通過幾對男女的愛情關係來表現，試圖用道德、人性論式的「美好情操」來淡化政治主題。然而，事實上，正如汪暉所言：這個辛酸的愛情故事「用道德化的語言表述了一個政治寓言：信念的失落與回歸，過去的政治運作的

---

[12] 文化領導權，即文化霸權，來自英文hegemony，在中國大陸，因為「社會主義文化霸權」這個概念不能使用，出版社公開出版圖書中不能使用這個概念，故改為「社會主義文化領導權」。

[13] 李奕明：《謝晉電影在中國電影史上的地位》，《電影藝術》，1990年，第2期，第9頁。

不合理性和現實政治運作的合理性和合法性的道德證明」。（汪暉，1990）[14] 關於重建知識份子對黨的信念這個主題顯然是和當時的意識形態軸心實踐密切相關。並且，關於「愛」與「情操」之類的意義指向，表達了那個時期知識份子擺脫極左路線的歷史願望，它本身構成思想解放的意識形態實踐的歷史軸心。在文學藝術界，反文革的歷史敘事強調「人性論」和「人道主義」，所謂「人性」、所謂「愛」、所謂「情操」，共同置放於「大寫的人」的綱領之下，表現了那個時期急切建構的「共同想像關係」——它是新時期連接黨和知識份子的精神紐帶。

八十年代中期以後，思想解放的任務告一基本段落。一方面，政治精英對文化精英的歷史需求開始降低。關於「實踐是檢驗真理的唯一標準」的討論，已經為改革開放政策論證了充分的合法性，而實現四個現代化的初步成果也足以表明黨的現行政策的合理性。另一方面，政治權威話語與知識份子的話語開始產生分歧。由反文革的歷史敘事推導出的「人性論」、「人道主義」、「人是馬克思主義的出發點」，已經進一步推演出「異化」理論、「主體性」和「全盤性反傳統」等等一系列命題，而在文學藝術界，現代主義傾向已經變得無法遏止，雖然未必能與經典現實主義分庭抗禮，但作為一種時代精神的指向，現代主義顯然預示著創新的未來。因此不難理解，新時期以來的文學藝術創新經驗，一直就是在「現代主義」的陰影底下徘徊行進。「現代主義」思潮在觀念上損毀了社會主義文化領導權的權威性，同時更嚴重的在於「藝術創新」所追尋的美學理想方面，使社會主義文化領導權陷入困境。八十年代中期，文學界已經無法在意識形態推論實踐中完成那些歷史的和現實的神話敘事，傷痕文學早已是明日黃花，改革文學、知青文學已經走到盡頭，1984年是莫名其妙的「大自然」主題風行一時。這使一直從文學界掠奪文化思想資源的電影界也陷入恐慌，意識形態共同想像關係在這裡已經露出困境，意識形態權威話語已經難以全力支撐文學藝術創作。這種狀況必然使社會主義文化領導權體系陷入兩難處境：一方面，社會主義文化領導權依然具有制度化的效力；另一方面它又缺乏有效的信仰核心和新的表像體系，以適應文學藝術的創新和探索提出的挑戰。而「藝術創新」的壓力令幾代藝術家無所適從，文學藝術不得不在「現代主義」的道路上鋌而走險。「現代主義」對於八十年代中期新一代的中國藝術家來說，不僅提供了新的藝術信念，更重要的是在於提示了新的藝術表達方法，新的藝術表像體系，這使他們的表達一開始就偏離意識

---

[14] 汪暉：《政治與道德及其置換的秘密》，《電影藝術》，1990年，第2期，第34頁。

形態權威話語，有效地擺脫社會主義文化領導權的直接支配，並且與前代藝術家明顯區別開來。

　　所謂「第五代」的崛起，與其說是一次自覺的革命和有意識的創新，不如說是借助歷史之手完成的一次假想的反叛。第三代、第四代賴以生存的意識形態軸心實踐已經陷入危機，並且任何有限的藝術探索都被視為是對經典現實主義美學規範的反動。社會主義文化領導權體系一直不具有開放性的姿態吸收新的藝術方法和表現形式，這使它面對「藝術創新」的挑戰時，除了行使制度化的壓制力量，它不能及時容納和同化新的文學藝術經驗。這就使第五代的藝術探索具有了雙重的意義：一方面，這種形式探索與前此的由意識形態軸心實踐支配的敘事根本區別；另一方面，這種形式探索具有瓦解意識形態權威話語的功能。在意識形態的邊緣，「第五代」以它生硬而勉強的姿態扮演著「叛逆者」的角色，而《一個和八個》（1984）則以強烈的主觀鏡頭和武斷的大塊狀構圖率先令人震驚。

　　這部叛逆性的「發軔之作」何以如此費力去講述革命歷史神話，這是值得追問的。也許「這是對經典神話的重述，是七十年代末至八十年代初秩序重建、父之群體的歸來的社會現實的結構性呈現，同時也是曾為『異類』的第五代藝術家的一種自辯、自指式陳述」。（戴錦華，1990）[15]。如果就其實際所指而言，這部依然在講述革命歷史神話的電影，已經很難讀出確切的政治內容，那種英雄主義的情愫，對革命絕對忠誠的信念，已經陷入疑難重重的敘事語境。儘管如此，講述革命歷史神話卻是至關重要的選擇。由社會主義文化領導權直接控制的電影生產，它必須提供與之相適應的文化代碼，「革命歷史題材」顯然不會為「文化領導權」所排斥，在「規訓」的制度化結構中，《一個和八個》投其所好，具有了合法性。所謂「探索片」，當然與社會主義文化領導權維護的表像體系相矛盾，但「革命歷史題材」的表面政治色彩多少掩蓋了它的叛逆性。這樣，它就可以放開手做形式方面的探索。更重要的也許還在於，這樣一種革命歷史神話，給其探索性的鏡頭語言提示了一個絕好的語境。那種壓抑性的敘事在困苦艱險的戰爭環境找到最恰當的空間；而關於英雄，關於忠誠的疑難重重的辨析，為那些隨意跳躍切換的敘事提供了無限可能性；生死悠關，堅韌不屈的場景，給大幅度的俯仰鏡頭以用武之地。全景，特寫，突然拉出的長鏡頭，以及無聲的壓抑性氣氛的創造，這些都從這個關於英雄和忠誠的革命歷史神話中找到不

---

[15]　戴錦華：《斷橋：子一代的藝術》，《電影藝術》，1990年，第3期，第139，140頁。

盡的資源。而經過這一系列的超常的鏡頭運用，這個「革命歷史神話」已經支離破碎，面目全非。事實上，沒有人去關注這裡面的「主題」或「內容」之類的意義，「革命」和「政治」已經完全被藝術探索的鏡頭所切割、分離，正如革命的話語被無聲的沉默所取代。經典的「政治代碼」，被抽象為電影敘事的構圖和視點強烈的場景。另一方面，作為這種藝術探索的副產品，這個經典革命歷史神話則被改寫對革命歷史的疑問，諸如關於忠誠、關於誤解、關於冤屈和道義等等的反復辨析，不可避免導致對革命歷史神話的權威性提出質疑。

　　同樣的情形在《黃土地》（陳凱歌，1984）中更徹底地重演一次。這同樣是一個革命歷史故事，但「革命歷史」已經最大限度被抽象化，作為敘事的核心，革命歷史只剩下一個象徵性的人物，並且在具體的敘事過程中，它如同一個敘述視點，一個攝影機思考的出發點。革命歷史神話被強制性地放置到無限廣大深遠的黃土高原——這裡也許就是革命歷史神話的發源地。漫長的革命歷史神話現在被推到它的起點，而且是起點的起點，如此貧脊的土地才會產生革命神話，並且這裡才有純樸的民歌——革命神話的源頭。陳凱歌到底探究什麼？如他自己所聲稱的，是要探究「人與人的關係」？什麼是真實的理想的人與人的理解和友愛？[16]影片確實出現過一些畫面力圖去表現人與人之間的親情關係，如顧青（八路軍戰士），翠巧和翠巧爹三個人圍坐在小屋前，翠巧拿出她做的鞋給爹穿上。這些畫面試圖說明革命歷史神話的源頭本來是純正的，如同它的源頭，民風純樸，只是後來的歷史阻斷和改變了革命的本質。然而，顧青沒有能拯救翠巧，翠巧爹沒有給女兒以任何有效的保護。這個無所依靠的女子，在廣袤的天地之間，如同一個無法辨認的點一樣消失了。如此看來，革命歷史神話的源頭就發生故障，人的理解與親情是如此之有限，它們轉瞬即逝，而更多的則是隔膜與麻木。影片結尾，顧青再次返回到這個地方，但祈雨的鄉民沒有一個認出他，也沒有人注意他，鄉民為他們眼前的困境祈求神的保佑，而不是祈求革命。這個革命的代碼，在這裡顯得多餘、格格不入，它是一個外來的，和被強加進去的意指符號。如果說陳凱歌是有意識地改寫革命歷史神話，這顯然是誇大之辭，實際上，電影敘事所表達的意義系統是非常紊亂和自相矛盾的。問題並不在於陳凱歌到底要表達什麼意義，而是，他並不想表現什麼意義。對於他來說，一個八路軍，黃土高原，黃河和窯洞這就夠了。這部影片在藝術上被定義為「大象無形」，「大音希聲」，它需要

16　參見video, New Chinese CinemA. Director , Tony Rayns, London, 1988.

的是巨大的物理世界，廣大而又低矮的天空，厚重而綿延不絕的黃土地。這些「大象」正是那些長鏡頭在凝固的時空裡所要框定的客體，而失語的人們正好以靜止的場景強調鏡頭視點的刻意表現。在這裡，物的世界完全壓倒了人的世界，在這樣一個由歷史與文化凝固而成的黃土世界裡，人的命運，人的關係已經被註定了。顯然，電影敘事並未注重經典革命歷史神話講述所慣於強調的故事性和內容，而是全力強調形式的作用，在這裡，形式的作用徹底把革命歷史神話壓制到最抽象的狀態，並且被鏡頭語言所重新改寫。

第五代以形式的探索崛起於意識形態的邊界，形式使他們的存在具有了歷史的合法性。形式探索作為一種「象徵行為」（symbolic act），它實際是「現實矛盾的假想形式上的解析」（Jameson, 1981）[17]。形式探索看上去是勉強的叛逆，但它彙集並解決了現實矛盾。在這裡則是以奇特的方式來解決，即用藝術形式表現來替代隱喻式的意識形態書寫。重寫革命歷史神話，以此逃離現實的政治話語的直接支配，它把革命歷史神話變成一種類型化的政治代碼，從而改變成形式主義實驗的原始素材，既寄生於革命歷史神話，借用那些經典的政治代碼，卻又使之成為一種類型化的文化資源，從而使之變異、分離和抽象化，實際降低了政治話語的直接支配作用。在這裡，寄生與顛覆變成一次神奇的置換遊戲，一次偷樑換柱的二重奏。逃離現實一直構成第五代獨特的姿態，這使他們在政治／藝術的雙邊關係中遊刃有餘。重要的不再於講述什麼，而在於怎麼講述。第五代率先直面了這個問題，「怎麼講述」從所有的藝術難題中突現出來，它促使電影敘事「回到電影本體」，「拍得象電影」（鄭洞天，1988）[18]。在這樣一個藝術變革的過程中，政治被關在門外或者藏匿於某個角落。但是這並不是說第五代就沒有政治，第五代的藝術形式本身就折射著它反權威意識形態的意味。它（第五代）只不過使政治的東西變得不是政治，使非政治的東西變成政治。

二、錯位的想像：政治與文化身份

用強硬的電影鏡頭壓抑、分離和抽象政治話語的第五代，現在可以把類型化的政治置放於藝術之下。政治不再是絕對的精神之父，一個給予「象徵性去勢」（拉康，1977）的絕對命令；不如說是一個龐大的神

---

[17] Frideric Jameson, Political unconscious, 1981, cornell, page 81. 76.
[18] 參見video, New Chinese Cinema. Director , Tony Rayns, London, 1988.

話庫，一個可以巧妙利用的文化資源。當文化成為第五代的母題之後，政治不幸又成為文化的附屬品。1987年，張藝謀的《紅高粱》在一個關於「我爺爺的活法」的故事中，再度引入革命歷史神話——抗日的故事。在這裡，「抗日」不是象經典敘事所表述得那樣是「黨領導人群眾英勇奮戰」的革命鬥爭，而是民族生命強力的自然表達。「革命歷史神話」沒有構成敘事的主體，而是作為一種偽裝的代碼加以利用，它附屬於「我爺爺我奶奶」的故事，作為「我爺爺」活法的補充而起到敘事轉換的作用。在一系列關於生命存在的原始野性的表述中，在「野合」的狂歡和殺戮的痛快之後，「抗日」則是推向情緒和戲劇化高潮的理想環節。這裡有更狂熱的生死搏鬥，有更悲壯的炮火硝煙，這裡面反射出的不過是民族生存的歷史倔強性。而這種所謂「民族性」所謂「文化」則成為八十年代後期中國社會的精神支點。由哲學界發起的反傳統的思考，經由海外「新儒學」的參與，戲劇性地轉化為關於全球化的「文化認同」的討論，這使文學界那批恐懼現代主義的知青作家群體找到退卻的依據。由於有「文化尋根」為旗幟，這次藝術上的退卻轉化成一次卓越的進軍，那就是尋求民族生存之根。在「反傳統」那裡無法解答的現實難題（因為批判現實的困難而轉去批判傳統），卻在尋根的曖昧中有了答案。在莫言的觀念中，那就是民族生命的強力，就是「我爺爺」的活法。意識形態的實踐及其困境，現在卻簡化為一個「活法」，個人的活法也就是當下的生存行為，它當然拒絕任何觀念，拒絕龐大的意識形態。八十年代後期，《紅高粱》作為這個時期的精神象喻，它把文化作為一種超政治的存在加以書寫，而又把文化變成反文化的生存行為，這個生存行為就是反壓抑的力比多自然驅動，它意指著對社會權力結構的顛覆。在這裡，被顛倒的政治再度被顛倒過來，成為《紅高粱》的「歷史潛文本」。

　　《紅高粱》不是意識形態實踐的直接產物，它崇尚生命強力而抓住了時代的無意識，為這個時代提示了想像性超越社會、超越文化、超越權力的慾望滿足。但是，《紅高粱》也不可能有多少實際的意識形態功能，它以生命狂歡節的形式獲取了瞬間效應，提供了一次奇觀性的滿足。這就是典型的八十年代後期的意識形態自我建構和解構的存在方式。任何藝術文本的存在都成為暫時的、個別的，它們無法構成歷史性的意識形態整合實踐。事實上，《紅高粱》是一次終結，也是一次開始，當意識形態不再以深刻的思想和強有力的精神起到作用，而是僅僅以情感渲洩的形式，為社會提供暫時的奇觀，它表明主導地位的意識形態實踐已經名實不符。

　　因此，政治不再可能在電影敘事中充當決定性狀況（determinant situation），第五代已經用藝術分解了政治，而後用文化壓制了政治。政治已經變成一種類型化的資源，它只是在能指的意義上與經典文本敘述的政治相似，而實際意義卻變得曖昧和含混。但這並不等於政治在第五代的電影敘事中不重要，恰恰相反，第五代的電影敘事一直從政治代碼中找到敘事的原材料，找到其藝術觀念和方法最有效發揮的歷史客體。當第五代電影「走向世界」之後，「政治」又變得異常重要，變成中國電影可識別的根本身份。張藝謀確實是明顯回避政治的人，在他的一系列電影中，政治從來不是他思考的軸心，他也有意識把政治代碼壓制到最低的限度。而某種被稱為「文化」的東西，則似乎是他的電影敘事的「決定性狀況」。但不管如何，當張藝謀的電影「走向世界」之後，在西方的觀賞視界中，他的《菊豆》被看成是影射傳統以來的老人政治；《大紅燈籠高高高掛》是關於權力之爭。這與其說是奇怪的誤讀，不如說是必要的文化想像。就影片敘事所展開的那種壓抑性的語境，意指著一個看不見而又隨處可感的龐大的集權體制。「東方文化」一旦置放在全球化語境中，它的那種壓抑、扭曲和怪異，無不深深地打上東方專制主義的烙印。至於這個「烙印」折射出古代封建宗法制社會的集權統治，還是當代的政治文化的某種隱喻，則完全無所謂，對於西方關於中國的文化想像來說，歷史早已凝固，現在不過是過去的停滯和翻板──社會主義專制政體與封建宗法制社會如出一轍。在關於東方（中國）的想像中，政治乃是想像展開的決定性狀況。當「政治」與性結合一體時──按照福科（Foucault）的觀點──乃是一枚硬幣的兩個背面，東方（中國）的政治就更具有引人入勝的效果。

　　在傑姆遜看來，資本主義文化的決定因素之一是文本現實主義的文化和現代主義的小說，它們在公與私之間、詩學與政治之間、性欲與潛意識領域以及階級、經濟、世俗政治權力的公共世界之間產生嚴重的分裂，只能重申這種分裂的存在和它對我們個人和集體生活的影響之力量。他說，「我們一貫具有強烈的文化確信，認為個人生存的經驗以某種方式同抽象經濟科學和政治態度不相關。因此，政治在我們的小說裡，用斯湯達的規範公式來表達，是一支『在音樂會中打響的手槍』」。（Jameson, 1986）[19] 傑姆遜對比主觀、客觀、政治等等方面的聯接關係和方式，指出第三世界文化中藝術表達方式與政治的特殊關

---

[19]　Fredric Jameson: "Third world Literature in the Era of Multinational capitalism" ──Social Text 15 (Fall 1986), 65-88.

係：「關於個人命運的故事包含著第三世界的大眾文化和社會受到衝擊的寓言」[20]傑姆遜對中國這種第三世界文化確實有極為深刻的洞見，就八十年代中期以前的中國文化中的藝術表達而言，確實如他所分析的那樣，其藝術表達具有這種「寓言性」特徵，以及它和西方現實主義和現代主義構成顯著區別。但八十年代後期以來的中國文化中的藝術表達則發生根本的變化，意識形態軸心實踐已經不再在藝術表達中構成決定性狀況，在「公與私之間，詩學與政治之間、性欲與潛意識領域以及階級、經濟、世俗政治權力的公共世界之間」也開始產生嚴重的分裂。[21]

九十年代，中國國內的藝術表達實際已經擺脫主導意識形態的支配，愈來愈具有個人化的特徵[22]。然而，「走向世界」的中國電影卻奇怪地強化政治色彩，更具有「寓言性」特徵，那些關於個人命運的故事折射出民族的和集體的命運。《霸王別姬》（1992）幾乎可以看作是現代中國革命的編年史，這個關於個人命運的故事深深地嵌入民國革命、軍閥混戰、抗日、國共戰爭、社會主義改造運動、文化大革命，個人的生存因為承擔了全部的歷史劫難而具有豐富性和複雜性。作為文化標記的京劇和個人傳奇性的同性戀，都不足以構成充分的「中國形象」（image），只有歷時性的、劫難般的政治事件，才使這個中國形象符合它的本質規定。如果說在張藝謀的《紅高粱》中，「革命歷史神話」被文化所壓制，作為文化的邊緣性代碼來運用，那麼，《霸王別姬》則用政治來替代文化，用「政治」吞沒文化從而成為敘事的主體。每一個敘事轉折都由政治來充當支點，程蝶衣的幾起幾落，他的藝術生命全部為現代革命史所滲透，甚至他的同性傾向也不只是由於和師兄段小樓的友情所致，而更有可能是那些軍閥和權力操縱者塑造的結果。他的同性戀特徵也被打上明顯的政治標記，它不用於反映個人的生存特徵，而在於展示這個個人與不斷變動的政治歷史的關聯。個人的存在特徵和選擇被政治歷史先驗決定，於是不奇怪，程蝶衣這個人在很大程度上成為現代革命史任意支配的符號，越到後來，程蝶衣和段小樓的衝突，完全是由政治在起支配力量。不能不說，「政治」的過分運用，削弱了影片對個人內心生活的表現。然而，「以大眾記憶的方式來重新建構大的歷史事件，以便外國人可鳥瞰中華民族（其實只是漢族）的現代史，並滿足

---

[20] Fredric Jameson: "Third world Literature in the Era of Multinational capitalism"——Social Text 15 (Fall 1986), 65-88.

[21] 參閱拙作：《主體與幻想之物——新時期文學的意識形態推論實踐》——《鐘山》，1993年第1期。

[22] 在這裡，「個人化」是指藝術表達無力構建集體的「共同想像關係」。

其對東方的好奇心」。（廖炳惠，1993）[23]這就是影片大量運用政治代碼的奧妙所在。

　　很顯然，這次對中國現代史的重述，顯然與中國國內的主導意識形態實踐無關，它直接進入西方關於中國的文化想像視界，在這個視界中，「政治」成為電影敘事藝術表達的決定性狀況，它是作為中國歷史文化本質規定不可或缺的要素。什麼是中國的「文化身份」？是《老井》裡的貧困？《紅高粱》裡的顛轎和野和？《菊豆》裡的亂倫？《大紅燈籠高高掛》裡的妻妾成群？《霸王別姬》裡的京劇和同性戀？是《活著》裡面的皮影戲？如果沒有壓抑的、劫難般的「政治」，沒有政治作為歷史潛文本，那麼東方（中國）的文化，那些關於個人命運的故事，則失去了作為絕對「他者」存在的依據。因此也不奇怪，1994年，田壯壯還傾盡全心拍出《藍風箏》這種重述「反右」和文革歷史的電影。我當然不懷疑文革這段歷史對田壯壯的個人記憶所起的決定性作用，儘管我們可以譴責中國人的健忘，有必要經常提醒人們記取這段歷史，但《藍風箏》的歷史編年史式的敘事，它對個人所遭受的政治磨難的描寫，沒有跳出十幾年前「傷痕文學」的套路，這個第四代敘述的母題，早就隨著「思想解放運動」的完結而封存於歷史檔案館。但在1994年重溫八十年代初的「傷痕文學」的舊夢，則不能不說第五代的電影要有一個集體儀式，這就是面向西方，開始重述中國當代的歷史。然而這樣的當代史，只能以文革的歷史為編年的紀元，這是西方最直接的當代中國記憶。

　　現在，「政治」已經從本土的意識形態實踐中剝離出來，它成為藝術性表達用以強調中國文化身份的符碼。民俗、性和政治混合一體，共同塑造與西方截然不同的神奇的「他者」形象，這已經成為九十年代中國電影走向世界的敘事策略。如果說第五代初起時的電影敘事保持著濃重的現代主義的意味，那麼，越到後來，已經深陷於全球文化語境的第五代電影，則被歷史之手抹上了一些似是而非的「後現代」或「後殖民」的色彩。中國電影敘事的政治代碼給全球文化想像提供了前所未有的、並且是最後的文化奇觀，那種壓抑性的政治語境，那種無所不在專制權力，那些苦難和劫難，乃是中國文化永遠抹不去的印記，它從古舊的封建專制時代綿延而來，在現代的中國革命歷史進程中登峰造極。所有那些對歷史的複述，都隱含著對當代的隱喻式的書寫，缺席的當代現

---

[23]　廖炳惠：《時空與性別的錯亂：論〈霸王別姬〉》，臺灣，《中外文學》，1993年，第二十二卷，第一期，第10頁。

實永遠在場，並且是真正的、唯一的「歷史潛文本」。這就是那些歷史重述、那些關於個人命運的敘事永遠擺脫不掉的實在的歷史。正如福科所言，「重要不是話語講述的年代，重要的是話語講述的年代」。這個話語講述的年代和文本神秘交織在一起，它使那些與本土文化實踐脫節的「政治代碼」又具有奇怪的真實性。

三、顛覆與挪用：美學的辯證法

在第五代最初崛起時，他們依然要寄生於社會主義文化領導權體系，他們在借用經典革命歷史神話作為藝術表現的原始素材，以他們特有的藝術象徵行為改寫了革命歷史神話的經典意義。而在第五代「走向世界」的自述神話中，政治已經完全剝離了本土的歷史實踐，它成為滿足西方關於中國的文化想像的文化資源。政治對於中國電影敘事已經如此之重要，很難設想，沒有政治作為依託，沒有政治構成不盡的文化資源，中國電影還能有多少作為。但這並不是說政治只能是中國電影敘事的一個概念化的障礙，事實上，這取決於電影製作者以何種方式來調用這一豐富的資源。如果不是把政治概念化地運用，不是作為外在化的文化標籤，而是作為有效的敘事機制，完全有可能創造一些奇妙的藝術表現效果。在這一意義上，張藝謀的《活著》可能提供了一個極妙的範例。

作為一部「面向世界」的電影，《活著》當然要竭力強調中國文化身份，在這裡，政治又一次被作為中國形象的顯著標記。國共戰爭、劫後餘生以及新中國建立後的一系列政治災難，關於個人命運的故事又一次被嵌入進中國的政治革命史。《活著》或許試圖鼓吹苟且偷安的活命哲學，鼓吹「能活著就好」的忍耐精神。然而，當這種最低的生存願望一旦被放進中國革命歷史神話，則顯出了它的悲壯性，不能不說是對中國現代革命史的強烈控訴。對於中國人來說，「活著」是多麼不易！中國人總是被捲進政治歷史，捲進災難。對人的命運起決定作用的是「政治」？還是不可知的天命？顯然，張藝謀在這二者之間搖擺不定（這可能要歸於慣於回避政治的原作者余華）。但不管如何，政治起到直接的支配作用，不是某個當權者（他們都是好人，也是受害者，如春生之類），而是政治形成的無形網路決定了人們無法安生。

《活著》前半部分以編年史的線性結構展開敘事，把政治歷史與文化混為一體，著力建構西方習慣識別的「中國形象」。事實上，《活著》前後的敘事風格相互脫節，前半部分是張藝謀習慣的壓抑性的、封

閉的、直線性的、典型的東方主義式的敘事。後半部分（關於文化大革命的故事）則是多元性的、不斷轉折和突變的、反諷性的敘事。前半部分張藝謀不過把政治代碼作為「故事」投合觀眾關於中國形象的自覺認同；後半部分則是把政治代碼作為一種敘事語境和敘事機制，不斷有意反轉和顛覆觀眾的想像。這種敘事盜用了偵探電影製造懸念的手法，場景的出現顯得突然，結果卻出人意料。當家珍和福貴在商店裡買東西時，鄰居跑來說他們家裡有人。家珍和福貴急急忙忙跑回家，頗為緊張的氣氛，似乎又有什麼災難發生，結果卻是他們未過門的女婿在畫巨幅的毛主席像（大海航行靠舵手）。又一個突然呈現的長鏡頭畫面，背景是喧鬧的文化大革命街市，鋪天蓋地的標語，歡騰的革命歌曲和口號，拐子女婿領了一隊造反派氣勢洶洶迎面走來，像是去鬥爭什麼走資派或去抄誰的家，結果卻是去迎親。不斷調動觀眾的觀賞期待，又不斷地顛覆與轉換結果。那種喜劇性的效果因為從文化大革命的情境中湧現出來，而具有特別的意味。在這裡「文化大革命」的代碼起到決定性的作用，由於「活著」的願望、對幸福的追尋發生於文化大革命的情境，這二者本身構成強烈的衝突，它們相互顛倒對方，重新給對方編碼。在每一個具體的敘事情境中，文化大革命的代碼被反諷性地運用使電影敘事具有多元性的意義。在這裡，可以發現余華的那種對生活的先驗性的理解（生活本來就是破碎的，例如拐子和啞巴結婚），與某種來自王朔的自我嘲弄的反諷手法混為一體，產生意想不到的美學效果。它使那種巨大的悲哀中透示出不可遏止的對幸福的渴望，在無邊的荒誕中洋溢著奇特的詩意。這就是「後悲劇」時代的美學辯證法。

　　「類型化的政治」總是內在地和外在地在電影敘事中構成特殊的「象徵性行為」，它賦予整個敘事以特殊的意義。這就不難理解，姜文的《陽光燦爛的日子》敢於以瑣碎的鏡頭語言去敘事一個（或一群）少年青春萌動期的騷動不安，卻有著重寫文革歷史的驚人效果。在王朔的原作《動物兇猛》中，它關注青春期少年的那種原發性的衝動和行為──它是關於一群人的記憶，它與文革的歷史語境並未構成直接的對立。而姜文的改編就是一次重新命名，他要表現的是「陽光燦爛的日子」──是對一個時代的書寫。僅僅是對歷史重新命名，就使姜文的敘事具有了特別的歷史意味。那些青春期的胡鬧、力比多的投射、對少女像片的辨析等等，這些既展示了文革歷史不同的側面，也對文革歷史進行改寫。在「新時期」關於文革的經典敘事中，那是一段不堪回首的陰暗歲月，是民族的大劫難。現在，在姜文的敘事中，「我們的夢是青春的夢，那是一個正處於青春期的國家中的一群危險青年的故事，他們的

激情火一般四處燃燒著，火焰中有強烈的愛和恨」。（姜文，1995）[24]
顯然姜文懷戀那段歲月。只不過姜文不再以史詩的類型片的結構複述歷史，而是以個人情感記憶的形式加以細緻的表現。這個關於個人利比多投射的故事，與關於個人在集體權力關係中的困境相交合，但它絕對沒有以對權力關係的相似性描寫去隱喻文革歷史，而是去表現個人生命狀態的自然行為。逃脫權力壓制的馬小軍們，無拘無束，胡作非為，文革對於他們不是災難年代，而是自由自在的「陽光燦爛的日子」。那種個人自我認同，個人的利比多實現的困難，個人進入集體的種種挫折，無不洋溢著「西西弗斯式」（卡謬）的歡樂。個人利比多的表達構成敘事的主體，這正是影片逃脫「歷史寓言」的經典敘事的根本保證。個人的利比多投射對歷史存在的真實性構成質疑。如馬小軍對米蘭存在的真實性疑慮，少女的畫像與現實的米蘭無法辨析。這如同在追問：現存的關於「文革」的經典敘事是絕對可靠的嗎？文革被命名為「陽光燦爛的日子」，並且以彩色來表現，這顯然是作者樂於認同的情感記憶，而現在則以黑白片來表現，這當然是姜文所要拒絕的現實。就連傻子也對著卡迪拉克和X.O.斥責「傻X」。對於姜文來說，並不是因為他懷戀「陽光燦爛的日子」而貶斥現實，「如今大火熄滅了，灰燼中仍劈啪作響，誰說激情已經逝去？！」（姜文，1995）[25]重要的是對這種反「陽光燦爛的日子」的生活現實，對背叛「青春激情」的人斥之以鼻。顯然，這是完全不同的關於文革的記憶，關於文革傳統和文革精神的指認。

事實上，文革的陳年老賬已經與當代意識形態實踐無關[26]，九十年代不斷被翻出來的知青記憶，那種小市民懷舊的溫馨已經抹去了文革的政治色彩[27]，姜文不過順著這股潮流走得更遠點而已。但是，不管姜文如何極力去表現個人利比多的故事，他並沒有擺脫文革作為歷史潛文本的存在決定電影敘事的象徵性意義，事實上，他正是依靠文革語境折射的歷史的和政治的意義而使他的電影敘事具有挑戰性，他越是專注於個

---

[24] 姜文：《燃燒的青春夢》，《當代電影》，1996年，第1期，第59頁。
[25] 姜文：《燃燒的青春夢》，《當代電影》，1996年，第1期，第59頁。
[26] 實際上，正是通過禁止公開出版物、禁止教科書的講述、禁止公開的學術研討會，十年文革已經在人們的記憶中變得十分模糊。中國年輕一代人對文革的陌生化，足以表明封存文革的成功。也正因此，姜文才能以他的方式重述文革為「陽光燦爛的日子」。
[27] 九十年代中國有各種各樣的老知青聚會，各地都有以「知青」名義命名的飯館。各種關於知青生活的電視劇如北京電視臺的《年輪》（1994），上海電視臺《孽種》（1994）收視率甚高。北京青年報於1994年秋召開以「懷舊」主題的討論會，並出專版，隨後《上海文化》也出專欄討論「懷舊」。所謂「懷舊」，主要是懷「知青」與「文革」之舊。

人的利比多行為，他的敘事越是更深地陷入改寫經典文本的歷史對話語境。特別是當他的電影走向國際市場，在國際化的關於中國的文化想像中，《陽光燦爛的日子》具有無可爭議的叛逆性，它不僅標誌著新一代（第六代？）電影製作者斷然拒絕經典歷史敘事，同時也顯示著他（們）截然不同的美學方法和風格。這一切都要歸功於「政治」作為外在歷史潛文本和內在語境在當代中國電影敘事中所起到的神奇作用。

四、不可逾越的障礙與新的敘事法則

政治在中國電影敘事中是如此重要，它成為重構關於中國的文化想像，中國關於自身的文化指認的決定性要素。反之，如果沒有對政治代碼的巧妙運用，電影敘事則必然神色盡失。不僅其文化身份面目模糊不清，而且其敘事也難有歷史的可理解性。一向精於此道的張藝謀，不想在他與鞏莉的決別之作《搖啊搖，搖到外婆橋》（1996）釀成大錯，以致於張藝謀在西方的聲譽嚴重受挫。《搖》片是九十年代中期張藝謀在國際電影大獎中唯一不受好評的影片，究其根源，則不能說是這部電影在文化上的「曖昧性」所致，而文化的「曖昧性」則又不能不說是因為「非政治化」敘事的直接後果。這部被張藝謀聲稱為是為中國國內市場拍攝的商業片，其實是張藝謀擺脫西方文化想像的一個嘗試。當然，也是張藝謀擺脫自己過去的一種努力，（在某種意義上，還可以看作是張藝謀對他與鞏莉的關係所作的一次總結與告別，儘管這種告別採取殘酷的形式——一次活生生的埋葬）。不管怎麼說，張藝謀試圖去給自己重新定位，「商業片」的說法不過是他的藉口，這個人對電影藝術的偏執狂般的感情，是不會輕易放棄他的信念的。事實上，這部影片包含太多的要素（就是沒有容易識別的政治），張藝謀顯然在娛樂因素與思想內核之間搖擺不定，到底是要「搖啊搖」，搖來擺去的大腿舞，還是要「搖到外婆橋」，張藝謀沒有明確的意義。似乎在紛亂的都市敘事中掩蓋著張藝謀要表達返歸自然的田園生活的意向。「外婆橋」的直接象徵很容易讀解為意指自然田園生活，如果認為張藝謀僅僅是簡單對比城市與鄉村的生活方式和價值選擇，那就過於表面化。事實上，這部影片涉及到一個重新思考中國現代史的歷史起源的深刻問題。張藝謀這回倒是真的要回到文化中去探究中國現代史存在的盲區。現代中國是如何進入現代化的？在張藝謀的敘事中，可以看到鄉土中國的宗法制社會是如何構成中國「現代性」的基礎。這些鄉土中國的土豪劣紳進入現代城市，立即組成黑幫集團，他們從事現代貿易活動，甚至還開錢莊

銀行，但所有的操作方式都依然由傳統中國宗法制社會的性質和結構所決定。在這個走向「現代性」的歷史進程中，那些具有現代性精神的人們，終究是要被宗法制的傳統權力所否定。例如，老二，這個和小金寶通姦的人，他受過「現代」教育，甚至計畫要和小金寶到巴黎舉行婚禮，然而，他和小金寶都失敗了，不管他們是對個人價值的認同，還是試圖以現代性策略來完成對傳統宗法權力的改造，他們都被「活埋」。這就是中國現代性起源的悲劇。儘管這部影片的立意不明確，但電影敘事隱含的這方面的思考是很發人深省的。然而，沒有人會去關注這些立足於中國的歷史實際去思考中國現代命運的思想，人們只注意到早期好萊塢式的大腿舞，已經替代了張藝謀慣於玩弄的民俗，而潛嘗輒止的槍戰，像是對港臺二流警匪片的模仿。當這部電影的片名翻成英文時，變成了「Shanghai Trid」，這就使註定了它要與早期好萊塢歌舞片和二流西部警匪片混為一談。沒有可以明顯識別的政治代碼，沒有關於壓抑和怪異的東方專制權力的巧妙運作，沒有奇風異俗，這部影片在西方文化想像中不知如何定位，它註定要失敗。類型化的政治已經變成當代中國電影無法逾越的障礙，繞道而行，似乎也沒有出路。但不管怎麼說，張藝謀在《To Live》（《活著》）和《Shang Hai Trid》（《搖啊搖到外婆橋》）中接近於尋求一種新的敘事法則去表現複雜的歷史起源和被多重顛倒的生活情境。

在張藝謀們的背後，第六代正在不可阻擋地崛起，他們躍躍欲試的姿態掩飾不住成功的慾望。他們與第五代的崛起大相徑庭，前者偏執於藝術探索的信念，還要寄生於社會主義文化領導權體系；而後者則是以純粹個人表達的慾望為動力，直接在市場經濟中奪路而去。第六代生不逢時又恰逢其時，在他們面前有第五代豎起的「藝術豐碑」，不管那上面銘刻著多少虛妄的歷史事實，但無疑是他們難以逾越的歷史之牆，如果他們循規蹈矩，邁著正規的藝術步伐，他們將難以有出頭之日。在這個人人都可能創造奇跡的中國，誰能甘心當小夥計？第六代的出場與其說是藝術創新本能的呼籲，不如說是當今中國敞開的無限可能性使然。他們當然可以不顧及任何藝術傳統和既定的歷史前提，他們總之是以反叛者的角色出場。這使他們任何膽大妄為的行徑都有可能被視為革命性的創舉。他們本來是「非政治化」的晚生代，這代人對政治沒有任何興趣，也沒有任何記憶。儘管他們一再抱怨電影的政治體制壓制了他們的創作空間，他們不會把政治作為一種主題，作為一種個人記憶，作為一種直接的敘事語境來運用。也就是政治實際和他們相隔遙遠，無法構成實際的對話和潛對話。他們獨往獨來本來不過是別無出路，不想那個缺

席的政治永遠在場，他們在文化想像中又披上了反抗主流文化的鎧甲，他們落落寡合的姿態看上去更像是與社會主義文化體制徹底決裂；那些完全是因為經濟困窘緣由的黑白拷貝，簡陋的攝製棚，嘈雜的同步錄音，二三流的業餘演員……所有這些都與中國現行的藝術體制相抵牾，它們如同一場藝術革命扔出的匕首和投槍，而應聲倒下的當然是主導文化（官方文化？）及其一整套的藝術規訓體系。

張元的《北京雜種》，不過試圖表現一群北京搖滾人的生活方式，那些男男女女的反常規生活，這是關於金錢、性和藝術的混合描寫。這些關於個人利比多的敘事，奇怪地再次投射到「反壓抑」的政治神話上去。那些由於違背機位常識的切換鏡頭構成的黑白敘事，神奇地蘊含著反抗制度化權力、反抗正統藝術的意味。「北京雜種」的命名，不僅僅是文化和藝術的命名，更重要的這是政治命名——「紅旗下的蛋」，這是什麼東西？它不正慫恿人們去做政治上的讀解嗎？確實，第六代生逢其時，他們既不為社會主義文化領導權的制度化力量直接支配，又可以借用它為外在敘事語境，給他們的影片打上神奇的政治印記，在這一意義上，第六代電影不過是歷史之手完成的一個超級的後現代文本。第五代懷著他們某種程度的真實信念，誤入寄生與顛覆的遊戲怪圈，而第六代則在這個怪圈中遊刃有餘。在九十年代中國電影「走向世界」的行列中，第六代靠商業主義單腿行走肯定力不從心，他們不得不依靠持續翻轉商業化／政治性的雙面招牌才有蠱惑人心的力量。但第六代有很強的直接表現當代生活的意識，他們對生活表像的蠻橫概括和拼貼，與他們對政治所具有的天然戲謔——政治對他們根本不成為一個問題，而僅僅是一種被運用的空洞符號，他們也許在不久的將來能找到一種新的敘事法則。

總而言之，當代中國的電影敘事實際已經從意識形態的軸心實踐剝離出來，就那些表現「主旋律」的電影，其政治話語要麼顯得虛假，要麼自相矛盾和似是而非。其根源在於，中國社會的政治實踐功能已經嚴重弱化，主導文化體系還能以其制度化的力量起一定的控制作用，但它無法提供思想範疇和藝術表像體系強有力支配文化生產。在主導文化體系內部，制度化效力／信仰體系（表像體系）之間構成的分裂和張力，是文學藝術逃離／臣服／逃離循環往復的內在動力，它造就了各種複雜和矛盾的文化現象。在這些現象中，動機與效果，能指與所指，主體與客體，想像與實際……總是陷入相互置換的解構情境。那些講述政治的話語，實際是虛構的政治，但它卻持續不斷地虛構自身，以致於它成為超越於現實的一種現實。而經過全球化文化想像的重新編碼，那個虛擬

的政治就具有實際的功效。在中國被想像／自我想像的雙重結構中，歷史和現實的真實就這樣被生產出來。也許正如鮑德里亞（Bardrillard）所說的那樣：「真實並不僅僅可以被再生產，而是它總是已經被再生產」[28]。這個「總是已經被生產出來的」政治，成為支持當代中國文化生產的象徵資源，而電影敘事一直在巧妙地從中吸取能量。過去是藝術服務於政治，現在卻是政治服務於藝術，在八十年代後期以來藝術遠離政治的時代，「政治」充當了有效的藝術代碼，它不僅給藝術探索提供了恰當的資源，給文化身份打上特殊的印記，並且給電影敘事提供了必要的機制和語境。在這裡，「類型化政治」確實有文化和美學的雙重功用，這就是中國電影敘事的「後政治學」。

九十年代，中國電影勢必更大規模「走向世界」，中國電影敘事自覺運用「後政治學」構造出特殊的電影敘事語境，構造出特別的不斷擴張的關於中國的文化想像——作為人類最後的政治壓抑的文化神話，它在文化全球化的時代也不失為一種意味複雜的文化奇觀。當然，人們也可能質疑，電影敘事的「後政治學」這面旗幟還能招搖多久？只要中國繼續保持穩定和繁榮——它的長治久安似乎是毋庸置疑的，並且它在自己「特殊的道路」上越走越遠，那麼，它就為中國電影敘事提供了取之不盡的文化／政治資源，中國電影可以永無止境地為全球化語境提供「神奇的他者」的文化想像。我們應該為此感到沮喪，還是感到欣慰？如果中國電影不僅僅是技巧化地運用政治代碼，不是功利主義和投機主義地玩弄政治代碼，而是嘗試著尋找一種新的敘事法則，面對當代生活，深入發掘那些為政治所滲透的生活的複雜性和多重性，去打開這個時代人類最後存留的神奇的精神地形圖，可能會有驚人的創造。然而，這需要勇氣和智力，也許這不是中國電影所能勝任的工作。

本文原載《當代電影》，1998年第1期，
發表時有刪節，題目略有調整，現在恢復原稿。
另本文英文發表於美國 *Boundary 2*, (US), 1997, Autumn.
英文發表時的題目：
「Post-politic in the Narration of Contemporary Chinese film」。

---

[28] Jean Baudrillard Simulations, New youk: Semiotext (e), 原話為："The very equivalent reproduction…the real is not only what can be reproduced, but that which is always already reproduced. the hyperreal"

5、異類的尖叫
——斷裂與新的符號秩序

　　當代中國文學從來沒有像今天這樣處在失敗的困境，也從未象今天這樣處在企圖突圍的焦慮之中。現在人們面對的文學現狀，不再是單純的文學觀念和技巧的變化，思想和情感的變化。而是文學生產的方式、文學的美學要素、文學的基本功能等等都發生根本性的變化。儘管我們談論文學的變化已經十年之久，例如，八十年代後期我們就在討論文學「失去轟動效應」，討論先鋒派對現實主義和現代主義的超越等等。但九十年代最後幾年的變化是根本性的：作為文學生產的主體，作為最能切中當代生活的文學寫作者，他們不再是總體性制度的一部分，他們企圖（或者已經？）突出牆圍，而站到文學史的另一面。現在，有一種處在文學現有體制之外的「異類」（alternative）寫作的存在[29]，他們幾乎是突然間浮出歷史地表，佔據當代文學的主要位置。儘管大多數人還對他們視而不見，充耳不聞，但只要稍微客觀地瞭解一下當代文學實踐的實際情形，就不難看到，那些主要文學刊物的主要版面；那些銷量最好的文學圖書；那些為青年讀者和在大學校園被談論的對象，就不難發現，過去文壇的風雲人物已經銷聲匿跡，取而代之都是一些怪模怪樣的「新新人類」。實際上，人們忽略了這樣的事實，十年前，對當代文學最有影響（雖然未必是什麼好的影響）的作家是王朔這個無業遊民，他改變了作家對文學和對社會的態度。自從王朔之後，文學不再是機構內部的事，而是一種職業手段或業餘愛好。數年之後，王小波再度成為文壇的一股旋風，雖然這股旋風由一起悲劇性的死亡事件引起，但王小波突然間打開了文學寫作者的社會空間，這個人長期在文學制度之外生存，他對文學提示的經驗異常豐富。但作為一種象徵行為，其最重要的

---

[29] 在九十年代末期以後，流行文化圈也熱衷於使用「另類」這個概念，另類，alternative，是西方後現代多元文化論述中對少數人的一種描述，這樣的另類只是在時尚文化中標榜自我的個性，它依然是在時尚潮流之中，某種意義還是引領潮流的文化寵兒。當然，「另類」如果用於描述少數人的文化，則有其自覺與主流社會疏離的意義。我這裡使用「異類」而不用「另類」，其意思如用英文表示，可能是The other 更為恰當些。它是用於描述一個時期，依然存在整體文化，依然有一種主流佔據正統地位的情形，因而有一類文化被主流排斥，它們只能是異類，而不是多元文化中的另類。當然，二者的意思比較微妙，尤其在九十年代末期。在今天，可能二者的含義已經難以再加區分了。

意義在於：他打破了文學制度壟斷的神秘性，表明制度外寫作的無限可能性。

1998年，對於中國文學似乎是無能為力的年份，但卻是所有的矛盾和曖昧性都明朗的歷史關頭。這一年有幾個事件值得注意，它們雖然不值得大驚小怪，大多數人也許毫不在意或不以為然。但我想這些事件在這一同一時期發生，使每個事件都有非同尋常的象徵意義。1998年，中國當代文學的出版發行遇到前所未有的挑戰，大多數出版社的文學類圖書蒙受了30%以上的退貨損失；這一年有多次期刊主編討論期刊的出路問題；這一年的文學刊物明顯向著文化一類的非文學內容轉向（最典型的如《小說家》）；這一年有一部超級長篇小說劉震雲的《故鄉面和花朵》出版，這部小說的出版曾經是出版界的一個熱鬧的事件，但書本身卻沒有引起足夠的重視，批評界幾乎保持麻木不仁的沉默，甚至沒有幾個人看完這部小說。但這並不重要，重要的是，劉震雲本人採取的態度和手法。這部耗時六年之久的長達六卷二百多萬字的長篇小說，沒有完整明確的結構，沒有清晰的故事情節，沒有個性鮮明的人物，在大多數地方劉震雲採取了胡鬧的手法，通篇都有是荒誕無稽的胡扯和毫無節制的誇誇其談。但六年六卷二百萬字，這表明劉震雲對「經典」、「名著」的內心渴望。作為一個聰明而識時務的人，劉震雲對當代文學的尷尬處境有著透徹的領悟：他要寫作名著，但他知道「名著」和「經典」已經死亡；一部完整或完美無缺的名著只能是一部陳舊的愚蠢之作，而「經典」只能是可悲的笑料。他在寫作名著的同時，不斷地損毀這部名著。他一直以兩種姿態在寫作這部天書，因而這是兩本完全不相協調的書被無可奈何地拼貼在一起。因而這又是一部宣告名著和經典死亡的劃時代的無字之書。正是這部滿紙荒唐言的天問之書，講述著書與鄉土中國的無望之旅。書寫本身與鄉土中國荒唐裂變一樣，它被絕望之情被毫無羞恥感地融合為一體。多少年之後，人們會意識到劉震雲這部荒謬之書乃是一部世紀大典。

1998年，《北京文學》發表由朱文主持的問卷調查，題為《斷裂：一份問卷和五十六份答卷》（以下簡稱《斷裂》）。這在平靜慵賴的1998年的文壇，引起一陣不小的騷動。儘管見諸於媒體的反響極少，但私下的議論還是掩蓋不住人們劇烈的反應。儘管貶斥的意見遠多於肯定的見解，但依然無法否定這個行為具有的空前象徵意義。中國文壇居然有一群人敢於突然公開他們的態度，把自己明確界為主導文化之外的「異類」，這在半個多世紀以來的中國文壇還是首次出現的咄咄怪事。這當然不是什麼值得推崇的行為，但它的象徵意義卻不可輕易忽視：它

標誌一種異類的文學，一個異類的文學群體正在茁壯成長，它們生長於強大的總體性制度之外，但卻又奇怪地構成當代文學最有活力的部分。所有這些現象，都在傳遞這樣資訊：我們習慣理解的文學、文學界、文學群體、文學流派、文學觀念和文學價值……等等，總之，傳統的文學從社會化組織結構到精神實質都發生根本性的變化。我們不能，也沒有理由對此熟視無睹。

一、斷裂：異類的自我界定與符號資本

問題可以回到那份問卷。在這份稱之為《斷裂》的東西中，彙集了56位六十年代以後出生的「新生代」或「晚生代」作家對現存文學秩序的直率批評。他們中有些人對前代作家充滿了敵意，毫不掩飾他們的蔑視，他們拒絕承認與前輩作家有任何精神聯繫。他們對幾家主流刊物進行了攻擊，對文學批評和大學的文學教育以及漢學家進行了不同程度的貶損。這份問卷的發表，幾乎是突然間公開了這代人對文壇的態度，其帶有表演性的激進而不留餘地的姿態，當然也激怒了不少人。一些人認為，這份問卷顯得過於偏激和自以為是。無可否認，這份答卷中有些人出言不遜，某些言辭無疑過激偏俠，不無惡作劇味道。但個人的好惡，不必成為闡釋歷史的障礙。但不管如何，應該看到，這是中國作家第一次敢於在官辦刊物上公開表明自己對文壇的態度，敢於把自己與現行的文化傳統與體制區別開來，敢於無保留地提出「斷裂」的命題。這是不容忽略的。在對這些人的過激言行求全責備時，也有必要對我們現行的文化秩序進行反省。這些人的存在表明當代中國文壇格局發生某些變化，但他們的存在無疑預示著當代中國文學總體性制度發生合法性危機。

「斷裂」可能並不是嘩眾取寵的驚人之論，也不是什麼新的發現，只不過其說法更加坦率直白而已。十年前，「食腐動物們」（韓東語，指批評家）就開始討論「新時期終結」的問題，關於「後新時期」的討論雖然不了了之，但對歷史變動的描述和分析是明確鮮明的。事實上，斷裂早就發生，人們不過對此視而不見罷了。斷裂是一種客觀歷史事實，宣稱斷裂則是表明主體能動性的決裂。早些時候，八十年代後期，隨著意識形態轟動效應的弱化，文學形式主義創新情緒的宣洩，文學的總體性制度（general institution）就發生合法性危機。也就是說，經典現實主義信條不再對整個文學共同體起到絕對的支配作用。只要客觀地面對歷史，就不難看出，在九十年代最後幾年，主導文化建立的審美規範

並不能有效支配著當代文學的生產和傳播，更不用說推進新的創生文化產生與發展。就此而言，我們就不得不承認，斷裂已經發生」。異類們」的宣稱不過是掀開了文壇上的那層富麗堂皇而溫情脈脈的面紗而已。說到底，「斷裂」也沒有什麼可怕的，不過是有一批年青作家不再認同既定的規範權威，要另闢蹊徑，確立他們這個群體的文學觀念和美學趣味。

斷裂並不可怕，可怕的是對斷裂視而不見，或者根本就不知道斷裂於何處，為什麼發生斷裂。事實上，在文學史任何一個發展階段，斷裂都隨時發生，沒有斷裂就沒有藝術創新和發展的動力。只不過在藝術史的常規發展階段，每一次斷裂都有可能被主導文化修復，而原有的主導文化依然行使文化領導權。但處在文化的大的轉型期，舊有的主導文化無法修復斷裂，那麼，新崛起的創生的文化就會取而代之，重新確立一套新的符號秩序。當然，從理論上講，判定「斷裂」依據對現在的文化象徵秩序和對斷裂本身的定義。這些斷裂的歷史總體性表現在意識開態功能的弱化；表現在歷史主體地位的嚴重改變；表現在客體化的文學藝術的生產方式、傳播方式和審美趣味的根本區別上。

就宣稱他們的文學觀念和態度而言，韓東的《備忘：有關「斷裂」行為的問題回答》[30]集中反映了他們的觀點。韓東堅持認為他們與前輩作家，乃至同時代的作家明確分野，絕不曖昧：「在同一代作家中，在同一時間內在著兩種截然不同甚至不共戴天的寫作，這一聲明尤為重要……我們決不是這一秩序的傳人子孫，我們所繼承的乃是革命創造和藝術的傳統。和我們的寫作實踐有比照關係的是早期的『今天』、『他們』的民間立場、真實的王小波、不為人知的胡寬、於小偉、不幸的食指、以及天才的馬原……」韓東們並不是孤零零地從土堆裡爬出來的，拒絕經典歷史的他們斷然建構了一個他們的歷史——一個長期為正統文化所忽略的異類的歷史（邊緣史）。確實，這樣的歷史是倔強而不屈的，他們始終在主導文化領導權的範圍之外。但同時也要看到，否認主流文學史的權威性並不意識著它就真的不存在，沒有王蒙、李陀、高行健等人進行的意識流小說實驗，中國的現代主義潮流就不會迅速傳播；沒有馬原、莫言、殘雪以及蘇童、余華、格非、孫甘露、北村等人進行的敘事探索，中國小說還在意識形態的圈套裡左右搖擺；沒有王朔的「頑主姿態」，中國作家現在可能還在充當人類靈魂的工程師，

---

[30] 韓東的《備忘：有關「斷裂」行為的問題回答》，載《北京文學》，1998年第10期。

並且在要起稿費來也沒有這麼動物兇猛……（這些群體流派和人物，也被朱文、韓東們當代主流文學史看待）。這都是中國當代文學史（主流史？）的一些階段事實，它們肯定不是盡善盡美，但也不至於一無是處，但這些事實都是韓東們大膽提出「斷裂」的必要前提。當代文學的斷裂並不是從朱文、韓東們這裡開始，但是從他們開始才有中國作家敢於把自己界定為「異類」從而提出與主導文化斷裂。前者是歷史本身潛在發生的變革，後者是作家的主觀意識的自覺突破。歷史的事實不能隨意抹去，但歷史的意義也不能視而不見。

朱文、韓東拒絕被主導文化同化，他同時明確宣稱，在他們發起的這場「路線鬥爭」中，並不是為了戰勝主導文化而取而代之：「它謀求的並不是權威和勢力。它永遠不可能成為唯一的或主要的、決定性的，它正是這些變態的文學的目的反對者。它表明的是自身，而不是相對而言的，它並不在與正統的對抗中獲得發展壯大的動力」。這些言辭確實說得無懈可擊，甚至有些德里達式的解構意味。當然也沒有理由懷疑其真誠性，但這種姿態和方式本身就具有進攻性，它的客觀效果也必然強調了韓東們（異類們）的存在權力。確實，中國文學史上很少有人敢於宣稱以異類的形式存在（李贄一類的人物寥若晨星），就這一點而言，他們的勇氣值得讚賞。但韓東們在這樣的時候發表宣言，也並不基於「是可忍也，孰不可忍」的激憤。就是說，這些人不再願意作為主導文化的附屬物和邊緣物而存在，他們要自我界定。不管他們主觀意願多麼崇高，不想與主導文化爭一高下，但他們的客觀歷史效果，則必然是以異類的姿態與主導文化分庭抗禮。他們要強調「少數的、邊緣的、非主流的、民間的、被排斥和遭忽略的」文學異類族群的生存權力。作為一種訴之於媒體的行為，並且以群體的方式展開實踐，這就具有了象徵意義。

這一場大張旗鼓的宣揚斷裂的路線鬥爭，其實質就是文學的少數異類族群與主導文化爭奪符號權力的鬥爭。這種鬥爭在文學史的任何階段都存在，所謂文學創新就是創生的文化試圖分享主導文化佔據的霸權地位的鬥爭。關於符號權力（symbolic power），皮爾・布迪爾認為，擁有符號資本（symbolic capital）的人，便具有一種把某種認知工具和社會現實的表達強加給弱勢群體的力量，這就是符號權力（symbolic power）。依照布氏的意義，符號權力就是這種一種力量：它通過言辭來構造既定的世界，使人們理解並相信它，確實或改變某種世界觀。因而也能確定或改變對世界所採取的行動，甚至世界本身；這就幾乎是一種魔術般的力量，它能使一個人獲得通過物質或經濟實力所得到的那種東西的等價

物，通過某種特殊的動員效應獲得好處[31]。現在，「異類們」不願意認同既定的文化秩序，不再信服現有的符號權力。他們相信有另一種符號獨立存在的可能性。他們在把自已界定為「少數邊緣」族群時，也就是在躲避總體性制度的規範。這與其說是異類們的勝利，不如說是當代文化（文學）的總體性制度的困窘。主導文化的符號權力不再具有魔術般的力量，知識份子群體也不再自覺屈從於這個唯一的生存資源。就這一點而言，朱文、韓東們並不是先知先覺，也不見特別勇敢，不過生逢一個微妙的時期罷了。

符號權力依靠政治權力才得以強加到弱勢群體身上，但我們說過，通過符號本身的魔力，「強加」會潛移默化變成心悅誠服。但這種過程依然有賴於政治經濟權力的一元化，也就是說，具有總體性制度強加的可能性。弱勢群體在政治經濟權力獲取方面多大程度上依靠占支配地位的集團，也就決定了它支配符號權力能獲得多大自由度。在一個多元社會裡，符號資本可以與政治經濟資本分離，即使在中國五四時期，符號資本與政治資本可能處在完全對立的狀況，例如，李大釗、陳獨秀、魯迅等人，其符號資本顯然與當時的占統治地位的政治資本根本對立，但無損於他們建立符號資本體系。甚至於可能這樣認為，在多元社會中，與政治權力對立是創建符號資本的有效方式。只要看看資本主義社會中，知識份子普遍左傾，信奉馬克思主義就可以理解這一點。敢於聲稱自己是右派的人，那都是符號資本特別雄厚的名師大家（如伊賽爾‧柏林之流），否則，一般的知識份子都沒有能耐敢聲稱自己臣服於資本主義霸權。但在一個一元化的社會裡，情形正好相反，首先必須獲得政治權力的認可，才有可能積累自己的符號資本。在中國的現實主義規範創建的早期，顯然也是通過確立政治信念，使符號資本歸屬於政治資本，符號資本具有政治的附加值，才可能行使社會的動員功能。在這種狀況中，符號資本不具有符號本身的獨立價值，它只用於兌換政治資本。因此，知識份子的符號權力實際上只是政治權力的附屬物，處在政治上強勢的集團，也就順利地掌握符號權力。

中國的符號資本在現代性的歷史的轉換過程中，經歷過至少二次大的轉換。其一是五四至四十年代，經歷著從傳統到現代文化資本流通領域的大轉換；其二是從延安整風時期至八十年代的改革開放初期，經歷著從符號領域到政治領域的轉換。這種描述似乎有點不合邏輯，但與符

---

[31] Pierre Bourdieu, Language and Symbolic Power. Cambridge: Harvard University press, 1991, Page 170;129.

號資本交換普遍規則相悖的狀況，正是中國特殊的政治文化情境的產物。我們可以看出，在五四時期，誰擁有現代思想知識，誰的符號資本附加值就高；正如解放以後，誰的政治性越強，包括政治權力越大，誰的符號權力就越大。也許現在正面臨著第三次符號權力更換，也就是符號權力從政治領域轉向符號領域。把符號資本交給符號流通領域去決定。這種情境的出現依賴於掌握符號的社會群體具有政治資本和經濟資本分離的獨立性。正如第二次符號轉換依靠政治的決定性力量一樣，第三次的符號轉換也同樣依靠政治權力不再起決定性的支配作用，並且依靠經濟資本獨立於政治資本，經濟資本與符號資本結合。

被稱之為「新時期」的文學時期，並不能被看作符號資本獨立的時期，因為這一時期的符號生產從總體上看，還是依附於政治資本。也就是說，符號資本本身的價值由政治資本決定。作為符號生產主體的作家，依然依據政治信念來建構符號系統。被描述為標誌「現實主義復蘇」的那些作品，與其說是站在文學立場反映「歷史真實」，不如說是站在政治立場建構歷史敘事。就從《牧馬人》、《天雲山傳奇》、《大牆下的紅玉蘭》、《綠化樹》等作品來看，其敘事的主觀意願無疑非常強烈：通過把所有的罪責推到四人幫身上，傷痕文學捍衛了革命的正確性和純潔性。通過對老幹部和知識份子的信念的描寫，表現了老幹部和知識份子在文革時期驚人的忠誠。老幹部和知識份子受迫害的歷史，被這些小說描寫成是與四人幫鬥爭的歷史。於是，老幹部和知識份子，在粉碎「四人幫」之後重新回歸黨的懷抱，共同建構「新時期」的歷史。它們本來就是統一的，作惡多端的不過是「四人幫」。通過這種敘事，從精神上拯救了歷史的受害者和參與者。被現實主義稱之為客觀真實的那種東西，顯然是按照意識形態的需要設計的歷史敘事。作家的客觀性背後，隱藏著強烈的主觀願望——當然也是歷史主體的意望，它反映了政治權威和知識份子精英以及民眾的歷史願望。但不管如何，這一歷史敘事與其說是在批判文革歷史，不如說是在修復這段歷史，它假設了一道歷史斷裂，而後把它修復。斷裂是暫時的，異化的；而這段歷史在「第二種忠誠」中獲得了完滿的延續。這代右派作家在講述歷史時，沒有忘記自身的歷史處境和內心隱密的焦慮，只有再三表白第二種忠誠，主動性地講述和修復這段歷史時，它才能充當歷史的主體。正如《靈與肉》中的許靈均，《天雲山傳奇》中羅群，《大牆下的紅玉蘭》中的老公安，以及《綠化樹》中的章永璘，在證明了自己的信念的同時，也就把自己置於（回歸於）這個革命史的主體位置。對於這代作家來說，符號資本與政治資本是等值的，並且符號權力最終反映在政治權力上。因

為通過符號資本可以獲取政治資本，從而反過來加強其符號資本的象徵意義。

知青一代作家看上去是以「革命無罪，造反有理」起家的，但其反叛性植根於政治信念，相當強的政治情結是這代作家的基本精神氣質。他們在藝術上並沒有強烈的反叛和創新的意識，實際上，他們的文學觀念以及美學趣味，依然自覺歸屬於主導文化。因此，也就不奇怪，知青一代作家開始講述他們的歷史故事時，並不是對文化大革命進行深刻反省，而是重溫青春年華的理想主義和英雄主義情緒。張承志和梁曉聲作為典型的知青作家，集中地表現了這種傾向。張承志的《北方的河》，梁曉聲的《這是一片神奇的土地》，看不到多少對革命異化的批判，卻表現出對那種理想主義的更加誇大的表現。當然，八十年代中期，人們已經不需要批判反省文革（這種反省批判不過是為建構新時期歷史確立一個前提），人們需要的是進一步在這個已經被命名為新時期的歷史階段中，走向既定的目標。這種理想主義和英雄主義正是主導文化所需要的東西。知青作家群同樣是這個歷史序列中的一種角色，許多年之後，知青作家分別在文學制度化體系中佔據重要的權力位置，這就十分清楚他們曾經承擔的歷史角色。

「新時期」文學依然有一種整體性的歷史，作家們自覺進入總體性制度，以分享最有效的符號資本。多少有些不同的是「朦朧詩」群體。儘管「朦朧詩」在新時期之初被思想解放運動強行納入主導文化的話語譜系，但這個群體在其根本的藝術衝動和藝術實踐方式，就與主導文化相去甚遠。只要看看從白洋澱詩派到「今天」派和「後今天派」，就可以理解它所具有非主流本質。「異類們」在九十年代步入文壇，與「後朦朧詩」群體有著精神上的一脈相承的聯繫（例如朱文、韓東本來就屬於這一群體），他們的意識觀念，生活態度和生存方式，屬於社會的邊緣群體。他們中大多數人寫過詩這一經歷而言，並不僅僅只具有藝術經驗的意義，更重要的是在於它早已約定了這代作家的精神狀態和歷史角色。這代作家當然不可能以歷史主體的角色去構造主流意識形態的神話，去創建時代的共同想像關係，他們的寫作只關注個體經驗，表達個體的生命欲求。問題的實質在於，他們不太容易被納入主導文化，現在，文化（文學）的總體性制度強加變得有些困難。因為開始出現了自由撰稿人，這些人的符號資本開始具有了獨立性，他們依附於經濟資本就可以生存。實際的情況也許與此有關：即舊有的符號資本體系依附於政治資本已經達到飽和狀態，現有的符號資本如果要保值的話，就不再可能給新的符號生產者發放資本。於是，這些所謂崛起的「新銳們」，

在某一次規模宏大的儀式上（可能是1996年12月）給予了部分象徵性的命名。隨後，這些「新銳們」就散落在祖國各地，他們以不被制度化的邊緣人姿態自鳴得意。朱文曾經在小說《弟弟的演奏》中描述過他們這代作家的寫作動機和精神狀態：

> 「……我瞭解自己，我清楚自己正在幹的這種事情，我有能力對這一切負起責任來……我非常尊敬我的前輩，那些歷盡磨難的老作家們，他們對錢不感興趣，也罕有睡過十個以上的女人，所以他們沒能寫出什麼東西。再看看稍後一些的作家，他們終於嘗到一點金錢和女人的甜頭了，但是談起來要麼扭扭捏捏，要麼裝腔作勢，所有我們也不能希望他們能幹出什麼像樣的事情來。但是再後來就不一樣了，一夥貪婪無比的傢伙雙眼通紅地從各個角落裡沖了出來，東砸西搶，罵罵咧咧。他們是為金錢而寫作的，他們是為女人而寫作的，所以他們被認為是最有希望的。但是其中若干角色支撐不了多少時間就筋疲力盡了，他們的腎有毛病，誰也幫不了他們。我說爸爸，能說的我都對你說了……」

　　儘管這是小說中的描寫，但在一定程度上可以理解為「異類們」對他們的文學立場所作的一種挑釁式的表達。這種姿態和立場顯然是糅合了非非派的達達主義行為和王朔式的反精英主義姿態」。異類們」在文化上確實與「新時期」沒有緊密的聯繫，由於他們大多數人並非畢業於大學中文系，他們對人文學科的傳統知識並不以為然，也不考慮文學史的前提。這就使他們的寫作完全定位於個人化經驗，面對市場，以寫作為生。他們當然不可能像生存於體制內的作家那樣，承擔起建構歷史神話與教育人民打擊敵人的重大使命。他們像是文學史上孤零零的群落，他們的符號價值無從界定，也無人界定，他們成為自已製作的符號系統的界定者。這使他們必然要以異端的形式出現，他們以非法闖入者的身份來獲取新的合法性。正如皮爾·布迪爾在論及異端性話語與正統權威的關係時所說的那樣：「通過公開宣稱同通常秩序的決裂，異端性話語不僅必須生產出一種新的常識，並且還要把它同一個完整的群體從前所具有的某些不可言傳只可意會的，或遭到壓抑的實踐和體驗事例在一起，通過公開的表達和集體的承認，賦予這種常識以合法性」。[32]。這

---

[32] Pierre Bourdieu, Language and Symbolic Power Cambridge, Mass: Harvard University press, 1991, Page 170.

些被放逐的亞文化群體，也正是以與制度化生存對立的姿態才能迅速獲得象徵資本，這就像當年法國巴黎的一群波西米亞式的藝術家，以他們的特殊的異類姿態與上流社會作對，鼓吹他們的「為藝術而藝術」的觀念，從而迅速建立他們的象徵資本。再或者如當年美國「跨掉的一代」所扮演的歸來的浪放者的角色。同樣的情形在不同的佈景前面再度上演。朱文宣稱的「本質性寫作」，在韓東的進一步描述中，他們的寫作與那種「在自我麻醉的狀態中逐漸出賣自己的靈魂的」寫作根本不同，他們所表明的寫作，「則是對現有的文學秩序和寫作環境抱有天然的不信任和警惕的態度，它認為真實、藝術和創造是最為緊迫地事……寫作應成為一件有其精神價值的事，為了這一目的與環境的對峙中絕不退縮避讓……」總之，他們的寫作是「一種有理想熱忱有自身必要性的真正寫作」。[33]。這種態度難能可貴，但並不是文學史上的發明創造，這不過西方現代派經常掛在口頭上的套話而已。但從當代中國作家的口中說出，卻有不尋常的力量。

某種意義上，朱文們的「複數」形式也顯得非常可疑，他們實際並不構成一個真實的群體，如果說有同夥的話，可能只有朱文和韓東是一對搭當。儘管從理論上也未嘗不可把他們劃入「晚生代」群體，但他們兩個人與團夥實際上貌合神離。他們的「個人性」即使沒有走火入魔，也差不多登峰造極。他們不能忍受任何集體性的存在方式，他們的思想顯然不是引領大眾的精英主義，而是離群索居的「異類」。「異類」在當代文化語境中顯然陷入矛盾狀況，他們不願意忍受柏林式的「消極自由」[34]而試圖以個人的激進姿態來創建一種已經趨於消失的異類文化。不管如何，在這樣的時代，激進的個人主義也未必就完全不需要。激進的個人化姿態，給沉寂的文壇注入了一些活力，而他們試圖與主導文化抗爭的舉動，也不無殉難者的英勇。

二、本質性寫作：有限的革命

九十年代以來，我們使用過各種概念術語去描述這些急於出人頭地的傢伙，諸如「新生代」、「晚生代」以及「六十年代出生」等等，

---

[33] 參見《北京文學》，1998年第10期，第42頁。

[34] 在柏林看來，自由有「積極」和「消極」區分，積極的自由意味著努力獲取個人存在的權力，保護個人存在的空間；消極的自由即指不參與的自由，不被干涉的自由。在自由主義的歷史上，大多數人傾向於強調積極的自由，而忽略消極的自由；而柏林則更強調消極的自由，他認為消極的自由才是真正的自由。

但這些概念主要還是在現有的經典文學史的框架中來討論他們的意義，如何更多地關注他們的寫作的根本差異性，依然是一個有待深入的探討的問題。並且，象朱文和韓東顯然不能滿意這種群體劃分。當然，這些自詡為「斷裂」且獨樹一幟的職業寫手們，與經典文學的距離並不像他們想像的那麼大；但他們也試圖在經典文學龐大的秩序之外開創自己的道路。應該看到，「異類們」並不是簡單地宣稱斷裂，並不只是依據歷史的力量，而且同時也從他們自身的符號體系中確定反抗的依據。確實，朱文們的寫作已經難以引起轟動，也不再能引起文學史語境內的對話慾望，但他們的寫作表明了文學的另類存在，表明另類的文學存在。本文無法詳盡地去分析「異類們」的那些具體的斷裂環節，但毋庸置疑他們努力在製作一種新型的文本。他們公開宣稱的「本質性寫作」，在理論上並不明晰，我傾向於把他們所宣稱的「本質性寫作」理解為「片面性寫作」，即他們至力於表現生活的「片面性」。這些片面性反映在被扭曲的片面生活情境；某種偏執片面的人物性格；向片面激化的生存矛盾；片面的美學趣味等等。他們的創作實踐其根本區別未必在於形式方面，而是有著根本不同的文學史定位或處在不同的文學場（field），根本不同的敘事主體立場（position），根本不同的美學趣味嗜好（hobbies）。

朱文自信、偏激，帶著強烈的反叛慾望走上文壇，這種慾望也可以說是理想和勇氣。朱文的反叛是徹底的，他的寫作可以直接面對當代生活任何的禁區（當然除了政治——這是一個被當代文學區隔的領域），他的小說可以和當代生活糟粕同歌共舞卻始終生氣勃勃。沒有人像他這樣對一種歪歪扭扭的生活充滿了熱情，充滿了不懈的觀察力。這就是朱文，他能抓住當代毫無詩意的日常性生活隨意進行敲打，任何一個聊的生活側面，總是被左右端詳，弄得顛三倒四，莫名其妙，直到他們妙趣橫生。

朱文最富有爭議的作品大概是《我愛美元》（《大家》1994年）。這篇小說的標題聳人聽聞，熱愛帝國主義的硬通貨，這與中國社會標謗的價值觀明顯對立。但這就是朱文的方式，毫不掩飾，既不掩飾自己的觀點，也不掩蓋中國社會實際的現實。實際上，這篇小說充滿了挑戰性，它完全站到現行的一切價值觀的對立面，把生活所有的面具都撕毀，我們的文明業已建立的秩序、規範和修辭，在這裡都受到拷問。沒有人象朱文這樣直接地對現行的生活發問，毫不留情，無所顧忌。這篇小說象朱文所有的小說一樣，其敘事依然有明晰的時間線索，情節也簡單明確，父親來到城裡，要我一起去找荒廢學業成為流行歌手的「弟弟」。顯然找弟弟並不重要，到處尋找弟弟不過是給我對這個社會的評

判提供各種素材和契機而已。現在，兒子帶著父親來到花花綠綠的城市亂轉，這給兒子審父提供了藉口。朱文的寫作之所以徹底，就在於他從來不在「性」的問題上扭捏作態，這個難關一破，他還有什麼不可以長驅直入的呢？「性」是朱文一部分有挑戰性的小說敘事的出發點，軸心和思想源泉。朱文的「審父」絕不是抽象的，形而上的思辯，而是唯物主義式的直接面對。朱文把「性」直接放在父親的面前，和父親討論性，談論女人、情婦、帶父親去舞廳找舞女，甚至於為父親拉皮條，最後找到自己的情婦請她去和父親睡一覺，以被情婦打了一個耳光告終。父子關係到這個地步，已經不只是極大地遠離而且全盤顛覆了中華民族的傳統。當然，從道德上遣責朱文是容易的，然而，從文學的意義上來肯定朱文也不困難。中國大陸的文學沒有人象朱文這樣把「性」的倫理學徹底解構。性對於朱文是一個支點，一個阿基米德式的支點，他只需要這個支點，就能把我們的世界顛覆，這本身說明我們的文明確實有薄弱的地方。中國傳統的君君、臣臣、父父、子子的等級制度，通過性這個支點，在這裡被擊得粉碎。朱文的這個性焦慮的敘述人，不再遮遮掩掩，揮舞著性的丈八蛇矛，並不是把我們引向色情的幽閉之地，而是把我們的生活驅趕到光天化日之下，接受這個毫不留情的傢伙的檢驗。這個人先把自己的衣服脫光，赤裸裸在那裡動作，噴射出來的不是什麼無聊的液體，而是思想的火花。這點不得不令人驚異。理論就怕徹底，徹底就無所畏懼，就能接近本質。也許這就是朱文追求的「本質性的寫作」。儘管說人類的本質未必就是性——至少不這麼簡單，寫作的本質也不是弗羅依德式的白日夢，但穿過這一點，就能接近某個本質的方面。但穿行於這一點需要勇氣、智力和技巧。朱文以他的乾脆和徹底可以說打開了本質的某個方面。

相比較起來，《弟弟的演奏》（1996）則是有過之而無不及。這篇長達110頁的中篇小說，實則是一部小長篇，寫一所工科大學的同一個宿舍裡的一群青年學生的故事，對青春期的性騷動作了淋漓盡致的表現。迄今為止，沒有任何一部小說對青年文化作了如此詳盡的反映。八十年代中期曾經有過現代派，劉索拉的《你別無選擇》與徐星的《無主題變奏》，相形之下，後者則不過是一些溫文爾雅的古典浪漫主義而已。這個在大學宿舍裡發生的故事還是多少能看到《你別無選擇》影子，但這些傢伙沒有在精神領域去表現個性，而是回到了唯物主義的基礎上，回到了他們的肉體。說到底，性饑餓問題現在被朱文當作青年生存的首要問題，這個問題的解決是如此的困難，以致於他們不得不竭盡全力。這個問題成為他們生活的軸心，一切現在都圍著這個旋轉，

當然，生活完全被搞得顛三倒四。這些人根本不好好念書，違規亂紀是他們的拿手好戲。他們都有一些莫名其妙的綽號，「南方以北」、「紐約」等等。南方以北東溜西竄，遊手好閒；周建則永遠考不及格，建新一天到晚睡在他的蚊帳裡，他顯得孤高超然，是唯一個對女性不感興趣的人，但最後被揭穿他患了陽萎；來自北京的紐約不甘寂寞，先是聲稱他要吃屎，後來卻成了一次反對黑人的學潮的幕後策劃者；海門是個低三下四讓人踢屁股的倒霉蛋；老五則是一個強姦犯，後來刑滿釋放成為一個拙劣的小商人；而敘述人「我」的精力主要集中在如何把那些女同學變成性夥伴，「我」潛入女生宿舍，竟然一個學期天天在女生宿舍過夜，我還寫詩，辦詩刊，見到女人就想入非非，離色情狂也就只有一步之遙。這些人顯然沒有任何高尚品德而言，沒有理想，沒有抱負，沒有自尊，也不表現自我與個性，這些人完全憑本能生活，隨波逐流，就是寫詩也不過是無所事事追趕時髦，鬧學潮遊行則不過是「像灑水車一樣把折磨我們的那幾毫升精液全都紛紛揚揚地灑在這個城市的大街上」。

這是一群雜種、王八蛋、下流坯子，比王朔當年的痞子還要無恥，王朔的痞子經常還和女人來點純情，不過偶爾才光著脊樑，朱文的這些雜種則是成天赤身裸體，他們只有本能，完全靠著力比多進行他們的生活。沒有人象朱文這樣把一代中國青年（大學生）「動物化」到如此地步，迄今為止任何中國文學標謗寫作「小人物」的作品都會給「小人物」留有餘地，他們總有某一方面的品質值得肯定，但朱文的小人物沒有，就像小說中一再聲稱的那樣：「這些雜種」。

很顯然，如果用中國現行的文藝理論理解朱文，那肯定會把朱文判定為一個歪曲現實、道德敗壞的傢伙。文學越來越不具有反映現實的功能，也越來越不具有教化社會的功能。對於朱文這一代作家來說，寫作就是一種象徵行動，用這種象徵行動表達他們對生活和社會的看法。我們可以同意有一類作品是現實的反映，同樣，我們也要容忍有一種文學就是以特殊的方式或者曲折的方式表現現實。而且在現時代，文學需要更大程度地借助誇張、荒誕、變形，以此來獲取表現生活的快感。我們想，朱文的寫作正屬於這一種。

朱文追求「本質的寫作」，對於他來說，就是直接面對本質，不加掩飾，不留餘地。他的本質就是性，至少他理解青年人的生活的本質就是「性」——不一定是生活的全部的內容，但是最根本的或最本質的內容。朱文抓住這個要點，來看青年人的生活。看看被力比多驅使的青年人，看看被力比多搞得不倫不類的青年人，從這裡，朱文撕開了青年人生活的面具，看到他們面對自我本質時的種種表現（我表演）。

也許生活本身就是一種模仿，一種戲仿，只不過有些人模仿高雅的生活，有些人模仿低劣的生活，朱文的人物則樂於以最輕鬆的方式過自己的生活。小說敘事就像後現代的舞臺劇一樣，每一個生活行為都成了戲仿，都充滿戲劇性。朱文敘述的力量就在於他把這些無聊的生活敘述得生氣勃勃，每一個環節都是反常規的，都散發道德敗壞的氣息，並且都以一連串的極端行為來推進。總之，各種惡作劇充滿了這個宿舍，隨時隨地從這些人的嘴裡、手上、腳上、跨下發出。它們無恥卻生動，荒謬卻快活。

朱文的小說，特別是《弟弟的演奏》是很難用理論加以概括的作品，它需要閱讀，每一頁都無恥下流，但肯定生動有趣。那些描寫並不具有多麼嚴重的色情意味，但卻是對性禁忌的尖銳挑戰。統觀朱文的小說，沒有露骨的性描寫，但卻無不充滿露骨的性意識，說到底，朱文不是在呈現性，而是在撕破這個東西（這是他與賈平凹的色情描寫相區別之處）。說到底，朱文露骨地寫作性，不過以此作為他的小說敘事的支點，根本在於他向我們現行的道德挑戰。

以性作為支點的作品是朱文最尖銳的也是最有代表性的作品，但朱文大多數的作品卻並不是聚焦於性，他關注那些日常生活中的細節，在那些最平庸的生活環節中找到趣味。這是朱文非同凡響之處，《到大廠到底有多遠》是朱文小說中司空見慣的那種，他就連坐一趟公共汽車他也能把這個過程寫得有聲有色，鄰座的不斷吃橘子的姑娘，站著的一位女人，神經質或發酒瘋的丈夫，如此而已，這些毫無生氣的事實，卻可以見出朱文敘述的能動性，並且對生活進行銳利的評判。敢於扭住那些生活的痛處，不斷敲打，並且有能力對那些怪戾的生活事實進行評判，這就是朱文的力量所在。

韓東多年來一直是個引人注目的異類人物，他的寫作總是以反常規來顯示出他的挑戰性。早年的《關於大雁塔》等於是給狂熱的現代史詩澆了一盆冷水，隨後韓東把主要精力投向小說。他開始的小說寫作不能說很成功，那些作品也試圖以「關於大雁塔」的思想角度出發，去描述沒有內在性的生活過程，這些過程過於散文化，沒有展現出敘事的力量。直到《雙拐李》、《楊惠燕》、《在碼頭》這幾篇小說，韓東的小說敘事才顯示出特殊的力量。韓東的小說敘事實際遵循時間框架，他習慣在既定的時間順序中來展示某種生活或某個事件的全過程。通過把人物的性格心理加以片面化的處理，那種扭曲的快感從敘事的各個戲劇性的關節不斷湧溢而出，韓東的小說由此展現出荒誕的詩意。《雙拐李》講述一個獨居的拐子與單身女房客的故事，人物的狹窄心理與卑瑣的慾

望，在敘事中形成動力機制。雙拐李對女性懷有強烈的欲念，但他設想把精神利益與物質利益結合的方式，與女房客建立某種曖昧的然而也只是想像（意淫）的關係。人物的生活情境被扭曲之後，這些片面的人構成片面的聯繫和衝突形式，各種奇形怪狀的趣味也就自然產生。一個拐子房東和從事風塵職業的單身女房客，這本身就是一種戲劇性的場景，這給韓東捕捉那些變了味和變了質的趣味，提供了無限的可能性。《在碼頭》寫一群無所事事的青年在一個渡船碼頭惹事生非，與地痞和員警發生糾葛。過程和細節被發揮得淋漓盡致，生氣勃勃而富有喜劇感，每一個環節都以多種可能性的方式推進，這使人物始終處在戲劇性突變的狀態。人性的惡劣，怪戾的心態，對權力的屈從，這些都被表現得相當出色。韓東的小說敘事雖然有些有意扭曲人物性格，人物的遭遇也有些刻意推向極端。但韓東的敘述從容不迫，改變了過去的那種鬆散狀態，依靠對生活的那些錯位環節反復刻畫，磨礪得有棱有角，而且情節和細節的處理都強化了戲劇性效果，使之變得富有張力。韓東所有的敘事都聚焦於人性的弱點與生存困境衝突上，人總是以它的弱點抵抗困境，這就使這種抵抗的情境具有了後悲劇的荒誕詩意。總之，對人類的那些根本的困境的揭示，顯示出小說敘事的內在力量。

　　有必要指出的是，繼蘇童、余華、格非、孫甘露、北村之後，朱文、韓東們也不可能在形式方面作出更多的變革。事實上，形式主義策略已經不重要，也很難有實際作為，他們在藝術上的理想追求，既不可能有更多的顛覆意義，也不會有更大的開創性。事實上，他們的小說敘事更傾向於常規小說，例如，有明晰的時間線索，人物形象也相當鮮明，情節細節的處理也很富有邏輯性。他們在藝術上的獨創性已經有限了，這不是說他們缺乏獨創性，而是小說這種形式所能開掘的資源已經接近於枯竭，以致於六十年代蘇珊‧桑塔格等人，宣稱小說已經死亡——傳統小說的那些形式技巧已經耗盡了可能性。朱文、韓東能開拓一片獨特的領域，在很大程度上只能寄望於他們對生活的理解方式和他們敘事視點別具一格，從而對生活的局部具有獨到的穿透力。事實上，他們的「本質性寫作」的真實含義在於反本質主義式的敘事，他們正是拆除了生活原有的本質意義，把生活最無意義的環節作為敘事的核心，在沒有歷史壓力的語境中，來審視個人的無本質的存在。他們的敘事整體上是歷史解體的產物。正如我數年前在一本書裡說道的那樣，文學史留給後人的不過是「剩餘的想像」。因而，在這一意義上來說，「斷裂」已經不可能預示開啟一個新的時代，只能是個人抵禦平庸化的一塊暫時的飛地。

　　朱文與韓東在敘事文學方面顯示出的異類色彩，不過是多年來鬱積的詩歌方面的異類文化在小說方面的偶然轉化而已。自從北島之後，中國的新生代詩人（或稱第三代詩人，他們大約是指「他們」、「漢詩」、「非非」等等）就以異類文化的形式存在，這並不是指他們的政治的身份，實際上，這些人最缺乏政治素養。他們是一群純粹的迷狂的語詞吞吐者，他們的生活方式，行為規範與既定的秩序大相徑庭。在《第三代詩人》的創刊號序言上，他們自稱為「早熟的向日葵」，詩人鐘明曾描述道：「戀愛，蹺課，傾訴，喝汽水，開會，朗誦，漫長地寫信，比賽誰敢跳樓，把戀愛遊戲中的自我犧牲，稱作『洪堡的禮物』。但有一點區別十分重要，那就是，他們不再把文學當作唯一的追求，至少是今後唯一高尚的職業，而只是一只要使一代承擔起『復興民族重托』的號角。最後，這只號角，把許多人吹進了茫茫的商海，同時，也吹進了普通人的生活。朦朧派的崇高感，在他們那裡，逐步轉換成了平凡和責任或不負任何責任」。[35]朱文、韓東原來就屬於第三代詩人群落，後來轉向寫小說，但精神上屬於第三代詩人。雖然朱文、韓東的個人行為規範以及對文學態度，要嚴肅得多，但他們在文化上的自我定位是非邊緣性的，非制度化的。事實上，第三代詩人在九十年代也產生嚴重分化，海子、戈麥等詩人的相繼自殺，一度喚起這代詩人對神性和終極價值的眺望。我這所以使用眺望，是指他們的關懷的是象徵性的，而非實際行動。隨著那些自殺事件的淡化，人們又憑著歷史慣性，開始我行我素。但我們注意到，第三代詩人確實是分化出一批詩人強調形而上精神價值，或以語言修辭來應對意識形態，他們轉向了更溫和的精神的和語言的修辭學領域。看上去激烈的朱文、韓東，實際上可能是第三代詩人中比較溫和的務實派。他們對文學寫作還抱有嚴肅的態度，可能是過於嚴肅絕對的態度，蔑視制度化體系，對其他團夥不屑不顧等等。不能說他們身上沒有第三代的流風餘韻，但第三代的精神和習氣還是被他們加以創造性轉化了。除了他們的行為多少有點自以為是而令人不快外，看不出他們的行為對他人和社會構成什麼威脅。相反，他們的寫作對日趨平庸化的文壇，也不失一劑猛藥。

　　朱文與韓東不過是作為異類文化的代表而顯得引人注目，事實上，年輕一代作家越來越多的人是處在體制外的狀態中寫作。這主要是指他們的精神狀態，他們的文學觀念，他們的寫作與社會的聯繫方式。儘管制度化體系無處不在，但由於機制的不夠靈敏，他們還遠遠不能關注，

---

[35] 鐘明：《天狗吠日》，載《傾向》1996年第6期，203-204頁。

因而也不能對他們納入總體性制度的規範體系內，而這些新的寫作群體實際已經佔據或正在創造當代文學主流的創生的文化群體。這個群體在形式上四分五裂，除了傳統的文人相輕愈演愈烈外，還沾染著現代主義式的小團夥的意氣用事，但在我看來，一種新的文化潮流終究會淹沒那些微不足道的個人主義式的偏狹。

三、時尚或新的符號譜系：亞文化寫作與文本實驗

1998年，《作家》第7期推出一組七十年代出生的女作家小說專號，在封二封三配上了這些女作家故作姿態的照片，他們看上去都很酷。這些作家的出現，已經完全改變了當代作家的固定形象。傳統作家的老成持重的形象，現在被改變為毫不掩飾的矯揉造作，但這種姿態與其說是挑逗性的，不如說更多些挑釁的含義，它表明傳統中國作家精英形象的世俗化趨勢。當然，問題的實質在於，這些作家寫作的作品及表現的生活情態，已經在很大程度上改變了經典文學的本質含義。文學的社會性，文學與現實的關係，文學的觀念與法則，都發生相應的變更。

把這些作家歸為一個群體只是表面的做法，他們的年齡、性別的相同，並不成為他們寫作的共同基礎。他們的身份和個人經驗與過去的文學群落相比有明顯的區別。例如，右派作家，知青作家，他們是歷史地生成的一代人，而這一批作家，沒有堅固的歷史紐帶，因為歷史在當代已經離散。歷史也不再具有經驗的同一性，歷史存在於提高現實意義的理念中，當現實無法固定其統一意義時，歷史也就難以被虛構。這些作家確實沒有歷史，只有個人記憶，只有當下展開的生活，這些生活與我們前此的歷史脫節或斷裂。他們每個人不是依靠歷史意義來加以自我認同，而只是根據個人的經驗來確定自我。因此，試圖用「七十年代出生」來指認這些作家不過是一次簡單而草率的命名，它們只是暫時的編號[36]。這些作家與當代城市生活密要相關，他們與鄉土中國已經相去甚遠，中國的城市化和市場化，以及全球資本主義化是他們寫作的現實背景。他們樂於尋找生活的刺激；各種情感冒險和幻想；時尚生活和流行文化；漂泊不定而隨遇而安……總之，一種後現代式的青年亞文化成為

---

[36] 用年代來命名作家可能是當代中國文壇一件奇怪的事，年代現在成為變革、創新的簡單標識，這使當代文壇奇怪地處在「年輕化」的壓力之下，作家迅速成名，迅速老化。人們找不到標準，就只好以年輕來代替「新」。就像電器產品的換代一樣。換代的焦慮構成文學發展的動力，這是一種極其幼稚的想法。文學當然不斷要求新人出現，但這並不意識著年輕的就是新的，新的就是好。這不過表明當代文壇完全失去標準和判斷力，處在經典的失憶狀態。

他們的寫作的主題，他們當然也在建構當代商業社會和城市幻象的新的符號譜系。

衛慧的《象衛慧那麼瘋狂》是一篇頗有衝擊力小說。這篇小說講述一個二十剛出頭的女子相當怪戾的心理和躁動不安的生活經歷。這個叫「衛慧」的人物，當然不能等同於實際作者衛慧。現實中的衛慧與小說中的人物可能相去甚遠。這個叫衛慧的女子少女時代喪父，內心深處對繼父的排斥釀就奇怪的被繼父強暴的夢境。逃避繼父這個莫名其妙的舉動，看上去像是弗洛依德戀父情節的顛倒。躁動不安的孤獨感構成了這類人物的基本生存方式，他們處在鬧市卻感受著強烈的孤獨感，他們也只有處在鬧市中才感受到孤獨感，這並不是無病呻吟，這就是這些亞文化群落普遍的生存經驗。這篇小說的情節並不重要，無非是年輕女孩逛酒吧歌廳，遇到一些男人的情愛故事。但那種對生活的態度和個人的內心感受卻被刻畫得非常尖銳。小說同時寫了另一個叫阿碧的女孩，這個女孩的生活愛好是充當第三者，不同地變換插足的空間，但始終是第三者。這些女孩奇怪地愛上各種已婚男人，與這些男人進行一些痛苦而混亂不堪的愛情，則是他們生活的真正意義。衛慧的敘事能抓住那些尖銳的環節，把少女內心的傷痛與最時髦的生活風尚相混合；把個人偏執的幻想與任意的抉擇相連接；把狂熱混亂的生活情調與厭世的頹廢情懷相拼貼……衛慧的小說敘事在隨心所欲的流暢中，透示出一種緊張而鬆散的病態美感。這一切都被表現得隨意而瀟灑，這才是青年亞文化的敘事風格。青年亞文化在美學方面的一個顯著特徵就是一種激進／頹廢的美感。在多數情況下，青年亞文化是外向式的，因而也是激進的；但這種文化以個人的方式存在的，它經常就呈現為頹廢的情調。「頹廢」的美感當然並不是什麼新奇東西，但卻是長期為人們忽視，為正統文化排斥的東西。從王爾德的後期浪漫主義，到整個現代主義（後現代主義），在某種程度上都在尋求頹廢之美。這種自虐性的，個人化的被延擱了快感高潮的美學，與集體性的狂歡相對立，在所有的主流審美霸權中，「頹廢」都處於被排斥的邊緣狀態，它象精神病一樣被界定為異類。頹廢與激進總是一枚硬幣的兩個背面，激進總是伴隨著頹廢，集體狂歡之後，就是不可抗拒的頹廢。衛慧的小說中出現的個人幻想，個人的夢境，在很大程度上都是病態的，都具的頹廢的特徵。那個敘述人「衛慧」與阿碧的差異，正象一個不斷參與集體狂歡的激進主義者與一個沉浸於幻想中的頹廢主義者的區別。

在衛慧的鬆散柔軟的敘述中，始終包含著一些堅硬的東西，一些不可逾越的生存障礙，它們如同某種硬核隱含著生活的死結，也象一堵

牆，擋住所有的生活真相。衛慧在這篇小說中運用繼父的形象，以及關於被繼父強暴的幻覺，而這個硬核同時還包含著父親之死，無父的傷痛。生活的刺痛感像是一道不可逾越的門檻，把這個少女的靈魂阻隔於喧嘩的世界之外，她只有在回味生活的刺痛感時才有如歸精神家園的感覺。但他們並不是一些精神憂鬱症患者，那些刺痛感揮之即來，同樣也揮之即去。憂傷和快樂就像交織的雙重旋律，隨意在生活展開。衛慧的人物絕不是一些幽閉的女孩子，他們渴望成功，享樂生活，引領時尚。他們表面混亂的生活其實井井有條，衛慧確實寫出了這代人獨有的精神狀態。

衛慧的小說敘述充滿了動態的感官爆炸效果。她不斷地寫到一些動態的事物，街景，閃現的記憶，破碎的光和混亂的表情等等。《蝴蝶的尖叫》（《作家》，1998年第7期）同樣是一篇相當出色的小說，把生活撕碎，在混亂中獲取生活變換的節奏，體驗那種尖利的刺痛感，在各種時尚場景行走，構成了衛慧小說敘事的內部力量。她能把思想的力量轉化為感性奇觀，在感性呈現中展示商業主義審美霸權，這一切都使她的小說給人以奇特的後現代感受。

與衛慧同居上海的棉棉同樣熱衷於講述亞文化故事，這當然與上海迅速的城市化背景相關。棉棉的《香港情人》，也講述一個女作家介入流行音樂的故事。衛慧的人物始終有一些歷史記憶，戀父／殺父的情結構成內心的頑強情感。在棉棉的這篇小說裡，反常規的生活方式和價值觀念構成人物的基本經驗。女主人公長期與一位男同性戀者同床，卻不斷地介入一些與其他男人的似是而非的緋聞。這篇小說提示的經驗怪異而複雜，其主體敘事是對後現代式的女權主義的戲仿。女權主義者津津樂道的姐妹情誼，在這裡被改變為一個男性同性戀者，他們在一起相安無事。這是對女性主義習慣主題，例如性別身份、性欲、身體修辭等等的重新寫作。開放式的文本試驗，與反常的不斷分裂而變換不定的生活過程，構成隱喻式的雙重結構。不斷被外力干預的生活，就像不斷被侵入的文本敘述，它們又具有異質同構的特徵。每一次文本的被介入，也是生活被現代媒體重新干預敘述的過程。這些都顯示出作者的不俗的才氣。雖然作者的意識還不很清晰，但個人的直接經驗給予棉棉探索新的表現空間。對性愛主題的直接書寫，並且不懼怕反常的性愛經驗，這些更年輕的女作家，顯示出比陳染、林白和海男更激進的姿態。但他們的激進只是局部的，經驗意義上的。就他們的文學觀念與現實背景，他們又不是「先鋒性」這種概念可以描述的。他們的寫作不過是當代商業社會已然出現的某些經驗的反映，這與陳染們當年的預言性的寫作具有本

質性的不同。陳染們試圖表達對現實的頑強超越，而棉棉衛慧們則可能最大限度地接近現實。他們的「激進性」不過是現代商業社會的時尚而已，這是他們的不幸，也是他們的幸運。

在捕捉怪異的生活方面，這代女作家顯示出他們獨有的想像力。在故事已經枯竭的時代，金仁順會寫出《月光啊月光》這種作品，是令人驚異的。這篇小說講述一個年輕女子被電視臺錄用後的經歷，自從她到台裡工作，她成為僅次於至高無上的台長的重要人物，甚至台長都讓她三分，她得到台裡最好的公寓，同事對她敬而遠之。人們理所當然認為她是台長的情婦。而事實上，台長患有嚴重的失眠症，台長自從見她並和她同居一室便能安然入睡。小說並沒有像流行的情愛故事那樣落入俗套，而是別出心裁去揭示女人的生活如何被男性強權輕易侵入這樣的事實。在現代商業社會，或者說在中國這樣的以權力為軸心的社會，婦女只有依附男性才能生存。但這只是事物的一個方面，事實上，擁有權力的男性無法超越力比多的支配，這使他變相地受到女性的控制。這篇小說裡的台長需要這個女人作伴才能入睡，可以看成一種隱喻性的說法。由此暗示男人實際處在權力／性欲的嚴重焦慮中。男人以為他可以任意控制女性，但女性同樣以各種支配著男性的生存。這個被侵犯的女性終於殺死這個強權男人，這只是反抗的一種方式，事實上，女性在男性的潛意識和現實的各個環節都扭曲了男性的強權。

周潔茹的小說實際與衛慧棉棉很不相同，她的小說與傳統的關係更近，也更切近日常現實。她把個人的心理與外部現實的情狀描寫結合得相當和諧，細膩、純淨而不失一種棱角，這是她的顯著特點。《我們幹點什麼吧》（《人民文學》，1998年第1期），描寫二位年輕女子的心理感情，對人物的情緒起伏的層次刻畫得非常細緻。周潔茹的小說與宏大的社會問題無關，完全是個人私生活的某個或明或暗的側面，沒有驚心動魄的敘述，只有隨意放任的散文化的傾訴。正如李敬澤所說的那樣：「周潔茹的小說中，真正值得注意的是那個說話的聲音。那聲音很敏感，你可以從語調的波動感覺到都市生活中時時刻刻飄蕩著的很輕、有時又很尖銳的欣快和傷痛。這是一種很『快』的生活，以致於七十年代就已看出了滄桑」。[8]李敬澤的把握可以說相當準確。那個「很輕」，有時卻又尖銳的聲音，構成周潔茹小說特有的韻味。周潔茹的小說敘述因此有點類似單聲道敘述，清晰而單薄。她把敘述人作為表現的主體，其他的人物的語言和感覺都被壓制到最低限度。周圍的人象影子一樣出現又消失，它們總是作為敘述人的某種心情的附屬物。在周潔茹試圖去表現其他人為主角的小說中，也可以看出敘述人的感覺心理依然

構成描寫的中心。《回憶做一個問題少女的時代》，寫一個學拉小提琴的少女的故事。小說試圖反復突出吳琳琳的形象，刻畫一個摯愛提琴藝術，卻生活得極不如意的女人，那種生活的苦澀感寫得楚楚動人。但作為第一人稱的敘述人的感受，依然起到支配作用。敘述人也作為被敘述人的心理反應是小說始終側重的方面，那種怪戾多變的心理表現得更加充分，並由此構成小說敘事的特殊情致和意味。確實，少有人象周潔茹這樣細緻不厭其煩地把敘述人／被敘述人的心情表現得如此有層次感。

此外，朱文穎的《廣場》（《作家》，1998年第7期），這篇小說是對男女迷宮般的關係進行哲理思索的類似散文的小說。戴來《請呼3338》（同前），一個尋呼台的職業女性，與一個中年男子的偷情故事。魏魏《從南京始發》（同前），關於兩個青年男女若即若離而又心心相印的情愛故事。這些作品雖然不見得都有驚人之筆，但都寫得清新俊逸。這些七十年代出生的作家儼然已經構成一個不小的群落，引發了各個刊物追捧的熱情，他（她）們要成為氣候似乎已是不可避免的事情。他們雖然未必具有什麼革命性的衝擊，但卻可能改變傳統文學的審美趣味和傳播方式。這些人有著完全不同於中國以往作家群的生活經歷，他們生長於文革後，大多數是城市獨生子女，他們完全感染著中國城市化所帶來的消費主義生活氛圍。他們的故事主要是關於男女情愛，沒有任何一代中國作家寫作情愛像他們這麼大膽直接、又這麼透明絢麗。青春期的躁動不安，故作輕鬆又自憐自愛，這些構成他們小說持續不斷的基調。這些關於城市戀人的敘事，已經最大程度地改變了經典小說所設定的那些人物形象模式和價值取向，這些小說大多數主角都是一些怪模怪樣的女子，他們熱衷於邂逅相遇的男歡女愛，貪戀床第之樂，甚至沉迷於奇特的夢境，或者充當第三者與有婦之夫偷情而樂此不疲。這些主角當然未必是他們的現實寫照，但也多少顯示了他們的趣味和個性特徵。他們有很強的生活獨立性，渴望成功，卻也能順其自然。他們在情愛方面老練而獨立，正如他們自己所言，自戀、高傲而又自私利己，多情善感又冷漠怕死。他們大膽直接，尖銳而徹底。他們的小說清新亮麗，提示了完全不同的生活經驗與社會場景。這些人的故事是否概括地表現了新一代中國青年（新新人類？）的生活方式和價值觀念難以斷言，但他們的小說提供了一種新鮮而有刺激性的生活景觀，構成了轉型期中國一種特殊的人文景觀。這就是最年青一代的中國作家，這與靈魂工程師的形象相去甚遠。但他們的作品在不久的將來就會擁有最可觀的讀者群，這是誰也抗拒不了的趨勢。他們是一批青春的文學精靈；確實，他們絕大部分稱不上是「異類」，但他們是一些無所顧忌的文學第

三者……我們無法給予恰當的定位——他們屬於社會學描述的「亞文化群體」或「新新人類」？還是闖入文學圈的野次馬？

1999年，雲南《大家》推出「凸凹文本」專欄，眾多的職業寫手，躍躍欲試。人們似乎已經意識到，當代中國文學已經不再是依靠「概念」和「主義」的熱炒能夠扭轉頹勢，而要從文本這一根本處下功夫。不管怎麼說，這也不失為一項突圍之舉。率先推出的「凸凹文本」有蔣志的《雪兒》、海男的《女人傳》、雷平陽的《鄉村案件》、魯西西的詩《明天見》，龐培的《旅館》等。這些作品都毫不掩飾明確的形式主義實驗意向，甚至刻意在形式上別出心裁。蔣志的《雪兒》看上去像是激進的文本實驗，有意打亂結構和敘述時間，隨意的插入語和生硬的符號體系，表現出對小說敘事慣例極端無理的騷擾。這二則文本似乎是在說些關於女人的話題，它們是男人的白日夢或胡說八道。關於情人的思考試圖進入當代時尚話語空間，以文化失敗主義的態度，穿行於精神頹敗的各個空間。關於「情人的記分牌」、「情人語錄」、「與情人的獨幕劇」等等，可以看出作者迷狂般的睿智。這種敘述是對「嚎叫、跨掉、變態、憂憤、惡作劇、臭水溝似的意識流……」的熱烈書寫，充分表達了與當代精神糟粕同歌共舞的頹廢主義美學趣味。另一側文本《星期影子》，這是關於男女引誘、逃離與窺視的敘述。其中有關男女邂逅的引誘經歷描寫得細緻清晰，而這些片斷與傳統小說相去未遠，反倒顯示出作者對傳統小說要素把握的才華。除了作者有意使用時間來割裂故事外，在形式上這則文本並沒有多少特別之處，但這並不妨礙《星期影子》顯得更為出色。

海男的《女人傳》試圖對女人的一生進行階段性的敘述，這些階段使人想起畢卡索在不同時期的那些不同色調的畫。沒有人象海男如此深刻細緻地去思考女人的生命歷程，過去海男就持續性地寫作女人的精神家園的主題，這一次則是全方位的審視女人的精神／肉體與命運構成的象徵關係。它有如一部女人的命運交響曲。海男從來對女人生活的日常性都不感興趣，這使她的寫作總是進入悲劇性的語詞纏繞運動。她總是要選擇那些純粹的語詞去表現純粹的精神過程，所有日常性和物質世界都物象化了，它們成為精神生活的影子。閱讀海男的小說就像是在與影子對話，你總是抓不往實在性，面對純粹的靈魂，我們的精神和心理都壓得喘不過氣。海男對女人的生活體驗無疑是敏銳而奇特的，也只有她才會寫出這種場景：「她40多歲以後的性生活也不再能夠使她在事後哭泣……」，把女人的生活和命運推到這種情境，沒有什麼比這種日常性更能令人震驚，但海男經常隨意處置這些生存中的令人驚異的事實。海

男的小說中最高頻率地使用了做愛和性欲，而它們都象影子一樣撞擊你的靈魂。海男的寫作是獨特而純粹的，沒有人象她那樣始終充滿旺盛的想像力，對精神意象持續不斷的捕捉，使她在語詞與物象之間開掘寫作的無盡之路。在賦予小說以詩意的同時，她給詩提示了敘述的多種可能性，因此把各種反常規的慾望話語毫無障礙地表達出來。她的寫作到底跨越了語詞和靈魂的限制，還是鑽進精神現象學的牛角尖，這就有待歷史回答。

雷平陽的《鄉村案件》以片斷的形式對鄉土中國的殘忍生活進行極端性的書寫。鄉土中國溫情脈脈的人倫風情，在這裡呈現為簡明扼要的兇殺。令人驚異的當然並不僅僅是對人性之惡的揭露，而是雷陽平對惡進行風景描寫般的筆調。惡或兇殺就像鄉村的自然景觀一樣，隨處可見，隨時都可以發生，沒有充分的緣由，它們就像地裡長出的一些莊稼。因而，雷平陽的敘述就像是描寫自然風景一樣，隨意、輕鬆自如，不動聲色。雷平陽對這些兇殺行為的因果解釋不感興趣，也無需反省其內在本質，他的興趣在於對惡的敘述方式：在非常充分的描寫性組織裡，惡自然呈現。惡不是一個故事情節中的事件，只是一種要素。《鄉村案件》一直在揭露村民進行的遊戲：毀屍／暴露的不斷置換的遊戲。兇手總是想消除罪證，但總是弄巧成拙。這種置換遊戲充滿鄉村自由主義氣息，那些人體的消失和出現都具有不可逾越的個性。這是一種關於屍體的修辭學，罪惡因為過於愚昧而減輕了令人震驚的程度。但屍體的出現和人體被刀、斧頭或繩子一類物體否定的過程，卻被表現得極為充分，並且始終洋溢著一種激情，而其中富有表現力的語詞似乎在生動展現鄉土中國最具有「後悲劇」色彩的場景。人們可能會指責雷平陽過於冷漠地敘述了鄉土中國的不幸側面，但也不得不對他的後自然主義筆法表示極大的欽佩。余華當年在《河邊的錯誤》、《難逃劫數》和《世事如煙》裡曾做過類似的表現，但在余華那裡，那些殘酷性的事件是小說敘事中的一個核心事件，它起結構性的推導作用，在大多數情形下，余華的這類小說還是偏向於對人在某種特殊境遇中的反應方式加以關注。而在雷平陽這裡，兇惡是無處不在的要素和場景，是非主體化的動作和結果，它們是被敘述不斷利用的原材料。能把罪惡殘酷的事實寫得生意盎然，如果不是當代小說黔驢技窮，那就是它獲得前所未有的解脫。

魯西西的《明天見》作為一首詩而言，無疑寫得相當機智而靈巧，對語詞的運用也表現出對詩歌時尚的準確把握（語詞寫作的時尚）。簡潔與靈巧的轉折相當優雅地切近當代生活的物質主義表像及內部結構，戲謔與語詞的雜耍充分顯示了作者的才情。但作為凸凹文本，並不能看

出它所具有的凸凹之處。事實上，在近十年的中國新詩實驗中，詩歌的所有凸凹方式和凸凹部分已經被發揮到極致，它已經沒有形式方面的潛力可挖掘，也不需要形式方面的實驗。對於詩歌而言，凸凹的不過是語詞或思想。詩性地思考這個時代的存在本身可能就是荒謬的，詩人何為？除了把這個時代加以荒誕化之外，詩必然無法接近這個時代。

「凸凹文本」在某種意義上還是拒絕與現實發生直接關聯的寫作實驗，依靠語詞和文本的力量，把文學拉到一個超現實的精神空間。龐培的《旅館》（《大家》，1999年第2期）已經很難界定它的文體屬性，它可能屬於長篇散文或哲理雜感之類的敘述文體。《旅館》把一些經典作家關於「旅館」的描寫或論述加入文本敘述中，在文本間性中獲取文本的敞開空間。龐培的散文一直就寫得很有個性，思想機智，想像怪異，特別擅於在物理世界創造精神現象學的空間。這部關於「旅館」的文本，在顯示作者廣泛的閱讀面與怪誕的想像力的同時，對人類與環境的交往關係，進行了卓越的探討，那些喋喋不休的胡思亂想，無疑充滿了睿智和生動的趣味。

李洱的《遺忘》（《大家》，1999年第4期）是一則出色的「凸凹文本」。當然，試圖闡釋《遺忘》的主題，或者說搞清楚它在說什麼，顯然是一件吃力不討好的事情。也許它就是一次純粹的文本實驗，運用轉換的技巧，看看人物和主題，特別那些不可逾越的人倫道德概念，是否可能任意轉換和顛覆。《遺忘》以考證遠古神話傳說為敘事軸心，運用靈魂轉世這項敘事策略，把遠古傳說與現代生活嫁接起來，從而對人類起源的神話進行顛覆或解魅（disenchantment），對當代人生活的虛妄性，進行過分的揭露。在這裡，由於靈魂轉世充當主導的敘事策略，這些人物實際都符號化了，他們在古典傳說和現代生活中隨意往來。大量圖片和其他非敘述文字滲透進文本，使小說的敘述不再按照線性的因果模式，而是讓文本完全無拘束自由生長。人們處在歷史拼貼的場景中而獲得奇特的快慰。

《大家》作為一份有影響的文學刊物，它極力宣導的「凸凹文本」試驗會在一定程度上，一定時間內影響當代小說的美學選擇。其他刊物也開始出現類似做法，例如《作家》推出的「作家實驗室」和「後先鋒文本」等也有激進的動作。《一副撲克牌》，車前子、李馮，登載於《作家》1999年第5期。這篇作品更難確定它的文體類別，它如果不是迄今為止最激進的文體實驗，至少也是最胡鬧的印刷文字。孫甘露當年的《信使之函》還可以在段落之內理解，而這篇作品則是「不可讀」的文本。這則文本從解構作者開始，作者首先就陷入疑難境地，署名車前

子，還是李馮？在李馮後面出現（整理）字樣，可能是車前子口述，李馮整理，那麼作者到底是誰？作者的存在已經不重要，文本的存在甚至也不重要，只有書寫本身。這些雜亂的文字如果說有意義的話，那也只有一個意義，那就是顛覆所有的敘述法則，顛覆所有的可讀性和可闡釋性。

實際上，「凸凹文本」並不是一個單純的形式主義概念，作為一項矯枉過正的口號，「凸凹文本」具有它的必要性和迫切性，它反應了當代中國文學急於擺脫目前疲軟狀態的願望，以及急於製造熱點的努力。形式主義不可能支持文學持續發展，形式主義只是變革或轉折的一個必要的過渡，它同時也是新的思想和生活經驗突然衝破舊有模式束縛的必然結果。形式／內容這種二元對立可能就是理論設定的悖論，它也許就是一個脫離實際的極不準確的隱喻。只要人們在談論形式，它就在割裂有內容的形式，正如人們談論文學的內容，它就在改變形式之內的內容，哪裡是形式？哪些是內容？這在文藝理論中從來就沒有解決的問題。人們設想舊瓶裝新酒，或是形式的積極作用，這些都不過是理論玩弄的花招。然而，我們目前對文學的思考還不能完全擺脫現有的概念術語，我們還不得不在一系列自相矛盾的語境中建立新的闡釋模式。正如文學要突破也只能沿著現有的形式／內容所約定的基本方向運行一樣。不管怎麼說，「凸凹文本」作為一種口號，它可以暫時推動文學作出一些新的舉動。就現有的「凸凹文本」而言，可以看出他在文體實驗方面，還是作出有效的探索：1，文體的解放或錯位。「凸凹文本」努力突破文體界線，傳統的小說敘事所規定的人物、時間、情節等要素，在「凸凹文本」的探索中顯得更加自由靈活。小說敘述向散文、雜感或議論文方面發展。2，敘述的散文化。小說敘述開始大量使用插入語，傳統小說敘述緊緊圍繞人物、環境與情節展開敘事，「凸凹文本」則無視人物與情節的邏輯發展，而更側重於抒發個人的感受，隨時打斷故事自然進程，引入其他的相關或不相關議論。這些插入語佔據的敘述的主體部分，甚至構成小說敘事的主要審美趣味。3，人物的符號化。人物不再是一個「豐富完滿的性格整體，人物不過是一個符號，一個隨意改變存在本質的角色。4，主題的消失或隨感化。打破完整的歷史敘事，也就打破了建構意識形態共同想像關係的衝動，小說不再提供人類的終極關懷一類的宏大思想，而是喋喋不休地表達個人的暫時感受，隨感式的小思想構成這類文本隨處跳躍的思想要素。5，另類怪戾的審美趣味。由於宏大的敘事的解體，小說敘事不再能在巨大的精神關懷方面，起到悲劇性的震驚效果，同時當代散文的四處彌漫，那些優雅一類的美學趣

味也被散文占盡，「凸凹文本」既然要表現它不同的美學追求，它在審美趣味方面必然偏向於怪戾或頹廢。這與「凸凹文本」不得不與荒誕派戲劇殊途同歸有關。

四、結語：當代多元符號秩序建構的可能性

九十年代「異類」文化浮出歷史地表，從主體方面來說，當然是一代青年作家廣泛接受了西方現代主義文學觀念，他們力圖以個人主義的方式展開文學實踐。從客觀的歷史情勢來說，意識形態的總體性制度不再以強加的方式展開實踐，給現代主義式的個人立場留下了必要的空間。從思想層面來說，歷史的終結或意識形態的式微，思想文化的整合實踐愈加困難，思想的多元化趨勢，也使原有統一性的宏大敘事難以作為文學共同體的基礎。說到底，「異類」這種說法既是有限的，也是相對的和比喻性的。例如，在思想嚴酷禁錮的時期，絕不可能有異類的聲音存在。沒有異類存在的文化是不可想像的文化，那一定是自我窒息的文化。作為一種反諷性的意義，「異類」永遠是作為「正統」（或主導文化）開放性的證明而存在。正如「異類」有理由攻擊主導文化一樣，正統（當然是真正有幽默感的「正統」）也可以輕視「異類」的存在而顯示自身的開放性和包容性。事實上，進入九十年代，由於以經濟建設為中心，以及全球化的全面滲透，中國的社會主義文化領導權正面臨重建的時機。當然，權力機制可以依靠它既定的模式動作，但冷戰時期建立的一整套話語體系，則有必要加以調整。按照新馬克思主義者葛蘭西的觀點，社會主義文化領導權也是與其他類型的文化不斷溝通而後才能取得合法性的領導權。九十年代的文化的市場化趨勢，也給民間文化以及「異類」文化提供了必要的空間。九十年代的主導文化也呈現出與民間文化、大眾文化合流的部分特徵，特別是在大眾文化方面，主導文化實踐不得不借助大眾文化的敘事方式和話語來表達它的思想，這本身說明主導文化陷於表達的危機，通過向新型的文化借用表意策略，主導文化本身的表意系統也必然發生某種變化。例如，在經濟學領域，官方／民間；主流／邊緣；前衛／保守；它們之間的觀點可能存在某種程度的分歧和差異，但它們使用的術語和概念、論述方式和理論資源，都沒有過多的差異。在大眾媒體也一樣，其官方敘事與大眾敘事一直相互糾纏滲透。只有在人文學科和文化方面，主導文化與邊緣文化或前衛文化存在著表意系統的巨大差異，其思想資源相差半個多世紀。因此，這些「異類」文化之所以被指認為異類，不是因為它們有多麼激進、尖銳或

奇特，主要是因為主導文化的表意系統和思想資源缺乏必要的符號創新。在某種意義上，異類文化的存在，異類被允許存在，它可能給主導文化重建表意策略和多元的符號體系提供了有用的資源，當然，這依然取決於主導文化是否有足夠的活力和能動的開放性與異類文化展開對話與溝通。

事實上，當代異類寫作還顯得相當薄弱和稚嫩。異類寫作並沒有自己的哲學基礎，也沒有明確的文化思想立場。當代「異類」實在是因為當代文化過分缺乏自主意識和挑戰性，才顯示出這些強調個人化立場的寫作顯得尖銳而怪模怪樣。當代「異類寫作」大體上應分為二類。朱文、韓東一類的異類文化──正如我們指過的那樣，導源於第三代詩人這一文化源流。實際上，當代詩歌最鮮明地體現了異類文化是如何佔據著實際的詩歌主潮，而佔據權威刊物和權力機制的「主流詩歌」在傳播領域實際早已被邊緣化。儘管第三代詩歌本身以「地下」的方式傳播，並且極盡混亂之能事，但其中所孕育的創生力量是不可拒絕的，它屬於並引領詩歌新生力量，在敘事文學領域，新崛起的職業寫手在精神上與之一脈相承且遙相呼應，它們使文學寫作變成少數文學守靈人的未竟事業。文學的功能和美學趣味，以絕對個人化的方式，在這個日趨商業化和全球化的時代，偏執狂地向人們已經麻木的精神空間發起最後的衝刺。這類異類寫作也許永遠是少數派，但可能真正的永不屈服的異類，但也必然註定了是真正悲劇性的異類。當代，把一群落擴大化地來看，大部分並不刻意與主導文化產生直接的對立或衝突，如李馮、東西、李洱、鬼子、邱華棟、畢飛宇、荊歌、丁天、西颺、夏商、張生等人，他們中有些人辭去公職，有些人依然有公制，但他們憑著個人的經驗和天生的文學觀念而與主導文化產生距離。某種意義，在當代中國特定的文化情境，「異類」只是極有限的少數，或者說只是在某些特定的語境中才表現為異類，在大多數情形下，異類更多的表現為差異而不是對抗。革命年代的流血或祭祀式的寫作已經不是藝術變革需要為之捍衛的理想，而另類或可選擇性（alternative）則為個人的自由提示更大可能性。另一類的「異類」，如衛慧一類的更年輕的寫手。他（她）們生長於城市幻象急劇擴張的時期，他們是消費社會的幸運兒，他們把前衛文化與消費社會的經驗巧妙結合一致，創造了這個時期時尚的表意策略和符號系統。他們之作為異類，僅僅是因為與當下主導文化有半步的差距，但永遠是這半步的差距，使他們永久性地享有未來的空間。朱文們是負隅頑抗的異類，最後的堂吉訶德，他們在書寫文學的墓誌銘時，將會留下二十世紀文學最後的備忘錄。但衛慧們是未來的精靈，他們在城市幻象

和當代虛假的佈景前舞蹈，但終究為幻象所吞沒。歷史已經死去，問題是，我們是為過去而死留下墓誌銘；還是為未來瘋狂，獲得快樂？

1999/6於北京忘京齋

本文原載《大家》1999年第5期

6、世俗批判的現代性意義
——試論柏楊雜文的思想品格

　　1984年，柏楊在美國愛荷華大學發表「醜陋的中國人」演講，引起強烈反響，1985年，《醜陋的中國人》成書出版，在台港與大陸流傳，引起強烈震撼。八十年代中期，正值大陸反傳統的批判思潮風起雲湧，柏楊的論說更是推波助瀾，引發了對傳統文化更全面深入的反省。柏楊在大陸的影響一直與八十年代的這一思潮聯繫在一起，它既被這股思潮推在浪尖上，成為反傳統思想中最敏銳的觀點和論據，也被這股思潮所符號化——它屬於這個龐大的反傳統論說中的一個能指，一個表意符號。這就使柏楊在大陸的影響與他實際的文化含義存在差異，從而也使他更為深刻廣博的內在性反思被抽象化了。這一切緣起中國大陸的反傳統具有複雜的政治思潮背景，它是八十年代思想解放運動的產物，並且是其最激進的批判性思潮。八十年代中國大陸的反傳統，其矛頭指向是中國傳統文化，特別是儒家文化為主導的中國傳統政治文化。對傳統的批判，實際是對現實批判的一種轉換方式。這也是雙重的轉換，對現實的政治批判之不可能，因而採取了文化批判的方式；而對現實的文化批判也運用傳統文化作為一個代稱。當然，在現實與傳統有直接關係，而且對傳統的習慣批判，也使人們終於理所當然認為全部現實就是傳統的直接結果。但不管如何轉換，中國大陸的文化批判，其本質意義都是強烈的政治文化訴求，也就是說，其文化批判的本質在於政治文化。這包含對中國的政治民主制度及其文化變革的深刻期望。很顯然，柏楊的文化批判並不具有如此明確和強烈的改換制度的意向，柏楊的文化批判更重要的在於國民性揭示，在於他立足於民間的立場，進行世俗的現代性建構。而後者的意義往往被忽略，被改寫和壓抑了。問題的關鍵也在於，我們長期把政治批判看成高於文化批判，把政治理想性的訴求，高於文化內在建構的努力。而實際上，看看中國現代性以來的歷史，政治革命不可謂不多，但卻並沒有真正完成現代性事業的文化基礎建構。問題就在於，中國的現代性變革主要局限在激進的政治變革，而沒有深刻扎實的現代性文化的變革，特別是缺乏世俗的現代性文化建構。柏楊的可貴之處在於，他堅定地站立在世俗的文化批判立場，對與現代社會不相適應的傳統文化遺留的種種弊端進行不留餘地的抨擊。在這裡，本文著重於探討柏楊的世俗文化批判內

涵品質，並重估其對中國文化（著重於中國大陸文化）的現代性建構的
意義。

一、柏楊文化批判的重新定位

　　要把柏楊的雜文確定在世俗文化批判上，並且與政治批判分離開
來，並不容易。柏楊本人的歷史就與政治結下不解之緣。早年的柏楊是
一個熱血的「愛國」青年，一度崇拜蔣中正。「七・七盧溝橋事變」
後，他參加三民主義團，在青幹班受訓，並且宣過誓「願為領袖活，願
為領袖死」。到臺灣後，有過挫敗的經歷，但也曾擔任蔣經國文藝部隊
「中國青年寫作協會」總幹事。這些政治經歷無疑是表明柏楊具有相當
強的政治情結。後來，柏楊被國民黨當局投入監獄，理由是在《中華日
報》家庭版的「大力水手」發表漫畫內容「侮辱元首」，釋放後又再次
被捕，這次則羅織了大量政治罪名：「假事自誣」，「思想左傾」，
「為匪作文化統戰工作」，「有明顯意圖以非法之方法顛覆政府」……
等等，於1968年6月27日判處12年徒刑（實際關押九年又26天）。如果
根據國民黨當年的定罪來判定的話，柏楊不僅是在文章中具有反政府傾
向，而且他不折不扣就是在利用文章「反黨」、「顛覆政府」。[37] 從這
種思路出發，柏楊的雜文豈止是包含政治批判的意向，根本就是在行
使政治批判的功能。但是，問題的實質在於，柏楊並沒有充當另一種
對立政治的代言者的角色，也沒有系統性地重建何種政治制度的願望和
規劃。他的著眼點只在於文化層面，在他看來，任何政治都是值得懷疑
的，如果文化的根基不加以修正改良的話。

　　實際上，在對柏楊的雜文思想內涵進行理解時，研究者大都容易統
而論之柏楊雜文的政治與文化批判的指向，對這二者沒有加以區別。我
在這裡做這樣的區別，並不是咬文嚼字，也不是鑽牛角尖，而是真正理
解柏楊雜文所具有深遠意義。

　　在大多數研究者樂於強化柏楊的政治批判的象徵意義，偏向這方面
的探討也更容易自圓其說。例如，向陽先生的那篇論述柏楊的重頭文章
《猛撞醬缸的蟲兒：試論柏楊雜文的文化批判意涵》，這篇文章無疑是
近年來論述柏楊雜文最出色最有份量的文章之一，作者的本意是要強調
柏楊雜文的文化批判意義，但在具體的論述中，作者並沒有把柏楊文化

---

[37] 這與大陸文革前及文革中對《劉志丹》等小說羅織的罪名：「利用小說反黨是一
　　 大發明」有異曲同工之妙。

批判的文化的真正含義揭示出來。在具體的論述中，文化的真實含義被政治批判功能遮蔽了。作者顯然也看到柏楊的雜文與那些直接的政論文明顯不同之處，作者指出：

> 柏楊的雜文，比起同一年代《自由中國》諸君子的政論，並不特別帶有威協政權的挑戰性，但彷彿是功能互補似地，從五十年代開始的《自由中國》，自由主義的政治性格鮮明，也企圖挑戰當時國民黨的整體主義國家（totalitarian state）性格；而柏楊的雜文，則是通過對社會與政治現象嘲諷，對於當時的整體主義國家背後的意識形態（中國傳統文化的深層結構）提出批判。[38]

　　向陽先生意識到柏楊的雜文的批判性與《自由中國》諸君子的政論存在明顯區別，但最本質的區別在什麼地方卻依然含混。按照他的分析，柏楊的特點在於他著重於對整體主義（集權主義）國家背後的意識形態批判，亦即醬缸文化的深層結構。其區別僅限於前面／背後、表面／深層，似乎未能觸及到更本質的問題。在向陽先生的具體論述中，柏楊的雜文所具有批判性，依然是向著強烈的政治權力制度和政治理念方面展開。因此，向陽先生歸納說：他的文章「擬重新彙整柏楊的『醬缸文化』論述，並將其置於道德與政治雙重威權結合、封建意識與士大夫意識混雜糾結的兩主線，通過柏楊雜文的具體舉證，纏清柏楊對中國傳統文化（及其形塑的民族性）的文化批判及其意函所在」。毫無疑問，向陽先生對柏楊的「醬缸文化」批判的闡釋非常透徹精闢，但筆者所要追尋的柏楊的雜文的批判性如何定位的問題，始終未有明確的答案。當然，這並不是向陽先生的失誤，這只是各自對問題追蹤的重點和出發點不同而已。但向陽先生未能明確點出柏楊雜文批判的立場、性質，也就影響對柏楊雜文的本質特徵的闡釋，而其真正的社會意義也就難以彰顯出來。

　　倒是德國漢學家周裕耕（Ritter Jurgen）冷不丁冒出一個題目令人詫異：「柏楊：非貴族的知識份子」。柏楊當然是非貴族的知識份子，這個理所當然的問題，從來沒有被中國（大陸和臺灣）的研究者強調，與其說人們熟視無睹，不如說這沒有構成一個問題。知識份子是貴族的或平民的，在過去的思想視界裡，沒有什麼區別。但是，在來自歐洲文化背景的周裕耕看來，這顯然是一個問題。這關涉到作為知識份子的柏楊

---

[38] 參見向陽：《猛撞醬缸的蟲兒：試論柏楊雜文的文化批判意涵》，載《柏楊的思想與文學》，臺北：遠流出版公司，2000年，第37頁。

對社會現實批判所採取的立場、方法和目標。所謂「貴族的」，也就是「精英主義的」，這種知識份子佔據了中國現代性歷史進程中的絕大多數，他們中還可以再細分為政治理想式的知識份子，和知識理想式的知識份子，前者懷抱著宏大的救國救民理想，懷抱著徹底改變舊制度，建立新的社會制度的明確目的展開社會歷史實踐，以此來改變社會；另一類的知識精英，則是在專業知識的領域內來展開現代性的知識和價值建構，以此來啟迪教化社會。周裕耕看到，在中國二十世紀初及上半葉，中國社會還處於農耕社會，知識份子無法填補與大多數老百姓的鴻溝。因此，知識份子的啟蒙作用只限於知識份子的圈子。周裕耕指出，經歷過六十年代臺灣的工業化和媒體的擴展，臺灣的中產階級及教育水準的提高，柏楊通過報紙專欄，與民眾的聯繫更為直接密切。「在世紀初不得不當『貴族』先進知識份子的價值觀念通過『非貴族』的柏楊獲得全新的意義，因為思想內容，表達方式及啟蒙對象終於得以配合一致」。[39]周裕耕根據80-90代臺灣與大陸的文化價值取向的變化趨勢，重新審視柏楊的文化批判的意義。他看到隨著臺灣的經濟發展，以及大陸的改革開放，傳統文化的價值又重新得到重視。在臺灣（包括東亞四小龍），現代化經濟的起飛被歸於儒家文化價值在起積極作用；而大陸的改革開放政策，也使政治文化轉向尋求傳統文化資源。顯然，周裕耕對此是持警惕和懷疑態度的，也正因為此，他認為柏楊的思想依然具有批判的生命力。

向陽與周裕耕的文章都從各自的角度論述了柏楊的文化批判的重要意義，他們的論述無疑是研究柏楊文化思想的寶貴財富。但是，柏楊的批判意義還只是被限定在知識份子慣常的立場上。周裕耕似乎看到柏楊的與眾不同之處，但他最終還是未能揭示柏楊真正的獨特的意義所在。這就在於，他還未能就中國社會歷史深層的獨特性加以闡釋，或者說，未能放置在中國社會的現代性建構的特殊性意義上加以闡發。所以，周的「非貴族知識份子」提出一個很好的命題，但沒有下文。

下文在哪裡呢？我以為，下文就在於柏楊行使始終是世俗的文化批判，這與其他知識份子行使的精英化的政治批判顯著不同。而世俗批判恰恰是中國社會的現代性建構中最缺乏的基礎性建設，也是中國市民社會很不健全的癥結所在。正是這一嚴重的基礎性的缺失，導致中國現代性建構出現畸形的狀況，以及陷入反反復複的曲折與障礙中。

---

[39] 周裕耕：《柏楊：非貴族的知識份子》，載《柏楊的思想與文學》，臺北：遠流出版公司，2000年，第73-74頁。

二、柏楊雜文的世俗批判內涵

　　何謂世俗批判？柏楊的世俗批判體現出哪些特點？世俗（secular）是一個與宗教相對立的詞，這個詞表示從文藝復興以後出現的與基督教相分離的現代性社會。按照馬克思・韋伯（Max Weber）的看法，現代性就是一個世俗化的過程。這個過程源自宗教與形而上學的世界觀分離。這種分離構成三個自律的範圍：科學、道德與藝術。自從十八世紀以來，基督教世界觀中遺留的問題已經被分別納入不同的知識領域加以處理，它們被分門別類為真理、規範的正義，真實性與美。由此形成了知識問題、公正性與道德問題以及趣味問題。科學語言、道德理論、法理學以及藝術的生產與批評都先後專門設立。文化每一領域內的問題都成為特殊專家關注的對象，文化的這種職業化趨向使社會的認知體系和實踐行為分別形成了三個內在結構：認識－工具結構，道德－實踐結構，審美表現的合理性結構，每一結構都成為特殊專家的掌控對象。啟蒙主義哲學家相信通過科學與藝術，人類對世界、自我、道德、進步、公正性的認識和處理會趨於無限完善的境地。然而，現代性並沒有按照啟蒙主義思想家的理想目標展開，現代性無疑推動人類社會趨向於無止境的進步，但也伴隨著無數的困境與災難。在科學與民主發展的同時，專制集權與新的壓迫從來就沒有遠離現代性社會。當然，知識份子一直在反思，對現代性加以猛烈的批判，但現代性的種種弊端從來都與知識份子的反思批判結下不解之緣。以致於吉登斯（Anthony Giddens）會認為，現代性的巨大風險與其反思性的無窮無盡的循環不無關係。言下之意，也就是在說，那些反思增加了社會的變數，使現代性社會的程式設計與進步發展顯得更不確定。如果看看十九世紀以來的激進主義導致的劇烈社會革命，以及由此帶來的社會災難，吉登斯的說法也不為過。丹尼爾・貝爾（Daniel Bell）曾十分困惑地發問，為什麼知識份子無法拒絕革命？自二十世紀以來。大多數知識份子都成為革命的信徒，他們站在時代的前列，有些用口與筆對社會歷史進行批判；有些就以血肉之軀投身革命，這當然是值得崇敬的高尚之舉。但激進革命也帶來社會劇烈的動盪和嚴重的後果。縱觀二十世紀的中國知識份子，大多數都飽含革命理想，都充滿了變革社會的期望，這使中國的知識份子一直是在變革社會的層面上展開其實踐。很顯然，中國的現代性社會是劇烈革命的產物，它本身就有某些先天的不足，它不像西方的現代性社會，經歷了漫長的宗教與世俗社會的分離，世俗社會有序地建構起自身的一整套的文

化體系與價值觀念。中國社會的變革是自上而下的,從推翻封建王朝走向共和開始,中國社會的變革就全部依賴政治變革作為推動力。知識份子也把政治變革看成是社會變革的樞紐,知識份子的批判性也集中於政治層面。即使是進行文化批判,其實討論的主題都是關乎社會制度、政治理念、法制建設、權利再分配方面。知識份子一直是在民族國家的角度來考慮問題,不管是維護還是批判,修正還是顛覆,都是在同樣高的層面上來行使其話語實踐。

　　儘管說,中國的現代性社會建構不可能不建構一個世俗社會,但是,現代性的民族國家的變革與改良的任務始終成為壓倒性的首要任務。訴諸於民主、自由的制度建設一直是反集權專制的中國知識份子的首要任務,這樣的任務就使知識份子始終是處在與民族國家平行的水準上與其對話。知識份子的角色也始終是以代表更先進或更進步的民族國家制度及其理念的角色來言說。這樣在無形中,從政治革命理念中派生出來的世俗社會也被神聖化了,現代性的民族國家在東方中國的歷史背景下,也成為一個神聖帝國。這樣,現代性的中國社會實際上分離為政治理念意義上的民族國家與市民日常性的生活世界。而後者並沒有在政治上和文化上的代言人,也沒有他們的真正的公共空間。遺留下來的真正的中國世俗社會卻被一個龐大的「泛政治」的政治精英與文化精英的互動關係所拋棄了,中國的世俗社會並沒有一個作為代言人的知識份子群體。世俗社會實際上與知識份子群體,與政治精英或文化精英是分離的。世俗社會只是日常性的物質性的生活世界,在那裡面存在著的民眾只是被政治精英和知識精英來啟蒙和馴化的對象。在中國大陸,就有過長期的農村社會主義改造運動,在城市也同樣被無止境的政治運動所席捲。現代性的政治洗禮蕩滌了世俗社會的一切「污泥濁水」,但實際上,是把所有世俗文化掃除乾淨,以提升到政治理念的高度。這樣的對話顯然是不平等的,後者的願望是把前者提升到「現代精英」的水準[40]。在臺灣,由於媒體相當發達,在七十年代經濟起飛後,市民社會有一個迅速的成長過程。中國社會長期是一個威權社會(或者說專制集權社會),市民社會沒有真正的自主性,例如市民始終缺乏自由的組織與言論空間,缺乏自由選舉權以及對社區權益的自決權。七十年代以後,臺灣的市民社會顯然是有一個長足的發展。在這樣一個層面上,政

---

[40] 在大陸,九十年代初期風行過一陣子人文精神討論,知識份子對經濟迅速發展後致富起來的民眾看不順眼,對他們醉心於娛樂而失去道德水準憂心如焚。因此,強調要提升整個社會的人文精神。這顯然是想把民眾的價值取向與趣味提升到知識份子的水準。

治精英、知識精英與市民社會反倒走得更近了，它們之間的社會理念、價值取向差異性就小了。這是二者相互模仿和互動的結果。

在整個中國的現代性話語場域中，柏楊其實是一個十分另類的知識份子，用周裕耕的話來說，他就是一個「非貴族的」知識份子，以我的觀點來看，他就是一個世俗社會的代言人。問題的關鍵就在於，柏楊始終是站立在世俗社會的立場上來發言，他不是要馴化世俗社會，而是試圖建構一個本真性的世俗社會，而現代性的民族國家應該是這個本真性的世俗社會的合理延伸。再強調一下，柏楊所不同之處就在於，他不是把世俗社會提升到精英社會的水準，他首先是要建構本真性的世俗社會，其次是要把精英社會拉到這個世俗社會的水準上。

這就成為我理解柏楊的雜文思想的理論出發點。而要闡明這個出發點，我想可以從柏楊雜文的立場態度與關注的問題來判定他的文化批判的內在特質。

就立場態度而言，柏楊的立場態度當然非常鮮明，那就是批判專制集權及其文化根源，同時也批判世俗社會的種種文化病症。但是，這是指柏楊批判的立場態度的對象化指向，需要進一步探究和做出辨析的是，柏楊的立場態度定位。要準確而詳細地做出這一辨析並不容易，要在柏楊卷軼浩繁的著作中，做出考辯歸納非本文所能勝任。在這裡，只能採取一種推論的方式。

柏楊本人曾表示過他的雜文寫作所包含的社會動機，這是所有論者都無法回避，也樂於引為根據的。在《柏楊回憶錄》裡，柏楊就說過，《自由中國》遭查禁之後，他就完全暴露在國民黨情治單位的利劍之下。然而，「我不但沒有變乖，反而從內心激發出一種使命感，覺得應該接下《自由中國》交出來的棒子。這種信念，在我的雜文中，不斷出現」。[41] 以此來看，柏楊也有很強的政治訴求，而且他還表述過他的政治批判指向的逐步深化過程：「走出了最初以女人和婚姻等風花雪月的題材，走進眼睛看得到的社會和政治的底部，最後，再走進傳統文化的深層結構。所看到的和感覺到的，使我震撼，我把它譬作『醬缸』，但一開始並沒有想到，這個醬缸竟有那麼大的腐蝕力」。[42] 柏楊的政治批判意識在「自由中國」事件之後明顯得到加強，這是不爭的事實，但柏楊的批判立場和態度並沒有變化，也就是說，他依然是在世俗社會的民間立場來展開批判。柏楊對專制政權的批判經常採取的方式都是含

[41] 柏楊：《柏楊回憶錄》，周碧瑟執筆，臺灣遠流出版社，1996年，第236頁。
[42] 同上，第237頁。

沙射影、夾槍帶棒、指桑罵槐。他從來不作正面的進攻（當然，當時的社會形勢也不允許），也沒有做長篇大論。他並不注重從政治理念出發去動搖統治政權的合法性，而是對政治的合理性展開各種質疑。最為重要的在於，他是在與民眾對話中來展開他的政治批判的，在這樣的對話空間中，不合理的政權及政治完全被「他者化」了。當時的政權及政治總是被零散化處理，柏楊有意東一鎯頭，西一棒，隨時隨地可以把政權政治拖出來，調侃一下，揭示其虛假性和不合理性。政治是一個「他者」，是「他們的」政治，與柏楊和讀者並不同處在一個空間裡。那是一個高高在上，可望不可即的神化的存在。柏楊有意把政治與世俗社會區別開來，也由此確認政治的專制集權特性。因為只有專制政權才遠遠高於世俗社會，並與世俗社會嚴重分離。在這裡，政治批判經常是作為他的世俗批判的副產品。在對世俗的各種醜陋現象展開批判時，捎帶批判高高在上的神化的政治，使其現出怪誕、奇異、反常的特徵。

柏楊對世俗文化展開最有力的批判在於，他用「醬缸」這一象徵意象去概括中國文化的內涵本性。這個比喻十分奇特，也具有民間文化的特色。柏楊一方面指出中國文化最根本的問題就在於它在日常生活本性這點上就出了問題，而由此上升而成的政治文化更是離譜。柏楊要展開的批判就在於中國傳統至今的日常性文化，這就是世俗生活本身的文化。柏楊並非沒有直接批判政治文化，但他的深刻之處也許正在於，他是立足於世俗的立場來看待政治文化的弊端，只有他如此看重世俗文化，看重日常性文化。從這個日常性文化生長出來的，並且力圖超越於日常性文化的政治文化，就不可能具有健全的本性。但這只是後話，只是根據這個批判的前提作出的推論。對於柏楊來說，「醬缸」就是根本，就是所有。他撞擊「醬缸」，就是要還世俗文化以更清明純淨的本性。

柏楊對自己的文化立場定位十分清醒，他時常有意使自己的寫作平常化，也就是平民化。他從來不把他的寫作描述為要承擔民族國家走向現代之重任，而是有意強調自己的世俗民間的平民立場。在他的第二本雜文集的序言裡，柏楊寫道：「柏楊先生的雜文所以能夠出版問世，完全受讀者先生的愛護和支持，否則，誰肯冒本利皆消，全軍覆沒的危險，去印無名老漢的作品也。當初猛寫時，和現在的心情一樣，不過為了糊口，毫無雄心大志。後來寫得久啦，偶有來信鼓勵者，心中稍喜。後來鼓勵日多，才正式覺得有點不同凡品」。[43] 當然，這是明顯的謙詞，但也由此可見柏楊自覺平民化的態度。這使他的寫作，始終是在世

---

[43] 參見：柏楊精選集卷2，《怪馬集·序》，第5頁。

俗社會的言論空間內，面對平民的言說。

再進一步，我們可以就柏楊的雜文關注的問題來探討。柏楊的雜文真正可謂包羅萬象，博大精深，試圖概括其主題和所討論的問題，那就無異於盲人摸象。即使如此，為了更好地把握柏楊雜文的精髓思想，還是有必要做出基本的概括。就柏楊最經常討論的問題，也是他最駕輕就熟最能出智慧和文采的論題。儘管我們可以概括出，柏楊文化批判的出發點和最終目標都可以顯現出對專制集權的撻伐，但這一隱含的政治批判，自始至終都包含在他的世俗社會批判裡。就從他最經常討論的主題，可以看出他的雜文的批判精神緊緊地貼近世俗社會。

1，國民性批判。柏楊的批判的最根本的指向在於國民性批判，這與政治理念的批判訴諸於社會制度和國家理想的批判是不同的。在柏楊看來，所有的社會問題、政治弊端本質上都根源於人性之劣根。這顯然與革命家和思想家對社會的看法很不相同。革命家和思想家都相信一切的問題根源在於社會制度，只要把制度改變了，一切問題都迎刃而解；但國民性批判則認為，這一切源於人性，如果人性始終惡劣，制度也就不可能變，變了也沒有用。中國歷代的改朝換代，中國現代性歷史的激進變革，並沒有給中國帶來真正的自由民主。柏楊威震四方的文化批判：「醜陋的中國人」，他要找的就是文化與人性的病根。中國人的那些品性：吵、鬧、髒、亂，不團結、窩裡鬥、熱衷於謊言、不給人以民主與自由、不允許創造性思維……等等，這些問題都是人們生活的日常社會中的事相。在柏楊看來，根本上都是文化問題，從傳統至今的文化出了問題，才使人的品性變得惡劣醜陋，而品性之惡劣醜陋，又反過來加強了文化的病症。改造國民性，最重要的是改造是改造民族之文化。柏楊的「醜陋的中國人」是進一步延伸和發揮了他早年就闡述過的「醬缸文化」。

柏楊最典型有力的批判——「醬缸」批判，就把問題的根本設定在國民性（或者說人性）上面。柏楊開篇就寫道：

> 夫醬缸者，侵蝕力極強的渾沌而封建的社會也。也就是一種政治，畸形道德，個體人生觀，和勢利眼主義，長期斲喪，使中國人的靈性僵化，和國民品質墮落的社會……
>
> 至少，奴才政治，畸形道德，個體人生觀，勢利主義，應是構成醬缸的主要成份。[44]

---

[44] 同上，卷20，參見《死不認錯集》，第35頁。

　　柏楊歸納醬缸的主要成份都屬於人性的範疇，但這種人性是如何形成的？「長期斫喪」到底根源於制度或是人性？他並不追究[45]。他現在要面對的就是「靈性僵化」，「品質墮落」的社會，他集中於批判這個當下的現實本身。當然，並不是說國民性的批判就不具有政治批判的功能，而是把一切問題歸結到國民性，改造國民性的根本點上。也正是以這種方式展開批判，柏楊的批判始終是回到世俗社會，面對世俗社會，也把政治腐敗和專制集權的問題拉到世俗社會的層面上來批判，這正是柏楊政治批判的特點所在。柏楊採取的策略是「推出去」，再「拉進來」的方式，他一方面把神聖政治疏離化，反復嘲諷那些神聖與民眾並不處在同一層次，它遠離世俗社會，另一方面，又揭示其缺乏基本的人性道義，又把它拉回到世俗社會的日常倫理層面來審問。在把「神聖政治」世俗化的同時，消解政治的神聖性。在柏楊看來，「神聖政治」的腐敗不過是人性的腐敗所致，政治威權不是人的神化，而是人性的異化。就這一意義而言，柏楊的批判是一種祛魅式的批判，他把卡理斯瑪式的人物[46]，下降到（恢復到）世俗社會，接受人性的質詢。柏楊要追問的是，做人的基本品性規則何在？在這裡，所有的問題都回到世俗社會，都回到人性本身。柏楊對普通民眾的批判也同樣如此，這是存在於整個世俗社會的國民性的病症，在這個「大醬缸」裡沒有人可以赦免，它是人性惡劣品性的共存與合謀的結果。

　　2，道德風習。柏楊談論最多的是人的道德操守，他最樂於譏諷與鞭撻的也是人的道德操守之墮落，國民性劣根性之根源與表徵都在於道德操守之異化。在這裡，無需做統計學的調查，柏楊的篇篇雜文幾乎都涉及道德操守問題。柏楊的道德操守並不是什麼聖賢偉人，英雄勇士，這就是做一個普遍人的標準，就是世俗社會日常的倫理道德。柏楊最關注的還是世俗社會自身的問題，他不斷批判的就是世俗社會中出現的那些違背常情常理的道德行為與風俗習慣。舉凡逢年過節，請客送禮，居家倫常，長幼尊卑，鄰里關係，社會規則，忠孝節義、寬容嫉妒、恩情仇恨……等等，是柏楊最熱衷與最拿手的話題。隨手舉一例，如他的《剝皮集》中《一文錢逼死英雄漢》一文[47]，柏楊先是講到他的樂善

---

[45] 事實上，在柏楊的潛意裡，他很可能認為根源依然在於人性。這並不是人性本善或本惡的二元對立能簡單滿清的。可見柏楊的思想受孟旬的人性觀影響較深。

[46] 卡理斯瑪（charisma）這個詞來自早期基督教的用語。馬克斯·韋伯在闡述權威時用這個詞指稱有創新精神人物的某些非凡品質。「卡理斯瑪」是符號秩序的中心，是信仰和價值的中心，它統治著社會。這個詞也可用於描述威權式的人物，公認的或由權力中心自我確認的威權式的象徵人物。

[47] 參見柏楊精選集卷10，《剝皮集》，第48-51頁。

好施，由此談到人在困難時所急需幫助；但他警告人們不要因此就圖回報，因為幫助危難中的人是人之本分；再進一步，柏楊先生以歷史傳說為例，說明恩將仇報的故事屢見不鮮。在這篇文章中，柏楊觸及了日常生活中諸多的道德風習問題：人的善良悲憫之心，忠誠與恩將仇報的道德叩問，最後還有伸張正義的俠義精神。柏楊在這裡批判的與試圖支持弘揚的都是維護世俗社會存在發展的基本的道德操守與人倫風習，在他充滿感情色彩的敘述中，始終透示出世俗社會的道德天平。嫉惡如仇，揚善抑惡，柏楊在某種意義上是世俗社會的道德衛士。對於他來說，道德不是一面崇高昂揚的旗幟，而是一把堅硬結實的戒尺，專門打擊那些醜惡的社會現象和各色無賴。

3，平等正義。柏楊的雜文始終流宕著一股為底層平民伸張正義的激情，對社會任何不平等的現象，柏楊都給予關注，並毫不留情表達自己的觀點。這也是柏楊的雜文極富號召力所在，他為所有受損害的弱者叫屈，為底層被踐踏者鳴冤，這使得他的作品成為平民百姓最好的精神撫慰。在柏楊的雜文敘述中，「柏楊」始終把自己作為一個底層平民的角色來處理，這種處理絕無任何矯情的成份，而是顯得親切樸實，平易近人。對平等正義的呼喚，這與柏楊的身世經歷也密切相關。柏楊在他的回憶錄與諸多雜文中也不時地提到他年幼時的孤兒處境，他一生的艱難坎坷，這使他始終對下層民眾的生存艱辛有著切身的體會，每當他看到生活中的不平等現象時，他就抑制不住他的悲憤之情。柏楊講的平等正義並不是什麼高深的大道理，不是學院派式的法理爭辯，也不是革命家的起義造反，只是世俗社會，日常生活中的常見現象，是新聞媒體每日翻新的奇聞軼事。柏楊談論社會之平等正義，決沒有赤化革命的意思，他沒有那些高深的革命真理與偉大的革命目標，他只是作為一個平民，作為一個人所要獲得的基本生存權力，理應要得到的尊重與尊嚴。在柏楊後來結集出版的《我們要活得有尊嚴》[48]，收錄了他歷經滄桑後的一些篇章，歲月的磨洗，老先生一如既往，抨擊醜陋，宣導平等尊嚴。可以說，柏楊後來的政論色彩更重些，但也沒有失去他所具有的平民本色。

在柏楊對平等尊嚴的宣導中，有一個值得注意的主題，那就是男女平等的思想。男尊女卑，這是存在於中國幾千年封建文化中的頑固病症，就是到了二十世紀中後期，也依然存在種種性別歧視。柏楊對這類現象表示了極大的憤慨，他對大男權主義的批判，令人驚異地與女權主

---
[48] 大陸版本由吉林省長春市春風文藝出版社2003年1月出版。

義者如出一轍。在女權主義者看來，男權主義就是集權主義的根基；在柏楊的批判中，集權主義就是男權主義的延伸。女權主義者是把性別政治化；而柏楊則是把政治世俗化。集權主義的本質就存在於日常生活的本性中，日常生活中就壓迫處在弱勢的女人，在社會統治中，當然也就壓迫弱勢的平民百姓。正是在日常倫理中存在的異化，構成了專制集權的最牢固的根基。柏楊沒有從理論上和邏輯上揭示它們內在的關係，他總是在批駁這些男女性別壓迫中，例如，封建帝王在後宮的荒淫與專制，來批判封建社會的專制，由此也自然隱喻式地批判了現代和當代的專制集權。對於柏楊來說，專制集權不只是政治問題，更重要的是文化問題。特別是對於中國這樣古老的文化來說尤其如此。

柏楊的雜文的內容極其豐富，既不是這則短文所能概括，也不是理論表述所能涵蓋的。從不同的角度都可以概括出柏楊雜文不同的內涵品質，這裡僅就最主要的內容加以闡述，表明柏楊的雜文主要是放置在世俗文化批判的框架內來展開的，他要改變的是國民性，而不是政治信仰；他要革除的是文化陋習，而不是社會制度；他要強化的是民眾的道德操守，而不是條條框框的法制觀念。但這並不等於柏楊反對所有後者的建設，而是所有政治信仰、社會制度與法制觀念的改革建設，都必須以前者為基礎，為先導。如果沒有前者，後者就只是無本之木，無源之水。這正是柏楊作為一個現代性文化批判者所獨具的思路，也是我們在今天看來，他持續這麼多年的批判尤為顯得難能可貴之處。

三、柏楊雜文的現代性建設意義

在我們現有的關於批判思想的闡釋中，我們總是抬高政治批判意義，更進一步，批判的武器，不如武器的批判更有效。只有政治變革可以決定社會運行的方向。我們並不是否認政治批判與政治變革的意義，而是在所有一邊倒的闡釋中，我們嚴重忽略了世俗文化批判的意義。這不是二種批判孰優孰劣的問題，誰更迫切需要與誰可以往後暫緩。而是指人們的過分偏向，以致於我們掩蓋了某些問題的實質與思想的多元性狀況。在這一意義上，因為柏楊的批判與眾不同，我們就要強調他的獨樹一幟之處。如果把柏楊的雜文思想也一味地往反專制集權的政治批判上靠，反倒失去了柏楊雜文思想的獨特魅力。

事實上，正如柏楊在他的雜文論說中反復強調的那樣，中國的世俗社會存在著太多的問題，這使中國的現代性走得異常艱難與曲折。中國社會的現代性的組織機制不能說不全面，但其運作卻差強人意。人們理

所當然地說，現代性這東西來自西方，這是西方對中國的強加，我們尚未論證其合法性，何以檢討自身？早在一百多年前就有中體西用之辯，西方的現代科學技術還可為華夏文明所用，而思想文化及其價值取向則只能是中國傳統所決定。而對傳統文化的優越感一直是生長於中華文化其中的人們樂於保持的一種心態，這就使人們抵制西方的現代性的標準化程式變得理所當然。現在，在後殖民理論的支持下，現代性的多樣化問題再度成為發展中國家走自己獨特道路的有力藉口。民族自信心與文化認同，這種態度始終存在，而且在相當的程度上是必要的。但是，認清現代性的本質的統一性，以及自身文化特殊性的缺陷，同樣顯得不可勿視。柏楊並沒有崇洋媚外的思想[49]，但他有一個現代性意義上的是非觀念，有一種由現代文明培養起來的可以達成人類共識的人道主義信念與善惡觀。這些現代性觀念決定了柏楊的思想傾向於在「人類的共同體」和「崇尚進步」這兩個典型的現代性理念上來展開他的思想。這正是他批判中國世俗社會的參照體系。

現代性理念對於柏楊來說，並不是明確的思想綱領，而是融化在他的經驗深處的體認感悟，在這個意義上，柏楊既是典型的中國傳統民間知識份子；又是最具有現代水準的世俗平民知識份子。柏楊從他的直接經驗出發，從日常生活的事相出發，他看到文化深層次的病症，只有診治這些病症，才可能使中國文明真正具有現代性的水準。正因為此，柏楊看重日常生活事實，於細微處見精神，正是人們的行為舉止，道德品性，性格胸懷，態度趣味等，決定了一個民族的文明程度，決定了一種文化的價值取向。迄今為止，沒有人象柏楊那樣，終其一生，孜孜不倦地觀察社會現實，對當下現實隨時隨地發言，他既是在掃除那些陳規陋習，也是在開創市民社會的新生活空間。中國社會長期缺乏一個自主的世俗社會（或民間社會、市民社會），人們總是抱怨中國的政治威權文化太過發達，完全壓抑了世俗社會的成長。但僅僅批判威權政治是不夠的，沒有世俗社會的合謀，對威權的無條件認同，沒有世俗社會的諸多病症，威權政治的絕對權力不會那麼有效。更重要的在於，威權政治恰恰是從世俗社會中生長起來，柏楊的批判正是在根子上，他的重建中國現代性文化的希望也是從根本上解決問題。這正是中國現代性建設最薄弱的和最缺乏的環節，這就是柏楊的雜文寫作最有價值所在。不需要把柏楊的雜文寫作昇華到政治批判的高度——這類高度化的知識份子話語

---

[49] 柏楊曾有文《崇洋，但不媚外》，載《柏楊精選集》卷25。柏楊把崇洋與媚外嚴格區分，媚外當然是有失民族氣節的心態，而崇洋卻是以積極態度向西方學習的進取精神。

已經非常之多，而柏楊式的表達卻寥寥無幾——柏楊就是一個樸實無華的民間知識份子，他對中國文化的病症有著切膚之痛，而且有勇氣說出來，說到痛處。他的言說主題，他的言說方式，都構成中國現代性建構的最真實的本土性品質。

　　從這個意義上來講，柏楊恰恰不是一個悲觀主義者，他懷抱著深遠的理想，懷抱著提升中國文明的最真誠的願望，憤世嫉俗，嫉惡如仇，從不姑息，決不手軟。這一切都源於他的坦誠與徹底。「中國人有這麼多醜陋面，只有中國人才能改造中國人……中國人的苦難是多方面的，必須每一個人都要覺醒。如果我們每一個人都成為一個好的鑒賞家，我們就能鑒賞自己，鑒賞朋友，鑒賞國家領導人物。這是中國人目前應該走的一條路，也是唯一的一條路」。在《醜陋的中國人》結尾，柏楊如是說。今日聽來，依然振聾發聵。自從1960年5月在《自立晚報》上寫專欄起，迄今已近半個世紀，看看歷史的巨大變化，柏楊所指陳的那些文化病症，並未銷聲匿跡，有些依然頑固，有些變本加厲，柏楊的意義無限深遠矣！

7、「*沒落*」的不朽事業
——試論白先勇小說中的現代性面向

此刻我從窗口
看到我年輕時的落日
……

——北島《舊地》

　　白先勇的作品中有一種濃濃的失落情緒，又有一種不甘結束的格調。關於白先勇的小說的情感內容的研究，可謂不少，稱之為「感傷」的，稱之為「懷舊」的，稱之為「滄桑」的……等等。這些描述當然在一定程度上把握住白先勇小說的情感特質。但停留於此去論述白先勇作品的風格或情感內涵，已經是一個老舊的話題。但並不等於對白先勇小說的情感內涵的發掘就可以畫上句號，它裡面還有更加豐富的深廣的東西，會隨著時代的變化，隨著背景的變化而又能顯示出另一番意味。

　　確實，我試圖用「沒落」來歸納白先勇小說中的思想意識，這樣的做法肯定會讓人疑惑。說白先勇的小說表達了一種「沒落」意識，這會讓人感到太唐突。這並不是說這個概念不準確，與白先勇相去甚遠；而是它如此貼切，如此接近。但這麼多年來，大家都不願意使用這個詞語來闡釋白先勇的小說，即使有用這個詞語，也不會把它當作核心概念，而是在一大堆的敘述中，夾雜著這個概念。這個概念在關於白先勇的研究中，似乎是人們小心翼翼要回避的詞語。這確實有些奇怪，原因不為別的，都因為「沒落」這個詞太灰暗了，沒有作家願意與它扯上關係。「沒落」這個詞語在文學的研究中，特別是中國文學研究中，象一個幽靈一樣，詭秘地潛伏在文學的話語中，不能浮出地表。除非是用於批判，用於貶斥。

　　「沒落」這種意識被貶抑排斥，顯然是因為它與「先進」相對立，他是先進所要超越的「落後」意識。真所謂，「沉舟」側畔千帆過，「病樹」前頭萬木春。「沉舟」、「病樹」無疑是屬於「沒落」的症侯，我們都渴望千帆競發，萬木蔥榮，直至姹紫焉紅開遍。想不到人類自古就有的積極向上的心理，就隱藏著現代性，或許現代性的根源就在此也未嘗不可。

　　不用說，「沒落」之被貶抑，當然是指在大陸的文學批評語境中。但在臺灣的語境中，也難以看到它會被堂而皇之地提起。在闡釋評價白先勇的小說時，也儘量避免使用這個詞語。因為，與「沒落」沾上邊就說不清楚，真是跳進黃浦江也洗不清。「沒落」的含義太「沒落」了，它屬於被批判、被打擊、被貶抑的範疇。象白先勇這樣的作家，他的作品之作為漢語言文學的精品，怎麼能與這個詞語結緣呢？但白先勇的小說就有一種情調流宕在那裡，這個詞語就雪藏在那裡，它不能被繞過去，彷彿只有通過它，白先勇的小說又能夠打開一個維度，一個更加深遠的維度。

一

　　要列出這些說法已經是老生常談：白先勇在小說集《臺北人》的扉頁上寫下題辭：「紀念先父母以及他們那個憂患重重的時代」，另有唐代詩人劉禹錫的《烏衣巷》詩句：「朱雀橋邊野草花，烏衣巷口夕陽斜。舊時王謝堂前燕，飛入尋常百姓家」。白先勇特殊的身世，自然成為詮釋他的小說的必然背景，歐陽子論白先勇的名著題目就是《王謝堂前的燕子》。白先勇自己在創作談中也多次提及他的個人經歷記憶。當然，我們在這裡不是再去論證白先勇的小說中是否有懷舊感傷或描寫家道中落的故事，或者是個人經歷大起大落的失落感，而是去分析他的小說中的這類情感更深刻的現代性意識。也就是從個人的沉落到歷史與階級的沒落，來看中國的現代性展開的獨特意蘊，以及由此折射出的美學意味。

　　確實，《永遠的尹雪豔》是白先勇寫作懷舊感傷的代表作[50]，「尹雪豔總也不老」，「尹雪豔著實迷人」，而且還有神秘感。迷人的尹雪豔卻又犯上了「白虎」重煞，但這又讓迷她的人增添了幾分冒險的英勇。追隨者一個個相繼家敗人亡，或是丟官命運。但前赴後繼者大有人在，故事的主要部分是講述新興的實業鉅子徐壯圖與尹雪豔的故事。雖然談不上驚心動魄，但小說從側面的描寫，還是可以看出為了迷戀尹雪豔，徐壯圖的內心還是經歷著劇烈的衝突，也可見他的情感之熾熱。徐的運道還是沒有抵過尹雪豔的「重煞」，他最終也死於非命。

　　這就是末世之美，歷史盡頭之美。這樣的美帶著悲劇的命運，它已然是歷史頹敗之命運，一個飄零的歷史之剩餘，從繁榮耗盡的上海轉道

---

[50]　《永遠的尹雪豔》原載臺灣《現代文學》1965年第24期。

到臺北，雖然未著一字，這背後其實掩蓋著巨大的歷史創傷，一種歷史劇變與個人的劫難相疊。尹雪豔不過是歷史劫後餘生的僥倖之美而已。但生存於劫後的人們，還在依戀美，這樣的美不再具有歷史的「合法性」（歷史的正當性），這樣的依戀註定了不具有命運的合法性。當年上海百樂門舞廳之盛世狂歡，早已蕩然無存；那些豪客有些謝開了頂，有些兩鬢染霜，有些已經潦倒，這是一個階級的命運，是歷史之命運。他們還要尋求往昔已死的歲月，它們之倒霉似乎早已被註定。這是怎樣的悲劇？這倒是令人驚異於白先勇的敘述，他如此摯愛他的尹雪豔，賦予她以如此美麗動人的形象，卻又不得不給予她以致命的稟性。這個美麗的女人卻是一個「白虎星」。這幾乎是一種詛咒，看似是她的那群同行的妒嫉流言，不經意的一句敘述，這裡面融合了白先勇對歷史的多少無奈之情。他深知這樣的美的不合法，攜帶著那樣的歷史衰敗，還如何言美呢？這不只是紅顏命，而是歷史之薄命。敗軍之將，豈可言勇？淪落他鄉，何必言美？但白先勇卻是摯愛美的人，他還要在如此「朱雀橋邊」言美，這是重寫歷史的嘗試，這是記憶歷史的獨特方式。

很顯然，白先勇不只是單純地要寫出一種懷舊記憶，也不是要重現往昔的華美繁榮，他要寫出的是這種記憶所具有的真切的歷史內涵。他要寫出的是一種歷史與階級的命運。尹雪豔／白虎星，這是怎樣的一種絕望？這樣的美好就是宿命，就是被預言註定的悲劇。這樣的命運有那麼多的痛惜，都無法阻擋歷史被註定的頹敗命運。在當年的大上海，那個年輕氣盛的少老闆王貴生也擋不住白虎星的「重煞」，那個仕途無量的洪處長的八字也軟了些，就是在臺北那個新興的實業鉅子徐壯圖又如何呢？這些人死去或落魄，何嘗與尹雪豔有關呢？除了他們追求尹雪豔外，他們做下的事與尹雪豔毫無關係。我們可以注意一下，這些人都有響亮的名字，貴生、洪處長、壯圖，名字都硬氣吉祥，豪邁雄偉，但還是擋不住命運。這麼多的青年才俊，怎麼就都英年敗落呢？是因為尹雪豔嗎？實際上，他們與尹雪豔一樣，都是被一種歷史命運決定了，這是一種歷史與階級的氣數。他們與尹雪豔是同道，骨子裡的同病相憐，命運道路上的旅伴。但他們到底八字都軟了些，都相繼扛不住氣數將盡。只有尹雪豔，如此倔強，如此遺世孤立，不可屈服，誘惑著她的同道，讓他們去死，去驗證著歷史的寓言。然而，她卻依然我行我素，「依舊穿著她那一身蟬翼紗的素白旗袍，一徑那麼淺淺的笑著，連眼角兒也不肯皺一下」。這真是一個精靈，一個不被歷史化的幽靈，尹雪豔／白虎星，那是怎樣的一種蔑視，蔑視慾望，蔑視預言，蔑視結局。

　　我以為，這篇小說不應該再被簡單讀成是抒寫懷舊的情懷，那裡面隱含著更深刻的歷史之無意識。說「歷史無意識」這種話似乎有怠慢作者之嫌，好像作者的主動意識變得不重要。實際上，這是說，作者寫出的文本，包含了超出作者意圖的意義，文本可以放在歷史語境中重新讀解，發掘出更多的歷史內涵。尹雪豔這個人物的身上，包含了更多的歷史和階級的意識，包含對一種命運的關切，特別是包含著對不屈服於命運的表達。尹雪豔的身上包含著價值評判方面的突出矛盾，這個風塵女子不知迷倒多少男人，也讓無數的男人為她丟官棄命。她顯然不是一個值得正面肯定的女性，這與中國文學傳統中的大地聖母的形象相去甚遠。但她又不是淫婦浪女，她又有著素潔純淨之美感。這還只是她的外表，她的氣質，她的作派，也顯示出她的一些骨氣和良心。但總體上來說，那些迷她的人死了，她只是停止狂歡一二天，徐壯圖祭吊的當晚，尹雪豔家的牌局照常開局。她似乎是一個沒有顧忌的人。以致於有女性主義文學研究者認為，白先勇筆下的女性形象有貶抑女性的倫理人格嫌疑[51]。

　　但如果從歷史寓言的角度，則可以看到，尹雪豔實則是一個不願屈服於命運的女性，她從上海之繁華流落到臺北，依然保持著她的美感。白先勇對她的肯定性中，也包含著明顯的批判性，那就是她的決然無情。她是一個矛盾的複合體，因為她承載著歷史之矛盾，她身處於歷史絕境，處於命運的終極處，她是最後的美感，這就是僥幸之美，也是妖孽之美。白先勇肯定的是尹雪豔不可屈服的精神，批判的是她背後的歷史及其命運，那是氣數將盡的歷史，無可挽回的歷史之衰敗。這就是歷史與階級之沒落了。在這樣的沒落歷史情境中尋歡作樂，那就是找死，那就是沒落中的舞蹈。這是真正的挽歌，這個階級的歷史氣數已盡，只有這個一身素淨的風塵女子，揮霍她遺世孤立的最後美感。她能幹什麼？她能挽回歷史衰敗之命運麼？她除了還要「吃紅」，還能有什麼作為呢？她就只能提示一種悲劇之美了。

　　這不是一段記憶的敘寫，也不是女性批判，而是歷史預言的批判：既不得不承認歷史被預言式的言中；又書寫出歷史不可抗拒的絕望。這就是對歷史沒落的意識，也是對一個階級的沒落意識。

---

[51] 參見嚴英秀《淺論白先勇〈永遠的尹雪豔〉女性形象塑造的缺失》，載《華文文學》（廣東汕頭），2004年第5期。該文的批評雖然略顯生硬，但也反映了一部分女性文學研究者的觀點。

二

　　白先勇的小說以不同方式展開了懷舊的敘事，那些故事都指向一種無可奈何的衰敗的歷史，那當然是回憶性的敘事中已經有了結局的敗落，在小說的敘事中，它彷彿是一種命定的沒落。白先勇從來避諱現在的落寞，就像他從來不隱瞞往昔的榮華一樣。所有對往昔榮華的追憶，也都是在強化現時的敗落。但懷舊並非一味感傷，而是在其中隱藏著某種不甘結束的倔強。既承認了歷史之客觀趨勢，又要寫出人物內心的精神氣節。

　　《國葬》寫一位老副官參加長官的葬禮，通篇都是老副官的心理活動描寫，通過老副官的視角看眼前的葬禮並回憶往事。確實，這篇小說最通常的意義可以讀解為一個老部屬的忠誠，一種世事滄桑之銘心刻骨的人倫感情。

　　當然，也可以做更為形而上的解讀，那就是在歷史之沒落中的光榮與虛無。「葬禮」不用說，這是歷史落下帷幕終結的時刻，這裡已經不再是敘寫悲壯感，而是一個偉大衰敗的現場。李將軍當年的英勇，他的三員猛將當年的驍勇，如今又如何呢？李將軍的葬禮上，這三員猛將都露面了，章健、葉輝，都已經垂垂老矣。當年的勇猛已經為步履蹣跚所取代。更有甚者，當年的鐵軍司令劉行奇已經當了和尚，現在秦義方看到的只是一個悲戚神傷的老和尚。那一段對戰敗的回憶，雖然寥寥幾筆，卻是勾畫出兵敗如山倒的沉痛歲月。小說寫道：「老和尚頭也不回，一襲玄色袈裟，在寒風裡飄飄曳曳，轉瞬間，只剩下了團黑影……」[52]在這個莊嚴肅穆的葬禮上，這個老和尚的出現顯得十分蹊蹺，在小說中，這是一個唯一與秦義方正面交談的人物。其他的人則是欲言又止，或者只是輔助。只有老和尚與秦義方說了二句話。也是圍繞老和尚才展開了當年的戰敗回憶。章司令，葉副司令已經顯出了老態，再難與往昔的驍勇聯繫在一起；老和尚的出現，則是一種虛無。這種歷史結局，只有引向虛無，只有在虛無中解脫，在虛無中超越。

　　白先勇要寫英雄暮年的悲涼，總是勾聯起對往昔的光榮豪邁的回憶，但逝者已逝，留下的就是落寂的現實。因為站立在荒涼的現在，過往的光榮繁盛彷彿被註定到達現在之荒涼。《國葬》中可以見出，其

---

[52]　參見首屆北京文學節獲獎作家作品精選集《白先勇卷》，北京同心出版社，2005年，第15頁。《國葬》原載臺灣《現代文學》1971年第43期。

一，戰敗是大勢所趨；這就是一種歷史之勢道；其二，當年的英勇悲壯已經化為烏有，葬禮就是結局。沒落得如此徹底，就是虛無了。老和尚的形象，可以讓人想起《紅樓夢》中的唱好了歌的癩頭和尚，二者之間雖然相去頗遠，但異曲同工。歷經榮華，最終抵達於虛無。正是因為虛無的終極意義，就可理解沒落的歷史含義，此乃大勢所趨，不可抗拒之歷史宿命。這就是哀莫大於心死，人不可抗命。沒落就是一種命運，對命運的超越只有虛無。

《梁父吟》與《國葬》結構頗為相似[53]。小說講述一位老將軍參加完結拜兄弟的葬禮回家，與陪同他回家的雷委員敘述往事的故事。這位朴公與孟養在辛亥革命時結拜兄弟，反清排滿，一路革命，高歌猛進。正是勇猛，銳不可擋的年紀。其中敘述了孟養為人耿直，少年得志也不無驕狂。小說同時還寫了葬禮家人的一些瑣事。所有這些，都勾畫了孟養這個勇猛率真的軍人形象，戎馬一生，最終還是與世俗發生關聯。小說寫得如此凝煉，簡潔而雋永，調子低沉甚至灰暗，卻自有一種沉鬱之氣。這篇小說的含義其實頗難捕捉，如同中國寫意畫，寥寥幾筆，直寫樸公，實寫孟養。令人費解處也在捲入那些世俗紛爭的細節，尤其是那個會念詩的小孫兒，這與《國葬》中出現的那個和尚形象如出一轍。這就是白先勇小說的奇特之處，他的小說其實有一種內在撕裂的東西，有一種非常不協調的東西混雜在一起，看似不經意，讀起來非常順暢，但稍加琢磨卻頗感意外。尹雪豔之作為「白虎星」，最後還是「吃紅」；老和尚的悲戚；現在這位剛強的退休將軍的故事中卻出現這些家庭瑣事。這些邊緣的，週邊的，看似閒筆，卻導致小說的解釋發生倒轉，它們彷彿藏著小說解釋的金鑰。

天下興亡、革命、戰鬥、英雄壯志、宦海沉浮……所有這些，都有終結。孟養將軍也終歸要入土，他的後事還要親人和親信來辦理，他們免不了還會有分歧。他一生征戰，那是何等的功勳卓著，但換個角度，從佛家來看，那是殺戮太重，還要好友手抄《金剛經》為他還願。想不到歷史在這裡也遭遇歧義，那樣救國救民的轟轟烈烈的宏大歷史，也被捲進世俗的乃至宗教的另一種語境。如此才好理解小說中出現的那個小孫兒，由他的口裡念出的古詩，那麼豪邁的「醉臥沙場」，結果還是要由現在的一句「雛鳳清於老鳳聲」，才能讓樸公受用。歷史、戰爭、革命、階級……等等，最終還要回歸家庭倫理，甚至到了此時要讓位於家庭倫理。王榭堂前燕，終要回歸尋常人家。朴公現時的生活，不過是孟

---

[53] 《梁父吟》載臺灣《現代文學》1967年第33期。

養活著的時候的同一種寫照而已。小說的結尾是祖孫二人，一同入內共進晚餐。這些人之常情，如此自然，甚至不經意，卻從此在的生活湧現出來，過往的光榮壯烈，卻要退得很遠很遠。歷史給個人留存下來，也就只是家庭倫理與日常生活。

三

　　試圖去歸納一個白先勇的寫作系譜學可能是困難的，不過，關於女性書寫卻是有著某種類別的特徵可以把握。白先勇的小說刻畫了一系列的女性形象，他們幾乎都驚豔明媚而又性格乖戾；楚楚動人卻大都紅顏薄命。從最早的玉卿嫂，到最有名的尹雪豔，再到金大班和《謫仙記》裡的李彤，還有《遊園驚夢》裡的藍田玉也另有奇異。這個女性形象譜系，再度意指著一個沒落的歷史敘事，他們生長於其中，卻並不安分，以他們乖戾的方式，反抗著歷史沒落的宿命。

　　白先勇在21歲時寫出《金大奶奶》這樣的小說，頗為令人稱奇。這個形象與他後來的小說並非沒有關聯，只是後來的小說把其中的某些元素提取出來，給予更為鮮明的，更具有戲劇性的催化，使得白先勇的小說具有了個人的敘事資源和鮮明風格。金大奶奶的故事中也有一個破落的背景，一個曾經富有女人，被欺騙而失去了一切，漸漸老去卻蒙受著屈辱和悲憤。被剝奪的痛楚被寫得如此透徹，令人不寒而慄。人性之險惡與絕望也被刻畫得入木三分。金大奶奶的性格中隱藏了被損害者的反抗倔強性，她最終就在金大先生的婚慶夜上吊死去，這就是她的絕然抗議方式。由此，奠定了白先勇的女性人物被命運決定，卻從不肯向命運低頭的倔強性。他們總是以各自的絕然的方式，抗拒命運，雖然最終不得不抵達悲劇的結局。

　　玉卿嫂何嘗不是在演繹著一個沒落的命運中的倔強反抗的故事呢[54]？玉卿嫂本來也是體面人家的少奶奶，丈夫抽鴉片死去幾年，家道中落，只好出來做奶媽。從一個少年的視角來看，她漂亮潔淨，舉手投足都有韻味。然而，玉卿嫂如此純淨俊秀的外表，卻隱藏著一個病態的情愛故事。玉卿嫂愛戀著一個小她許多的患著肺病的青年慶生，這是以一個少年偷窺的方式揭開的一個秘密，生活於沒落的歷史陰影中的玉卿嫂，本來可以婷婷玉立的姿態立足於荒涼的邊界，回歸普通人家，或是重塑貞女節婦的美好印象。然而，白先勇卻要賦予她以秘密、畸戀、病

---

[54]　《玉卿嫂》發表於臺灣《現代文學》1960年第1期。

態、痛楚的精神特質，最終以血腥的刺殺完成這個隱秘的情愛故事。這個故事或許可以精神分析的方法去讀解敘述人「我」（有著嚴重戀母情結的容容少爺）視角呈現的二元置換，例如，慶生的形象可以看成是「我」的性意識萌動的自我投射。但這裡面透示出來的沒落與個人選擇衝突的現代性困境，卻顯示更深厚的中國意味。玉卿嫂本來可以按照傳統給定的沒落命運去順應自己的命運，但她又試圖尋求現代情愛的個人出路，她在重演著中國傳統才子佳人的故事，但另一個佳人出現，那個戲子金燕飛替換了她角色。她的現代想像既模糊，又沒有現實條件，她並不能真正走進現代，她只有被她的沒落命運支配，被她的沒落的階級屬性控制。整個中國的地主階級自近代以來遭遇鴉片的洗劫，這就是一個現代機遇採取了中國傳統手法的悲劇故事，其本質上就是為沒落的歷史本質所決定[55]。中國的地主階級因為大量捲入吸食鴉片的災難中，他們沒有資本、也沒有抱負進入現代主義資本主義生產，他們走向沒落的命運成為必然。玉卿嫂的男人留給她的命運也打上了地主階級沒落的特徵。沒落的歷史本質上就是一種失敗，就是一種命運的失敗，它不可抗拒，也無從逃脫。玉卿嫂這樣的弱女子，卻要以如此頹廢的方式反抗沒落的命運[56]，她只有以更為失敗的形式來完成更為極端的沒落，這就是血腥的死亡，用鮮血去染紅她的沒落，用自殺的行動跨越她的荒涼。她以這樣的方式，告別她的沒落的命運，去超越她的歷史與階級屬性，她從歷史給定的命運中逃脫出來。在最後的那一血腥時刻，現代的頹廢使其具有了美學的現代意義。因為在那一時刻，她成就了自己，她殺死了要重演古典時代才子佳人故事的慶生，她阻止了傳統的廉價複歸。她沒有默認，她的阻止本身就具有現代意義。

　　《金大班的最後一夜》中的金大班顯然比玉卿嫂更具有「現代」意義，這個現代娛樂行當的舞女，她要告別這個紙醉金迷的場所去從良。這也是一個混雜了現代傳統的故事，小說敘述得光怪陸離，充滿著躁動不安，彷彿不是告別舞女生涯去從良，而是開始一個墮落的生活。這最後一夜，竟如同初夜一樣的情緒躍然紙上。玉卿嫂依靠著最後致命一擊

---

[55] 近代中國發生的鴉片戰爭無疑是帝國主義列強加之於中國的災難，英帝國主義以鴉片獲得白銀周轉引發鴉片大量進入中國，鴉片在中國流行，消耗中國地主階級大量的資本，使其無力進入現代資本主義生產，從而大規模的地主階級的沒落成為歷史之必然趨勢。因吸食鴉片敗落這是近現代中國地主階級歷史命運的普遍寫照。由此可以參照蘇童的小說《罌粟之家》。

[56] 小說中關於玉卿嫂與慶生做愛的場面以及結尾玉卿嫂殺死慶生的現場的描寫，就是經典的現代主義式的頹廢色情描寫。參見《白先勇卷》，北京同心出版社，第112頁，第122頁。

而成就著「現代」的自我；而金大班則是無法拒絕現代，她生就是一個現代人，「從良」這一古典行動在她則是一個現代的沒落選擇。金大班的身上，是現代的早熟與早衰構成的命運。早在上海的百樂門，她和那個吳喜奎結成姐妹，「不知害了多少人」。吳喜奎早早地立地成佛，而她還在欲海沉浮，二十年一晃就過去了。白先勇力圖還原中國早期的現代慾望圖景，它們重疊在這最後一夜，這就是波德賴爾式的現代性的瞬間[57]。金大班要告別這樣的「墮落的、飛逝的」現代生活，她要試圖留住它，使之「英雄化」或魅力化。她在這樣的時刻，還在扮演一個英雄角色，她成就了朱鳳關於愛情的夢想，那是她自己未能實現的夢想。小說寫到金大班回憶起自己當初愛上年輕大學生月如的故事，朱鳳重演了她的故事，而且更有甚者，金大班在最後時刻還在重演自己年輕時的故事，她又看到那個羞澀的大學生，把他攬入懷中。她此刻想起的是她佔有了月如的初夜，這最後一夜，竟然與另一個男人的「初夜童貞」重疊在一起。她已然沒有初夜，她的初夜迷失了。其實，白先勇在這裡並不敘述金大班的初夜，因為金的初夜只是一個控訴型的，破壞型的，也就是被傳統支配的時刻；只有她對月如的初夜的佔有，那才是一個建構，那是一個現代的時刻，她建構出一個現代的自我，她成為自己的那一時刻的「英雄」，在那樣的時刻，金大班活在了現代。

金大班也是身處頹敗的命運中，一個舞女，到了40歲，這就是殘花敗柳，往昔的風光榮華，也只有在回憶中重現，她也不得不退出舞臺。青春已逝，美人遲暮，金大班只好嫁作商人婦，而且是一個老土的小商人。當年百樂門的榮華蕩然無存，就連在臺北的夜巴黎的小場子裡也不能再混下去了，美人到了這步田地，也是走向窮途末路。但金大班的最後一夜的結果並不明晰，小說結尾她又和那個羞澀的大學生跳著貼面舞，結果不得而知，她或許不去從良，留下來與這個年輕的大學生再演繹一番現代愛情也未嘗不可能。當然，更大的可能還是去從良，與那個又老又土的商人過著家庭生活，為了那幢房子，為了綢莊。但這樣的結尾實在是耐人尋味，那是她以頹廢反抗現代頹敗的方式，她反對自己沒

---

[57] 波德賴爾把現代性定義為「短暫的，飛逝的和偶然的」感覺。福柯在《什麼是啟蒙》一文中則對此加以解釋說：「現代性是一種態度，這種態度使得掌握現在的時刻的'英雄的'方面成為可能。現代性不是一個對於飛逝的現在的敏感性的現象；它是把現在『英雄化』的意志」。當然，在福科看來，這種「英雄化」是反諷的，現代性的態度為了將飛逝的時刻保持住或永久化而把它當作神聖的。對於波德賴爾來說，現代性不是與現時的關係的一種簡單的形式；它也是必須建立的與自己的關係的一種模式。參見汪暉、陳燕谷主編《文化與公共性》，三聯書店，1998年，第430-431頁。

落的命運，顯得如此虛幻和虛無。她一個生活在現代中的人，卻早早地被註定了沒落的命運，誰讓她是舞女呢？這就是千百年來的中國青樓重複上演的故事，賣身／從良，這是無可超脫的沒落命運，青樓換成現代的舞廳，這裡面上演的故事卻是傳統版的。但是金大班卻要以她的方式超越傳統的沒落命運，那是對杜麗娘的顛覆。杜麗娘因為公子負心，終至於怒沉八百箱。但金大班不用，她有自己的主意，她可以與一個又老又醜背著棺材板的男人生活，她有自己的決心，「對著鏡子歹惡地笑了起來」，她還在與任黛黛比試高低，要一個比她的店鋪大一倍的綢緞莊。這就是傳統的妒嫉心在作祟，也未嘗不可以說現代人的競爭意識抬頭了，金大班還是要強，不能屈服，她不相信她歷經這樣的頹敗命運她就坐以待斃。想想那時她看到吳喜奎篤信佛教，她還是要在欲海沉浮。要穿過這個註定沒落的命運，她想逃脫，「存心在找一個對她真心真意的人」。肯定是這樣的現代想法一直激勵著她，以致於她長期在這個沒落的宿命中迷失了方向，直至40歲才服從了這個頹敗的命運。但是她沒有屈服，在最後的時刻，她還在重溫「初夜」的感覺，她始終懷著對「現代」的英雄瞬間的留戀。這也是對沒落命運的虛無態度，在這一個瞬間，被註定的沒落命運被她拋到一邊，她頑強地回到始源，即使是虛幻地重複也在所不惜。

　　《謫仙記》裡的李彤可能是白先勇筆下徹底地具有現代意味的女性形象。「謫」的詞典意義也就是貶黜，也可看成是沒落的一種形式。古人犯了錯誤就被降級使用，那就是謫守某個荒涼偏避之地。「謫仙」用於李彤，就是遭遇突然變故，父母罹難，家道中落，她也不得不失去了家庭的依靠，也失去了底氣。這麼一個愛出風頭的人間仙女，驕傲的公主式的美人，肯定蒙受著心靈巨大的創傷，直至畢業她才恢復往日的談笑。白先勇筆下的人物，總免不了破落的經歷，命中總有沒落作祟。李彤如此美豔驚人且心高氣盛，卻拗不過命運，遭遇父母雙亡，這樣的人生已經是滅頂之災。這種災難也不只是意外，它是現代中國劇烈社會變動（國內戰事）強加於她的創痛。四大美女，綽號各自加上「中美英俄」，就是「中國」李彤遭遇重創。關於國別的綽號只是玩笑，沒有必要去分析白先勇是否是在象徵意義上去描寫這四個女子，尤其是李彤的國族象徵意義。但李彤確實是經歷了一個從古典時代的公主轉變向一個現代女子的過程，這個過程始終不能抹去的歷史創傷，使得她的轉變顯得乖戾放縱。家庭的打擊，她的個人生活變得很不如意，愛情優勢喪失，她又多了一層個人隱痛。小說裡寫到她對待追求她的人採取任性的態度，卻在那些婚禮和社交場合，對敘述人「我」（陳寅）頗為投合，

這裡面或許隱藏著一個李彤對陳寅的暗戀而不可得的故事，連雷芷苓都在旁邊對慧芬開玩笑說：「當心李彤把你丈夫拐跑了」。這句話不無暗示意味。他們二人單獨在一起時，李彤果然更能表露真性情。這篇小說從藝術上來說，確實寫得相當微妙而有張力，四個女性的性格和生活方式寫得趣味盎然，女人間的友情寫到深處，讓人為之動容。

當然，這篇小說主要還是寫李彤，寫就一個任性放縱的女子特立獨行的生命歷程。我們可以感覺到，她始終不能走出她的歷史，那個創傷的歷史也是沒落的歷史，她要擺脫這樣的沒落，去活成一個自由獨立的個人，那就要在她的自我與那個沒落的巨大陰影之間，形成強大的張力。她的那種任性，我行我素，實在是因為囿於沒落歷史太過沉重的緣由。她生於憂患的中國，成長於西方現代社會，她的身上還經歷著文化的衝突，但這種衝突說到底，還是轉化為更具體的個人的命運。八十年代，中國大陸把這篇小說改編成電影，由謝晉導演，電影片名就叫《最後的貴族》。「最後」二字，實在點出了李彤的要害。「最後的貴族」也就是「沒落的貴族」了，李彤的特點就在於她的雙重性：她骨子裡的（歷史烙印的）沒落與她精神氣質的現代個人取向構成緊張關係。她喝烈性酒Manhattan，她狂放的跳舞，她非理性地賭馬，任意更換男友，隨手脫下手中的祖傳的鑽戒給好友女兒……所有這些，都可看出她的性格所具有的任性瘋狂特徵。我們當然可以說這是她生性如此，但是我們也見出她的那場生活變故給她造成的深遠影響，她身處於她的歷史中，她的家庭沒落的陰影烙印在她的性格心理上，她要如此用力脫離她的沒落的背景。這就是紅顏薄命的古訓，也是傳統中國的宿命背景上成就一個現代女子的艱難歷程。不肯屈服於命運，不能做出生存的抉擇，她就放任，她的瘋狂也是頹廢和虛無，因最高價值的貶值，她就以頹廢與虛無的態度來抗拒人生的衰敗[58]。這也是註定的衰敗，那麼沉重的歷史衰敗，她如何能逃脫呢？其他三個女子都蒙裡懵懂地適應了西方社會，只有她不肯屈就，不能規範，以她的頹廢放達來逃脫，最終卻不得不以生命為代價。

四

《遊園驚夢》在大陸並非白先勇最有代表性的作品，但在台港及海外研究界卻是首選之作。王德威先生有一篇縱論這篇小說的論文《遊園

---

[58] 在尼采的思想中，虛無主義的到來在於形而上學的崩塌。其表現為最高價值的貶黜。因此，按照他的說法，「虛無主義乃是最高價值的自行貶黜」。這裡只是借用尼采的觀念。我所理解的最高價值，即是指階級、家庭或個人的命運的淪陷。

驚夢，古典愛情——現代中國小說的兩度「還魂」》，把白先勇這篇小說與余華的《古典愛情》放置在一起進行比較分析，解讀出兩個時期中國小說所植根的不同文化背景，由此牽引出中國當代小說在現代性語境中的多重走向。此文當然精彩絕倫，勾連出中國古典文學到現代的變異與呼應歷史，峰迴路轉，撲朔迷離，其論述也力透紙背。這裡無法重述王德威先生的才情橫溢的分析，引述幾段論述，展開討論：

> 白先勇的《遊園驚夢》從頭寫的，就是「夢」的墮落與難以救贖。《遊園驚夢》有一個寫實敘事架構，並不渲染《牡丹亭》裡的超自然現象，但白先勇刻意營造人物、情節的今昔呼應關係，自然予人似曾相識的迷離詭異（uncanny）之感。如果《牡丹亭》寫還魂，我們則可說白的小說只帶來魂歸何處的感歎：他講的是個落魄與「失魂」的故事……往日時光的精魄，何可尋覓？[59]

> 但白先勇的《遊園驚夢》之所以感人，不僅止在為一個時代悼亡而已。在可見的歷史事件外，他的小說毋寧更以戲劇性的筆觸，彰顯一輩作家面對時間，尤其是「現代」時間，的形上焦慮。什麼是現代？傳統與維新的絕然分裂；個人存在的無邊自由與承擔；時間本身的不斷延伸與內耗……都是有關「現代」思維中的犖犖大者。
> 　　白先勇對《牡丹亭》的詮釋，引發了一則有關現代時間情境的寓言。《牡丹亭》的還魂高潮，到了白版《遊園驚夢》裡，輾轉形成了失魂落魄的結局；「情至」被翻轉成為「情殤」。白先勇和他的藍田玉似乎寫出或演出了慾望與文本（或慾望即文本）間的縫隙而非轉圜。就此我們必須問：抒情——尤其是為愛抒情——的文本性，在現代文學中發生什麼變化？[60]

之所以要引數個段落，乃在於王德威先生的這些論點相互勾連在一起，不加以兼顧，無法理清其要點。我以為，王德威先生提出的「時間陷落」問題，是其關鍵，也是最有價值的要點。王德威所說的白先勇小說中的「時間陷落」問題，是指白先勇的小說在敘述中包含著對現代性時間感懷，他的人物同樣也存囿於這種感懷中。因而時間沒有方向，沒

---

[59] 王德威《後遺民寫作》，麥田出版社，臺北，2007年，第113頁。
[60] 同前《後遺民寫作》，第122頁。

有未來面向。王德威此說甚有見解。白先勇及其人物一直在感懷著他／他們的過去，不能走出過去的時間的記憶，但又不能回到過去，也不能重現過去，對過去懷著痛楚，這樣的過去只能以斷裂方式來哀悼。

　　但是，「時間陷落」當然可以是一個現代性問題，因為轉向了傷情的「悼亡」問題，時間陷落展開的層次有點複雜，但其性質與內涵還是清楚的，我以為「時間陷落」的內涵就是「沒落」。回到白先勇的具體敘事，那就是家道敗落，就是今昔之別。體現在藍田玉身上的則是往昔繁華不可再現，年華老去，當年青春情愛也不可再生。當然，在形而上層面，「沒落」要指明的是它存在的強大的背景作用，即在敘事中起到幽靈般的作用。白先勇的小說敘事，因為招魂的特徵，把往昔招來，卻又試圖以現在去超越它，他的人物沉陷往昔記憶，要以非常態的形式去逃脫，於是就有了玉卿嫂畸戀與血腥；李彤的乖戾與瘋狂；尹雪豔的永遠；金大班最後一夜對初夜的回歸……所有這些，表明白先勇敘事中隱含著解構性，那就是招魂與逃脫的雙重運動。他是如此迷戀往昔的幽靈；但又如此痛恨，痛恨它之註定的宿命，每當招來，就要逃脫。白先勇筆下的女性形象寫得富有張力，就在於這種招魂／逃脫構成的內在撕裂，它是抵禦沒落的獨特方式。仔細分辨一下，白先勇筆下的女性人物，其實都有些鬼氣，非凡人形象可比。尹雪豔何以就永遠不老？玉卿嫂最後的血腥，金大班、李彤……這些人物在平靜皎好的外表下，都藏著一顆瘋狂的心。他們有的就殺開一條血路，奪路而逃。對於那個招來的沒落之歷史幽靈，只有非同尋常的現在的行動才能逃離而去。但在《遊園驚夢》中，藍田玉只是沉迷於過往的回憶，只是把眼前的程參謀與錢將軍的隨從參謀重疊在一起，她陷落於往昔，迷失於往昔，她的現在不再有行動。連金大班那樣拉過一個同樣的羞澀青年的舉動也沒有，她暈旋於對過往的回憶中，她也無法重唱《遊園驚夢》，無法復活杜麗娘的肉身。這或許就是回望時間而不能重現往昔榮華的無望之感，時間在此「陷落」。

　　時間的陷落——在白先勇那裡——在《遊園驚夢》中那確實是真正的陷落，他的敘述與他的人物，都未能脫身而去，無法借屍還魂。藍田玉只有回憶與恍惚，沒有（或者無法給出）當下性。藍田玉一直在喃喃自語，實際上是心理「意識流」在作怪。那種恍惚之感，回到過去的某個時間，那個時間不能被復原：那是一次無望之愛，因為錢志鵬老得可以當她的爺爺，她與隨從副官有過一次偷情。他就是她的罪孽，那是她唯一活過一次，那是榮華富貴還是一種死亡的生活？只有與副官的愛才是活？牡丹亭的杜麗娘那也是還魂活過來的。確實，藍田玉只活過一

次，女人只有在情欲裡才能活。情欲總是具有超生死的無限可能，在古典時代尤其如此。超生死的人鬼之戀是古典時代超現實的法寶（〈聊齋志異〉就是演繹此法寶的傑作），藍田玉活過一次。只有情欲具有破壞性，可以在頹敗的命運中撕開一個裂口，逃脫出去。生活於榮華富貴中就是生活於死亡中，沒有情欲的生活無異於死亡。那是一個沒落的歷史，她一開始就看清楚的，錢鵬志老得可以當爺爺。「老五，你要珍重嚇」。這垂死的聲音，其聲也哀。但藍田玉回憶往事，幾乎沒有多少對錢將軍的懷戀，卻是依舊癡迷於那個「冤孽」。她一直在喚起那段記憶，企圖借屍還魂，可惜，那段歷史畢竟已經死去，無法還魂，靠著過去的藍田玉沒有作為，她果然「陷落」於過去的時間中，沒有與現實建立新的關係。過去的偷情「活過一次」，已經足夠了，過去的魂魄沒有在現在找到肉身復活。藍田玉與程參謀沒有下文，她隨著竇夫人走到屋子裡面去了，她對眼下現實的變化——那些象徵著臺北現代化的高樓，變得她都不認識了。

在白先勇講述女性的故事中，藍田玉沒有現實行動，她無力從往昔的記憶中解放出來，這是被過去壓垮的敘事。王德威認為，白先勇的書寫包含著向傳統的回歸的困惑，余華則因傳統之斷裂，無望歸途，也無望未來。白先勇這篇小說不只是向傳統回歸的困惑，而是回歸的無望。藍田玉沒有像白先勇其他的小說人物可以生髮出兩個面向——從而有一種逃離沒落的張力，藍田玉沒有。她只是試圖喚起那段夭折的情愛記憶，在這裡，白先勇借助了「意識流」手法，這無疑是這篇小說真正用力之處。這篇小說是向現代主義靠近的作品，形式的意義大於白先勇對人物的真正關注，他或許認為對心理意識的描寫就可使其藝術上獲得自主性力量。事實上，在六十年代中後期，這無疑是十分精彩的意識流實驗，事過境遷，我們或許只看到已經不再激動人心的意識流描寫，而藍田玉以意識活動替代了行動——或許這是「時間陷落」的真正內涵，那是在追逐西方現代主義的夢想中，中國小說不得不中斷的「自己的」時間記憶方式[61]。一旦進入意識流，人物的性格和行動就只有心理想像。我們確實也不得不說，藍田玉遠沒有白先勇其他作品中的那些經典性女性形象來得更有行動的果敢與破壞性，「悔罪」與時間陷落正好相輔相成，她不得不陷落於另一種時間，從一個歷史性的沒落背景上的人物，轉向追隨敘述時間實驗的角色，這使她不能成功去扮演企圖招回傳統記

---

[61] 這一「自己的」說法顯然是一個相當複雜的定義，中國現代小說在多大程度上保持著中國「自己的」特徵，確實是一個值得推敲的問題.本文後面還有相關論述，可作參照.

憶的人物，她果然沒有成功重唱《遊園驚夢》。她既沒有招魂，也沒有復活，只是停滯於時間陷阱面前的一個角色。

　　一方面，我們固然可以看到藍田玉與白先勇其他的人物尹雪豔、玉卿嫂、金大班、李彤迥然不同之處；另一方面，我們卻要去理解藍田玉這種形象之不同於現代派藝術形式實驗之間的關係。

　　《遊園驚夢》可見白先勇與傳統直接對話的寫作，甚至可說是現代派藝術實驗直接與中國傳統戲劇交鋒搏鬥，借用了傳統的死亡故事，來演出一場現代派實驗的戲劇。那是一個借屍還魂的故事，在那些極富傳統精細雅致的敘事筆法之後，巧妙出現了意識流的描寫，這段意識流幾乎是不知不覺佔據了小說的要害部分，那是藍田玉看到年輕的程參謀露了一口白淨牙齒就有點神情恍惚，直至程參謀給她添酒，藍田玉有幾分醉意，意識活動開始活躍，程參謀那句話成了陷落時間的最後動力：「夫人，今晚總算我有緣，能領教夫人的『崑腔了。』」[62]白先勇引入意識流顯得十分自然巧妙，他讓藍田玉有三分醉意，神思恍忽，這樣進入意識流就順理成章了。藍田玉的意識流活動替代了她的行動，意識流只是回望，並未有現實的復活，藍田玉再也不可能與程參謀發生什麼樣的故事，一樣的年輕軍人，只是勾起她對往事的回憶，「原來姹紫嫣紅開遍，似乎這般都付與斷井頹垣」，往事已經終結，人到中年的藍田玉再也不可能有什麼作為。

　　這就如中國的藝術傳統，也只能做新的藝術實驗的重溫的一個故事，它不可能開展出新的藝術能量，這樣的時代，藍田玉望著臺北的高樓，她難以認識這樣的現實。對於白先勇來說，傳統中國的記憶，只是重溫，只是往事，1967年，他要另闢蹊徑，要在現代派的意識流那裡尋求逃離傳統的新的藝術創新的可能性。

　　按照王德威先生的解讀，白先勇的《遊園驚夢》承接的是傳統抒情的路數，那是回望傳統的迷惘，其現代性的焦慮體現於與傳統不可重合的困擾，因而，其敘事完成的是對傳統情殤敘事「傷逝」的哀悼。王德威寫道：「我以為不論是白先勇或是余華小說，都是在對現代文學的傷逝論述持續做出回應。就像魯迅一樣，除了文本表面的男女之情，他們必須處理抒情傳統與現代意識搏鬥的後果」。[63]以抒情來作為古典傳統，而後與「現代意識」對立，這恐怕還是值得再討論，這當然是一個相當大的命題，並非在這裡可以理論清楚。現代也不乏抒情，西方現

---

[62]　《白先勇卷》，第43頁。
[63]　同前，《後遺民寫作》，第125頁。

代、中國現代都有抒情之可能，就是激進的革命敘事也不乏敘事傳統，革命之浪漫，實在是抒情之極端。說到底，抒情無非是文學敘事的基本屬性，其差異只是以何種方式抒情而已[64]。回到白先勇的小說，確實有傳統懷舊式敘事與現代小說的意識流手法的「搏鬥」。看看白先勇的寫作譜系，1958年的《金大班最後一夜》，1960年的《玉卿嫂》，1965的《永遠的尹雪豔》與《謫仙記》，那都是在懷舊式的敘事中完成的對沒落歷史之書寫，那裡面的現代意識與傳統之搏鬥，通過人物的行動和選擇來做出，因而用人物表演了「現代意識」。這些人物的現代本質隱藏得很深，只是在招魂／逃離的雙重運動中顯現出的虛無，我們可以感受到現代的作祟。到了1967年，白先勇開始進入「現代意識搏鬥」，他要用文本表演現代意識，現在，文本的現代意識一目了然，他要用文本的藝術實驗來替代人物行動與性格的現代意識。這樣的現代意識，以尼采的「永劫回歸」的形式，卻並不重複歷史，而是另外開闢出一個面向，那是藝術進取的積極面向，傳統的記憶與傳統式的藝術都作為時間陷落的材料，消失於意識流之中。那是可以在尼采的虛無意義上展示的現代意識；是在魯迅的墓碑之背面讀出的現代意識[65]；藍田玉給我們的震顫就是哀莫大於心死。

沒落的歷史只有逃離，其敘事也只有逃離，這是一種文化／文學的宿命，回歸即是陷落。藍田玉借助意識流之力回歸於往昔的冤孽時刻，那是杜麗娘的招魂時刻。多年之後的藍田玉，回望那個時刻即陷落其中，這就是西方現代派的陷阱。她被意識流逼進那個陷阱，她反倒癡迷於那個陷阱。看看那麼大段的心理獨白，它構成了小說的主導部分。這裡沒有傷逝，沒有告別，意識流吞併了那個古典時間，從而使古典時間陷落於意識流中。這就是向現代小說致意，向意識流致意。白先勇一直在主編台大的《現代文學》，或許覺得他的那些懷舊式的敘事，不夠「現代」，只有「驚夢」的意識流才算得上是「現代」。這個懷舊的故事最為隱秘的核心是借了意識流的形式才表現出來，對往事的追懷，也是對湯顯祖表徵的傳統藝術的祭悼，也都讓位給了現代派的意識流。這當然未嘗不可，也是白先勇創新的渴望使然，但那著實是一次外遇，是一次悔罪式的溫習，彷彿追尋現代派的藝術創新本身也是外遇，也是需要悔罪式的藝術求索。

---

[64] 中國傳統的抒情特徵，是否可能限定在回望式的抒情範疇更好把握些？這需要更複雜的論證才能接近的命題.

[65] 此處指王德威文中所引魯迅《野草》中的《墓碣文》一文及評析。參見王德威《後遺民寫作》，第127頁。

　　繞了這麼大的一個圈子，我與王德威先生並無根本之不同，我同意王德威先生極有見地的那個出發點，即這篇小說表達了古典傳統與現代意識的搏鬥；只是搏鬥的動機、方式和結果與王德威先生理解的有所不同。

　　因為意識流手法構成這篇小說的突出的藝術特徵，也是其最用力處，那就是（1）向現代派致敬替換了向傳統的回望；（2）時間的陷落是現代派技巧的結果，而不是主體內在化的產物；因為其用力處在於突出意識流手法；（3）一個古典的藍田玉具有意識流的活動，形式的表演替換了人物性格與行動。文本的高潮在藝術形式層面上完成。（4）這並非傷逝或哀悼，而只是「驚夢」，一場現代派的驚夢。但白先勇還是中國小說的傳人，向現代派致敬，在他只是一次必要的觀見。

　　因而，幸好在這只是一次出遊或驚夢。在白先勇所有的小說中，《遊園驚夢》其實是個例外，在他那些被視為代表作的短篇小說中，再少有用意識流之類比較鮮明的現代派手法。他還是以較為寫實的方式，去感受人物命運的落差和由此形成的內心隱痛。整體上來說，白先勇還是在傳統中寫作，沒有告別，也沒有遠離。他的小說中的「現代」意識，實在是「反現代」的現代，他一直在用古典性來反現代，奇怪地以此來建構起白先勇的現代意向。他在他那些古典的小說藝術筆法與古典性的沒落人物那裡，開掘出他們的不甘於沒落的末路人的反抗性格和意識，這樣的現代──沒落中的現代，實在是很中國的現代，很現代的中國。這次沒有，《遊園驚夢》設想形式能壓制住古典的故事，形式能激發出古典的隱私，白先勇把古典的最為秘密的故事和經典的情愛，給予現代派的意識流做內裡的質料。藍田玉的性格和行動中沒有開掘出現代意識，如前所述，她的意識活動替代了她的現實行動。這就屬於追隨西方現代派的故事了，白先勇深浸於他的沒落的歷史中，那是他始終回望的中國藝術傳統，這樣的藝術傳統如何開掘出時代的新藝術，這確實是六十年代中期的白先勇頗費周折的事。他躍躍欲試，也要玩一次「驚夢」。並不是這樣的驚夢不可，也不是說這樣的驚夢不成功，而是說，這樣的驚夢只是驚夢，只是偶然的意外，它並不會構成白先勇的藝術轉向，由此可能構成他的藝術高峰，但是一次意外的「驚夢」所抵達的高峰。實際上，全部漢語都沒有在意識流這裡成就現代派的偉業，也因為漢語小說曾經如此急功近利用意識流來替代現代派（例如在中國大陸小說方面就是如此），以致於，全部漢語小說都未能完成西方現代派的洗禮。只是匆匆而來，匆匆而去。從根本上說，意識流本身實在是現代派一個很表面的技法。現代派的小說自有其紮根的深厚哲學和千變萬化的

藝術形式。在我們稱之為「現代主義」的那種實驗中，在很大程度只是形式主義實驗，藍田玉如此傳統古典的懷舊，如此對偷情的一次回望，她說那是她唯一活過一次，那愛的激情，使不法之戀具有生命昇華的意義，但藍田玉淺嘗輒止的回憶，並沒有開掘出一種「現代」，或者說無論如何都不具有「現代主義」的哲學意義，甚至審美上也不具有，審美的現代主義在這裡也被更為形式化的「意識流」壓抑下去了。時間的陷落讓人物陷落於往事的眷顧，不再著眼於當下的行動，歷史記憶借助意識流全部復活，現代獲得了形式，卻並沒有撕裂文本，它把白先勇過去從文本絕境迸發出來的幽靈壓到了時間之下，它不能飛越而出。

如此說來，並不是白先勇這篇小說不成功，而是它太成功，作為一次現代派的形式實驗，它太成功，以致於它從白先勇的所有小說中脫穎而出，成為極其獨特的另類。它彷彿不再沒落，它超越了沒落，獲得了嶄新的形式，它「又活了一次」。但只是形式的活，藍田玉並沒有真正活過來，它面對著程參謀，只是恍若隔世。面前是臺北的高樓，她認不出的當下世界。確實，我們都無可否認這篇小說作為漢語小說無與倫比的作品，但卻是在如此特定的文學變革的歷史情境中，在白先勇過往所有經驗與西方現代派遭遇的時刻，他用形式的技法去召喚漢語小說的「復活」，確實是一次驚夢大觀。但漢語小說並不能從這裡開出一條現代的道路，漢語的現代道路，還是自己的現代性的道路，那就是白先勇內在化的「沒落」經驗，那是可以應對尼采的在西方現代性之外另闢的路徑。

五

白先勇在回望他的往昔記憶，他如此戀舊，對那種衰敗耿耿於懷，這未嘗不是「現代」的態度。但這樣的「現代」顯然有別於主流的現代，此現代非彼現代。白先勇的小說從本質上來說，屬於那個「沒落的」歷史，如王德威所言，那是「後遺民寫作」。那是從頹敗的歷史遺留下來的創傷記憶，那是他試圖堅守而又要超越的歷史。白先勇真正是進入到這個沒落的歷史深處，他依靠著它，撫摸它，撫今追昔，生死兩茫茫。如此的寫作，其實乃是中國古典時代以來的傳統，說它「情殤」未嘗不可，說它感懷於偉大之沒落似乎更為準確。看看元明戲曲，尤其是明代戲曲，如王德威先生所敘述的湯顯祖的「至情」傳統，其實那裡面已然隱含著「沒落」，那姹紫嫣紅，那斷井殘垣，不是沒落是什麼呢？那死而還魂，就是指望沒落起死回生了。再看看《金瓶梅》那樣的

縱欲與頹廢，那不是沒落是什麼呢？《聊齋志異》那裡面的人鬼情未了，那就是死亡中復活的情欲，只有情欲才能復活的沒落。往後看看，《紅樓夢》不是沒落是什麼呢？太虛幻境正是對應著沒落，設想對沒落進行虛無主義的超越。賈寶玉就是超越沒落的偉大子嗣，但他的最理想的結局就是曹雪芹那樣的落魄文人了。但賈寶玉是空到極致，出家修行跟隨癩頭和尚行走於白茫茫大地。曹雪芹在窮困至極之時，未嘗沒有想過賈寶玉的結局作為他的人生歸宿。這沒落的歷史只有一種東西留存下來，就是不朽之文學。對沒落的書寫本身總是不能超越沒落，這是說在沒落的講述中，其故事結局總是沒落，沒有一種想像可以真正超越沒落。杜麗娘、柳夢梅、賈寶玉……等等，沒有，沒有一種想像可以讓書寫的意義真正超越沒落。然而，卻有一種有關沒落書寫的文學，成就著沒落留存的不朽事業。

我們曾經幻想在現代中國的新生中，有一種新文學可以超越沒落。現代中國文學一直在試圖超越，晚清的頹靡縱情那是沒落到極致的抒寫了，現代中國只有激揚文字才能跨過漢語構造的如此華美的末世景觀。但五四啟蒙文學，借助西方資產階級的盛世豪典，開啟了漢語文學宏大敘事的篇章，但內裡還是流宕著不少傳統中國揮之不去的沒落情調，這在張愛玲等人的故事中就可見其真切。現代文學直至轉向革命文學，又走上了另一條道路。那是借助革命之強力來展開的文學，它試圖徹底改變中國文學的情調、氣質和風格，關於革命的無邊的理想引導著文學建構烏托邦的世界，這個世界徹底與那個頹敗的沒落歷史決裂。那裡面當然也敘述了整個沒落的歷史及其階級，但它們被清掃出新世界的烏托邦。中國的漢語文學寫作在另一條道路上一路狂奔，新的革命文學追求進步、先進、人民……等等。不想在「文革後」遭遇了另一場變故。經歷了「文革後」依然宏大現實追蹤，渴望變革現實的歷史願望，文學成為一種推動歷史前進的精神動力。它以如此統一的整合結構來進行，這是前所未有的進步的文學。

但到了八十年代後期，文學與現實的關係發生了斷裂，文學無法給予現實以未來的方向，也無法建構與現實互動的烏托邦。文學轉向了自身（向內轉），轉向了文學的語言形式。正如王德威分析的余華的《古典愛情》所做的那樣，那是語言和敘述狂怪揮霍的產物。與其說它回望古典時代不得，不如說它膽大妄為到要與西方現代派一競高低。那是從法國新小說、從卡夫卡還有川端康成那裡偷盜來的火種，用於野蠻地焚燒古典時代遺留的荒涼。余華選擇古典進行戲仿，既不是回望古典不得的錯亂，也不是面對未來的恐慌，那是他樂於行使的惡作劇，除了逃逸

到古典中去搗亂，別無他法。這裡並沒有對待古典的真實的現實心理，古典只是他語言揮霍的原材料，他迷戀的是語言進入虛構、暴力、幻覺與荒誕中的快感。余華對湯顯祖的崇敬，遠不如他對卡夫卡的迷戀。余華對古典的記憶相當可疑，直至1996年，他才記起文學史上還有一個他的同鄉魯迅[66]。《城堡》、《審判》，再加上《在流放地》也有可能炮製出《古典愛情》那種東西。確實，在這一面向上，《遊園驚夢》與《古典愛情》也有可能在訴說另一個文學史傳奇：那是中國小說在藝術上自我變革的時刻，古典在這樣的時刻，還是作為一種質料被利用。在白先勇，那是回望古典而不得，古典遺產再也不能給予更多的東西，只有網開一面，任由現代派（意識流）侵入；而在余華，那是公然向西方現代派獻禮的行徑，杜麗娘之大卸八塊大快朵頤，彷彿是一道敬奉的儀式。20年前後（19六十年代至19八十年代），中國社會經歷著政治的巨大變故，而文學藝術也被這種歷史一再裹脅。白先勇在沒落過去的歷史中獲得一種感應，他幾乎就溝通了傳統中國文學的血脈；然而，這樣血脈畢竟無法應對如此狂放劇變的時代。余華們則在大起大落的歷史變革中，成了另一種遺漏的他者，他逃逸到時代的邊緣，因而與無限進步的革命歷史有了反觀的距離。但他知道，這樣的反觀會灼傷他的雙眼，他寧可把目光投向別處，迷離撲朔，去追蹤現代派的語言幻境，以此來充當「現實一種」。

我們稱之為中國傳統的那種藝術源流，或者美學精神，其實在小說這一脈上一直未能香火承傳。如果說中國傳統詩詞歌賦戲曲有著「抒情」與「言志」傳統，其實都未能在小說上貫徹到底。小說變成敘事，那實在是另一種東西，並非從抒情言志脫胎而來。順應著時代的關係，小說才應運而生。它與傳統中國古典藝術的關係一開始就非自然血脈。我們看看《金瓶梅》《紅樓夢》，這是敘事與「抒情」結合得較好的作品，但前者是依賴了色情與頹靡才有情調；後者實在是一個異類，以致於三百年來再難有這種作品出現。晚清的小說算是有過興盛，但從古典脫胎而來何其困難，大都情調頹靡，市井格調低下，並不能與劇烈之變化的時代相適應。以致於梁啟超當年憤而直言：「欲新一國之民，不可

[66] 迄今為止可以發現的有關余華訪談和現場演講資料，余華在1996年談到魯迅，談到他接受的文學影響。此前，他津津樂道的是川端康成、卡夫卡，普魯斯特等日本或西方現代派作家。參見：《「我只要寫作，就是回家」——與作家楊紹斌的談話》，（1998年10月22日，杭州），原載《當代作家評論》，1999年第1期。參見孔范今等主編《中國新時期文學研究資料彙編‧余華研究資料》（本卷主編吳義勤），山東文藝出版社，2006年，第36-38頁。以及《我的文學道路》，原載《當代作家評論》，2002年第4期。也可參見《余華研究資料》，第41-52頁。

不先新一國之小說」。[67]何也？如此小說只是消磨意志，無以養育民眾之精神。如此看來，梁啟超的小說觀是要小說能倡一時代之風氣，小說如此大的容量，當要為提升時代理念有所作為。而梁氏此見解，正是表達了小說在現代興起的時代特徵。西方的小說，當有史詩傳統，從史詩演繹而來，與資產階級啟蒙之理念結合，建構了資產階級立足於歷史舞臺之文化背景。小說的本質特徵就是其觀念性，那是在觀念引導下的敘事，抒情言志充其量也只能充當觀念之配角。不管梁氏為小說立論有著多少特殊的時代背景，他無疑說中了小說的根本特徵。此後，在新文化運動推動下，中國現代小說正是在現代之救國救民之路上高歌猛進，而在革命文學那裡，達到現代宏大敘事之顛峰。

　　從這一理路來看，與這一歷史平行，身在臺灣的白先勇就是一個現代小說的另類了。他如此執著地守望那個沒落的歷史，如此堅貞地在沒落的歷史中寫作。少有人能像他那樣一唱三歎般地把那個沒落之遺產書寫得如此透徹，如此真切。更重要的也許在於，他的小說或許是少有的接通了古典命脈的文學作品，那種被稱之為「抒情」的傳統，在他的小說中獲得安放的空間。他本身一再引用為題辭之類的感傷的古典詩詞，那或許是他小說的內在底蘊。當我們說有一種抒情小說時，並不是外在的敘述和修辭，更重要的是那種「主體的內在性」，那種「沒落」的本性。因為沒落作為那種歷史之本性，也就是作為那種歷史之美學而留存，它也必然以沒落之方式在後世顯靈。所有的沒落，如此真切地彙集於白先勇的書寫中，他的招魂，在小說這一意義上，並非招來了湯顯祖或杜麗娘，而是《紅樓夢》的小說傳統，是《紅樓夢》曾經開啟的，中國漢語小說之特殊之美學品格。但它不見容於現代性突然開展之中國的歷史，它的血脈其實是斷了的。《紅樓夢》只是就著一點中國古典文化的精髓，從詩詞歌賦中脫胎出小說（反過來可見《紅樓夢》中夾雜了那麼多的詩詞歌賦），那是一種韻味、情境、感懷為底蘊的小說，其依附於沒落之歷史，用於書寫沒落之歷史，用於超越沒落之歷史——那也就是虛無，偉大的歷史之虛無。就這點而言，白先勇太象曹雪芹，他的寫作也依賴詩詞歌賦，就其修養，他是看著（或聽著）中國戲曲成長起來的文人，他生長於詩詞中，卻寫著小說。那是用小說來寫詩詞歌賦或者戲曲，他同樣依靠著「沒落」，同樣要超越「沒落」，最後也渴求著虛無的解脫。歷史如此相像，又如此弄巧成真。把白先勇放在《紅樓夢》

---

[67] 梁啟超接著還說：「故欲新道德，必新小說；欲新宗教，必新小說；欲新政治，必新小說；乃至欲新人心，欲新人格，必新小說。何以故？小說有不可思議之力支配人道故。參見：梁啟超《飲冰室合集》北京：中華書局，1989版，第6頁。

之下來比附，並不是說白先勇的作品就可與《紅樓夢》等量其觀，只是說那種精神氣質的承接關係。《紅樓夢》即是開創，一開創幾乎就結束，因為它背靠沒落的歷史，他就是沒落的美學，它就是美學的沒落。尼采感歎，「偉大的虛無」時，我們也不得不感歎，那真是偉大的沒落！

中國小說就這樣與它的沒落美學擦肩而過——本來那是中國小說要在其中生長出自己的小說的深厚土壤，現代性如期而至，這個沒落的歷史就迅速沒落了。白先勇是一個偶然，一個意外，因而也是一個事故或者事件。他能如此體會「沒落」，如此寫作沒落，如此切近沒落之本質。但他最後也不得不「沒落」，現代派再次追蹤而至，《遊園驚夢》，他驚的是哪椿？他驚的是何夢？是中國傳統小說再也難以為繼嗎？還是現代派讓他如夢初醒？藍田玉再也不能唱《遊園驚夢》，這是白先勇與傳統中國之象喻嗎？臺北那些高樓如此狂怪地預示一個工業主義文明的霸權特徵，竇府裡的堂會實在是一個沒落的歷史最後的回聲，壓軸戲是那個參軍長的《八大錘》，這個「大花臉」的唱段，也未嘗不是傳統中國以自嘲的方式做的終場亮相，這就是沒落美學的最後形象。白先勇在這一時刻，還是以他的獨特的藝術感覺，給出了歷史恰當的表達，在自嘲中給予了虛無的解脫。

沒落美學在大陸並非沒有傳人，與余華同時期的蘇童就有這種氣質。1988年，蘇童的《罌粟之家》那也是寫鴉片造就近現代中國地主階級沒落頹靡的故事，結果遭遇共產革命，中國的地主階級終至於滅亡。那裡面隱含著血緣關係與階級關係的搏鬥，最終階級戰勝了神秘的血緣，這就預示著現代性中國走向激進革命道路的必然性。革命克服了歷史的沒落，但對革命的書寫本身卻獲得了頹靡的美學。蘇童的書寫富有感傷氣息，小說敘事浸透了沒落情調。隨後，1989年，蘇童發表《妻妾成群》，這是對巴金《家春秋》及其啟蒙文學的解放主題的全面改寫。巴金的《家》裡的那個覺慧何等渴望外面的世界，《青春之歌》裡的林道靜「衝破封建家庭」走向革命，但18歲的頌蓮卻是主動選擇了做妾。五四啟蒙運動並未掃蕩一切封建文化，實際還差得遠。在文學書中，快過去一個世紀，那段歷史又重現真身。但那確實是地主階級沒落的文化，蘇童著力要寫出的是那個清純潔淨的女子，如何在那個沒落的家庭中生活，最終被其吞沒。依然是對「沒落」的書寫，依然是「沒落」的情調，依然是美學與歷史的共謀。「沒落」是如此富有粘合力的文化格調，任何對它的書寫，都會沾上它的氣息，都會成為它的有機的一部分，成為它的迴光返照，這就是沒落的不朽事業！

　　蘇童的這幾篇小說，幾乎被眾口一詞認為是最好的當代小說。這在革命的前進的語境中培養起審美感受力的大陸讀者、批評家和作家同行們，何以都會持這種態度呢？就像2005，白先勇被評為「北京作家最喜愛的海外華語作家」一樣，蘇童這幾篇小說幾乎也被最大限度地接受。不為別的，只是漢語培養起來的感受力，這是革命的歷史化的宏大敘事也不能阻隔的感受力，因為那種美學，或許是漢語言文學最根本的美學特質。

　　由是，就可以回到白先勇，他的小說經驗，或許是漢語小說最為獨特的經驗，因而也是最有傳統延續展開可能性的經驗，因為它與「沒落」的歷史相聯，因為它書寫「沒落」的歷史，但也因為它只能書寫沒落的歷史，它之沒落乃屬必然。實際上，如同《紅樓夢》一樣，它還沒有開始就沒落了。他只坐在窗前寫作，看著年輕時的落日，黃昏一開始就降臨。

　　原來姹紫嫣紅開遍，似這般都付與斷井殘垣。此中深意，就是一部從未發生的中國小說史。

2008/10/9於北京

本文原載《文藝研究》2009年第2期

8、「對中國的執迷」
——顧彬《二十世紀中國文學史》評述

　　2008年底，顧彬的《二十世紀中國文學史》在中國大陸出版，立即引起學界高度的熱情。前兩年，顧彬以「垃圾論」引發國內學界的激烈爭議，那當然不是一次預謀式的炒作，我想更有可能是「愛之彌深，恨之愈切」的態度使然。所謂「恨鐵不成鋼」，其根源在於對「鐵」懷有同質化的期望。作為一個德國的漢學家，對中國的文學研究投入了他畢生的精力，這是難能可貴的。這本書的中文版序的第一句話，也是本書的第一句話寫道：「四十年來，我將自己所有的愛都傾注到了中國文學之中！」；用本書的翻譯者范勁先生在《譯後記》中的話來說：「顧彬對中國對象的凝視是如此投入，這讓人感動和好奇」。確實，拿著這本厚重的文學史，誰不會對顧彬先生肅然起敬呢？如果不是「對中國的執迷」——套用書中的一個關鍵字來說，一個外國人怎麼會如此認真虔敬地寫作一部如此豐富生動的文學史呢？

　　「對中國的執迷」在顧彬的《二十世紀中國文學史》中用來描述中國現代作家對中國的想像，它是一個遭致懷疑的概念。不過，我借用這個詞來描述顧彬先生對中國文學研究的態度，無疑是肯定其專注而又孜孜不倦的精神。事實上，「對中國的執迷」確實是中國現代作家客觀存在的一種現代態度，在中國本土的主流的文學史敘事中，這當然是一種值得讚賞和肯定的對民族國家富有責任的現實意識，就此而言，九十年代以來的本土文學史寫作也對此多有反思。顧彬基於他的文學觀念對此持有鮮明的批判，這當然無可厚非。只不過，顧彬的批判基於他的同質化的歐洲文學觀念，對這種「對中國的執迷」所依據的中國本土歷史語境，持過度貶抑的態度，這就影響到顧彬敘述中國二十世紀文學史的周全性。我感興趣的還在於，「對中國的執迷」在顧彬的文學史敘事中所起到的特殊作用：它既被貶抑，被放逐；又時時被召回借用。因為它被放逐，中國的現代與當代也無法整合，當代不得不斷裂，對當代的敘述也變成了一項無法召回的放逐事業。顧彬的經驗會促使我們去思考：如何處理二十世紀中國文學的異質性經驗，依然是闡釋與評價當代中國文學面臨的難題，當然也是一項艱巨的挑戰。

一、「對中國的執迷」：被放逐的原罪

「對中國的執迷」來自夏志清的說法，它構成了顧彬思考二十世紀中國文學史的一個基礎性的重要概念。他認為夏志清用此說法言簡意賅地命名了這個對於中國作家來說如此典型的態度——也向文學提出了關於中國現代性特徵的問題[68]。很顯然，顧彬的文學史敘述就「對中國的執迷」表示了他的警惕和批評：

> 「對中國的執迷」表示了一種整齊劃一的事業，它將一切思想和行動統統納入其中，以致於對所有不能同祖國發生關聯的事情都不予考慮。作為道德性義務，這種態度昭示的不僅是一種作過藝術加工的愛國熱情，而且還是某種愛國性的狹隘地方主義。政治上的這一訴求使為數不少的作家強調內容優先於形式和以現實主義為導向。於是，二十世紀中國文學的文藝學探索經常被導向一個對現代中國歷史的研究。現代中國文學和時代經常是緊密相聯的特性和世界文學的觀念相左，因為後者意味著一種超越時代和民族，所有人都能理解和對所有人都有效的文學。而想在為中國的目的寫作的文學和指向一個非中國讀者群的文學間做到兼顧，很少有成功的例子。[69]

這一段概括顯然包含著過多的矛盾：首先，以偏概全。顧彬說：「以致於對所有不能同祖國發生關聯的事情都不予考慮」，這顯然極為片面地理解了中國現代作家，絕大部分中國作家即使「對中國執迷」也未見得如此極端，更不用說魯郭茅巴老曹。某些文學革命與革命文學的激進主張有偏頗之嫌，但也並非普遍性問題，而顧彬在這裡概括為「中國作家」的傾向，就更難周全了。如此這般的「對中國執迷」在中國現代文學史中乃是一項似是而非的指控。其二，真有一種超越時代與民族的「世界文學」嗎？它又是如何生產出來的呢？似乎中國文學的特性是在世界文學之外，即使中國現當代作家限於時代之局限，有此類觀念，顧彬今天來論述中國文學，發掘其獨特經驗時，何以還視它們二者之間為對立的呢？他先驗地把中國文學放逐出世界文學的場域。其三，作家

---

[68] 顧彬：《二十世紀中國文學史》，華東師大出版社，2008年，第7頁。
[69] 顧彬：《二十世紀中國文學史》，第7頁。

所持有的文學寫作的目的，與文學實際產生的功能（社會的、審美的）二者之間能夠等同嗎？深諳現代文學理論批評的顧彬何以一到論述中國的文學史，就會有如此簡單的觀點呢？本文並不想與顧彬討論現代理論批評的基本問題，還是節省篇幅還原到文學史語境中去討論「對中國的執迷」在顧彬的文學史敘述中的運作形勢。

來自夏志清的這一學說，其實也是關於中國現代文學中的政治性的決定作用問題，這一問題長期以來也是海外漢學揮之不去的困擾。夏志清就此問題早就與普實克有過交鋒。夏志清在《中國現代小說史》中表示他更偏愛普實克曾經批評的那種「無個人目的道德探索」（disinterested moral exploration）的文學，他認為「這種文學比那種心存預定的動機，滿足於某些現成觀點而不去探索，不從文學方面作艱苦努力的文學要好得多」。[70] 他進一步解釋說：「當我強調『無個人目的道德探索』時，我也就是在主張文學是應當探索的，不過，不僅要探索社會問題，而且要探索政治和形而上的問題；不僅要關心社會公正，而且要關心人的終極命運之公正。一篇作品探索問題和關心公正愈多，在解決這些問題時，又不是依照簡單化的宣教精神提供現成的答案，這作品就愈是偉大」。[71] 夏志清先生這樣的觀點顯然是理想化的文學主張，文學是如此深地沉浸在個人感情的世界中，如果沒有深摯的個人記憶和情感衝動，沒有帶有「個人目的」的喜怒哀樂，難以想像可以寫出具有生命蘊含的作品。而現實的關懷，始終是個人情感的直接出發點。當然，夏志清先生主張作家應關注具有更為普遍的公正和哲學問題，這無疑也是正確的。問題在於，這二者何以一定就是矛盾的呢？一定是排他性的呢？「對中國的執迷」不是在尋求一種中國當時的「公正」嗎？其「公正」已然具有了歷史與階級的意識。如果要進一步追問，是否有脫離歷史實際的超出階級與民族的更為普遍的公正，當然也有，但歷史之緊迫性與普遍性並非不可調和，這是另一個老生常談的問題，這裡不想涉及。只是夏志清這一明顯帶有另一種「政治執迷」的觀點，卻深刻地影響了顧彬，成為顧彬敘述中國現代以來文學史的一項重要參照。

當然，我並不是說，顧彬就不可質疑「對中國的執迷」，只是認為，貶抑「對中國的執迷」使顧彬的二十世紀文學史敘述變得不夠周全。但反過來，顧彬的文學史敘述的秘訣也就是建立在放逐「對中國的執迷」這一手法上。顧彬通過反思「對中國的執迷」，給他的文學史敘

---

[70] 夏志清：《中國現代小說史》，劉紹銘、李歐梵等譯，復旦大學出版社，2005年，第328頁。

[71] 夏志清：《中國現代小說史》，第328頁。

述開闢出新的論域。這一論域，把中國現代文學史嫁接到歐洲的現代語境中，從而淡化了二十世紀中國本土的經驗。這一招確實是揚長避短：顧彬賦予了中國現代文學以世界現代的語境；而又避免了他多少有些距離的中國本土經驗。問題在於，這個論域真的就能剝離「對中國的執迷」嗎？而且貶抑「對中國的執迷」在何種狀況下，使他的文學史敘事難以為繼？

顧彬這部文學史是下了功夫的，而且應該承認，有不少論述是非常富有才情的。可以看到，顧彬以他的這一手法另闢蹊徑，在某種程度上開啟了中國現代文學史敘事的新的空間。他放棄了過去被強調得極其充分的「民族國家」與「啟蒙救亡」敘事；他要打開的是：中國現代文學在何種情況下展現了現代人的內心經驗。他的現代性落實在這一層面。就此而言，顧彬的文學史敘事是有其獨特卓異的貢獻的。

顧彬這部文學史最大的亮點就在於：在歷史、文本與作家的自我意識之間建立相當豐富、細緻而有內在差異的敘述。現代性理論在中國近年的現當代文學界也是一個熱門的學說，甚至過分流行還導致人們的厭煩。究其緣由，現代性理論並未與中國現當代文學史敘述建立恰切和有內在性的敘述機制。在主流的中國現代文學史敘事中，那些作品的闡釋總是被固定在一些主題上，對個人內心經驗發掘得不多。

貼近中國現代的現實境遇來展開文學史敘事，這當然是文學史敘事的一個基本前提，但是，中國本土的文學史敘事，長期也沒有在這個前提底下同時來展開反思，我們認定所有關切民族國家的敘事都是正確的，都具有偉大的「歷史意義」；並且，只在這個意義底下縮減了我們敘事的場域。我們並不否認這樣的「歷史意義」，然而，在這樣的意義與現代文學的審美追求方面，是否還可能有緊張的甚至是分離的關係，國內主流的文學史則追問得不多。這就使本土的文學史敘事空間顯得單一和平面。而對於文學開掘現代人的內心經驗維度，塑造現代人的自我意識，探索現代社會中的人的關係，尤其是現代語言與文學審美形式的表達……等方面，難以給出更大的闡釋空間。而在這些方面，正是顧彬展開敘述的新領地。

顧彬在其序言裡寫道：「我本人的評價主要依據語言駕馭力、形式塑造力和個體性精神穿透力這三種習慣性標準」。[72]這三個方面在顧彬那裡就是一個「現代」的問題。也就是中國近世以來的文學，在何種意義上，在何種程度上它是「現代的」。以現代意識來看中國現代文學，

---

[72] 顧彬：《二十世紀中國文學史》，第2頁。

這裡給出的闡釋空間要大得多。他是從西方現代性來反觀中國現代性，但它也給予中國現代的現代性以更為豐富和充實的內容。他也直言不諱地說：「二十世紀中國文學並不是一件事情本身，而是一幅取決於闡釋者及其闡釋的形象」。[73]這就是說，二十世紀中國文學史說到底是一種闡釋，也就是一種敘事。站在何種角度，就意味著看到何種樣式的二十世紀中國文學史。

顧彬用了齊格蒙特・鮑曼關於現代性的曖昧性的觀點，他認為，現代性從根本上說是「曖昧的」，它預示了自由和進步，但同時也在理性化過程中製造了類似韋伯說的「鋼殼」（Staahlharte），這大約就是理性的嚴密限制。顧彬寫道：「不僅是在具體的中國背景下，而且在近代的發展趨勢的基礎上，現代性都和苦悶最緊密地結合在一起。因此，『五四』時期現實主義和浪漫主義絕非偶然地成為了中國新文學的發展趨勢，更確切地說，現實意識和情感體會是同一枚硬幣的正反兩面」。[74]顧彬在中國現代文學史敘事中慣常被壓抑的「情感體會」那一面向發掘出來，甚至成為他敘述中國現代文學史的現代性之更有活力的面向。

當然，這一「情感體會」面向並不是與「現實意識」對立的，在主流的文學史敘事中，情感體會必須與現實意識協調，必然歸順於現實意識。這實際上是消解了「情感體會」。很顯然，顧彬的策略就是對現實意識的優先性進行質疑，而後才開掘情感體會的深度和廣度，當然，還有情感體會與現實意識構成的更為複雜的關係。

就此而言，顧彬也未能遠離他前面試圖討伐的「對中國的執迷」，既然是一枚硬幣的兩個背面，沒有對現實的意識，也就是沒有「對中國的執迷」，中國作家就不可能有那麼深的「情感體會」。只不過，中國本土文學史敘事過分強調了「現實意識」，現在顧彬則偏向於強調「情感體會」而已。顧彬在這方面的開啟毋庸多言，對作家的情感心理，對文本的敘述修辭的分析多有精當獨到，是這部文學史的出色之處。然而，我更感興趣的在於，顧彬的文學史敘述是如何浸含著他的文學觀念與價值立場。

但在顧彬有具體敘述中，他還是以雙重態度來處理「現實意識」與「情感體會」：一方面，他知道二者不能分離，互為表裡；另一方面，他又把作家個人的情感體會的深化，視為是對現實意識的疏離的結果。這就是說，他把「對中國的執迷」作為一個反思性批判的參照物來展開

---

[73] 顧彬：《二十世紀中國文學史》，第9頁。
[74] 顧彬：《二十世紀中國文學史》，第25頁。

敘事。在他看來，「對中國的執迷」構成了中國現代作家要克服和超越的障礙，所有那些取得成就，具有真正的現代性意義的作家作品，都是以其個人對時代的疏離來建立的。這也是說，「對中國的執迷」彷彿就是中國現代以來的作家的障礙，那些傑出的作家只是因為對這項障礙的克服──對「中國」保持了疏離──才寫出了那些名篇佳作，才寫出了自己個人的內心經驗。

在這樣的視野下，顧彬以一種「疏離」的眼光看待魯迅。可以看出他發自內心對魯迅的喜愛和尊崇，魯迅被作為中國現代文學的重要標誌加以論述。他把魯迅的《吶喊》視為「救贖的文學」。誠如顧彬所看到的，這部作品「一直以來都充當了『五四』啟蒙精神的明證」。然而，顧彬卻認為，「值得稱讚的，是作者與自己以及他的時代的反諷性距離」。在我們整合性的現代文學史敘事中，魯迅是眾多的現代作家體現現代啟蒙精神的代表，這些作家其實沒有質的區別，只是在體現啟蒙精神的「量」方面，他們各自有不同的程度，而魯迅通常作為最強烈呼喚自由民主的啟蒙精神的代表。顧彬現在為魯迅另闢蹊徑，在這種「反諷性距離」中去呈現魯迅在二十世紀中的「獨異」。魯迅「是少數對寫作的局限性有反思的作家」，「能看透文人作用的渺小」。魯迅一方面投身於啟蒙批判國民性的事業；另一方面他對此有相當的反思。魯迅這麼一點個人性，反倒成了魯迅可以擔當現代文學高峰的角色。離開了前者，後面一點「反諷性間距」的意義真的那麼巨大麼？

不過，顧彬很難把自己的態度理順，因為他的立足點會搖擺移動。顧彬似乎也試圖建構一個無所不能的魯迅形象，魯迅不只是身處於時代激進的前列，猛烈地批判國民性，批判封建的過去和專制的當代；但他並沒有沉醉於新文化運動，而是他與自己作品及與自己時代保持距離構成了《吶喊》的現代性。顧彬一直在困難地把魯迅從「對中國的執迷」的境況中剝離出來，他認為魯迅的小說是「五四」時期最重要的文學範例，標誌著中國新文學的開端，其意義有三重性質：「分別在於新的語言、新的形式和新的世界觀領域，這已被普遍地認可為突破傳統走向現代的標誌」。[75] 在這一觀念支配下，顧彬所理解的《狂人日記》則具有劃時代的意義。他認為，它的現代性不僅體現在採用了從西方引進的日記體，而且也體現在13篇日記之間緊密的秩序結構，在互為銜接的情節和解釋的層面上，「這種現代性揚棄了在傳統中國小說中占主導地位的簡單的事件串連」。顧彬作為一個漢學家，要試圖論證中國現代文學的

---

[75] 《二十世紀中國文學史》，第37頁。

「新的語言」方面當有一些困難，但他在把握「新的形式」方面，卻是顯示出他的敏銳和準確。他總是孜孜不忘給文學史的「現代性」開掘出更為純粹的文學性或美學的面向。

在顧彬放棄了他的所謂「純粹文學性」觀念時，他的論述反倒顯示出真正的洞察力。他以為魯迅在《吶喊》中表現「鄉紳與民眾」的關係上，顯示出魯迅對現代的特別獨到且深刻的表達。他從《阿Q正傳》中看到的，並不只是鞭撻「精神勝利法」，批判國民性，而是看到魯迅「破天荒地給一位農民作『傳』，給這位受侮辱者豎起了一方紀念碑」。[76]魯迅的這種精神，難道不是一種「現實意識」嗎？不也是一種「對中國的執迷」嗎？我們看到，顧彬通過壓抑中國本土主流的「魯學」評價，另避魯迅的個人經驗，在那麼多關於魯學敘述的文學史中，顧彬的敘述還確實有獨到之處，這就很有些不同尋常之處。但在魯迅的「疏離」中，他不是更貼近「中國」嗎？他不是在呈現一個更為真實和豐富的中國嗎？

二、「世界的」現代思想史的語境

當然，顧彬對中國現代性面向的獨特開掘，並不僅限於強調中國現代作家的內心經驗或個人情感；顧彬還有另一個手法，通過作家個人與時代的間距／疏離，使作家重新與「世界性」的現代精神嫁接，而來突顯中國現代作家的現代性，顯然，這也是使之遠離「對中國的執迷」而獲得一個世界性的現代精神。不只是魯迅，在對郭沫若、郁達夫、茅盾、丁玲等人的敘述中，可以看到他在發掘作家個人經驗的同時，使之嫁接到西方現代的思想史語境中去，這樣的中國現代性，就與世界構成一種對話。這有點奇怪，彷彿「對中國的執迷」是一項原罪，只有抹去了「中國性」，就抹去了原罪，就有了皈依的世界性，於是就產生了「有意義的」、「有價值的」現代性。

對郭沫若郁達夫的敘述就是如此。顧彬會對郭沫若給予很高的評價，還有點出乎我的意料。郭沫若因為五十年代直到文革期間的過左的色彩，「文革後」遭遇到人們的嚴重懷疑。實際上，有那麼多左派紅人們最終都豁免了他們，唯獨對郭沫若依然耿耿於懷？我以為，郭沫若的身上投射了中國知識份子太多的崇敬，他的才華與學識讓中國知識份子很長時期把他視為「文化偶像」，事過境遷，這個偶像包含了道義上的

76 《二十世紀中國文學史》，第39頁。

「不純粹性」，因此知識份子難以釋懷。顧彬沒有此類困擾，他以為今天的人們嘲笑郭沫若早期作品的傷感、浮誇是不公正的。他要把郭沫若的《女神》中的《天狗》這種作品，看作現代性的文本，其實質在於作為自我提升、自我指涉、自我褒揚和自我慶典與世界的現代性聯繫在一起：「中國現代性的核心文件也是任何一種現代性的重要見證」。他認為，從「神的顯靈」向「自我的顯靈」過渡不是從宗教向世俗化的簡單轉移，而是新觀念利用了舊傳統的象徵之物，由此使自己成為一種新宗教。確實，從一個西方漢學家的角度，顧彬顯示出更寬廣的視野，他從郭沫若的「我是……」中看到《舊約》的淵源。郭沫若作為最早的尼采的《查拉圖斯特拉如是說》的中國譯者，他從尼采那裡找到一種反福音的「新福音主義」的精神資源，那是對「新人類」的讚頌。從《女神》讚頌民眾到後來讚頌新中國締造者毛澤東，這裡面有著一脈相承的精神實質。顧彬在這裡倒並不拘泥於政治上的評判，而是從西方精神史來看其所具有的現代普遍有效性。他指出：自我的提升以及舊秩序的破壞者需要新的表現形式，為了頻繁說出「我」字，必須要打破迄今為止固定死了的格律和語言形式。或許也是因為其知識根基的豐厚或視野的開闊，顧彬的那些闡釋性聯想是否有過渡闡釋之嫌也難以斷言，他從當時的世界的現代精神出發理解他的作品時，他一方面高度評價郭沫若的《女神》這類作品表徵的現代性的高度；另一方面也試圖指出這種致力於創新的精神向「法西斯和社會主義思想都敞開了懷抱，在領袖的崇拜上被推向於高峰」。[77]一種思想的形成，是否是如此一脈相承或者具有周延性，也還是值得推敲的。思想的轉折與變異也應該是另一個可以考慮的側面，顧彬似乎更多地以整合性的眼光去理解作家詩人的精神內涵與思想脈絡——其語境的建構倒是全然現代性的。當然，文學史敘述不是學術論文，不過，郭沫若在中國現代革命的各個階段不同的思想變化也應該有所陳述。試圖建構一個從《女神》到毛澤東詩詞闡釋一脈相承的郭沫若的形象，當然也是值得欽佩的；但郭沫若思想的複雜性變異，還是一個同樣值得關注的問題。這裡面因為中國歷史經驗的欠缺，顧彬建構了一個「世界的」郭沫若形象，一個由《舊約》和尼采以及無政府主義托起來的頗為神奇的郭沫若形象。

郁達夫作為中國現代文學中的浪漫主義代表人物，在中國本土主流的文學史敘事中，他的文學史意義也是一味在民族國家的現代意識上來闡釋的。至於他的頹廢、憂鬱的另一面向，大都涵蓋在浪漫主義的美學

---

[77] 《二十世紀中國文學史》，第48頁。

氣質中，並且總是通過對「祖國」認同克服了頹廢消極的情感，從而使浪漫主義美學具有了昇華的意義。因為最終都抵達一種關於祖國的「豪情」。確實，我們也要承認，本土的主流敘事把郁達夫過於直接地融入啟蒙敘事中，有簡單化之嫌。顧彬則是把郁達夫的作品納入世界文學的語境中，給予郁達夫的那些個人消極氣質以特殊的「世界現代性」含義，也因此拓寬了郁達夫所體現的現代文學的精神維度。郁達夫閱讀面甚廣，通多種語言，才氣過人，在顧彬論述中，世界文學通過郁達夫這個通道進入中國。同時顧彬也看到，西方人用了幾個世紀所發展的一切流派和理論都同時湧入中國，在很短時間內中國人就對它們進行了加工處理。顧彬分析說，在郁達夫的作品中，對黑暗的強調，他的主人公總是處於無聊、空虛、感傷、痛苦之中，時常還有沉淪與頹廢，他的那些主人公被稱之為「多餘者」和「零餘者」。主流文學史對郁達夫的敘述，只有在這類描寫被理解為是遭致郁達夫的批判和克服時才獲得了現代意義。但顧彬還是更樂意從中看到郁達夫有能力描寫他們那個時代的內心危機。這種心理危機或許在某種程度上投射了作者個人的心理感情，但這正是作者的敏感的藝術感受力才體驗到時代內心深處的困擾。顧彬以為，「五四」文學可以分為理性和感性兩個發展方向，郁達夫屬於主觀主義者。不過，顧彬最終還是把郁達夫表達這類情感看成是貫穿著分析和批判態度，結果他把郁達夫歸入理性的代表者一類。這反倒使他對郁達夫的分析變得有些模棱兩可，似乎顧彬也不願意冒險把郁達夫的作品與他的內心情感之間建立一個相互詮釋的通道。在大多數情況下，作家和藝術家的內心深度也就是時代的內心深度，反之亦然。但是，顧彬由此建立郁達夫的形象，卻也並不能與「中國」疏離，他的那些即使被顧彬認為內心危機，也同樣投射著時代的和民族的危機。顧彬還是不斷借用關於「中國」的想像來展開那些「個人內心」的分析，因為二者始終存在著一種互動的結構。在這類闡釋中，顧彬與中國主流的文學史敘事如同走著相反的兩極：本土主流敘事要克服的是屬於世界資產階級的情感態度；而顧彬要克服的則是「對中國執迷」的現實意識。

茅盾在中國現代文學史上的地位近年受到了一些質疑，但遠不如顧彬所認為的那樣，他的文學史地位已經被顛覆，被看成是一個政治活動家。只是有些論者指出，茅盾建國後的作品乏善可陳，就從個別研究者的結論中，也不能得出新一代的中國文學批評家會輕率地把茅盾貶抑為概念化寫作的代表[78]。中國迄今為止最後要的文學獎項還是以茅盾命名

---

[78] 顧彬的這類判斷似乎深受葛紅兵的那篇所謂《為二十世紀中國文學寫一份悼

就足以說明茅盾在當今的重要地位。不過，中國現代文學的敘述在處理茅盾這些「巨匠大師」時，確實沒有表現出多少新的突破。顧彬顯然不願在中國語境中再談茅盾，他又一次借助世界文學的語境來審視茅盾，看看茅盾在他的時代所抵達的「現代」高度。茅盾關於女性的描寫早在三四十年代就頗遭非議，在新文學史的主流敘事中，也不會給予多高的評價。但顧彬卻把茅盾小說中對女性的描寫看成是他超出同代作家的現代意識的最重要的體現。甚至茅盾小說中一再描述的女人的乳房，顧彬反倒從中看到微言大義，因為它「體現女性的性的宿命性力量。不是引誘，而是破壞，一種對舊世界的破壞」[79]。這就有點本末倒置了。當然，顧彬有些見解是富有建設性的，例如，他認為：茅盾小說開闢了一個大都市的和資產階級的空間，他的小說裡聚居了如此多的「資產階級」階層的青年人物，這些都顯現了茅盾對中國現代的獨特貢獻。顧彬樂於強調茅盾深受左拉和托爾斯泰的影響，而對他的社會主義思想的展開與深化則輕描淡寫。對於顧彬來說，在世界文學語境中的茅盾似乎更有意義。顯然，顧彬關於茅盾的研究受到普實克和葛柳南以及高利克的影響，他認為，這些歐洲漢學家的成果至今無人超過。顧彬的這些判斷建立在他對漢語文獻的有限閱讀的基礎上，其可靠性還值得推敲。

其實，顧彬的研究主要是建立在西方漢學的基礎上，其理論依據和引述的材料，都是出自西方漢學。前面提到的夏志清、普實克、葛柳南、高利克以及李歐梵和王德威等人的著作對本書的影響較大。當今西方中國現當代文學研究的大量成果都在顧彬的這部文學史中得到表現。由此也可見顧彬這部文學史的西方漢學研究的學術含量相當豐厚。但顧彬對中國大陸的當代研究資料涉獵很少，幾乎沒有涉獵。雖然他在參考文獻中列出一些，但從引述來看，幾乎沒有實際運用。甚至他經常假想了一些大陸學界對某些問題的「普遍看法」，作為他的對立面的觀點來反襯他的論述。這當然便於他寫出另一種與中國大陸不同的文學史；但也使他的中國現當代文學史敘述幾乎與中國大陸隔裂。這樣的世界的文學史語境固然是顧彬打開的一個更加寬廣深遠的視野，不過，此一世界的文學視界刻意疏離了中國的語境，似乎隱含著太多的歐洲學術特權。這二者是否是水火不相容的，或者說二套語碼，二種視界，也未必盡然。「創見「得益於偏頗，這未嘗不是」創見「的宿命。

詞》的影響。實際上，葛紅兵的觀點只是極為個別的極端觀點，當時就遭受學界頗為激烈的批評。
[79] 《二十世紀中國文學史》，第112頁。

三、無法整合的中國當代文學史敘述

顧彬對二十世紀中國文學的開掘在1949年以後遇到嚴重的障礙，儘管他在論述中國現代文學時對「對中國的執迷」保持著警惕，他在暗中也一直在借用中國作家的這一「特點」，因為只有把握住這種特點，才能把中國現代作家的情感體驗的獨特性表達出來，由此揭示出中國現代作家的根本特徵，也才能在「世界文學「的語境中，突顯出中國現代的問題及其「價值」。不管如何，對於中國現代文學的敘述，顧彬還是懷著積極的和發現的態度。然而，「對中國的執迷」延續到中國當代，卻再也難以展示出與其相對的內心體驗的另一面向。在他看來，民族國家的政治訴求的特權似乎壓倒一切，沒有給作家留下任何個人內心體驗的空間，同時也沒有給文學留下多少空間。

在海外的中國研究中，中國「當代文學」歷來是一個燙手的山芋，似乎除了從左傾的政治角度肯定它外，沒有別的理由去正面理解它，更無法在現代與當代之間找到一種敘事上的聯繫。現代開啟的是個人的內心體驗，這種體驗在民族國家的訴求中有一種微妙的緊張關係，它正好可以體驗文學的豐富性與複雜性。然而，現在，外部強大的力量已經不再給「原罪」掙脫的可能，也不能皈依世界文學，中國作家何以得救？那些大眾化、民族化、為工農兵服務……等等，這些無法在世界文學中找到同質化的主題，顧彬陷入了困局。

顧彬先生在敘述中國當代文學時找不到方向，找不到理解的參照系，這完全是異質性的中國當代文學，令他困惑不解。他一開始就試圖把握的三個面向（語言、形式和個體精神），現在再也俘獲不住中國當代文學。他一直是猶豫不安地展開他的當代敘述。五六十年代的那些「紅色經典」，如《太陽照在桑乾河上》、《暴風驟雨》、《紅日》、《紅旗譜》、《青春之歌》、《野火春風斗古城》、《三家巷》、《鐵木前傳》等，顧彬先生幾乎沒有論述到，有些只是輕描淡寫，一筆帶過。在論述到《三裡灣》、《山鄉巨變》、《百合花》、《紅豆》時，還是顯示出顧彬頗為獨到的眼光。但他依據的依然是「例外」的原則，因為這些作者「並不是按照給定的檔塑造其主人公」，而是「真正傾聽了大眾的聲音」。在這些描寫中，「傳統的敘述代替了意識形態」，「作者自身的經驗自然而然地流露於筆端」。[80] 即使按照顧彬這樣的立

---

[80] 參見顧彬《二十世紀中國文學史》，第207頁。

場和視角，中國當代的大部分的「紅色經典」都有可能超出當時文藝政策檔的教條框框，都有可能有自己的情感流露，以及民族的傳統的敘事植入其中；這就是文學與文字始終有超出客觀的政治及作家主觀意圖的能動性。[81]因而，五六十年代的中國當代文學，並非只有顧彬提到的那幾部幾篇作品才有值得重視的文學性，它們也並非什麼「例外」，大多數的「紅色經典」都有其獨自存在的文學性。如果說顧彬先生在敘述現代文學史時還是顯示出他的手筆不俗，有他獨到分析和闡釋；敘述到當代中國文學時，就有些局促，顯得力不從心。

根本緣由在於，在顧彬的現代性譜系中，中國當代文學無法找到安置的處所。他所理解的中國當代，在與中國現代斷裂的同時，也與世界現代脫離，它是被區隔的異質性的文學。1949年以後的中國，被懸置於現代性之後，封存於「專制」、「集權」的密室內（顧彬先生當然也深諳中國國情，沒有去正面觸及政治話語）。而文學，則只能以「被壓制」、「被規馴」二種標誌加以識別——這又是同質化的敘事；作家、藝術家都只能看成是被動的，他們當然沒有任何創造歷史的主動性，沒有激情，也沒有創造。當然，異質性的概念只是在個體性上才有真實的意義，但相對於更為普遍主義的世界性而言，二十世紀中國本土的文學經驗還是可以作為異質性來處理的。我不認為異質性的概念就有本土的優先權，就有政治上的豁免權；但我也不認為，異質性只能被貼上「東方」、「專制」，或者別的什麼「主義」時才有真實的含義。在文學這一維度上，恰恰不能以政治的咒語驅魔。

當然，顧彬並不是一個激進的左派或右派，他確實是一個對文學懷著虔誠態度的執著認真的研究者——他也是一個對中國文學「執迷」的人。問題在於，在他的文學觀念中，無法處置異質性的中國當代文學經驗。就對中國當代的情況而言，關於民族國家的政治性訴求大到如此嚴重的情形下，文學還存留下多少東西。顯然，在顧彬看來，所剩無幾。循著顧彬的思路，50至七十年代的中國文學乏善可陳。對這一時期的否定看來是德語漢學研究的通行觀點，瓦格納教授也持此觀點，他們都認為：那段被描述成「黃金歲月」的文學史，其實只是「日益嚴重的思想馴化」時期。[82]但是這一時期在中國文學史上，那麼一個「新中國」的歷史，文學與民族國家的關係，文學與人民的關係，作家主體自身的激情與投入——不管後來被證明有多麼幼稚和謬誤，但如此眾多的人們的

---

[81] 這一觀點可參閱拙作：《個人記憶與歷史的客觀化》，《當代作家評論》，2002年第3期。

[82] 顧彬：《二十世紀中國文學史》，第279頁。

創造歷史的熱情——那無疑是一段聲勢浩大的歷史，何以只是「思想馴化」而無法論述呢？這無疑是要回答的問題，二十世紀，「對中國的執迷」，既然構成了中國作家的普遍的特徵，不解釋這一「執迷」及其後果所包含的歷史意識，所具有精神意義和力量，並沒有真正展開二十世紀中國文學史的敘事。

50到七十年代，中國作家和詩人，以何等的熱情投入歷史，以怎麼樣的矯健戴著腳鐐舞蹈，那是以血肉之軀書寫的文學，何以會毫無價值呢？我們並不認為五六十年代的中國文學可以稱之為「黃金歲月」，絕大部分文革後出版的文學史以及有關研究論文在論述這段文學時，也不再認為那是「黃金時代」。只是試圖不再簡單地從政治立場出發去肯定或反思這段文學史時，普遍面臨闡釋的困難。對於中國本土的文學史敘事來說，大多數還是保留著對「現實主義」的肯定性；雖然不再會推崇為「黃金歲月」，但肯定和讚揚所依據的文學觀念和藝術準則還是五六十年代延續下來的套路；反思與批判顯得不足，因為沒有找到更為全面的文學史敘事方式。

實際上，在面對當代中國文學史敘事，本土的文學史經驗與顧彬的觀念雖然南轅北轍，但本質上都一樣，中國當代文學史總是被非文學的東西遮蔽或封存。如何闡釋「新中國」含義之下的中國當代文學，確實是一個文學史敘事的難題，中外雙方都深陷於尷尬之中。即使是最近十年來頗受好評的文學史，如洪子誠先生的《中國當代文學史》，陳思和主編的《中國當代文學教程》等，也依然存在著如何在宏觀的文學史敘事觀念下來做出更為合理化和深刻性的闡釋的問題。

一個現代的中國，最終演變為一個「紅色的中國」，在民族國家層面上，這當然是西方資本主義世界不得不接受的事實。然而，「紅色中國」在文化上一直被排除在現代性之外，這是一個資本主義現代性無法概括的異質性的「他者」，其政治的現代合法性一直遭致懷疑。如果說現代文學的「對中國的執迷」只是在探求和想像一個現代中國的話；那麼50至七十年代的中國文學則在致力於建構「紅色中國」——「新中國」的合法性。前者尚遭到懷疑，後者的文學價值則更要遭到否棄。

當然，顧彬先生是在書寫文學史，不是政治史，不是通史。他有權就自己的文學趣味做出選擇和判斷。我們也深知，一部作品的文學史意義與其單純的文學意義並非一回事，顧彬似乎專注於文學作品本身的文學性價值，但其背後也是強大的歐洲中心主義的文學觀念在支持，其政治性無意識還是若隱若現的。但是面對中國的當代文學史，又如何不能從其歷史本身的發展、變異、斷裂來做出論述呢？威廉斯曾經論述主導

文化與新興的文化之間的關係說：「文化的複雜……也體現在那些業已發生或將會發生歷史變化的諸因素之間的動態關係中……從那些通常被抽象為某種體系的事物中找出一種運動的意義來」。他認為：「最有必要的是應當在每個階段上都認識到那存在於特定的，有效的主導之內或之外的各種運動、各種傾向之間的複雜關係」。[83] 我們對五六十年代激烈的政治運動，對肅反、迫害胡風、大規模的反右、直至文化大革命……等等，無疑都有切膚之痛，但是，我們也依然要把文學的複雜性考慮在內，文學的書寫總有在政治之外的東西，文本總有其不可規訓的語言特質。

歷史有轉折與斷裂，從啟蒙主義的文學觀念來看，1949年以後的文學向著另一個方向進發；但從文學對現實的意識來看，「對中國的執迷」不過從原來相對個人的經驗，變成更加強大的集體經驗，它變成了顯性的民族國家的規訓。在理解這種「現代性的激進化」時，也要看到它在世界資本主義文化體系之外所具有的獨特性。它無疑有太多的不成熟、片面或荒謬，但它具有一種創造的衝動和想像。這不管如何是一項現代的「創舉」，它一開始就具有異質性，它何以就不是開創一種新型的現代文化呢？它何以就不是一種異質性的現代性呢？何以就不是現代性的文學呢？

我當然不是說顧彬先生一定要肯定中國當代文學，計較顧彬先生輕視當代中國文學。這其實都不過是一個態度問題。但中國當代文學史敘事的難點也在於：其一、如何有可能把「新中國」以來的文學經驗視為一種新型的異質性的現代性經驗，其二，如何在政治與文學的緊張關係之間來敘述中國當代文學史。這種經驗雖然在文學品質方面不如資產階級的文學成熟，但它意指著另一個面向，從文學與生活現實的關係，從語言、敘述、文本中的人物、作家的態度等等方面，都提示了一種新型的經驗。當然，人們只能在既定的歷史條件下創造自身的歷史，中國這種所謂新型的「社會主義文學」也並不可能是從天上掉下來的，也不可能全然是中國的獨特的神秘的經驗。我並不是設想在文學史敘事中要有一種中國當代文學的本土的優先性，我也從來不認為中國當代文學，即使被命名為「社會主義文學」就可以完全拒絕西方現代的文學觀念及其標準。我只是說，總有某些最低限度的異質的可能性留給中國當代文學，這種可能性就是它有能力展開自己的開創，並且這種開創是對世界

---

[83] 雷蒙德‧威廉斯：《馬克思主義與文學》，中文版，王爾勃譯，河南大學出版社，2008年，第129-130頁。

現代文學的貢獻。對於中國現代文學，顧彬一直在尋求西方現代精神作為參照語境——它總是要在與西方的同質化的重構中，才給中國文學一席之地；現代文學，或許本質上就是一項歐洲的特權。也只有在這種規訓下，才有特許經營權。對於中國當代文學來說，在那樣區隔的時代，它彷彿是非法經營。是否需要重建一種語境？那就是中國當代異質性的語境，這個語境依然是在西方「世界精神」的「隱喻」下來展開，但卻可以有，也必然有中國自身的異質性。

為什麼不能把中國當代看成是現代性的「開創」呢？社會主義一直看成是與資本主義你死我活的鬥爭，冷戰時期的思維一直要以驅魔的態度來對待社會主義及其文化。新中國，或者說社會主義中國，在政治制度上和文化開創上無疑有其前進中的偏頗，但它的「開創性」無疑屬於異質性的現代性範圍，無疑也是現代性的一種表現。其政治上的合法性和合理性，我暫且無法展開評價，但在文化／文學上，不從現代性的「異質性」上去理解「新中國」的文化創造，就不能得出恰當的公允的認識。

中國當代文化及其文學，只有在現代性的激進化的意義上來理解才能夠得到積極的闡釋。中國現代文學中左翼文學最終佔據了重要的地位，經過1942年毛澤東的《在延安文藝座談會上的講話》的推動，中國左翼文學有了長足的發展。歷史發展到這一步，已經無法評說文學的歷史本來應該如何，文學歷史實際上就只能面對它給定的歷史條件，在這樣的條件下去建立新型的文學。為工農兵服務的文學，為政治服務的文學，書寫階級鬥爭的文學，敘述革命歷史神話的文學，所有這些，無疑都與資產階級創立的現代文學範式相去甚遠。但文學與民族國家的合法性建構息息相關，與普通民眾（工農兵）的教育密切相聯，以及它的民族化和本土化的嘗試，它都為現代性的文學的多樣化提示了另一種可能，也為文學的現代性提示異質性的經驗。不管是放置在世界的現代語境中，還是要把中國作為一個現代的「另類」、「他者」來處置，它都有自己從二十世紀之初「對中國的執迷」就展開的異質性精神。並非只是「被規訓」這一視角所能概括的。

「對中國的執迷」，並非不可質疑，過去的主流文學史敘事無條件地肯定中國現代文學的這一特質，固然造成僵化的體系；但完全棄絕這一特質，也未必就真的能建構起真實的現代中國文學，特別是，通過貶抑這一特質，建構起所謂內在心理特權的中國現代文學[84]，它可以勉強

---

[84] 柄谷行人在論述日本文學的現代性起源時曾經指出：現代性文學的顯著特徵就是

充當世界現代文學中的二三流角色，卻並不能真正獲得自身的特質，也無法在中國當代維持下去。在顧彬的敘述中，這樣的斷裂一開始就埋伏在那裡，等待「當代」的到來，在某一「神聖」時刻，現代性的中國文學開始崩塌。對「中國的執迷」本來是中國作家行走的一條道路，顧彬卻寧可把它處理為一項原罪，那些有獨立人格的中國作家，彷彿都背負著這個十字架，只有如此才能在疏離的間距之外打開個人內心世界。但到了當代，這個贖罪的遊戲再也難以為繼，因為原罪已經變成了一樁「馴化」的政治醜聞。

確實，顧彬以這種眼光來看中國當代文學史，他看到只能是荒涼與頹敗。相對於中國現代的234頁篇幅，當代近60年的歷史只有其一半117頁的篇幅。以致於文革後的「新時期」文學，顧彬也不再有激情。當代史一直在崩塌，最後這是一個頹敗的文學史神話，其最後可悲的定位是「二十世紀末中國文學的商業化」。就一些具體的評議來看，多是一些失望與厭倦的論調。張賢亮在新時期紅極一時，固然有值得懷疑的地方，但我還是以為顧彬僅僅把張賢亮看成一個隻會「對女性懷有荒唐想像的男作家」，有所偏頗。顧彬對汪曾祺的分析是值得稱道的，但對高行健的《靈山》有失公允。如果說關於「尋根派」的輕描淡寫還是可以原諒的話，顧彬對中國先鋒派小說的偏見則讓人難以理解。在他看來，蘇童「追隨著世界範圍的『糞便和精液的藝術』潮流」，並且，蘇童是一個敵視女性的作家，「敵視女性表現了先鋒小說的一個基調」……這類觀點，已經很有些荒謬了。人們完全有可能從先鋒小說中讀出對婦女命運的關切，尤其是蘇童的小說。我不知道顧彬是否真的讀過《罌粟之家》，否則把這篇小說稱之為「綠林小說」就讓人匪夷所思了。看來顧彬是完全無法體會蘇童小說的精妙之筆，不少中國的批評家都認為，《罌粟之家》是當代中國最優秀的小說之一，顧彬卻把它說得一塌糊塗。關於莫言和賈平凹這二位當代中國最優秀的小說家，顧彬的論述也差強人意，給人的印象，這二位與其說是作家，不如說是大老粗。我們都知道莫言和王朔的小說在國外譯本都不理想，顧彬應該也知道，以他的漢語水準，如果讀讀莫言、王朔和賈平凹的漢語原著，他應該可以體會到其中的大氣與妙處的。或許是因為篇幅的限制，他對他所擅長的當代新詩的論述也顯得浮光掠影。例如，對北島和歐陽江河，我以為是當代漢語詩歌最出色的詩人，顧彬對他們的作品多有譯作，何以未能深入論述？

在心理特權和民族國家訴求兩方面展開有效的社會實踐。參見柄谷行人：《日本現代文學的起源》，趙京華譯，三聯書店（北京），2003。

　　我想顧彬先生寫作這部文學史依據的材料，主要是海外的漢學研究材料，閱讀的作品也主要是翻譯文本。海外的中國當代文學研究水準要遠遜於現代文學研究水準，這就拖累了顧彬先生對中國當代文學的評價。顧彬先生又不能俯身讀讀中國本土的當代文學研究資料，他最終只能呼喊：「中國當代文學都是垃圾！」我不知道這句話是結論，還是一個早已有之的托詞？不過據說是媒體的誤傳，也有報導說，顧彬只是說「衛慧和棉棉都是垃圾」。就是這二位，儘管在中國文壇也一度被看成興風作浪的不速之客，但他們同樣反映了中國當代文學點滴的時代特徵。這使我有理由同意某些人的觀點，即認為顧彬先生關於中國當代文學的判斷，主要是依據道聽途說。

　　不過，他山之石，可以攻玉。我們還是可以從顧彬的文學史敘述中看到很多我們所不能論及的話題和精妙之處，他的啟示是毋庸置疑的。本文提出這些問題，只是想揭示：身處於不同的文化場域中的人們，書寫文學史所具有的政治的和文化的烙印。其中所包含的問題，也會促成中國本土文學史寫作與歐洲文學史敘述的對話。總而言之，顧彬先生的認真和虔誠歷來令人欽佩。我說過，他是一位讓人感動的「對中國執迷」的人。我欣賞他的文學史著作最後一句話，那是他引述的一句北島的詩：「回來，我們重建家園」。需要提醒的是：家在中國。

2009/3/1

本文原載《文藝研究》2009年第6期

下編：解讀作家

他只觸及他自己的主觀；他所創造的客體是他所
不能及到的，他創造這個客體並不是為他自己。

——薩特《為何寫作？》

1、個人記憶與歷史佈景
——關於韓少功和尋根的斷想

在九十年代這個最曖昧的歷史階段，回過頭去看八十年代，能看到什麼東西呢？一眼就能看到韓少功嗎？他站立在一個巨大的佈景——尋根——面前，它是當代中國文學——一個不斷被放大和塗抹的佈景。他一定感到慶幸，或許有那麼一點眷戀。現在，他在南方一個蓬勃的地方做著蓬勃的事業，我們把他拉回到這個已經有些發黃的佈景前，這是不是有點無聊？我想是的。在南方那個旺盛發展的地方，韓少功難免不會這樣認為。而在八十年代那些龐大的佈景和道具面前，我們當然會感到無聊。

確實，「尋根」已經是當代文學史上一個巨大的無法逾越的神話，去解開這個巨大的神話已無必要，也不可能，因為它是當代中國文學的一個難能可貴的靈光圈，況且這個靈光圈還牢牢地戴在一些希望人們永遠記住這段歷史的人的頭上。韓少功可能是惟一淡漠這段歷史的人——我是說淡漠，不是背叛——在1994年的盛夏，我與韓少功有過一次短暫的電話交談，我感覺到他的一些淡漠，一些超然。我知道他現在置身於一個完全不同的時空，但我也知道他的心願——他植根於那遠方土地上的生命和文學——依然如故。這個樸實堅韌的湘西漢子，身上還是有某種一如既往的東西，他一直面向絕對和純粹說話，儘管他一度進入某些現實事務。這使他可以超越某些具體的歷史形式，超出一些文學術語和概念。因此，韓少功是惟一可以從尋根的佈景中剝離出來的尋根派作家。韓少功的寫作，他的那些作品文本，並不僅僅屬於「尋根文學」，這個人從偏遠的湘西走出來，他本身是一個純粹的當代文學史事實，一份新時期的歷史清單，一部打開又合上的新時期文學史大綱。

一、被理性折疊的個人記憶

他是典型的時代之子，一個過早思考的文學青年。他很早就戴上紅衛兵袖章，印過傳單，啃「毛選」四卷，討論馬克思、列寧、普列漢諾夫和托洛茨基。在那些思想禁錮的年月，他苦悶而有所期待，終於他等到了一個好時代，於是「探索和進擊已成刻不容緩」。新時期對於他們這代人來說，無疑是一個黃金時代，煉獄之門已經打開，他們懷著由來

已久的夢想，懷著一種祈求和感激，走上文學的街頭。新時期之初的文學寫作就是文學集會，大家浩浩蕩蕩走在一起，走向明確而並不遙遠的目標。被現實洗禮的時代之子——我們的主角當然沒有忘乎所以，他是一個誠實而質樸的人，他對文學一開始就懷著那樣的虔敬，「至今沒能寫出像樣的『真正的文學』」，他在努力寫作，老老實實寫作，他開始很認真地回到個人的經驗中，在他的生活中寫作。

這個人在鄉村呆了近十年，他從那裡走出來，他的寫作又不得不回到那裡。那是他的生命和文學紮根的地方，他如此深信不疑。他「不很熟悉工人、教授、舞蹈演員和歸僑」，他早期的創作素材主要來源於農村。「要表現泥土、山泉、草籽花、荷鋤的『月蘭』、卷叭筒的『張種田』」，他是一個尊重生活的人，實事求是；或者說他迷戀個人記憶，他的寫作當然是從他的個人經驗出發，在那裡他才感到自由和踏實。當然，他最顯著的特徵是關注現實，翻開他的第一本小說集《月蘭》，那上面無疑是為現實所作的「不平之鳴」，基本主題是「為民請命」。他想「滿懷熱情喊出人民的苦難和意志」。他開始引入注目的《月蘭》（1979），這個以第一人稱「我」來敘述的故事，並不僅僅是為了表示某種真實感，他以「個人記憶」為抵押，這是他寫作的根本立足之地。這個充滿了個人自責和懺悔的故事，有力地烘托反襯出一個普通勞動婦女的悲劇命運。四隻雞逼死一條人命，「我」（一個小知識份子）的自責，卻又蘊含著對那個時期的路線、方針和政策的譴責。那個曾經無私奉獻雞蛋和甜酒的婦女，現在卻一意孤行無視政策法規。貧困、疾病、沉重的生活負擔，這一切都可以歸咎於極左路線，那些個人記憶，那些對鄉土生活的追憶，向著歷史理性批判的方向轉化。他的自責和善良的本性，同時也是一個同情和悲憫的視角，這個視點迅速溝通了那個時期關懷悲劇和傷痕的人道主義信念。

韓少功當然不會僅僅停留在「個人記憶」中，在他的寫作中，總是有某種理性的衝動，這使他在每一個歷史時期都不是一個閒置的個體，又總是一個急於結束現在的改良主義者。在個人和歷史之間，在經驗和理論之間，韓少功一直在走一條中間道路，這條道路走著他們一夥人——整整一個知青群體。韓少功是一個在歷史中的人物，我說他可能從尋根的佈景中解脫出來，不是說他超然於歷史之外，而是說他在整個歷史之中。在每一個歷史階段，他都表達了那個時期的歷史願望。他是一個「嗜好理論」的人，「想通過小說剖析一些問題」，對於他來說，「哲學和政治始終閃著誘人的光輝……」而在他最初動筆時，總是「更多地想到莊重質樸的托爾斯泰和魯迅」。我們的主人公在新時期之初的

歷史前沿，他站在那駕思想解放的馬車一側，你可以看到他年輕的面容上已經刻下些許的悲傷，一些現實主義的激情鼓動著他，人性，人啊人——這些八十年代的宏大主題，也毫無保留地滲透進他早期的全部作品。

發掘個人記憶，從而對這個時代進行書寫，這是韓少功的敘事法則。他是用記憶和思想進行雙重寫作的人，典型的現實主義的辯證法，回到生活實際而又緊扣時代脈搏，在獨特性中發現歷史的普遍性。八十年代是崇尚理性的年代，人們需要批判，需要尋求真理，需要解決現實難題。「文學需要思考」，這是我們的主人公信奉的格言，他的目光投向那片奇詭厚實的茅草地：「茅草地，藍色的茅草在哪裡？在那朵紫紅色的雲彩之下？在地平線的那一邊？在層層的歲月塵土之中？多少往事都被時光的流水沖洗，它卻一直在我記憶和思索的深處，像我的家鄉、母校和搖籃——廣闊的茅草地」。又是一個「我」敘述的故事，一個深摯的個人記憶。這個「我」的故事在敘述中向著老場長的故事變異，個人記憶再次變成情感抵押，它不過是歷史理性批判必要的鋪墊。「老場長」——這個制度的象徵，他被定義為一個好人，一個具有高度責任感的硬漢子。他的觀念陳舊僵化，過分保守，一個絕對的集體主義者，他不允許任何個人的情感存在。他大公無私，毫無保留地把自己奉獻給黨的事業。事實上，除了他的一意孤行和他落後的管理方法，這老場長是現實主義文學由來已久的典型形象，一個在經典敘事中不斷被重複的正面人物。然而，韓少功輕微的改動就具有了驚天動地的效果，他不過撕開了窗戶的一角，指出了那麼一點謬誤，《西望茅草地》就獲得了現實主義的偉大勝利，向時代提交了一份為民「請願書」。

歷史理性批判在這裡再次訴諸人性的力量，「我」與小雨的戀情以悲劇告終，這與老場長的極左觀念也不無關係。這個老革命是如此疼愛他的養女，以他的革命化的標準要求青年人的交往方式。這是一個苦行僧，他甚至沒有婚娶（？），他處處以身作則，在這方面也不例外。他在自虐的同時下意識地進行他虐，作為一個個體，他的內在本質在這裡被有節制地揭示出來：作者「力圖寫出農民這個中華民族主體身上的種種弱點，揭示封建意識是如何在貧窮、愚昧的土壤上得以生長並毒害人民的，揭示封建專制主義和無政府主義是如何對立又如何統一的，追溯它們的社會根源」。理性批判的力量把個人悲劇推導為時代的悲劇，個人記憶總是一個出發點，它引向歷史、政治和哲理的深度。一種關於民族命運的「寓言性」敘事，擊穿了那些溫馨或感傷的個人記憶。它有力地揭示了一個不斷重複的歷史謬誤，在八十年代初期，這篇小說以它對

現實的嚴峻批判而發人深省。它在敘事方面的那種情韻，樸實而舒暢，那種深摯的個人記憶、痛楚和創傷，在人生與時代政治的衝突方面，都營造了特殊的氛圍，它使理性批判能夠返回到人的心靈深處。這就是敘事的力量，就是現實主義敘事的辯證法。

他的寫法具有某種非同凡響的力量，他總是一如既往去發掘那些苦難，那些不公正的命運。在他的個人記憶的深處，始終包裹著一個精神內核，那就是「知青情結」。《飛過藍天》（1981）正面寫到一個知青，一個被命運拋棄的苦難之子。「他是一個人，但有鳥的名字，外號叫『麻雀』」；「它是一隻鴿子，但有人的名字，叫晶晶」。這種絕望的對照，以鴿子的命運與他的遭遇互為隱喻，在某種意義上，鴿子又是他的夢想，是他跨越現實的希望。現實逼迫得他走投無路，看不到希望的生活，只有笑罵、撲克牌和空酒瓶；而那只鴿子在倔強地飛過藍天，然而它也死了，它歷經磨難，飛回它的家園卻被他打死。這裡面的寓意和象徵並不十分清晰，但對絕望的知青生活，對一種無可擺脫的命運的表現卻肯定有相當的震撼力。

在多數情況下，那個敘述人「我」的視點投向了農民，投向了農村婦女，那個「我」是個為民請命的獨立個體，他站在歷史的臨界線上，揭示了歷史的本質——它的悲劇和謬誤，批判和清理歷史，使寫作主體處在啟蒙的現實位置上。那個不斷出現的敘述人似乎游離於歷史事實之外，他只是觀看者，一些事件的局部當事者，他只是敘述、反映和表現，他本人則從歷史中剝離出來，而超然於歷史的苦難之外。這與其說是敘述人的片面隱瞞，不如說是啟蒙者下意識的敘事策略。在新時期的文學規範內，文學寫作事先被假定了特殊的歷史位置，那個「我」當然不僅僅是個全知全能的超然於故事之上的敘述人，他立足於被敘述的歷史之上，他要反省和思考，批判和清理歷史的本質規律。在他的個人記憶中總是保存著一些美好的、理想化的東西。對美的尋求乃是歷史理性批判的必要補充，那些人物和生活即使處在艱難困境，人性的光輝總是隨時閃爍於他凝練堅實的敘事中。那個老場長不管多麼固執，他身上總是保留著人（或共產黨人）的優秀品質；《飛過藍天》中的那個「麻雀」還偶爾反省自己的所作所為，這就是老隊長善良品質起到的警醒作用。一旦回到鄉村生活，一旦保持比較純粹的個人記憶，韓少功講述的農村就呈現出恬淡秀麗的田園情調，這主要通過那些農村的風土人情表現出來。在那些悲劇的空隙，或是暫時脫離悲劇的部分，韓少功總是以他擅長的白描手法勾勒泥土、山泉、草籽花和荷鋤的「月蘭」。他熱愛鄉土，對那個地方保留有美好的記憶，他的那些回憶性的敘事，那些對

個人記憶加以溫習的敘述，只要偏離出歷史軌跡，總是表現出一些理想
化的美感。

這個紮根於個人記憶的寫作者又力圖進入歷史理性的深處，在歷史
之惡與人性之善之間，他的個人記憶攜帶著特有的美感抹平了二者的溝
壑。在某種意義上，你閱讀這個人「尋根」前的作品，就會發現它是一
部真善美的文學大全，一部哀而不傷、怨而不怒的當代「爾雅」。《那
晨風，那柳岸》是一個十分詩意的篇名，遮蔽著一個美麗憂傷的故事。
一個始亂終棄的故事，被注入新的時代內容。銀枝的堅強和仲陽的生活
期望，使這個故事不再是在道德的水準上糾纏，它揭示了那個年月人生
命運的有限性——它被政治和權力所規定。袁昌華的加入又一次表現了
知青情結中固有的理想主義情愫，這個形象乃是期待已久的自我指認，
這是一個成熟的知青形象，它也恰如其分地表明知青意識在這個歷史時
刻趨於成熟。那個黑丹子死了，像韓少功所有的小說一樣，死亡是必要
的，它是訴諸歷史悲劇的基本前提。一種定位在人道主義意義上的對生
活的本質內容的思考，擊穿了那些歷史的和政治的謬誤，在這裡完成了
深厚有力的理性批判；而那些人性之美和芬芳的泥土氣息，卻也使那些
悲劇有了更多感傷的詩情。

二、暫時的過渡：現代意識的誘惑

儘管那些個人記憶具有超歷史的感傷和理想化的詩情，然而，韓少
功（們）不能長久地沉浸於個人記憶，那不過是進入歷史的必要的起
點，現在，他們已經成熟，他們要面對現實說話。 對於韓少功來說，
他從個人記憶走向歷史理性批判，他的那種現實主義式的白描手法還恰
如其分，他對自己的生活經驗，對自己選用的藝術方法還有相當的信
心，他對那些現代派似乎很不以為然。他的思考，他在藝術上的尋求，
卻使他又不得不擺脫知青情結。這個追求莊重質樸的人，也一度闖入現
代派的區域。他要突破過去，突破群體經驗，他一直在思考這個時代迫
切而尖銳的理論問題。在知青的經驗中抽繹出現代派的主題，韓少功在
這方面可以說是獨樹一幟。《歸去來》設想了一個冒名頂替的「我」，
那個真實的「我」在哪裡呢？這裡當然也可以看到韓少功過去的故事，
看到善良的農民和知青的一些瑣事，敘述人力圖去捕捉的是那些似是而
非的生存感覺。對自我本身及對歷史經驗的懷疑，使韓少功的敘事向
著形而上的玄奧區域傾斜。在1985年以後的寫作中，一些現代派的觀念
進入韓少功的小說，在那些苦難的故事中注入那種生存困惑（《籃蓋

子》）。韓少功的現代主義淺嘗輒止，卻也有厚實的生活底蘊，他把那些現代派的觀念糅合進對現實的尖銳批判。《火宅》對於韓少功來說是一次異乎尋常的實驗，它所預示的創作前景，它所面臨的困難，它那吃力不討好的社會效果，都促使韓少功進行更徹底的思索。

八十年代中期，中國文壇到處在討論現代意識，文學方面的現代意識，不過是中國社會的經濟現代化的合理延伸和呼應。現代化的歷史大潮強有力地拖著文學界走，現代性的規劃是如此深刻而有效地滲透進這個時代的精神意識，那些十九世紀的古典人道主義，那些啟蒙主義的主體姿態，脫去「反文革」的歷史外衣而迅速跨進現代意識的前列。關於現代人、關於現代主義的敘事乃是文學界急於攀登的思想高峰，從「意識流」到現代派，中國當代文學終於有理由慶幸它與西方文學思潮只有一步之遙。然而，現代派、現代主義敘事，對於大多數人來說，那是一個怪物，一個全新而神奇的不祥之物。八十年代的中國在文化方面有過種種激進的奢望，但實際的邁進卻十分有限，這不僅僅是現實形勢使它只能以波浪式的方式運行，事實上，人們的既定經驗也決定了它不能有什麼驚人之舉。與所謂「全盤西化」相對，重新認識傳統迅速釀成氣候，海外新儒學復興長驅直人，各種文化講座遍及祖國的名城古鎮和旅遊勝地（例如當時在青島和杭州都有文化講習班），一些耄耋之年的文壇宿將坐鎮講壇，莘莘學子於敬畏和虔誠中洗耳恭聽。新儒學同時引進一股世界範圍內的文化認同，而拉美第三世界作家頻頻在發達資本主義國家獲取各種獎項，這對中國作家無疑是一個提示，一種警醒，一種誘惑和懲恿。

對於我們的主角韓少功來說──「對這個正困在苦惱之坑中的人來說，『文化』這個詞就猶如從天而降的繩梯，他當然要高興地大叫起來」（王曉明語）。從知青的經驗中走出來，從粗略的現代派的探索中走出來，韓少功在文化這裡找到了一個新天地。與其說這是一次進步，不如說是一次調和，現代意識和知青經驗在「文化尋根」這裡達到密切的結合和恰當的重疊。「尋根」當然不是簡單的復古，不是保守的，它站立在現代性的高度，在世界文化的格局中來思考中國文化的命運，來解決現代化進程中的精神價值標向。它比那單純的現代意識顯得更加高瞻遠矚，更加符合中國國情和現實需要。對於文學來說，已有拉美魔幻現實主義作出示範，他們恰恰是在回歸本土，在重新思考現代化給發展中國家帶來的諸多難題的前提下，寫出了令西方第一世界驚歎的不朽之作，他們甚至因此摘走諾貝爾文學獎的桂冠。在某種意義上，這是真正「現代」的文學意識。在這樣的歷史前提下，有這樣的歷史參照系，我

們的作家還有什麼猶豫的呢？從現代派立即就回到本土，轉向民族之根，原來這裡是一脈相承的東西。這也就是為什麼那時的評論居然把「尋根文學」稱為「85新潮」，它與劉索拉、徐星的現代派相提並論而平分秋色。它們共同構成八十年代中期中國文學最前衛的文學潮流。

三、尋根：在文學史中成長的事件

「尋根文學」，不管當事者還是旁觀者，在事後都樂於把它想像成一個神奇的事件，它有秘密的聚會，精心的醞釀。重新回想起來，那真是在拉開厚重的歷史帷幕。這些當事者是這樣開始敘述的：1984年12月在杭州西湖邊一所療養院裡，一群評論家和作家進行了長達一周的對話。那地方靜謐、幽閉，烹茗清談最好。「一些記者聞訊趕來，被拒之門外。上海一家報紙的記者抱怨說：在多年的文壇採訪活動中還未碰過這種釘子。處於當時的社會氣氛，與會者很不願意讓新聞界人士摻和進來。事實上，關於這次會議的情況，以後也一直沒有作過詳細報導。所以對會中的關鍵性內容及其對此後中國文壇產生的實際影響，至今仍鮮為人知」。我們感謝這位當事人給我們披露了這段珍貴的歷史故事。一切有關文學的會議，通常都惟恐不能產生新聞效果而徒勞無功，這次會議有魄力「拒絕記者」，足可見主持者和參與者所達到的境界。西湖邊上，療養院，靜謐幽閉的所在，拒絕新聞……作為「尋根」的直接契機，這次聚會在敘事中已經具有了「尋根」的基本特徵和氛圍，「尋根」當然有理由看成是這次聚會的直接成果。這種敘事的意義指向在於，把「尋根」看做一次明確而有理論準備的集體行為，它當然也就可以作為一種敘事的起點，構造那個完整有序的博大精深的「尋根神話」。

確實，關於「尋根文學」，人們已經談得太多，這是一個眾說紛紜的故事。它從一開始就是一個事件，被敘述出來，激動人心，龐大而輝煌。它使人想起一些著名的作家寫過的一些著名的書，「瘋狂的石榴樹」，或「芭樂飄香的季節」。那個歷史現場已經無法概括，無法重現，它留下一些意象，一些龐大的外表。我們想起那些激動的場面，那些熱烈的言辭，那些不斷膨脹擴張的意義。它是一棵樹，一棵在文學史的敘事中無止境地生長的神話樹。全部中國當代文學史已經沒有一個來自文學的純粹的事件，只有這一個事件，那就用全部文學史的熱情去哺育它。這是值得的。

在這樣一座豐碑面前，在這棵樹下，我們還能說些什麼？

　　「尋根」——到底要尋什麼之根？為什麼要尋根？這一切並不僅僅是現在才令人感到奇怪和含混。對於我來說，去深究它的真實含義已無必要，它一開始就是一種藉口，一個託辭，一個期待已久的象徵。傳統、民族、本土、尋根……在這裡不過是一種包裝，一塊必要的歷史佈景，它給早已失去新鮮感的個人記憶，給難以花樣翻新的知青經驗以新的形式。它是一種在現代性的緊迫感敦促之下的應急措施，一次對「現代主義」的瞞天過海或自欺欺人的跨越。傳統、民族性、本土化……這種陳詞濫調，在「被創新的狗追得滿街跑」（黃子平語）的八十年代中期的中國文壇居然具有革命性的意義，這顯然是一件不可思議的事情，一切都因為特殊的時代潮流和嶄新的歷史佈景——現代化、世界範圍內的文化尋根。

　　現在，我們的作家變得理直氣壯而信心十足：「我們民族的傳統，民族的生命，民族的感受，表達方式與審美方式，在我血肉深處蕩起神秘的回音」。（鄭義語）從這裡可以找到文學厚實的根基，這樣一種認知前提也清理出一代作家置身於其中的現實，個人經驗與文學面對的現實在這裡統一：「不光是因為自覺對城市生活的審美把握還有點吃力和幼稚，更重要的是覺得中國乃農業大國，對很多歷史現象都可以在鄉土深處尋出源端」。（韓少功語）民族性、鄉土乃至本土化，這本身就是一種話語，一種敘事。對於八十年代的中國作家來說，「民族」、「本土」一直就是一個假想的家園，一個逃離的出發地和失敗的暫時歸宿。八十年代，一個瑰麗的神話的時代，人們充滿了各種超越現實的幻想，而那些文化英雄，他們都是一些狂奔的現代性之馬，他們要到哪裡去呢？他們隨時都準備跨越和遺棄「本土」，當然，只要無處可去，他們隨時又會眷戀這塊「生我養我」的「本土」。

　　誠實的韓少功還是透露了一些奧秘：「自覺對城市生活……」整整一代知青群體，對城市都懷有奇怪的陌生感，疏遠這個一度拒絕他們而後勉強收留他們的狂怪之都，回到那片「神奇的土地」，回到「我那遙遠的清平灣」，這才是這代人的明智選擇。然而，如何處在歷史的潮流前列呢？那些已經在「現實主義」名下，在「人性論」、「大寫的人」的綱領之下反復傾訴過的往事，又如何適應這個日新月異的變革的「現代派」的時代呢？這當然需要新的歷史佈景。過去是把個人記憶投射在歷史佈景之上，現在則要用歷史佈景包裹個人記憶。對於一種寓言性的寫作，對於新時期不斷擴張的歷史衝動來說，這種反復變換的重疊是必然的和必要的。個人和歷史構成的二元對立，它們之間不斷的投射和移位，構成新時期文學實踐最內在的動力。那些個人記憶隱匿到佈景後

面，「我」的故事現在變成文化的故事，變成關於文化的敘事。那些過去作為背景起到映襯作用的人倫風習、自然景觀、志怪傳奇，現在推到前景，作為敘事的主體部分，它抹去了個人記憶的那種單一性和個別性，現在它具有了更為深遠和厚重的意義。

對於韓少功來說，這一切如期而至且順理成章，楚文化迅速從他的個人記憶中復活過來，這些荒誕雜亂而神奇的巨型代碼，它們輕而易舉就超越了知青這個令人尷尬的時空，而意指著一個無窮深遠的過去，並喻示著一個曖昧的無法言說的現在。《爸爸爸》是一個超級的寓言性文本，它那大量的寓言性代碼和寓言性敘事方式，卻也只能意指著一個寓言性的歷史與現實，一個關於隱喻的隱喻，一種關於寓言的寓言。那些古語古歌，那些儀式和殺戮，那些愚蠢的自虐和他虐、麻木和絕望，當然有某種隱喻（現實的）意義；但是，在純粹理性的意義上，沒有任何必要以如此怪戾的符號去行使它的意指功能，而在純粹文學的意義上，它就只有敘事學的價值了。對於「尋根」這種懷有歷史衝動和現實抱負的文學行為來說，它的經典之作只有形式主義的意義，這不能不說是具有反諷意味的事情。《爸爸爸》的主角是一個白癡，一個拒絕語言的侏儒。無可否認作品具有某些象徵意義，但是，它那怪模怪樣的面目不過是一個純粹的怪誕奇特的代碼，它的存在構成了一個怪誕的敘事視角，一個神奇而充斥著敘事詭辯論的「文化考古學」文本，一個任意而瘋狂生長的巨型神話樹。這樣的敘事並不能指望它對歷史與現實具有什麼雙重穿透力，但是它開啟了一種新的敘事法則，一種發掘素材的新途徑。後來韓少功在《女女女》中再次重演了他的手法，那些「文化」又一次變成一些怪誕而醜陋的存在物，事實上，除了這種符號能勉強證明「文化」的存在，還有什麼能夠視為「文化」呢？文化在這裡其實沒有任何對歷史與現實的意指功能，它不過是文學敘事不得不以古怪的面目花樣翻新而已，那條瘋狂的「創新之狗」追得文學探索者滿街亂跑，那塊巨大的歷史佈景是他們的超度之筏，結果也就只能剩下一些古怪而無用的碎片了。

儘管「尋根文學」的動機與效果未必相符，那些「文化之根」其實轉化為敘事風格和審美效果，一個文學講述的歷史神話結果變成文學本身的神話，一個關於文學創新的美學動機，被改造為重建歷史的衝動。但是，它的文學意義並沒有完全迷失於虛幻的歷史佈景之內，因為文化的意義最終為審美效果所消解，它實際完成了一次文學觀念和審美風格的變異。尋根文學還是創造了一種新型的文學經驗，並且群體效應並沒有淹沒個人化的風格。那些被命名為「尋根派」的作家，氣味相投而各

有特點：賈平凹刻畫秦地文化的雄奇粗糲而顯示出冷峻孤傲的氣質；李
杭育沉迷於放浪自在的吳越文化而頗有些天人品性；楚地文化的奇譎瑰
麗有效地強調了韓少功的浪漫銳利；鄭萬隆樂於探尋鄂倫春人的原始人
性，他那心靈的激情與自然蠻力相交融而動人心魄；而紮西達娃這個搭
上「尋根」末班車的藏族人，在西藏那隱秘的歲月裡尋覓陌生的死靈
魂，它的敘述如同一條通往地獄的永遠之路……「尋根文學」乃至被命
名為「新時期」的文學最後以莫言粗糲的《紅高粱家族》（1986）來完
成它的結局並不奇怪。那些所謂的人倫風情、神話寓言不過是些必要而
暫時的歷史佈景，並不能支撐起幻想的主體，因此，不如從原始的自然
本性中去掠奪人的本質力量，以一股不可抗拒的生命強力改寫歷史文化
的印記，以原始的粗野的自然本性冒充歷史文化之根。與其說莫言的尋
根是一次進步，不如說是一次粗暴的損毀，它給「尋根」注入了個人化
的生命願望，他把沉迷於虛假的文化深處的歷史主體拉到一片充溢著自
然生命強力的高粱地裡，完成了一次生命的狂歡儀式。對於找不到象徵
之物的幻想主體來說，這次粗野的生命放浪卻預示著隨後的語言放縱。

　　總之，不管是韓少功或是其他尋根派作家，在那樣的歷史時期有意
無意地組合成那樣的一個文學群體，創造了當代文學少有的一個大型的
文學景觀，無疑是一個難得的歷史事件。作為一座無法企及的豐碑，它
不得不變成一座墳塋，不但埋葬了自己，也埋葬了當代中國最後所具有
的巨大的歷史衝動。隨後的文學寫作，不過是些極端個人化的語言祈
禱，一些閒暇中的出遊和白日夢的滿足，一些隨意的觀望和窺視，以及
在沒有歷史佈景的光禿禿的街頭進行的即興表演。

本文原載《文藝爭鳴》1994年第5期

2、複調和聲裡的二維生命進向
——評張承志的《金牧場》

　　張承志騎著黑駿馬越過草原那片熱辣辣的土地與現代世界相會——這是我關於張承志的「基本圖像」。我知道張承志崇拜生命，崇拜生命在降生、成長、戰鬥、傷殘、犧牲迸濺出來的鋼花飛焰，崇拜生命飄蕩無定的自由——這樣的生命意向在《黑駿馬》、在《北方的河》裡就表達過了，後來我們在《春天》、《黃泥小屋》等作品裡再次體驗到，只是加進了一些殘酷的味道；現在，我們又在他的第一部長篇《金牧場》裡更為完整、更為強烈地感覺到[1]。生命意向從草原伸越到現代都市，然而，草原——都市，這之間的關係決不會是單向線性連接的，別忘了張承志跨下那匹黑駿馬。我無法想像在「他」乘飛機、坐的士，喝咖啡，乃至日本女人含情脈脈注視著「他」時，「他」還騎著那匹馬，但給我的感覺事實如此。因而，所有的矛盾——關於過去與現在的矛盾，觀念與現實的矛盾，抽象與具體的矛盾，存在與經驗的矛盾，生命進向的無限伸越與生命始源的矛盾等等，都在這個「基本圖像」裡顯示出來，因此，張承志在《金牧場》裡採用雙向多維的敘述結構，就決不是在玩弄結構技法之類的東西，這是由他的經驗世界的二重性決定的，當然，這種二重性集中體現在「草原－都市」二項式裡。如此宏大的敘述結構，如此激越的抒情格調，這也是張承志才有的獨特的敘事。不管我們是否欣賞，張承志無疑抒寫出他這代人最強悍和矛盾的心理世界。

一、複調和聲的敘述結構

　　張承志在《金牧場》裡設置了兩條平行的敘事線索；在關於內蒙草原和東京的故事同時展開，中間穿插監獄和紅衛兵長征的兩組意識流敘事。兩條主導線索沒有情節事件的邏輯關係，僅僅依照敘述意念的對位效應。敘述意念有兩條基本原則，經驗適應和經驗衝突。J部分與M部分儘管沒有明確的事實因果關係，但卻存在「潛經驗心理流層」相互溝通。例如，第一章：

---

[1]　《金收場》，載《昆侖》1987年第2期。以下僅注明頁碼。

敘述意念：經驗適應進入新的世界（存在空間）：

J部分　　敘述主題：我來到發達的現代世界，是我以前曾經那樣
　　　　　　　　　　幻想過的世界，我和它相遇了，我終於來了。
M部分　　敘述主題：我來到草原，草原母親猛然在我二十歲的身
　　　　　　　　　　心裡埋進了一個幽靈，我變成了一個牧人。

潛經驗心理流層：現在的我從過去伸越而來。

　　這裡分別描述進入「新的區域」（或存在空間）的經驗。正是來到
東京——這個夢想的世界都市的象徵，一種對生活的征服感從心底萌
發，這種感觸與二十歲來到草原感悟到草原神力而成為一個牧人的心理
經驗猝然溝通。與東京「相遇」，有一種征服生活的感奮，是存在價
值取向的確證。這是我夢想的世界，我終於來了，蘊含了所有以往的艱
難經驗，而感悟草原神力成為牧人，無疑是強大經驗的起源，它形成一
種伸越的力量，一直穿透到現在。兩個不同的存在空間，因為經驗的伸
越力量匯合成生命的同一進向，從過去到現在，它標明了生命的正價值
進向。
　　在《金牧場》裡，雙向敘述結構更為經常作為經驗衝突而並置參
照。第二章：

敘述意念：經驗對立：

J部分　　敘述主題：宿舍呈長方形，從門到牆是七步，從牆到門
　　　　　　　　　　也是七步，存在空間狹小壓抑。
M部分　　敘述主題：遼闊的草原是無邊神秘的大陸，草原在注視
　　　　　　　　　　著我，我和草原的心靈溝通。

潛經驗心理流層：草原自由空間對城市異化感的否定。

　　恰恰是領悟到草原的心靈，獲取了一個自由而無限的存在空間，也
正因為曾經領悟過原草，因此在都市的房子裡產生存在的有限性的異
化感。生命在現時，都陷入「非此在」，生命只有在過去，才找到此
在的根基。因而，在時間的流向裡，發生逆轉，生命意向從現時倒回
過去。

　　敘述結構是小說存在的實體性構架，不管把小說看成是自主性的語符系統，還是看作敘述人的話語模式，敘述結構直接規定小說客體世界的存在樣態。敘述結構以時空組合為基本樣態，這不僅因為敘述行為只能發生在特定的時空裡；時空並不僅僅是構架或容器，靜態地容納事件、人物；時空更重要的是一種觀念，一種世界「觀」，時空顯示了世界存在的無限可能性和無窮蘊涵。因此，敘述結構的展開就是小說裡的特定時空城的組合。

　　《金牧場》裡的雙向敘述結構呈示出並置參照的時空，它們各自有自己的主題、形態、展開速度和方式，二者平行地進行。它們在敘述模式、敘述語義上互不相干，但它們在敘述意念制導下，共同創造特定的「敘述語境」，它們的本質關係就是「互為語境」。

　　這樣雙向敘述結構有如「複調音樂」：一種多聲部音樂，其中由兩個或更多的不同旋律同時進行而組成相互關連的有機整體。在橫的關係上，各聲部在節奏、重音、力度、起承以及旋律線的起伏等方面各自有其獨立性；在縱的關係上，各聲部又彼此形成和聲關係。巴赫金曾經對陀思妥耶夫斯基的作品作過著名的「複調小說」分析，巴赫金主要是從「對話」意義上來分析陀思妥耶夫斯基的小說，陀思妥耶夫斯基的人物總是承擔內心獨白與敘述人的二重角色，由於取消了絕對的敘述人，小說在「同聲齊唱」的對話裡建立起複調和聲結構。巴赫金就敘述話語與人物性格模式的意義上來進行「複調」分析。而在《金牧場》裡，粗線條的雙向敘述結構表達了「複調和聲」的效果。插入的意識流敘述有如「屬和絃」，不僅提供敘述背景，同時直接創造一種敘述氛圍。雙向敘述結構在縱的關係上，它們互為參照，創造一種「和聲語境」。上下文的解讀意義，並不僅僅是在句子語詞的展開裡確立，而是事先就提供了一個深遠的語境場（整個和聲語境），J部分和M部分的任何句子或語義群，都只有在互相參照的「和聲語境」裡才確定意義。在橫向關係，即敘述結構的自身展開意義上（這裡參照音樂結構的規則，在線譜表示上，旋律線的進行是橫向的，和聲部的關係是垂直縱向的，而在文學作品的組織結構裡，通常把敘述結構自身展開稱為縱向的，而各組織結構的關係稱為橫向的，這裡按音樂的結構規則表示），「雙向」實際上互為逆反，它們各自又有著恰恰對立的精神進向：

　　　J──現時／無限伸越的進向──空間
　　　M──回歸／過去返回的記憶──時間

現時是過去的終結，而過去是向現在進發的始源；或者，過去是現時回歸的此在，現時是過去伸越的異在。生命意識從過去到現在獲得一種空間進向，而又有始終回溯到過去的時間進向，前者是一種生命的理性力量，後者是一種情感價值。對空間的無限渴望促發一種征服、戰勝的意志；對時間的眷戀觸發了對過去的無窮懷念。所有矛盾都集中於現時與此在的對立，現時一旦與此在交合，就立即產生異化。此在在情感上轉化為時間，是過去的始源，因為過去早已確定為此在；在理性上此在轉化為空間，此在立即升化為異在，此在獲得伸越的力量，事實上，此在的生命意向就在於它從來沒有也永遠沒有成為現時。因此，草原－都市二項式隱含的二重性矛盾（同一性與對抗性），在時間與空間的相互轉化中，在理性與情感的斷裂中，在抽象與具體的脫離中得以並存。

二、英雄主義：理性抱負的空間進向

草原與都市的同一表達了理性的空間的進向，在主題意義上這就是英雄主義。張承志太富有熱情，太富有才氣，他確實時時發現自己的血液裡奔湧著一股力量，不消說這股力量來自他的英雄主義。當然，這裡是指精神價值取向意義上的英雄主義。張承志的英雄主義太具體又太抽象，具體是因為它來自草原，就是草原那無限寬廣、厚實、凝重的土地，就是草原的品格、抱負和意志，使你能活生生地體驗到；太抽象是因為它是一種生命意識，一種精神進向，一種獲取空間的渴望，它使你的生命感奮，在面前的空間不可遏止地伸越而去，常規的思想範疇肯定捕捉不到它。張承志的小說有著過強的自傳體性質，他太偏愛他的人物，他的「自我」始終是為理想主義浸泡過的現代英雄，他的「自我」投射到作品中，凝聚到人物身上，體現出英雄品質是理所當然的。他的核心人物具有那種頑強不屈、勇往直前的精神，歷經千辛，飽受磨礪而理想不滅。再說他們是那麼正直、豪爽、堅強——作為一個現代英雄，我們還有什麼可再加苛求的呢？更何況他們對待愛情一點也不亞於中世紀的騎士，對小遲的愛和當年白音寶力格對索米婭的愛一樣純淨透明（還有對奧雲娜的愛，同樣如此），充滿浪漫情調，那是惡劣環境裡透露出來的自由氣息，就像草原散發出來的溫馨一樣。它與那個環境太不協調，或者說它就是那個不可能產生如此美好愛情的環境所能夠產生的不可思議的情感透明體，這種愛情的破滅是不可避免的。愛情的實際上不可能與愛情的不可避免的破滅，恰恰沒有違背英雄意志，它就是英雄意志的體現。在大風雪裡與小遲的訣別，充分顯示了一個男子漢的英雄

氣概：「在鬆開她之前，我想再吻吻這即將不再屬於我的姑娘。她正等待著，一眨不眨地睜著那雙黑眼睛，當我俯下臉來，正要去觸那凍得鮮紅的嘴唇時，我看見淚水在她的睫毛上凝結著正在變成一層冰。於是我改變了念頭，把唇貼在她的眼睛上，熔開了那層涼涼的薄冰」。（第188頁）

張承志在這個時候，都沒有忘記保持他的主人公的英雄形象。他的人物因為對愛情的極大克制能力，對愛情的觀念勝過愛情本身而獲得一種道義上的，人格上的勝利。「他」與真弓的朦朧的愛已經沒有任何世俗的成份而超凡入聖，在真弓家鄉那心靈感應的瞬間，他卻感到自己獲得了休憩：「他沉入在歇息中的心緒沒有一點思念。他只是靜靜地安坐著，任那從視野流入心中的神奇綠色溫柔地消溶著自己。他感到了一種幹金難買的休息。他覺得寧心悅目，他體味著一派高貴的純潔……」（第199頁）。毫無疑問，這段文字極其優美，寫出了日本文化中的那種靜遠、空靈、沉寂的風格，問題的癥結在於，這是張承志的「愛情風格」，在這樣的時刻，「他」寧可體驗到世界而不願體驗女人。在征服女人和征服世界的選擇上，張承志的人物無疑對後者更感興趣。這點可能是張承志與張賢亮的重要區別之一，因為在張賢亮看來，女人就是一個世界，而張承志的世界無限廣闊，女人不過是其中一部分。這種愛情態度不過是英雄主義精神的本質顯現。

這種英雄主義精神進向，它是一種無限伸越的生命意識，它超越一切有形的存在事物，它是戰勝自我，征服世界的理性力量。因此，草原上的那股神力毫無阻礙地向前伸越，直到進入城市的空間。M部分與J部分在感奮的、伸越的、超越的精神進向上達到了同一。在對草原的體會裡：「我們驚地發覺自己已經獲得了一個莊嚴的蛻變，我們自己已經變成一種神奇的新人。在我們的血液裡，已經洶湧緩重地流動著一種寶貴的素質，它象駿馬一樣激烈不屈，象木輪的勒勒車一樣懷著渴望，象雙句疊唱的長調古歌一樣深沉又單純……」（第51頁），感悟到草原的神力，一夜之間發現自己成為牧人，這無邊的草原，就是生命降生、成長、成熟、及至滅亡的「場所」（場所才是生命存在的真實空間）。這塊土地上的艱難困苦的生活，不是被理想化了，而是被精神化了，它們獲得了一種嶄新的意義，成為英雄意志的始源，英雄主義的生命意向，就從這裡確立起點。

為了表明這種英雄意志更為深刻的經驗根源，作品裡設置了監獄和紅衛兵長征兩組意識流敘事。作為英雄主題的屬和絃，它同樣表達了生命頑強不屈的意志和熱情。沒有理由責備那是少年人的盲從和狂熱！對於張承志來說，這段歷史決不是時代的謬誤，相反，它表達了生命的意

志，這種意志一直延續到草原（在草原獲得了更新、更深厚的力量），一直貫穿在整個生命意向裡，不妨說，它就是英雄主義的序曲，雖然它曾經在《老橋》裡演奏過一次。

因而，當「他」來到世界都市——東京，他感到振奮，一種內在蘊藏的力量釋放出來，對新大陸的感奮與對都市文明的厭惡交雜在一起。然而，前者與後者的對立不過是理性與感情的背謬，對新大陸的感奮一直是與草原上的神力首尾貫通，它們之間的歷時性發展脈絡，獲得一種共時性的結構效應，形成一種和聲對位。張承志寫道：「希望的大陸不是鄉愁，僅僅把對大陸的熱愛稀釋成對遠祖榮光的留戀，是不肖子的軟性病。德沃夏克的交響樂《自新大陸》，不僅滿溢著對祖國的愛情，更鮮明地回蕩著他從新大陸獲得的感悟和信仰。大陸之子應當是勇敢的鬥士，他們有重新尋求和堅持尋求的天生素質。如果，大陸之子忘記了這一點；或者說，在他們的天性中泯滅了這一點的話——僵死的大陸將受懲罰。」（第57頁）世界都市從人類文明的原野上矗立起來，它本身就是人類以往所有精神渴望的紀念碑。每一座都市都是一塊希望的大陸，都是新的世界歷史的篇章。人類再也不是生活在世界各個角落，互不相干，狹隘封閉，都市使人密集在一起，每一個體的存在空間都被虛無化了，每一個體空間的交換、滲透，使得個體空間具有無限的可能性（至於現代文明的異化是另一方面的問題），因而，人們存在的空間彎曲了，人類事實上獲得更為廣大的空間。都市是屬於空間的，都市精神就是空間進向，它要在空間裡無限擴展。這樣一種城市精神恰恰切合張承志的那種遊牧氣質的英雄主義，或者說，張承志的英雄主義統合了遊牧氣質與城市精神，這在張承志或許是不自覺的，然而，這裡面都有著深刻的文化根源。

遊牧精神是城市精神的始源，盧梭、亞當‧斯密等人信奉過的人類早期文明的三階段模式：狩獵、畜牧、農業，已經為現代考古人類學所否定，遊牧與農業各自有著自己的精神依據，它們有著自己不同的文明進向。因此，認為城市從村落演化而來的觀點同樣站不住腳，農村的那種閉關自守、自給自足的精神狀態不可能擴展為城市，恰恰是遊牧精神的那種掠奪性，那種進取意志，才可能具有擴展的慾望。早期的城市（城堡）更有可能是遊牧部落侵入村落從而擴展為城堡。

早期城堡主要用於軍事和安全防禦而不是經濟貿易就更有力證實這一點。《金牧場》裡的大遷徒，向記憶中的家鄉進發，這種心理是晚期遊牧民的心理，正是這種家鄉觀念的確立，使得遊牧民部落有可能在村落定居下來，從而建立城堡市鎮。遊牧氣質作為城市精神的原始隱涵，

使得草原的神力能夠一直伸越進入城市空間，而在縱向的結構關係上，草原－都市構成了和聲對位的同一進向。

在《金牧場》的敘述結構裡，英推主義的精神進向一直是作為兩條平行的敘述線對位展開，它們各自有自己的存在空間，只是在深度空間裡，通過象徵意味，它們真正達到同義和聲。草原上的大遷徙，堅韌不拔地向金牧場（阿勒坦·努特格）進發；在東京通過對中亞古文獻《黃金牧地》中期蒙古語寫本的闡釋，表達了同一意義：「他每行一步就傷殘一次，但他在這條路上悟出了隱遁神明的暗示：他已經永遠不死」。《黃金牧地》的釋義與草原上的遷徙構成一種轉喻對位：二者互相詮釋，它們實質上是同義反復敘述。這是作品最內在的兩條主導旋律線，複調和聲最基本的實體性對位結構。正是二者在複義和聲中創造了共通的深度性空間，表達了生命堅韌不拔，永不屈服走向命定歸宿的進向——在這樣一個意義上，張承志的英雄主義終於擺脫了世俗的庸俗的羈絆而獲得了純粹抽象的神聖的靈光。我不知道，在我們的時代，這種英雄主義是令人感奮，還是令人迷惘？

三、文化衝突：內化情感的時間進向

英雄主義越過草原，越過崇山峻嶺，與城市的空間、與城市的抽象精神統合，形成無限伸越的生命進向。然而，這只代表了《金牧場》的一種精神進向。另一種進向：草原與都市的對立。前者是時間進入空間，生命獲取了空間的伸越進向，後者是生命進入空間受到阻礙，空間轉化為時間，因而生命從此在向過去逆轉，生命回到過去，頑強地把過去確定為此在的始源，而此在在過去就是回到自身，生命在本身的最內在的本質裡反思，因此，複調和聲出現二維進向；

A、城市與草原統合，形成無限伸越的生命進向。
B、草原與城市對抗，頑強回到草原的生命意向。

草原與都市的對立，有兩層理論上的原因：其一，遊牧氣質在始源意義上與城市精神一致，但遊牧氣質獲得了形式，真正成為城市精神時，它就是自身的異化，它只能是無形式的城市精神，因此，在抽象的統合中依然包含遊牧氣質對都市形式的抗拒。其二，草原一旦作為活生生的存在，作為它的自身的現身情態，草原代表了原始的、古樸的初民文化，它的性狀與農耕文化更為接近，反倒與城市文化產生對抗。

　　草原，那是養育了張承志的地方，儘管他矢口否認那是他的自留地，但草原無疑是他的精神領地。草原已經滲透到他的生命熱力裡，那是一種不可馴服的自由激烈的神力，是的——張承志寫道：「草原仍留在我們尚還年輕的心裡，使我們不覺間變得深沉博大，儘管正是因為它我們才覺得自己的青春去而不返，而且殘缺不全，但我們仍舊沉浸在一種獨屬自己的永恆體會中」。（第51頁）縱觀張承志這幾年的創作，草原始終是洋溢在他血液裡的生命熱力。「黑駿馬」不過是一種標誌——是他所有創作生命衝突的象徵符號。而在《北方的河》裡奔騰咆哮的長河，不過是草原的另一種形式而已。張承志所有的「視象」——內心的、世界的，都是草原給他的：

> 沿著歐亞內大陸的傾斜地勢，五千里草原綿延不盡。草原即沉睡之山。當八百里流沙攔腰瀉下，截斷牧草隔開地理以後，大地一面繼續傾斜上拔，二面變成了黃土高原。高原是焦渴的山。殘酷的旱魃熱砂扼死了草原流動的慾望。高原在乾枯碎裂以後倒向了理性。山從此逶迤不絕，山本身也在奔走追求。山向西，向太陽索取。山變成了怒浪，一潮湧上一潮之峰。地勢危險地崢嶸而起——天山和昆侖出世了」。（第185-186）

　　張承志的考古學背景和厚實的人文地理知識，給予他博大的自然視野。對草原和西北高原山脈的描寫，揮灑自如。當然，更重要的是，再也沒有人像他那樣懷著英雄主義情懷在書寫與他的青春記憶融為一體的草原記憶。

　　於是，草原成了世界圖景的基本樣態，是他關於存在世界的「元視象」。額吉是沉默的草原，是草原活的自傳，是草原的靈魂和象徵。額吉的沉默中總有一絲又硬又韌的芯，她凝視著草原大地時的眼神使「我」覺得隔閡和疏遠。額吉蘊含著草原的神秘感，正是這種神秘感使草原變得深邃起來。額吉在冥冥之中嚮往的阿勒坦‧努特格是草原上關於家鄉的記憶。遊牧民在草原流浪，他們沒有家鄉，也沒有關於家鄉的記憶，他們的自由與蒙昧就是因為沒有家鄉。「家鄉」是人類在空間確立了自己的位置從而以自己的位置建立起關於世界的圖景的座標原點。不管走到哪裡，家鄉都是「此在」，任何地方都是「他在」，因而「家鄉」既是醒覺意識的起源，也是人類精神自由的牢籠。有了家鄉，就有了自身的歷史，關於家鄉的記憶，是所有部落史詩的起源。尋找家鄉和建立家鄉是中古史詩的母題。在《金牧場》裡，這個復活了的母題一分

為二；一方面轉化為英雄主題；另一方面表現草原的實際生活情態。草原，遼闊無邊的大草原，是精神無限自由的聖地，沒有必要責備張承志過於美化草原，他抹煞了草原所有兇猛、險惡、殘酷的特性，因為他的性格中沒有這種特性，他只要寫出草原的熱烈、艱難、強悍再加上一點粗野就夠了，他筆下的草原整個說來是屬於壯美的。他是一個理想的英雄主義者，或者說英雄化的理想主義者。他要超越有形的事物，要克服具體的生活存在，因為有形的，充滿艱難困苦的生活都不過是英雄意志的一種確證，確證之後，那些痛苦、那些殘酷，草原上所有的事件，都融化到生命意向中去了。然而那畢竟是埋葬了青春，埋葬了愛情的地方，那裡的每一塊泥土、青綠的草根和露出草叢的黑石頭都記下自己活生生的歷史，正因為此，草原融化到了生命血液裡，形成一種素質，一種寶貴素質，不消說，這種素質一旦與張承志的本性——初民的本性結合在一起，形成一種對抗現代城市文明的文化心態乃是理所當然的結果。因而，草原涵蓋了一切，草原獲得了永恆性的意義。

因此，「他」對東京的厭惡，也就是草原對城市的仇視。小林一雄的歌是城市昇華透露出來的唯一自由氣息：「他覺得那歌聲在冥冥之中為他點著一個火把，好像一位兄長，一位和他相像至極的孿生兄長正在黑夜中擎著那一炬火花在為他引路」。（第113頁）在城市的空間裡，他感悟到什麼呢？「他」感奮的，僅僅是現代世界在抽象精神意義上契合了英雄主義進向，而在具體的生活情態中，「他」心裡始終是隱含著一個草原。「他」人在城市中，但心還是在草原。作品敘述語式的反諷意味都表達了對城市文明的對抗態度。真弓是城市透露出來的自由元素，「他」關於真弓的意識流想像，完全是草原圖景的理想化：

> 好像有過那麼一匹白得純潔、自得心醉的銀鬃馬。好像有過一片大得無邊、遼闊得完全忘了世界的銀；妝素飾的雪原。原來，自由是白色的；在白馬鞍上縱情馳意地在白色雪原上遊逛著，人會覺得白色是不能解釋的，白色的崇高極致，是永恆的秘密……
> （第183頁）

這段意識流獨白至少表明二層意義：其一，對城市文明的批判，始終是以草原作為參照背景；其二，穿透城市昇華感進入純粹自然的自由國度，草原始終是城市的自由地平線的邊界。

現代工業主義沖毀了中古田園生活的理想圖景，工業主義造成一種緊張氣氛，給人性施加了過重的壓力，人被拋到社會的旋渦中，找不到

家鄉，找不到在世界中的位置。自從十八世紀的「恢復浪漫主義」為始，文學藝術中就一直存在一種對現代工業文明（城市文明）的批判傾向。盧梭的思想，似乎成了在工業主義的異化文明中保持人類本真天性的安慰劑。反文明的觀念直到現在還糾纏著二十世紀大師們的頭腦，凡高、高更、畢卡索、卡夫卡、艾略特、普魯斯特、福克納、瑪律克斯……這個名單幾乎可無限地排列下去，直到把所有現代大師的名字填滿。這也許並不奇怪，藝術就是尋找失去的東西，藝術就是對現存世界的一種抗議方式，恢復的浪漫主義走到中古田園就止步不前，遠遠望著盧梭的項背。而二十世紀的大師們跨過盧梭，他們的理想淨土不是想像的純粹的自然，而是實實在在的迷狂的原始文化。草原在張承志身上造就了活生生的素質——英雄的和初民的素質，他不得不在情感上依戀草原，當他宣佈「我們驚異地發覺自己已經獲得了一個莊嚴的蛻變，我們自己經成為了一種神奇的新人」時，實際上，草原已經在他心中融解為一種情感、一種歷史、一種心態，它是深厚的過去和親切的記憶，它凝固了生命存在的時間，它是無時間性的時間進向，因為生命回到自身對自身作永恆性的體驗。當張承志耗盡了他的英雄主義熱情時，草原才是他的生命真正紮根的金營盤。

人類因為時間而痛苦，因為空間而有希望。時間屬於過去，空間屬於此在与未來，時間之流總有一種「回歸」的沉淪意識；而空間永遠表達無限伸越的醒覺意向。藝術無可選擇地在這二者中徘徊，然而，深度性的時間和深度性的空間是在人類的悲劇意識裡匯合的。張承志過強的理性主義和英雄氣度使他無法進入存在世界不可測定的深度性。不管如何，張承志以他的深厚的經驗和藝術敏感力把握住現代精神的困境。人們總是在充滿生命渴望的時刻，更深地陷入對過去的眷戀，現代工業文明的遠大陰影，永遠沒有也不可能掩蓋大自然的風光乃至神秘的原始洞穴。是的，張承志正在注視著現代世界，他的一隻腳還踩在草原的大地上，這不是很富有象徵意味的圖像嗎？誰要是鼓動張承志抬起這只腳向前走去，那就是異想天開。

補記：

張承志在出版《金牧場》20年後的2006年5月寫下一篇文章，題為《十遍重寫<金牧場＞》，那裡表達了他悔其少作的煩燥情緒。他認為《金牧場》是不成功的作品，在1992年的《荒蕪英雄路》中就表示過要重寫，後來在1994年他開始動手重寫《金牧場》，把複雜的敘述結構刪

繁就簡，厚厚的30萬字的《金牧場》變成薄薄的《金草地》。但這本張承志自以為得意的作品，卻乏人問津，讀者與出版商都不感興趣。讓他意外的是，到2006年底，原版《金牧場》被包括人民文學出版社在內有五家出版社，出版了五個版本。所有的出版商都青睞原作，卻對他修改後的《金草地》興味索然。但張承志還是不死心，聲稱要在重版的《金牧場》裡加入修改後的情節，即（J）部分的故事，要加入反對美帝國主義的內容，作為一個奇怪的小傳單之類的東西，附在小說中。不知最後出版商是否接受了這個行動。但張承志彷彿也是受到出版商的觀點的影響，他又對自己輕蔑的《金牧場》有了新的認識。他說：「患著對帝國主義主子的一夜相思病的精英教授們，如今被百姓喚做『叫獸』。確實，在一派為金錢和富人、為資本主義秩序幫腔的號叫中，我們心中小小的理想愈發珍貴。如果《金牧場》確是一個公正的真理的代號，如果它真是值得讓人一世追求的意義，如果它真是一種九死不悔的存在方式的動力——人生百年，重寫十遍又有什麼不可呢？」所謂改寫只是一個無法實現的誓言，但對《金牧場》卻又是刮目相看了。看來作家對自己的作品的認識，對自己的文學追求的理解，也會有很大的誤差，即使堅定執著如張承志，也會有調整和變化。（參見張承志：《十遍重寫〈金牧場〉》，《人民文學》2006年第9期）

原載《當代作家評論》1987年第5期

3、歷史在別處
——《風過耳》與「新時期」的終結

　　作為「新時期」重要作家之一的劉心武，在九十年代寫下《風過耳》這部小說並不奇怪。1992年9月的一個風和日麗的上午，在北京大學一個略顯擁擠的會議室裡，召開了一次題為「後新時期：走出八十年代」的研討會，在這個會上我見到久違的劉心武先生。這兩個並不相干的事件，在我的思維跳躍的瞬間被重疊到一起，於是，當編輯約我寫一篇有關《風過耳》的評論時，我毫不猶豫，慨然應允。我意識到這部看上去平實無華的作品，其實凝聚著某種歷史的象徵意味。與大多數人傾向於把這部作品當做「紀實性」小說來閱讀的做法大相徑庭，我更樂於把它看做純粹虛構的歷史敘事；因而把它置放到劉心武的作品序列中，置放到「新時期」確立的那些想像關係中去理解，讀出敘述人「無意識」洩露的那些歷史蘊涵，則是我寫作本文的興趣所在。

一、歷史的殘局：缺席者與被遺棄者

　　這是一個由「空難」造就的故事。「空難」是從天而降的災難，猝不及防，不期而遇，據說現場極其美麗壯觀。這是一個破壞性和創造性相混合的瞬間，它摧毀了一切龐大的欲念和渺小的希望，然而，它創造謎和故事。

　　這個由「空難」創造的故事，被註定了是一個不完整的故事，一個由謎和懸念組合的結構。出自劉心武的手筆，這些「謎」和「懸念」當然徒有其表。主角一開始就「死去」（或失蹤）——一段沒有主體的歷史，一片不折不扣的歷史殘局，一群亂哄哄的食客，一些失去男人的女人——總之，缺席者與被遺棄者構成敘事的原動力。

　　缺席者無處不在，它是幽靈，是精靈，是全部至今的歷史的給予者，是被遺棄者的精神指南。所謂「被遺棄者」，精神分析學的解釋就是指「被另一個人絕對佔有的人」。原本就不存在「被遺棄」這一說。就像協議離婚一樣，誰遺棄誰呀？然而，「被遺棄者」早已把自己的精神和肉體永遠託付給一——個「不在者」（缺席者），這個承諾是一個「無」，因而它就是絕對、永恆和終極。簡珍、夏之萍、陳新夢都是「被遺棄者」，卻不是標準的「被遺棄者」，他們相繼都背叛了自己的

「被遺棄」的身份，然而，他們並沒有抹去「被遺棄」的約章，他們骨子裡是標準的「被遺棄者」。所不同者，簡珍是個老牌的被遺棄者。夏之萍是被遺棄的新生力量（後生可畏），她不僅被這場災難造成的後果所遺棄，而且在此之前，方天穹可能就遺棄她了。所以，她又是一個雙重被遺棄者，一個在客觀上和主觀上都被遺棄的雙料貨。至於陳新夢，她一直是個自我遺棄者（也就是自戀者），它與宮自悅調情不過是自戀的補充形式，一個自欺欺人的毫無意義的補語結構。至於歐陽芭莎，這是一個遺棄男人的遺棄老手，與其說她是一個文化掮客，不如說她是一個職業遺棄者。為了擺脫「被遺棄者」的地位，為了防止隨時都有可能加入「被遺棄者」的悲壯而浩浩蕩蕩的隊伍，那就要率先成為一個遺棄者。這個世界主要由「遺棄者」和「被遺棄者」構成，在日常生活中是這樣，在文化、經濟、政治的大歷史運作也是如此。

確實，這個故事很有意思，一開始主角就缺席（absence），然後就是一群被遺棄者。出自劉心武的手筆，我不知道這是否可以讀做某種文化象徵？也許這種象徵意義含有一個不盡相同的解：A.精神和肉體的主宰者、統治者已經死去，剩下一群被遺棄者，無所作為、戀戀不捨的被遺棄者。B.主角或英雄已經死去，剩下一群爭風吃醋、執迷不悟的「女人」。前者像是「美人失寵」之類的暗喻；後者如同「世無英雄，遂使豎子成名」的攻訐。

我知道沒有人不會認為這是牽強附會。這種敘事不過是劉心武在藝術上勇於創新的一次佐證：利用懸念，用一個「不在」（absence）或「缺席」的幽靈自由而靈活地結構串通各個方面的故事。這一招果然很靈，小說敘事隨機應變，悠悠流水，隨處成形；信手而出，點到為止；似有似無，令人應接不暇。方天穹這個缺席者攪得大家不得安寧，這個不在的幽靈，無處不在的精靈，無需著墨，卻栩栩如生。方天穹像個國王，不僅有一群被遺棄的後妃簇擁，還有一大群叛臣逆子追隨。那本殘缺不全的遺著《藍石榴》，像是玉璽大印！

然而，我還是無法說服我自己，那個不在的幽靈，一群遺棄者，一群聒噪者和一個沉默者——總之，一片文化殘局，還是令我想起我們時代破敗的文化情境及悠然而唱的文化挽歌。

二、垮掉的一代：文化流氓與文化英雄

這個小標題迅速會令人聯想到美國五六十年代的金斯伯格（N. Cinsberg）為代表的那群狂熱分子，或者使人想起若干年前用以描述

「文革」後無所作為的一代中國青年（其中的某個群落）；然而，在這裡，我卻用以指稱八十年代至九十年代之交的中國知識份子群體。如果人們覺得我的說法聳人聽聞的話，那就不妨去讀讀劉心武的《風過耳》。正是這部作品揭示了令人震驚的現實，使我產生了這個想法，並且不得不使用這個令人沮喪的說法：《風過耳》在很大程度上可以看成是「知識份子百醜圖」。

儘管劉心武把故事展開的環境有意搞得模棱兩可，還是不難推斷這個某事業單位是個「文化機構」；上竄下跳的幾個人物身份不甚明確，他們主要搞外事工作，一看就知道屬於「知識份子」這個群落無疑。宮自悅，這個卓越的吃客，每天在各個宴席之間來回奔走而樂此不疲。作為一個文化掮客，他身手不凡，機關算盡，為了弄到陳老的「抗戰日記」，他不惜與陳新夢調那毫無詩意的情；為了弄到《藍石榴》的出版權，他導演和表演了一出出醜劇。匡二秋比宮自悅有過之而無不及，他與所謂的四舅賴爺的關係，足可見其品性惡劣。「文化大革命」期間他就是「揭老底」的能手，見風使舵的投機分子，在新的歷史條件下，他不僅惡劣品性有所發展，而且更加如魚得水。至於鮑管誼，小人得志，忘恩負義，他不過表明人們的道德感已經淡化到何種程度。

當然，這些人不足以充當知識份子的「典型」，更不能代表特殊歷史時期一代知識份子的形象，他們已經「垮掉」，早已墮落，充其量是「知識份子」的敗類，劉心武當然也是在這個意義上來書寫他們的形象的。

然而，除去這「墮落」的一族，還有什麼樣的「知識份子」呢？方天穹、蒲志虔。前者在故事開始時就死於非命，他一直是個缺席者；後者顯然是因為「大氣候」的改變而賦閒在家，他是被「政治之父」否定、拒絕的孤獨之子，卻也是被一群文化流氓愚弄蹂躪的無用之人。與劉心武本人傾注筆墨於匡二秋之流稍有不同，我更樂於理解「蒲志虔」這個未必十分生動的形象，正是這個人物折射出「新時期」殘餘的歷史意蘊。蒲志虔曾經頗有作為：學者、名流，周旋於文壇上下，往返於歐美之間，學富五車，品性高貴，扶困濟貧，樂善好施。他顯然與匡二秋、宮自悅、鮑管誼之流形成鮮明對比。然而，他又如何呢？在整個故事中，他不過是一個無所事事的冥想者或精神自虐者，從意識形態中心，從文化的主流位置退居於書齋一隅。作為一台處理電腦的合適接受者和一次拙劣交易的無辜受害者，他在道德方面表現出的高尚氣節，掩蓋不住他在現實中的無能為力。甚至他的兒子——那個在簡塋看來「愚笨無能、優柔寡斷，總縮在門檻裡邁不出去的」蒲如劍也對父親不無憐

憫。連蒲如劍都看出父親懦弱無用，那對蒲志虔不啻是個終審判決。當然，無所事事的「知識份子」多如牛毛，庸碌之輩比比皆是；問題在於，蒲志虔是作者惟一作為正面「知識份子」來描寫的形象，他的身上幾乎寄寓了劉心武對「知識份子」品格的全部理想。不管有意還是無意，劉心武揭示出這樣一個令人痛心的事實：我們時代的「正面知識份子」除了空有「道德修養」之外，別無所能。很顯然，在這樣一個文化流氓橫行的時代，蒲志虔們揮舞著那樣一張道德的擋箭牌顯得力不從心而捉襟見肘。事實上，他如此輕而易舉被「政治之父」否定，被文化流氓愚弄，除了證明中國知識份子的人格理想無濟於事之外，同時表明這個時期知識份子族類的徹底破敗。

有必要強調《風過耳》這部作品出自劉心武的手筆這一事實——我說過這一事實本身具有歷史象徵意義。「蒲志虔們」某種意義上乃是「劉心武們」的化身，正是他們構成八十年代中國「新時期」文學（乃至文化）的主流。他們伴隨著思想解放運動，伴隨著改革開放的潮漲潮落，伴隨著「新時期」的輝煌崛起……步入歷史。劉心武的《班主任》發表於1977年，在任何一本關於「新時期」的文學史論著中，它都被稱之為「新時期」文學的「第一枝報春花」；在港臺的報刊上，劉心武有「傷痕文學之父」的美譽。「新時期」的中國作家（推而廣之一代中國知識份子）以「班主任」身份登上歷史舞臺，以「反文革」為歷史前提，以「救救孩子」為現實責任，而迅速成為「思想解放運動」的先鋒。在意識形態的漩渦中心幾經奮力拼搏，「救救孩子」迅速成為「救救民眾」，一代中國知識份子理所當然地成為歷史主體。在行使「啟蒙」的歷史職責時，在講述「人道主義」、「人性論」、「主體」等等歷史主題時，知識份子儼然是，其實當之無愧是「新時期」的主角。「劉心武們」一度是我們這個時代在文化上的普羅米修士，他們盜來了火種——卻焚燒了自己（？）——與其說這要歸結於某個歷史事件，不如說應該追究這個時代文化的必然命運。

在這裡我無力去評定分析歷史變遷的各個環節，我僅僅為歷史給予的對比圖像如此鮮明而感到世道滄桑。數年之後，「劉心武們」以「蒲志虔們」完成歷史定格，不能不說令人觸目驚心。請注意我在這裡一直使用複數（們）這種說法，我想人們不至於混淆作為個人存在者（寫作者）的劉心武與作為文化象徵意義的「蒲志虔們」的意義。我毫不懷疑劉心武先生雄風猶在，寶刀未老，藝術上更是爐火純青。作為活生生的個人，劉心武先生與「蒲志虔」相去甚遠（儘管那上面寄寓了他的人格理想，也打上了他的善良品性）；更主要的在於，「蒲志虔」不得不表

現與劉心武同代的知識份子（理想形象）的全部幻滅。那些「救救孩子」的「啟蒙者」，那些「大寫的人」，那些「主體」，那些文化英雄，「彈指一揮間」，卻僅僅是個困守書齋的落寞者。蒲志虔在黃昏時分漫遊於「紫禁城」外，揣摩皇上的空虛與寂寞，真所謂「處江湖之遠」，還憂其君。他的精神漫遊，僅僅如此而已，不能不令人痛心疾首。劉心武過於鍾愛他（同一族類）的人物，把蒲志虔對獨處「紫禁城」的恐懼體驗，說成是「又想幹某種匪夷所思的單槍匹馬的具有獨創性突破性的事」（香港版第278頁）。這個毫無詩意也無抱負的幻想，不過是個閑得無聊的遐想而已，何至於使用一連串誇大其詞的定語？也許從另一方面來說，如此這般微不足道的想像，對於賦閑者來說就是一件驚天動地的業績了。如果置放到「新時期」的歷史序列中，則可以看到，我們時代的文化主角，已經無可奈何到何種地步。真是應了那句古詩：「小園香徑獨徘徊」。只不過，這是在「紫禁城」（權力中心）之外，黃昏時分，駐步遠望……也許人們會對我的這種讀解提出抗議：這是「理論的暴力」把任意的推論加在作者的頭上。然而，對於我來說，這並不是在演繹某些精神分析學（例如拉康的學說）的理論，重要的在於，理解我們的歷史和我們時代的文化（末路）英雄。

劉心武的難能可貴之處在於，他沒有回避現實矛盾。在描述「自我鏡像」時，雖然偶有欣賞，但整個說來，他著力於刻畫同類知識份子面臨的困境和精神危機。劉心武可以賦予他的「正面」知識份子（蒲志虔們）以道德上的自我完善，然而，無力改變他（們）被排斥、被愚弄的命運。在我們的時代，文化上的悲劇命運正在於：具有道德感和懷有人文主義理想的知識份子被拋出權力中樞而棄之如敝屣，而上竄下跳、炙手可熱、春風得意者卻是些寡廉鮮恥之徒。因而，在我看來，《風過耳》最重要的意義並不在於它描寫了一群文壇小丑，而是它揭示了一代知識份子垮掉的歷史情境。在這裡，政治與道德之間的雙重顛倒，沒有挽救知識份子「垮掉」的命運，相反，它使這種命運變得不可抗拒。六十年代，美國新保守主義哲學家艾恩・蘭德（Ayn Rand）在抨擊當時的美國文化界時說道：「我們目前在文化上處於崩潰的狀況之所以得以存在和延續下去，並不是由於有那樣的知識份子，而是由於我們沒有任何知識份子。今天，那些以知識份子姿態出現的大多數人是一些被嚇呆了的傻瓜……」[2]如果說蘭德對美國六十年代的文化或知識界的抨擊多少

2　Ayn Rand，《關於新知識份子》，參見《當代美國哲學論著選譯》，第四集，商務印書館，1991年第188頁。英文原著出版於1961年。

有些誇大其詞,那麼,這段話用以描述當今中國的文化現狀則是恰如其分,只不過那群「傻瓜」同時是被眼前利益弄昏了頭的利欲之徒。而剩下的那些曾經叱吒風雲的文化英雄,則成為一些散兵游勇,或者成為蟄居於書齋的冥想者,他們甚至不能抵禦那些文化流氓略施小技的愚弄,如何指望他們重新點燃當代文明之火呢!這段「無主體」的歷史,卻為文化掮客展露才華提供了充分自由的場所,歐陽芭莎口口聲聲說「好玩」不過是對文化進行虐待時充分體驗快感的叫喚;宮自悅匆匆奔走於各個宴席之間,不如說在參加我們這個時代文化的末日慶典。文化正在轟轟烈烈地死去,而「蒲志虔們」正在悄無聲息地為歷史所遺忘。

三、勉強的理想:「傳統性」與「階級論」

對於劉心武來說,我們的時代已經為文化垃圾所淹沒,我們的文化即使沒有病入膏肓,也離崩潰不遠。儘管劉心武依然鍾愛「蒲志虔」式的儒雅之士,然而,他亦沒有沉迷於「自我鏡像」而成為一個文化上的吶克索斯。[3]寫到後面,劉心武不得不打破這個「自我鏡像」,他對「蒲志虔」也進行了深刻的批判。總之,「知識份子」這個族類已經垮掉或早已墮落,文明的希望之火只能依靠另一種人或另一代人來點燃。

劉心武幾乎懷著全部的理想來寫作「仲哥」這個人物,在史仲奎身上,凝聚著傳統的美德和勞動階級的善良品性,史仲奎不啻就是古典大俠與現代無產階級的混血兒。關注普通勞動人民,一向是劉心武寫作的一個重要方面。然而,有必要分辨的是,不管是《鐘鼓樓》或《立體交叉橋》,「勞動人民」是作為一種生活層面或文化心態來表現的,而在《風過耳》中,不管作為背景還是前景,「勞動人民」都與「知識份子」構成隱喻式的對比關係。當然,劉心武對「勞動人民」形象的關注,還可以追溯到1980年的《如意》。「石大爺」的崇高氣節和善良品性在「四人幫」時期的歷史背景中,在反人性、反人道的社會現實的映襯下閃閃發光。「我」原以為石大爺不過是一個最簡單最落後最不屑人們一顧的、最無味乃至最無價值的角色,然而從石大爺身上,「我卻捕捉到使整個人類維繫下去,使我們這個世界能夠變得更美、更純淨的那麼一種東西……」我在這裡提到《如意》,目的是強調「新時期」初期的那種歷史敘事。「反文革」的敘事前提,推導出「人性論」、「人道主義」主題,在這裡,經歷過「文革」劫難的知識份子作為歷史反思的

---

[3]　吶克索斯,古希臘神話傳說中的自戀者。

主體，在「勞動人民」（例如石大爺）身上發現「人性」、「自我」，甚至「使整個人類維繫下去」的東西。這裡的敘事是從「曾以為」轉變為「發現」、「捕捉」，敘述人當然是以一種居高臨下的姿態同情、理解「勞動人民」。更進一步說，在底層勞動者身上「發現」人性，不過是對時代的思想解放運動的應答，是對整個知識份子群體講述的「人性論」、「人道主義」歷史神話的一次恰如其時的推論實踐。作為敘述人，作為思考的主體，講述「勞動人民」的人性美，卻強調了知識份子的歷史主體地位，像《如意》一類的作品，從來不是劃歸「關於勞動人民人性」這類主題名下，而是放置到「新時期」知識份子對「人的解放」、「人道主義」歷史課題的反省欄目內。通過反省，發掘「勞動人民」的人性美德，知識份子成為這個時代的思想解放的啟蒙主體。

歷史已經翻過數頁，同樣「發掘」勞動人民的人性力量，其意義卻迥然不同。那個歷史主體已經不存在，仲哥在道德淪喪的廢墟上站立起來，他高大的身影，不僅讓那些文化流氓顯得卑瑣不堪，而且使蒲志虔這樣的「外僵內懦」的知識份子相形見絀。匡二秋、宮自悅佔據時勢潮頭卻蠅營狗苟，蒲志虔空有道德素養卻懦弱無力，只有仲哥品格高尚，膽識過人，行仁施義，文武雙全。這個工人階級的後代，具有經典權威話語關於工人階級的全部優良品質，而且喜愛讀書，並且愛讀雨果的《九三年》！過去，劉心武發掘勞動人民美德，就像是觀賞一件被忽視已久的古玩；而現在，卻是要在這上面發現替代知識份子文化的人倫理想。然而，在強調仲哥文武雙全時，卻又不得不給他塞上幾本「知識份子」的經典讀物，那些浸透中國傳統文化「忠孝節義」的《三國演義》、《水滸傳》、《說岳全傳》、《今古奇觀》之類，再加上表達資產階級革命（法國大革命）的自由主義思想的作品（《九三年》），仲哥終於變成一個足智多謀的勞動人民的主心骨。仲哥是知識份子中的勞動人民，勞動人民中的知識份子。在這裡，「文化」、「知識」又成為不可拒絕、不可摒棄的本質力量，「文化」、「知識」也只有為勞動人民掌握才會產生神奇的力量。這使人想起毛主席當年的教導：「高貴者最愚蠢，卑賤者最聰明」。只不過在「階級論」和「知識論」之間，劉心武模棱兩可的態度使「知識份子」相形見絀，也使「勞動人民」變得似是而非。

劉心武在仲哥身上注入的文化理想，實際不過是中國傳統倫理道德。這個濟世的古典大俠嚴格恪守「忠孝節義」之古訓，上敬父母、下親兄弟，毅然放棄上大學的機會而挑起全家的生活重擔。他與雷秀花的纏綿悱惻的戀情，不僅具有現代愛情的羅曼蒂克（主要由雷秀花表現出

來），不僅映襯出他的一身正氣，而且更重要的在於，仲哥維護了中國傳統的人倫禮儀。他對雷秀花的幫助完全出於俠義，而雷秀花墜入愛河，他卻堅持坐懷不亂。對於仲哥來說，重要的不是雷秀花的愛情，甚至也不是女人「熱騰騰的身子」，而是他的純粹的「俠義」，他的扶困濟貧的仁義原則。這個古典大俠毅然推開了雷秀花「熱騰騰的身子」，推得絕不粗暴，甚至相當緩慢，但極為堅定。仲哥維護的當然不是他個人的操守，而是從傳統延續至今的道德的神聖原則。特別是在人性普遍墮落的今天，在知識份子垮掉的今天，一個知書達理的勞動者真正弘揚了中國傳統文化。這就是當今時代新的「民族脊樑」，這條「脊樑」從古代社會延續下來，貫通了儒家經典文化與現代「階級論」原理，像一座不朽的紀念碑，矗立在「知識份子」死亡的墓地上。

劉心武既然在知識份子身上看不到文明之火重新點燃的希望，那麼，他還能把目光投向哪裡呢？他又不得不去重複底層勞動人民才具有高尚情操這種權威意識形態幾十年來確認的經典話語。事實上，「底層勞動人民」從來都是知識份子講述的神話故事，在現代以來的文學中，這個主題一直就與時代的意識形態密切相關。在「左翼」無產階級文學嶄露頭角的時代，強調「勞動階級」不過是強調一種新型的革命話語；在「無產階級」當權的年代，勞動階級的優良品性當然也就是領導階級的優良本質。直到「文革」後的「新時期」，才有強調知識份子的歷史主體的話語出現。然而，令人奇怪的是，在整個「新時期」，強調知識份子的歷史地位卻很少正面強調這個族類的「優秀品質」，充其量「知識份子」不再那麼遭致貶抑而已。但是，在整個「新時期」，「知識份子」以思考主體的形象出現於文學的歷史敘事中，「國民性」批判的涵蓋面總算把知識份子推到一個批判主體的歷史位置上。數年之後，面對知識份子垮掉的現實，劉心武卻不得不把目光投向「勞動階級」，這不僅越過某種空間界限，而且越過了時間界限，它令人想起「新時期」曾經猛烈抨擊過的那些意識形態觀念。事實上，仲哥勉強的文化理想，並不只是劉心武勉強給予仲哥的理想品質，它是二十世紀以來的「革命話語」強行給予的精神烏托邦，作為企圖逃離這個烏托邦的早慧之子，現在又在（或始終在）修復這個烏托邦，卻是令人扼腕而歎。

四、多元的時代：進取者與逃逸者

劉心武當然不是復古主義者，更不是傳統的衛道士，這個當年「新時期」的主將，不過依然懷有對「人性」、對人類生活的某種理想，只

是在表達這種「新的」文化理想時，面臨話語匱乏的歷史處境，無意中落進「新時期」一度攻訐的「傳統」和「階級論」。在「傳統」與「現代」之間，劉心武從來不置可否，因此，並不奇怪，作為散發著截然不同的生活理想光芒的現代青年，簡瑩卻能同樣得到劉心武的贊許。也許簡瑩身上折射出來的劉心武的態度更能反映出「新時期」無可挽回的失敗命運。

　　當年的「謝惠敏們」不過是被拯救的對象，而張俊石和尹達磊則儼然是青年一代的救星。十多年過去了，歷史幾乎顛倒過來。簡瑩們在當今商品化社會如魚得水，她屬於領導當今生活新潮流的那種「公司族」、「時髦族」。當年連穿短袖都被視為「資產階級思想極為嚴重」的一代，現在已是穿超短裙，濃妝豔抹，出入於豪華賓館，周旋於洋人之間。在簡瑩眼裡，那群知識份子要麼懦弱無能，要麼男盜女娼，這些七十年代末、八十年代初在中國遼闊大地上奔走，吶喊「救救孩子」的啟蒙者、殉道者，如今卻萎靡不振，淪落到要由下一代來批判、憐憫和同情。相反，簡瑩在當今時代卻生活得瀟灑、老練、機智、勇敢。不管是她盤算著如何造訪蒲志虔，還是當眾揭露鮑管誼，都可見出她過人的膽略，當然也可見出劉心武對年輕一代不同的生活態度所持的理想化讚賞。儘管簡瑩顯示新一代中國青年更為健全的精神人格，然而，她所有的能耐卻表現在折騰出國上。簡瑩這個「無父之子（女）」精神上同樣沒有「父親」。她的那種人生態度、行為方式遠離傳統，而更切近西方文化。「出國」對於她來說，不過是尋找一塊適於生存的土壤，這個社會不過為她提供了一個暫時的棲居地，只有那陌生的國度，那個神話中的金錢和自由的天堂，才是她的永久歸宿。她是我們這個文化的叛臣逆子，而劉心武幾乎把她當做我們尋找精神出路的小精靈。應該承認，簡瑩除了有些理想化外，她正是當今時髦的「出國族」的真實代表。劉心武在這裡不僅僅表現出一種社會現象，更值得玩味的在於我們的文化面臨的真正困境：有所作為的一代卻不會在文明的現實中紮下根，他們是因為背叛了我們的文化才獲得新生。

　　這個時代在精神上已經徹底分化，劉心武當然不是茫然無措地表現這個時代各行其是的各種人群，他對簡瑩的讚賞與對蒲如劍的批判是顯而易見的。確實，蒲如劍雖為蒲志虔之子，卻也可以看出「知識份子」的人文主義精神在當今商業化社會中殘燈將盡的情景。他所懷有的文化浪漫主義精神，卻使他永遠邁不出「青春門檻」，他的藝術追求被幾張封面設計圖，被幾千塊錢沖得七零八落。他在理想與現實之間痛苦掙扎的窘境，不過再次證明「適者生存」這條淺顯的現代生活哲理。他與簡

瑩之間的似是而非的戀情，卻僅僅是現代生活的偶然補充。對於早熟的簡瑩來說，浪漫情調也預支給未來的成功歲月。「必勝客」的分贓毫無銅臭味，相反，卻散發著溫馨的浪漫氣息。只不過在這次浪漫氣息的釀造中，簡瑩像個飽經滄桑的婦人，看著蒲如劍這個邁不過「青春門檻」的純情少年，幻想著許多年後在異國他鄉再如斯揮霍這段情感記憶（這種「揮霍」在時下流行的「留學生」文學中到處都是）。

事實上，當今年輕一代未必都與「傳統」背道而馳，王逸與簡瑩大相徑庭，卻與仲哥一脈相承，甚至有過之而無不及。王逸在一家具有發達資本主義管理水準的合資企業工作，卻對佛教、氣功心領神會，沉迷不已。王逸當然表現了當今中國大陸青年的另一種心態和價值取向，企圖用「東方文化」來針砭簡瑩式的實利主義或科學理性主義，卻顯得力不從心；而這種「逃逸」哲學對當今的商業主義潮流，對蠻橫虛偽的權力中樞也不過是自欺欺人的權宜之計。只不過當年的「穿米黃色大衣」的青年[4]如今卻遁入空門，並且當年的一代啟蒙導師（劉心武們）也對此不置可否，甚至津津樂道，這倒是令人驚異的現實。

不管是那個咄咄逼人的簡瑩，還是那個在「青春門檻」邊上磨蹭的蒲如劍——或是沉迷於宗教氣功的王逸，更不用說誤入歧途的瑞賓、大蔥之流，劉心武這個當年的「班主任」，這個率先吶喊「救救孩子」的啟蒙主義者，現在面對這個「文化失範」的局面，面對「信仰危機」的現實，不僅無能為力，而且無動於衷，全然沒有了當年的憂心忡忡，反倒有更多的觀賞贊許。對於惟一繼承「蒲志虔們」秉性的蒲如劍，這個名副其實的知識份子之子，這個我們時代殘存的文化浪漫主義者，他在年齡方面的稚弱，不過是這種文化理想勉為其難的剩餘象徵——劉心武卻給予了更多的否決。也許人們更多地看到劉心武筆鋒犀利，刻畫出當代青年多元化的文化心態和處於分崩離析的文化格局；然而，我卻更樂於把劉心武看做一個敘述人，看他所持的文化態度與整個「新時期」權威話語的關係。「新時期」確認的「歷史主體」（陳述主體），確認的那些價值準則和文化理想，在《風過耳》中已經蕩然無存。在這裡，傳統與現代，信仰與迷信，進取與逃逸……種種相互矛盾或混雜的價值取向，全部交付給歷史本身，僅僅是那些理想化的表述方式還可見到「新時期」的流風餘韻，而作為一種時代的信念，一種精神風貌，「歷史主體」與這種混雜不堪的文化狀態同流合污，則足以表明「新時期」早已氣數已盡。

---

[4] 劉心武的同名小說。

五、結語：纏綿的挽歌

　　認為劉心武自覺解構「新時期」，這顯然是誇大其詞的說法。《風過耳》之所以可以讀出「新時期」解體的種種「表徵」，在於我所捕捉和解析的這些「表徵」完全是文本中「無意識」或「下意識」流露出來的意義。不管是劉心武本人還是眾多的讀者，肯定都是把關注的興趣投放在匡二秋、宮自悅、鮑管誼諸公身上，恰恰是當劉心武在這個據說非常具有「紀實性」的故事中不經意地填充進那些虛構性的敘事材料時，他給予了這個故事以真實的歷史感。

　　在虛構歷史敘事時，劉心武當然把握住當今中國大陸全方位變動的現實生活，他抓住各色人群表現出的新型的精神氣質，或高尚，或卑下，或優雅，或拙劣，總之，抓住了文化危機的尖銳表徵。劉心武在刻意表現人性醜惡的時候，可以說他這個在「新時期」一直呼喚「人性」和「真善美」的作家已經唱起「新時期」的挽歌。然而，劉心武的歌唱並不絕對，也不徹底。不管是在蒲志虛的精神人格刻畫上，還是在仲哥的性格塑造上，乃至於在簡塋的身上，都無不閃爍著「理想主義」的剩餘光芒。當然不是說小說就再也不能表達「理想主義」，只是在當今這段時間內，人們更樂於看到，更有義務看到「理想主義」解體的絕望情景。《風過耳》既是「新時期」的歷史主體衰亡的表徵，同時又始終流宕著「新時期」的理想化情調。前者是劉心武對現實真實體驗的結果，後者則是劉心武無法排遣的歷史記憶。這是一種「情感記憶」，它深邃而執拗地烙印在劉心武寫作的邊際地帶。正因為如此，《風過耳》作為我們時代文化破敗的挽歌，作為「新時期」終結的絕唱，卻還環繞著「新時期」的主旋律，纏綿而悱惻，向著九十年代，向著所謂的「後新時期」悠然而往——這沒什麼不好，這是劉心武的樂章，這是一代人的記憶。劉心武以他犀利的筆法，為這個時代的精神心理及文化轉型，留下一份十分真實且生動的證詞。

　　在匡二秋、宮自悅、鮑管誼們春風得意，奔走於文化末日慶典的盛大筵席之間的時候，在文化掮客們瘋狂爭奪和推銷文化垃圾的時候，在歐陽芭莎們發出「好玩」的狂歡快樂呼叫的時候，我們時代的文化（末路）英雄並沒有全部死去。方天穹（他不過是蒲志虛的另一半）暫時失蹤其實是他「復活」的另一種說法，他那精神煥發的神態正「面對著一個嶄新的世界」。飛機尚未起飛，現在需要的僅僅是耐心等待。這

本書記錄的不過是「風過耳」的如煙現實，一切都會重新開始，然而，一切也會再次結束。

1992年9月26日於北京

本文原載《當代作家評論》1992年第6期

4、瓶中之水卻也奔流不息
——林白小說論略

在我們的文化陷入迷茫和變革的間隙，一個怪模怪樣的女作家闖入文壇。她的小說有一種獨特的故事，有一種情調，有一種極富有韻致的質地。讀她的小說，你能感受到一處清俊流利，但又分明是一些關於女性隱秘慾望的話語。它們明朗而透徹，如瓶中之水，帶著異域的神奇、無拘無束、無怨無艾、純靜而執拗地傾泄而出，再向你流淌而來。瓶中之水卻也奔湧不息，汩汩而流，清澈可鑒——能把慾望，女性的慾望寫到如此地步，卻也堪稱奇觀，這就是林白的小說的基本特質。顯然，八十年代中期，殘雪的小說以其語言的異質性和荒誕化的世界認知方式，而令文壇驚奇不已，但殘雪的世界實在太過怪誕晦澀，無法在現實經驗意義上加以理解；現在，出現林白這種女作家，既有極其鮮明獨異的女性經驗，又有現實的可還原性和理解性，當然，她的敘述總是會與現實有一點偏差，她顯然也不是遵循現實邏輯來展開敘事，而是按照她的內心經驗來講述她個人的故事。她的小說確實是一個關於女人本我的故事。我對林白的神秘經歷和對女人的隱秘世界一樣知之甚少，如此個人化的小說，我卻也不得不把它當作普遍化的女人的故事來讀解，當作我們時代的女性精神地形圖來理解。我們無法進入個人的經驗去展開心理分析之類的讀解，而只能就文本與敘述來闡釋，或許這只能觸及她的小說的隱秘的一角。

一、瓶中之水：女性自我指涉的世界

林白小說給人最初的驚異，可能在於它講述的題材別具一格：女性同性戀的故事。當然林白的敘述朦朧曖昧，點到為止。但是，女性親呢的動因無疑是「同性戀」。女性之間的微妙關係因包裹著這樣一個硬核，顯得神奇而驚心動魄，令人望而卻步或想入非非。在我們這個飽受壓抑的社會裡，林白對這一領域小心翼翼的探索也像是桀驁不馴的挑戰。

女人之間的互相吸引迷戀並不是十分容易的事，也不像男女之愛那樣轟轟烈烈，刺刀見紅。這種曖昧的情感，它被友情、理解、智慧、希望和失敗種種複雜的經驗所包藏。問題不在於林白的欲言又止，而是女

性的自我的困惑。這正是林白的獨到之處。林白筆下的「同性戀」似是
而非的根源，在於女性的自我的意識含混不清。《瓶中之水》把兩個女
人之間的友情敘述得若即若離，波折四起，其根源在於二帕的自我的逃
避。二帕幻想「成名成家」，長期以來，她不知道自己該做什麼，她既
練書法又練長跑，還一度緊張地寫詩，現在她迷上了時裝設計。「這次
她一跺腳一閉眼，義無反顧，在義無反顧中獲得了一種前所未有的平靜
與幸福」。很顯然，二帕一直有意回避自己的內在世界，她企圖超越自
我，也就是說，她企圖進入外部的（男性的）世界——書法、長跑、寫
詩、時裝設計直至成名成家，並不是說這些職業非女性所為，而是她面
對生活的那種姿態和願望。她盲目期待為社會（這個男性統治的世界）
認可，她要進入其中，佔據一席之地。然而，她的「平靜與幸福」被迅
速打破，意萍突然闖入她的生活，同性的友情弄得她惶恐不安。在那個
含義不明名稱古怪的酒吧里：「…兩人面對面坐看，互相看到對方在若
明若暗的光線中五官時隱時現，有一種離奇美妙同時又不太真實的感
覺。意萍的眼睛迷蒙、神秘，象一種無法言說的寶石。他們長久地不說
話，偶爾開口，聲音也像是被這個環境所阻擋、所浸染，變得連自己都
認不出來」。

　　意萍在這種氛圍中如魚得水、如歸故里，而二帕卻「無端地有些害
怕」。在兩人的交往關係中，意萍佔據主動、主導位置，她頗有愛的激
情，幻想冒險。然而，意萍也並非就是對自我意識看得很清楚的人。在
那個從書店回來的夜晚，二帕幾乎要觸及那個致命話題，意萍卻把話題
提升到「非常非常好的友誼，像愛情一樣」的高度。那是一個不見底的
深淵，那是他們真實的本我，赤裸的本我在這裡他們止步不前，優雅而
傷感地繞道離去。適可而止的表現，使這篇小說避免了遭致非難的麻
煩，卻也使意萍的形象變得曖昧不清，使他們的關係更多傷感，也更多
謬誤。事實上，二帕更清楚她的「本我」，只不過她有意逃避那個怪
獸。那個從書店歸來的夜晚，「二帕沒有開燈」，「二帕無端地害怕起
來」，「二帕遲疑地說」……都可看到二帕的心理活動。二帕明白自己
的內心欲求，她害怕是因為「我天生就是那種人」。顯然，二帕一直在
逃離那個致命的「本我」，她清楚那個深淵的毀滅力量，她是一個為
「本我」絕對支配的女人，她那看上去笨拙、呆板的動作不過是掩飾、
逃避「本我」的徒然形式而已。相比較而言，意萍則是一個為「自我」
支配的人，她對同性的慾望也只限於情感，她充其量只是一個情感佔有
狂，與其說她希望去愛、去賜予，不如說希望去佔有、去掠奪。當二帕
試圖用平等的口氣來對話時，她立即摔門而出。意萍的愛欲過於外露，

也過於高雅而顯得不太真實。只有二帕，那種純粹的慾望，被深藏於內心世界，如此倔強，無法抗拒，無法表達，只能逃離。

這是一個封閉的女人世界——「瓶中之水」林白精細的筆法游刃於女性相互吸引、逃離那些邊界地帶，她把女性相互吸引描述為一個互相讀解、自我讀解的細緻過程。當然，那些誤讀的關節，那些回避、逃離的痕跡，構成了故事的內在動機。女性的世界如此曖昧，而慾望不可抗拒，這使得他們之間的關係微妙而危機四伏。女人要理解自己是如此困難，一旦理解了卻要盡力逃避。二帕和意萍經過一系列的波折，終於意識到（？）他們是潛心相愛的人。二帕也擺脫了（在觀念上擺脫）對「本我」的恐懼，「她開始苦苦盼望意萍突然來到」，然而，她只能「細細回憶」意萍的形象，而意萍卻是永遠消失了。慾望如水，只能永遠封存於瓶中。

林白筆下的女性因為怪戾而有一種遺世孤立的美感。他們逃避社會，拒絕與男性交往，厭俗而導向自我的內心世界。他們「從來只有一個世界，那就是她自己」，這個世界堅硬如鐵，男性難以入內。這樣一種孤寂的自我，只有偶爾才向同性敞開，在更多的情形下，他們不得不用「自戀」的形式來撫慰心靈世界。某種意義上，同性戀不過是自戀的延伸和放大。數年前，林白發表《同心愛者不能分手》（《上海文學》1989年第10期），這篇小說沒有引起廣泛的驚愕可能要歸結於它生不逢時，那時人們為更嚴重的歷史事件所主宰。儘管這個故事令人想起某些野史小說。但是，人與動物的病態關係被改造為一種瘋狂的自戀，則足以見出林白手筆不凡。

那個穿月白色綢衣的女人是林白設想的「絕對女人」的原型，性情古怪而行為詭秘，終日與一條叫吉的狗為伴。這個女人沉浸在自我的鏡像之中，沉浸在狗的舔舐和自慰的「異香」之中。那個偶然闖入者——男教師，怯懦畏縮而不知所措，男性的無能與女性世界的絕對封閉是等值的。女人在孤芳自賞的落寂狀態，並不是在尋求一個愛戀者，一個慾望交流者，而僅僅是物色一位看客，她依然一如既往沉浸在對自己的往事的眷戀中，沉浸在對自我鏡像的觀賞中：

女人走到鏡子跟前，對著鏡子用幾乎是耳語的聲音說：你愛我嗎？

女人愛戀的是一個鏡像化的自我，同時也僅僅期待鏡像化的自我的愛戀。那個局促不安的男教師面對的是一個無法進入的絕對的女性世界，他幾乎無法說出一個完整的句子來進行對話。這是一個女人自我命名的世界，是女性自我指涉的世界，她指向面前的那面鏡子，或是同性

（這也是自我鏡像的一種形式）。男性闖入者不過是個可有可無的看客而已。對那個同性動物的愛戀，乃是對動物性本我愛戀的借喻形式。她不得不與瘋狂的吉同歸於盡——這是她走向絕對自我的最高形式，那場大火毀掉了一個過時的美麗女人，完成了一個絕對女性的神話。

　　林白把女性的經驗推到極端，從來沒有人（至少是很少有人）把女性的隱秘世界揭示得如此徹底，如此複雜微妙，如此不可思議。林白也未必受到西方女性主義理論的影響，即使有，她的寫作主要也不是從那些理論思想啟發而來。這一點或許是令人驚異的，林白幾乎無師自通，以她的天性感悟和對漢語文學的那種極致體驗，突然間就站到中國當代女性寫作的前列，而且如此具有女性主義的鮮明氣質。我無法推斷這裡面作者靠了多少個人的真實體驗，但有一點是不難發現的，作者給予這些女人以精湛的理解和真摯的同情，甚至不惜融入自己的形象，這種坦率和真誠在某種意義上構成婦女寫作的首要特徵。第三世界的女性寫作具有現實的和個人自我經驗的真實性，這或許是發達資本主義文化中的女性虛構小說所難以具有的品質。在講述女性的絕對自我的故事時，中國當代的女性作家往往把眼光率先投向自己的內心，正是對自我的反復讀解和透徹審視，才拓展到那個更為寬泛的女性的「自我」。這些故事在多大程度上契合作者的內心世界並不重要，重要的是，它是真實的女性獨白，是一次女性的自我迷戀，是女性話語期待已久的表達。「瓶中之水」——以它特殊的光譜，折射出那些文明的死角。

二、懷舊的視點與異域文化

　　林白的故事多少有些離經叛道，然而，她的敘述總是散發著深邃的憂傷之氣。這顯然與她總是採用回憶的視點有關。林白在講述現在的故事時，經常融入懷舊的情調，拼合進一個過去的故事，這使她的小說像是從隱秘的歷史深處綿延而來的記憶，或是產生一種從現在返回到遙遠過去的情感思流。雙重的時間視點，使得這些多少有些怪戾的故事顯出一種朦朧而悠長的意味。

　　並不是任何講述過去的故事都具有懷舊情調，「懷舊情調」是一種意境，一種情感氛圍。《同心愛者不能分手》可以說是林白前些年敘述得比較好的小說，那個怪戾的女人（——這個定語似乎過於男權化）因為回憶的視點，而籠罩在神秘的氛圍中。女人諱莫如深的身世攜帶著一片歷史陰影，使女人古怪行為具有更為深遠的文化象徵意義。這個拒絕男性的女人同時是一個歷史的遺物，她的美豔的已逝的年華，像是一段歷史本

身的黃金歲月不可重現。女人的懷舊及其身上散發的古舊之氣，表明她僅僅屬於已死的歷史，那是個絕對的歷史，它徒有形式而沒有內涵。

女人把它包裹在一個陳舊的包袱裡，它的含義曖昧，甚至無法斷定它屬於純粹的女性系列，還是和父權制度有關。對於林白來說，這個懷舊的視點再次融入一段懷舊的情調，也就是說，敘述人「我」的懷舊與女人（被敘述人）的懷舊的重疊，使得「懷舊」具有無限延伸的意向。

懷舊的故事被推入現在的故事中，或者說，把「過去」與「現實」拼合在一起，小說敘事因此又在「古典性」和「現代性」的重合結構中左右逢源。古典性與懷舊情調，女人古怪偏執的性情和行為，男性的怯懦和卑瑣，敘述人散漫的視點和隨遇而安的態度……等等，這一切混合為一種獨特的女性慾望的話語，混合為女性坦誠而詭秘的內心獨白，林白的小說因而在那種純淨的氣質中又透出多面性和立體性。

《回廊之椅》是對一個女人（或兩個女人）已逝歷史的重溫，探索某個有著奇怪魅力的謎一樣的女人，是林白小說的敘述人的特殊嗜好。小說敘事在一片懷舊的情調中展開，那個叫做朱涼的美豔女人從歷史陳封已久的記憶深處走來，渾身散發著高貴、矜持秀麗和性感。這篇小說似乎在講述兩個不太相干的故事，一個是女人的故事；另一個是男人的故事。這兩個故事少有交叉重合之處。

也許男人的故事（暴動、審訊、告密、殺戮等等）是女人故事的遮蓋物或參照背景。女人之間的慾望，伴隨著沐浴之水，清澈四溢汩汩而流。男人的世界則充塞暴力、陰謀和卑劣。章孟達是林白小說中少有的正直而高大的形象，然而，他幾乎無所作為就死於非命。這個男人的故事似乎拋離了林白小說之慣常軌跡，它是關於革命、政治和人性的謬誤等等龐大命題的思考，它屬於男性話語系列，而那個女人的故事則講述得細緻、優雅、感傷而朦朧。這兩個拼合在一起的故事從情節和風格都有所脫節，以致於章孟達甚至沒有和朱涼有過正面接觸。也許這是典型的女性寫作，它不考慮敘事的完整性，而著重於話語的慾望表達。在這個男性故事中植入女性的故事，在男性寫作中植入女性寫作——也許這種敘事會產生一些意想不到的效果。對於林白來說，追蹤女性隱秘的愛欲才是她寫作的中心，才是她真實的（作為女性，作為慾望表達的）寫作，那個女性故事，追溯某個神秘的女性（敘述）；懷念某個心心相印的女生（情調）；以及女性的形體、步態、姿勢、氣息和誘惑的細節（故事主體），這就足以構成這部小說的全部真實內容。那個男性的故事，不過徒有其表，它充其量是某種暗喻，喻示著一個完全外在於女性的世界。正如章孟達、陳農從來沒有真正進入朱涼和七葉的世界一樣，

這個男性的故事片也無法侵入女性的故事。那種懷舊的情調，那種優雅和純淨的女性氣氛，從女性故事的各個環節、場景和縫隙間透示出來，它們彌漫於男性故事之上。

林白小說的過去視點，並不僅僅引發懷舊情調，同時——也許是更重要的，它攜帶著一種異域文化的濃重色彩。那些往事，那些回憶的片斷，都指向特殊的文化意味，散愛著熱帶叢林的神秘氣息。林白的女主人公，幾乎無一例外都是來自南方邊陲地帶，他們有著特殊的性情、心理和行為方式，因為異域文化的前提，那些多少有些古怪或反常的女性，也變得不難理解。也正因為異域文化，那些女性顯得神奇和神秘。他們的性情和欲求自然超越了漢文化的正統禁忌。

儘管「陌生化」的美學觀念不再時興，但是「陌生化」的美學法則卻依然在寫作和閱讀中起支配作用。林白的小說敢於講述那些令人驚異的故事，或者說她的故事總是如此令人驚異卻無需遭致非難，這顯然得之於她那異域文化起保護色作用。當然，說到底——從寫作主體的角度而言，正是這種異域文化記憶，這種異域的題材，使得林白的小說別具一格。它們以怪異的思維方式，以特殊文化狀態，以獨特的生活氣息，以另一種命運呈現於我們的面前；它們具蠱惑人心的力量和引人入勝的效果。

數年前，林白的《子彈穿過蘋果》（《鐘山》，1990年第4期）就以其異域色彩而引人注目。這個似乎是戀父的故事在敘述中卻向著異域文化的神秘方位伸延。那個終身煮蔥麻油的偏執的父親與類似女巫的蓼若即若離而糾纏不清。沉默寡言的父親愚頑不悟，他對顏料的愛好顯得毫無道理，生存的不可言喻（不可理喻）乃是所有異域文化的顯著特徵。那個馬來女人蓼神出鬼沒，她象一個精靈四處遊蕩，卻又迷戀上煮顏料的父親。事實上，父親與蓼並沒有多少交往，那種異域特徵是敘述人大筆塗抹的結果。那些描寫性情境，那些抒情性很強的敘述句式，那些主觀性視點完全吞沒了人物的簡潔活動，人物則像沉默的石塊或飄忽的幽靈，他們為敘述人製造的異域情境所籠罩。那些有關異域風情的描寫通常洋溢著主觀化的情調，正如林白小說中的「懷舊情調」也是敘述的結果，而不是事件、人物的行為方式和對話所表現的一樣，這些異域風情為主觀化的敘述所貫穿。

正因為如此，異域文化帶著懷舊的特徵（或者顛倒過來），它們被拼合在現在的、城市的故事之間。父親與蓼的關係，與我和老木這對「現代」青年的情愛相混合，這二者似乎迥然相異，卻又似乎有某種關

聯，它們是為一種習慣的敘述模式所支配，還是為隨意跳躍的敘述視點所關聯，或是為一種巧妙的隱喻結構所支撐？尚難以斷言，也許三方面的原因都有。總之，《子彈穿過蘋果》，一如它的題名，在異域生活狀態與現代都市情愛糾葛的散亂關聯中，表達了某種不可理喻的宿命的意念和某種奇怪的女性文化譜系。那種隨意跳躍的主觀視點重在表達某種狀態，某種感覺和感受，或者說某種特殊的情感記憶，它們是反主題或消解主題的。它們是一種感覺之流，女性話語之流。也許這篇小說還可以讀出「尋根」的流風餘韻，讀出拉美魔幻現實主義的痕跡，但是，這些都不足以抹去林白獨特的文化記憶和話語表達方式。在當代先鋒派的敘述話語之側，林白以其女性的敘述，以極端的自我經驗，又開啟了另一扇面。

強調主觀化視點和內心感受的敘述方式，使得林白的小說以敘述人為軸心，而把握較大的時間跨度和文化落差。那個敘述人本身帶有文化的多面性，她橫跨邊緣性的少數民族文化和現代性的漢文化兩大譜系；而「現代性」的視點始終佔據支配地位，導致林白的小說中出現的那種懷舊情調，那種異域文化從屬於「現代性」的文化區域。這種混雜、拼合、分裂和多面性，尤其是隨意跳躍的反中心的主觀化視點和奇怪的女性文化意識，促使林白的小說向著「後現代」區域靠攏。它那煽情的特徵距離通俗讀物只有數步之遙；它那種純粹女性慾望的表達與最激進的先鋒派也只有咫尺之隔。

三、心理自傳：不可穿越的世界或性別的神話

林白的小說可能會引起毀譽參半的評價，在有些人看來，它不同凡響，別具魅力；在另一些人看來，它不過在推銷女性的一些怪戾的心理和行為。對於我來說，林白的小說意指著一種新的寫做法則，它多少有些怪戾的品性不過是文學範式改變的一個恰當佐證。如此個人化的經驗，如此直率的女性化話語，如此執拗地探索女性隱秘的內心，總之，如此純粹地講述女性的神話，這本身標誌著歷史主體的變異和寫作立場的位移，也標誌著當代小說變革在先鋒派之外的另一種進向。

「新時期」的女性文學一直走在思想解放運動的前列，在關於愛情、自我、個性、人的價值與解放等等時代重大命題方面與男性作家並駕齊驅。「新時期」的女性文學一直就沒有女性特徵，因為本來就沒有女性意識，也許應該歸結於意識形態的整合法則壓制、淹沒了那些朦朧的女性意識。

八十年代後期，意識形態的整合功能趨於弱化，在歷史神話破裂的縫隙中，個人化的話語——當然，還有女性的話語湧溢而出。也許殘雪率先以她怪戾的女性聲音，向男權制度（寫做法則、語言法則乃至社會法則）發起進攻。殘雪處於過於尖銳的歷史轉型期，她那粗糙的女性話語不得不攜帶過多的文化象徵意味，這使得殘雪的革命意義具有真實的內涵，同時也使她的「女性」變得不那麼純粹。

八十年代後期從整體上來說無疑是中國歷史非同凡響的一段歲月，然而，文化卻無可挽回地走向失敗。文學的「革命性」意義從此變得虛無縹緲，那些宏大的理念，那些輝煌的文化景觀，不得不變成一些個人的囈語，變成一些無足輕重的指桑罵槐或無傷大雅的打情罵俏。正是在意識形態的龐大背景拆除之後，在時代的共同的想像關係解體之後，林白如此個人化的話語，如此隱秘的女性獨白，才能在文壇佔據一席之地，並且打開女性寫作的新途徑。

儘管我對「女權」之類的說法未必十分贊同，但是，我相信存在一種有別於男性寫作的女性寫作，這倒不是說二者存在風格上的差異（所謂女性纖細、柔弱、憂鬱之類），而是一種特殊的女性話語，它屬於純粹的女性慾望的表達，異類式的女性故事。林白的小說有意排斥男性，貶抑男性，它未必是呼應某種「女權」觀念。在我看來，不過是她對女性故事的偏執追尋而已，對「自我」———一個現實的女性的真實讀解，而敞開女性最深層的奧秘。這樣一種女性寫作，試圖超越現存的（由所謂的父權制確認的）語言秩序和文化秩序。女性寫作本身構成了女性的烏托邦。它是女性自我指涉的世界。在這裡，只有女性的自我讀解，它是獨一無二絕無僅有的，男性作家只能駐步遠眺，而不能穿越入內。那種非常個人化女性話語為拒斥男性及其寫作劃下武斷的界線，它以無所顧忌的姿態確認女性崇拜，這種寫作不僅講述了女性崇拜的神話，而且它本身就是一個女性神話。

當今中國的文化已經具有某些「後個人主義」或「自戀主義」的特徵——這正是林白的《伊麗的母親》（載《花城》1990年第6期），也有令人震驚之處。倒不是說它有多高的藝術水準，而是說這類作品在中國大陸的女作家筆下從未見到過。作者的突出之處就在於把「性／政治」糅合在一起，揭示了外部世界的男性統治之網與內心世界的那些隱秘陰暗的陷阱。政治作為性的社會化表達，而性作為政治的個人生存法則，其核心意義都不過是男性強權。作者特有的女性眼光掠過粗劣的男性慾望（性與政治的），給予痛快淋漓的析解。雷將軍不過是一個男性統治者的象徵，在他身上性欲與權力欲是完全等值的，伊麗的母親優雅

而高貴，而實際上是「陽具崇拜論者」。她在男性世界遊刃有餘，不過是充當男性性欲化的對象而已。而伊麗試圖對「資本主義式的英雄們」給予抨擊，這當然觸犯到男性統治的威嚴，她成為政治的犧牲品是理所當然的。作者以非常從容流暢的筆法縫合性與政治的關聯網路。「泛性主義」式的描寫隨時與男性強權發生某種喻指關係，而在男性社會化行徑中不斷宣示他們的性意識。相比較而言，林白的那個偏執隱蔽的女性世界顯得更為純淨，也更為單薄；馮青當然是憑藉她的地理優勢無所顧忌地向男性強權遞交一份措辭強硬的抗議書。

也許這種「女權」立場對林白乃至對大多數中國女性作家都是一種苛求。林白有著自己偏好的領域，有著自己獨特的風格，她的寫作就如「瓶中之水」，卻也奔流不息，流淌於文壇之側，也未嘗不是一片令人驚歎的風景。

1993年5月23日於北京花家地
本文原載《鐘山》1993年第4期（題目及正文略有改動）

5、無限的女性心理學
——陳染小說論略

> 「她模模糊糊激動起來：我就住在這兒，只有這兒才是我的家，我的窗子外邊，是白天裡被樹枝切碎的太陽，和那人離我而去的不熄的眼睛」。
>
> ——陳染：《饑餓的口袋》

　　這就是陳染的文字，是一些關於她自己的純粹敘述。沒有人象她這樣執拗地把自我的內心生活展示出來，我堅信這就是她寫作時情景，這就是她存在的場景。這些年來我一直在觀望陳染的寫作，觀看這個人是如何一如既往在「自己的屋子」裡寫作；如何「專注地按照自己的方式埋頭走路……」（《〈潛性逸事〉·代跋》）她很欣賞卡夫卡說過的那句話：「真正的道路是在一根繩索上，它不是繃緊在高處，而是貼近地面。它與其說是供人行走的，毋寧說是用來絆人的。」（同上）這是陳染對生活的一種看法，也是她對自己的文學道路的一種評價。這種看法和評價是否準確並不重要，重要的是她有這種感覺——對於作家來說，沒有什麼真實的現實的存在可以抗拒他的（她的）主觀感覺。至少對於象陳染這樣主觀性很強的作家的作家來說，主觀感覺是她的真實的存在。一直在繩索上行走，「保持內省的姿勢，思悟作為一個個人的自身的價值」（同上）——這就是陳染的寫作姿態。這個姿態偏執，頑強，以自虐的方式不停地塗抹著狂怪的自畫像。迷戀細膩的故事情節的人們是沒有耐心去咀嚼這些怪戾的生活碎片的，潦草匆忙的閱讀會覺得陳染的敘事是在重複一個永遠的故事。事實上，在陳染自憐自愛的敘事中潛藏著一種銳利的東西，這是一個同時用水彩筆和剪刀在寫作的女人，蒼白的皮膚、一些鮮血、散亂的頭髮、迷離的目光、錯亂的意象……構成了她的寫作現場。

一、愛欲的發生學：無法與往事乾杯

　　當代中國的女性寫作越來越具有個人性和私人性，這可能要歸結於自現代以來的那種民族寓言在八十年代後期趨於解體這一歷史變動。現在，中國這種第三世界國家，這種發展中國家，它的精神生產與物質生

產處在空前的不平衡狀態。當人們發出當代中國「精神失落」、「文化荒原」……等等驚歎時，我寧可認為這個時代的中國，處在一個異常複雜的精神空間，在表像與實際之間，在前衛與滯後之間，在錯位與異化之間……等等，都具有多重顛倒轉化的關係。女性寫作在這個巨大而混亂的領地穿行，顯示了前所未有的活力。用傳統的經典現實主義的眼光來看，當今時興的女性寫作顯得矯揉孱弱，無病呻吟。然而，從精神生產的無限可能性來看，從中國文學敘事的多向分離來看，這種女性寫作自有它存在的歷史必然性和合法性。

純粹的女性寫作只關注女性自身，它把那些極端的女性經驗作為敘事的核心，它必然蔑視經典的文學法則和現行的道德準則。正如那些銳利的企圖穿透現實社會的女性寫作需要膽識和才略一樣，回到女性自身的女性寫作同樣需要勇氣和才情。不管人們願意不願意承認，陳染的寫作是一種存在，一種極端的女性主義存在。這些年來，她一如既往地沖進女性經驗的那些幽暗領地，不斷地說著「自己的故事」。

什麼東西一直在困擾著陳染？什麼東西在激發著並且推動著她的敘事？這就是愛欲──女性最內在的自我經驗。表達，呈現，歪曲那些女性的愛欲，使之變形，難以實現，由此構造極端的婦女生活，這就是陳染寫作的基本特徵。《與往事乾杯》是陳染最具代表性的作品，當然也是理解陳染寫作的人口處。一個少女經歷的心靈磨礪被刻畫得淋漓盡致。少女青春期的躁動，渴望和恐懼，毫無保留呈現出來。「纖弱、靈秀、永遠心事重重的少女……」，生活是如何在一張白紙上塗抹印記的？家庭，社會……性和政治……？總之肖蒙這個純淨而靈秀的少女，來到一個廢棄的尼姑庵安家。我無法斷定這是陳染的真實經歷（部分真實），還是純粹的虛構──作為一種寫作行為我寧可把它看作是虛構。這個尼姑庵是一個適宜於靈秀而心事重重的少女生活的地方，這個場所寧靜、封閉，它本身就是一個絕望的內心世界。現在，陳染回到了她的內心世界，正如回到她的精神家園一樣。她無法在外部世界找到適宜的去處。父親與母親的離異，學校裡的冷漠，她無法找到平靜的個人的生活。她在逃辟，躲藏，而外部的生活也不斷地離她而去。父親離去，隨之母親與一個混血的外交官開始了約會，她與外面的生活越來越疏離。這個心事重重的少女現在回到了她的自身，她拿著一本教科書，拿著一面鏡子在認識自己的身體。執拗地回到自身，執拗地自我確認，終究導致了童貞的喪失。

「童貞的喪失」是這個故事的核心部分，它以病態的形式來表現它的美感。在這裡，「童貞的喪失」既不像浪漫主義小說慣有的故事那樣

浪漫溫馨，也不像經典現實主義敘事那樣驚天動地。它在這裡是一次內心深化的結果，一次無怨無艾的自我探索。它沒有恨和懊喪之類的後遺症，只有略微的失望。它不過是青春期必經的一個事件。一方面，它被表現得盡可能「必然」；另一方面它又是以病態的形式給它以獨特的意義。一個年長二十歲的男人，佔有了她的童貞，這件事被徹底渲染，卻沒有必要的明確的價值判斷，這是令人驚異的。與其說這是一次被客觀化的奪取，不如說是主觀化的呈現。那個健壯的醫生，在小說的敘事中實在是充當了一個客觀化觀眾的角色。通過「他」的行為和視點，展示了一個女性自我探求的絕對行為。

在這一意義上，可以說《與往事乾杯》是一個關於女性愛欲的故事——女性的愛欲是如何異化，分裂和移位的。小說的敘事從一個受阻的情愛故事開始，裡面包含的依然還是受阻的情愛故事。並且具有傳奇性。自我的愛欲在小說敘事中始終處於中心位置，不斷地審視自我的內心世界，審視愛欲的生長和變異的全部過程。在這裡，母親，男人……都不過是外在化的敘事支點，它們起到的是反射和反觀作用。陳染感興趣的是不斷的自我觀看，不斷的自我呈現。當然，並不是說陳染的敘事是超歷史的，而是說，她最關注的是純粹的愛欲本身，歷史在這裡充當了一種結構的腳手架。呈現是主觀化的，積極的，主動的，讚賞性的；而受阻則是無意識的，是被迫的和客觀化的。在《與往事乾杯》裡，女性的愛欲在最初萌發時就被歷史誤置了，她從歷史社會逃到女性內心世界，然而，逃避是無用的。因為歷史、社會和政治已經深植於女性的歷史發生學之中。這就是女性寫作的奇妙之處，她愈是想逃脫外部世界，回到純粹的女性愛欲，卻是更深地回到歷史之中。不管有意還是無意，《與往事乾杯》揭示了女性愛欲的歷史發生學，是如何具有第三世界的寓言特徵。個人的利比多衝動，卻是不可避免地為歷史所裹脅。它越是尖銳地表達女性愛欲的困境，越是深刻地反映了愛欲與歷史（政治）的辯證關係。

以第一人稱，自我表白式地敘述女性的愛欲困擾，這在陳染絕大多數的小說中隨處可見。這種表達方式構成陳染小說敘事中激動不安的內在質素，它使陳染的敘述總是不斷地回到女性自身的問題。對於陳染來說，「愛欲」不是現實赤裸裸的感官享用，而是純粹的內心生活，一種完全抽象化的通靈論。《與假想心愛者在禁中守望》顯然是一篇極為心理化的小說。如果說《與往事乾杯》在女性與外部社會進行最簡單的交往關係中，觸及到歷史無意識；那麼，《與假想心愛者在禁中守望》則在最純粹的觀念意義上寫作一種絕對的婦女生活。一個獨居封閉世界的

女人，不斷地與自己對話，形成她奇特的日常生活。陳染的主人公總是
先驗地拒絕外部生活，他們傾心的男子要麼失蹤，要麼根本就是一些不
存在的假想者。與這些失蹤者和假想者的對話，則是陳染返回到女性內
在自我的敘述方式。現在，這篇名為《與假想心愛者在禁中守望》的小
說，可以說是陳染最極端回到女性意識深處的小說。這個叫做「寂」
的小姐，「是一名國家級的優秀報幕員。她的面容把滄桑與年輕、熱
烈的性感與冷峻的清醒這些最具矛盾衝突的概念，毫無痕跡地結合起
來⋯⋯」她的人物已經難以使用「性格」這種概念。按照經典現實主義
的原則，人物性格不過是全部社會關係的總和。在這裡，外部社會和客
觀事物都被降到零度。人物不過是一個角色，一種符號。重要的是她是
一種內心生活的表達者。這個美麗的女人卻奇怪地獨居，並且想入非
非。一個少年的死亡與其說給她以震動，不如說使她更深地回到冥想的
幽暗地帶——「顛來倒去想問題」。於是「聲音是一種哲學⋯⋯」——
她重複想。於是「請為我打開這扇門吧，我含淚敲關的門，時光流逝
了，而我依然在這裡⋯⋯」她思索著生與死這些哲學命題，設想著與鏡
框中的男人對話。女人的「愛欲」只是高度抽象的靈魂活動，它一旦現
實化就要變形，就要變得怪誕。

　　陳染的敘事總是在幻想與現實的兩極展開，愛欲「終究」是要現實
化的，它使陳染的敘事具某種奇妙的破壞性，對一種理想（假想）狀態
的摧毀，陳染的敘事因此又具有了某種轉折的力量。正象那個一直「與
假想心愛者在禁中守望」的寂小姐一樣，她居然要求與一位修理鋼琴的
五十多歲的男人做愛——愛欲的現實化總是變形的，按常規的眼光來
看，是病態的，異化的。這些女人有什麼必要如此頑強地拒絕生活？這
種追問對陳染是不合適的，她的女人命定就是遺世孤立，落落寡合。
他們是純粹的女人，是一些關於女人的絕對概念，是高度抽象的女性
生活。陳染的那個敘述人，那個純粹的女性，一直試圖在「與往事乾
杯」，然而，往事並不是一段具體的記憶，它是一開始就被誤置的愛
欲，它是生活的謎和死結。陳染（或是她的敘述人）總是想去解開那個
內心最深的困擾，他們只能不斷地自言自語，不斷地在禁中守望。

二、自憐與自虐：無處告別的女性恐慌

　　試圖與往事乾杯，卻又無處告別，這些憂雅而富有詩意的小說題
目，其實也是陳染小說敘事的原型事件和場景。她一直想著這些事件和
生活現場，去表達女性對生活特殊的處理方式。如果說前者表達著作者

（或敘述人）與歷史的聯繫，它在表達著陳染主人公的歷史情結的同時，也構成了陳染小說敘事的原驅力；那麼，後者表示著那絕對的女性與現實（當下生活）的構成的獨特關係。這些女人總是以獨居的形式存在於世，異性與同性朋友的消失，這使她的主人公具有天然的自憐自愛的品性，他們天生就是被「他人」不公正地對待的孤獨者，除了孤芳自賞，怨天尤人，他們別無選擇。自憐，也就是自虐，孤芳自賞也就是超常的精神折磨——在病態中來呈現美感，在美感中來表現怪戾，這就是陳染敘事的美學風格。

黛二小姐蟄居閨房，有過短暫的戀愛史，也出過國，開過洋葷，回國後忙於找工作。除了工作的事與外部世界發生一些關係外，這個故事主要是在一個封閉的環境中進行。黛二小姐的心理活動實際構成敘事的軸心，它感應並折射出三個女性不同的境遇和行為方式。這裡著力刻畫的是獨處女人的心性，那種自戀式的敘事具有難得的坦誠，它那自憐自愛的傾訴又似乎是在拿一把鋒利的刀子自戕，給人以某種銘心刻骨的感受。黛二小姐渴望男性卻又一再逃避男性，退回同性世界也一樣敏感易於受傷。這三個不同的女性，分別是由關於女性的概念，關於女性慾望和關於女性的本我構成。繆一是通常的概念化的女性，美艷而平庸，從邊遠的小城晉京，只好委身於一個門第顯赫的流氓公子。麥三是慾望化的女性，是男人心目中女性偶像，令人驚異的是幾乎所有的女性作家都樂於接受這樣的女性形象。到底這是出於對男性權威的認同，久而久之就被默認為女性的自然形象；還是說這是女性對自身的最原始的認同。不管怎麼說麥三是個實體性的女性，一個在唯物主義的基礎上存在的女性，這個外表風情萬種的女人，床上運動健將卻又有著貞女節婦的品性，也堪稱怪事。這當然是指小說敘事而言，這種女性形象也只能出現在陳染的敘事中，它也是典型的陳染式的敘事：發乎情而止乎義禮。那種煽情式的敘事，白日夢式的敘述，卻終歸不越雷池。同性之間的關係被陳染刻畫得精細純淨，如歌如夢。「他們望著神秘而幽藍的蒼穹，訴說彼此遙遠的往昔、夢幻和苦苦尋索的愛情，來自久遠時代的聲音慢慢浸透他們的心靈……」女性同性之間的愛戀終究要破裂，黛二的失望來自朋友的背叛。女性的敏感怪戾與品性高貴經常混為一談，它們也許就是一枚硬幣的兩個背面。少有人象陳染這樣，她對女性的描寫進入到女性的神經末梢，把他們的複雜而怪誕的心態品性表現得淋漓盡致。

陳染的女人主人公過分孤傲，這使他們寧可在幻想的天地裡與男人交往，一旦面對現實，他們總是敏感易於受挫。黛二小姐的生活中出現

過幾個男性，黛二小姐和他們的交往是在某種奇怪的狀態下進行。與那個異國青年是在異國情調和民族主義的雙重意境中展開，前者使她新奇神秘，後者可能讓她止步不前。與墨非又橫互著一道道德之門，麥三是個無法超越的障礙。只有那個氣功師如期而至，在自欺欺人的氣功狀態下，黛二小姐才如臨仙境。然而，氣功師則不過是把黛二小姐當作實驗品。試圖生活在絕對的精神狀態裡的黛二小姐真正面臨危機，她除了更極端地封存在個人的狹小天地裡別無選擇。

因而，「無處告別」正如「與往事乾杯」一樣，顯然是陳染的敘述人（主人公）自覺採取的一種生活姿態。「無處告別」與其說是一種生活結果，不如說是一種生活狀態的前提，他們只有把自己束之高閣，把自己封存於絕對個人的空間，那種自憐自愛孤芳自賞的情調也就油然而生。這些女人才能超凡脫俗，遺世孤立，才有令人傷心欲絕的美感。這就是陳染敘事所要達到的效果。《潛性軼事》顯然是把日常生活與超越性幻想進行對峙，逃脫日常性，逃脫生活的散文化，這是陳染人物的一貫生活姿態。那個雨子對過分世俗的丈夫有諸多的不滿，只有在與那個虛無縹緲的李眉對話時她才感覺到生活的純粹性，感覺到精神的絕對存在。事實上，那個李眉不過是雨子的自戀的精神鏡像，是她的「魂」和內在的自我。她對現實和日常生活視而不見，面對喧囂的世俗世界她無動於衷，卻「感到四面八方空漠無際，只她一個人孤零零跌坐在 P 城荒蕪的廢墟之上」。於是她常常用一些這樣的句子聊以自慰：「孤獨若不是由於內向，便往往是由於卓絕。太美麗的人感情容易孤獨，太優秀的人心靈容易孤獨，因為他們都難以找到合適的夥伴」。

超凡脫俗，這就是陳染筆下那些自戀式女性自我確證的必要方式，是他們構造自我本質，創造絕對自我存在空間的陰謀詭計。與其讓這個社會傷害之後再逃避，不如先下手為強，拒絕，「無處告別」，曲高和寡，孤芳自賞──由此保存了（維護了）女性完整的自我。陳染的敘述人（主人公）不能忍受任何外人的干擾，甚至不能忍受母親的監護。陳染的小說反復說到和母親的關係，過分自傳性的敘事，使人容易聯想到她現在的生活。事實上，她有一個很溫馨的家，一個相濡以沫的母親。對於小說裡的情節，我只能當它為虛構來看，陳染的敘述人顯然有很明顯的「戀父情結」──這發生在一個女性主義式的寫作中並不矛盾，他們骨子裡是「戀父」的，因為父親的缺席，使他們產生出對父親的種種理想化的男性觀念，這使他們拒斥任何現實中的男性。作為必要的補充，他們對母親也採取了逃避的方式。對母親的不滿，其實是對父親嚮往的一種替代表達形式。陳染過多地以一種方式來表現母女關係，儘管

她最直接地表現了母女的對立，但這種表現太日常化和瑣碎，其實削弱了她的作品的那種抽象力量。

在另一方面，對母親的逃避，是對生活日常性的不堪忍受，是徹底告別的一種預備儀式。她要一種超凡脫俗的生活，這種生活只有在絕對的形而上的女性生活裡才存在。陳染的那些孤傲女性總是令人驚異地需要同性的理解和友愛，他們逃到女性純粹的世界，在這裡展開女性隱秘的內心生活。在當代中國女作家中，陳染是少數幾個直接表現女性同性戀的作家，這使她的寫作在某種程度上具有道德方面的叛逆性。象《無處告別》、《潛性軼事》等等小說都或隱或顯地寫到女性的自戀和對同性的迷戀。《空心人誕生》就直接描寫女人的同性戀。與陳染大多數小說一樣，女性總是對外部世界失望至極而逃避到女性「自己的」世界裡。在陳染的小說中，男性要麼是脆弱庸俗，要麼殘暴自私，男人主要是以敵人的面目時隱時現。《空心人誕生》中的父親是個十足的惡棍，他的施暴導致了紫衣女人離家出走，在黑衣女人那裡找到暫時的歸宿。女人之間的愛戀被陳染敘述得細膩曲折，委婉纏綿。它們由關懷、理解、同情和愛護等等高尚的人類情感構成，只是到最後，借助酒的動力，他們才有驚人之舉。這是女人同性愛的最後界線，它總是意指著終結和悲劇的結果。《空心人誕生》中那個紫衣女人終究自殺，其原因頗為蹊蹺，真正的原因已經不重要，重要的是出現悲劇的結局。陳染總是力圖去揭示婦女中的少數人的生活，他們的奇特心理和無可擺脫的命運。

事實上，陳染描寫世俗日常生活也很精彩。這不管是在《無處告別》裡，對黛二小姐的一系列現實行徑的敘述，還是在《潛性軼事》裡對丈夫的描寫，都極為生動有趣，洋溢著反諷的快感。然而，陳染似乎並不想直面現實生活，她更樂於在偏執孤僻的絕對女性情境裡尋找感覺。陳染的寫作似乎在這種狀態裡越陷越深，如魚得水，爐火純青。由於中國出版物不習慣注明原作品發表的時間，我手頭能看到的陳染的作品集都沒有單篇作品的發表時間，我無法去清理她的寫作演變的歷史線索。根據我的記憶，她後來的作品更傾向於抽象、怪戾和空靈。例如《站在無人的風口》、《巫女與她的夢中之門》、《時光與牢籠》、《麥穗女與守寡人》、《空洞之宅》、《禿頭女走不出來的九月》、《空的窗》、《凡牆都是門》等等，這些作品越來越玄奧。這是令人驚奇的。在某種意義上，陳染是在與當代的創作潮流背道而馳。實際上，在九十年代最初幾年，先鋒派的形式主義實驗就已經大大放低姿態。一方面是形式方面的創新經驗已經耗盡了小說的想像力；另一方面是先鋒

派試圖獲得廣泛的社會認同。而九十年代文學走向市場化的趨勢，也使「純文學」（或嚴肅文學）趨向於平實的風格。那些一度是絕對的先鋒派的人物，也放低了形式主義姿態。如余華的《活著》、孫甘露的《呼吸》以及北村這個極端的先鋒派都在講述一些現實故事，都可見到這種趨向。令人驚異的是陳染，她卻變本加厲走向女性寫作的極地。她對自己是這樣描述和評價的：「十餘年來，我在中國文學主流之外的邊緣小道上吃力行走，孤獨是自然而然的。應該說，我不算是一個更多地為時代的脈搏和場景的變更所紛擾、所侵蝕的作家類型。我努力使自己沉靜，保持著內省的姿勢，思悟作為一個個人自身的價值，尋索著人類精神的家園」。儘管我未必讚賞這種過分個人化和精英化的姿態，但我對她的苦心孤詣依然給予必要的理解。

陳染的小說敘事在很多方面是一個矛盾的複合體。作為她的內在情結，她一直試圖與往事乾杯，然而她總是更深地沉入那個原初的未成年的女性故事中去；她一直在慨歎「無處告別」，實際上她（和她的角色）樂於獨處一室，在拒絕外部社會的行徑中找到自我體驗的依據。更為內在矛盾在於，她的人物不僅僅在證明著自己的社會品性（他們是超越現實的高貴的孤獨者），同時在證明自己的性別特徵，證實這種性別特有的文化價值。

絕對的女性主義就不得不是一個絕對的自戀者，絕對的女性身份的確認不得不通過同性戀的形式來獲得。陳染的敘事總是不得不倒向對同性戀的謹慎描寫，所有的證實都是失敗的，黛二、雨子、紫衣女人、麥弋和薏馨……都失敗了。陳染似乎在這裡停頓。怎麼證實女性的絕對身份？這在理論上是一個問題。這些女性背叛了自己的姐妹而倒向男性，背叛是雙重的：道義的和性別的背叛，因而這裡的背叛又是致命的。這些絕對女性的身份最終總是模糊混亂的——這是理論的困難還是道德的困境？最後通觀陳染的小說，就只有麥弋這樣一個絕對自我的女人，但是她終究還是否定了自己：「這個世界早已把我的心磨礪得既是男人、又是女人的心理，所以我根本不是人」。這就是女性主義者遇到的麻煩，她要徹底，她很可能就會被指認為「根本不是人」。

試圖把自我的角色從男性的關係網絡中解救出來，然後再回到女性自身——這樣一種女性必然是超現實超社會的。陳染的性別確認最後不得不採取「精神分裂」的方式。她的主人公經常是精神分裂患者，但他們被敘述人（陳染？）強調為最正常和清醒的人，當然是最脫俗的純粹的人。自戀與自虐的雙重描寫，使陳染創造了一種「不妥協的」女性形象，他們偏執地維護一種邊緣人格，拒絕社會認同並被社會排斥。

三、自戀主義文化與陳染寫作的意義

人們當然會追問陳染寫作的意義。儘管最簡單而乾脆的回答可以說：沒有意義的寫作本身就是一種意義——絕對的超越群體社會的寫作行為在多元化的社會裡具有特殊的意義。但是，我想陳染並不願把自己的寫作放置在這樣一個層面上來理解。在這個時期，談論一種寫作的價值是困難的，因為沒有幾個人是同處在一種「文化場」（cultural field）中。人們難以達到共識，特別是對這種極為個人化的關於內心生活的寫作。陳染說過，她是在邊緣小道上行走，努力保持「內省的姿勢」。人們通常只看到她矯弱的一面，看到她的沉靜與憂鬱。事實上，我說過，在她的看似秀麗多愁善感的敘事中，隱藏著一種銳利的東西，一種不妥協的勇氣。她的寫作在當代越來越大眾化的時代趨勢中，以她個人的氣質提示了一種獨殊的經驗。

一、陳染使寫作以從未有過的形式回到個人生活，寫作成為她的生活的一部分，生活成為她的寫作的一部分。這是一種絕對的私小說，她的那些幻想經驗，那些感覺和感悟，都是她的日常生活的一部分。有人對當代女作家的這種做法表示不滿，譏之為「出賣隱私」。這種攻訐是不必要的，面對自己的寫作，把自己的真實感受、真實經歷和全部內心生活交付給讀者，這是一種勇敢，一種坦誠和信任。把寫作推到這種地步也是一種奇跡。經典現實主義曾經創造了一種經驗，那就是福樓拜和托爾斯泰對自己人物的真切體驗。但在經典現實主義的敘事中，那是為了創造一個最終與生活現實相似的客體世界。在陳染這裡，她展示的這個世界就是她的生活世界，她就是她的作品的唯一主角，她不隱晦她的幻想，經歷和經驗，她的全部存在和當下的存在。她的作品的展開永遠是一個進行時，她的寫作和閱讀永遠處在一個時空，她把她自己呈現給閱讀。一個如此信任閱讀的作者是少有的。她拒絕典型化，拒絕老謀深算，拒絕偽裝和欺騙。她本身就是一本打開的書，一本無限的女性心理學。

二、陳染的小說敘事創造了一種極為豐富的幻想經驗。可以說陳染的寫作是對女性幻想的反復書寫，儘管她的敘事中偶爾也會生動而具體地出現現實的故事，但從整體上來說，她熱衷於表現幻想界的經驗，那些瞬間的幻覺，極為個人的心理活動，對生命存在的純粹價值的不停的追問，敏感怪戾的心理，像頭髮一樣紛亂的意象……等等，構成她寫作的中心內容。這一切構造著一種偏執地超越現實的幻想界。

　　當然，對幻想經驗的描寫構成了八十年代後期以來中國先鋒小說的敘述的基本形式。先鋒派小說大量描寫「幻覺」，在無所顧忌的詩意祈禱中把自我構造為夢幻的孤獨個體，正是在對話語（符號之物）的充分意識中，他們在幻想之物與符號之物（象徵之物）之間無止境地往返徘徊。例如余華、格非、孫甘露和北村在1987年以後發表的那些小說，無法遏止的幻想之物被表達為符號之物，而那些過分堆砌的符號之物則構造了一個更加虛幻的空間。現在先鋒派差不多都從幻想世界退回到現實，傾向於關注當代現實面臨的困境。孫甘露的《呼吸》、北村在九十年代發表的《張生的婚姻》等一系作品，格非最新的作品《慾望的旗幟》等等，都顯示了先鋒派作家對現實具有的特殊關注方式。確實，陳染依然故我甚至更偏執地走向女性的內心幻想世界，這種寫作方式和寫作姿態，會被認為不合時宜。但是，陳染創造的女性神話是這個走向現實的文學潮流的必要的補充形式，那種幻想經驗和生活姿態，那種敘述和語詞快感，是當代文學必不可少的有限實驗。

　　三、陳染的小說在感覺、場景和意象方面具有獨特的藝術表現力。她的那些表達女性偏執的生活態度和怪戾的心理意識的敘事，就其純粹的藝術表達而言，是極為精緻美妙的，隨處可見她對語言的錘煉功夫，她對場景的表現和對感覺的強調，都顯示了她不同尋常的敘述能力。對那些極端的女性內心生活的體驗，對那種獨處的女性氛圍的創造，以及對自憐自虐的場景的細緻刻畫，這一切都顯示了陳染有相當好的感覺——對生活特殊狀態的感覺和語言的感覺。當然，也可以反過來說，正是因為陳染非常注重感覺，正是那種極為奇妙的感覺支持了陳染對那種氛圍、情調和場景的表現。面對現實的小說敘事必然注重外部的事件程序，時間容量很大，敘述人當然無法去顧及主觀化的細緻感覺。小說敘事強調主觀體驗時，敘述人（或人物）的感覺就變得極為活躍。這些感覺總是在那些瞬間無限蔓延伸展，使那些瞬間的場景變得精緻、奇妙而不可思議。陳染在敘述中不斷提到「像頭髮一樣紛亂……」，禿頭的慾望是女性主義對性別身份所持的奇怪態度，一方面是絕對的女性，對男性世界和外部社會的排斥；另一方面，絕對的女性必然又是反抗現有的女性形象。這就使他們很可能變得「不是人」。這些偏執而偏激的感覺強烈地貫穿在陳染後來的寫作中，使她不斷地想入非非，使得她的那感覺和意象顯得越來越奇特。那些場景隨時怪戾地呈現，「像頭髮一樣紛亂的」意象，給人以極深的印象。

　　四、陳染有勇氣創造一種自戀主義文化。「自戀主義文化」在當代中國並不是一個受歡迎的語詞，它與「無病呻吟」、「矯揉造作」、

「遠離人民大眾」幾乎是同義語。陳染（以及其他的幾個有限的風格相近的女作家）也正是在這一意義上受到質疑。儘管我個人更樂於讚賞一種銳利狂放的雄性風格，但是從當代文化多元化的趨勢而言，這種美學風格應該給予足夠的理解。這個時代一切事物似乎都處在予盾之中，一方面是越來越個人化的寫作；另一方面卻是感覺和思想的類同化。人們努力去標謗個人，尋求自由，決不放鬆個人利益；另一方面卻又不能容忍他人的自由，不能容忍任何與自己不同的思想情感，不同的價值立場，不同的說話方式。現在，無恥地吹捧自己和惡毒地攻擊他人正是相當一部分文化人的典型性格，他們要創造的——不如說要恢復的——不過是「神的」文化。大部分人去頂禮膜拜少數幾個人。這樣文化就有秩序了，文化就有「終極價值」了，當然也就不墮落，也就崇高了。大多數人跪下去的文化無疑是崇高的文化。現在的問題是，人們都想著自己站起來，他人一律跪下去。與其這樣，不如大家都去散步。

　　自戀主義文化是一種散步的文化——多年前一位我所敬仰的前輩學者，寫過一本極著名的書，就叫《美學散步》，這本書我一度倒背如流（因為十多年前我報考過這位已故大師的研究生）。坦率地說，這麼多年我一直沒有理解大師何以用這麼一個膚淺的詞語來定義這麼一部精闊玄奧的傑作？那是一個戰鬥的時代，而大師要去散步。正如現在有些人又穿上了袈裟揮舞起寶劍一樣，現在，有一種鬆馳自在的文化也不失為一種存在。

　　當然，在女性主義的意義上，「自戀主義」是一種很激進，反抗性很強的文化姿態。早在七十年代，崇尚無產階級革命的瑪律庫塞，甚至把「自戀主義文化」（在他的理論描述中，這就是吶喀索斯的文化）視為無產階級文化的最重要的部分，把它當作反抗資本主義文化一體化的最有效武器。他曾經寫道：「較之普羅米修士文化英雄的形象，俄狄浦斯和納喀索斯世界的形象本質上是不實在、不現實的。它們代表了一種『不可能』的態度和存在。而且，也不可能有文化英雄的行為，因為它們是非自然的、超人類的、不可思議的。但它們的目標和『意義』並不違反現實。相反，它們是有用的。它們促進、加強而不是破壞這個現實。然而，俄狄浦斯－吶喀索斯形象卻會破壞這種現實；它們並不表示一種『生活方式』；它們所訴諸的是地獄和死亡。它們至多是某種對靈魂和內心來說富有詩意的東西。但它們並不給人以任何『教訓』，也許除非是這樣一種否定的教訓：人不能戰勝死亡，不能在對美的讚賞中忘記和拒絕生活的召喚」。（瑪律庫塞：《愛欲與文明》，上海譯文出版社，黃勇等譯，1987，第120頁）

　　對於瑪律庫塞來說，自戀超出了所有非成熟的自發愛欲，它還表示一種與現實之間具有的根本關係，這是可以產生一個全面的生存秩序的關係。也就是說：「自戀」可能包含著一種不同的現實原則的種子，自我的力比多的貫注可能成為客觀世界的一種新的力比多貫注的源泉，它使這個世界轉變成一種新的存在方式。很顯然，瑪律庫斯過分誇大了「自戀」的非壓抑性昇華所具有的自我更新以及由此帶來感性解放的意義。他甚至把俄狄浦斯－納喀索斯的形象看成是偉大的拒絕的形象，即拒絕力比多客體（或主體）分離。這個拒絕的目標就是解放，是曾經分離的東西的重聚：「俄狄浦斯和吶喀索斯愛欲的目的是要否定這種秩序，即要實行偉大的拒絕。在以文化英雄普羅米修士為象徵的世界上，這種否定乃是對一切秩序的否定。但在這種否定之中，俄狄浦斯和納喀索斯揭示了一種有其自身秩序，為不同原則支配的新的現實」。（同上，第125頁）。

　　　　作為一個企圖全面拒絕資本主義秩序的革命的理論家來說，瑪律庫塞把賭注壓在純粹個人的感性解放上，這種理論幻想在六七十年代左派激進主義盛行的時代產生並不奇怪。八十年代的女權主義顯然比瑪律庫塞有過這而無不及。1968年法國「五月風暴」之後，左派的革命理論基本上讓位於婦女（女權主義）理論。那些從馬克思主義那裡暗渡陳倉的後結構主義者們，除了在語言的邊界眺望革命的烏托邦外，他們對革命的社會實踐已經毫無想像力。相反婦女卻在社會中興風作浪，大出風頭。「自戀」、同性戀、反核示威、環境保護、反種族歧視、少數民族問題……等等，經常在女權主義的各種文本和活動中大顯神威——某種意義上，它成為後工業化時代多少有點刺激性的「後革命」景觀。顯然，在中國情形大不一樣，在這裡，革命主要還是一項雄性事業，它從來不是採取個人化的自由形式，而是統一、整合。人們熱衷於恢復往日失去的天堂，成為精神的、思想的、語詞的獨裁者的慾望，慫恿著一些「有思想」的知識份子重新戰鬥，忍無可忍地「出發」。在這一意義上，陳染也稍稍中了一點邪，她曾經寫道：「今天，我們已經看到一個事實：一方面是嚴肅的學人、作家、藝術家深深的孤寂；另一方面是群眾文化娛樂與文化企業深深的傾斜與墮落，偽裝的文化樂園正在一步步破壞、毀滅、吞噬著真正的文化與藝術……嚴峻的時刻已經到來，中國的知識份子和真正的作家面臨一種前所未有的失落窘境……」她對現實的這種判斷是我所不贊成的，一個出色的作家沒有必要把自己和「群眾」對立起來，你可以有個人非常獨特的選擇，你可以是一種存在，但「群眾樂園」，「文化企業」也可以是一種存在。我寧可認為這是單純

天真的陳染一時為假像所蒙蔽，她其實並不是渴望戰鬥的作家，把自己的選擇置於這個時代，置於民眾之上。她是一個「自憐自愛」的作家，她在創造一種氛圍，一種極為個人的自主的存在，這就夠了。她在創造一種「散步的文化」，人家都在轟轟烈烈地製造龐大的事物和事件，陳染在創造一種空間，一種封閉的，躲避的，自我觀賞的空間。尋求差異，啟示錄式的寫作，這更適合於陳染。

並不是說陳染就不要面對社會，而是說作為一種寫作姿態，陳染沒有必要把自己混同於男性的雄偉事業。她可以在她純粹的女性自戀和自虐式的寫作中，對這個時代進行重新編碼。她的幻想天地，她的語詞的力量，可以把女性的內心生活，把女性自身的存在與這個社會的各種假像、各種錯位的情景，與這個跨國資本主義瘋狂擴張的時代對接拼貼起來。這一切都是自由自在的，都是散步式的，都飽含著一種寫作的快樂，都散發著文學的魅力，都喻示一種怪異的遺世孤立的美感。

原載《小說評論》1996年第5期

6、從前衛女性主義到中國書寫
——虹影小說論略

　　虹影不知不覺已經成為相當有影響的作家，這使對文學持老派觀點的人們有點轉不過彎來。很難想像，昨天的小女子，有點叛逆，有點另類，有點不吝，甚至有點開放……如今也名正言順成為名噪一時的作家。虹影也成熟起來了，這就是時間的力量。如果說過去人們可以憑藉偏見對虹影的寫作視而不見的話，那麼現在僅僅以麻木遲鈍為藉口也難以回避虹影的存在。其實虹影已經有近二十年的寫作史，早在九十年代初，她就把她的名字，加上頗為招搖的照片一起印在一本題名《倫敦，危險的幽會》的詩集上。虹影的出場就先聲奪人，她一開始就不回避把那些最極端的女性經驗推到人們的面前，她以咄咄逼人的姿勢迫使你正視她的位置。但在國內，虹影再頑強，也不會不感覺到對她的承認還是有些遲滯。這使虹影經常要使出渾身解數來證明她的存在。她經常在她的書的封底印上一些令人眼花繚亂而又振聾發聵的評語，如《K》，封底就鋪滿了令人眩目的評語。有老牌的帝國主義報紙英國《泰晤士報》領銜，後面有瑞典的BTJ雜誌，《哥騰堡郵報》，《首都日報》，隨後還有美國的《洛杉磯時報》、《紐約時報》……再加上國際國內各路大牌評論家助陣，鋪天蓋地。這也很讓國內文壇驚訝了一陣子。其實，虹影在海外的影響著實不小。在臺灣，虹影奪下的各種獎項不在少數，在歐洲，Bloombury這個英國老牌的出版業老大一度主推虹影，把她的書（《河的女兒》之類）放在伍爾芙和馬格麗特·杜拉同一書架上——這是迄今為止任何一個中國大陸作家都未享受過的殊榮。如果知道資本主義出版商的如此行徑，中國作家沒有不會大跌眼鏡，憤憤不平的。但資本主義知道什麼？他們只懂得變成英語的中國文學，變成英語好不好？好就是好，不好就是不好，資本主義有它的標準，賺錢則是它的根本目的。當然，虹影在歐洲和臺灣眩目成功並沒有使祖國內地的同仁們暈頭轉向，大家可以充耳不聞，視而不見。關於虹影，人們早已忘了「士別三日當刮目相看」的古訓。今天應該可以來談談虹影的創作，看看前衛、女性、市場這些概念，如何相互衝突、變異而又糾纏於當代文學的歷史實踐中。

一、前衛與女性寫作的極端經驗

　　虹影的小說似乎一開始就遠離直接經驗，她熱衷於探索那些非常規的，陌生化的，神奇而怪異的超現實經驗。她最初的小說就潛伏著一種玄秘性的動機，這些神奇詭秘的因素從一開始就引誘著敘事的發展，引誘著故事向著不可預測的方位變化，並且促使明確的主題意念變得隱晦奧妙。《玄機之橋》（《鐘山》1993年第1期），就是一篇玄機四伏的小說。這篇懷舊意味濃重的小說，並不是在重溫具體的歷史。而是對一段特殊的歷史時期的人類生活作一種玄秘的揭示。戰爭，一座即將淪陷的城市，神秘的幽會，地下接頭，黑夜裡的交媾……等等。使這篇小說神機莫測。那個「她」或「我」到底是一個女特務或許就是一個妓女，都難以判斷，但這一切在虹影的小說中並不重要，而是那樣一種生活不可預測的變故。就像那口空箱子：「箱子裡什麼也沒有，空空蕩蕩，只有一股熟悉而又說不出是什麼的氣味在空氣中彌散開來。我作好了各種思想準備，但這個空箱，卻是我無法去接受的事實。但眼前這個信號又使我想到許多可能，可能你無奈之中只能給我留下這個空箱，讓我自己去尋找答案」。某種意義上，這段文字在虹影的小說敘事中是一個具有提綱挈領的象徵。她的敘事如同在你的面前放置著一個箱子，你也許以為裡面有什麼寶物，但裡面什麼也沒有。然而，蹊蹺之處在於，「一種熟悉而又說不出是什麼的氣味在空氣中彌散開來……」，使你又覺得裡面依然有未被揭開的秘密，你不得不苦苦尋求答案。這是虹影小說的象徵，也是虹影處置的現實世界。

　　玄秘的動機使虹影的短篇小說的敘事顯得精粹而有突變的效果。這種玄機並不只是起到敘述的效果，作為一種類似懸念的技術性裝置，它們總是與對女性的文化／歷史境遇起到強有力的揭示作用。《紅蜻蜓》講述一個可能患有精神病的女人的現實處境和命運。慾望被壓制下去了，她的日常生活呈現為病態。大腿根部不斷出現的手指印，神秘而怪誕，令她恐懼也令她興奮。那種夢遊的狀態和精神病似的幻覺，使得這個女性的生活世界又變得異常的玄秘。當這個玄機被揭開時，女人也從精神病的夢遊中驚醒，也許她在這一時刻真正變成了精神病。這樣一個技術性的玄機，在虹影的敘事中，也同時起到強有力地擊穿對生活的虛假性意義的作用。女人的慾望被社會、從而被女性的自我嚴重地壓制下去。他們只有精神病的狀態中，在夢遊中才有可能實現。這種實現是一種滿足，同時又是對婦女的傷害。它一旦變成現實，就只能以悲劇的

　　形式來展現其社會意義。傷害婦女並不僅是一個詭秘的男人，而且還有女人。最終結果，是兩個女人的悲劇。這個本來發生在女性的夢遊世界裡的故事，一旦現實化，一旦社會化，它就必然是對女性世界的摧毀。虹影的「玄機」在這裡揭示了女性的生活一旦社會化時所經歷的突變。它有著某種令人震驚的效果。

　　當然，虹影並不僅僅是探索純粹的女性世界，她或許意識到女性世界的異化植根於男權世界，並且男權文化本身也面臨各種危機。《你一直對溫柔妥協》（《小說家》1995年第3期），是虹影對人性的複雜性進行一次頗有力度的表現。這篇小說一反虹影過去以女人為主角的習慣，主人公是一個剛成年的男少年（小小）。這篇小說的故事也明晰得多，那種作為敘事動機和結構性的「玄秘」因素，現在完全置換為「性」的內化意向。也許是小小從小對家庭的父母關係的厭惡，也許是童年捉迷藏目睹交媾的醜惡場面的經驗，小小對男女之戀有一種逃避情緒。他成為一個性倒錯者。而與高某的相遇，則使他不可避免成為同性戀者。事實上，這篇小說對性倒錯角色的描寫未必是它的主要意圖，也不是它的深刻之處。「性」在這裡替代了過去客體化的機制，而成為生活世界裡一個起支配作用的力量。小說敘事以細緻而銳利的筆法，揭示了弱軟無力的個人生活是如何被捲入環境——歷史的、政治的、家庭的環境，而力比多的內驅力促使那些最親近的人是如何成為個人生存的地獄。《你一直對溫柔妥協》並不是純粹的心理分析小說，但是心理分析的意味，使它對生活的某些極端性的片面處境給予了直接的表達。深入到人類生活那些隱秘的角落，打開那些玄秘的生活死結，這篇小說應該說是有相當的力度。但虹影小說敘述的經驗卻與中國小說的常規經驗相去甚遠，這使人們覺得她是有意在作離經叛道的實驗。

　　不難看出虹影的寫作一開始就定位在相當複雜的敘述結構層面上，同時著力去揭示那些純粹而怪異的女性經驗和人性隱秘而複雜的內在世界。通觀虹影的小說，你不得不驚異她把女性的內心經驗——更徹底地說——女性的白日夢，發揮到極端的境地。她的長篇小說《女子有行》則是女性白日夢的全景式的表達，毫無疑問也是極具叛逆性的女性寫作。

　　虹影早期的小說試圖表達前衛的態度，經常以誇張的筆法來描寫一些想像的女權主義者。《康乃馨俱樂部》是一部躁動不安的小說，作者的敘述隨意放任，小說中的人物放蕩不羈。小說描寫了一群時髦怪異的女子，他們開著吉普車，文身，剪寸頭，時興乞丐主義，在午夜出動。這些怪戾的女性組成的康乃馨俱樂部，主要實施對男性的報復。虹影的

敘事把男女關係推到極端，它們構成婦女被壓迫、欺騙、遺棄的歷史。他們遭遇亂倫、強暴、愚弄之後就是被丟棄。不管是作為父輩形象出現的「父親」和「主編」，還是作為情人角色出現的古恒或是鷹之類的男人，都遭到根本的否定。那些困擾女性由來已久的焦慮和恐懼，現在被細緻呈現出來，「亂倫」和「背叛」構成了全部男女關係的兩個死結，兩個無法逾越的基本障礙。在既定的文化秩序裡，女性只有服從，現在這些不安分的女性精靈，貓、債主、妖精等人，開始鋌而走險，他們實施的報復是對男性進行陽具切割。從表面上看，虹影的敘事顯得極為離奇荒誕，那些行為方式，那些生活場景，都遠離生活現實，如同夢境一樣怪誕虛幻，它們確實也就是女性的白日夢，徹底的，不受現在文化秩序規範的女性白日夢。在這裡面，女性的經驗、感覺被再現得極為充分。徹底的女性敘述才具有毫不妥協的離經叛道的意味。

如果認為虹影白日夢式的敘事只是離奇古怪，那就過於表面化了，事實上，在她的那些放任而誇張的敘事中，隱含著相當尖銳的對兩性關係歷史的重新思考。她的敘事人總是試圖對父權制質疑，雖然在她寫作之初這些質疑還不是很清晰或深刻，但她的追問是有挑戰性的。在迄今為止涉及到婦女與男性，與社會對抗性衝突的小說裡，虹影的敘事從來都有走向極端的衝動。八十年代中期，劉索拉的《你別無選擇》中出現的追求個性和現代精神的女性，他們還難逃男權崇拜的怪圈，隨後的殘雪則把男權推到一個被質問的位置上，殘雪的女性是以逃避的、純粹個人幻想的形式來拒絕男權世界；在陳染和林白的敘事中都可以看到對男權的逃避和懷疑，但他們多少都保留了男女兩性調和的最後幻想。虹影則走向極端，在她的敘事中，女性一開始就是以報復的面目出現，他們採取了最極端的行為，那就是根本否定陽具的存在。當然，我未必欣賞和讚賞這種極端，也不是說越極端就表達了越值得肯定的女性經驗，我想指出的僅僅是，虹影一開始就想找到她個人的立場和方式。

虹影表現了女性的極端反抗，但並不等於她認同了這種反抗的有效性。小說的結尾，那個背叛者「古恒」（他的名字本身對男權文化的歷史永久性進行了諷喻）再次出現，這個和好的場景並未表明男女對抗的解除，相反，它也導向對極端反抗的懷疑。顯然，虹影並沒有像極端女權主義者所做的那樣，斷然否定男女在生活世界裡的必然聯繫，她終究意識到二者的必要關係。問題並沒有解決，留下的是更複雜的和更深的疑問。

《來自古國的女人》是虹影小說相當激進的一部，不管是作為敘事客體性機能的「玄秘」，還是女性生活內在隱秘的慾望，或是那種對生

活進行片斷式書寫的敘事方式，那些場景和意象的運用等等方面，都得到了全面的發揮。

　　小說對時間地點的強調是值得玩味的：紐約，1999。時間和地點都遠離當代中國，它的視野對準發達資本主義的超級都市──紐約。而時間則是未來時──1999。如果認為小說由此進入科幻領域那就錯了。時間在虹影的小說敘事中並不是那麼重要，而絕對的虛構性，則使時間僅僅成為任意虛構的藉口。這是一次格什溫的《藍色狂想曲》式的文學翻版，它是以東方主義的視點對西方發達資本主義進行狂想式的書寫。在這部分的題辭寫道：「我遇見一個從古老國土來的旅行者／他說，那裡的荒漠中，立著兩條巨大的石腿／卻沒有身軀」。在西方近世資本主義的文學敘事中，「東方」一直是作為一種奇觀，作為一種未開化的，永久不變的，不可思議的、荒誕不經的「他者」而存在。現在，這種視點被轉嫁到西方，一個荒誕混亂的後工業化或高科技時代的西方，它現在被放逐到東方的敘事視點中。小說敘事從入關開始，主人公踏上這個發達資本主義國家的國土那一時刻，就發生謬誤。有趣的是，機場工作人員都是中東人，他們的「黑鬍子捲曲得幾乎像天方夜譚裡的蘇丹王」。這個絕對的西方已經非常可疑，這裡充滿了東方的色彩。西方被東方化了，這是自以為是的西方始料不及的失敗。

　　虹影過去玩弄的「玄秘」，現在大張旗鼓變成一系列不可思議的荒謬，變成一連串的錯位或誤置，這可以看到，虹影對中國九十年代初的先鋒派寫作保留了維護的姿勢。這個來自東方古國的女子，莫名其妙被扣，又莫名其妙釋放並獲得「哥倫布前大學」三年的全額獎學金，居然連導師的面也不用見。她變成一個到處遊蕩製造事端的社會閒雜分子。這個「我」同時成了一切喜劇和鬧劇的參與者或見證人。這整個故事就是由一連串的胡鬧構成，一系列不可思議的奇遇使故事隨意轉折。然而，它又有著極為真實的現實內容，它幾乎涉及到了當今西方各種各樣的癥結性問題，概括了當今國際化的各種思潮和文化面貌。種族歧視問題，邪教問題，女權主義，高科技崇拜，環境保護，移民問題，文化多元主義……等等。它製造了一個跨國資本主義時代的全息圖，一大堆令人眼花繚亂的後現代超級奇觀，一個盛大的世紀末的狂歡節，它是後當代寓言和女性白日夢最奇妙的結合。不管怎麼說，中國的女性主義小說第一次與國際化思潮對話──儘管有人認為這種對話純屬多餘，純粹是在給大中國丟臉。但我依然認為當今中國的小說寫作眼界過於狹窄，缺乏基本的當代性，缺乏基本的當代知識背景。至於女性小說更是封閉於自我個人的內心世界，不斷地重複複製個人的經驗。在這一意義上，虹

影的小說提示了一種新的經驗，打開了一個廣闊的視野，它的獨特價值是毋庸置疑的。

也許多年居住在倫敦的經驗，導致虹影更加熱衷於去表現全球化時期生活秩序被毀壞的困境，這種困境預示著民族—國家認同也發生危機。《千年之末布拉格》試圖以恢宏的筆調寫出一幅世紀末的全景圖。這部分以戲謔的敘述開端，它類似警匪片之類的電影場景，極權政治與恐怖活動混淆一體，現代高科技與資本原始積累相得益彰。這個場景充滿喜劇和鬧劇色彩，具有奇觀性並且在製造懸念。小說筆鋒一轉，卻轉向描寫我與「花穗子」的恩怨糾葛。虹影一直想表現男女之間的對立，現在她把視點轉向了女性自身。也許在虹影的理解中，女性之間的背叛，女性內心的正義與良知的分裂更可突現世紀末的人倫境況。小說選擇「布拉格」為背景，也許不無象徵和隱喻的意義。布拉格這個東歐的古城，曾經是本紀初歐洲重鎮，十九世紀的古典式建築顯示了其歷史之厚重，也可見其歷經的歷史變故。布拉格本身是個世界史輪迴的見證，然而也是歷史淪落的縮影。現在這個勉強回到資本主義老路上去的古舊城市，被東方（中國？）的一個跨國公司所控制，東方人在這裡為所欲為，接近橫行霸道，晚期資本主義的邏輯依然是利潤第一，這個曾經用意識形態來控制的國家現在則把經濟放在首位。小說敘事在兩個反差極大的層面上展開，一方面是敘述人「我」與「花穗子」的關係糾葛；另一方面是光怪陸離的世紀末式的末日場景。中心命題依然是虹影慣常思考的性與人類存在的真諦。

在這裡，女性的白日夢式的敘事再次發揮到淋漓盡致的地步，並且更加有意識地與對歷史進行寓言式的書寫相結合。要準確表明這部分小說的歷史寓言意義是困難的，總之，作者任意發揮奇思異想，對人類複雜的處境，兩性關係，友情與忠誠，正義與良知，以及人類的終極性等等，既進行不懈的探索，又加以尖刻的嘲諷。千年之末的災難意識，對原罪的恐懼，與作者熱衷於表現的生命的歡愉加以混淆，使人難辨真假。但不管如何，還是可以看出作者的手筆大起大落，背景極為開闊，文化代碼異常發達。在這一意義上，這部分小說與第二部分一樣，可以說作者有一種當代中國作家普遍所欠缺的那種全球化意識，也就是在全球化的歷史場景中來表現人類所面臨的生存困境。資本主義全球化，並不僅僅西方向東方（亞洲）的擴張，同時，還有東方向衰敗的歐洲的擴張。作者的這種假想雖然很難說有現實依據，但也不失為一種對現行歷史的顛覆。作為一次徹底的後現代式的寫作，《千年之末布拉格》是漢語寫作少有的開放式的文本，它涉及到時空的隨意變化折疊，它捲進無

數的作為「他者」存在的文化代碼（如各種各樣的書名、音樂作品名和歷史人文知識），它最大限度地調動各種自相矛盾的情感因素，它同樣涉及到後當代那些歷史事件和敏感的主題，如恐怖主義，性變態，暴力與毒品，高科技的反人性問題，跨國資本主義輸入，東方主義⋯⋯等等。《千年之末布拉格》顯示出虹影充分展開敘事的能力。

不難看出，虹影早期並不長的寫作經歷也包含著不同時期的變化。過去的那種過分追求前衛敘事方式和神秘主義的傾向，更多為明晰和寫實所替代。儘管《女子有行》充滿了虛構的荒誕，但它的敘事本體是有現實為依託的，它的整體敘事明晰而流暢，而局部場景也在玄機之間透出生活原本的面目。我想這種變化是明智的。過分的實驗性文體已經沒有多少革命性的意義，在格非和孫甘露之後，中國小說已經沒有多少形式方面的障礙需要逾越，況且格非和孫甘露以及余華都作了新的調整。在常規寫作的意義上，我更贊成「細微的差別」，某種四兩撥千斤的探索性實驗，即把常規敘事作些微的調整，會產生意想不到的效果。虹影有那麼多的奇思怪想，有極好的語言感覺，有設置結構和玄機的足夠智商，她放平實些，她能保持全球化的敘事視野，關注那些敏感的後現代時代的難題，更多的回到直接的現實經驗，回到現實的生存和對人實際命運的關注，她肯定會有更大的作為。

二、回到歷史的中國書寫

事實上，走向成功的虹影在這方面已經做出有效的調整，她的小說更傾向於寫實，這使她開始為更多的人接受，並邁出了國際化的驚人步伐。虹影后來的作品就不那麼偏向於形式主義，她在海外的成名作品《饑餓的女兒》（《河的女兒》）[5]可以看成是一部自傳體的小說，講述一個生活於底層的私生女的成長經歷。她在貧困與饑餓掙扎，同時承受著青春成長的困惑。

小說開篇就描繪了六六生存的惡劣環境：歪歪斜斜擠成一堆的板房、油氈房，混亂不堪的街道，路邊的垃圾散發著臭氣，噁心的公廁⋯⋯這些城市貧民只能聽天由命居住於如此惡劣的生存環境。小說的女主人公六六就生長於這樣的環境。但更為困難的是她的家庭，貧困的家庭養育著六個子女，父親有病，靠母親做苦力養活一大家老小，他們只能困守在不足十平方米的破漏房屋中，這樣的生活就是「不死地生

---

[5]　這部小說的英文書名叫：The Daughter of River.

活在一種死亡之中」。六六從小在家庭就沒有感受到溫暖，饑餓與冷漠毫不留情地吞噬她的成長歲月。然而，困擾她的還有十八年來在暗處跟蹤盯梢她的那雙眼睛。直到18歲，她的私生女身份才被揭示出來。這個18歲的少女這才明白，她來到這個世界就是帶著罪孽，她就是罪惡的證明。然而，在那樣時代，母親如此艱辛，一個小她十歲的男人幫助她，他們之間有了情愛，還有了一個私生女，這本來是很自然的事，但在那樣的年代，在那樣的處境中，這一切都帶上了罪孽的印記。六六就是罪孽的印記。六六的精神再度蒙受摧毀，她離家出走，她陷入了更深的絕望之中。六六是那個時代苦難的明證，也是其犧牲品。這是六六的苦難的生長史，也是這一代人身處的那個年代的寫照。在六六的成長史中，呈現出來的就是歷史與人民的生活受難史。當然，小說也在另一面展現了人性的堅韌與倔強，生活於底層中的人民所具有的那種美德和對希望的尋求。這部小說有著很濃重的心理傾訴式的敘述，也可以看到杜拉的《情人》的那種敘述文體。當然，這部作品也可見出虹影轉向了寫實性，與《女子有行》的那種觀念性的敘述有很大區別。虹影此後的作品都偏向寫實，更加注重讀者的閱讀。回到中國歷史和現實的書寫，使虹影立足於更厚實的小說藝術大地上。

《K》在虹影小說寫作中可能有著非同尋常的意義，她回到中國歷史，也更緊密更貼切地握住小說藝術的要領。《K》就可見故事和人物的刻畫都十分細緻，更重要的在於，這部小說頗得歐洲浪漫派小說的藝術要領。

《K》可以說是一部典型的浪漫派小說。浪漫派小說——按我的理解，就是標準的歐洲現代小說，就是說，這類小說在美學上有自歐洲浪漫主義和現實主義興起以來支配著小說的歷史和審美標準，所有的藝術創新都在於突破原有的模式，但最終總是形成一種穩定的小說格式。說白了，浪漫派小說就是好看而又具有相當藝術水準的小說。處在當今中國文化轉型時期，文學為適應市場也已經搞得不知所措，人們以為放棄文學史的前提，直接面對市場寫作就是一件輕鬆自如的事。事實上並非如此。能夠適應商業市場又能保持藝術性，這是當今常規小說最為困惑的難題。

如此說來，從「浪漫派」這個角度去理解虹影的小說《K》，並不是降低標準的做法。中國現代以來的小說其實需要補上專業化小說這一課。現代中國小說還沒有完成資產階級文化建構，迅速就被無產階級革命事業改編了。現代小說這種形式，說穿了就是典型的資產階級文化，不管是浪漫派小說還是現實主義小說，都是資產階級個人主義文化自我建構的一種手段。但在中國現代，由於啟蒙與救亡的民族－國家事業需

要，小說成為民族寓言敘事，它成為現代性宏大敘事的主要表現形式。另一方面，浪漫派小說標誌現代小說的專業化的藝術基準，雖然藝術這種東西是個人獨創性的，但它總是有一套現代性的標準和形式。回過頭來看一下歷史，中國的大多數作家不能寫作真正的個人化小說，純粹閱讀的小說。或者說，專業化小說對於當代中國大多數作家甚至於知名作家來說，並不是一件輕而易舉的事。當今一些被叫好的作家，並沒有摸清小說寫作的門道，他們的作品很不專業。當代中國文學經歷過先鋒派文學的形式主義實驗之後，小說已經難以在形式上作出更多的創新，藝術上的突破也不再有衝擊性。不管是作家，還是出版商，都不願做純文學探索的犧牲品，他們更樂於做圖書市場的寵兒。在這種情形下，傳統小說重新完全佔據主流地位則不奇怪。但現今流行的傳統小說，不管是講述故事，或是人物性格刻畫，還是結構組織和語言描寫方面，都顯得差強人意。鬆懈、平淡無奇，不能很好地把握敘述節奏，故事打不開也收不攏，這些都使當今小說缺乏生氣和趣味。虹影的《K》作為一部常規小說，卻可以看出作者對故事、人物、情調、結構以及敘述節奏都把握得相當出色。小說的開頭就顯示出構思的精巧，這裡面顯然蘊含了一個生動而引人入勝的故事。簡潔清晰而內涵豐富，自然舒暢卻多有奇趣。常規小說確實不在於形式和故事有多麼驚人的革命性，只在於恰到好處多出一點。

如果說這部小說多出一點，就在於它在東西方文化衝突吸引的關係中，創建東方文化的奇觀。這部小說的故事就是經典小說的慣有的情愛故事模式，就歐洲的文學史而言，從浪漫主義到現實主義的故事，用福樓拜的話來說：所有的名著只有一個主題，那就是通姦。我說這部小說是一部浪漫派的專業化小說，也就是說它嚴格按照經典小說的主題來展開故事。當然，「通姦」這個主題其實蘊含著極其複雜多樣的歷史內涵。《包法利夫人》、《安娜·卡列尼娜》、《紅與黑》、《紅字》……「通姦」裡面隱含著相當複雜的人性的和歷史的衝突意義。當然，虹影這代作家已經對歷史化的宏大敘事不感興趣，在他們的觀念中，那些歷史與人性的衝突並不構成小說的思想軸心，只是這種故事還映射著一種文化張力，它可以支持故事以及人物也在一種張力狀態中運行就足夠了。

這裡的通姦關係，因為打上東西方文化的衝突，而具有了意識形態的含量，它的虛妄性顯而易見，但也使小說在思想意識內涵方面撿了一個便宜，那就是它具有一種內在性，一種顯而易見的反思體系（正確深刻與否暫且不論，至少它有了某種「東西」）。因此，這裡的情愛關

係，就具有了思想反射力量，從性質上來說，情愛關係可以具有思想化的轉化功能，那就是這兩個人的情愛關係可以再度解釋為是關於東方陰柔的唯美主義對西方的雄奇的唯理主義的征服。小說中把兩種文化糅合在一起的敘事方式，也顯示出作者的文化資源佔有相當不尋常。這部號稱是根據真實的歷史資料創造的小說（虹影因此而吃了官司），顯然是作者在當今跨文化語境中對歷史所作的全面改寫。一個柔弱而美麗的東方女子，用她的神秘氣質和東方房中術降服了一個西洋的花花公子。這毫無疑問是一種帶有意識形態色彩的文化想像——這些觀念上的虛妄，並不能掩飾小說在創建一種思想的映射系統。那種浪漫主義的情懷，早期中產階級的知識趣味，一些介於真實虛構之間的文化背景，這些都使這部小說有著特殊的文化趣味蘊含。

說到底，這部小說還是把兩性吸引中的男女的性格、心理刻畫得相當成功，把勾引的藝術、藝術性的勾引寫到家了。與那些動不動就寫亂搞、赤裸裸的墮落，或者裝腔作勢純情自戀相比，這就是專業化的勾引，當然也就是專業化的寫作勾引。多年前，羅朗・巴特把閱讀比作色情感受，把寫作比作勾引。熱衷於先鋒派形式主義策略的巴特，何以會出此言論，這令人大惑不解。實際上，色情感受和勾引，都不過是他所迷戀的沉醉於其中的法蘭西式的純藝術態度。先鋒性的寫作如此，專業化的小說寫作也可能如此。前者是純粹語言風格的；後者則是經驗性的和想像性的。專業小說寫到家了，就能產生這種效果。

朱利安這個大玩家，過去都是他拋棄女人，現在輪到他墜入情網，拜倒在東方女子林的石榴裙下。我們無法去考究它的真實性，也沒有必要質疑其可能性，這些思想意識之類的東西，不過使故事具有了某種內在性，或者說一種內在的支撐。作者就可以放開手去展示那些過程。事實上，這部小說最成功之處就在於他的描寫性。

在小說中，我們感受到二性的相互吸引被敘述得絲絲入扣，那些勾引的過程卻能透露出一種詩情畫意：

> 朱利安第一次看到她不戴眼鏡。他從未料到林這樣美。紅暈使她的臉顯得非常細膩，而她一生氣，嘴唇微微突出，好像有意在引誘一個吻。那嘴唇的顏色，幾乎像用口紅抹過。
>
> 在窘迫中，林站起來，去取掉在地板上的餐巾。他突然又注意到林的打扮，一身粉白色絲緞旗袍，領口不高，卻鑲滾邊，空心扣。不像校園裡女生直筒式旗袍，而是極其貼身，分叉到腿，把她全身的曲線都顯了出來……

> 燭光讓朱利安找到了熟悉感和親切感，一切好像似曾相識，
> 而不是在一個陌生國家。燭光燦燦，一桌酒菜，林依然是女主人
> 的姿態，若無其事地給他倒紅葡萄酒……（《K》第32-33頁）

　　我之所以在這裡引述這段描寫的文字，在於這部小說確實在描寫方
面相當出色。那種微妙的感覺、矛盾心理、複雜的體驗，都表現得細緻
而富有層次感，優雅從容而舒暢自然。小說描寫的功夫不只是體現在人
物性格刻畫方面，更重要的是在於創造一種情境和氣氛。我以為當代有
兩個天生的小說家，其一是蘇童，其二是王朔。他們分別代表不同類型
的小說家。我們不講他們的變革和創新的意義，就從常規小說的角度，
也就是從專業性的小說寫作角度來看，王朔的小說在於人物的直接行為
動作的刻畫，這就是人物的語言來刻畫出人物的共時態的存在。而蘇童
的過人處則在於表現小說的情境和氣氛。這在《罌粟之家》和《妻妾成
群》中表現得最為充分。蘇童是擅長於揭示人物（特別是女性）的心性
命運來表現人物的歷時性存在。虹影的《K》屬於蘇童一路，她把人物
的心性刻畫得相當充分，她的敘述不斷地對人物的感覺體驗和內心活動
進行辨析，但又不繁瑣，始終保持一種明晰和流暢。從這一意義來說，
虹影的小說敘述功夫已經相當到位，沒有什麼理由不認為她是一個稱職
而出色的小說家。

　　實際上，虹影的小說也呈現為不同的風格，數年前她的小說偏向於
前衛性，遠離直接經驗，她熱衷於探索那些非常規的，陌生化的，神奇
而怪異的超現實體驗。她最初的小說就潛伏著一種玄秘性的動機，這些
神奇詭秘的因素從一開始就引誘著敘事的發展，引誘著故事向著不可預
測的方位變化，並且促使明確的主題意念變得隱晦奧妙。現在，可以看
得出來，虹影的小說越來趨向於常規化，而且她在這方面做得相當到
位。《K》證明了虹影的多種可能性，也提示了當代漢語小說多樣性的
前景。

三、更深地植入中國當代現實

　　虹影在2003年伊始，突然出版《孔雀的叫喊》，這確實令人吃驚不
小，吃驚的不只是因為她驚人的寫作速度；同時也是虹影如此面對中國
當下現實的直接態度。虹影這本書可以從不同角度去讀解，可以從一些
很大的概念，如「離散文學」、全球化、平民意識、反市場的「新左
派」策略等等方面去闡釋；也可以從非常平實的閱讀感受和審美經驗角

度去理解。但是，在這裡，我想從她的文本中隱藏的敘事關係去理解這部作品。

這部小說的直接敘述動機來自修建三峽大壩引發了作者的憂慮情緒而要寫出她的內在感受。這在小說的封底和有關宣傳材料都可以看出。175米的大壩將淹沒100萬移民，高峽將大半落入水中，舉世聞名的風景區，無數的文化遺產將不復存在，這是令作者最為痛心的事。歷史是如何被淹沒，這些草民的歷史，這些不斷被塗改的歷史將被淹沒。虹影一直在書寫草民的記憶，原來是河的女兒，這次是面對大壩。我想虹影寫大壩並不是去迎合市場，她在歐洲一度被定義為河的女兒，在大壩的面前，應該去表達她的聲音。然而，小說敘事是如何處理這些故事的呢？像虹影這樣的小說家是如何呈現出她的內心呢？

事實上，這個「大壩」——這個巨大的大壩在小說中並不常見，幾乎沒有多少正面的描寫，它實際上是缺席的。但你時時感覺這個大壩的存在。這個不在場的大壩是一種象徵物——它把歷史與現實連接起來。一方面是現在的「大壩」，這個觸發了作者反復思考，憂心如焚的水泥澆鑄的大壩；另一方面是歷史，巨大的現代性的中國歷史，那個我的出生之謎，或者說那個關於「轉世」之謎。虹影試圖從現在邁入歷史，但她怎麼能進入另一個歷史，甚至是另一個世界呢？那個轉世的世界呢？確實，那個巨大的現代性的暴力革命歷史，怎麼與現在的這個大壩的歷史連接起來呢？只有「轉世」，可是「轉世」——這個迷信的軟弱的，難以令人置信的歷史變化，就像中間橫亙著一個巨大的歷史大壩一樣，雖然這是一個無形的大壩，但我們並不能進入那個歷史。虹影就這樣堅決而徒勞地進入那個歷史。這種敘述還是有些讓人意外，她就是這樣把二種歷史，奇特而巧妙地聯繫在一起。

在我們閱讀這部小說的時候，可以看到非常具體，非常個人化的經驗。虹影用比較平易的方式切入，但是裡面的東西卻相當複雜，單純中可以透示複雜，這點也可見虹影在敘述上已經頗有能力。這裡有兩個主線，陳阿姨的視角與柳璀的視角，這兩個女性的視角共同推進這個故事。這兩個歷史是完全不同的歷史，他們在這裡交織，在這裡互相尋求他們的過去與未來的一種關係，這個關係在這裡最後陷入了一種困境。這一困境的根源在哪？一個是前現代的女性——鄉村中國的婦女；另一個柳璀，是一個後現代的從事基因生物工程研究（這個領域可以看成後工業化社會的典型標誌）的女性，其相關的倫理正是未來人類最根本的困惑。作為一個前現代的女性，陳阿姨是一個草民，書寫關於草民的歷史。在現實的層面上，這個草民歷史正在被淹沒，被伴隨現代性的大壩

而來的大水所淹沒。這正是虹影寫作的首要動機，她所憂慮之所在。然而，草民有歷史嗎？什麼才是草民的真正的歷史呢？小說敘事展開了歷史尋根，她回到中國現代革命的歷史中，陳阿姨、紅蓮、和尚……這些人，這些芸芸眾生，被捲入那個巨大的現代性的革命史，他們被歷史輕易地淹沒了。柳專員用暴力革命常見的方式輕而易舉理所當然就否定紅蓮、和尚這些人。

小說敘事選擇兩個女性的敘述方式，試圖把前現代的女性在一個後現代的女性眼中去呈現出來。這裡他們交織在一起，呈現了一副中國從前現代進入現代的困境。而這種觀看的視角是後現代的。是從柳璀這個從事基因研究工作的後現代生產力（或生產關係）中的女性來看的，她看到現代性的巨大力量。柳璀的視角也是虹影的視角，這是一種價值觀的角度，更重要的在小說文本中是一種敘述的視角。她不經意就把後現代性的敘述視角加入進來了，或者說隱藏於其中，最後才讓人恍然大悟，隱匿了這麼一個折疊於其中的視角。她要把後現代性的敘述淹沒前現代的歷史，但她越不過歷史，後現代淹沒不了那樣的前現代歷史。過去我們把後現代看成批判性的，其實後現代的批判性，同時也是在謀求建設性的方案，也是對現代性去尋找一個更加富於人文的東西，後現代的這一思想在我們十多年的敘述和傳播當中是表述得不夠，同時也被攻擊者嚴重歪曲和醜化的。

其實後現代是一個尋求平和互補的方案，而不是洪水猛獸式的暴力。它是孔雀，而不是雄獅子；它是草民，而不是強權。虹影在這點上是很清晰的。這兩個女性的對話，歷史跨度如此之大，半個世紀的事情，而中間突然間是中國現代性的歷史，這個非常激進的、革命的、暴力的，對歷史本身並對生命進行摧毀性的歷史，就像一個大壩武斷地橫豎在長河上一樣。這個現代性的大壩，又具有了某種後現代的功能，所以這個大壩迎來了中國社會的巨大的發展，對這個大壩我們能夠說什麼呢？我們感覺到所有的言論撞擊到這樣的大壩都被彈了回來，因為它確實是非常的巨大，它把我們那麼長遠的歷史突然間就阻隔了。

據說修建大壩可以提升當地的經濟，使當地的經濟「往前提升了25年」，那麼對當地（西部）GDP的增長，西部開放的促進將有多麼重大作用，這都是有很多的資料，都有很多的說法。這個大壩創造了一個省份，它帶動了相關的產業，特別是水泥製造業、鋼鐵製造業以及西部就業。在對現代性的大壩進行懷疑的時候，我們又不得不面對中國的現實。中國有大量的農村的剩餘勞動力，這些龐大的剩餘勞動力集中在西部，這點我們又不得不說，它的存在有它某種合理性，整個西部的那些

現代和准現代的製造業都依賴這個大壩生存，包括鋼鐵、水泥、大吊車，相關的產品太多了，它要在整個長江的大壩的流域建立綠化的工程等等，這些都是它相關的產業。我們都必須看到，中國要成為現代化的國家，要非常緊迫地進入後現代的市場化的國家，它所付出的代價也是非常昂貴的。大壩既是一個阻隔，又是一個天塹變通途，又是一個便捷之路——它是這樣一個橋樑，是前現代直接通向後現代的橋樑，所以大壩在虹影的書寫中對中國當下的現實有著直接且矛盾的表現力。

虹影在這裡熔鑄了對中國複雜歷史的敘述，這些問題是通過兩個女性對他們自身命運的呈現和反思，特別是從事基因工程的女科學家。面對陳阿姨，前現代農村的婦女，他們的歷史是怎麼被現代性的壓抑改寫來進行思考。這個歷史如何轉化為當代的歷史？陳阿姨的視角如此堅韌地橫亙於其中，這裡面又包含紅蓮的故事，這是一個堅硬的歷史內核。這個內核以一個前現代的女性，她生命的存在，她的被蹂躪的肉體和命運，被捲入這樣一個龐大的現代性的歷史，她被草率、輕易地消滅了。

這個歷史很有意思，它頗有點後現代式的折疊重複。柳璀的父親就是柳專員，那個無情槍斃可憐的妓女、和尚的幹部。現在誰在為他贖罪？沒有。柳璀也沒有。她又面對著那個據說是轉世的陳月明。這個倒霉的人是唯一對長江文化遺產，對自然之美存有留戀的人。其他的人，所有的人，都被眼前的利益所吸引。這個構思看上去不經意，仔細分析下去，發現這些東西勾連在一起，甚至象打開魔方一樣，從哪個方面看，它都折射出相互關聯的結構。

這裡相互聯繫和糾纏頗為意味深長。一方面，去看前現代的、草民的歷史是如何被淹沒的；另一方面用後現代的視角去看它的時候也同樣陷入困境。很顯然，柳璀（還有虹影）她自己也陷入了一種迷惑，這就出現了另一個問題，也就是關於基因與輪迴的問題。輪迴是一個前現代的希望，所有的希望是寄託在輪迴上，沒有別的。所以在小說的敘事中，這個紅蓮就轉世為陳月明。轉世這種處理手法，是對歷史的嘲諷，也是對現實的戲謔，歷史與現實的斷裂，只好以這樣的神秘方式聯繫在一起。這樣一個反思現代性革命的歷史卻怎麼又夾雜著輪迴的觀念呢？這是虹影在耍的詭計。她知道那個歷史與現在這個歷史的連接非常困難。除了輪迴，怎麼能連接在一起呢？然而，輪迴在這裡是這樣的虛假，小說也不了了之。除了這是一個預設的觀念，這個輪迴沒有更有效的實際功能（包括思想的和敘事推動深化的功能）。但這種象徵意義卻起到作用。這樣使這個從事基因高科技工作的人，這個重新創造人類生命的神話的主人公，陷入了困境，到底這樣一個科學技術能不能使我們

轉世。現代性通過暴力轉世——一種很值得懷疑的轉世；而後現代的基因克隆技術也是轉世的另一種形式，它又如何呢？

我們生長於這樣一個歷史中，從前現代到後現代，其實是歷史強力改變了。這就是說，在這樣輪迴的故事裡，在民族國家的宏大的敘事中，歷經現代性的革命暴力，這個輪迴沒有真正完成，歷史的內核只變成了一個草民——一個叫做陳月明最無用的人，他與那個歷史記憶已經無關。歷史依然重複如故，現代性的歷史卻蓬勃旺盛，一條巨大的大壩變成了歷史的通途。而歷史（文化的革命的）與草民的歷史已經被淹沒，歷史記憶被抹去，只有無望的輪迴寄寓可有可無的希望。虹影后現代式的敘述並沒有充分展開，她也遇到現代性的大壩，她不能全然否定和懷疑它的權威性，它的歷史功效。那些草民也不是無可指責的，虹影一再批判了他們的可悲的毛病。柳璀也沒有洞悉全部生活的奧秘，她只看到了那個若有若無的丈夫的情婦，她就垮了，而她能在精神上復活，則又只能寄望於情愛，一種世俗的家庭倫理。她回到現代性的世俗秩序中，正如虹影最終沒有展開關於基因與輪迴的對話一樣。後現代式的敘述沒有淹沒前現代的歷史，因為中間橫亙著現代性的大壩。我們都熱愛現代性，在審美經驗上，我們都未能超越現代性經驗。因為我們一直在指望現代性的大壩成為超度之橋，這使我們只能生存於大壩之下，就如我們的全部現實。

虹影這部小說已經觸及到非常豐富的當代思想，在歷史與現實的跨度中來處理人物和故事，也顯示她的眼界和筆力。只是這些主題都太複雜，太纏繞，這對虹影與其說是一個挑戰，不如說是一次果敢的冒險，她的死裡逃生，也算是在小說藝術上經歷了一次輪迴。

虹影的創作力相當旺盛，她有著對小說異乎尋常的熱情和虔誠，她幾乎可以說是一個小說創作的「饑餓女兒」。她近年又有不少新作面世，她還有多部相當有份量的作品，如阿難（2001），上海王（2003）綠袖子（2004）上海之死（2005）等，這裡限於篇幅不能一一評述。她近期的《好兒女花》顯然是當代漢語小說最富有爭議的作品，某種意義上也是最富有挑戰性的作品，她把直接經驗完全呈現於小說中，她要用實錄筆法與虛構比試高低，或者說，她如此自信於她的直接經驗，她相信，她的直接經驗具有虛構所無法比擬的意義。中國在文學上的意義一直意味著它是一種無法被虛構超越的經驗，西方的浪漫主義文學一直用虛構替代現實，虛構也就是其生活的現實；而中國的現實則有著虛構無法企及的那種歷史實在性。但這種實在性去除了民族國家的想像，完全

還原為個體經驗時，它的意義價值如何確認呢？虹影的寫作其實在中國當代深刻轉向個人化寫作時，她提出更為尖銳和徹底的問題，那就是個人的直接經驗是否可以公共化，人們觀看和思考個人經驗到底意味著什麼？如果拋開個人經驗直接性這個問題，我們還是可以看到，虹影的敘述還是相當有力道的，這或許是——反諷性地是得自於她的個人直接經驗。那種書寫包含著肉體與心靈的痛楚，刻寫著女人創傷性的情感歷程，尤其是對家族倫理、情愛倫理提供了顛覆性的質詢。這一切依然可以在人性的極端伸展中，看到外在的中國歷史在起作用。個人的、家庭的、姐妹間的、男女異性間的關係，還是有一種中國命運起了最初的和最內在的作用。但這裡，已經可以看出虹影竭力割除這些聯繫，她還是要在純粹的人性的、人倫的悖論中去處理這些極端經驗。當然，虹影過於犀利的筆鋒主要朝向他人，而自我則被一個受傷害的結構緊緊包裹住，這不能不說是小說的一個欠缺所在。人真的要直視自己的靈魂有多麼困難，就像盧梭那樣的自省，最終也不能為人們所信服。

儘管說，虹影的小說轉向中國經驗和女性身份找到了她表達的方式，她的小說有著其他女性作家所少有的那種經驗的直接性和語言的鮮亮銳利。但她的小說也會派生出相關的問題，例如，她過去過分關注怪異的女性經驗；現在則有些偏愛離奇和新聞性，這會使她的小說流於表面化和即時性。如何在真正的生命體驗的深處，在人性的更真切的傷痛中來展開她的小說，對她還是一種考驗。當然，這不是本文幾句話可以說清楚。但我相信，虹影的小說藝術是越來越成熟和大氣了。她所關注的主題，也更具有國際化的視野，恰恰是因為她近年更頻繁地往返於中國與歐洲台港之間，她會更深地體會到一個深刻變革和高速發展的中國，這裡既隱含著抹不去的歷史，又有深刻變異的困局，植根於其中的文學，無疑有其最後的生命力。

原載《紅岩》（重慶）2009年第6期

7、後革命的博弈
——《女同志》中的權力與力比多的辯證法

　　從一九八〇年就開始寫小說的範小青，怎麼說也是小說界中的大姐大了。她的勤奮令人吃驚，作品源源不斷，不溫不火，對社會影響充耳不聞。早先我陸續讀過一些範小青的作品，但留下深刻印象的要數九十年代初期讀到她的《楊灣故事》。那種淡雅卻能裝進一個女子被歷史誤置的命運，筆法令人驚異。彷彿置身於蘇繡、園林之中，曲折通幽而能回味無窮。後來再讀她的《老岸》，就更能見出她的筆法中還藏著許多老辣。範小青的中短篇小說寫得有滋有味，她的長篇也就有足夠的火候。二〇〇五年，範小青的《女同志》在圖書市場不脛而走，這部徹底寫實的作品何以會引起如此關注，無疑與它處理的題材有關。也許這個曖昧的書名會讓某些對特殊文化感興趣的讀者想入非非，但從更大範圍來看，這本書靠的還是它對人們回避已久的社會主義政治文化的正面充分表現。而「女同志」這一特定角色又把性別身份引入權力機制，它所包含的政治與性別之間的辯證關係就更耐人尋味。

　　實際上，社會主義政治文化在中國當代文學的書寫中一直是一個神奇化的對象，從來就沒有，或者說幾乎就沒有質樸本真性的正面形象。在被稱之為「主旋律」的大部分作品中，當代政治生活總是被一系列的氣勢恢弘的口號和事件所覆蓋，為那種徒具能指意義的「八股腔」所環繞，同時被一些執著的雄偉意圖所支配。這些套路歷經歷史的演變，在今天總是有新的外衣替換，在時興身體敘事的後當代時期，這些花哨的外衣卻顯得異常陳舊，以致於人們寧可遺忘它的存在。社會主義的政治生活在當代文學的書寫中幾乎是缺席的，這個情況讓人們想起來都不寒而慄。不是因為這個情況有多麼可怕，而是實在太奇怪了。想起來就像「大病一場」或「大難不死」一樣。當代小說幾乎不去碰這個領域，這個當代中國社會最重要的生活內容，怎麼就在文學書寫中難以露出一些本來面目呢？我說過，當代政治生活，在日常性的意義上也是被人們以「遺忘」的方式回避的，而文學也同樣如法炮製。「遺忘」，真是一個有效的權宜之計。當然，也有人不願遺忘或不能遺忘，揭開那個被遮蔽的樸實無華的生活事實，讓我們記起我們的生活歷程，我們的履歷表，這是很有必要的。對於文學來說，它或許重新開掘出一片豐富的資源。就此而言，《女同志》對社會主義政治生活進行一次重新的梳理，確實

給人以奇異的甚至有點陌生化的感受。我們很難想像，那就是我們曾經經歷過的和依然在經歷的一種生活，我們不只是遺忘了生活的「本真性」，我們甚至都遺忘了我們自己。都以為奔大康了，全球化了，都以為歷史已經終結了，沒想到範小青告訴我們昨天的生活，那麼清晰，那麼生動，事實上，它就是今天的生活。

這部小說敘述的故事貫穿了八九十年代，其故事背景包含著當代中國從純粹的政治性的社會轉向半政治／市場型的社會，這種轉型深刻卻複雜，必然而神奇。內含的劇烈的社會震盪和創痛都在人們的精神心理上留下印記。當代中國文學當然一直參與到這種歷史變革中去，也是它的主要見證。之所以說當代政治生活（尤其是婦女的政治生活）被人們「遺忘」，是指人們並不是在返回到本真平實的政治日常性方式中去體驗這種生活，而是在政治化和審美化的方式引導下去觀望這種政治生活。那種本來的生活狀況和生活質地被人們遺忘了。

在五六十年代，政治生活本身被神奇化了，它是超日常性的。政治生活是一種過度理想性和觀念性的生活，是一種純粹意識形態的生活，它和人的物質生活嚴重脫節，以致於違背日常生活的本質和規則。這樣的政治生活具有排他性，它的非法性的本質因為攜帶著巨大的權力機制，它使日常生活世界變成它的附庸，直至變成它的剩餘物。五六十年代的政治無孔不入，它變成了生活的一切內容。這使文學藝術在表現它時只有模仿它，服從它的存在方式——如果不從文學藝術本身遭遇到的壓迫機制來理解的話，文學藝術對這種生活的表現也無從下手，無法回到日常的現實性。它也只能在觀念的意義上去表現它，它無法與人們的日常性的物質生活相等同。那時的文藝學口號是：藝術來源於生活而又「高於生活」。很多年來，我們並沒有真正理解「高於」中所包含的真正的歷史的和哲學的含義。這個高於的本質在於，社會主義的政治生活本身已經是觀念化的，這裡沒有物質性和日常性的生活，這裡的生活已經被符號化了。就像現在的生活被消費主義符號化了一樣，我們並沒有多少真正素樸的基於日常性需要的生活，而是在過一種符號化的日常生活。五六十年代和七十年代，我們的日常生活實際被政治符號化了。我們過的都是政治符號化的生活。

八十年代的改革開放帶來的思想解放運動，實際也是對政治進行祛魅的運動。因為意識形態內部逐漸發生政治精英、知識精英以及民眾意識的三元分離，這個在主導意識形態引導下的思想解放運動產生了副產品，那就是歷史的多元主體的產生，這個多元主體依然是過渡性的，因為主體要麼是總體性的，要麼是分裂的主體碎片——它必然要向個體過

渡。無法建構成個體的主體碎片，那就是創傷性的主體，創傷性的個體，它無法癒合歷史分離的創傷。整個九十年代的中國思想意識運動就處在這樣的創傷階段。有一部分文學作品觸及到這個歷史階段的內核，觸及到主體的創傷。例如，劉震雲的《一地雞毛》、《官場》等被稱之為「新寫實」的作品，對政治體制中的小人物給予了諷刺和同情的描寫，但劉震雲的戲謔性所包含的敘述主體意向也壓抑了政治體制生活更為多面的複雜性的東西。一切似乎只為權力的大小所決定，其他的可能性被排除出局。自劉震雲之後，當代小說找不到恰當的敘述方法進入體制生活，文學敘事在整體上與這個龐大的決定著中國社會運轉的體制無關。儘管有著為數眾多的被稱之為「主旋律」的作品，但「反腐題材」似乎使這類作品的敘事意向發生嚴重傾斜，在模式化的廉政／反腐的框架中，只有狹窄的一個側面呈現出來，尤其是權力與市場的尋租關係被表現得非常充分，這類作品展現出的更多的是偏向市場經濟生活一面。近年來也有不少作品試圖進入體制去表現當代生活的內在困境。例如，艾偉的《愛人同志》，劉慶的《長勢喜人》，劉建東的《全家福》等，但這些作品重在表現被傷害的主體如何被體制分離出來，小說敘事還是在家庭倫理的結構中來展現生活的疏離狀態。如何進入體制結構內去反映政治生活中的人們，依然是一個令人困擾的難題。

　　從這個意義上來說，範小青的《女同志》就具有頗不尋常的意義。它重新調用了社會主義體制生活的資源，而且抓住社會主義政治文化中最有特點的一部分，那就是婦女從政。沒有任何國家像中國這樣大規模的婦女參與政治工作。婦女半邊天是新中國的理想政治，新中國在婦女解放方面取得的成就超出任何資本主義民主國家。以致於「文化大革命」時期，據說西方女權主義者克利斯蒂娃到中國，發出宣告稱中國是全世界婦女最解放的國家。社會主義的人人平等在男女平等這點上充分體現出來。男女同工同酬，經濟地位的平等使婦女平等落到實處。因此，婦女在社會主義政治體制中的表現，這是社會主義政治文化最突出的特徵。可是，社會主義文學並沒有給予充分表現，《女同志》可以說是第一次用直接樸素的方式來表現這種生活。《青春之歌》書寫了解放前的中國新女性如何走出狹窄的個人天地，投身革命，成長為革命的積極分子的歷程。自《青春之歌》之後，中國社會主義文學再也沒有女性在社會主義事業中的全面成長的故事，這個資源奇怪地斷裂了。連接這個斷裂的就是巨大差異的消費主義時代的小資產階級敘事。《女同志》的勇氣和難度都在於，它重新撿起了這個被人們遺忘的傳統資源。作為這種生活的自在的呈現，它給出了當代中國婦女政治文化的內部全景圖。

小說的主人公萬麗的經歷，從初入體制開始，到成為體制中的如魚得水的核心成員，這種歷時性的結構顯示了婦女介入體制生活的所有內涵。

很顯然，如此客觀化的小說敘事，包含著內在的變異。範小青敘述的「女同志」的故事，並不只是單純的革命遺產的延伸，體制化的政治生活在新的歷史時期具有非常不同的意味。《青春之歌》所表徵的那種革命理想，那種革命的主體與目的論都被刪除了，現在，支持女性在龐大的革命事業中前進的動力機制居然是女性的性別身份。這是驚人的裂變。也許只有放置在「後革命」的意義上來才能理解。社會主義的文學資源現在轉向了後革命的敘事。儘管范小青是一個樸素的客觀化的書寫者，但她恰恰是以女性的質樸與誠實寫出了革命轉向後革命的那種過程和內在動因。在男性權力遍及整個體制的狀況中，女性只有以女性特徵來挑戰男性權勢，並且這一切源於男性的力比多的內驅力。這真是怪不得女性，男性惟有僥幸地說：他們真不知道他們有多麼厲害！

體制中的生活的核心結構當然是權力，按照《女同志》所書寫的，掌權的都是男性。婦女同志在通往權力的道路上要比男同志更不平坦。小說恰恰是在權力與性別角色的辯證關係中產生獨特的藝術效果。之所以說這也是一種「辯證法」，是指慾望（或力比多）與權力的對立關係總是被和諧地統一在一起，權力製造的創傷如何被慾望（力比多）所抹平，它們共同完成向革命事業的高度昇華。壓抑獲得了昇華，力比多消解了，這就是萬麗可以獲得無限進步的動力結構。

女性性別身份在這部小說中實際也是被壓制的，只是不經意地一點點流出來，混合著逐步滋生的消費主義而具有顛覆性，而後者顯然也沒有被明顯表現出來，但卻不可迴避地提出來了。萬麗的女性特徵不斷被壓抑，又不斷地被暗示，那些關於服裝和審美之類的話題不斷侵入工作場所，使那些曾經被貶抑為「小資產階級」的生活作風現在堂而皇之地冒出來。這在這個革命的進步的神話譜系中顯得怪模怪樣，但它卻暗示出體制中的政治生活性別特徵所具有的力量。這個「女同志」的成長進步的故事不只是展示了社會主義政治革命事業欣欣向榮的一面，同時也展示了其特殊的內在結構——這種結構只有在「後革命」的意義上這個偉大的歷史傳統才能被建構起來。過去由階級鬥爭組織起來的由革命的目的論所推動的歷史，現在卻被權力結構中的一種壓抑性的力比多表達所困難地推動。這是當代婦女革命史（如果還能稱之為革命史，還要在革命譜系學中去讀解的話）飽受創傷而能獲得撫慰的惟一方式。令人驚異之處或許正在於：婦女因為性別而蒙受創傷，但也因為性別而能獲得撫慰和解放。男性力比多的潛意識表達恰恰有效地抹平婦女經受的權力

壓制的創傷，二者可以獲得辯證統一，從而完成成長進步的神話。婦女的變化既是社會變革最新的方面，又是最細緻的和微妙的方面。革命發展到今天，已經不需要在階級鬥爭的大風大浪裡經受考驗，婦女的進步完全由另一種方式來完成。

不如意的畢業分配，失戀，無聊的兩年教學生涯，這一切都在小說的第一頁完成，這樣的筆法有點過分老道。我們的主人公萬麗就這樣進入機關成為一名小職員，社會主義的宏偉政治向她敞開大門。但是大門裡還有無數道機關，每進一步都要付出巨大的代價，而成功（進步）的喜悅足以化解曾經的辛酸，慫恿著她向更深的機關邁進。萬麗走到這個機關的第一道門前，向裡面張望，這使人想起卡夫卡的《審判》中的那個著名章節：「在法的面前」。那個鄉下人一直不能進去，他只能停留在法的門口之外，而作者留給人們的是在外面的思考，這就是典型的現代主義思維：在外面的思維（實際上是由敘述人引導的主觀化思維）。在範小青這裡，可以改為「在權力的面前」。並且人物（萬麗）進去了，由此呈現出一個客觀化的世界。因為女性的視角，因為範小青並不強烈和主觀化的意向，她盡可能客觀平靜地展現生活的本來面目，這使在權力面前的萬麗可以更為從容地經歷自己的生活。

一個年輕的女子，沒有背景，沒有經驗，充滿敵意的環境。萬麗小心謹慎，患得患失，但聰明的她開始尋找機會。萬麗是這樣的一個人物，正如小說中萬麗在大學時代的同學兼男友康季平說的那樣：「你是那個聰明可愛的傻女孩，但你要記住，你是一個有野心的傻女孩，你這一輩子，會在無休止的慾望和善良天性的矛盾中痛苦到底，你會將這兩者的鬥爭進行到底」。（見該書第四十五頁）萬麗正直善良，有真才實學，保持有限度的個性，求上進，但不會不擇手段。她幾乎可以說是品學兼優，但在官場的環境中，這些似乎都不是主要的，重要的是要有領導賞識。直到向問的出現，萬麗的轉機發生了，福音開始降臨。她被提拔為副科長，邁出了官場中的第一步。憑著她的才幹和認真努力，她的前途似乎光明一片。但好景不長，她的靠山向問很快就倒臺了，她也避免不了被冷落的命運。幾經波折，萬麗又東山再起，最後得到市委書記的重用，當上區長，後轉任國營房地產開發公司任職，為城市改造發揮才幹。萬麗的履歷表說明這也是一個灰姑娘的故事，從一個涉世未深的一無所有的女孩，或者用康季平的話說，從一個聰明可愛的有野心的傻女孩，變成一個精明強幹的身居要職的女強人。

權力的問題無疑是體制政治生活中的根本環節，範小青的敘述當然會緊握這個軸心。作為一種女性敘事，其視點的展開是透過女性來看權

力運作。範小青並沒有明顯或過分地譴責權力，而是巧妙地把權力紡織進萬麗這樣的女性成長的神話譜系中。這就使這個權力同時具有性別霸權的意味。萬麗的成長進步離不開男性權力，所有的婦女活動都離不開男性權力。在這張男性權力張開的網中，同時運作的是政治與慾望的秘謀。權力隱蔽得很深，然而男性慾望隱藏得更深。範小青不是一個寫慾望的能手，或許有一種女性寫作本身就是壓抑性的，它就能憑藉無意識觸及慾望的壓抑機制和形式。換句話說，範小青的小說，可能以其壓抑慾望的敘事方式反映了權力結構中的無意識壓抑狀況。向問對萬麗的關切分明包含著男性對年輕優秀女性的欣賞，但在這種體制生活中，其慾望無從表達，向問幾乎是以不動聲色，讓萬麗捉摸不透的方式幫助著她。小說寫到婦聯舉辦的中秋聯歡會，市委不少領導參加，向問也在參加之列。小說寫到萬麗被許大姐安排到向問旁邊臨時就坐。萬麗和領導們應酬著，但「她的心思卻在向問身上，雖然向問表情嚴肅，不苟言笑，對她的態度不冷不熱，但不知怎麼的，萬麗一坐到他身邊，就有一種奇怪的感應，覺得他們的心是溝通的……。」接著向問談到萬麗寫的一篇文章《當代婦女自然人格和社會人格和諧統一論》。向問的教導嚴肅認真，卻讓萬麗感激涕零：「萬麗心裡一激動，不由得說，向秘書長，您對我——向秘書長沒有讓她說出感激的話……」向問說著那些教導萬麗的話時，面部幾乎沒有什麼表情，語氣也不重，很平淡，但每一個字都深深烙在萬麗的心裡了。「萬麗自己也不太明白，怎麼能夠從向問的格外嚴肅外表下，看到他對她的真心而深切的關懷……」（小說第29頁）。

向問對萬麗的關切可以看出是純粹的男女同志之間的工作關係，那是純粹的同志式的關係。但何以「同志式」的關係是中性化的甚至是反性別的呢？革命是對性別特徵及其慾望的顛覆，但在延續革命的經典敘事話語的前提下，隱含著不可限定的時代裂痕。

在整部小說中，「領導」的意志和態度決定了這些女同志們的命運，甚至日常的喜怒哀樂。他們所有的期望就是得到「領導」賞識。這些領導有秘書長、主任、市長、書記等。但無一例外都是男性，因為掌握權力，這些男性顯得位高權重，令人敬畏。這些女性無不仰慕這些手握重權的男性。萬麗剛進機關，看到餘建芳整天都在背領導的講話，她渴望有一天能得到領導的賞識。這使萬麗大惑不解，但很快她也就明白了。領導的意圖就是下屬要破解的謎底，誰要破解得準確，搶先破解，誰就會得到重用，就會平步青雲。普通幹部與領導之間的距離幾乎無法丈量，中國民間歷來就有「官大一級壓死人」的說法，沒想到在當代體

制生活中有過之而無不及。而這一切投放在婦女的成長史中更具有創傷性，女性對這些位高權重的男性幾乎像仰望神一樣看著他們。他們的成長進步命運完全被這些「神」決定了，小說非常有效地下意識地以女性的自覺去寫出一群步入政治的女子如何在男性的權力結構中成長的歷程，不管是萬麗、餘建芳、許大姐，還是伊豆豆、陳佳、聶小妹等等，無不是在男性的權力創傷中成長進步，令人驚異之處在於，他們的進步儘管也取決於自己的努力，但卻是由男權自身的力比多與權勢的博弈來決定的。何時力比多戰勝了權勢，力比多的表達隱晦地佔據上風，這些婦女同志的前程就一片光明，反之就暗淡。萬麗的成功包含著這樣的結構，陳佳、聶小妹的失勢也隱含著這樣的結構。

　　但是，範小青對這一主題的描寫實際是非常隱蔽而且手法平淡的。寫實主義的白描點到為止，卻極其耐人尋味。那裡面沒有驚人的戲劇性的衝突，都是平淡的日常細節和瑣事來觸及「女同志」與權力的關係。小說寫到萬麗結婚姻的事情，這裡面包含的意味卻是值得琢磨：向問秘書長的到場，使得萬麗的婚宴規格提高了許多。本來孫國海單位幾位領導，因為有其他事情不一定能來，但後來聽說向秘書長要到，他們都推掉了其他事情齊齊趕到。小說更妙的地方在於那個市委洪書記。小說是這樣寫的：

> 過了些日子，許大姐到市委開會，碰到了市委一把手洪書記，洪書記特意停下來，笑眯眯地看著許大姐，說，老許啊，給你們小萬帶個信，她結婚，請了張三請了李四，就是不請我啊。許大姐有些猝不及防，脫口說，洪書記，小萬哪敢請您啊。洪書記笑著搖搖頭，又說，我這個當一把手的，給下面的印象，就這麼凶啊，連喜酒都不敢請我喝。許大姐已經調整過來，趕緊說，您工作忙，不敢驚動您。洪書記笑道，還是個不敢嘛。你跟小萬說，叫她補請，不然我心理不平衡。走廊裡還有其他人，都跟著笑起來。（第46頁）

　　這幾乎是個親民的經典場景。權力使人變得高不可攀，只要稍微表示一下體恤下情，就讓群眾受寵若驚，感激涕零。洪書記明知故問，下屬哪裡敢拿瑣事驚動他呢？這部小說對權力的揭示不動聲色，不留痕跡，卻處處非等閒之筆。因為在「女同志」的視角來展現男性的權力，性別角色使權力的動作呈現為更為複雜的形勢。他們顯然並不是被動地被男性權勢左右的，他們天生懂得利用隱秘的力比多投射關係，在男性

權勢的裂縫中找到自己廣闊的天地。萬麗就是這樣的小心翼翼地尋找自己的道路，抓住自己的機會。在他們備受男性權勢壓抑的同時，在他們連大氣都不敢喘的那些時刻，那些至高無上的男性權勢們也同樣氣喘噓噓。小說最為成功和最有意味之處，就在於寫出了一部婦女同志的成長史是如何被嵌入權力與力比多博弈的結構中的。

當然，這決不是說這部小說刻意來書寫男性權力與女性性別身份的關係，恰恰相反，這部小說力圖壓制這種關係，淡化這種關係。正是在淡到極處都不能掩蓋的敘事中，我們發現其中深刻的裂痕。所有的女幹部無一例外都極其仰慕手握重權的男性領導，他們的任何一個進步都與男性領導的關照有關。萬麗無疑是一個極有才能實幹而有理想抱負的婦女幹部，她無疑靠的是實幹，但我們要揭示的在於，僅僅有才能和實幹並不行，例如陳佳的例子，她的才能和美貌都不在萬麗之下，而萬麗成功了，陳佳失敗了。萬麗的成功就在於她在權力與力比多的博弈結構中找到了一條平衡之路，而陳佳沒有。

小說有相當一段篇幅寫到向問與萬麗的關係，從字面看不出向問有超出同志之間的關係的地方；但仔細推敲還是不難發現，向問與萬麗的故事一直是在慾望壓制的關聯式結構中展開的。小說寫到萬麗參加市委召開的一個學習之類的會議，在會上到處都是陌生人，她見到向問好像一下子看到了一個親人，向問對她微微一笑，這是萬麗頭一次見到向問的微笑，心裡頓時湧起一股暖流。隨後萬麗想著要抓住機會，去向問的辦公室交稿件。萬麗緊張慌亂，語無倫次，而向問卻不談稿件的事，侃侃而談自己的經歷和喝茶之類的日常事務。到了談話結束，萬麗想對向問表示感激，但話到嘴邊又覺得俗，結果還是向問反過來向她表示感謝：「『小萬，跟你東拉西扯，不知不覺，談了這麼多，耽誤你的時間了。』向秘書長站了起來，萬麗也趕緊站起來，兩人面對面站著了，萬麗又感覺呼吸有點困難，心頭『怦怦』亂跳，向問卻微笑著伸出手，和萬麗握了握⋯⋯」（見該書第四十二頁）

顯然，這樣的場景已經超出了上級領導和女下屬的工作談話的範圍，身居要職的向秘書長最後居然說「耽誤了」萬麗的「時間」，這有點違背常規，只能理解為，向問也非常需要與萬麗這樣的年輕漂亮的女下屬交談，這裡面隱含的就是慾望的問題。當然，向問壓抑了自己的慾望，他對萬麗的態度沒有超出微笑和握手的範圍。而萬麗的緊張也有點莫名其妙，她一直心口怦怦直跳，這就像談戀愛的女子。她與孫國海談戀愛也沒有心跳過，她與孫國海的婚姻快速得驚人，婚後的生活也毫無激情可言。潛意識中，萬麗未嘗沒有對向問的依戀之情，這是領導似的

父愛般的感情嗎？依然似是而非。萬麗這個年輕漂亮的女子在領導的眼中無疑是有品質的，但在這樣的體制生活中，美女的表述不具有合法性，而「才女」的曖昧稱謂使萬麗可以與革命事業相符。美女是私人性的（色欲的）表述，而「才女」可以是事業型的、公共型的表述。向問愛的是「才」，「才女」抹去了潛意識中的力比多願望。

小說試圖在萬麗和向問之間建立起一種潛在的更有深化潛質的力比多敘事，但這種可能性被範小青壓抑住了，這種壓抑導致小說的敘事方向發生變化。小說一直試探性地要觸及萬麗和向問之間的力比多反壓抑結構，這種結構把權力和力比多巧妙而含蓄地結合起來。對於範小青來說，這種巧妙得自於她習慣的壓抑方式，她對力比多非常有限的運用，所謂發乎情止乎禮義。這種壓抑也是體制生活本身的特徵，恰如其分地表達了領導幹部的力比多的結構形式。範小青顯然在這一壓抑結構中遭遇到困難，如果順著這種壓抑結構的展開，小說開始向著私人性方向發展，它顯然適應了當下的個人化的小說敘事潮流；但範小青選擇了對這一壓抑結構的逃脫，她擊碎了這個壓抑結構，向問被從這個緊密的敘事結構中驅逐出去，在小說還不到開頭五分之一的地方，向問就被平書記搞垮被晾到了一邊，與其說是被平書記晾到一邊，不如說是被範小青晾到一邊。因為范小青無法控制向問和萬麗的關係，還是這樣不清不楚，若有若無，那這種關係引導的故事或人物性格都沒有發展餘地。或是發展為一對情人，那小說就像向著私人化的領地挺進，發展為另一種局面，那將與「女同志」所要展現的成長史及其體制化生活產生矛盾。而把二者結合起來，以私人情感帶動個人的成長，以及外部的社會歷史變故，這需要更用力的筆觸，其結果還是要偏向私人性一邊。結果是《女同志》向著外部的社會歷史變化轉向，向著女同志個人的社會化的成長史發展。它引導出社會主義政治文化的變遷史，寫出了體制生活的全景圖，但個人更隱秘的情感史，在體制生活中更複雜的力比多表達結構被放棄了。

事實上，小說中最出彩的地方就是向問與萬麗的關係，那是籠罩在權力魅影底下的力比多的隱晦曲折的表達形式，如果說有什麼中國經驗，這就是最具有中國本土的經驗。在這種經驗中，一個女子如何被拋入體制化的權力結構中，這項權力與力比多縫合得天衣無縫。個人與公共事務，力比多與權力的表達，成熟的男性與稚嫩的女性，身體與話語，快感與壓抑，都在這種結構中起作用。相互制約、相互誤置，總有一種平行、平衡和永不交叉的困擾在運作。這裡面隱藏著那麼豐富充沛的敏感、脆弱、激動和猶豫，總有那麼多的生還是死的疑問要湧溢出

來。當然，範小青沒有讓小說向這個方向發展，小說轉向了另一方向，那就是外部的社會歷史客觀化的方向。權力與力比多的博弈結構儘管還在延續，但只是平面化地在社會客觀性的層面上展開，沒有深入到私人化的領域。轉向客觀化的敘事可以激發起無限豐富的事件、細節、故事、過程，讓人目不暇接，但也相應缺乏那種內在的情感和心理要素。

這就不難理解，向問作為小說中一個極為有潛質的人物，作者讓他半途而廢，在小說的後半部分他幾乎沒有任何作為，後來出現的吳部長，又隱約可見向問的身影和氣質，但顯然是勉強的延續。這樣一個男權權力與力比多隱晦混淆的結構是範小青把握住的要害，她不能深化，也不願輕易撒手。到了吳部長這裡，就不具有向問與萬麗的內在性那種微妙和意味了。吳部長幾乎要流於輕浮了。在省城學習的萬麗遭遇吳部長，又算是遇上了救星。已經走向老練成熟的她這次挺身坐到了前排。她低頭做著筆記，吳部長講到精彩處，她就不由得抬頭看一眼吳部長，「於是她的目光就常常和吳部長的目光相遇」，但這裡已經是明顯的功利了：「坐在後排，是沒有這樣的機會的。吳部長的目光裡，總是含著無盡的鼓勵和贊許，使得萬麗思緒萬千，忽然間，就想起剛進機關的時候……江青就是坐前排坐出來的……萬麗心底裡，不由泛起一股無法說清的酸澀古怪的滋味」。這種描寫無疑相當出色，依然表現出「女同志」要在政治體制中有所作為，多麼需要依賴有權勢的男性。力比多真是四兩撥千斤，隱蔽得那麼深卻又有那麼大的能量。過去的婦女要衝在隊伍的最前面，像林道靜在遊行的隊伍中那樣，現在則要坐在領導演講的前排，而且要年輕漂亮，引起領導的注意。這種權力與力比多的曖昧結構表現了全部「女同志」的命運。這或許就是後革命的「政治慾望學」。從這個意義來看，也使範小青沒有寫萬麗的私人情感，而是把她推到更加廣闊的政治領域，讓她面對更加廣義的男性權力，她是如何能在博弈結構中取勝的。這就是一場權力與力比多（慾望）的後革命博弈，因為這是歷史無意識在起作用，從歷史的總體性上看，這無關乎個體，也沒有私人性，但卻有秘密，卻有權力與力比多之間無比動人的密謀。它們的合作表現得天衣無縫，恰到好處，無懈可擊。這就是後革命歷史得以平穩有效運行的奧秘。

儘管小說沒有開掘出更深層的私人化和心理化的層次，這使小說的情感結構略顯單薄，人物的矛盾性也刻畫得不夠。但總體來看，這部小說重新啟動了社會主義的政治生活資源，寫出了女性參與政治事業的獨特形式，他們的理想抱負遭遇男性權勢而陷入困境。在壓抑的敘事中，力比多以隱晦的形式表達出來，顯示出婦女同志在「後革命」語境中成

長的特有的方式。小說終究以理想化的筆調寫出了「女同志」的成長成熟的歷程，也由此寫出了中國改革開放的歷史轉型，在這個轉型中，萬麗這樣的聰明、有才幹、有抱負的女性獲得了自己的歷史舞臺。小說的筆致委婉細膩，極有分寸地把握女性的追求與困境的展開過程，那些微妙的女性心理描寫，含蓄而耐人尋味的細節都顯示出現實主義小說敘事藝術的成功之處，而其中隱而不顯的權力與性別的緊張關係，展示出宏大歷史所具有的某方面的「後革命」特徵。

2005/10/11於北京萬柳莊
原載《當代作家評論》2005第6期

8、始終在歷史中開創理論之路
——錢中文的學術思想評述

　　錢中文先生寶刀不老，這是當今學界公認的評價。已經七十有幾了，他還是如此勤奮，如此執著，如此勇於去突破自己，確實令人肅然起敬。甚至近年來，錢先生還不斷成為談論的中心，引起各種各樣的「批判」，吸引了眾多的眼球。儘管有些「批判」缺乏學術性，只是借著錢先生作為靶子，但這也足以說明錢中文的思想和理論所具有的代表性和歷史含容量。錢先生在中國社會科學院供職近五十年，那是一個學術機構，在那裡的人都有坐冷板凳的定力，錢先生長期以來並不鋒芒畢露，他溫文爾雅，張馳有度。在上世紀八十年代，他一直在追逐改革開放的熱潮，但他總是有節制，從不激烈也不冒進。這使他的學術雖不能名噪一時，但卻能在當代文藝學的歷史上留存下來。

　　作為錢先生的學生，我要談論錢先生有相當的難度。我知道先生對學術的眼界很高，廉價的喝彩或平庸的解讀都毫無必要；我知道先生從來只管默默耕耘，不問收穫，視虛名如過眼雲煙；但我也知道，談論先生決不是簡單重溫師生情誼，也不是了卻情感債務。對於當代中國文藝理論來說，錢中文先生是一本打開的書，一段持續書寫的動態史，一種概括、總結和諸多矛盾的統合體，一項未竟的現實主義和現代主義糾纏的理論事業。

　　錢先生早年留學蘇俄，這決定了他後來的研究事業與蘇俄理論傳統結下不解之緣。錢先生的文藝理論研究起步，也是新中國文藝理論打基礎時期。可想而知，蘇俄的知識背景，使錢中文在早期的社會主義文藝理論建構歷史中，會有一種天然的契合。儘管他的同代人都熟知蘇俄文學傳統，但錢中文卻是少數幾個能把它化作自己的理論血脈的人——有誰像他那樣對蘇俄文學與理論如數家珍，隨口而出？有誰像他那樣把蘇俄文學傳統當作一種信念，一種永不磨損的個人記憶？幾十年代過去了，錢中文對蘇俄文學依然保持明鏡如初的情感。

　　錢中文多次表示過，不管是做文藝理論研究還是比較文學研究，都要有兩個熟知，即，其一，熟知一門外國的文學史或某個作家，其二熟知本國的一段文學史或某個作家。這正是錢中文先生的本領。在錢中文一生的理論立場和文學觀念選擇上，俄蘇的知識背景起到決定性的作用。這也是錢中文先生在八十年代以後廣泛接觸並深入研究西方現代及

後現代文藝理論，而沒有從根本上改變他的理論立場和文學觀念的根本原因。當然，錢中文也多次表示了他對中國傳統文藝理論的重視，他在這方面的修養毋庸置疑，但在這裡，我想就他的主要的（或主導的）知識來源與他的理論選擇構成的內在關係作一簡要梳理。我試圖更進一步指出的是，錢中文的理論立場的選擇在他那一代的理論家中，具有某種特殊性，這就是他深受他的知識背景的影響。對於錢中文來說，理論立場的選擇並不是像他的相當多的同代理論家那樣，是一種意識形態的選擇——這種選擇意味著可以隨著意識形態的變化隨時改變；錢中文不能，他浸淫於俄蘇文學傳統，他的立場觀點和信念，在最初的時候就被決定了。這當然不意味著錢中文在他後來漫長的研究道路上就沒有變化，恰恰相反，八十年代以後，他提出一系列嶄新的命題，這些命題是他對當代中國的理論困境，對西方現代後現代理論的挑戰作出的回應——令我驚異的是，他的回應，他的理論的深化，又都是針對俄蘇傳統的反思所進行的重新探索和展開。

　　什麼樣的俄蘇傳統構成錢中文的知識基礎？什麼樣的知識記憶使他如此難以釋懷？就從錢中文不斷引述的那些思想資料來看，從他不斷探索的藝術的表現形式，從他始終關注的歷史詩學方面來看，他的知識傳統主要是別車杜、托爾斯泰、屠格涅夫、赫爾岑以及後來的巴赫金、加契夫、柯日諾夫、什克洛夫斯基、洛特曼以及托多洛夫等作家和理論家，也可以說是在俄羅斯文化中受法國文化影響的那種傳統。他較少提到普列漢諾夫、日丹諾夫等人。當然，說錢中文與蘇聯的社會主義現實主義理論沒有密切關係，當然也不完全。我想指出的是，他發自內心對那種知識和理論的欣賞，那種與他的天性和興趣相契合的知識記憶到底是哪些？我想後者不是主要的，而且到後來，他幾乎把那些機械唯物論和教條主義式的理論從寫作中清除出去。錢中文後來在一篇題為《蘇聯文學理論走向》的文章裡提到高爾基世界文學研究所寫作的三卷本的《文學理論》，1971年出版的《藝術形式問題》等著作，這些理論著作也為他所推崇。由此可見，錢中文對俄蘇文學及理論傳統的接受，在很大程度上偏向於藝術形式、語言和風格。他看重俄羅斯文化中的那種深厚的人文精神，寬闊的思想視野和胸懷。而那種在壓抑感下產生的堅韌的氣質品性，也與錢中文以及部分他同輩知識份子的精神氣質相符。

　　錢先生是一個專業型的知識份子，而不是一個意識形態的知識份子。但知識份子都在一定的程度上與意識形態發生關係，而錢中文成長於那個年代，如果說他身上沒有意識形態的烙印是不客觀的。只不過錢中文的知識記憶與意識形態烙印構成了一種奇特的虛構關係。錢先生生

性內向理性，沉靜而有韌性。他不喜歡對抗，不喜歡衝突。對於他來說，某種意識形態的界限是不可超越，也不必超越的。它是一種假定性的存在，就像是藝術虛構一樣。虛構不過是一種前提，在這種前提之下，可以講個人真實的故事——誰解其中味呢？多年來，錢先生從來不正面與意識形態構成衝突，相反，他天然就能夠適應。這除了他對俄蘇文學及理論傳統諳熟於心——他在談論這種知識的同時，也在強化這種知識的領導權；反過來，這種知識也把他作為生存的基礎。但這一切不是他追求的目標，不是他的理論的結果，毋寧說是他的理論一個必要前提，一個潛在的或隱含的邊界罷了。在這個界線之內，他守望著他的內心，守望著他的知識記憶。這就是他從過去到現在，既保持理論的一貫性，又有思想不斷更新的緣由所在。

「審美意識形態」與「審美反映論」是錢中文先生最重要的理論創造，也代表當代中國現實主義文藝理論所達到的新的高度。「審美的意識形態」在觀念層面上，第一次把文學藝術的意識形態與政治意識形態作出明確的理論區分。這一概念的提出，重新確立了現實主義美學的邏輯起點。錢中文最早闡發這一問題，見於1984年他寫作《現代主義創作方法中的幾個問題》，後來以這篇文章的主要觀點為基礎，重新寫作最富創見的論文《最具體的和最主觀的是量豐富的》，發表於《文藝理論研究》，1986年第4期，後收入他的論文集《現實主義和現代主義》（人民文學出版社，1987年）。數年之後，英國重要的新馬克思主義理論家特裡·伊格爾頓出版《美學的意識形態》（英文：Ideology of Aesthetic, 1990, Blackewll），這本書在英語世界影響深遠。這本書和錢中文的理論當然沒有直接關係，但錢中文的理論卻因這本書在中國的翻譯出版而再度引起重視（錢中文先生對此有過反諷性的說法）。在國內，廣西師大王傑教授將伊格爾頓的著作譯為《審美的意識形態》，可能是受了錢中文先生的影響。當然，伊格爾頓與錢中文的立論並不一致，伊格爾頓是把美學本身看作一種意識形態；錢中文是指文學藝術本質上是一種審美的意識形態。二者似乎要反過來說。這種區分在外人看來可能並不重要，但在錢中文先生，或者說在八十年代初的文學理論實踐中，卻是意義重大的。把文學藝術看成意識形態，這是馬克思主義文藝理論的一貫做法，也是後來的西方的馬克思主義的批判理論所秉持的觀點。但在中國八十年代初，要把文學藝術強調為一種審美的意識形態，也就是要把它從政治的直接組成部分剝離下來，而成為一個單獨的自主性的存在。這顯然是文學的自主性思想在作祟，多少有些形式主義和唯美主義的潛在訴求。這也是那個時期，文學理論試圖擺脫政治從屬論和庸

俗社會學的直接反映。錢中文後來並沒有在審美的意識形態方面展開論述，他更側重於在「審美反映」這一概念展開他的理論探討。

八十年代初正是錢先生年富力強創造性旺盛時期，這一時期是當代現實主義理論經受現代主義衝擊時期。文學界對現代主義的急迫尋求，理論界大量湧入的現代主義各種思潮理論，以及知識界一觸即發的思想鬥爭等等，都預示著當代思想和理論急待突破的強烈願望。八十年代初期的意識形態狀況，整個文學共同體的知識準備和思想敏感性，這些都表明中國的理論變革向現代主義發展的難度。錢中文的「審美反映論」應運而生，它有效地打破了現實主義／現代主義之間二元對立的僵局，它使現實主義理論突然具有了主觀（主體）能動性的含義——而這一點，正是開始受到現代主義影響的中國作家和理論家所迫切期待的。毋庸諱言，現實主義長期佔據了當代中國的審美領導權地位，現實主義對歷史本質規律的強調，對典型環境和典型人物的強調，加上無產階級專政下繼續革命的思想統治文藝界，現實主義的核心理論——反映論，被看成是對權威意識形態認定的「歷史」與「現實」的本質規律的機械反映。作家的主觀能動性和審美創造被壓制到最低限度。很顯然，錢中文的審美反映論準確而恰當地糾正這一偏頗。

有必要注意到的是，在錢先生建構審美反映論的過程中，一直隱藏著現代主義／俄蘇文學的對立互動結構，並且這個結構逐步走向互滲開放。我們有必要注意到，1983年，錢先生就寫下《現實主義和現代主義的幾個理論問題》，很顯然，錢先生對現代主義的探討與其他的引介者有所不同之處在於，他始終是帶著現實主義的問題去探討現代主義，現代主義成為他思考反省重建現實主義的一個思想參照系。與年青一代的理論家另起爐灶的做法不同，錢先生並不試圖從理論根基上懷疑現實主義，相反，他始終警惕現代主義對問題的虛假解決。如果對他的引述作一分類探討的話，我們不難發現，關於現代主義的引述總是帶有探討、懷疑、反思的特徵；而所有關於俄蘇文學的引述都具有正面論據的意思，他用俄蘇文學經驗不斷質疑推敲現代主義的那些立論。在這表面的二元對立緊張關係中，我們同時可以發現，它們之間構成一種潛對話。這種對話之所以是一種活生生的理論活動，就在於更具有現實實踐功能，更具有理論的現實生命力的知識獲得了增殖。在錢中文後來的一系列理論建構中，他實際非常廣泛深入地吸收了現代主義的理論成就。最突出的就表現他的審美反映論上。

審美反映論最基本的動機可以看成是試圖把現實主義從機械反映論的模式中解救出來的嘗試，而在它的具體立論中，審美反映論實際超出

了傳統現實主義的界域，它最大可能地強調了主體能動性。錢中文先生解釋審美反映論說道：「審美反映是一種灌滿生氣、千殊萬類的生命體的藝術反映，它具有實在的容量、巨大的自由，它不僅曲折多變，而且可以使脫離現實的幻想反映，具有多樣的具象形態，可使主客觀發生雙向變化」。「審美反映具有強烈的感情色彩。思想是抽象的觀念，而在審美反映中，它卻成了一種具象的、充滿生活血肉的『藝術的思想』、，即對現實生活的、事物特徵感性的總體把握、認識而出現……」他對審美反映進行三方面的約定：其一、審美反映是一種心理層面的反映。其二、審美反映通過感性的認識層面而獲得深層意義。再次、審美反映是通過語言、符號、形式的體現而得以實現的。[6]

如果說錢中文先生的這些規定主要是就表現主體著眼的話，那麼，在他對藝術表現客體進行規定時又如何呢？關於審美反映中的客觀性特徵——錢先生解釋說——通過事物、現象的描寫與內在精神的表現而得以體現。他認為還有這樣一種情況，即主體可以把全部客觀特徵，加以全面主觀化，把主觀特徵全面對象化，形成審美反映中主體側向主觀的全面傾斜。他寫道：「心理現實是一種不斷改變自己特徵的動態統一體。主觀性既然可以消滅存在和觀念之間的絕對界限，賦予客觀性因素以主觀形式，並不斷使之獲得得主觀的特徵，那末在充滿變幻的審美心理現實的實現過程中，原來的主觀因素可以不斷對象化，獲得客觀性特徵，而原來已經獲得了主觀形式，滲入了主觀精神的客觀因素，可以進一步被主觀化，從而形成不斷進行著的雙向轉化過程，展現出審美主體的能動的積極性來」。[7]很顯然，錢先生不管是對審美主體的規定還是對客觀性的闡釋，都與經典現實主義的對反映論的基本規定有很大不同。經典現實主義的反映論，強調客觀真實性，而客觀真實性則是事先被認定歷史或現實的本質規律。現實主義的反映本質上是一種同語反復，它也要求同語反復，同此才能獲得政治的合法性。是否真實地反映客觀真實，根本的標準在於，它是否對已經認定的本質規律作出一致的反映。現實主義的反映論又是一種普遍主義美學，它要表現的是一般、普遍與規律性，所有的個別與特殊都要導向這個被認定的普遍規律。而審美反映論則把主體的審美感知推到最重要的地位，它是心理的、感性的和符號學意義上的反映論——在這一意義上，審美反映論更像是審美表現論。

[6] 參見《現實主義與現代主義》，人民文學出版社，1987年，第75-76頁。
[7] 參見《現實主義與現代主義》，人民文學出版社，1987年，第84頁。

　　錢先生廣泛涉獵歐美現代派創作與理論，他顯然不是簡單地修復和捍衛經典現實主義，而是在與現代主義的頑強對話中，他既看到現代主義的種種問題，也意識到現實主義的某些局限。在新的歷史時期，他把藝術表現的主體能動性最大可能地注入現實主義的反映論，使之重新獲得生機。

　　當然，我們也許會追問，錢中文先生為什麼沒有成為一個現代主義者？如果我們考察錢先生在八十年代以來的理論活動，他花費大量精力研究現代主義，他持續不斷地用俄蘇傳統與現代主義展開對話，在這場潛在而堅韌的思想交鋒中，錢先生也經歷著現代主義的洗禮。他的知識背景也發生潛移默化的改變，現代主義的那些觀念深刻而有力地影響到他的觀點和思維方式。這一點正如七十年代以後的西方馬克思主義者一樣，在他們與結構主義、後結構主義以及後現代主義的持續對話，他們不知不覺也成為這一知識場中的對話者。儘管錢先生的基本立場並沒有改變，他依然站在現實主義立場上，但他的知識體系卻發生潛移默化的變化，他開始轉向歐美現代文藝理論。錢先生在1998年為他的《學術文化隨筆》所寫的「跋」中，曾詳細描述了他的理論轉型。八十年代初，他不僅介紹俄蘇文藝理論，同時也在介紹歐美文藝理論。韋勒克那本《文學原理》就出自他的推介，這本書幾乎是當代文藝理論界知識轉型的啟蒙讀物。錢先生在敘述自己理論思想觀念變化時，他強調了他接觸的那些歐美文藝理論體系。觀念的轉變在於知識的轉型，這也許是錢先生與他的同輩理論家最不相同之處。他的觀念轉變也許有點滯後於他的知識轉變，也正因為此，他的轉變才是真實的轉變。他的同代人不少都是觀念轉變的先鋒，但並沒有真正完成知識體系的轉變，因而轉變並沒有帶來理論的深化和前進。而錢中文的觀念紮根於他的知識記憶，儘管他始終懷戀執著於他的俄羅斯知識傳統，但八十年代上半期，他所接受的歐美現代文藝理論，使得他的觀念立場和方法都發生深刻的變更。作為一個試圖修復現實主義理論的末路英雄，他同時也是一個現代文藝理論的前行者，這二者生動地集中於他身上。在立場與知識的落差之間，錢先生作為一個現代主義的現實主義者跋涉前行。

　　九十年代中期，錢中文先生的思想又有一次拓展。他始終不渝的探索精神，在他那一輩人當中是少有人可以望其項背的。這一時期，錢先生對西方現代主義以後的知識體系研究得更加全面透徹，作為一個堅持現實主義的理論家，確實少有人像他那樣，對西方當代理論懷有如此孜孜不倦的熱情。九十年代中期，中國社會經歷著經濟高速發展帶來的文化危機，這種危機突出表現在知識份子精英文化失落。由於市場化來勢

迅猛，以娛樂消費為目的大眾文化迅速佔領了普通民眾的精神空間，這使傳統用於教化的主流意識形態和知識份子文化難以駕馭民眾的精神需求。八十年代中期，由上海的王曉明、陳思和等人提出的人文精神討論，對九十年代上半期的中國文化形勢作出某種判斷，這種判斷最基本的意義就是，當代中國的文化處於一種人文精神失落的狀況。現在要宣導人文價值，以振民族精神。很顯然，錢先生對這種狀況也作出他的思考，他提出「新理性精神」的觀點。1995年錢先生寫下《文學藝術價值、精神的重建：新理性精神》一文，回應當時的人文精神討論。該文後來收入《新理性精神文學論》文集，並放在頭篇位置。看得出，人文精神構成新理性精神的內核──「它要在大視野的歷史唯物主義的觀照下，弘揚人文精神，以新的人文精神充實人的精神」。[8]他認為新的人文精神的確立，「必須發揚我國原有的人文精神的優秀傳統，在此基礎上，適度地汲取西方人文精神中的合理因素，融合成既有利於個人自由進取，又使人際關係獲得融洽發展的、兩者相輔相成互為依存的新的精神」。[9]總之，錢先生指出：「新理性精神意在探討人的生存與文化藝術的意義，在物的擠壓中，在反文化、反藝術的氛圍中，重建文化藝術的價值與精神，尋找人的精神家園」。[10]就學理的意義而言，新理性精神也是與西方現代主義對話的結果，不過明顯加重了對當代中國現實關切的情感分量。宣導新理性精神可以看出錢中文先生依然保持的理想主義信念，那種知識份子的責任感和悲天憫人的道德情懷。

在九十年代，中國社會的意識形態實際已經發生多元分離，代表民族國家的意識形態與知識份子的專業思想不再相互依存，民眾的利益期待與價值取向也與前二者產生嚴重的分歧，因而，重建社會統一的價值信念系統已經相當困難。當一個社會已經出現明顯的利益分化，就不再是鐵板一塊，不再只有一個共同目標──不同社會階層，不同的家庭和個人，不同的職業群落，都有不同的想法和愛好。在某個階層看來是天經地義的事，但在不同利益集團的人看來，卻未必如此。對於一個時代的知識份子而言，提出某種高度的道德自律和堅定的理想信念是必要的，而普通民眾卻未必能上升到思想高度去思考人生。尋求短暫的快樂和感性娛樂也未必就是墮落，只要民眾遵紀守法，相安無事，他們自可按照自己的意願生活。由於九十年代中國的娛樂業和傳媒的迅速發展，民眾不再追尋精英文化，而知識份子文化也越來越專業化，不再具有意

---

[8]　參見《新理性精神文學論》，華中師範大學出版社，2000年，第9頁。
[9]　參見《新理性精神文學論》，第11頁。
[10]　參見《新理性精神文學論》，第23頁。

識形態的普遍意義，知識份子文化與民眾的趣味愛好相分離，在某種意義上還是社會的進步。五六十年代，知識份子的研究工作最主要的目的是教育人民、團結人民、打擊敵人。現在，知識份子做著自己專業內的事，學術就是學術，它只在學術圈內交流；民眾不必要聆聽知識份子的教誨，因為社會分工不同，都按照本行業的遊戲規則做好本職工作就是最實際的道德自律。職業道德代替社會普遍性的意識形態而成為人的存在的具體的價值尺度。因此，我以為，錢中文先生提出的新理性精神對於知識份子是一次及時的警醒；而同時，如何尊重民眾個人的意願愛好，趣味情調，也是社會向民主化和多元化方向發展要考慮的問題。

關於新理性精神，是錢中文理論思想中顯得比較帶有情感因素和現實關切的命題，也顯示出宏大敘事的特徵。為了回應現實，錢先生幾乎是突然試圖用一個命題概括一個時代的最高理念，也試圖把他的一貫理論思想作一個總體性的提升。儘管我能理解他的那種歷史緊迫感，但我還是感到在他一貫的理論思想中出現的那種與當代對話的慾望——這種對話不只是發生在理論內涵構成方面，而是它的態度，錢先生後來試圖賦予理論的那種現實生命，那種活的強行進入當代的那種慾望。與當代對話的理論態度對於錢先生來說，意味著他的理論具有的一種新的生命力，那是對他自己採取的強行超越。經歷過這次理論總結和概括，錢先生的理論思想又面臨再度開啟，九十年代中期以後，錢先生的思想顯示出前所未有的開放，它幾乎是站在當代思想的前沿，回應當代最尖銳、最前沿、最時尚的理論難題。

對於一個思想豐厚的理論家來說，有些思想長期潛伏在他的精神深處，只有在某些機遇出現時，它才躍出歷史地表。觀察某個理論家的活動軌跡，也如同觀察歷史一樣；歷史並不是直線式地運行，它經常是曲折地交叉式地甚至折疊式地運行。在考察錢先生的思想軌跡時，我也試圖給它重新編碼，把那些交叉和折疊的地方理清，給出更清晰的地形圖。1999年，錢中文出版文集《文學理論：走向交往對話的時代》，這本書收錄的文章大部分更靠近最近幾年，更重要的是，更靠近最近幾年錢中文的思想。「交往對話」——這就是又一次深化的錢中文，它必然更加開放，更具有包容性。這是一種理論立場、思想態度，更是一種精神境界。我注意到本書收錄的那篇題為「交往對話主義的文學理論」，這是一篇論巴赫金的論文。在某種意義上，巴赫金對錢中文後期思想的影響是極為深刻深遠的。儘管錢中文在1983年就寫下關於巴赫金論文，但巴赫金的潛在影響直到九十年代後期才充分釋放出來。

　　據說錢中文先生研究巴赫金與錢鍾書有關。1983年在北京舉行中美雙邊比較文學討論會，這是改革開放以後，中國首次舉行的高級別的國際學術會議，由中國社會科學院主辦，討論會由錢鍾書先生點將。錢鍾書先生早已洞察國際學術風雲，那時國人少有人知道巴赫金，但錢鍾書知道巴氏正在美國走紅。而錢中文的俄蘇學術背景及理論功底，都足以和美國人較量。據說在那次研討會上美國人是對錢鍾書早已五體投地，同時也對中國的學術水準有新的認識。這裡面當然也少不了錢中文的貢獻。也許1983年，錢中文對巴赫金的研究還帶有緊急應戰的特徵，他隨後似乎是放下了巴赫金，主攻方向依然在重建現實主義理論方面。但巴赫金的生平、他奇怪的理論思想無疑是有穿透力的——它對任何一個接觸過他思想的人都會留下痕跡，都會在他們原有的思想結構中打開一道缺口。蘇俄專制時代居然創造出如此眾多的思想大家和藝術家，這確實令人奇怪的，當然也是令當代中國知識界汗顏的事。這要歸結於俄羅斯深厚的文化傳統，還是俄羅斯那種堅忍不拔的民族性格？同樣的情形在其他的國家就難以發生，例如在東歐國家。巴赫金命運多舛，早年因開講康德唯心主義哲學而遭逮捕，原定流放西伯利亞，後經高爾基夫人等友人奔走改為流放條件略好些的庫斯塔奈地區。貧病交加，又遭迫害，43歲那年（1938年）因骨髓炎發作，截去一條腿。刑滿釋放後也沒有穩定的職業。直到65歲那年，才被前蘇聯世界文學研究所理論部的青年人發現，這幾位見到巴赫金不到20分鐘，其中一位叫加契夫的當場就跪了下去。經歷過如此深重磨難，他能建構如此輝煌而震撼人心的理論，除了下跪，人們還能說什麼呢？這類遭遇，社會主義陣營的理論家所見多矣。我想最能打動人的還是巴赫金的理論。在對陀斯妥耶夫斯基的研究中，巴赫金的多聲部對話理論，給現代文學理論以強有力的衝擊。

　　由於篇幅的限制，本文在這裡無法就巴赫金的思想與錢中文先生的理論進行具體的對比分析，描述二者之間的內在聯繫。巴赫金的理論化入錢中文先生的理論體系中的成分似乎並不明顯，散見於他在討論具體理論問題時作為論據的多處引述。但錢中文先生在九十年代中後期不斷走向開放對話的理論姿態，明顯與他研究巴赫金理論相關。巴赫金打動他的不只是一種理論，更是一種遭遇（例如，他經常把他個人在文革的遭遇與巴赫金的經歷聯繫在一起），一種對待文學理論的精神。錢中文在強調「多聲部」，強調「對話」中來完成他與巴赫金的對話。他近年來在更具包容性的立場來看待西方現代主義及後現代主義的一些觀點和方法，這都是巴赫金的直接影響。1997年，錢中文先生為巴赫金全集在中國出版寫下長篇序言，這篇序言全面論述了巴赫金的生平、版本以及

理論思想體系。尤為值得注意的是，他從巴赫金的理論體系中提煉出文學理論建構的未來方向——交往對話主義的文學理論。把「交往對話」提升到「主義」的高度，這在錢中文的思想構造中是一個重要的飛躍。如果說錢先生依然代表著中國現實主義文學理論的某個階段的話，那麼，「交往對話主義」則表明中國現實主義（馬克思主義）的最大可能的開放勢態。錢先生注意到巴赫金強調使自我意識成為主人公的重要方面，為此「要求一種全新的作家立場」，才能去「發現」人的完全性，發現人身上的人性，發現另一個主體，另一個平等的「我」，並由他來自己展現自己。巴赫金說道：「思想意識、一切受到意識光照的人的生活（因而多少有些聯繫的生活），本質上都是對話性的」。[11] 交往對話是陀斯妥耶夫斯基的創造，更是巴赫金的理論發現，也是錢先生繼往開來的理論支點與動力。

事實上，在1993年發表的一篇題為《面向新世紀：八九十年代中外文學理論新變》的文章中，他最後提出：「在中西文論的研究中，綜合研究方法的運用，在於使中西文論產生新的交融。從整個理論形勢來看，一種在科學、人文精神思想指導下具有當代性的中西文論交融研究，將會在下一階段、新世紀得到極大的進展與興盛。雙方交流的研究是一種最具生命的研究，是一種走向創造新理論的研究，是文學理論走向建設的大趨勢，中西文論會以各自的優勢比肩而立」。[12]九十年代後期，錢中文先生的提問和解釋方案都更具前沿性的特徵。面對新的知識發問，並構鑄理論視點，他始終站在重要的理論層面上。近年來，錢先生開始關注現代性和全球化問題，這些問題就是在青年一代研究者中也屬於嶄新的前沿性問題，這些問題使九十年代的中國文學研究與國際學界保持了同步。作為一個理論大家，錢先生當然不是趕潮流的人，他對這些新鮮的理論命題，儘管保持了謹慎認真的態度，相比較當年對待現代主義，他的處理方式顯得寬鬆得多，批判性是他一貫奉行的理論方式，他決不輕易肯定什麼，正如他也不徹底拒絕什麼一樣。他的批判是梳理、理解和闡釋。他的探討一開始就有明確的起點、界線和方向。作為文學理論的現代性問題，顯然不能和政治學、社會學或文化學意義上的現代性研究直接等同，只能根據現代性的普遍精神，與文學理論自身呈現的現實狀態，從學科發展趨勢的要求出發，給以確定。他認為：「當今文學理論的現代性的要求，主要表現在文學理論自身的科學化，

---

[11] 參見錢中文《走向交往對話的文學理論》，北京大學出版社，1999年，第156頁。
[12] 參見《走向交往對話的文學理論》，第278頁。

使文學理論走向自身，走向自律，獲得自主性；表現在文學走向開放、多元與對話；表現在促進文學人文精神化，使文學理論適度地走向文化理論批評，獲得新的改造」。[13]

現代性問題的討論導源於後現代主義對現代性的批判性反思。現代性問題與資本主義全球化密切相關，也與資本主義原創性的價值體系和社會體系如出一轍。因而現代性的反思也是對整個資本主義世界的重新清理。值得注意的是，歐美大學的母語文學系和比較文學系，也紛紛轉向反省現代性的文化研究。九十年代以來，此趨勢有增無減，大有使傳統的文學研究全面轉向文化研究的趨勢。正如某些文化研究者所說的那樣，文化研究已經成為一門超學科。文化研究一方面傾向於當下的全球化帶來的多元文化與跨文化研究，同時對當下的媒體、流行文化、消費社會進行研究；另一方面又重新審理現代性的歷史。確實，在後工業化社會，傳媒已經控制了人們的想像和精神需求，文學這種虛構的意識形態已經顯得越來越不重要，理論研究或者尋求直接面對的文化現實；或者去探究思想含量的更厚重的歷史本身。這確實給文學研究包括文學理論研究提出了嚴峻的挑戰。縱觀國內學界，不少年輕一代的文學研究者也紛紛轉向了文化研究，或者正準備轉向。提前轉向的已經獲得重大的影響，站在各個學科的交匯點，向歷史發問，對現實說話。確實具有相當強勁的思想穿透力。一些以文化研究為主題的學術刊物紛紛出版，在學界和出版界都引起相當積極反應。

在這樣的歷史場景中，錢中文先生依然懷抱著文學理論的信念，他不肯放棄。在當代中國，錢先生可能是對文學理論最為一往情深的人，對於他來說，文學理論就是他的命脈，就是他的日常呼吸。錢先生依然在思考著文學理論的元命題，文學理論的自我更新和未來。我說過錢先生不是一個意識形態型的知識份子，儘管他那輩人當中大部分是或者曾經是意識形態型的知識份子，但他是知識型的知識份子。這種說法可能很令人費解，他的那些觀點、立場和思想方法，決不是意識形態先驗地給定的，而是植根於他的知識，他的俄蘇知識背景。俄羅斯文化的深厚底蘊，決不會因為前蘇聯的解體而在人類精神生活中變得無足輕重，恰恰相反，俄羅斯悲愴的大地依然會生長出頑強的理論之樹。俄羅期文化對中國社會主義文化影響之深遠，這也許並不難理解。它不僅滲透進中國民族／國家的歷史建構中，滲透進國家制度和價值體系；更重要的在於教育體系和知識體系，以及美學趣味的塑造。但俄蘇文化滲透本質上

---

[13] 參見《走向交往對話的文學理論》，第288頁。

是一種意識形態的塑造，是中國社會主義文化領導權建構的資源和範式，隨著這種意識形態的變動，那種觀念、知識和趣味的認同也逐漸發生變異。但對於少部分真正領悟到一種知識的真諦，並且自始至終是把這種知識作為一種信念來接受的人來說，卻真正把這種知識化作他的精神，化為他心靈的一部分。知識是一種記憶，一種與個人的生命融合為一體的趣味情感和思想。錢先生確實儘管在改革開放後長達二十多年的理論活動中──這也是他生命中最重要的理論創造時期，他實際接觸更多的是歐美現代主義的知識與理論。但他始終沒有背棄他的知識傳統，他的思考、質疑、追問與再創造，都紮根於他俄蘇知識基礎之上，這一切對於他是如此順理成章，因為那些知識已經化作血液，流淌於他的思想之脈。而他在九十年代以來所發生的理論轉型，也同樣是他所摯愛的新理論知識所起的作用，當那些理論化為他的知識記憶時，它們凝聚成他的思想和觀念，他的立場與精神。

不管怎麼說，蘇俄的文化傳統與知識構成了中國社會主義文化的一個有機部分，在中國現代性的歷史轉型中，起到決定性的作用。其正面或負面的意義如何，人們自可評述；但作為一段歷史，作為一段與民族／國家，與我們的文化，與我們的個人記憶密切相關的歷史，我們有必要去理解它，用我們的手和良知去撫摸它。不如此，我們何以能理解中國社會主義文化的那種精神品格，中國現實主義美學的那種深厚持續的力量？八九十年代的中國蘊含著變革的力量，就像錢中文這樣懷抱固有知識記憶的人，也經歷著新的理論知識體系的重構，他是真正深入到知識的精髓之中，持續地追問、探究擁抱一種知識，他才真正把知識對象轉化為他自己的血脈。知識就是理論的精神本身，這句話聽上去像是令人費解的常識。很多被稱之為理論家的人或知識份子的人，他們並不是生活在知識中，更少人生活在一種純粹的知識氛圍中，他們游走於各種說法之間，因而也在本質上與知識的真諦相游離。能懷抱一種知識的記憶，能對一種知識懷有永恆的衝動，這是專業知識分子的至福境界。

實際上，錢先生近些年的思想創作又有相當新穎的展開，限於本人的學識和篇幅不能更全面追蹤先生的學術足跡，反映先生豐富廣博的思想。最近兩年，關於「審美的意識形態」的討論相當激烈酣暢，錢先生成為討論的中心，也招致了一些相當偏激的批判，但先生的回應始終學理化，沉著扎實地應對，這裡面牽涉到太多的學術的或非學術的是是非非，不是我這個晚輩在這裡可以澄清的。只好暫付闕如，等有一天書寫當代文學理論史的人來做出公道的評價。

　　走自己的路，由別人說去，這就是錢先生的理論之路，那條路上留存太多的歷史的荊棘，但先生沒有繞道而行，始終在荊棘叢中開創。這讓我們這些後輩有時覺得先生有點卡繆筆下的西西弗斯那種悲壯意味，既讓人肅然起敬，也讓人覺得他給自己肩上的擔子太重。他挑著這歷史的重擔上路，在尋找自己的路，始終堅定不移，那麼平靜，那麼明確，也是一種幸福啊！

2000年初稿，2007/10再次修改

本文原載《文藝爭鳴》2008年第1期

9、不屈不撓的肯定性
——程文超文學理論批評論略

　　數年前，文超還在世時，我寫過一篇關於文超的文章，文章的結尾寫道：「我知道我的朋友此刻又坐在南方的一方書桌前，推開一面窗子，外面是一片綠色和無邊的天空——我知道這就是文超珍愛的生活。我相信，生活同樣會珍愛文超」。誰曾想到，我的願望落空了，我的文章發表之後不到一年，文超就離開了我們；而今天，轉眼就五年了。五年前我和繁華兄去廣州參加文超的追悼會的情景還歷歷在目，當時大廳裡播放著文超生前最喜愛的歌曲泰坦尼克號的《我心永恆》。現場雖然讓人悲傷至極，但如此美好的音樂卻也能讓人體會到文超生前對生活的摯愛。看著當時大廳裡那麼多人發自內心的悲痛，文超九泉之下也可安息。五年了，文超的朋友和弟子們一天都沒有忘記他，看看今年出版的《程文超文存》八卷，就可以看到文超的朋友和弟子們對他的一片深情。這部文集不只是凝聚著文超的思想睿智與學力才華，也彙集著朋友弟子們的追思懷念與深情厚意。今天我們來看文超這八卷文集中蘊含的思想見解，不只是紀念，而是要去發掘文超對當代理論批評的貢獻，他提出的問題，他始終要破解的難題。

　　都說文如其人，我想這種說法用在文超身上則更具有內在性的特點。文超寬厚寬廣，卻又堅韌執著；他的性格也恰如其分地貫穿於他的理論構造中。因為寬厚寬廣，文超可以更為沉著冷靜地看到新理論批評在中國當代所起的積極作用；因為堅韌執著，他不屈不撓地追蹤當代理論批評的建設性價值取向。在這種追尋中，我以為，文超一直要賦予當代新理論以肯定性的價值，他試圖補足當代後現代理論去除的深度的或終極的價值關懷。即便如此，似乎這是當代理論慣常的追尋，其實不然。當代理論批評一直在張揚「精神價值」一類的話題，但那總是從外部，居高臨下式的，以啟蒙的優越性來打壓後現代理論，其實是排斥性的霸權式的話語。而程文超卻始終能在後現代之內，也就是對後現代話語的闡釋中去解析其話語的內在構成，以他的洞悉去撕開後現代話語的「匱乏」與「缺失」，他如此關注後現代話語，又如此頑強要給予現代性的價值關懷——他認為的肯定性和確實性。他彷彿是要給予後現代以現代性的補充，把過於冒進的後現代，往回拉一拉，讓它立足在現代性的切實根基上。文超不想出遊，不想遠行，而他確實真的出

遊了，真的遠行了。他的理論關懷，那樣的肯定性，我們今天怎麼來
看呢？

一、意義的誘惑：重建當代批評的譜系

　　九十年代初，文超從美國訪學歸來，在美國兩年，文超對現代理論
批評有廣泛的涉獵。他回來後，我到北大博士生宿舍去看他，他的書架
上擺放著幾大摞的英文原版書，看得出他已經胸有成竹，且準備大幹一
場。那天我們談了很長時間，話題集中在當代理論批評的出路。我注意
到他關注西方後現代理論在中國的運用，他認為解釋中國的文學文本，
西方的理論會出現偏差，但正是這種偏差，有可能會有中國理論批評經
驗閃現出來。當然，我們都熟知保羅‧德曼的「誤讀」理論，但我們顯
然更想強調中國經驗。因為，文超那時讀了不少我解讀先鋒派文本的文
章，他認為我對西方後現代理論的運用還是打上了我的個性色彩，這是
讓他興奮的。與大多數人懷疑我弄的一套是舶來品不同，文超最感興趣
的，且能看出其中有價值的東西，就在於我針對中國文本，漢語寫作的
當下語境的闡釋。

　　後來，文超完成了他的博士論文《意義的誘惑》，並且在1993年出
版，正好那套由謝冕先生和李楊兄主編的叢書也收入我的《無邊的挑
戰》。直至今天來看，《意義的誘惑》都是一本關於當代中國文學批評
最優秀的著作。其一是它的開創性，它梳理當代理論批評的立場、眼光
和方法；其二是它論述的主題和敢於大膽肯定當代理論批評的意義。那
時關於當代中國的理論批評的著作甚少，即使有，也大部分都是從意識
形態的意義譜系裡歸結批評的主題與意義，從既定的文化秩序來描述批
評家的位置和作用。當代的批評權威完全是以其政治附加值來強化其文
化資本，因而當代批評確實是意識形態次一等級的指意系統。但文超完
全拋開了這種當代理論批評的歸納法，而是另闢蹊徑，他從八十年代以
來的批評在尋求自我表達的途徑和方式這一角度重新梳理出一個新的譜
系，他揭示出這一次潛移默化的分裂活動，看到這一新的歷史變異如何
有效地改變當代文化秩序。

　　文超把這段歷史定義為：「意義的誘惑」。他寫道：「任何時代的
文學批評都是一個關於意義的故事，或追尋、或消解，意義，總是作為
缺席的在場被談論。於是批評家成為與意義捉迷藏的一群人。古往今
來，批評家們樂此不疲地玩著這個遊戲。他們時而自信而自豪地宣稱：
我能抓到意義！時而以揭穿謎底的口吻提醒人們：誰也找不到意義，因

為意義，根本就不存在！而意義卻是這樣一個怪物：你尋覓它時，它藏而不露，在竊笑中讓人們把心力耗盡：你追逐它時，它象天邊的地平線，把追逐變為永遠的放逐；而當你解構它時，你談論的不是別人，恰恰是它──意義」。[14]在文超看來，意義就這樣成為對批評的永遠的誘惑。很顯然，文超對批評與意義的關係進行了一種後結構主義式的理解。批評對意義的追尋不是建立一個確定無疑的實在世界，而是意指著一個無限可能性的開放空間。把歷史「文本化」，這是一種典型的後結構主義式的歷史敘述，文超正是把「文革後」的文學史作為一個文本──一個開放式的，互文性的，意義交織的文本。他甚至乾脆把文學批評就看成一種對文學文本的「再敘事」，這裡沒有權威的意義，這裡沒有歷史的永久在場的本質。確實，在某種意義上，文超的《意義的誘惑》是中國最早的關於當代文學史（或批評史）的反本質主義的歷史敘述。

文革後的中國歷史或思想史，被描述為「新時期」，一方面要破除舊有權威話語；另一方面要建立與新時代相適應的話語體系。程文超把握住他所理解的歷史發展動向：從朦朧詩表徵的神性的隱退與他者的顯現；到尋求解放的人性觀念；再到現代主義對人道主義的超越；在歷史的斷裂帶（無法修補的世界）表現出的逃離焦慮與敘述策略……等等，文超以他寬廣而深邃的眼光，全面而獨特地把握了這段歷史變動的全過程，抓住其內在矛盾和邏輯關聯，揭示了一個不斷追尋而又迷失的西西弗斯與阿爾德涅爾相交織的神話[15]。很少有人象文超這樣，懷著巨大的熱情，而又保持高度清晰的思路，梳理文革後的文學變異。在這樣的變動時期，新生的話語作為被壓制的他者，也必然是一個怪異的不斷突圍又自我放逐的他者。

文超對整個八九十年代的文學與理論批評的變革有著融會貫通的理解，他看到這二者之間的關聯，尤其看到新理論批評自身崛起的或創生的慾望。他並不把它們剝離開更大的或整體的歷史語境，而是從大背景上來看這樣的新生的批評話語如何從那樣的歷史語境生長出來，伸展而去。它當然也是被壓抑、被分裂，有時難免不被自己扭曲。驚異於文超那時保持如此清醒的眼光，他的那些批評──說起來，我在2003年寫的一篇文章裡，曾經做過理解，顯然還不夠透徹。現在看來，文超的批評，以及他的理論構想，那些更具有回到中國本土的那種願望和理論

---

[14] 參見《程文超文存·意義的誘惑》，中國社會科學出版社，2009年第7頁。
[15] 古希臘古羅馬神話，前者指不斷推動一塊巨石上山的那種悲劇精神；後者指走出迷宮唯一依賴的一根線。

抱負，還帶著現代性的眷戀，帶著更堅實的肯定性，去打開他的理論道路。

文超看到了八十年代的中國文學批評不僅設定了自身的歷史起源，而且試圖重新構建自身的歷史。「重寫文學史」這一願望，很顯然包含著強烈的改寫歷史的動機，通過對歷史的改寫，來獲取現實話語表達新的直接前提和歷史合法性。在程文超的敘述中，一種新的崛起的話語是不可阻擋的，年輕一代的批評家顯然是懷著創造歷史的巨大衝動跨進歷史。對一個時代的文化實踐的分析，被程文超賦予了一代人創建歷史的能動性，儘管這種能動性是在歷史困厄的情境中，也是在主體找不到準確的歷史插入點的情形中展開的。在分析黃子平和陳平原、錢理群三人合作的那篇極有影響的論文《論「二十世紀中國文學」》時，程文超既看到他們所攜帶的改寫歷史的巨大能量，同時也看到他們所隱含的特殊的歷史意味。黃文把二十世紀中國文學的總體美學特徵概括為「焦灼」：「二十世紀文學浸透了危機感和焦灼感，浸透了一種十九世紀文學的理性、正義、浪漫激情或雍容華貴迥然相異的美感特徵。二十世紀中國文學，從總體上看，它所內含的美感意識與本世紀世界文學有著深刻的相通之處」。[16] 程文超不僅看到這種概括與歷史之間構成的縫隙，更重要的在於，這種「敘述」所隱含的歷史動機。這些挪用，空白（漏洞）和填補，目的在於建構關於二十世紀文學的新的敘事範疇。程文超寫道：「我們在這裡無意指出他們論述的漏洞，而是想挑明，這些敏銳、深刻、智慧、具有傑出研究能力、產生了廣泛影響的批評家們留下，或者毋寧說『製造』這一『漏洞』的良苦用心：對二十世紀中國文學進行現代主義的描述……根本用意不在改寫過往的歷史，而在推動正在行進的『歷史』」。[17]

因為對當代文學和批評融會貫通的理解，歷史變成一個自我建構的難以周全的文本，在那些理論的展開過程中，文超看到年輕一代的研究者超出歷史語境的抱負，很顯然，理論與歷史之間很難達成一致，這代人的變革願望與既定的意識形態依然有著深刻的矛盾，不能完全徹底地建立起新的理論範式。他構建了一個富有活力的理論批評圖譜，他也以他的執著要清理出未來的路徑。

---

[16] 引自《意義的誘惑》，第56頁。
[17] 引自《意義的誘惑》，第57頁；

二、後現代的建構：穿越傳統的肯定性

在對八十年代後期直至九十年代的文學批評的闡釋中，文超的闡釋相當透徹。儘管文超對後現代主義的態度和立場在今天我還並不完全認同，但我承認文超的尋求的價值的肯定性有他遠見之處。他對那個時期的後現代批評的歷史動機與表意策略的分析無疑是最深入的。文超是進入後現代批評話語的表意策略內部去展開闡釋，揭示了其中隱含的矛盾和無法擺脫的困境。緊緊抓住表意「策略」，文超入乎其內而又出乎其外地展開後現代式的讀解。後現代批評在八十年代後期開始產生一定的影響，這激起了國內同行強烈的不滿。大多數人的指責集中在爭執中國有沒有後現代主義？中國當今社會既然如此落後，何以有後現代主義？後現代主義這種西方的舶來品，毫無理由在中國文化語境中存在……等等。然而，程文超卻與這些淺薄的責難大相徑庭。他感興趣的主要不是批評家們言說了什麼，而是他們如何言說。因而，他把後現代的批評策略作為他的切入口。在他看來，策略是批評家們嚴肅思考後的選擇，它顯示了批評家們切入問題的角度、思考問題的方法，提示了批評家們努力把握的對象和希望達到的結論。他寫道：「對於他們來說，只有運用各自選擇的策略，才能清楚、準確地言說各自的思考。而批評家對於策略的選擇，表面看是純個人的行為，實際上卻有著歷史語境的作用，塗有時代、社會的色彩。不同的批評家對於不同的策略的運用，除個人的、偶然的因素之外，也折射著不同的批評家對於時代、社會的不同的感應。不僅如此，策略還顯示了批評家在外來話語與本土文學、社會之間的位置，顯示了他們在這個位置上探討的洞見與盲視、成就與困惑。而他們的位置，他們的探討，又有從一個側面揭示外來話語與本土文學、社會的關係」。[18]

筆者作為後現代批評實踐的參與者之一，能體會到程文超的分析切中要害所在。後現代話語所意指的意義，確實包含了年輕一代的研究者對當代政治文化前提的直接思考，面對依然強大的權力制度，年輕一代的批評家試圖另闢蹊徑，重新尋找理論的起點和文化目標。後現代主義實際不過是提示了一個新的理論空間，不過是在奧吉亞斯牛圈之外開闢另一塊領地。說到底，這些談論——不管是純粹理論話語還是批評實踐，都依然立足於本土，都是本土最緊迫地那些現實的理論問題。確

---

[18] 引自《意義的誘惑》，第109-110頁。

實，也正因為所處的歷史語境和既定的歷史前提，後現代主義話語才採取一套表意策略。那些裂痕和漏洞，不過是無法縫合的歷史切入口，它表示了那些癥結性的歷史問題是無法超越的。程文超更加關注後現代談論當代文化的「方式」本身表明，他已經把這種談論看成是本土文化峭壁上長出的一棵新奇之樹。它看上去有點怪異，而怪異不過是現代以來的中國文化的基本存在狀態，在現代性的壓力之下，中國現代文化就陷入匆忙應戰的尷尬處境。如果說，這種應戰能做得天衣無縫，無可挑剔，那反倒令人懷疑應戰的真實性。

我感興趣的不僅在於程文超的分析方式，同時還在於他的評價態度。程文超能以這種認真、平和、公允甚至不無讚賞的方式來談論同代學人，這是令人欽佩的。文人相輕自古而然，在當代尤甚。在背後貶抑同行，在公開場合盡量避免提到同代人名字，就是批評和漫罵都最好隱其姓名，不是為了保護某人，而是害怕罵了某人，反倒讓某人成名。於是指桑罵槐，罵得不明不白，是當代批評司空見慣的現象。同代人生怕某人冒尖，自己立即就矮了半截；似乎只有貶抑對方，才能顯出自己的高大。相比較而言，程文超花費如此大氣力，去研究同代人的理論批評，並能做出中肯公允的評價，這是難能可貴的。其中不乏對同代人的肯定與鼓勵，更可以看出程文超對同代人的寬厚和摯愛。文超的這種精神氣度，無疑令人肅然起敬，對改良當代學風，更起到積極的作用。

作為一個建設型的理論家，程文超在看到當代批評的歷史「裂縫」時，他顯然不能聽之任之。他看到舊有的意義體系處於解體的狀況，而新的意義體系尚難以確立。程文超在骨子裡依然是一個理想主義者，這使他對意義世界無法最終排除肯定性的「終極關懷」。因而，文超深知當代的反本質主義在西方世界有其依據；但在中國卻因為現代性之未竟事業，也不可能徹底。在他的心目中，依然有歷史的優先專案和等級價值判斷存在。在他看來，某些意義是代表著正義和歷史發展方向的，是充滿創生力量的新型話語；某些意義是代表保守的沒落的壓制性的舊式話語。對於創生的話語，文超試圖賦予它們，或者說寄望於這種話語更多的歷史堅實性。

作為後現代理論與批評話語的操練者，我那時考慮更多的是如何逃離現存的現實主義規範秩序，並不急於建立新的價值認同。而且對西方的知識體系也更多接受而少反思批判。這點文超就頗不相同，也許程文超的這種立場和價值標向是必要的。破與立依然構成必要的歷史期待，破除舊有的權威意義的同時，有必要建構新的意義。文超的歷史敘述一

如他所把握的歷史自身，他提出了一種口號，一種打破話語霸權和意義壟斷局面的設想，但他並未放棄他的理想理念，他所理解的代表歷史未來方向的意義選擇。在考慮未來的文化重建時，程文超的理論設想明顯趨於穩健，並打上鮮明的本土化烙印。他尋求肯定性價值時，有一系列的設想，例如，他設想以中國傳統文論作為未來文化建構和二十一世紀文學批評的基礎。

很顯然，我在二十一世紀初期聽到文超的這些說法時，還是有所疑慮。中國面向一直是我所懷疑的理論建構維度，我主要是著眼於西方理論批評已經取得的成就，要在這樣的成就的基礎上，做出中國的特色，無疑是項極其困難的工作。有我一時還看不出理論著眼點時，我還難以看到文超的道路指向。那時吳炫先生也提出第三批評的可能性，當時，我對此說的可能性深表疑慮，就寫了一篇文章提出批評。後來我才得知文超也參與這種理論的追尋，這使我要靜下心來想想這個問題，雖然我與文超是好友，但理論學術問題卻是要心悅誠服才行。當然，我批評吳炫也在於他敘述的理論還是太整全了，似乎是一條區隔開來的第三道路。在當時及後來一段時期，我還是不能同意第三種批評的說法。根本緣由還在於，我還是看不到重建第三種批評，或理論的中國面向的切入點和根基何在。但我讀到文超關於中國理論面向的構想時，他的考慮更加豐富，也更多自我反思。為了抹去過於濃重的本土色彩，文超還特地批判了「中國情結」。他寫道：「超越『中國情結』不僅意味著拓寬診斷危機的視野，而且提醒我們消解一組陳舊的二元對立模式，諸如現代／傳統、革新／保守、科學／愚昧等等，以文化建設者的革新姿態和豁達心胸去重新審視中國古代智慧」。

今天看來，文超的想法未嘗不是一種遠見。對於我來說，這種回到中國傳統文化本位去的設想，在今天會讓我有所觸動，並不只是出於我對文超的懷念，而是我自己開始看到可能的切入點，我的思想有了回到本土資源的路徑。這就是當代中國的文學創作，與文超試圖回到傳統資源的路徑不同，我試圖從中國當下的富有漢語言本土創造的文學實踐中找到切入點。例如，在閻連科、莫言、賈平凹、劉震雲的一些作品中，我看到漢語寫作的異質的可能性。漢語寫作經歷了西方文學漫長的洗禮之後，這些作家人到中年，在自身厚實的寫作經驗中，有可能開掘出漢語的存在深度和美學特徵。不再是簡單地回到傳統，而是對傳統的感悟中來體味當代的藝術精神，體味當代的異質性。在傳統與西方之間，又在其外，它可以離去，可以開掘自己的路徑。即使有第三道路，也不是區隔來的另一條道路，而是糾纏交叉在一起的路徑。

我們談後現代理論批評建設，如何重新啟動西方的後現代理論批評？並不只是襲用其概念，如何來重新闡釋？運用中國傳統資源與中國當代文學創新性資源都同樣重要。在這裡，漢語的異質性可以起到相當有效的開掘作用。後現代理論在中國的生長需要新的嫁接，這可能是理論內在裂變，獲取它自身變異的活力的途徑。如同海德格爾重新闡釋古希臘傳統，列維納斯、德里達從希伯來文化和宗教中獲得資源一樣，我們可以從對中國傳統和中國當下創作的闡釋中來打開另一面向。這樣的多元，是創造性的多元，這可能是文超在九十年代初期就試圖追尋的理論境界。那時的文超，如果是為糾正後現代在中國的激進化方案，試圖審慎地回到中國經驗的話；那麼，今天重讀文超，則可以從中發現重建後現代理論批評的堅實根基。

三、慾望的重新敘述：闡釋當下的肯定性

文超一直關注當下中國文化現實，尤其是關注當代的文學藝術創作中透示出的精神價值取向。「慾望」的問題構成了文超在世紀之交關注一個重點，這是對當下中國文化現實有著敏感性的研究者都能體會到的問題。九十年代以來，人們對現實的概括樂於用「慾望橫流」，「慾望勃發」，「慾望」……如何如何，似乎一切嶄新的進步發展，還是敗壞墮落都與慾望有關。在更多情況下，慾望還是一個批判性的詞彙，是關於道德失敗的關鍵字。人們樂於在對現實概括時作為描述性的術語，如果真要研究它，卻難得有深入的作為。因為「慾望」的生產機制如此複雜，「慾望」牽涉的價值體系也同樣曖昧不清，「慾望」的正當性或非法性的尺度也難以把握。總之「慾望」如同一個妖魔，四處興風作浪，而真正要用理論話語將其捕捉卻難以望其項背。

文超卻有勇氣和毅力來解決這一當代難題。他不只是個人傾心研究，這回是組織了一個團隊，如此整齊勇猛地開赴當代文化前沿。值得慶幸的是，文超有一群非常忠厚能幹的學生，他們團結在文超的周圍，這是一個學術素質和潛力相當過硬的豪華陣容。作為一個學者，文超有一位非常欣賞他關懷他的老師謝冕先生；又有一批對他無比擁戴的學生，而文超自己對老師和學生都一樣厚愛有加，我想文超此生足矣，甚至是令人羨慕的。大凡集體合作專案，大家在一起做一個課題，很難做得協調完滿，但文超主持的這個項目，卻做得相當縝密結實。這部書不只表達了文超個人長期的思考和洞見；弟子們的參與也各自以自身的學養和才情豐富了文超的思想。

現在讀到的文超文集《慾望的重新敘述》，副題是「二十世紀中國的文藝精神與文學敘事」，顯然，文超和他的學術團隊是要進入歷史深處來揭示慾望與審美的譜系。文超要從中國傳統文論中汲取養料，在這部著作中也貫徹了他的想法，他們的論述著眼於二十世紀，但學術梳理卻貫通了傳統脈絡。文超寫的序論裡就從孔子《論語》談起，他試圖從孔子的「仁」找到討論「慾望」的思想起源。文超解釋說，仁就是人與人之間的關係，人的慾望滿足必然牽涉到他人。於是孔子說的「己所不欲，勿施於人」就是「一句閃閃發光的話」。雖然文超這裡並未涉及列維納斯的「他者」的倫理學，但可以看出，文超對孔子「仁」的解釋也試圖賦予其他者的倫理學的含義。文超試圖從中國傳統最初的源頭孔子儒家思想中對「慾望」的詮釋，以他的見解，孔子對慾望的解釋還是合乎人性，也著眼於人類社會的精神價值的提升，這為他對後世的批判奠定了基礎。儒學到了宋明理學就對「人欲」進行了壓制性的詮釋，天理與人欲的矛盾，構成了宋明以降的儒學的困局。同樣，文超從古希臘的蘇格拉底那裡尋找對「慾望」的更為本真的解釋。他認為，蘇格拉底對慾望並不排斥，而是強調通過對慾望的協調處理，即要人們將自己的慾望、激情和理性三部分「合在一起加以協調」，達成「一個有節制的和諧的整體」。

文超的獨特之處，在於他並不陷於論證慾望的正當性或非法性的兩難境地，而是去審視從古至今，從西到中的對慾望進行話語轉移的機制，就是經典話語以及當代文學話語，是如何敘述慾望的。正如，孔子用「仁」中的關聯式結構來重述慾望一樣；蘇格拉底也在主體的協調結構中來規整慾望；而康德則在道德律令中來規訓慾望。叔本華卻用意志重新釋放慾望，終歸慾望要轉化為意志，這才能逃離生命之苦痛本質，進而叔本華只有「禁欲」了。叔本華的學說深刻影響了王國維，王國維對叔本華幾乎是一拍即合，他從叔本華的意志與表像世界的輪轉中看到痛苦的本質，人生為慾望所煎熬，如鐘擺般在痛苦與倦怠之間不停地擺動，王國維也只有尋求「絕欲」。王國維對慾望的棄絕，也是對他所處時代的棄絕，他看不到對慾望超越途徑，他本人也只有成就某種道義而獲得生命之永恆價值。

當然，慾望話語最難處理的是當代經驗。當代中國社會自改革開放以來進入高速發展階段，這推動社會發展的動力，不用說離不開人「慾望」。求生的本能也是慾望；滿足最低的生存需要也是慾望；生命與人性的解放也是慾望；社會的生產與再生產也是慾望。如老黑格爾所說，「惡」是歷史發展的槓杆，這裡的惡，在某種意義上就是慾望。沒有慾

望，就不會發展，發展的本質就是慾望。「惡」的表述顯然是慾望的歷史化的批判，只是黑格爾既批判惡，又賦予其以合法化。這就是根源於他的存在的就是合理的，合理的就應該存在。「惡」的破壞或毀滅，才會預示著新生，才會有未來的可能性展開。

如果說，「進步」就是歷史的正義的話，那麼我們批判歷史就變得困難重重。很顯然，我們陷入了同語反復，我們依據某種正義的概念來確認歷史進步，而後我們就某種現實指認為「進步」，只要指認為「進步」的就是合法的，就是正義的，這是典型的現代性觀念。很顯然，後現代對現代性的批判，通過對「進步」進行祛魅，進步並不是歷史正當性的依據，而是有著某種更為本源的「正義」所在，進步與正義沒有天然的親和關係。在對當代中國的慾望現象的處理上，顯然也會遇到這樣的難題。因為當代中國的進步與解放是歷史之必然，是人性的要求。不管是啟蒙話語，還是現代主義話語，甚至後現代話語，都呼喚解放人性。只是啟蒙話語在這裡陷入兩難境地：啟蒙來自理性，理性在一定程度上要依賴解放人性，沒有人的自由和自由的人，無法談論理性。而人的自由則意味著人性的解放。但是，當代啟蒙話語卻是只用理性來啟蒙，用人的精神理想來提升人的價值，只有在精神性存在意義上，人才是啟蒙的理性的存在；它的出發點則是對當下的解放經驗的批判。

但程文超也發現僅只用啟蒙理性來規範慾望敘述也面臨著「現代性的陷阱」。啟蒙理性並不是完美無缺的，並不是萬能的。福科把啟蒙看成是一項「敲詐」[19]，雖然他有他的限定和證詞，還是有些令人驚詫。文超對理性有所警惕，但不會批判到如此嚴厲的地步。文超在對慾望的正當性和限度二者之間的矛盾處置顯然也陷入困境，慾望的釋放具有正當性，這無論從歷史來看，還是從人性的理想性來看都沒有理由壓迫慾望；也正是對慾望懷有如此的「感情」，文超及其團隊才會花費如此大的精力去處理這個主題。但也是因為對慾望的解放始終懷有警惕，對慾望的解放限度有疑慮，他們又試圖規範慾望，給予慾望以精神價值。慾望不應該是始終否定、逃脫和破壞，而應該具有歸宿。這一難題，程文超的可貴之處在於他完全看明白了，既不想分離也不想調和這二者的矛盾，他知道自己的局限性，知道這個問題的難處（而不只是難度）。即使如巴塔耶如此極端的情色大師，也在用神學來拯救情色[20]。巴塔耶的超越性也如同飛越的遊戲，在情色的沼澤裡，如何能飛向神學，飛到上

---

[19] 米歇爾·福科：《什麼是啟蒙？》，參見《文化與公共性》，汪暉、陳燕谷主編，三聯書店，1998年，434頁。

[20] 參見巴塔耶：《色情史》，商務印館，2003年。

帝處呢？除了巴塔耶自己，誰會認為他真的飛越情色（慾望）這座瘋人院？更不用說，在巴黎任國家圖書館館員的漫長而無聊的日子裡，巴塔耶公開站在香榭裡大道，等著濃妝豔抹的流鶯，然後帶他們回家。這樣的故事，在巴黎的知識界流傳，他的作品裡的神性，不知用來給誰超度？也許，對於巴塔耶來說，這樣的行為本身就是與上帝最接近的形式，就是對生命之神的膜拜的儀式也未嘗不可。

很顯然，程文超走的是另一條路徑，他看透了這個問題的複雜性和矛盾性，他只想發掘出歷史的和當下的慾望敘述，他只想以他的方式敘述出這些慾望話語，並嘗試著給予批判或反思。當然，敘述慾望是與魔鬼搏鬥，說著說著，就會被它吸引，就會投身於它的勃勃生機；或者說著說著就會與它搏鬥，因為它無法被馴服，即使作為話語也無法馴服。倒是讓我想起傑姆遜對後現代文化的連描述帶批判時，連老傑自己都禁不住地說：「這是我們的世界，我們的原料，我們能夠工作的唯一種類。如果我們不帶任何幻覺地觀看它，清楚而精確地認識我們面對的一切，這將是一件令人愜意的事情」。[21]老傑差點就要說，這狗日的後現代文化，要不是與晚期資本主義扯在一起，實在美死人了！以致於在中國，老傑是作為後現代文化的傳教士來看的。這要讓老傑知道，會讓老人家大跌眼鏡。

我完全能理解文超及他的團隊展開的慾望敘述，那是一場較量，一場搏鬥，他們帶著「肯定性」的手銬，有點悲壯；如果再有一點遊戲就好了，比如「紙手銬」，而後者正是他們要去除的。其實，多年前，德里達在讀解尼采時，就說道：可以有另一種肯定，即尼采式的肯定，「它是對世界的遊戲、生成的純真的快樂肯定，是對某種無誤、無真理、無源頭、向某種解釋提供自身的符號世界的肯定。這種肯定因此規定了不同於中心之缺失的那種非中心。它的運作不需要安全感。因為存在著一種有把握的遊戲：即限制在對給定的、實在的、在場的部分進行替換的那種遊戲。在那種絕對的偶然中，這種肯定也將自己交付給印跡的那種遺傳不確定性，即其播種的歷險」。[22]

我想這樣來讀解文超卻沒有最後的著落，這是不是有點遺憾？我繞了這麼大的一個圈子，並不是要在最後解構他的「肯定性」，我只是想，文超要給予後現代以肯定性，何其英勇！只是這樣的肯定性應該是後現代式的，應該有更深遠的可能性，而不會是現代主義式的。然而，

[21] 弗雷德里克·傑姆遜：《文化轉向》，中國社會科學出版社，2000年，第110頁。

[22] 雅克·德里達：《書寫與差異》，三聯書店，2001年，第523-524頁。

我知道這樣的困境，後現代的肯定性在哪裡呢？是作為一種方法，還是作為一種價值，或者是二者的混合？只是德里達式的遊戲嗎？後期的德里達也不遊戲，德里達當年自己信奉在尼采式的遊戲中可以有肯定性，後來也轉身向著「沒有宗教的宗教性」去尋求肯定性。而回到中國當代經驗中去尋求肯定性，這是文超留給自己的難題，直到今天還是留給我們的難題。

　　我寫作此文時，彷彿又在和他傾心交談。正是因為過去我們並不常見，他總是在一個遠離我的地方，對於我來說，他還在，他總在那個遠離我的地方，他總在傾聽朋友們的高談闊論……我敢「肯定」他是這樣……

2010/1/12於北京萬柳莊

本文原載《中山大學學報》（社會科學版）2010年第4期

10、中國當代文學的評價與創新的可能性

一、如何評估當代中國文學60年的歷史經驗？

我們反思中國當代文學的困境，並不是對我們的歷史採取虛無主義的態度。在反思的同時，或者說在反思之前，我們也反思我們的反思。羅素說，笛卡爾的懷疑主義懷疑一切，但從不懷疑懷疑本身。也就是說，我們的反思的依據是什麼？我們根據什麼來下斷語要反思中國當代文學？我們根據什麼要說我們的當代中國文學出了嚴重的問題，或得了不治之症？

當然，媒體報導的有關批評及爭論，對中國當代文學幾乎眾口一詞的否定批評是一種重要的參照。

對中國當代文學的批評，其實是自八十年代後期以來就存在的言論，1988年，王蒙先生就發表過文章《文學失卻轟動效應之後》。那時認為文學走向低谷，因為文學再難有振臂一呼的效應。但也是在那裡，中國文學向內轉，出現了馬原、殘雪、莫言，以及更年輕的先鋒派作家群，蘇童、余華、格非、孫甘露、北村等人的寫作。王蒙先生本人也以語言的修辭策略和幽默的風格再次令文壇驚異。迄今為止我還認為他們在那個時期創作的作品把漢語文學創作推向一個嶄新的藝術高峰。九十年代，中國媒體興起，晚報、週報和各種小報鋪天蓋地，那時這些報紙突然間有了一些言論空間，罵別的不行，罵文學的自由是綽綽有餘的。於是，一哄而上，形成勢力強大的罵派批評。

在海外有一些中國作家和詩人（這裡我就不一一指名），基於另一種立場，在那時對九十年代初及以後的中國大陸文學有一種貶抑的評價，其後面的潛臺詞就是：1989年以後，中國大陸沒有文學，中國大陸的文學從此在海外。他們的理由主要是：在中國大陸公開出版的刊物上發表的作品不算文學。我有理由推測他們的觀點在相當程度上影響過某些漢學家。

近些年網路興盛以來，否定當代文學的論調達到高潮。言論大規模的民主化模仿運動，這項運動充分表達了類似舍勒所說的「現代性怨恨」，而所有的怨恨中，對文學的敵視是最容易最自由卻又彷彿最為高

雅的怨恨，因為文學誰都可以說上幾句話，誰都可以自己個人的主觀感受表達極端觀點。誰要是不罵，就不是批評；誰要不把中國的文學現狀說得一團漆黑，就是缺乏良知，就是缺乏藝術眼光。只有貶低現在的文學，所有不懂文學的人，從來不讀作品的人，都可裝做自己藝術欣賞水準無比高超。

這也就是為什麼，一個根本懂不了多少中國當代文學的德國人，可以對中國當代文學大放厥詞而能引起轟動效應，然後背後跟著一大群起哄者和喝彩者，甚至還有些挺身而出的打手。這就是需要人咬人的時代的新聞熱衷於炮製的奇觀現場。

恰恰是這些批評，促使我們思考，到底我們應該如何評價中國當代文學？中國文學到底存在什麼問題，哪些是真問題，哪些是偽問題？那些提問的依據是什麼？

這就不只是要去評價當今的中國文學，九十年代以來，或二十一世紀以來的文學，甚至，「社會主義中國」創建以來的文學，今天都要重新審視，這才能理清我們今天的問題，才能看清他們的依據和我們自己的道路。

因此，我們今天來清理或評價中國當代文學，就要有清醒的學理立場，也應該有中國自己的立場。

為什麼說要有中國的立場？多年來，我對中國人只能做中國的學問，人文科學和社會科學也要本土化，用中國方法做中國的學問……等說法，深表懷疑。但歷史發展到今天，我們評價中國文學，卻沒有中國理論批評研究者自己的觀點立場，這又不得不有所反省。二十年來──今天我們當然不能這樣說：所謂「重寫文學史」其實是在夏志清等海外中國研究的觀念的陰影底下匍匐前行。無疑，夏志清的《中國現代小說史》的觀點，重新發掘張愛玲、沈從文以及錢鍾書的文學史地位，無疑有其價值，「重寫文學史」也在八十年代後期直至九十年代打開了中國現當代文學研究的新的空間。但我們畢竟要看到，「重寫」只是把被壓抑的被放逐的作家重新召回，抬高；而把原來的主流意識形態確認的文學壓抑下去，給予政治性的封閉，這與前此的封閉不過調了一個包。在「重寫文學史」的綱目下，解放與封存幾乎是平分秋色。中國現有的文學史寫作觀念無法闡釋社會主義主流革命文學的正當性和合理性。不管是延續過去的左的紅色神聖性，還是用右的障眼法，除了將其抬到政治的祭壇上，沒有別的去處。只是驅魔太困難，一方面是因為咒語還不夠強大有力；另一方面則是因為「魔鬼」實在還有生命力。讚頌和貶抑都是一場魔法大賽，老一套的魔法其實也是妖魔化了五六十年代的社會主

義革命文學；新的魔法也難以縛住這條蒼龍。還是要依憑於新的理論視野——它不再是魔法，而是在當下的學術視野語境中，彙集了更多的知識構形的基礎上來重新審視這段文學史，並且能給出一點中國自己的立場態度。其實，重新解讀五十至七十年代的文學，也是海外及國內更年輕一代研究者的舉措，但總體來看，還並未找到更加中性化的中國的闡釋方式，其依據的主要還是西方馬克思主義或「新左派」的路數。理論的內在張力還並不充足。

　　當然，到底是基於理論、新的知識譜系，還是基於一種立場？我想立場當然要寄寓於前者，沒有理論、沒有知識譜系，那種蠻幹的立場只會淪為自說自話的儀式。但信念總是要有的，沒有對自身歷史的認識，沒有一種肯定性的認識，我們的歷史將一片空白，最多就是一些邊邊角角的貨色，或者熱衷於翻烙餅，或者捕捉一些漏網之魚。這樣的歷史是成不了大氣候的。我們怎麼去理解毛澤東創建社會主義文化的理想，那種烏托邦的理想，這就要在現代性的激進方案的框架中去闡釋。也才能理解那麼多的知識份子、作家詩人戲劇家投身於那樣的文化創造。它雖然夾雜著太多的挫折，夾雜著太多的謬誤，但那種創造的慾望，那種創建一種為廣大民眾的文學的夢想，創建一種包含著社會主義理念而又和中國民族風格相結合的文學——那確實是一種全新的現代性夢想，確實是在西方現代性之外，另搞一套的雄心。那是值得我們去重視的世界現代性體系之內／之外的中國現代性的經驗。

　　作為研究中國文學的學者，我們面對世界文學的框架，我們有沒有對中國當代文學的價值的發言權？中國文學六十年的歷史，我們有沒有辦法在世界文學的框架中來給它確立一個價值？我們有沒有辦法去看待和評價它？我們在這一世界性的語境中的立場是非常混亂的。我們沒有辦法在世界文學的價值體系中解釋這六十年。我們把這六十年，分為前三十年、後三十年。前30年分為十七年和文革十年；而後三十年還要再切一刀，八十年代、九十年代，而二十一世紀不知道怎麼辦才好？我們沒有辦法進行歷史通盤考察，我們貶抑一些階段，或抬高一些階段，但運用的價值參照和理論框架是不統一的，由此我們的觀點是混亂的。筆者在2009年也出版了一部文學史（即《中國當代文學主潮》）。也是試圖在這麼多的文學史中要想再找到自己的立場，找到對六十年文學史的界定是很困難的。我覺得那幾部非常重要的中國現當代文學史，如洪子誠先生的、陳思和以及顧彬先生出版的文學史都對九十年代以來的文學史寫作提供了新的經驗。顧彬先生對中國現代文學的研究無疑有他獨到之處，也下了相當的功夫，有很多論述令人佩服且值得讚賞，儘管對他的立場和

觀點我依然有批評，但我對他在中國現代文學研究方面的認真精神保持了敬佩。但他對中國當代文學的評價我是不太同意的，甚至很不同意。這也觸發我去思考，到底什麼是我們對中國文學的研究，中國學者對中國的二十世紀或者60年來的文學史有多大的闡釋能力？到底要持有什麼樣的觀點和立場？我這裡用四個關鍵字來把握這六十年來的文學史：開創、轉折、困境與拓路。這是對中國文學六十年的歷史進行整體梳理，在整體中看到階段性的差異，在階段的轉折中看到變異的內在邏輯。

這就是我們如何評價1949年（或更早些1942年）以後的中國當代文學，關鍵是如何給出文學史的和文學價值的評價，這是我們不能回避的難題。中國在那個階段的文學，同樣包含著社會主義政治建制與運動、古典傳統直至五四的文學遺產、西方資產階級的文學影響、以及個人的生活記憶及文學風格……等多項關係之間的緊張衝突，並非只是「政治」二字可概括的。而我們如果僅僅是用「政治化」來概括這個時期的文學，用「集權專制」底下的意識形態的附屬品的文學來給予定位，這完全忽略了那個時期的文學依然具有的複雜性。我們現在重讀《三裡灣》、《紅旗譜》、《創業史》、《野火春風斗古城》、《青春之歌》甚至《豔陽天》等作品，我覺得那不僅僅是「政治」二字可以封存住的。在那樣的語境中，中國作家對文學的一種想像和表達依然有其獨到之處。並不是說，有階級鬥爭觀念，就能成功貫穿到小說具體敘事中。按照「無產階級革命」的理想性要求，十七年那些表現「階級鬥爭」的經典之作，幾乎無一幸免，都被打成毒草，其罪名，恰恰是資產階級人道主義、人性論。儘管說這是「文革」過激政治運動所致，但那些大批判羅織的罪名五花八門，最容易上綱上線就是資產階級人性論。這也說明十七年的文學並未去除乾淨「人性論」。其中最為普遍的情感表現，就是家族倫理（《紅旗譜》、《三家巷》），母子關係（《野火春風斗古城》）、父子關係（《創業史》、《豔陽天》），鄰里親友關係（《三裡灣》、《三家巷》、《創業史》、《豔陽天》），那些所謂表現個人在革命鬥爭和運動中成長的故事，其實個人的情感也同樣表現得相當充分，《三裡灣》、《青春之歌》與《小城春秋》這種作品，顯然不是「革命」或「政治」二字可以全部涵蓋的。這些作品不只是在資產階級普遍人性論的意義上加以表達，同時具有中國家族家庭倫理文化的深厚蘊含。這也就是為什麼，那種表達今天讀起來還是有令我們激動和佩服的地方。

當然歷史背景不一樣的，有很多被「政治」這個概念完全遮蔽的東西，我覺得今天可以用新的理論理解和闡釋它，打開另一個空間。並不

是回到左派舊有的立場，或者政治上正確的老路，而是要在更廣大的現代性的視界背景上看這段歷史，在這一時期，毛澤東的文藝的思想對馬克思主義的當代化做出多少貢獻？毛的創新體現在什麼地方？這並不是我們現有的理論解決了的問題。有這麼多的作家和理論家在1949年之後，回應毛澤東的《講話》表達的文藝思想，企圖創建一個中國社會主義的現代文化，這是一個很大的野心。這個野心不管它最終是失敗的還是造成了很多的悲劇，但毛澤東提出的社會主義文化的想像，一方面給中國的民族國家的建構提出宏大的形象；另一方面試圖與中國民族傳統風格聯繫起來，創建人民群眾喜聞樂見的中國氣派的作品——這一理想是西方現代性所不能概括的，這只有在現代性的中國激進化方案中才能解釋。歷史選擇了趙樹理，開始是確立了趙樹理方向，但他先是承擔起來，後來卻難以繼續。在世界現代性的文化譜系中，中國的文化／審美現代性，是要重新或者單獨給予定位的，這個定位誰來完成，只有中國學者自己來完成，我們自己不能定位，不能完成此項任務就是對歷史是不負責的。

八十年代後期及九十年代，「重寫文學史」的口號是有積極的意義的，今天當然不能簡單地說它是追逐了夏志清如何如何，而是說夏志清在一定程度上解放了我們的想像。但真理往前走一步，或者說真理長期停留於此就會出現問題，因為如果抱著夏志清不放就是我們的不是了。他已經給了我們一定的想像，在八、九十年代他領跑，帶著我們看到另一片風景，這是應該肯定的；但今天還要跟著他跑可能就要有所警惕了。改革開放30年了，我們應該長大了，我們應該感激西學為我們與世界知識和思想文化融合提供了宏大而開放的平臺，但我們現在總要找到我們自己的道路。這並不是拒絕西方，恰恰是在廣博地吸收西方的知識和思想的基礎上，為世界貢獻出中國的思想。至少在對中國文學的評價上，在一個如此富有民族語言特性的文化樣式上，發出中國的聲音。

可以說，這麼多年來，西學東漸有近200年的歷史，這是任何一個西方的民族所不能比擬的。進入現代以來，實際的情形是，中國人非常地開放、非常激進、非常樂觀；並不是西方某些漢學家所造成的流行印象，說中國人保守狹隘，不思進取。世界上哪一個民族像中國人這麼大的胸懷、這麼大的氣魄廣泛地吸收西方的呢？沒有。面向西方開放和學習的胸襟，也要開始產生出在汲取西方理論的基礎上，對中國的經驗給予更加獨特而深入的闡釋。也就是說，總是要闡釋出中國現代性的異質性，不是被同一性所統攝的那種現代性，而是開掘出中國的現代性的面向。在把中國的社會主義經驗納入西方的現代性，納入世界現代性的範

疇的同時，釋放出中國社會主義文學的現代性的異質性意義。這樣的異質性，不只是亦步亦趨地按照西方的現代性文學給出的標準，而是有中國歷史經驗和漢語言的文學經驗，以及文化傳統的三邊關係建構起來的異質性。

尤其是在社會主義的政治文化與社會主義文化之間也要建構起異質性。並不是在社會主義的正當性的前提下，來論證社會主義文學的正當性。如此，不過是重複黑格爾的「存在的就是合理的」而已。

二、如何應對西方現代以來的文學經驗？

現代以來的中國文學一直是在西方的文學引導下展開自身的現代性實踐。現代時期的民族國家建構超越了其他的需要，內在性的自我無法完全建立，迅速被民族國家想像所壓制。五六十年代創建民族國家共同體的經驗達到登峰造極的地步，當然也是有正反兩方面的經驗教訓。

但文革後的八十年代是一個轉折，這是我們的文學史普通的看法，但在哪一點根本的意義上去認定它轉折，卻是非常需要理論的切入點的。其實我們的文學並不僅僅是修復了文學和現實的關係，我覺得它有很多新的點，我想說它重建了文學和現實的關係，這是五六十年代的烏托邦關係解體之後的更具有直接性的現實關係。如果說五六十年代是烏托邦式的想像，毛澤東一直都不滿意五六十年代的文學，終於在文革期間將那些作品視為「毒草」。我們要思考和五四文學的聯繫在五十年代並不都是斷裂的，包括《青春之歌》。八十年代文革後的文學重新建立和現實的關係，有兩個要點是讓我感到富有開創性的，因而，轉折也是開創。這就是一個「創傷性的自我」和「可能性的自我」的問題。八十年代一直在困難地書寫這兩個「自我」。為什麼我強調「創傷性自我」，這是因為中國現代以來都是現實主義佔據主流地位，而五六十年代文學創建的革命歷史敘事的烏托邦體系，實際上是試圖建立一個革命的浪漫主義。也就是說，中國的浪漫主義重建被革命「篡奪」了，革命在浪漫主義還沒有建立時，就匆忙急切地建立了「革命的浪漫主義」。這使中國進入現代時期缺乏浪漫主義文化。而以賽亞·伯林是把十七世紀以來的浪漫主義看成是西方進入現代最重要轉變基礎，啟蒙主義不過是其中的一個環節，甚至現代主義也只是其轉折的一個環節。此說非常有啟示意義。我們看一看中國現代從1919年的五四以來是浪漫主義和現實主義強大抗爭時期，結果是現實主義佔據了上風。文學走向了民族／國家想像，關於個人的自我的情感並未充分，或者說沒有比較深刻地建

立起來。所以中國試圖以一種革命文學的關係來建立開創浪漫主義，這樣一個和西方17、十八世紀的浪漫主義開創的啟蒙歷史就很不一樣。但在中國這個歷史還是要繼續下去，或者說重新開創，它必然要非常困難地展開。在八十年代，我覺得有一些新的基礎出現，「創傷性的自我」和「可能性的自我」，我覺得這正是歷經歷史創傷後的自我重建的兩個要點。我覺得這兩點也是八十年代的中國重建和五四以及和西方現代關係的關鍵點。

關於「困境」問題。這裡有內與外。內，是指中國現實條件內部和文學內部；外，是指來自外部的一直起規範作用的世界性語境。關於「世界性語境」問題，這裡做簡要闡述。我們面對著西方迄今為止給我們提供的美學的標準，不管是漢學家還是主流的西方語境也好，西方現代性的美學實際上既引導著當代中國的文學前行，也對其構成強大的壓力。

八十年代以後的中國文學，雖然包含著斷裂、反叛與轉折，但並不能完全歸結為回歸到世界現代性的體系中去，並不能簡單理解為回到世界現代文學的語境中就了事。還是要牢牢記住，中國的文學經驗，沒有這一點，我們就無法在自己的大地上給中國文學立下它的紀念碑。也就是我們永遠無法給出中國當代文學的價值準則，因為，依憑西方的文學價值尺度，中國的文學永遠只是二流貨色。但誰來依憑西方的尺度呢？是我們嗎？我們為什麼只有這一種尺度呢？是否有可能，有意外，漢語言文學的尺度會有一點例外呢？僅就這一點例外，它永遠無法為西方文學規訓呢？

西方給予中國的美學尺度，無疑引導、敦促中國現代文學進步、成長、壯大。從文學革命到革命文學，這都是西方現代性引導的結果。後者不過再加入了前蘇聯的榜樣。它是世界現代性在中國的激進化的表現，在文學上也同樣如此。

中國現代白話文學追逐西方一個多世紀，自梁啟超1906年創刊《新小說》，發表所謂「欲改良群治，必自小說革命始，欲新民自必新小說始」（《論小說與群治之關係》）的觀點，中國小說奉西方小說為圭臬。西方的現代美學語境，一直是中國文化走向啟蒙現代性的參照物。但中國自現代以來，其實一直走著自己的激進現代性之路，在文學上也同樣如此。中國的小說終至於以宏大的民族國家敘事為主導，從文學革命的現代性文化建構到建構起中國革命文學，文學與民族國家建立的事業完全聯繫在一起。這其實是西方的現代性文學所沒有的經驗。這一經驗一直偏離西方，它其實並不能完全以西方現代文學的經驗為準則，只

要一以西方現代世界性或人類性文學經驗為準則，中國的現代文學就陷入尷尬，尤其是走向共產革命的文學。夏志清和顧彬等就不願承認這樣的歷史也是文學的歷史；他們寧可把它看成是中國作家受政治壓迫的歷史的佐證（這可以從夏志清的《中國現代小說史》和顧彬的《二十世紀中國文學史》中讀出）。

西方的小說根源在於它的浪漫主義文化，現代主義後現代主義依然是與這個傳統發生聯繫，反叛也是關聯的一種方式，它在這一基礎上。我們沒有這樣的文化根基，我們永遠無法生長出西方浪漫主義傳統下形成的現代小說藝術。這就是直至今天，我們一寫到城市，我們的文學就力不從心。要麼空泛，要麼虛假。但我們在鄉土敘事一路卻有獨到之處。所以，如何適應他們的標準是我們最大的困境，如果沒有我們自己對自身文學的認識及其建構美學準則，我們的文學永遠只是二流貨。所以我認為困境是一個內與外的體現，內和外到今天都面臨著極限，西方給我們施加的美學的標準也壓得我們喘不過氣來，我們用那樣的標準看自己的小說永遠是差了一大截，永遠是不對稱的。但我們沒有想到差異性的問題，我們沒有勇氣、沒有魄力建構異質性。

以賽亞・柏林說：「浪漫主義的重要性在於它是近代史上規模最大的一場運動，改變了西方世界的生活和思想……它是發生在西方意識領域裡最偉大的一次轉折。發生在十九、二十世紀歷史進程中的其他轉折都不及浪漫主義重要，而且它們都受到浪漫主義深刻的影響」。[23]

現代中國文學的浪漫主義一直受到現實主義的壓抑，直至清除。中國沒有經歷一個漫長的浪漫主義階段，這看起來是中國的現代性最致命的軟肋。中國的浪漫主義文化運動由「革命」來完成，「革命的浪漫主義」一直附屬在社會主義現實主義底下，它如同幽靈，又如同魂魄，許多年之後，我們仔細想想，可能社會主義現實主義，只能用「革命浪漫主義」來加以解釋。浪漫主義幾乎是被社會主義現實主義強行徵用，然而，這樣的徵用不可避免，又顯得緊迫，歷史發展到今天，革命要以理想化的，集體化的方式進行，它要建立另一種浪漫主義運動──革命的浪漫主義運動。但它卻不是植根於個人的自我和理性概念，而是革命的集體想像。一旦集體解體，這樣的浪漫主義運動也要終結。

顯然，這樣的浪漫主義概念與中國文學上經常使用的浪漫主義有些不同。例如，德國古典主義哲學在柏林和哈貝馬斯那裡，都被理解為主導的浪漫主義傳統。

---

[23] 以賽亞・柏林：《浪漫主義的根源》，呂梁譯，譯林出版社，2008年，第10頁。

柏林說：「浪漫主義是統一性和多樣性。它是對獨特細節的逼真再現，比如那些逼真的自然繪畫；也是神秘模糊、令人悸動的勾勒。它是美，也是醜；它是為藝術而藝術，也是拯救社會的工具；它是有力的，也是軟弱的；它是個人的，也是集體的；它是純潔也是墮落，是革命也是反動，是和平也是戰爭，是對生命的愛也是對死亡的愛」。[24]

現代主義後現代主義依然是與這個浪漫主義傳統發生關聯，反叛也是關聯的一種方式，也在這一基礎上。

中國的現實主義小說總是追求強大的悲劇性，因此，中國當代小說習慣用刀，我們總是在歷史敘事中來表現人物，長篇小說總是寫歷史中的人和事，而短篇小說卻又試圖寫人。但西方的小說經驗有些相反，長篇小說寫情，現實主義小說的永恆主題，如福樓拜所說：所有的名著只有一個主題，那就是「通姦」。現代派則只寫作一個人的故事，那就是「局外人」的故事；而後現代的開山之作納博科夫的《洛麗塔》的故事不過是「亂倫」。

但是西方的小說確實有它的獨特經驗，從浪漫主義中的自我文化抽繹出來的那種從內在自我迸發出來的經驗，由這種經驗再投射到歷史中去。

這裡試圖簡要分析一下派翠克・羅特（Patrick Roth, 1953- ）《洩密的心》[25]。這篇小說當然不能代表西方小說的全部，某種意義上，它是一篇極為典型的西方現代小說。

小說講述一個15歲的德國男孩與英國女家庭教師的故事。他們一起閱讀愛倫・坡的小說《洩密的心》，小說把這兩個故事聯繫在一起，坡的故事是一個瘋子謀殺一個鄰居老人的，羅特的故事則是一個小男孩愛上這個英國女教師。女教師的名字Gladys Templeton，但後來發現它隱藏一個尾隨的姓，她的丈夫的姓哈威，這個隱藏其實隱藏了她的婚姻，當然包括婚姻的不幸，但最重要的隱藏的秘密／真相則是這個女教師是個吸毒者。這些隱藏的事實是如何相互發生關聯的？坡的「洩密的心」，瘋子的「跳動的心」，我的心跳動，最終小說最後一句話，當然目擊了那個血淋淋的針頭時，「我的心靜止了」。這篇小說利用互文本關係展開敘述，利用他文本，敘述異常緊張，心理的細緻投射到敘述節奏上。表面寫一個不諳世事的小孩一見鍾情愛上一個大他十歲的英國女人，深層寫當今時代的青年男女的社會問題。

這篇僅20頁的短篇小說至少可讀解出這些層面：

---

[24] 以賽亞・柏林：《浪漫主義的根源》，第24-25頁。
[25] 《紅桃J》德語新小說選，上海譯文出版社，2007年。

1、少年的視角展開的微妙敘述。如此美好的青春感覺，純真之
愛，一步步展示出另一個世界。這個世界意味著什麼？少年
的未來與Gladys Templeton的過去聯繫在一起？小說中隱藏著豐
富的修辭系統。學習英語，女老師引領的閱讀，對書本和第一
次對人生的閱讀。一個字一個字閱讀，一頁頁翻下去。如此細
緻、精細的感覺，如此多的隱秘一點點讀出。例如，少年去到
女教師家才發現門牌上寫著：坦普爾頓－哈威，「『哈威』那
只隱形的兔子」。小說從少年的視角確實寫出一個如此富有感
觀和心理變化層次的世界。

2、極其出色的心理描寫。想像和感覺，細微、細微再細微，這樣
的敘述往內在經驗推進。

3、互為文本的小說藝術。隱藏著愛倫‧坡的小說，恐怖的謀殺。
一個少年面前的世界，其實危機四伏。與坡的小說建立起反向
的關係。美好與兇惡在暗中較量，甚至是兩個文本的較量。
從坡的經歷中，也是在暗喻坡的少年時代愛上一位成熟婦人
嗎？坡淒涼的身世和命運，少年的美好卻要面臨破裂。世界始
終如此嗎？如此這樣的延續嗎？坡的文本由此構成的互文關
係，卻是一個發人深省的提問。現代的歷史在哪裡出了問題？
這是人們不得不由此展開的追問。一個美好的感覺背後的預
示，那麼美妙的少年初戀，卻隱藏著另一顆心（芯）──另一
個故事。

4、在青春、愛、家庭、婚姻背後，隱藏的一代青年的真相。
68代的青年，小說的開頭一句話：「這應該是1968年秋的
事……」。法國的「五月風暴」剛過去不久，一代青年的革命
夢想的破滅，左派激進主義運動完結。就這一句話，直至小說
最後結尾才揭示出它的意義，原來小說與「68代」有關。

5、但為什麼有謀殺？而且愛倫‧坡式的謀殺？到底謀殺了誰？誰
謀殺了誰？誰遭到謀殺？洩密的心，洩密了什麼？把地板撬
開，心就在那裡。小說一直隱藏著不安的情結，但這一切都在
少年對女老師的美好的感覺中開始滲透出來。

　　小說結尾這樣寫道：

　　　　我又一次感覺聽到了她的耳語，但是我聽不懂。我
的心跳得太響了。
　　……

> 我跪在床上，觸摸她的手。她沒有害羞，讓我的手把她的手包起來。
>
> 我想吻這只手，這只害羞地向我打過招呼的手，現在任我擺佈。我面對她彎下腰，馬上就要碰到她的時候，才看見了床單上血淋淋的針頭。
>
> 就像在夢裡，我充滿恐懼，呆呆地跪著。
>
> 我的心靜止了。（派翠克‧羅特：《洩密的心》（《紅桃 J》德語新小說選，上海譯文出版社，2007年，35-36）

6、如果考慮到小說中的女老師的名字Gladys Templeton，這個名字隱藏的秘密十分深厚巨大。這個名字居然與西元63年古羅馬龐培征服耶路撒冷相關。我還無法考證出作者是否是猶太人，如果是，那麼這部作品還隱藏著宗教方面的問題，那是天主教與猶太教的關係問題。這是對現代世界的信仰危機的批判。就不只是批判當下的現代性。而是整個西方歷史。

確實，一部短篇小說寫得如此精緻，卻又包含了如此豐富的問題，如此深遠，一個少年的故事，卻是「68代」的故事，一種歷史的選項，「68代人」可以領導現代歐洲走向未來嗎？甚至這樣的問題都會躍然紙上。小說的藝術確實令人驚歎！

如此的文學經驗，都是從個人的內心向外發散的文學。一切來自內心的衝突，自我成為寫作的中心，始終是一個起源性的中心，本質上還是浪漫主義文化。讀後現代主義的一些典型之作，巴思的《路的盡頭》，納博科夫的《洛麗塔》，門羅的《逃離》，庫切的《恥》，帕慕克的《我的名字叫紅》、《雪》、《黑的書》等。都可看到小說中的人物，如何在內心與自我及他人發生內在的複雜衝突。

很顯然，中國的現代性文學走了另外的路徑，那是一種把握外部世界的文學，歷史、民族國家的事業、改變現實的強大願望……所有這些，都與西方現代性文學明顯區別開來。西方現代文學發展出向內行／自我的經驗；而中國的現代以來的文學則發展出外行／現實的經驗。

如此歷史地形成的差異，本身也是歷史之條件規定之結果。我們何以不能看到另一種文學的歷史呢？看著中國現代以來的文學，其實一直在起著中國的激進文化變革，從而未嘗不是開創另一現代性的道路。一方面要依循西方現代性的美學標準；另一方面要有中國自己面對的現實

條件，這二者的緊張關係，借助政治之力，後者要強行壓制前者。直至文革後，這一歷史被翻轉。但九十年代之後，其實西方的現代小說在六十年代就面臨困境，如巴斯以及蘇珊‧桑塔格所言，小說的死亡，先鋒文學或實驗文學再也難有花樣翻新……等等。這一美學上的枯竭，何以要中國今天還要遵循？

現在，幾乎一百多年過去了，這樣的規訓和尺度，已經到了極限。也就是說，中國臣服於它已經夠久的了——我們姑且承認這些臣服是必須的。但今天，一方面是客觀，西方文學本身給出的可能性已經極其有限了；另一方面是主觀，中國的文學累積的自身的經驗也已經有一些了，僅就這些也難以為西方漢學家和翻譯家識別。中國為什麼不能開闢自己的小說道路？法國當年有它的新小說，中國為什麼不能有另一種新小說？不能有漢語的新小說？這一緊張關係也達到極限，二者要產生更大的裂縫。這是外部的極限，在這樣的極限下，歷史實際表明，中國的文學僅參照西方現代小說的經驗，永遠不會達到令人滿意的狀態。

漢語的獨特性，漢語的非透明性語言特徵，漢語如此悠久的傳統，現代白話何以沒有繼承中國傳統的語言？這都是不實之辭的指控。利用中國古典來貶抑中國當代，這與用西方的絕對標準來貶抑中國如出一轍。

南美的文學受到西方的承認，並不是因其語言文化的獨特性，說穿了是瑪律克斯、博爾赫斯們都是受的西方現代文學教育，他們都用西方的語言（西班牙語、法語或英語等）寫作。帕慕克雖然用的土耳其語，但他的西方語言和文學修養完全融進西方文化。只有中國這些土包子作家，半土不洋，他們的文學經驗完全超出西方的經驗。如此獨異的漢語，如此獨異的現代白話文學，何以不會有自己的語言藝術呢？何以只能變成另一種語言讓外人評判才能獲得價值呢？

內的壓力也到了極限，它包括：數位化的生存和大量的機械複製的文化，網路的寫作和娛樂至死的形勢，以及原創力與閱讀枯竭的現實，以及小說或詩性的修辭方法的枯竭。在今天漢語小說花樣翻新的可能性在什麼地方呢？我也說過，「向死而生的文學」，尤其是「向死而生的中國文學」。

三、如何評價當代中國文學的藝術能力或創新能力？

我以為今天的中國文學中有一部分作品是有相當強的藝術表現力或創新能力的；放在這60年的文學史的歷史框架中來看，文學的歷史並不

是一個衰敗的歷史，今天的文學並不是「垃圾」二字可以概括，也不是象顧彬那樣前40年用「政治」來概括；後20年（自從1993以來）用「市場化「來概括[26]。而是相反，我以為，這六十年代以來的文學發展到今天，當代文學——至少在小說這一方面，達到了過去未嘗有的高度。我希望與我展開對話的人，要牢牢記住，我說的是當代文學，限定在這60年的歷史框架中。我要再次強調的是：當代文學的歷史不是一個衰敗的歷史。這就是我要看到當代文學所達到過去未嘗有的高度的動機。看一個時代，並不能說所有的作品都優秀作品，95%的作品是普通平常之作，這在任何時代、任何國家都是如此。托爾斯泰的時代到底產生過多少傑出作家？留下多少優秀作品？當今時代，德國、美學、法國、英國、義大利、俄羅斯，有多少優秀作家？也只是數得著的幾個，五六個最好的作家，十幾個二線的作家，三四十個三線的作家，而後便是幾百幾千的寫作者，每個時代都是如此，每個國家都是如此。何以要求中國當代所有發表的和出版的作品都是優秀之作？這現實嗎？而只針對著大部分的庸常之作來抨擊一個時期的文學，這毫無意義。這樣提問本身就是違背常識。唐詩宋詞數萬首，也只各選三百首。如果盯著那幾萬首平常之作，如何評價那樣一個時期的文學水準呢？如果不能發掘出那數百首精彩之作，則是評家的有眼無珠。當今中國文學的問題同樣在於，我們當代中國是否可以拿得出幾個作家，幾部作品，放在世界文學的平臺上來評價，是不是有中國自己的特色？是不是可以與世界最好的那些作品相提並論？是不是對當今世界文學有漢語言文學自己的貢獻。

我的如此評價，並非泛泛而論，而是有我所提煉的藝術標準。這些標準，我以為是在對現代小說的藝術經驗理解的基礎上而做出的歸納。

1、漢語小說有能力處理歷史遺產並對當下現實進行批判，例如閻連科的《受活》。

這部小說講述一個殘疾人居住的村莊的極其艱難困苦的生活狀況。從未有過一部小說，能對當代社會主義革命歷史的繼承、發揚、轉型問題做如此獨特的洞察。尤其是把革命的「遺產」與當代中國的市場轉型結合起來，《受活》無疑是一部「後革命」的神奇悼文。對革命遺產的哀悼祭祀，採取了「市場化「和「娛樂化」的方式——這是革命最為痛恨的二種形式，然而，革命的存留與復活卻依賴它曾經最敵視的形式。存在的倔強性是從殘缺不全的生活，從殘缺不全的身體中延伸出來的。

[26] 參見顧彬：《二十世紀中國文學史》，華東師大出版社，2008年。

從殘缺的敘事中透示出詭異之光，鄉土中國的歷史詭變卻在文學中閃現著後現代的鬼火。

2、漢語小說有能力以漢語的形式展開敘事，能夠穿透現實、穿透文化、穿透堅硬的現代美學，例如賈平凹的《廢都》與《秦腔》。

我們在賈平凹的《秦腔》這裡，看到鄉土敘事預示的另一種景象，那是一種回到生活直接性的鄉土敘事。這種敘事不再帶著既定的意識形態主導觀念，它不再是在漫長的中國的現代性中完成的革命文學對鄉土敘事的想像，而是回到純粹的鄉土生活本身，回到那些生活的直接性，那些最原始的風土人性，最本真的生活事相。對於主體來說，那就是還原個人的直接經驗。儘管賈平凹也不可能超出時代的種種思潮和給予的各種思想（甚至「新左派」）的影響，他本人也帶有相當鮮明的要對時代發言的意願。但賈平凹的文學寫作相比較而言具有比較單純的經驗純樸性特徵，他是少數以經驗、體驗和文學語言來推動小說敘事的人，恰恰是他這種寫作所表現出的美學特徵，可以說是最具有自在性的鄉土敘事。

引生的閹割是一個出人意料的動作：

> 我的一生，最悲慘的事件就是從被飽打之後發生的。我記得我跑回家，非常地後悔，後悔我怎麼就幹了那樣的事呢？……我掏出褲襠裡的東西，它耷拉著，一言不發，我的心思，它給暴露了，一世的名聲，它給毀了，我就拿巴掌扇它，給貓說：「你把它吃了去！」貓不吃，貓都不肯吃，我說：「我殺你！」拿了把剃頭刀子就去殺，一下子殺下來了。血流下來，染紅了我的褲子，我不覺得疼，走到了院門外，院門外竟然站了那麼多人，他們用指頭戳我，用口水吐我。我對他們說：「我殺了！」染坊的白恩傑說：「你把哈殺了？」我說：「我把×殺了！」白恩傑第一個跑進我的家，他果然看見×在地上還蹦著，像只青蛙，他一抓沒抓住，再一抓還沒抓住，後來是用腳踩住了，大聲喊：「瘋子把×割了！割了×了！」（《秦腔》，第46頁。）

在一次實際中也可能是迷狂中，引生又見到白雪，這是一個精彩且驚人的細節，引生與白雪在水塘邊遭遇，引生掉到水塘裡，而白雪給引生放下一個南瓜。引生抱起南瓜飛快地跑回家裡，把南瓜放在中堂的櫃蓋上，對著父親的遺像說：「爹，我把南瓜抱回來了！」他想他爹一定會聽到的是：「我把媳婦娶回來了！」引生開始坐在櫃前唱秦腔。

　　這些敘述，把日常生活的瑣碎片斷與魔幻的片斷結合在一起，使小說在日常生活的場景中，也有飛揚跳躍的場景。這個敘述人引生不再能建構一個完全的歷史，也不可能指向歷史的目的論，它只能是一些無足輕重的賤民的生活與一個瘋子的迷狂想像。

　　引生的自我閹割的行為，不只是小說中的一個關鍵的細節，由此影響了引生這個人物一生的行動和思維方式，也是賈平凹要為漢語敘事做出的去除方法的一個行動，它把這篇小說變成一個聽的小說，大量的敘述是引生趴在牆上偷聽到村幹部說話，引生沒有主動性地看到的生活事相，那些無法概括的生活原生態，漢語的小說敘事，不再需要去構思，掌握那些視點，構造那些巧合或戲劇性因素，也不再需要幾個心靈撞擊在一起，往內心的震顫裡走去，那種生存事相，那些存在的事實，足以顯示存在本身的異質性。生活不可規訓，也不可馴服，敘述的主動性也被閹割了。讓生活說話，讓他們說話，讓他們說，他們在文學之外。

　　3、漢語小說有能力以永遠的異質性和獨異的方式進入鄉土中國本真的文化與人性深處，獨異地進入漢語自身的寫作，按漢語來寫作。

　　劉震雲的《一句頂一萬句》。這部小說開闢出一種漢語小說新型的經驗，它轉向漢語小說過去所沒有的說話的願望、底層農民的友愛、鄉土風俗中的喊喪，以及對一個人的幸存的歷史的書寫，這種文學經驗與漢語的敘述，一種無法敘述的敘述，敘述總是難以為繼，總是要從一個故事轉向另一個故事，一個句子總是往另一個句子延異，這似乎只有漢語言才有的書寫特點，從漢語言的特質中生髮出來的文學的特質。從楊百順變成楊摩西再變成吳摩西，最後卻不得不變成一個他從小就想成為，卻永遠沒成為的喊喪的人——羅長禮。這就是鄉土中國的一個農民在二十世紀中的命運，沒有中國宏大歷史敘事慣常有的歷史暴力，卻有著鄉土中國自己的暴力，這樣的暴力最終還是避免了，楊百順、楊摩西、吳摩西……羅長禮，最終成為一個幸存者。剃頭的老裴、殺豬的老曾、傳教的老詹、吳香香、老高、牛愛國、馮文修、龐麗娜、小蔣、章楚紅……都是幸存者。是友愛的剩餘，又是暴力的幸存者。也是漢語無法自我書寫的幸存者，正是漢語一直陷入的歧義的敘述，這些人物一個個不得不被拖出，被漢語命運的拖出。不再是作者想講述的故事，作者預謀的故事，而是漢語自己講述的故事，不得不講述的漢語自己的故事。

　　4、漢語小說有能力概括深廣的小說藝術。例如莫言從《酒國》、《豐乳肥臀》到《檀香刑》、《生死疲勞》再到《蛙》。

　　莫言的小說敘事吸取西方現代小說的多種表現方式，同時回到中國的傳統藝術資源中去獲取養料，他能進入歷史，而又不為歷史所圍，能從外面看到歷史的種種戲劇性和倔強的延異力量。它能揭示出歷史的變形記，他能建構起一個小說藝術的變形記，漢語小說永不停息的變形記。如莫言自己所說：「製造出了流暢、淺顯、誇張、華麗的敘事效果」。尤其是莫言在2010年初出版的《蛙》，小說貼近現實，更強調寫實，以「我姑姑」為敘述語式的小說，寫出了中國「計劃生育」的困苦的現實。這樣的主題放在別人手中會處理成概念化之作，但在莫言這裡，卻顯示出一個民族歷經的真實創痛。作為一個作家，莫言是有責任感的，如此深重影響了一個民族的大事，卻沒有文學可以真切地表現出來，無疑是文學的失職。但莫言做到了，他能拿得起，放得下。莫言的小說藝術已經爐火純青，故他能大氣如虹，又能信筆走絲。他還是尋求他特有的荒誕感和幽默感，只是收斂了許多，更多貼近現實的寫實筆法，也更多傷感和溫暖。小說以多文本的敘述結構來展開，以書信體來帶動敘事，並在結尾處揉和戲劇，都可見出莫言對小說表現形式堅持不懈的探索。可以說莫言的小說具有強大的藝術張力，西方小說的那種藝術元素，最大可能與中國傳統資源結合在一起，能迸發小說敘述藝術的強大的能量，這對世界文學都是一個不小的貢獻。

　　我強調要有中國的立場和中國的方式，並不是要與西方二元對立，更不是要拋開西方現有理論知識及其美學標準另搞一套，而是在現有的，我們吸收西方理論及知識如此深重的基礎上，對由漢語這種極富有民族特性的語言寫就的文章，它的歷史及重要的作品，做出中國的闡釋。這與其說是高調捍衛中國立場，不如說是在最基本的限度上，在差異性的維度上，給出不同於西方現代普遍美學的中國美學的異質性價值。

2010/3/12改定

本文原載《上海文化》2010年第3期

秀威文哲叢書10　PG1385

追尋文學的肯定性

作　　者/陳曉明
責任編輯/林千惠
圖文排版/楊家齊
封面設計/楊廣榕

發 行 人/宋政坤
法律顧問/毛國樑　律師
出版發行/秀威資訊科技股份有限公司
　　　　114台北市內湖區瑞光路76巷65號1樓
　　　　電話：+886-2-2796-3638　傳真：+886-2-2796-1377
　　　　http://www.showwe.com.tw
劃撥帳號/19563868　戶名：秀威資訊科技股份有限公司
　　　　讀者服務信箱：service@showwe.com.tw
展售門市/國家書店（松江門市）
　　　　104台北市中山區松江路209號1樓
　　　　電話：+886-2-2518-0207　傳真：+886-2-2518-0778
網路訂購/秀威網路書店：http://www.bodbooks.com.tw
　　　　國家網路書店：http://www.govbooks.com.tw

2015年7月　BOD一版
定價：580元
版權所有　翻印必究
本書如有缺頁、破損或裝訂錯誤，請寄回更換

國家圖書館出版品預行編目

追尋文學的肯定性 / 陳曉明著. -- 一版. -- 臺北市：秀威
資訊科技, 2015.07
　　面；　公分
BOD版
ISBN 978-986-221-530-2(平裝)

1. 中國當代文學　2. 文學評論

820.908　　　　　　　　　　　　　104006781

讀者回函卡

感謝您購買本書，為提升服務品質，請填妥以下資料，將讀者回函卡直接寄回或傳真本公司，收到您的寶貴意見後，我們會收藏記錄及檢討，謝謝！如您需要了解本公司最新出版書目、購書優惠或企劃活動，歡迎您上網查詢或下載相關資料：http:// www.showwe.com.tw

您購買的書名：＿＿＿＿＿＿＿＿＿＿＿＿＿＿＿＿＿＿＿＿＿＿＿

出生日期：＿＿＿＿＿年＿＿＿＿＿月＿＿＿＿＿日

學歷：□高中 (含) 以下　　□大專　　□研究所 (含) 以上

職業：□製造業　□金融業　□資訊業　□軍警　□傳播業　□自由業
　　　□服務業　□公務員　□教職　　□學生　□家管　□其它＿＿＿＿

購書地點：□網路書店　□實體書店　□書展　□郵購　□贈閱　□其他

您從何得知本書的消息？

　　□網路書店　□實體書店　□網路搜尋　□電子報　□書訊　□雜誌

　　□傳播媒體　□親友推薦　□網站推薦　□部落格　□其他＿＿＿＿＿

您對本書的評價：（請填代號　1.非常滿意　2.滿意　3.尚可　4.再改進）

　　封面設計＿＿＿　版面編排＿＿＿　內容＿＿＿　文／譯筆＿＿＿　價格＿＿＿

讀完書後您覺得：

　　□很有收穫　□有收穫　□收穫不多　□沒收穫

對我們的建議：＿＿＿＿＿＿＿＿＿＿＿＿＿＿＿＿＿＿＿＿＿＿＿

＿＿＿＿＿＿＿＿＿＿＿＿＿＿＿＿＿＿＿＿＿＿＿＿＿＿＿＿＿＿＿

＿＿＿＿＿＿＿＿＿＿＿＿＿＿＿＿＿＿＿＿＿＿＿＿＿＿＿＿＿＿＿

＿＿＿＿＿＿＿＿＿＿＿＿＿＿＿＿＿＿＿＿＿＿＿＿＿＿＿＿＿＿＿

11466
台北市內湖區瑞光路 76 巷 65 號 1 樓

秀威資訊科技股份有限公司　　　收

　　　　　　　BOD 數位出版事業部

···

（請沿線對折寄回，謝謝！）

姓　　名：＿＿＿＿＿＿＿＿＿　年齡：＿＿＿＿　性別：□女　□男

郵遞區號：□□□□□

地　　址：＿＿＿＿＿＿＿＿＿＿＿＿＿＿＿＿＿＿＿＿＿

聯絡電話：(日)＿＿＿＿＿＿＿＿＿　(夜)＿＿＿＿＿＿＿＿＿

E-mail：＿＿＿＿＿＿＿＿＿＿＿＿＿＿＿＿＿＿＿＿＿